윌리엄 셰익스피어 William Shakespeare

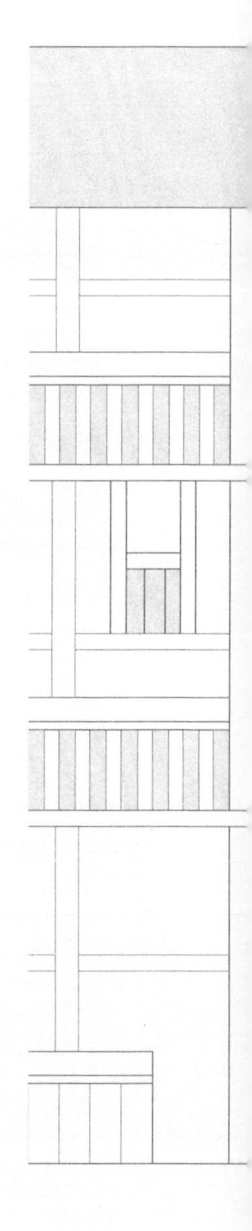

1564년 잉글랜드 스트랫퍼드어폰에이번(Stratford-upon-Avon)에서 비교적 부유한 상인의 아들로 태어났다. 엘리자베스 여왕 치하의 런던에서 극작가로 명성을 떨쳤으며, 1616년 고향에서 사망하기까지 37편의 작품을 발표했다. 그의 희곡들은 현재까지도 가장 많이 공연되고 있는 '세계 문학의 고전'인 동시에 현대성이 풍부한 작품으로, 전 세계 사람들의 마음을 사로잡고 있다. 크게 희극, 비극, 사극, 로맨스로 구분되는 그의 극작품은 인간의 수많은 감정을 총망라할 뿐 아니라, 인류의 역사와 철학까지도 깊이 있게 통찰하고 있다고 평가받는다. 고대 그리스 비극의 전통을 계승하고, 당시의 문화 및 사회상을 반영하면서도, 수백 년이 지난 지금까지 독자들의 공감과 사랑을 받는, 시대를 초월한 천재적인 작품들인 것이다. 그가 다루었던 다양한 주제가 이렇듯 깊은 감동을 이끌어 내는 데에는 그의 시적인 대사도 큰 역할을 한다. 셰익스피어가 남겨 놓은 위대한 유산은 문학뿐 아니라 영화, 연극, 뮤지컬, 오페라와 같은 문화 형식, 나아가 심리학, 철학, 언어학 등 다양한 학문에서도 수없이 발견되고 있다.

옮긴이 최종철

연세대학교 영어영문학과를 졸업하고 연세대학교와 미네소타 대학교에서 문학 석사 학위, 미시건 대학교에서 문학 박사 학위를 받았다. 셰익스피어와 희곡 연구를 바탕으로 다수의 논문을 발표하였으며 현재 연세대학교 영어영문학과의 명예교수이다. 1993년부터 셰익스피어 작품을 운문 형식으로 번역하는 데 매진하여, '셰익스피어 4대 비극'인 『햄릿』, 『오셀로』, 『맥베스』, 『리어 왕』과 『로미오와 줄리엣』, 『한여름 밤의 꿈』, 『베니스의 상인』 등을 번역 출간했다.

셰익스피어 전집 1 희극 I

셰익스피어 전집 1

희극 I

윌리엄 셰익스피어
최종철 옮김

민음사

셰익스피어 전집의 운문 번역을 시작하며

셰익스피어가 그의 극작품에서 사용하는 언어는 형식상 크게 운문과 산문으로 나뉜다. 산문은 주로 희극적인 분위기나 신분이 낮은 인물들(꼭 그렇지는 않지만), 저급한 내용, 편지나 포고령, 또는 정신 이상 상태 등을 드러낼 때 쓰이고, 운문은 주로 격식을 갖추어 사상과 감정을 표현할 때 쓰인다. 여기에서 운문이라 함은 시 한 줄에 들어가는 음보의 수에 따라 몇 가지 종류가 있지만, 셰익스피어가 주로 사용하는 것은 소위 '약강 오보격 무운시'라 불리는 형식이다. 알다시피 영어에는 우리말과 달리 강세가 있으며, 강세를 받지 않는 음절 다음에 바로 강세를 받는 음절이 따라올 때 이 두 음절을 합쳐 '약강 일보'라 말하고, 이런 약강 음절이 시 한 줄에 연속적으로 다섯 번 나타날 때 이를 '약강 오보'라 부른다. 그리고 '무운'이란 각운을 맞추지 않는다는, 즉 연이은 두 시행의 끝에서 같은 음이 되풀이되지 않는다는 뜻이다. 모든 운문 형식 가운데 이 '약강 오보격 무운시'가 영어의 자연스러운 리듬에 가장 가까우며 셰익스피어가 그 대표적인 사용자이다. 그리고 산문은 이러한 규칙을 지키지 않는 대사를 말한다. 또한 두 형식은 시각적으로도 구분되는데, 일정한 음보 수가 넘치면 시 한 줄이 끝나고 다음 줄로 넘어가는 운문과 달리 산문은 좌우 정렬로 인쇄되어 지면을 꽉 채우도록 배열된다. 극작품마다 운문과 산문의 사용 비율은 각기 다르지만 대부분은 운문이 전체 대사의 절반 이상을 차지하고 그 비율이 80퍼센트 이상인 희곡도 총 38편 가운데 22편이나 된다. 예를 들면 우리가 익히 아는 4대 비극의 경우, 운문과 산문 두 형식의 배분율 퍼센트는

『햄릿』이 75, 25, 『오셀로』가 80, 20, 『리어 왕』이 75, 25, 『맥베스』가 95, 5이다.

이렇게 셰익스피어 연극 대사의 대부분을 차지하는 운문을 어떻게 처리하느냐는 그의 극작품을 우리말로 옮길 때 매우 중요한 고려 사항이다. 시 형식으로 쓴 연극 대사를 산문으로 바꿀 경우 시가 가지는 함축성과 상징성 및 긴장감이 현저히 줄어들고, 수많은 비유로 파생되는 상상력의 자극이 둔화되며, 이 모든 시어의 의미와 특성을 보다 더 정확하고 아름답게 그리고 효율적으로 전달하는 도구인 음악성이 거의 사라지기 때문이다. 이 말은 물론 산문 번역으로는 이런 효과를 전혀 낼 수 없다는 뜻은 아니다. 하지만 시와 산문은 그 사용 의도와 용도 그리고 효과가 많이 다르기 때문에 어느 쪽을 택하느냐에 따라 그 결과는 상당히 다르게 나타날 수 있다. 일반적으로 산문 번역은 정확성을 기하는 데는 좋지만, 시적 효과와 긴장감이 떨어지고, 말이 길어지는 경향 때문에 공연 대본으로 쓰일 경우 공연 시간을 필요 이상으로 늘릴 가능성이 있다. 따라서 가장 이상적인 선택은 셰익스피어 극작품의 운문 대사를 시적 효과와 음악성을 살리면서 동시에 정확성도 확보하는 우리말 번역일 것이다.

그렇다면 셰익스피어 연극 대사의 대부분을 차지하는 영어의 '약강 오보격 무운시'를 그에 상응하는 우리말 시 형식으로 어떻게 옮겨 올 수 있을까? 두 언어가 여러 가지 면에서 다르기 때문에 영어의 음악과 리듬을 우리말로 꼭 그대로 재생할 수는 없다. 그러나 모든 언어는 나름대로의 소리를 배열하여 고유의 리듬을 만들어 낼 수 있는 기본 능력을 갖추고 있다. 그렇기에 영어 음악성의 100퍼센트 복제가 아니라 그와 유사한 그러나 우리말에 독특한 리듬의 재생을 목표로 한다면 방법이 없는 것도 아니다. 이에 역자는 그 해결책으로 우리말의 자수율을 생각해 보았다. 그리고 영어 원문의 '무운시' 번역에 우리 시의 기본 운율인 삼사조와 그것의 몇 가지 변형을 적용해 보았다. 즉, 우리말 대사 한 줄의 자수를 최소 열두 자에서 최대 열여덟 자로 제한하고 그 안에서 적절한 자수율을 찾아보았다. 그 결과 셰익스피어의 '오보'에 해당되는 단어들의 자모 숫자와 우리말 12~18자에 들어가는 자모 숫자의 평균치가 거의 비슷하다는 사실을 알게 되었다. 사람이 한 번의 호흡으로 한 줄의 시에서 가장 편하게 전달할 수 있는 음(의미)의 전달 양은 영어와 한국어가 별로 차이가 없다는 사실을 발견한 셈이다. 이는 또한 셰익스피어 극작품의 시행 한 줄 한 줄이 시로서만 가치를 가지는 것이 아니라, 처음부터 배우들이 말하는 연극 대사로서의 기능을 염두에 두고 쓰였다는 사실을 고려해 볼 때 더욱 자연스러운 발견이었다. 이렇게 우리말의 자수율로 영어의 리듬을 대체할 수 있었을 뿐만 아니라 우리말 시 한 줄의 길이 제한 안에서 영어 원문의 뜻 또한 최대한 정확하게, 거의 뒤틀림 없이 담을 수 있었다.

역자는 이 방법을 1993년 『맥베스』 번역(민음사)에 처음 사용하였고 그 후 지금까지 같은 식으로, 그러나 상당한 변화와 개선을 거치면서 『햄릿』, 『오셀로』, 『리어 왕』, 『로미오와 줄리엣』, 『한여름 밤의 꿈』, 그리고 가장 최근에는 『베니스의 상인』 번역(모두 민음사 세계문학전집)에 사용하였다. 또한 이번 셰익스피어 전집도 극작품은 모두 같은 방법으로 번역하였고 앞으로 출간될 나머지 작품들 또한(소네트와 시는 원래 시 형식으로 쓰였기 때문에 말할 것도 없이) 같은 식으로 번역할 것이다.

끝으로 이러한 우리말 운문 대사가 실제로 어떤 효과를 내는지 궁금한 독자들은 해당 부분을 소리 내어 읽어 보면 그 리듬을 쉽게 느낄 수 있을 것이다. 그리고 이 번역과 다른 셰익스피어 번역을 비교해 보면(대부분 산문 또는 시행의 길이 제한을 두지 않는 불완전한 운문 형식으로 되어 있는데) 그 차이점을 바로 알아차릴 수 있을 것이다.

2014년 봄

최종철

차례

일러두기

1. 번역에 사용한 저본 및 참고본은 각 작품의 「역자 서문」에 밝혀 두었다.

2. 고유명사의 표기는 국립 국어원의 외래어표기법을 따르는 것을 원칙으로 하였다. 다만 이미 굳어져 널리 쓰이고 있는 표기 등은 예외를 두었다.

3. 원문에서 의도적으로 어법에 맞지 않게 쓴 표현은 그대로 살려 번역하거나 일부 방언을 사용하였고 각주로 표시하였다.

4. 독자의 편의를 위해 대사의 행수를 5행 단위로 표기하였으며, 이는 원문의 길이와 전체적으로는 거의 같지만 완벽하게 일치하지는 않는다. 한 행이 계단식 배열로 표시된 것은 1) 한 인물이 같은 행을 나누어 말하거나 2) 둘 이상의 인물이 같은 행을 나누어 말하는 경우이다.

5. 막의 구분 없이 장면의 연속으로만 진행되었던 셰익스피어 당시의 공연 관행을 반영하기 위하여 막과 장의 숫자만 명기하고 장소는 각주에서 설명하였다.

한여름 밤의 꿈

A Midsummer Night's Dream

역자 서문

윌리엄 셰익스피어(1564~1616)는 『실수 희극』(1592~1594)을 시작으로 『잣대엔 잣대로』(1604)까지 총 13편의 희극을 썼다. 그 가운데 여기에 모인 다섯은 — 『한여름 밤의 꿈』(1595~1596), 『베니스의 상인』(1596~1597), 『좋으실 대로』(1599), 『십이야』(1601~1602), 그리고 『잣대엔 잣대로』(1604) — 소위 명작이라 불리는 작품들이다. 이들 희극은 그 내용이 다양하여 한마디로 정의하기는 어렵다. 그러나 이들이 희극으로 분류되는 이유는 적어도 두 가지 공통 요소를 갖추고 있기 때문이다. 우선 이들은 우리 관객이나 독자들에게 전체적으로 슬픔보다는 기쁨, 울음보다는 웃음을 준다. 그 웃음의 성격이 밝고 순수할 수도 있고 조소나 실소에 가까울 수도 있지만 어쨌든 우리를 심각한 슬픔에 빠뜨리거나 울게 하지는 않는다. 둘째, 극의 시작은 비록 심각하거나 비극적일 수 있어도 그런 갈등은 결국 화합에 이르고 행복하게 마무리된다. 적어도 주인공이나 중요한 인물이 죽는 일은 없고 그 대신 화합의 상징인 결혼이 있다. 이것이 여기에 모인 셰익스피어의 다섯 극작품이 희극이란 장르로 묶여 있는 까닭이다. 그러면 이제부터 이 다섯 극작품을 희극의 두 핵심 요소 가운데 하나인 결혼이라는 공통분모를 통하여 간략하게 소개해 보기로 하자.

먼저 첫 작품인 『한여름 밤의 꿈』의 결말에는 세 쌍의 남녀가 결혼한다. 아테네의 군주인 테세우스 공작과 아마존의 여왕이었던 히폴리타, 그리고 두 쌍의 청춘 남녀인 허미아와 라이샌더, 헬레나와 드미트리우스가 바로 그들이다. 이들의 결혼, 특히 네 청춘 남녀의 결혼은 그저 주어진 것이 아니라 커다란 난관을 극복한 결과이다. 특히 허미아는 아버지의 뜻에 반하는 결혼을 하려다가 죽음의 위기까지 불러온다. 허미아의 위기는 결국 테세우스 공작이 나중에 이지우스의 뜻을 꺾는 것으로 극복되지만 이 희극의 주요 사건과 핵심 주제(사랑과 결혼)는 모두 허미아의 예에서 보듯이, 결혼 자체가 아니라 거기에 이르는 과정에서 일어나고 드러난다. 그리고 그 과정은 "참사랑의 길은 결코 순탄한 적 없었"(1.1.134)다는 라이샌더의 말로 요약할 수 있을 것이다.

순탄한 적 없는 참사랑의 길에 나타나는 첫 번째 장애물은 테세우스가 히폴리타의 사랑을 구한 방식에서 드러난다. "히폴리타, 나는 칼로 그대에게 구애했고/상처를 입히면서 사랑을 얻었소."(1.1.16~17) 여기에서 테세우스가 말하는 칼에 의한 구애, 이는 폭력 사용의 낭만적인 표현에 지나지 않는다. 비록 셰익스피어가 이 심각한 문제를 이곳에서는 더 이상 추적하지 않지만 사랑과 폭력의 밀접한 관계는 앞으로 있을 네 청춘 남녀의 숲 속 혼란에서 다시 나타난다.

폭력 다음으로 드러나는 사랑의 장애물은 죽음이다. 죽음은 이미 허미아에게 심각한 위협으로 닥친 적이 있다. 하지만 그것은 1막 2장에서 퀸스와 보텀 일당이 연습하는 극중극 「피라무스와 티스베」의 연습 과정에서 다시 얼굴을 내민다. 로미오와 줄리엣처럼 피라무스와 티스베 또한 집안이란 벽에 막혀 사랑을 이루지 못하고 비극적인 죽음을 맞이한다. 이는 바로 허미아와 라이샌더가 당면한 처지이며 앞으로 맞이할 수도 있는 운명이다. 그러나 퀸스 일당은 이 극중극을 테세우스의 혼인 축하용으로 연습하기 때문에 피라무스와 티스베의 죽음을 있는 그대로 표현해서는 안 된다고 생각한다. 그래서 이 비극적인 이야기를 철저히 희화화한다. 연출인 퀸스는 극중극의 제목을 '피라무스와 티스베의 가장 구슬픈 코미디 그리고 가장 비참한 죽음'으로 바꿀 뿐만 아니라 피라무스 역할을 받은 보텀은 두 연인의 죽음과 관련된 폭력과 공포조차 우스개로 만든다. 그들의 이런 노력은 누가 봐도 조잡한 그들의 연기와 그들이 과장해서 걱정하는 그것의 효과 사이의 명확한 괴리 때문에 관객들의 웃음을 자아낸다. 하지만 그들이 묻어 버리려는 죽음의 가능성과 그에 따르는 폭력은 앞으로 있을 네 청춘 남녀의 숲 속 혼란에서 그리고 5막 1장에 있을 극중극 공연에서 다시 나타난다.

사랑하는 남녀 사이에 끼어들어 두 사람의 원만한 관계를 깨놓는 또 하나의 방해물은 질투심이다. 이는 2막 1장에서 요정의 왕 오베론과 요정의 여왕 티타니아가 업둥이 인도 소년 하나를 두고 벌이는 감정싸움의 원인이 된다. 그런데 오베론과 티타니아가 자연력을 대표하는 존재들이기 때문에 둘의 불화는 자연계 전체에 영향을 미쳐 모든 생명들의 생식력이 사라지고 계절이 뒤바뀌는 대혼란을 불러온다. 그리고 이 거대한 자연계의 무질서는 머지않아 숲 속에서 네 청춘 남녀가 겪는 혼란의 배경으로 작용한다.

하지만 『한여름 밤의 꿈』에서 사랑에 빠진 연인들을 가장 괴롭히는, 질투와 폭력과 심지어는 살인의 충동까지 일으키는 최고의 훼방꾼은 큐피드(에로스)이다. 인간의 성적 본능의 외적인 의인화이자 신격화인 큐피드는 원래 인간의 오관으로는 감지할 수 없는 존재이다. 따라서 큐피드와 그의 능력은 처음에는 헬레나의 짐작으로 소개된다. 그녀는 자기를 사랑한다고 우박 맹세를 퍼붓다가 한순간 시선을 돌려 허미아를 숭배하는 드미트리우스의 변심을 이해할 수 없다. 그래서 그 원인 제공자로 큐피드를 지목한다. 날개 달린 큐피드가 드미트리우스에게 사랑의 화살을 무작위로 쏘아 그는 판단력을 잃고 자기 대신 허미아를 좋아하게 되었다고 말이다.(1.1.232~241)

이 힘은 숲 속에서 오베론과 그의 대리인인 퍽에 의해 사실로 확인된다. 그것은 큐피드가 "서쪽에서 등극한/아름다운 정녀"를 겨냥해 "십만의 가슴을 꿰뚫을 듯 세차게"(2.1.157~159) 날린 화살이 목표물을 맞히지 못하고 빗나갔을 때 그것을 맞은 팬지꽃 한 송이로 형상화된다. 이렇게 이 팬지의 연원을 밝힌 오베론은 이어서, 이 꽃의 즙을 잠자는 사람의 눈꺼풀에 바르면 "눈 뜨고 처음 보는 생물에게, 남자든 여자든/미치도록 혹하게 만들 수 있단다."(2.1.171~172)라고 말한다.

팬지의 위력은 곧 여기저기에서 나타난다. 그것은 먼저 라이샌더의 눈에 콩깍지가 씌게 하여 애인인 허미아를 버리고 관심 없던 헬레나를 쫓아가도록 만들고, 요정의 여왕 티타니아로 하여금 극중극 연습차 숲 속에 들어온 나귀 머리의 보텀에게 첫눈에 첫 귀에 혹하게 만들며, 헬레나를 떨쳐 내려 애쓰던 드미트리우스로 하여금 그녀를 여신으로 숭배하게 만든다. 그 결과는 심각하면서도 우스꽝스럽다. 초자연적인 존재인 티타니아가 인간 보텀, 그것도 괴물로 변신한 보텀을 서방님으로 모시는 광경이 눈앞에 펼쳐진다. 그런 한편 네 명의 청춘 남녀는 조합 가능한 모든 남녀 관계와 그에 따른 감정 표출을 보여 준다. 허미아는 헬레나가 밤중에 자기의 애인인 라이샌더의 사랑을 훔쳐 갔다고 오해하고, 헬레나는 허미아가 남자들과 공모하여 두 사람 모두 자기에게 사랑을 고백하도록 장난을 쳤다고 의심한다. 그 결과 두 여자는 서로에 대한 미움과 질투심을 드러낼 뿐만 아니라 몸싸움까지 마다하지 않는다. 그리고 연적이 된 두 남자 또한 헬레나의 사랑을 독차지하기 위해 결투까지 실행에 옮긴다. 실제로 퍽의 개입이 없었더라면 둘은 피를 보고 어느 하나가 죽을 수도 있는 지경까지 간다. 헬레나의 예언 — "사랑은 저급하고 천하며 볼품없는 것들을/가치 있는 형체로 바꿔 놓을 수 있"(1.1.232~233)는 힘이 있다. — 그리고 보텀의 현명한 말씀 — "사랑과 이성은 요즈음 거의 자리를 같이하지 않는답니다. 더욱 유감인 건 정직한 이웃들이 그들을 친구로 만들어 주지 않는다는 거지요."(3.1.130~133) — 두 가지 모두가 들어맞는 상황이 한여름 밤의 숲 속에서 꿈처럼 펼쳐진다.

게다가 이 청춘 남녀들은 숲에서 벗어난 뒤에도, 즉 그들의 눈에 씌워진 콩깍지가 벗겨진 뒤에도 거기에서 벌어진 일들을 한갓 꿈으로 접어 둔 채 그 진실에 눈뜨지 못한다. 자신들의 변심과 격정을 일으킨 팬지꽃 즙이 사실은 그들의 마음속에 내재한 심리 현상의 외적인 표현물에 지나지 않는다는 사실을, 그래서 그들의 행동은 꿈이나 허구가 아니라 실제라는 사실을 전혀 눈치채지 못한다. 그 직접적인 이유는 오베론이 오직 티타니아의 시각만을 정상으로 되돌려 자신의 어리석은 행위를 바로 인식하도록 해 준 반면 라이샌더와 드미트리우스의 시각은, 앞의 것은 허미아로 되돌아가도록 착시를 풀어 주고 뒤의 것은 헬레나를 향한 착시를 유지하도록 만듦으로써 자신들의 오류를 인식하지 못하도록 했기 때문이다. 하지만 이런 신화적인 이유가 아니라 인간적인 이유는 불편한 진실을 외면하고 싶은 우리의 태도일 것이다. 만약 두 쌍의 젊은 연인들이 자신들의 숲 속 행동을 똑바로 쳐다본다면 자신들의 모습은 얼마나 일그러져 있고 우스우며 창피할 것인가. 그리고 그 원인은 얼마나 불가사의할 것인가. 그것을 꿈이라고 생각하는 편이 훨씬 마음 편하고 이해하기 쉽다. 그래서 이들은 지난밤 그들이 숲 속에서 겪은 일을 "먼 산이 구름이 된 것처럼/조그맣고 식별이 불가능한"(4.1.186~187) 것으로, 즉, 꿈으로 받아들인다. 또한 5막에서 결혼식이 끝난 다음 퀸스 일당이 공연하는 극중극 「피라무스와 티스베」를 편안한 마음으로 농담과 비판까지 하면서 관람한다. 이 극중극에서 펼쳐지는 피라무스와 티스베의 사랑과 그 비극적인 결말이 자신들의 처지와 아무런 연관성이 없다고 생각하면서. 그 내용이 바로 부모의 반대로 아테네를 벗어나 숲 속으로 도망친 허미아와 라이샌더가 맞이할 수 있었던 운명인데도 말이다.

그러므로 이런 험난한 과정을 거친 세 쌍의 결혼은 당사자들이, 특히 두 쌍의 청춘 남녀들이 그 과정에서 있었던 일에 대한 올바르고 정확한 인식이 없는 상태에서 맞은 결말이다. 그래서 퍽이 맺음말에서 얘기하듯이 이들의 결혼은 관객들이 눈을 뜬 채 꿈꾸면서 바라본 허구 같은 사실일 수도 있다. 그래서 우리는 그들이 숲 속의 모진 경험을 되풀이하지 않기를 희망한다. 또한 오베론의 축복(5.1.388~397)이 사실로 밝혀져 그들의 사랑이 변함없고 많은 자식들을 낳으며 사람들이 경멸하는 기형은 그들의 후손 가운데 절대 태어나지 않기를 바란다.

끝으로 이번 번역은 해럴드 F. 브룩스(Harold F. Brooks) 편집의 아든(The Arden Shakespeare) 판 『한여름 밤의 꿈(A Midsummer Night's Dream)』을 기본으로 하고, G. 블레이크모어 에번스(G. Blakemore Evans) 편집의 리버사이드 셰익스피어(The Riverside Shakespeare) 판과 스탠리 웰스(Stanley Wells) 편집의 뉴펭귄(New Penguin Shakespeare) 판을 참조하였다.

등장인물

테세우스	아테네의 공작	
히폴리타	테세우스와 약혼한 아마존의 여왕	
라이샌더 드미트리우스	허미아를 사랑하는 두 젊은 궁정인	
허미아	라이샌더를 사랑하는 처녀	
헬레나	드미트리우스를 사랑하는 처녀	
이지우스	허미아의 아버지	
필로스트레이트	테세우스의 연예 담당관	
오베론	요정의 왕	
티타니아	요정의 여왕	
요정	티나니아의 시종	
퍽 또는 로빈 굿펠로	오베론의 익살꾼이면서 대리	
완두꽃 거미줄 티끌 겨자씨	티타니아를 시중드는 요정들	
피터 퀸스	목수	∣막간극에서 서두∣
닉 보텀	베틀장이	∣막간극에서 피라무스∣
프랜시스 플루트	풀무장이	∣막간극에서 티스베∣
톰 스나우트	땜장이	∣막간극에서 벽∣
스넉	가구장이	∣막간극에서 사자∣
로빈 스타블링	양복장이	∣막간극에서 달빛∣

오베론과 티타니아를 시중드는 다른 요정들
테세우스와 히폴리타 소속 귀족 및 시종들

장소 아테네와 그 근처의 숲

1막 1장

테세우스, 히폴리타, 필로스트레이트,

시종들과 함께 등장.

테세우스 자, 아름다운 히폴리타, 이제 우리 혼인날이
빨리 다가오는구려. 행복한 나흘 뒤면
새 달이 뜬다오. 근데 저 낡은 달은
얼마나 느리게 기우는지! 계모나 과부가
젊은이의 재산을 오랫동안 축내듯이 5
내 욕망을 질질 끌어 풀 죽게 만든다오.

히폴리타 나흘 낮은 재빠르게 밤 속으로 젖어들고
나흘 밤은 재빠르게 꿈결처럼 지나가요.
그러면 새 달은 하늘에서 새롭게 당겨진
은빛 나는 활처럼 우리의 혼례식을 10
내려다볼 거예요.

테세우스 필로스트레이트는 나가서
아테네 청년들을 여흥으로 몰고 가라.
활발하고 민첩한 웃음의 기운을 일깨우고
울적한 마음은 장례식에 보내라,
그 창백한 심보는 축하연과 맞지 않아. 15

(필로스트레이트 퇴장)

히폴리타, 나는 칼로 그대에게 구애했고
상처를 입히면서 사랑을 얻었소.
하지만 결혼은 분위기를 달리하여

1막 1장 장소
아테네. 테세우스의 궁정.
16행 칼로…구애했고 테세우스는 아마존과의 싸움에서 이긴 다음 그들의 여왕인 히폴리타를 포로로 데려왔다.

축하연과 경축 행렬, 술잔치로 할 것이오.

이지우스와 그의 딸 허미아, 라이샌더, 드미트리우스 등장.

이지우스 고명하신 테세우스 공작님, 행복을 빕니다! 20

테세우스 고맙소, 이지우스. 무슨 일로 이렇게?

이지우스 울화통이 치밀어 불평하러 왔습니다.
제 자식, 제 딸아이 허미아 때문에요.
앞으로 나오게, 드미트리우스. 제 주군이시여,
제가 결혼 승낙한 건 이 사람입니다. 25
앞으로 나와라, 라이샌더. 그런데 공작님,
이자가 제 자식의 마음을 호렸지 뭡니까.
너, 너 말이야, 라이샌더, 넌 애에게 시를 주고
사랑의 정표도 서로 주고받았어.
엉큼한 목소리로 엉터리 사랑의 시구를 30
애 창문 밑에서 달밤에 노래하고
(설익은 어린애를 강력하게 압도하는)
네 머리털 팔찌와 반지, 패물, 노리개,
장신구, 장난감, 꽃다발, 사탕 과자 따위로
애의 환상 훔쳐서 네 것으로 만들었어. 35
내 딸의 마음을 교활하게 슬쩍하고
(당연히 나를 향한) 이 애의 복종심을
뻣뻣하고 거칠게 바꿔 놨어. 그래서 공작님,
만약에 이 애가 여기 이 어전에서
드미트리우스와의 결혼에 동의하지 않는다면 40
아테네의 옛 특권을 간청하겠나이다.
이 애는 제 거니까 제 처분 대로지요.

즉, 이 남자를 택하거나 그렇지 않으면
본인의 죽음인데, 그럴 경우 우리 법은
바로 그 집행을 규정하고 있습니다. 45

테세우스 허미아는 어쩔 테냐? 내 말을 잘 들어 봐.
너에게 아버지는 신 같아야 한단다.
아름다운 네 모습을 만들어 낸 분이지, 암,
그러므로 그에게 넌 밀랍 인형 같은 건데
본인이 빚었으니 본인의 권능 따라 50
그 형태로 두거나 없앨 수도 있단다.
드미트리우스는 훌륭한 신사야.

허미아 라이샌더도 그래요.

테세우스 사람은 그렇다만
이번 일엔 네 아버지 승낙이 없으니
다른 쪽이 더 낫다는 생각을 해야겠지. 55

허미아 아버지가 제 눈으로 보셨으면 좋겠어요.

테세우스 그보단 네 눈이 그의 판단력으로 봐야겠지.

허미아 소녀 진정 각하께 용서를 간청하옵나이다.
무슨 힘 때문에 제가 용감해졌는지
또한 여기 어전에서 항변을 하는 것이 60
제 겸양에 적절한 것인지는 모릅니다.
하오나 각하께서 제게 알려 주십시오,
제가 만일 드미트리우스와의 결혼을
거절할 경우에 최악의 사태가 무엇인지.

테세우스 법에 따라 죽임을 당하거나 아니면 65
남성과의 교제를 영원히 포기하는 것이다.
그러니까 허미아야, 네 욕망을 살펴보고
네 젊음을 이해하고 혈기를 잘 따져 봐,

아버지의 선택에 따르지 않을 경우
수녀의 제복을 견딜 수 있는지, 70
어두운 수도원에 영원히 갇힌 채
쌀쌀맞은 달에게 가냘픈 찬송가 부르며
불모의 여자로 한평생 살아갈 수 있는지.
그렇게 혈기를 잘 다스려 인생길을
처녀로서 걷는다면 삼중의 축복이지. 75
하지만 즙을 남긴 장미가 속세의 행복은
더 크니라, 미혼의 가지 끝에 시들면서
독신의 축복 속에 살다 죽는 것보다는.

허미아 각하, 저의 처녀 특권을 내놓기 이전에
저는 그리 살다가 그리 죽을 것입니다. 80
제 영혼은 이 남편의 반갑잖은 멍에에
지배권을 주는 데 동의하지 않습니다.

테세우스 시간을 좀 가져라, 그런 다음 새 달이 뜰 즈음 —
내 애인과 나 사이에 백년해로 가약이
맺어지게 되는 날 — 그날이 왔을 때 85
네 아버지 의사에 불복종한 대가로
죽음을 맞이할 준비를 하든지 아니면
드미트리우스가 원할 테니 결혼을 하든지
아니면 처녀 여신 디아나의 제단에
영원한 금욕과 독신을 맹세해라. 90

드미트리우스 마음 풀어, 허미아, 그리고 라이샌더
무효인 네 자격을 분명한 내 권리에 넘겨줘.

라이샌더 드미트리우스, 넌 그녀의 부친 사랑 가졌잖아,
허미아 사랑은 내게 주고 그 부친과 결혼해.

이지우스 경멸에 찬 라이샌더, 맞아, 난 그를 사랑해. 95

그래서 내 사랑은 내 것을 그에게 줄 거야.
얘는 내 거니까 얘에 대한 내 모든 권리를
드미트리우스에게 부여한다, 그 말이야.

라이샌더 각하, 저도 그와 꼭 같이 가문 좋고
가진 것도 같은 데다 제 사랑은 더욱 크고 100
재산 또한 어느 모로 보거나 그보다 더
우위는 아니라도 동급으로 양호하며
이 모든 자랑보다 더 나은 것으로서
아름다운 허미아의 사랑을 받습니다.
그런데 제가 왜 제 권리를 행사하지 못하죠? 105
드미트리우스는 맞대 놓고 단언컨대,
네다르 어른의 딸 헬레나의 사랑을 구했고
그 영혼을 얻었는데, 착한 처녀 혹했어요,
열렬하게 혹했어요, 맹신하며 혹했어요,
변덕으로 얼룩진 이 친구에게요. 110

테세우스 고백건대 나 또한 그만큼은 들었고
드미트리우스와 그 얘기를 해 볼까 생각했지.
그런데 내 일에 너무 깊이 파묻혀
그걸 잊어버렸다네. 하지만 드미트리우스
그리고 이지우스, 나와 함께 갑시다, 115
둘에게 사적으로 교육할 게 있으니까.
그리고 허미아는 마음을 굳게 먹고
네 애정을 아버지 의사에 맞추도록 하여라.
안 그러면 아테네의 법에 따라 네 몸은
(이것은 짐이 절대 경감할 수 없기에) 120
죽음 또는 독신의 서약에 맡겨질 것이다.
갑시다, 히폴리타. 심기가 불편하오?

드미트리우스와 이지우스, 갑시다,
우리 둘의 혼인에 대비하여 이런저런
일도 좀 시키고 두 사람과 밀접하게 125
관련된 사안으로 의논도 해야겠소.

이지우스 충심으로 각하를 시중들겠나이다.

(라이샌더와 허미아만 남고 모두 함께 퇴장)

라이샌더 괜찮아? 자기 뺨이 왜 그렇게 창백해?
장밋빛은 어쩐 일로 그리 빨리 없어졌어?

허미아 빗물이 부족한 건가 봐. 그런 건 쉽사리 130
내 눈 속의 태풍으로 채워 줄 수 있는데.

라이샌더 아아! 지금까지 내가 읽은 그 어떤 것에도
이야기나 역사로 들었던 그 어디에서도
참사랑의 길은 결코 순탄한 적 없었으니
때로는 두 사람의 혈통이 달랐거나 — 135

허미아 오, 훼방이다! 낮은 남자 노예 되긴 너무 높아.

라이샌더 아니면 나이에서 잘못 결합되었거나 —

허미아 오, 심술이다! 애송이와 약혼하긴 너무 위야.

라이샌더 그것도 아니면 친구들의 선택에 달렸거나 —

허미아 오, 지옥이다! 타인의 눈으로 사랑을 택하다니! 140

라이샌더 아니면 선택하는 마음은 일치해도
전쟁이나 죽음 또는 질병이 사랑을 공격하여
그것을 한순간의 소리처럼 덧없게
그늘처럼 빠르게, 꿈처럼 짤막하게 아니면
꽝 하고 터지며 하늘과 땅 양쪽을 밝힌 뒤 145
누군가 '저것 봐라!' 말하기도 이전에
어둠의 아가리가 꿀꺽 삼켜 버리는
칠흑 밤의 번개처럼 짧아지게 만들어.

빛나는 것들은 이처럼 너무 빨리 사라져.

허미아　참다운 연인들이 언제나 좌절을 겪는다면 150
그건 마치 운명의 포고령과 다름없네.
그럼 우리 이 시련을 인내하며 극복하자,
왜냐하면 그것은 상념과 꿈, 한숨, 소망,
그리고 눈물이 가련한 연정을 따르듯이
사랑에겐 으레 있는 좌절인 셈이니까. 155

라이샌더　설득 한번 잘했어. 그러니까 들어 봐, 허미아,
나에겐 과부가 된 미망인 이모가 계신데
수입은 많지만 자식은 없으셔.
그녀 집은 아테네와 이십 마일 떨어졌고
나를 자기 자신의 외아들로 여기시지. 160
거기서 허미아, 난 너와 결혼할 수 있단다.
그러면 아테네의 가혹한 법도 우릴
거기까진 추적 못 해. 그러니 날 사랑한다면
내일 밤 아버지의 집에서 빠져나와.
그럼 난 시내에서 삼 마일 밖 숲 속에서 165
(오월제의 아침 의식 치르려고 언젠가
헬레나와 너를 한 번 함께 만난 그곳에서)
기다리고 있을게.

허미아　믿음직한 라이샌더,
너에게 맹세할게, 큐피드의 최고로 강한 활과
그가 지닌 최상의 황금빛 화살촉과 170
비너스의 비둘기의 꾸밈없는 모습과

170행 황금빛 화살촉　사랑의 신 큐피드에게는 금촉과 납촉의 화살이 있는데 전자는 사랑을 후자는 무관심을 일으킨다.

영혼 맺고 사랑을 키워 주는 것들과
거짓된 트로이 남자의 떠나는 배 봤을 때
카르타고 여왕이 타 죽었던 불길과
남자들이 지금까지 깬 맹세를 다 걸고 175
(여자들이 지금까지 한 것보다 많을 텐데)
나에게 지정해 준 바로 그 장소에서
난 내일 틀림없이 널 만나게 될 거야.

라이샌더 약속 지켜, 자기야. 저것 봐, 헬레나야.

헬레나 등장.

허미아 복 많이 받아라, 어여쁜 헬레나! 어디 가니? 180

헬레나 내가 예뻐? 예쁘다는 그 말을 취소해!
드미트리우스는 널 사랑해, 오 행운의 예쁜이!
네 눈은 북두칠성이고 달콤한 네 노래는
밀밭이 푸르고 산사나무 꽃 맺힐 때
목동 귀엔 종달새 소리보다 더 곱단다. 185
전염병은 옮잖아. 오, 미모도 그렇다면
어여쁜 허미아, 가기 전에 네 것을 옮을래.
내 귀는 네 목소리, 내 눈은 네 눈 옮고
내 혀는 네 혀의 고운 가락 옮을래.
이 세상 내 거라면 드미트리우스만 빼놓고 190
나를 너로 바꾸려고 그 나머진 다 줄게.

171행 비너스의 비둘기
비너스 여신이 타는 마차를 끄는 비둘기.
173행 트로이 남자
베르길리우스의 서사시 『아이네이스』의 주인공인 아이네이아스를 가리키는데, 그가 로마 건국을 위하여 카르타고를 떠났을 때 그를 사랑했던 디도 여왕은 스스로를 불태워 죽었다고 한다.

오, 가르쳐 줘, 어찌 보고 어떠한 기술로
드미트리우스의 마음을 휘어잡고 있는지.

허미아 내가 눈살 찌푸려도 그는 날 사랑해.

헬레나 오, 내 미소가 네 눈살의 기술을 배웠으면! 195

허미아 내가 저주하는데도 그는 날 사랑해.

헬레나 오, 내 기도로 그런 애정 얻을 수 있었으면!

허미아 내가 그를 미워하면 할수록 날 따라와.

헬레나 내가 그를 사랑하면 할수록 날 미워해.

허미아 그의 어리석음은 내 잘못이 아니야, 헬레나. 200

헬레나 네 미모 때문이지. 그 잘못이 내 것이었으면!

허미아 안심해. 그는 다시 내 얼굴 못 볼 거야,
라이샌더와 나 자신이 이곳을 뜰 테니까.
내가 라이샌더를 만나기 전까지는
아테네가 나에겐 낙원 같아 보였어. 205
오, 그렇다면 내 사랑에 웬 미덕이 있어서
그가 이 천국을 지옥으로 바꿔 놨지!

라이샌더 헬렌, 우리의 마음을 너에게는 밝힐게.
우리는 내일 밤 달의 여신 포이베가
칼날 같은 풀잎에 진주 이슬 달아 주며 210
자신의 은빛 얼굴 물거울에 비춰 볼 때
(연인들의 도피를 언제나 감춰 주는 그 시각에)
아테네 성문을 빠져나갈 작정이야.

허미아 그리고 숲 속에서, 너와 내가 여러 번
가슴속의 달콤한 비밀을 쏟아 내며 215
파리한 앵초꽃 침대 위에 누웠던 곳,
그곳에서 라이샌더와 난 만날 거야.
그런 다음 아테네 밖으로 눈을 돌려

새로운 친구들과 낯선 동무 찾을 거야.
잘 있어, 소꿉친구, 우릴 위해 기도해 줘 220
그리고 운 좋게 드미트리우스 차지해!
약속 지켜, 라이샌더. 내일 깊은 자정까지
우리 눈은 서로를 못 보고 굶어야 해.

라이샌더 그럴게, 허미아. (허미아 퇴장)
잘 있어, 헬레나.
너처럼 드미트리우스도 너에게 혹하기를! 225
(라이샌더 퇴장)

헬레나 누구는 누구보다 얼마나 더 행복할까!
아테네를 통틀어 나도 재만큼이나 예쁘다지.
그럼 뭐 해? 드미트리우스의 생각은 다른데.
자기 빼고 다 아는 걸 그는 알지 않으려 해
그리고 허미아의 눈에 혹해 그가 빗나가듯이 230
나도 그의 자질에 감탄하고 있잖아.
사랑은 저급하고 천하며 볼품없는 것들을
가치 있는 형체로 바꿔 놓을 수 있어.
사랑은 눈이 아닌 마음으로 본다니까
그래서 날개 달린 큐피드를 장님으로 그려 놨지. 235
게다가 사랑의 마음은 판단력도 전혀 없어,
날개 있고 눈 없으니 무턱대고 서두르지.
그러니까 사랑을 어린애라 하잖아,
선택할 때 그 애는 너무 자주 속으니까.
짓궂은 소녀들이 재미로 거짓 맹세 하듯이 240
어린 꼬마 사랑은 도처에서 위증해.
드미트리우스가 허미아의 두 눈을 보기 전엔
자긴 오직 내 거라고 우박 맹세 퍼붓다가

그 우박이 허미아의 열기를 느꼈을 때
그는 녹고 무더기 맹세도 녹아 버렸으니까. 245
어여쁜 허미아의 도망을 그에게 일러야지,
그럼 그는 내일 밤 숲 속으로 그녀를
뒤쫓아 가겠지. 정보를 준 대가로
감사라도 받는다면 그건 아주 비쌀 거야.
하지만 이건 그를 거기와 여기에서 보면서 250
내 고통을 더욱더 키우겠단 뜻이야. (퇴장)

1막 2장

목수 퀸스, 가구장이 스넉, 베틀장이 보텀,
풀무장이 플루트, 땜장이 스나우트,
그리고 양복장이 스타블링 등장.

퀸스 단원들은 다 모였어?

보텀 사람들을 한꺼번에 한 사람씩 대본에 따라 불러 보는 게 가장 좋겠어.

퀸스 여기 이 두루마리에 공작님과 부인의 결혼식 날 밤, 두 분 앞에서 있을 우리의 막간극에 아테네를 통틀어 역 5 을 맡기에 적당하다고 생각되는 사람들의 이름은 죄다 적혀 있어.

보텀 퀸스 형, 우선 그 극이 무얼 다루는지 얘기해. 그런 다음 배우들의 이름을 부르고 나서 결론을 내리지그래.

1막 2장 장소 아테네. 퀸스의 집.
2행 한꺼번에…사람씩
보텀이 하고자 하는 말은 '한 번에 한 사람씩'일 것이다. 그의 이런 의도하지 않은 말실수는 계속 나타난다.

퀸스　알았어, 우리 극은 '피라무스와 티스베의 가장 구슬픈 코미디 그리고 가장 비참한 죽음'이야. 10

보텀　아주 훌륭한 작품이야, 틀림없어, 게다가 유쾌하고. 그럼 퀸스 형, 대본 따라 배우들을 불러 봐. 이보게들, 펼쳐 앉지.

퀸스　부를 테니 대답해. 베틀장이 닉 보텀? 15

보텀　여깄어. 내 역할이 뭔지 말하고 나서 진행해.

퀸스　닉 보텀, 자네는 피라무스 역으로 정해졌어.

보텀　피라무스가 뭐야? 연인이야, 폭군이야?

퀸스　연인인데 사랑을 위해 아주 멋지게 자결하는 사람이지.

보텀　그걸 진짜로 연기하면 눈물깨나 불러일으킬 텐데. 내가 그걸 하면 관객들에게 눈을 조심하라고 해. 난 폭풍을 일으킬 거고 상당히 애처롭게 말할 거야. 나머지 배우 — 하지만 내 체질에는 폭군 역이 최고야. 난 에라크레스를 기똥차게 연기하거나 열변을 토하고 난리 부리는 역할도 할 수 있어. 20 25

'쌩쌩 나는 바윗돌
꽁꽁 닫힌 감옥 문
와장창 때리면서
　　부숴 버릴 것이고
태양신을 태운 마차 30
멀리멀리 불 비추며
바보 운명 여신들을

23~24행 에라크레스
'헤라클레스'를 정확하게 발음하지 못한 결과.
26~33행 쌩쌩…하리라
당시 영어로 번역된 로마 작가 세네카의 비극의 일부와, 과장된 고전 암시를 희화화한 것. (아든)

쥐락펴락하리라.'

이건 고상한 거였어! 이제 나머지 배우들의 이름을 불러 봐. 이건 에라크레스의 말투고 폭군의 말투야. 연인은 좀 더 애처롭지. 35

퀸스 풀무장이 프랜시스 플루트?

플루트 여기요, 피터 퀸스.

퀸스 플루트, 자네는 티스베를 맡아야겠어.

플루트 티스베가 뭔데요? 방랑하는 기사인가? 40

퀸스 그건 피라무스가 사랑하는 숙녀야.

플루트 에이 정말, 여자 역은 시키지 마세요. 수염이 나고 있단 말입니다.

퀸스 그런 건 상관없어, 망사로 가리고 할 테니까. 그리고 원하는 만큼 작게 말할 수도 있어. 45

보텀 얼굴을 가릴 수 있다면 티스베 역도 내가 하게 해 줘. 난 엄청나게 적은 목소리로 말할 거야. '티스네, 티스네!' — '아, 피라무스, 그리운 내 님이여! 그대의 티스베, 그대의 숙녀예요!'

퀸스 아니, 아냐, 자넨 피라무스 역을 해야지 돼. 그리고 플루트, 자네가 티스베고. 50

보텀 그렇다면 계속해.

퀸스 양복장이 로빈 스타블링?

스타블링 여기야, 피터 퀸스.

퀸스 로빈 스타블링, 자넨 티스베 어머니 역을 해야겠어. 땜장이 톰 스나우트? 55

스나우트 여기야, 피터 퀸스.

47행 티스네 티스베의 애칭.

퀸스 자넨 피라무스의 아버지, 나는 티스베의 아버지, 가구장이 스너그, 자넨 사자 역할이야. 그러면 극이 다 맞춰진 것 같구먼. 60

스너그 사자 역은 다 써 놨어? 그렇다면 제발 그걸 내게 주게, 난 외우는 게 더디니까.

퀸스 자네 역은 즉흥적으로 할 수 있어, 어흥 소리를 내는 것뿐이니까.

보텀 사자 역도 내가 하게 해 줘. 내 어흥 소리를 들으면 누구든지 마음이 시원하게 해 줄 테야. 내가 어흥 하면 공작님은 '어흥 한 번 더 해 봐라, 어흥 한 번 더 해 봐!' 하실 거야. 65

퀸스 자네가 그걸 너무 무시무시하게 했다가는 공작 부인과 숙녀들을 놀라게 할 테고 그분들은 비명을 지르실 거야. 그럼 그걸로 우린 모두 목매달려 죽을 거야. 70

모두 목매달려 죽을 거야, 너 나 할 것 없이.

보텀 이봐요, 만약에 여러분들이 숙녀들을 겁줘서 혼을 빼놓는다면 그분들이 우릴 목매달 도리밖에 없다는 걸 인정합니다. 하지만 난 목소리를 악화시켜 젖 빠는 비둘기처럼 부드럽게 어흥 할 거라고요. 마치 꾀꼬리가 된 것처럼 어흥 할 거란 말입니다. 75

퀸스 자넨 피라무스 말고 어떤 역도 할 수 없어. 왜냐하면 피라무스는 잘생긴 남자니까. 여름날에 만나는 남자처럼 멋진 사람이고 가장 사랑스러운 신사 같은 남자니까. 그러니까 자넨 피라무스 역을 해야만 해. 80

보텀 그렇다면, 내가 맡도록 하지. 어떤 수염을 달고 그 역

75행 악화 '약화'가 맞는 말이다.

을 하는 게 가장 좋을까?

퀸스 그야 자네 맘대로지.

보텀 난 그걸 그 흔한 밀짚 색깔 수염이나, 그 흔한 오렌지 갈색 수염이나, 그 흔한 자주색 물들인 수염이나, 그 흔하고 완벅한 노랑, 그 흔한 프랑스 금화 색깔 수염으로 해낼 거야. 85

퀸스 그 흔한 프랑스 병에 걸린 사람 머리엔 금화처럼 털이 전혀 없지, 그래서 수염 없이 연기할 거야. 하지만 이 보게들, 이게 자네들 각자의 역할이야. 그리고 자네들에게 간청컨대, 요청컨대, 요망컨대 내일 저녁까지 외워 주길 바라네. 그런 다음 시내에서 일 마일 떨어진 궁정 숲에서 달밤에 만나세. 우린 거기에서 연습할 거야, 시내에서 만나면 사람들이 우리 뒤를 밟아서 계획이 알려질 테니까. 난 그동안 극에 필요한 소도구 목록을 만들어 보겠네. 날 실망시키지들 말게나. 90 95

보텀 우린 만날 거야, 그리고 거기에서 가장 음란하고 용감하게 연습할 거야. 신경들 쓰라고, 완벅하도록. 안녕!

퀸스 공작의 참나무 밑에서 만나세. 100

보텀 됐어. 안 나오면 꽝이지 뭐. (함께 퇴장)

2막 1장

한쪽 문에서 요정, 다른 쪽 문에서 퍽 등장.

87행 완벅한
'완벽한'를 정확하게 발음하지 못한 결과.
89행 프랑스 병
매독을 가리키며, 털이 빠지는 것은 그 증상 가운데 하나이다.
98행 음란하고
추측건대 아마도 '은밀하고'를 잘못 말해서 이렇게 된 듯하다. (RSC)

퍽　웬일로, 정령아, 어딜 그리 쏘다녀?

요정　언덕 넘어 골짝 넘어
수풀 지나 덤불 지나
수렵장과 울짱 넘어
큰물과 불을 지나　5
달의 천구층보다 더 빠르게
내가 아니 쏘다니는 곳은 없어.
그리고 난 요정 여왕 위하여
이슬로 풀밭 위에 원을 그려.
큰 앵초는 여왕 근위병인데　10
그들의 금 외투에 박힌 점은
요정들이 하사받은 홍옥이고
그 반점엔 향내가 살아 있어.
난 이곳 이슬방울 열심히 찾아내어
모든 앵초 귀에다 진주를 달아야 해.　15
잘 가라, 촌뜨기 정령아, 나도 갈게.
여왕께서 요정 다 데리고 곧 이리로 오실 거야.

퍽　왕께서는 오늘 밤 여기서 잔치를 벌이셔,
여왕이 그의 눈에 안 띄도록 조심해.
오베론은 극도로 사납고 화나셨어,　20
인도의 왕에게서 훔쳐 온 미소년을
그녀가 시종으로 가졌기 때문이야. —
그렇게 귀여운 업둥이 그녀에겐 없었지.
질투에 찬 오베론은 거친 숲 속 돌아다닐

2막 1장 장소　아테네 근처의 숲.
6행 천구층　고대인들은 행성, 별, 천체가 여기에 붙어 함께 움직이는 것으로 믿었다.

수행원 기사로 그 애를 가지려 하지만 25
그녀는 사랑하는 소년을 억류하고
화환을 씌워 주며 애지중지하고 있어.
그래서 두 분이 숲 속이든 풀밭 위든
맑은 샘 주변이든 별빛 밝은 밤이든
만나면 다투게 되니까 모든 요정 두려워서 30
도토리 꼭지 속에 기어들어 숨는단다.

요정 네 형상을 완전히 착각한 게 아니라면
넌 바로 교활하고 짓궂은 정령인
로빈 굿펠로야. 네가 바로 마을의 처녀들을
놀라게 만들고 우유 기름 걷어 내며 35
때로는 맷돌을 안에서 조작하여
숨 가쁜 아낙네가 헛돌리게 만들고
때로는 술 효모가 안 생기게 하거나
밤 길손들 속여 먹고 다치면 웃는 애지?
널 도깨비, 친절한 퍽이라고 부르는 사람들 40
넌 그들을 도와주고 행운을 가져다줘.
그게 바로 너잖아?

퍽 네 말이 맞았어.
내가 바로 그 유쾌한 밤의 방랑자란다.
난 어릿광대짓으로 오베론을 웃겨 드려,
콩 먹고 통통해진 말처럼 변장하고 45
암 망아지 목소리로 히힝 하고 울면서.
난 때로 불에 구운 능금과 꼭 같은 형태로
수다쟁이 사발 속에 몰래 숨어 있다가
그녀가 마실 때 입술을 탁 치고
주름 잡힌 늙은 목에 술을 쏟게 만들지. 50

똑똑한 노파께서 가장 슬픈 얘기할 때
때론 나를 삼발이 의자로 잘못 알아.
그때 내가 잽싸게 몸을 빼면 그녀는 넘어지며
'어이쿠' 소리친 다음에 헛기침한단다.
그러면 모든 청중 배꼽 쥐고 웃으며 55
넘치는 기쁨 속에 재채기하면서 맹세하길
더 유쾌한 시간은 없었다고 말들 하지.
하지만 비켜라, 요정아! 오베론 나오신다.

요정 여왕님도 오시네. 저분은 가셨으면 좋겠어!

한쪽 문에서 요정의 왕 오베론, 그의 시종들과 함께,
다른 쪽에서 여왕 티타니아, 그녀의 시종들과 함께 등장.

오베론 달빛 아래 잘못 만난 오만한 티타니아. 60

티타니아 흥, 질투하는 오베론? 요정들아, 저리 가.
난 그와 잠자리도 동무도 그만뒀어.

오베론 멈춰라, 성급한 것! 내가 남편 아니더냐?

티타니아 그럼 난 당신의 부인이죠. 하지만 난 알아요,
언제쯤 당신이 요정 나라 빠져나가 65
코린의 모습으로 하루 종일 앉아서
매혹적인 필리다에게 보리피리 불어 주며
사랑을 읊었는지. 여긴 왜 왔어요,
머나 먼 인도에서 온 이유가 뭐예요?
장화 신은 아가씨, 당신의 무사 애인, 70

66행 코린 목가에 흔히 등장하는 양치기의 이름. 다음 줄의 필리다는 여자 양치기의 이름.

저 씩씩한 아마존의 여왕이 테세우스와
결혼해야 되니까 그들의 혼인과 후손을
축복해 주려고 온 것이 틀림없잖아요?

오베론 티타니아, 어떻게 당신이 창피하게
히폴리타 끌어들여 내 평판을 건드리오, 75
당신의 테세우스 사랑을 내가 아는 줄 알면서?
페리구네 강간한 그 친구를 당신이
희미한 밤중에 달아나게 인도해 줬잖소?
또한 그가 아름다운 이글스와 아리아드네,
안티오파와도 서약을 깨게 하지 않았소? 80

티타니아 그건 다 질투심이 꾸며 낸 거짓말이에요.
그래서 우리가 한여름이 시작된 이래로
언덕이나 골짜기나 숲이나 초원에서
자갈 깔린 연못가나 골풀 덮인 개울가나
평평한 해변에서 속삭이는 바람 따라 85
원무를 추려고 만나기만 했다 하면
당신은 소란 피워 우리 놀이 방해했죠.
따라서 바람은 우리에게 헛되이 불고 나서
복수라도 하듯이 유독성 안개를
바다에서 빨아올려 땅 위에다 떨구니까 90
시시한 강들조차 모조리 오만하게 부풀어
막고 있는 강둑을 넘어가게 되었어요.
따라서 황소들은 헛되이 멍에 끌고
농부는 땀방울을 낭비하며 푸른 밀은

77~80행 페리구네…안티오파
모두 테세우스가 사랑했던 여인들. 이 가운데 미궁에 갇혀 있는 미노타우로스를 죽이고 그곳을 빠져나오도록 도움을 주었으나 나중에 버림받은 아리아드네 이야기는 잘 알려져 있었다. (뉴펭귄)

다 커서 수염도 달기 전에 썩었고 95
물에 잠긴 들판의 양 우리는 비었으며
까마귀는 병든 가축 시체들로 살이 찌고
모리스 춤 터에는 진흙만 가득하며
무성한 풀밭 위의 정교한 미로들은
아무도 밟지 않아 식별이 불가능해졌어요. 100
인간들은 겨울철의 생기가 모자라고
밤에도 찬송가나 축가를 들을 수 없어요.
그 때문에 홍수를 관장하는 달님이
창백한 분노의 빛으로 온 대기를 적시니
류머티즘 계통의 질병이 쫙 퍼졌죠. 105
이러한 이변의 결과로 우리는 계절이
뒤바뀐 걸 봅니다. 백발의 무서리가
새빨간 장미의 싱싱한 꽃잎 위에 내리고
노인 같은 겨울의 얇고도 차가운 머리 위엔
아름답고 향기로운 여름 꽃눈 화환이 110
조롱하듯 얹혔으며, 봄과 또 여름과
결실의 가을과 분노한 겨울이
평상복을 바꾸니까 당황한 세상이 이제는
어느 게 어느 계절 산물인지 몰라요.
바로 이런 폐해가 생겨나게 만든 것이 115
우리 둘의 싸움이고 우리 둘의 다툼이며
우리가 그 원인 제공자란 말이에요.

오베론 그렇다면 고쳐 봐요, 당신한테 달렸으니.
티타니아가 왜 오베론을 거역해야만 하오?

98행 모리스 춤 영국 북부에서 기원된 민속 무용으로 오월제에 흔히 추었다.

난 꼬마 업둥이 하나를 으뜸 시동 삼으려고 120
구걸하는 것뿐인데.

티타니아 마음 푹 놓으세요.
요정 나라 다 준대도 내게서 못 사가요.
걔 어미는 날 섬기는 여신도였는데
향내 나는 인도 공기 맡으며 밤중에
내 곁에서 정말 자주 수다를 떨었고 125
바다 위를 항해하는 무역선을 지켜보며
넵튠의 황금빛 모래 위에 같이 앉아 있었죠.
그때 우린 돛들이 음탕한 바람으로
배불러지는 걸 보면서 웃었는데 그녀는
(내 어린 종자로 크게 부푼 자궁 안고) 130
헤엄치듯 귀여운 걸음으로 그 돛을
따라가며 흉내 냈고, 육지 위를 달리며
귀한 상품 가득 싣고 항해에서 돌아오듯
하찮은 것 주워서 내게 다시 돌아왔죠.
하지만 인간인 그녀는 걔 때문에 죽었고 135
난 그녀를 위하여 그 애를 기르며
그녀를 위하여 그 애와 떨어지지 않겠어요.

오베론 이 숲 속엔 얼마나 머무를 작정이오?

티타니아 아마도 테세우스 결혼 날 뒤까지요.
당신이 인내하며 우리와 원무 추고 140
우리의 달밤 잔치 보겠다면 같이 가고
아니면 피해요, 나도 당신 멀리할 테니까.

오베론 그 애를 내게 줘요, 그럼 함께 갈 테니까.

티타니아 요정 왕국 준대도 안 돼요. 요정들아, 가자!
더 이상 머물다간 영락없이 싸우겠다. 145

(티타니아와 시종들 함께 퇴장)

오베론 그래, 가 봐. 수풀을 벗어나기 이전에
이 모욕의 대가로 고문을 해 줄 테니.
귀여운 퍽, 이리 와. 넌 기억하느냐?
내가 한번 높은 곳에 앉아서 듣자 하니
돌고래 등에 탄 인어 아가씨 하나가 150
너무나도 감미로운 화음을 뽑아내어
그녀의 노래에 거친 바다 가라앉고
별들이 그 바다 아가씨의 음악을 들으려고
미친 듯이 궤도를 뛰쳐나갔던 때를?

퍽 기억해요.

오베론 바로 그 순간에 (너는 못 봤지만) 나는 봤어, 155
차가운 달님과 땅 사이를 날아가는
중무장한 큐피드를. 서쪽에서 등극한
아름다운 정녀(貞女)를 그는 겨냥했었고
십만의 가슴을 꿰뚫을 듯 세차게
사랑의 화살을 시위를 놓으면서 날렸지. 160
하지만 그 어린 큐피드의 불같은 화살은
순결하고 습기 찬 달빛 속에 꺼졌으며
수녀 여왕께서는 연정에 안 빠진 채
처녀의 명상을 계속하고 계셨단다.
근데 난 그 화살이 떨어진 곳 지켜봤어. 165
서쪽의 작은 꽃에 떨어졌고 원래의 우윳빛이
사랑의 상처로 이제는 자주로 변했는데
처녀들은 그것을 팬지라고 부른단다.

158행 정녀 엘리자베스 여왕을 가리킨다.

내가 한 번 보여 줬던 그 꽃을 가져와라,
잠자는 눈꺼풀에 그 꽃 즙을 바르면 170
눈 뜨고 처음 보는 생물에게, 남자든 여자든
미치도록 혹하게 만들 수 있단다.
그 약초를 가져와, 그런 다음 너는 다시
큰 고래가 삼 마일을 가기 전에 여기로 와.

퍽 사십 분 안으로 지구에게 허리띠를 175
빙 둘러 매 줄게요. (퇴장)

오베론 그 즙을 얻은 다음
티타니아가 잠들 때를 기다리고 있다가
그녀의 눈 속으로 이 액체를 넣어야지.
그녀는 깨났을 때 처음으로 보는 것을
(사자든 곰이든 늑대든 황소든 180
성가신 성성이든 참견하는 원숭이든)
사랑의 일념으로 뒤쫓게 될 것이다.
그리고 그녀의 시야에서 마법을 풀기 전에
(또 다른 약초로 풀어 줄 수 있으니까)
자신의 시동을 내놓게 만들 테다. 185
그런데 이 누구야? 이들 눈에 난 안 보여,
그래서 이들의 대화를 엿들어 볼 테다.

드미트리우스와 그를 따르는 헬레나 등장.

드미트리우스 난 너를 사랑 안 해, 그러니까 뒤쫓지 마.
라이샌더와 아름다운 허미아는 어디 있어?
하난 내가 죽일 거고 다른 하난 나를 죽여. 190
그들이 이 숲으로 도망쳤다 했잖아.

그래서 난 여기 왔고 이 숲에서 미치겠어,
왜냐하면 허미아를 만나볼 수 없으니까.
저리가, 사라져, 더 이상 날 쫓지 마.

헬레나 자석 같은 심장 가진 당신이 날 끌어요. — 195
하지만 쇠는 안 끄네요, 내 심장은
강철같이 진실한데. 끄는 힘을 버리면
당신 쫓는 내 힘도 없어질 거예요.

드미트리우스 내가 너를 유혹해? 살갑게 말을 해?
그보다는 오히려 너를 사랑하지도 200
할 수도 없다고 명백하게 말하잖아?

헬레나 바로 그 때문에 더욱더 사랑해요.
난 당신 애완견이에요, 그래서 드미트리우스,
당신이 때리면 때릴수록 아첨할 거예요.
애완견 다루듯이 나를 차고 때리고 205
무시하고 버리세요. 하지만 당신을 따르게
그럴 가치 없더라도, 허락만 해 줘요.
당신의 개 다루듯 날 다뤄 달라는 것보다
(내게는 그것도 존귀한 처지이긴 하지만)
더 나쁜 처지를 내가 어찌 구걸해요? 210

드미트리우스 내 마음의 증오심을 너무 부추기지 마,
너를 보기만 해도 구역질이 나니까.

헬레나 나는 당신 못 보면 구역질이 나는데.

드미트리우스 당신은 당신의 정숙함을 너무 크게
훼손하고 있어요. 도시를 떠나서 215
사랑 않는 사람 손에 자신을 내맡기고
당신의 처녀성이라는 값비싼 물건을
야밤의 기회와 인적 없는 장소의

나쁜 꾐을 믿고서 넘기다니 말이오.

헬레나 당신의 미덕이 내 특권이에요. 그 때문에 220
당신 얼굴 볼 때면 밤이 아니랍니다.
그래서 난 어둠 속에 있단 생각 안 들고
이 숲 속에 세상 만물 없지도 않아요,
내 보기엔 당신이 온 세상이니까.
그렇다면 어떻게 나 혼자라 할 수 있죠, 225
온 세상이 여기서 나를 보고 있는데?

드미트리우스 난 도망칠 거고 덤불 속에 숨은 다음
야수들의 처분에 널 맡겨 둘 거야.

헬레나 최악의 야수라도 마음은 당신 같지 않아요.
마음대로 달아나요, 얘기가 바뀔 테니. 230
아폴로가 도망가고 다프네가 추적하며
비둘기가 그리핀 뒤쫓고 온순한 암사슴이
호랑이 잡으려 속력을 낸다고요 — 헛속력을,
겁보가 뒤쫓고 용사가 줄행랑을 치니까!

드미트리우스 질문받고 있지는 않을 테야. 가게 해 줘. 235
만약 나를 따라오면 숲 속에서 너에게
못된 짓을 할 테니까 날 믿지 말라고.

헬레나 그래요, 신전에서 도시에서 들판에서
못된 짓을 했어요. 아이참, 드미트리우스!
당신의 잘못은 여성을 정말로 욕보여요. 240
우리는 남자처럼 사랑 놓고 못 싸워요.

231행 아폴로…다프네
그리스 신화에서 아폴로는 다프네를 사랑하여 뒤쫓지만 그녀는 붙잡힐 순간에 아버지인 강의 신의 도움으로 월계수로 변신한다.

232행 그리핀
독수리의 머리와 날개에 사자의 몸통을 가진 전설상의 괴물.

구애를 받아야지 하라고 만든 게 아니에요.

(드미트리우스 퇴장)

뒤따를 거예요, 그래서 너무나 사랑하는
그 손에 죽어서 지옥을 천국 만들 거예요. (퇴장)

오베론 잘 가라, 요정아. 그가 숲을 뜨기 전에 245
도망은 네가 치고 사랑은 그가 구할 것이다.

퍽 등장.

그 꽃을 가져왔어? 어서 와, 떠돌이야.

퍽 예, 여깄어요.

오베론 이리 좀 줘 봐라.
난 야생의 백리향이 활짝 피고 앵초와
머리 숙인 제비꽃이 자라며, 해당화, 250
향기로운 사향 장미, 감미로운 인동으로
완전히 뒤덮인 언덕을 알고 있어.
거기서 티타니아는 꽃들에 파묻혀
춤과 기쁨, 자장가로 밤중에 잠든단다.
그곳에서 큰 뱀은 칠보 허물 벗는데 255
그 넓이가 요정 하나 감쌀 정도 될 거야.
그럼 난 이 즙으로 그녀 눈을 문질러
혐오스러운 환상들이 가득 차게 만들 테다.
너도 조금 가지고 이 숲 속을 뒤져 봐라.
아테네 아가씨 하나가 경멸에 찬 청년을 260
사랑하고 있단다. 그의 눈에 칠해 줘라.
하지만 그다음에 그가 알아보는 것이
그 아가씨이도록 해. 남자가 걸친 게

아테네 복장이니 식별할 수 있을 거다.
그녀가 애인을 좋아하는 것보다 남자가 더 265
좋아하게 되도록 조심해서 시행해라.
그리고 첫닭이 울기 전에 날 만나도록 해.

퍽 걱정하지 마십시오, 주인님, 그리하겠습니다.

(함께 퇴장)

2막 2장

요정 여왕 티타니아, 시종들과 함께 등장.

티타니아 자 이제, 원무 추고 요정 노래 불러라.
그런 다음 삼분의 일 분 뒤에 물러가라.
일부는 사향 장미 봉오리 속 자벌레를 죽이고
일부는 박쥐의 날개 가죽 싸워 뜯어
꼬마 요정 옷 지어라. 또 일부는 밤마다 5
아리따운 우리 요정 궁금하여 소란 떠는
부엉이를 막아라. 자 이제, 노래로 날 재워라.
그런 다음 일들 보고 날 쉬게 해 줘라.

요정들이 노래한다.

요정 1 혓바닥 갈라진 점박이 뱀들과
가시 많은 고슴도치, 숨어라. 10
도롱뇽 도마뱀아 해코지하지 마라,

2막 2장 장소 아테네 근처의 숲.

요정 여왕 근처에 오지 마라.

합창 필로멜라야, 가락 맞게
고운 음의 자장가를 부르자.
자장, 자장, 자장가, 자장, 자장, 자장가. 15
해악은 절대 안 돼,
주문이나 마법도
고운 마마 근처엔 오지 마라.
그러면 자장가로 주무세요.

요정 1 실 짜는 거미들아, 예 오지 마. 20
저리 가, 긴 다리 벌레들아, 저리 가!
갑충들아, 이리 다가오지 마,
지렁이, 달팽이도 나쁜 짓 하지 마.

합창 필로멜라야, 가락 맞게⋯⋯ (티타니아, 잠든다.)

요정 2 저리 가, 물러나! 다 잘됐어. 25
하나는 떨어져서 보초 서고. (요정들 함께 퇴장)

오베론 등장, 티타니아의 눈꺼풀에 즙을 짜 넣는다.

오베론 잠 깼을 때 뭘 보든지 그것을
참사랑의 님으로 생각해라.
그것을 사랑하고 갈망해라.
살쾡이든 고양이든 곰이든 30
표범이든 억센 털 산돼지든
깨났을 때 네 눈앞에 나타나면

13행 필로멜라
그리스 신화에 의하면 아테네의 왕 판디온의 딸이었던 필로멜라는 형부인 테레우스에게 강간을 당한 다음 혀를 잘렸고, 나중에는 밤꾀꼬리(나이팅게일)로 변신한다.

그게 바로 애인이란 말이다.
좀 고약한 것 옆에서 깨어나라. (퇴장)

라이샌더와 허미아 등장.

라이샌더 자기, 숲 속을 헤매느라 허약해 보이네. 35
그런데 사실 난 길을 잃어버렸어.
괜찮다고 생각하면 쉬어 가자, 허미아,
그런 다음 아침의 위안을 기다리자.

허미아 그러자, 라이샌더. 잠자리를 찾아봐,
나는 이 언덕에 머리 대고 쉴 테니까. 40

라이샌더 잔디 덩이 하나면 둘의 베개 될 거야.
한 마음, 한 침대, 두 가슴에 진실은 하나니까.

허미아 안 돼, 라이샌더. 자기도 날 위해
저만치 가서 누워. 너무 곁에 눕지 말고.

라이샌더 오, 자기, 순수한 내 본심을 알아 줘! 45
사랑의 대화에선 사랑으로 뜻을 알아.
내 마음은 자기 것과 엮어져 있으니까
한 마음이 될 수밖에 없다는 뜻이야.
두 가슴이 한 맹세로 묶여져 있으니까
가슴은 둘이지만 진실은 단 하나야. 50
그렇다면 자기 곁에 내 잠자리 허락해 줘,
그렇게 자는 건, 허미아, 자는 게 아니니까.

허미아 라이샌더는 수수께끼 참 귀엽게 말하네.
라이샌더 얘기를 자자는 뜻으로 들었다면
허미아의 품행과 자존심은 욕먹어도 쌀 거야. 55
하지만 자기야, 사랑과 예절 때문에라도

저만치 누워서 자, 점잖게 말이야.
정숙한 처녀와 총각에게 어울린다,
그렇게 말하는 게 당연한 거리만큼
떨어져 줘. 그런 다음 친구야, 잘 자. 60
네 생명 다하도록 사랑 변치 말기를!

라이샌더 그럼, 그럼, 아름다운 그 기도가 맞고말고.
내 마음 변할 때 내 생명도 끝나리라!
이게 내 침대야. 잠의 휴식 다 네게 오기를!

허미아 그 소원의 절반으로 너도 편히 잠들기를! (둘은 잠든다.) 65

퍽 등장.

퍽 숲 속을 샅샅이 뒤졌으나
아테네 사람은 못 찾겠네,
사랑을 일으키는 이 꽃 힘을
그 눈에 시험하고 싶은데.
조용한 밤중에 — 이 누구야? 70
아테네 복장을 하고 있군.
주인님 말씀으론 이자가
이 아테네 처녀를 경멸했어.
그래서 처녀는 차갑고 더러운
이쪽 땅에 깊이 잠들었구먼. 75
예쁜 것, 무정하고 예절 없는
이자 곁엔 안 눕는다 했었군.
촌놈아, 마법 꽃의 온 힘을
네 눈에 몰아넣어 주겠다.
깨어나면 너는 사랑 때문에 80

한순간도 눈 못 붙일 것이다.
그러니까 나 떠난 뒤 깨어나라,
난 이제 오베론께 가 봐야 하니까. (퇴장)

드미트리우스와 헬레나 뛰면서 등장.

헬레나 날 죽여도 좋으니 멈춰요, 드미트리우스.
드미트리우스 명령이야, 저리 가, 달라붙지 말라고. 85
헬레나 오, 어둠 속에 날 버려요? 그럭하지 마세요.
드미트리우스 멈춰, 위험을 각오해. 난 혼자 갈 거야. (퇴장)
헬레나 오, 어리석게 뒤쫓느라 숨차서 죽겠네!
내가 빌면 빌수록 품위가 더 없어져.
어디에 누워 있든 허미아는 복도 많지, 90
축복받고 매력적인 눈을 가졌으니까.
걔 눈은 왜 그리 빛날까? 짠물로는 아니야,
내 눈이 걔 눈보다 더 자주 씻기니까.
아냐, 그건 아냐. 난 곰처럼 못생겼어,
짐승들도 날 만나면 겁나서 내빼니까. 95
그러니까 드미트리우스가 저렇게
괴물 본 듯 도망가도 놀랄 것 하나 없지.
내 거울 어느 것이 사악하게 날 속이고
허미아의 별 같은 두 눈과 비교해 보랬지?
근데 이 누구야? 라이샌더가 땅바닥에? 100
죽었나, 잠자나? 피도 없고 상처도 없잖아.
이봐요 라이샌더, 살았으면 일어나요!
라이샌더 (깨어나며) 그리고 소중한 그대 위해 불에 뛰어들리라!
투명한 헬레나여, 조물주의 기술로

그 가슴속 심장을 내가 볼 수 있군요. 105
드미트리우스 어딨소? 오, 비천한 그 이름은
내 칼날에 사라지기 딱 좋은 말 아닌가!

헬레나 그런 말 마세요, 라이샌더, 말라고요.
그이가 허미아 사랑하면 어때서요? 참, 어때서!
허미아의 당신 사랑 영원하니 만족해요. 110

라이샌더 허미아에 만족을? 아뇨. 그녀와 함께 보낸
지겨운 순간들을 후회하는 바입니다.
허미아가 아니라 헬레나를 사랑하오.
그 누가 까마귀를 비둘기와 안 바꿔요?
인간의 욕망은 이성이 지배하고 그 이성은 115
당신이 더 훌륭한 처녀라고 말한다오.
자라는 것들은 때가 와야 익는 법,
어린 나는 지금까지 이성이 덜 익었소.
근데 이젠 식별력이 정점에 도달하여
이성이 내 욕망의 안내인이 된 다음 120
당신의 눈으로 날 인도하였고 난 거기서
가장 귀한 사랑책의 사랑 역사 읽는다오.

헬레나 이렇게 심한 조롱 받는 게 내 팔자인가요?
이런 멸시 받을 일을 당신에게 했던가요?
그만하면 됐잖아요, 그만하면 됐잖아요, 125
내가 드미트리우스의 따뜻한 눈길을
한 번도 못 받고 또 받을 수도 없단 걸로?
그래도 내 무력함을 비웃어야 하겠어요?
그렇게 경멸 조로 나에게 구애하면
정말이지 잘못하는 거예요, 정말로요. 130
하지만 잘 있어요. 부득이 고백하면

난 당신을 더 진실된 신사로 생각했답니다.
오, 한 숙녀가 한 남자의 거절을 받았다고
또 한 명의 남자에게 모욕을 당하다니! (퇴장)

라이샌더 그녀는 허미아를 못 봤어. 허미아, 거기서 자, 135
라이샌더 곁에는 절대로 오지 말고!
왜냐하면 극도로 단 것들을 과식하면
극도의 혐오감이 위장에서 생겨나듯
아니면 사람들이 이단 주장 버릴 때
그것에 속았던 이들이 가장 많이 미워하듯 140
나의 과식, 나의 이단인 너는 모두의 미움을
그러나 가장 크게 내 미움을 살 테니까!
그리고 난 전력을 다하여 헬렌을 공경하고
그녀 기사 되는 데 사랑, 실력, 다 바치리. (퇴장)

허미아 (놀라며) 살려 줘, 라이샌더, 살려 줘! 최선을 다하여 145
내 가슴 위에 있는 이 뱀을 떼어 내 줘!
아, 불쌍해서 어쩌나! 이게 무슨 꿈이야!
라이샌더, 무서워 떨고 있는 나를 좀 봐.
내 생각에 뱀이 내 심장을 파먹고 있는데
너는 그 잔인한 포식에 웃고 앉아 있었어. 150
라이샌더! 뭐야, 떠났어? 라이샌더 님!
뭐, 안 들리는 데로 갔어? 소리도 말도 없어?
아이참, 어딨어요? 들리면 말해 봐요.
참사랑 다 걸고 말해요! 무서워 기절할 참이네.
없나? 그럼, 근처엔 없다는 걸 잘 알았고 155
죽음이든 당신이든 곧장 찾을 거예요. (퇴장)

(티타니아는 여전히 누워 잠잔다.)

3막 1장

티타니아는 계속 누워 잠잔다.

퀸스, 보텀, 스넉, 플루트, 스나우트 및

스타블링 등장.

보텀 다 모였어?

퀸스 그럼, 그럼. 근데 여기에 우리가 연습하기 기막히게 좋은 장소가 있구먼. 이 푸른 풀밭은 우리의 무대, 이 산사나무 덤불은 우리의 의상실이 될 거야. 그리고 우리는 공작님 앞에서 하듯이 행동으로 해 볼 거야. 5

보텀 퀸스 형!

퀸스 왜 그러나, 보텀 대장?

보텀 이 피라무스와 티스베의 코미디에는 절대로 즐겁지 못한 일들이 있어. 첫째, 피라무스는 자살하려고 칼을 뽑아야만 하는데 그건 숙녀들이 못 참아 줄 거야. 이 10 문제를 어쩔 테야?

스나우트 어이쿠, 엄청 겁나네.

스타블링 아무튼 죽는 건 빼 버려야 된다고 생각해.

보텀 천만의 말씀! 다 잘되게 할 방법이 내게 있어. 머리말을 하나 쓰라고, 그리고 그 머리말에서 우리가 칼을 가 15 지고 아무런 해도 입히지 않을 것 같다고 말해. 또 피라무스는 진짜 죽는 게 아니라는 말도 하고. 그리고 좀 더 크게 확신을 주려면 나 피라무스는 피라무스가 아니고 베틀장이 보텀이라고 말해 줘. 그걸로 무서움은 없어질 거야. 20

3막 1장 장소 아테네 근처의 숲.

퀸스 좋아, 그런 머리말을 하나 붙이지. 근데 그건 팔육조로 쓸 거야.

보텀 아니. 둘을 더 늘려서 팔팔조로 쓰지그래.

스나우트 숙녀들이 사자를 두려워하시지는 않을까?

스타블링 그럴 것 같아, 틀림없어. 25

보텀 여러분, 좀 곰곰이 생각들 해 봐요. 숙녀들 가운데로 사자를 데려온다는 건 (하느님 맙소사!) 최고로 무시무시한 일이란 말씀이야. 이른바 살아 있는 사자보다 더 무서운 날짐승은 없으니까. 우린 그 점에 신경을 써야 해.

스나우트 그러니까 또 하나의 머리말로 그 사람은 사자가 아니라고 해야겠네. 30

보텀 아니, 그의 이름을 말해야지, 그리고 얼굴의 반은 사자의 목 밖으로 보여야만 되겠지. 그리고 거기를 통해 이렇게, 또는 이 같은 치지로 말해야 되겠지. '숙녀들이시여' 또는 '고운 숙녀들이시여, 바라옵건대' 또는 '요청하옵건대' 또는 '간청하옵건대 무서워 말고 떨지 마십시오, 제 목숨을 걸지요. 제가 이곳에 사자로 나왔다고 생각하신다면 제 목숨이 불쌍하죠. 아뇨! 전 그런 게 아닙니다. 저도 다른 사람들과 같은 사람입니다.' 그리고 바로 거기에서 자기 이름을 말하고 자기는 땜장이 스나우트라는 걸 분명히 얘기하라고 해. 35 40

퀸스 좋아, 그렇게 하지. 하지만 두 가지 어려운 일이 있는데, 즉 방 안으로 달빛을 들여오는 거야, 알다시피 피라무스와 티스베는 달밤에 만나니까.

스나우트 우리가 연극을 하는 그날 밤에 달이 뜨나? 45

34행 치지 '취지'가 맞는 말이다.

보텀　달력, 달력! 연감을 들여다봐. 달빛을 찾아봐, 달빛을 찾아보라고!

퀸스　됐어, 그날 밤에 달이 비치는구먼.

보텀　그렇다면 우리가 연극하는 큰 방의 창틀을 열어 놓으면 되겠네. 그러면 달빛이 창틀 안으로 비칠 수 있을 테니까. 50

퀸스　맞아. 안 그러면 누가 가시덤불과 초롱 하나를 가지고 들어와서 자기가 달빛이라는 인물을 들어내려고 또는 나타내려고 왔다고 말해야 되겠지. 그다음 일이 또 하나 있는데, 큰 방 안에 벽이 있어야 해. 피라무스와 티스베는 (얘기에 의하면) 벽의 틈새를 통해 대화를 나눴다고 하니까. 55

스나우트　벽은 절대 못 가지고 들어가잖아. 보텀, 어떻게 할 거야?

보텀　어느 누구 하나가 벽을 나타내야만 되겠지. 몸에 회반죽이나 찰흙이나 초벌칠을 두르고 벽을 표현하도록 하란 말이야. 아니면 손가락을 이렇게 벌리고 있으라고 해, 그러면 그 찢어진 틈으로 피라무스와 티스베가 속삭일 거야. 60

퀸스　그렇게만 된다면 다 잘될 거야. 자, 너 나 할 것 없이 앉아서 각자의 역할을 연습해 보자고. 피라무스, 자네가 시작해. 대사를 다 말하고 나거든 저 덤불 속으로 들어가. 그리고 나머지는 각자의 신호를 따르도록 하고. 65

뒤에서 퍽 등장.

53행 들어내려고　'드러내려고'가 맞는 말이다.

퍽 요정 여왕 요람 침대 이렇게 가까이서
어떤 천한 촌놈들이 활개를 치고 있지?
아니, 연극이 있다고? 들어나 봐야지, 70
이유가 있으면 배우도 될 수 있고.

퀸스 피라무스, 시작해. 티스베, 이리 나와.

보텀 '티스베, 아름다운 악취 나는 꽃들은'—

퀸스 향취야, 향취!

보텀 — '향취 나는 꽃들은
그대 숨결 같아요, 귀여운 티스베 귀염둥이. 75
그런데 목소리다! 잠시만 여기에 머물러요,
그럼 난 그대에게 곧 나타나리다.' (퇴장)

퍽 정말로 이상한 피라무스가 놀고 있네! (퇴장)

플루트 대사를 지금 해야 돼요?

퀸스 암, 그래야 하고말고. 그는 자기가 들은 소리를 보러 80
나갔을 뿐이고 다시 돌아올 거라는 사실을 알아야지.

플루트 '가장 밝은 피라무스, 가장 흰 백합꽃 빛,
색깔은 찬란한 넝쿨 위의 붉은 장미 같은데
가장 힘찬 청춘에다 가장 멋진 청개구리,
절대로 안 지치는 진실한 말처럼 진실되게 85
니나노 왕릉에서 내 그대 피라무스 만나리.'

퀸스 이봐, 니누스 왕릉이야! 아니, 그 대사는 아직 해선 안
돼. 그걸로 피라무스에게 답해야지. 자넨 맡은 역의 대
사를 모조리, 신호까지 합쳐서 하고 있어. 피라무스, 등

84행 청개구리
의미와 상관없이 두운과 각운을 맞추기 위해 급조된 원문처럼 번역에서도 '청춘'의 '청'자에 의해 연상될 수 있는 엉뚱한 말로 옮겼다.

86행 니나노 왕릉
니네베의 전설적인 창건자인 니누스의 왕릉을 이렇게 잘못 외웠다.

장해! 자네 신호는 지났어. '절대로 안 지치는' 그거야. 90

플루트 오. — '절대로 안 지치는 진실한 말처럼 진실되게.'

퍽과 나귀 머리를 한 보텀 등장.

보텀 '내 비록 고와도, 티스베, 그대 것일 뿐이오.'

퀸스 오, 괴물이다! 오, 이상해! 우리에게 귀신이 붙었어. 이보게들, 제발, 도망쳐, 이보게들! 살려 줘요!

(퀸스, 스넉, 플루트, 스나우트, 스타블링 함께 퇴장)

퍽 너희들을 따라가서 한 바퀴 돌릴 테다! 95
습지 넘어 덤불 넘어 수풀 넘어 넝쿨 넘어
때로는 말이 되고 때로는 사냥개
돼지나 목 없는 곰, 때로는 불이 되어
말, 사냥개, 돼지, 곰, 불처럼 곳곳에서
히히힝, 컹컹, 꿀꿀, 으르렁대거나 태울 테다. 100

보텀 왜 달아나는 거지? 이건 날 겁주려고 벌이는 짓궂은 장난이야.

스나우트 등장.

스나우트 오, 보텀, 넌 변했어! 머리 위에 보이는 그게 뭐야?

보텀 보이는 게 뭐냐고? 바보 같은 당신의 나귀 머리가 보이겠지, 안 그래요? (스나우트 퇴장) 105

퀸스 등장.

퀸스 맙소사, 보텀, 맙소사! 자네 모습이 바뀌었어. (퇴장)

보텀　무슨 장난인지 알았다. 이건 날 바보로 만들고 놀래려는 거야, 그럭할 수 있다면. 하지만 난 그들이 어떡하든 이곳에서 꿈쩍도 않을 거야. 난 여기서 이리저리 거닐면서 노래할 거야, 그러면 내가 겁먹지 않았다는 걸 알아듣겠지. 110

'몹시 검은 색깔의 수지빠귀
귤 갈색의 부리 있고
몹시 참된 노래하는 티티새,
목 짧은 굴뚝새 — 115

티타니아　(깨면서) 웬 천사가 꽃 침대에 누운 나를 깨우실까?

보텀　(노래한다.)

'피리새, 참새와 종달새,
쉬운 노래 부르는 재 뻐꾸기,
뭇 남자들 그 가락은 잘 알지만
아니라고 감히 대꾸 못 하지. — 120

왜냐하면 사실 누가 그렇게 멍청한 새와 머리싸움을 하겠어? 뻐꾸기가 '뺏겼다.'고 아무리 떠들어 댄다 한들 누가 새한테 거짓말이야, 그러겠어?

티타니아　고상한 인간이여, 다시 한 번 노래해요.
내 귀는 당신의 가락에 쏙 반했고 125
눈 또한 당신의 형상에 사로잡혔으며
당신의 아름다운 미덕은 나에게 강제로
첫눈에 사랑을 말하고 맹세케 한답니다.

보텀　제 생각에 부인께서는 그러실 이유가 없는 것 같은데

119~120행 남자들…하지　뻐꾸기 울음소리(cuckoo)와 오쟁이 진 남자(cuckold)의 발음이 비슷한 데서 유래한 농담을 염두에 두고 하는 말.

요. 그래도 사실을 말하면 사랑과 이성은 요즈음 거의 130
자리를 같이하지 않는답니다. 더욱 유감인 건 정직한
이웃들이 그들을 친구로 만들어 주지 않는다는 거지
요. 그렇지, 나도 때로는 뼈 있는 농담을 할 수 있어.

티타니아 당신은 아름다운 만큼이나 현명해요.

보텀 둘 다 아닌데요. 하지만 이 숲을 빠져나가기에 충분한 135
기지만 있다면 제 소용에 닿을 만큼 충분하겠습니다.

티타니아 이 숲에서 나가기를 바라지 마셔요,
원하든 원치 않든 여기 남게 될 테니까.
난 보통의 평가 받는 정령이 아니에요.
여름은 항상 나를 수행하며 시중들고 140
난 정말 당신을 사랑해요, 그러니 함께 가요.
당신께 시중들 요정들을 드릴게요.
그들은 깊은 바닷속에서 보석을 가져오고
당신이 꽃잎 깔고 잠잘 때 노래할 거예요.
난 당신의 조잡한 육신을 정화하여 145
공중의 정령처럼 움직이게 할 거예요.
완두꽃! 거미줄! 티끌과 겨자씨야!

네 요정, 완두꽃, 거미줄, 티끌, 겨자씨 등장.

완두꽃 여기요.

거미줄 저도.

티끌 저도.

겨자씨 저도요.

모두 어디로 갈까요?

티타니아 친절하고 정중하게 이 어른을 모셔라.

걸으실 땐 깡충 뛰고 눈앞에선 팔딱 뛰며 150
살구와 나무딸기, 자주색 포도와
초록색 무화과와 오디를 따 드려라.
땅벌들의 꿀 주머니 빼앗아 올 것이며
밀랍 오른 그 허벅지 긁어내어 초 만들고
타오르는 개똥벌레 눈으로 불 밝혀라, 155
내 님이 취침과 기상을 하시도록.
그리고 채색된 나비 날개 뜯어내어
잠든 님의 눈 속 달빛 부채질로 쓸어 내라.
얘들아, 이분께 고개 숙여 예의를 표해라.

완두꽃 인간님께 경례! 160

거미줄 경례!

티끌 경례!

겨자씨 경례!

보텀 여러분의 용서를 빕니다, 진심으로. 귀하의 이름을 간청드립니다. 165

거미줄 거미줄이에요.

보텀 당신과 친분이 좀 더 두터워지기를 바랍니다, 거미줄 양반. 내가 손가락을 잘랐을 때 감히 당신을 쓰겠습니다. 신사분, 당신의 이름은?

완두꽃 완두꽃이요. 170

보텀 당신 어머니 완두 아주머니와 당신 아버지 완두 아저씨께 부디 안부 좀 전해 주시기 바랍니다. 완두꽃 양반, 당신과도 친분이 좀 더 두터워지기를 바랍니다. 저, 간청컨대 당신의 이름은?

겨자씨 겨자씨랍니다. 175

보텀 겨자씨 양반, 난 당신의 참을성을 잘 알고 있답니다.

저 비겁한 거인 같은 수소 고기가 당신 집안의 수많은
신사분들을 삼켰어요. 단언컨대, 당신 친척들은 전에
내 눈에 눈물이 흐르게 했답니다. 당신과도 좀 더 친분
이 두터워지기를 바랍니다, 겨자씨 양반. 180

티타니아 자, 시중을 들면서 내 정자로 모셔라.
달님은 물기 어린 눈으로 보는 것 같구나.
그녀가 울 때면 작은 꽃들 모두가
강탈당한 순결을 슬퍼하며 운단다.
내 님의 혀를 묶고 조용히 모셔 가라. (함께 퇴장) 185

3막 2장

요정의 왕 오베론 등장.

오베론 티타니아가 잠에서 깨났는지 궁금하군.
그러면 그녀 눈에 맨 처음 들어와
극도로 그녀를 혹하게 만든 게 뭐였을까?

퍽 등장.

심부름꾼 왔구나. 미친 것아, 잘 지냈어?
귀신 많은 이 수풀에 무슨 밤일이라도? 5

퍽 여왕께선 괴물과 사랑에 빠졌어요.
그녀가 나른하게 잠자는 시간에
신성하고 은밀한 그녀의 휴식처 가까이

3막 2장 장소 아테네 근처의 숲.

아테네 상가에서 밥 벌어 먹고사는
상놈들, 조잡한 장인들 한 무리가 10
위대한 테세우스 혼인날을 염두에 둔
연극을 연습하러 같이 모였답니다.
그 우둔한 부류에서 가장 얕은 얼간이가
그네들 놀이에서 피라무스를 맡았는데
무대를 떠나서 덤불로 들어갔죠. 15
그때 제가 유리한 기회를 잡았어요.
머리 위에 나귀상을 얹어 줬단 말입니다.
그는 곧 티스베에 화답해야 했기에
저의 가짜 배우가 앞으로 나왔죠. 놈들은
기어오는 포수를 본 야생 거위 떼처럼 20
아니면 붉은 머리 까마귀 무리가
(총성이 울렸을 때 깍깍대며 날아올라)
서로들 흩어지며 맹렬히 하늘 휩쓸 때처럼
그자를 보자마자 동료들은 도망쳤고
그루터기에 걸려서 연거푸 넘어지며 25
'살인이야' 외치고 아테네의 도움을 구했어요.
감각이 확 약해지고 확 겁먹고 길을 잃자
무생물이 놈들에게 해코지를 시작했죠,
찔레와 참가시가 의복을 낚아챘으니까요.
소매든 모자든 내놓으면 다 뺏겼죠. 30
전 이렇게 겁먹고 산란해진 그들을 내몰고
멋진 피라무스는 바뀐 채 거기다 뒀는데
티타니아가 그 순간 잠에서 깨어나
곧바로 나귀를 사랑하게 되셨지 뭡니까.

오베론 이건 내 궁리보다 일이 더 잘 풀렸다. 35

그런데 미약을 아테네 사람 눈에
내가 명령한 대로 떨어뜨려 주었느냐?

퍽 자는 그를 덮쳤지요 — 그 일도 끝냈어요. —
아테네 여인을 곁에 두고. 그래서 깼을 때
그녀를 볼 수밖에 없도록 해 놨어요. 40

드미트리우스와 허미아 등장.

오베론 몸을 감춰. 이게 그 아테네 사람이야.

퍽 여자는 맞는데 남자는 아니군요.

드미트리우스 오, 이토록 당신 사랑하는데 왜 그렇게 질책해?
그렇게 독한 말은 지독한 적에게나 해야지.

허미아 난 지금 꾸짖지만 더 나쁜 대접을 해야겠어. 45
저주할 근거가 있는 것 같으니까.
잠자는 라이샌더를 네가 죽인 거라면
피 맛을 봤으니까 깊이 들이마시고
어디 나도 죽여 봐.
태양이 낮에게 아무리 충실해도 날 위하는 50
그 사람만 못하지. 허미아가 자는데
그가 달아난다고? 그 말을 믿느니 차라리
지구에 구멍이 뻥 뚫리고 달이 그 중심을
기어서 빠져나가 정반대편 주민들 사이에서
태양의 낮 기운을 해칠 수 있다고 믿겠어. 55
그를 죽인 사람은 너밖에 달리 없어.
꼭 살인자 모습이지, 죽은 듯이 섬뜩해.

드미트리우스 꼭 피살자 모습이지, 꼭 나처럼 말이야,
당신의 잔혹성에 심장이 꿰뚫렸으니까.

그런데 살인자 당신은 저 건너 샛별처럼 60
희미한 궤도에서 밝고 또 맑아 보여.

허미아 이게 라이샌더와 무슨 상관 있는데? 어딨어?
아, 착한 드미트리우스, 그를 내게 줄 테야?

드미트리우스 차라리 그 시체를 내 개에게 주겠어.

허미아 꺼져라, 이 개자식! 넌 내가 처녀의 인내심, 65
그 한계를 넘게 했어. 그럼 그를 죽였어?
지금부터 절대로 인간 취급 못 받아라!
오, 한 번만 진실을 말해 줘, 날 위해서라도!
깨어 있는 그를 감히 쳐다만 보다가
잠잘 때 죽였어? 오, 위업을 이뤘도다! 70
뱀이나 독사라도 그만큼은 하잖아?
독사가 그랬어! 너, 두 혓바닥 가진 뱀,
너보다 더 잘 무는 독사는 없었을 테니까!

드미트리우스 엉뚱하게 화내면서 격정을 토하는군.
라이샌더의 살육에 난 아무런 죄가 없고 75
그는 내가 알기로 죽지도 않았어.

허미아 그렇다면 제발 그가 잘 있다고 말해 줘.

드미트리우스 그럭하면 그 대가로 내가 뭘 얻는데?

허미아 절대 나를 더는 보지 않는다는 특권이야.
그래서 난 이렇게 미운 너를 떠날 테니 80
그이가 죽었든 살았든 다신 날 보지 마. (퇴장)

드미트리우스 저렇게 심기가 사나울 때 따라갈 일 없어.
그러니까 잠시 여기 머물러 있어야지.
근데 잠이 파산하여 슬픔에게 진 빚으로

72행 두 혓바닥 이렇게 말했다가 저렇게 말하는 사기꾼의 상징.

슬픔의 무게는 점점 더 무거워지는구나. 85
내가 만약 여기에서 잠이 오길 기다리면
그 빚이 약간은 가벼워질 것이다.

(그는 누워서 잠들고 오베론과 퍽은 앞으로 나온다.)

오베론 어떻게 한 거야? 아주 잘못 생각하고
참사랑의 시야에 미약을 바르다니.
너의 오인 때문에 거짓 사랑 안 바뀌고 90
참사랑이 바뀔 일이 반드시 따를 거다.

퍽 그럼 운이 지배하여 한 사람만 진실되고
백만은 엇나가 모든 맹세 다 깨겠죠.

오베론 바람보다 더 빨리 숲 속으로 가 보아라.
그리고 아테네의 헬레나를 찾아내라. 95
상사병에 걸린 그녀, 신선한 피 다 빼앗는
사랑의 한숨으로 창백하게 변했단다.
환영을 이용하여 이리 데려오너라.
그에 대비, 나는 이 눈에다 마법을 걸겠다.

퍽 가요, 가요, 이렇게 간다고요, 100
타타르인 활 떠난 화살보다 더 빠르게. (퇴장)

오베론 (드미트리우스의 눈꺼풀에 꽃 즙을 짜 바르며)
큐피드의 화살 맞은
자주색 꽃이여,
이 눈동자 적시어라.
그가 님을 보게 되면 105
그녀는 저 하늘 샛별처럼

101행 타타르인 달단 또는 돌궐족으로 이들의 세 겹으로 만들어진 활은 영국 활보다 더 강력했다. (아든)

찬란하게 빛나리라.
깼을 때 님이 곁에 있거든
그녀에게 개선책을 구해라.

퍽 등장.

퍽 요정들의 대장님, 110
헬레나가 예 왔어요.
제가 잘못 보았던 그 청년도
사랑 보답 간청하며 왔고요.
어리석은 그들 놀음 좀 볼까요?
허, 이 바보 인간들 같으니! 115

오베론 물러서라. 그들이 소릴 내면
드미트리우스가 깨게 된다.

퍽 그럼 곧 둘이 함께 구애하고
그것만도 오락감이 틀림없죠.
제가 가장 즐거워하는 일은 120
뒤죽박죽 뒤섞이는 거랍니다. (그들은 물러선다.)

라이샌더와 헬레나 등장.

라이샌더 내가 왜 경멸 조로 구애한다 생각하죠?
경멸과 조소에는 눈물이란 없답니다.
보세요, 맹세할 때 우는 걸. 이러한 맹세는
출발부터 모든 것이 진실임을 드러내요. 125
이것이 어째서 경멸처럼 보이지요,
진실임을 입증하는 휘장을 달았는데?

헬레나 당신의 교활함은 도를 더해 가는군요.
진실로 진실을 죽이는, 오, 악마의 성전이여!
이 맹세는 허미아의 것인데 그녀를 버려요? 130
두 서약을 달아 보면 당신 무게 달아나요.
그녀와 내게 한 맹세를 두 접시에 올리면
무게는 같을 거고 농담처럼 가벼워요.

라이샌더 판단력도 없이 난 그녀에게 맹세했소.

헬레나 그녀를 버리는 지금도 없다고 생각해요. 135

라이샌더 드미트리우스는 당신 아닌 그녀를 사랑하오.

드미트리우스 (깨면서) 오, 헬렌, 여신, 요정이여, 완벽하고 거룩하오!
그대 눈을 내 님이여, 어디다 비할까요?
수정은 탁하다오. 오, 그대의 완숙한 두 입술,
입 맞추는 두 버찌는 어찌나 탐나는지! 140
동풍에 실려와 토러스 높은 산에 얼어붙은
맑고 흰 눈조차도 그대가 손을 들면
까마귀로 변한다오. 오, 입 맞추게 해 주시오,
이 순백의 공주에게, 이 지복의 증표에게!

헬레나 오, 이 분통! 오, 이 지옥! 같이 웃고 즐기자고 145
나를 공격하기로 작심을 했군요.
당신들이 공손하고 예절을 안다면
이토록 큰 상처를 내게 주진 않을 테죠.
미워하면 그만이지, 그런 줄 알지만,
합심하여 놀리기도 해야만 되겠어요? 150
당신들이 남자라면, 남자처럼 보이니까,
진심으로 날 미워하는 게 분명한데

141행 토러스 터키 남부의 산맥. 최고봉 3,737m.

서약하고 맹세하고 내 자질을 극찬하는
이런 식의 대접을 숙녀에게 않을 테죠.
당신들은 연적이며 허미아를 사랑해요. 155
근데 이젠 연적 되어 헬레나를 놀리네요.
눈부신 위업이고 남자다운 일이군요,
당신들의 조소로 불쌍한 처녀 눈에
눈물 나게 하다니! 고귀한 성품이면
오로지 장난삼아 한 처녀를 이토록 괴롭히고 160
인내심을 강탈하진 않았을 거예요.

라이샌더 불친절하구나, 드미트리우스, 그러지 마.
넌 허미아 사랑해, 내가 그걸 아는 줄 알잖아.
여기에서 내 모든 호의와 진심 다해
허미아의 사랑에서 내 몫을 양도할게. 165
그러니 헬레나의 네 몫을 나에게 물려줘.
난 정말 그녀를 사랑해, 죽음이 올 때까지.

헬레나 조롱꾼들 헛소리가 절정에 이르렀네.

드미트리우스 라이샌더, 허미아는 네가 가져, 난 안 해.
사랑한 적 있었대도 그 사랑은 다 떠났어. 170
내 마음은 그녀에게 손님처럼 머물렀고
이제는 헬렌이란 고향으로 되돌아와
거기에 머물 거야.

라이샌더 헬렌, 그렇지 않아요.

드미트리우스 알지도 못하는 믿음을 헐뜯지 마,
위험하게 비싼 대가 치르지 않으려면. 175
네 사랑이 오는군. 저쪽이 네 애인이야.

허미아 등장.

허미아 눈의 기능 앗아 가는 어두운 밤이면
귀가 가진 인지력은 더욱 예민해진다.
그래서 밤이 되면 시력은 줄지만
그 두 배의 보상을 청력이 받는다. 180
라이샌더, 널 찾아낸 것은 내 눈이 아니라
귀가 나를 고맙게도 네 소리로 데려왔어.
하지만 왜 그리도 무정하게 떠났어?

라이샌더 사랑이 떠미는데 왜 머물러 있어야지?

허미아 그 어떤 사랑이 라이샌더 떠밀었지? 185

라이샌더 남아 있지 말라는 라이샌더의 사랑이지. —
아름다운 헬레나! 그대는 저 건너 불타는
둥근 빛 눈 모두보다 밤을 더 도금하오.
왜 나를 찾아왔어? 이래도 모르겠어,
미움을 품었기에 널 그렇게 떠난 것을? 190

허미아 네 생각은 말과 달라, 그럴 리 없다고.

헬레나 저것 봐, 걔도 이 공모자들 가운데 하나야!
이제야 알겠다, 셋이 모두 작당하여
날 골려 먹으려고 거짓 장난 꾸몄어.
괘씸한 허미아! 고마움을 너무 몰라! 195
이처럼 더럽게 비웃으며 날 학대하려고
이들과 모의하고 이들과 궁리했어?
우리 둘이 나눠가진 그 모든 비밀과
여형제의 맹세와, 우리들을 갈라놓는
발 빠른 시간을 꾸짖으며 같이 보낸 200
그 많은 시간을 — 오, 다 잊어버렸어?
학창 시절 우정과 어린 날의 순수함도?
허미아, 우린 마치 솜씨 좋은 신들처럼

한 방석에 앉아서 둘이서 한 견본에
둘이서 한 송이를 두 바늘로 수놓으며 205
한 가지 음조로 같은 노래 읊조렸어,
우리 손과 옆구리와 목소리와 마음이
일체가 된 것처럼. 그렇게 우린 같이 자랐어.
겹버찌의 모습처럼 갈라진 것 같지만
갈라진 상태에서 합쳐진 것으로서 210
한 자루에 맺혀 있는 두 귀여운 열매였어.
몸은 둘로 보이지만 마음은 하나였지,
처음엔 둘이지만 하나에게 귀속되고
한 투구로 장식되는 방패의 두 문장처럼.
근데 네가 우리의 옛사랑을 찢어 놓고 215
남자들과 합세하여 불쌍한 친구를 조롱해?
이것은 친구답지, 처녀답지 않은 일로
상처는 나 홀로 느끼지만 나뿐만 아니라
여성들 모두가 이 일로 널 꾸중할 거야.

허미아 네 말이 격렬한 데 참 많이 놀랐다. 220
나는 널 경멸 안 해. 네가 날 경멸하는 것 같아.

헬레나 라이샌더 부추겨서 경멸하듯 날 따라와
내 눈과 얼굴을 칭찬하게 만들지 않았어?
또 방금도 발로 날 걷어찼던 다른 애인
드미트리우스에게 나를 여신이네, 요정이네, 225
거룩하다, 빼어나다, 소중하다, 하늘 같다,
외치게 만들지 않았어? 뭣 때문에 그가 그래,
미워하는 여자에게? 또 라이샌더는 뭣 때문에
마음속의 참 귀중한 네 사랑을 부인하고
나에게 (별꼴이야) 애정을 보이지? 230

네가 그를 부추기고 동의한 게 아니라면?
내가 비록 너만큼 호감도 못 사고
사랑도 안 붙으며 운도 아주 안 좋아서
짝사랑만 하면서 최고로 비참하면 어때서?
넌 그걸 멸시가 아니라 동정을 해야지. 235

허미아 무슨 말을 하는 건지 이해를 못 하겠어.

헬레나 그래! 끝까지 버텨야지. 심각한 모습 하고
내가 등을 돌릴 때면 입을 삐죽거려 봐.
눈짓을 나누고 기분 좋은 장난을 계속해.
이 놀이는 잘하면 역사에 남을 거야. 240
당신들이 동정이나 자비나 예절이 있다면
나를 이런 놀림감 만들지는 않았겠죠.
하지만 잘 있어요. 내 잘못도 있으니까
죽음이나 부재로 곧 치유되겠지요.

라이샌더 가지 마오, 헬레나. 내 변명을 들어 봐요. 245
내 사랑, 내 생명, 내 영혼, 아름다운 헬레나!

헬레나 오, 탁월해!

허미아 자기, 얘를 그리 경멸하지는 마.

드미트리우스 그녀의 간청이 안 통하면 난 강제할 수 있어.

라이샌더 그녀의 간청보다 더 강제는 못 하지,
네 협박은 그녀의 약한 기도보다도 힘이 없어. 250
헬렌, 그대를 사랑하오, 목숨 걸고 말이오!
아니라고 하는 자의 거짓됨을 밝히고자
그대 위해 잃으려는 그것으로 맹세하오.

드미트리우스 그의 사랑보다는 내 것이 더 커요.

253행 그것 자기 목숨.

라이샌더 그렇다면 물러나서 증명까지 해 보시지. 255

드미트리우스 가자, 빨리!

허미아 라이샌더, 이게 다 웬일이야?

라이샌더 넌 꺼져, 깜둥이야!

드미트리우스 아니, 아니, 그는 그냥

떨치는 척할 거야 —

(라이샌더에게) 따라올 것처럼 떠벌려,

하지만 오지 마! 넌 길든 남자야, 그렇지!

라이샌더 떨어져, 너 고양이, 밤송이야! 비천한 것, 260

안 놓으면 뱀처럼 내 몸에서 떼어 낸다!

허미아 왜 이렇게 거칠어졌는데? 이 무슨 변화야,

응, 자기?

라이샌더 자기? 꺼져라, 싯누런 타타르인, 꺼져라!

쓴 약아, 꺼져라! 오, 미운 물약, 저리 가!

허미아 농담 아냐?

헬레나 맞아, 농담, 너도 같이 하잖아. 265

라이샌더 드미트리우스, 네게 했던 약속은 지킬 테다.

드미트리우스 나도 너와 같은 구속 받고 싶어, 네 구속은

약하단 걸 아니까. 네 말은 못 믿겠어.

라이샌더 뭐, 이 여자를 다치고 때리고 죽여야 해?

미워해도 그렇게 해치진 못하겠어. 270

허미아 뭐? 미움보다 더 큰 해를 줄 수 있단 말이야?

날 미워해, 뭣 때문에? 아, 왜 그래, 자기야!

허미아, 나 아냐? 라이샌더, 너 아니고?

난 예전에 고왔던 것처럼 지금도 고운데.

간밤에 너는 날 사랑했어. 그런데 간밤에 떠났어. 275

아니 그럼, 떠났네. (맙소사, 절대 안 돼!)

진정이란 말이야?

라이샌더 암, 내 목숨 걸 거야!

게다가 너를 절대 다시 보고 싶지도 않았어.
그러니 희망도 의문도 회의도 갖지 마.
확실히 해, 이건 최고 진실이야. 농담 아냐, 280
너를 진짜 미워하고 헬레나를 사랑해.

허미아 오 이런, 이 사기꾼, 이 자벌레 같은 것,
이 사랑의 날강도야! 뭐, 밤중에 나타나
내 애인의 마음을 훔쳐 갔어?

헬레나 정말로 잘한다!

너에겐 겸손도 처녀다운 수치심도 285
수줍음도 전혀 없어? 뭐, 순한 내 입에서
참지 못해 하는 답을 끌어내야 되겠어?
에이, 이 가짜, 꼭두각시 같은 것아!

허미아 '꼭두각시!' 뭐, 그래? 아, 그걸 노렸었구나!
이제야 알았다, 얘는 우리 둘 사이의 290
높이를 비교했어. 자기 키를 역설하고
자신의 신장으로, 드높은 신장으로
그야말로 자기 키로 그이를 얻어 냈어.
내가 너무 꼬마 같고 너무나 작아서
그이의 네 평가가 그렇게 높아졌어? 295
얼마나 작은데, 이 분칠한 장대야? 말해 봐!
얼마나 작은데? 그래도 내 손톱이
네 눈에 닿지 못할 정도로 작진 않아.

헬레나 신사들께 빕니다, 날 놀려 먹더라도 얘가 날
못 다치게 말려 줘요. 난 짓궂은 적 없어요. 300
말괄량이 기질은 조금도 없다고요.

비겁하기 딱 알맞은 처녀란 말입니다.
못 때리게 해 줘요. 얘가 약간 작으니까
내가 얘의 적수가 될 수 있단 생각을
할 수도 있겠네요.

허미아 '작다.'고? 그 말을 또 듣네. 305

헬레나 허미아, 나에게 그렇게 적개심 갖지 마.
난 언제나 너를 정말 사랑했어, 허미아,
언제나 네 비밀을 지켰고 해한 적 없는데
다만 드미트리우스를 사랑하기 때문에
네가 이 숲으로 도망칠 거라고 말해 줬어. 310
그는 널 뒤쫓고 난 그를 사랑으로 뒤쫓았어.
하지만 그는 나를 가라고 나무랐고
치겠다, 차겠다, 그래, 죽이겠다, 협박했어.
그래서 난 이제 조용히 가게만 해 주면
어리석음 지니고 아테네로 돌아간 뒤 315
다시 널 뒤쫓지 않을 거야. 가게 해 줘.
알겠지, 난 이렇게 단순하고 어리석어.

허미아 그러면 가 버려! 널 막는 게 누군데?

헬레나 내가 여기 맡겨 놓을 어리석은 마음이지.

허미아 뭐? 라이샌더에게?

헬레나 드미트리우스에게. 320

라이샌더 두려워 말아요, 헬레나, 해치지 못할 테니.

드미트리우스 암, 못 해야지, 네가 비록 그녀 편을 든다 해도.

헬레나 오, 저 애는 화가 나면 날카롭고 거칠어요!
학교에 다녔을 땐 암여우 같았고
조그맣긴 하지만 사나운 애랍니다. 325

허미아 또 '조그맣다.'야? '작고 조그맣다.'는 말뿐이야?

너는 왜 쟤가 날 놀리는 걸 묵인하니?
쟤한테 가게 해 줘.

라이샌더　　가 버려, 이 난쟁이야.
성장 억제 풀 먹은 최왜소 생명체야,
이 염주알, 도토리야.

드미트리우스　　넌 너무 주제넘어, 330
네 봉사를 경멸하는 그녀를 위해 준답시고.
그녀를 내버려 둬, 헬레나 얘기는 하지 마.
그녀 편도 들지 말고. 네 의도가 만약에
눈곱만큼이라도 사랑을 표하는 거라면
죗값을 치를 테니.

라이샌더　　이젠 얘가 날 안 잡아. 335
자, 따라와, 그럴 용기 있으면, 그리고 시험하자,
헬레나에 대한 권리, 둘 중 누가 최고인지.

드미트리우스　따라와? 그래, 착 달라붙어서 가겠다.

(라이샌더와 드미트리우스 함께 퇴장)

허미아　야, 이것아, 너 때문에 일이 모두 꼬였어.
아, 뒷걸음치지 마.

헬레나　　널 믿지 않을 거고 340
짓궂은 너와 함께 더 있지도 않을 거야.
싸움에는 네 손이 내 손보다 빠르지만
도망에는 내 다리가 더 길지 않겠어. (퇴장)

허미아　참으로 놀라워서 할 말을 모르겠네. (퇴장)

오베론　이건 네 부주의 탓이야. 계속 실수했거나 345
아니면 고의로 못된 짓을 저질렀어.

퍽　정말로, 정령들의 왕이시여, 실수했습니다.
아테네 복장으로 그 남자를 알 거라고

저에게 말씀을 하시지 않았어요?
아테네인 눈에다 약을 바른 제 일은 350
지금까진 나무랄 데 없는 줄로 아옵니다.
전 이들의 말다툼을 놀이로 여기니까
지금까지 벌어진 일 기쁘기도 하고요.

오베론 연인들이 싸울 곳을 찾는 걸 보았지.
그러니까, 로빈, 서둘러 밤을 짙게 만들어라. 355
별 빛나는 하늘을 내려앉는 안개로
지옥처럼 시커멓게 곧 덮어 버리고
성미 급한 연적들을 멀찌감치 떼어 놓아
하나가 가는 길에 다른 하나 못 오게 해.
때로는 네 혀를 라이샌더의 말에 맞춰 360
신랄한 모욕으로 드미트리우스 선동하고
때로는 드미트리우스처럼 욕을 해라.
이렇게 그들을 떨어뜨려 놓으면
죽음같이 깊은 잠이 그들의 이마 위로
납 다리와 박쥐 날갯짓으로 기어 올 것이다. 365
그때 이 약초를 라이샌더의 눈에다 으깨라.
그 액즙은 거기 있던 모든 오류 지우고
종전의 시각으로 눈동자를 돌게 하는
강력한 효능을 지니고 있으니까.
그들이 다음에 깨어나면 이 모든 웃음거리, 370
꿈이나 무익한 환영처럼 보일 테고
연인들은 죽음까지 절대 아니 끝나게 될
결연 맺고 아테네로 되돌아갈 것이다.
난 네게 이 일을 시켜 놓은 다음에
인도 소년 달라고 여왕에게 청할 테다. 375

그런 다음 그녀 눈에 괴물 아니 보이도록
마법을 풀어 주면 만사가 평화로울 것이다.

퍽 요정의 왕이시여, 서둘러야 하십니다.
발 빠른 밤 여신의 용들이 구름을 쫙 가르고
새벽 여신 전령이 저 건너에 빛나는데 380
그녀가 다가오면 곳곳에 떠돌던 혼령들은
교회 마당 집으로 몰려가죠. 모든 악령,
교차로와 홍수 속에 파묻힌 영혼들은
자기들의 창피한 짓 낮에게 들킬까 봐
구더기 들끓는 침대로 이미 돌아갔답니다. 385
그들은 고의로 빛을 멀리했기에 영원히
검은 머리 밤 여신과 어울려야 한답니다.

오베론 그러나 우리는 또 다른 종류의 영들이다.
난 아침의 여신과 자주 장난하였고
붉게 타는 동쪽 문이 축복받은 빛으로 390
넵튠 향해 열리면서 짜고 푸른 물결을
금빛의 노랑으로 바꿔 놓을 때까지
산지기 차림으로 숲 속을 거닐 수도 있단다.
그렇긴 하지만 지체 없이 서둘러라,
아침이 오기 전에 이 일이 이루어지도록. (퇴장) 395

퍽 이리저리, 이리저리
그들 몬다, 이리저리. 사람들은
들에서 또 읍내에서 날 겁낸다.
도깨비야, 이리저리 몰아라.
여기 하나 왔구나. 400

라이샌더 등장.

라이샌더 거만한 드미트리우스, 어딨냐? 말해 봐.

퍽 이 나쁜 놈, 칼 뽑고 여깄다. 넌 어딨냐?

라이샌더 곧장 네게 가겠다.

퍽 그럼 날 따라와,

더 평평한 땅으로. (목소리를 따르는 것처럼 라이샌더 퇴장)

드미트리우스 등장.

드미트리우스 라이샌더, 다시 말해!

이 도망자, 겁쟁이야, 달아나고 없느냐? 405

말해 봐! 덤불이야? 머리를 어디다 감췄어?

퍽 겁쟁이 놈, 별들에게 큰소리치고 있어?

싸움하기 바란다고 덤불에게 말하면서?

그런데 안 나와? 나와, 이 배신자, 애송이야!

작대기로 패 줄 테다. 네게 칼을 뽑는 자는 410

더러운 놈이다.

드미트리우스 아니 너 거기 있어?

퍽 내 목소리 따라와. 여기선 남자답게 못 싸워. (퇴장)

라이샌더 등장.

라이샌더 그는 앞서 가면서 계속 내게 대든다.

부르는 곳에 가면 없어져 버리고.

나보다 뒤꿈치가 썩 가벼운 놈이야. 415

빨리 따라왔는데도 더 빨리 도망가서

어둡고 고르지 못한 길에 들어섰네.

여기서 좀 쉬어야지. (눕는다.)

아침이여, 오너라!
흐릿한 네 빛을 보여만 준다면
드미트리우스 찾아서 분풀이해 줄 테니. (잠든다.) 420

퍽과 드미트리우스 등장.

퍽 호호호! 겁쟁이야, 왜 안 나와?

(둘은 무대 위에서 서로를 교묘히 피한다.)

드미트리우스 용기가 있다면 기다려. 계속 자리 바꾸며
감히 서 있지도, 날 쳐다보지도 못하면서
내 앞에서 뛴다는 걸 잘 알고 있으니까.
지금은 어딨어?

퍽 이리 와, 여기 있어. 425

드미트리우스 그래 그럼, 날 놀려라. 동트고 네 얼굴이
보이기만 해 봐라, 비싼 대가 치를 거야.
지금은 맘대로 해. 기운 빠져 할 수 없이
이 차가운 침대에 내 몸을 뻗는다.
아침이 다가오면 찾아갈 줄 알아라. (누워서 잠든다.) 430

헬레나 등장.

헬레나 오, 지겨운 밤, 오, 길고도 지루한 밤이여,
시간아 좀 짧아져라! 위안은 동쪽에서 빛나라,
딱한 나와 함께 있길 혐오하는 이들 떠나
날 밝으면 아테네로 돌아갈 수 있도록.
때로는 슬픔의 눈 감겨 주는 잠이여, 435
나 자신에게서 나를 잠시 훔쳐 가라. (잠든다.)

퍽 아직 셋뿐이야? 하나를 더하면
두 종류가 둘씩으로 넷이 된다.
저기 오네, 슬프고 성질났어.
불쌍한 여자들을 미치게 하다니 440
큐피드는 짓궂은 녀석이야!

허미아 등장.

허미아 이렇게 지겹고도 비통한 적 없었어.
이슬에 흠뻑 젖고 가시에 찢기어
더 이상 기지도 걷지도 못하겠네.
내 다리가 내 소망에 보조를 못 맞추네. 445
날이 밝을 때까지 여기서 쉬어야지.
둘이 맞붙겠다면 하늘은 라이샌더 지키소서!
(누워서 잠든다.)

퍽 땅 위에서
곤히 자라.
다정한 연인아, 450
네 눈에
치료약을 발라 줄게.
(라이샌더의 눈꺼풀에 꽃 즙을 짜 바른다.)
잠에서
깨거든
옛 님의 455
눈 속에서
진정한 기쁨을 느껴라.
그리고 짚신도 짝이 있단

촌사람들 속담이 맞음을
깨어나면 알게 될 것이다. 460
처녀 총각 짝짓고
안 되는 일 없을 거다,
주인은 암말 찾고 만사가 순조로울 테니까. (퇴장)

4막 1장

라이샌더, 드미트리우스, 헬레나, 허미아는
계속 누워 잠잔다.
요정의 여왕 티타니아와 보텀 및
완두꽃, 거미줄, 티끌, 겨자씨와 다른 요정들 등장.
요정의 왕 오베론, 뒤에서 보이지 않은 채 등장.

티타니아 이리 와서 꽃 덮인 침대 위에 앉으세요,
당신의 사랑스러운 두 뺨을 쓰다듬고
매끈한 이 머리에 사향 장미 꽂으며
곱고 큰 그 귀에 입 맞춰 드릴게요, 환희 씨.

보텀 완두꽃 어딨어요? 5

완두꽃 여기요.

보텀 머리 좀 긁어 줘요, 완두꽃 님. 거미줄 선생은 어딨지요?

거미줄 여기요.

보텀 거미줄 선생, 훌륭하신 선생은 손에 무기를 잡으시고 10
엉겅퀴 꽃 위에 앉은 빨간 궁둥이 땅벌 한 마리 잡아

4막 1장 장소 아테네 근처의 숲.

주십시오. 그리고 선생, 그 꿀 주머니를 나한테 갖다 주십시오. 작업할 때 너무 안달하지는 마십시오, 선생. 그리고 선생, 꿀 주머니가 터지지 않도록 조심해요. 당신 몸 위로 꿀 주머니가 넘쳐흐르게 되는 건 꺼림칙하답니다, 거미줄 님. 겨자씨 선생은 어딨지요? 15

겨자씨 여기요.

보텀 주먹을 내 봐요, 겨자씨 선생. 제발 모자 벗고 예의를 표하지는 마십시오, 선생님.

겨자씨 뭘 원하세요? 20

보텀 아무것도 없답니다, 선생, 멋쟁이 거미줄 님이 날 긁는 것 도와주는 일 말고는. 난 이발소에 가 봐야겠어요, 선생, 얼굴에 기막히게 털이 많은 것 같으니까. 게다가 난 너무나 예민한 나귀라서 털이 조금만 간지러워도 긁어야 한답니다. 25

티타니아 저, 음악 좀 듣는 건 어때요, 사랑스러운 자기?

보텀 난 음악에는 그런대로 괜찮은 귀가 있지요. 뼈다귀 젓가락 장단을 들읍시다.

티타니아 근데 혹시 귀여운 자기, 뭘 먹고 싶으세요?

보텀 사실은 여물 한 통이요. 나는 그 말린 귀리라는 걸 씹어 먹을 수 있답니다. 꼴 한 다발을 먹고 싶은 욕망이 큰 것 같네요. 좋은 꼴, 맛있는 꼴보다 더 좋은 녀석은 없답니다. 30

티타니아 대담한 요정더러 다람쥐 창고를 뒤져서
숨겨 놓은 햇열매를 바치도록 할게요. 35

18~19행 제발…마십시오
실내에서는 상급자 앞에서 모자를 벗는 게 당시의 예의였다.

보텀　　차라리 한두 줌의 마른 완두 먹을래요.
근데 제발 아무도 방해 않게 해 주시오,
자고 싶은 마음이 굴뚝같으니까.

티타니아　　주무세요, 내 팔로 감아 안아 드릴게요.
요정들은 물러가라, 사방으로 멀어져라.　　40

(요정들 함께 퇴장)

담쟁이도 아름다운 인동덩굴 이렇게
부드럽게 감으며 암송악도 껍질 덮인
느티나무 가지를 이렇게 둘러싸요.
오, 정말 그대 사랑해요! 난 정말 혹했어요!

(둘이서 잔다.)

퍽 등장.

오베론　　(나오면서) 어서 와라, 로빈. 이 멋진 광경이 보이느냐?　　45
난 이제 그녀의 미혹을 동정하기 시작했다.
이 미운 바보 위해 멋진 선물 찾고 있는
그녀를 최근에 숲 건너서 만났을 때
확실히 나무라며 다투었기 때문이야.
왜냐하면 그녀는 싱싱하고 향기로운 꽃 관을　　50
이자의 털북숭이 머리 위에 씌웠는데
한때는 둥글고 빛나는 진주처럼
봉오리들 위에서 부풀었던 이슬이 이제는
자신의 불명예를 한탄하는 눈물처럼
귀여운 작은 꽃들 눈 속에 서 있었으니까.　　55
내가 맘껏 그녀를 우롱하고 났을 때
그녀는 순한 말로 참아 달라 애걸했고

그때 난 그녀에게 업둥이를 요구했지.
그녀는 곧장 개를 준 다음 자기 요정 시켜서
요정 나라 내 처소로 데려가게 해 줬어. 60
난 이제 소년을 얻었으니 그녀의 눈에서
미움받는 이 결함을 없애 줄 것이다.
그리고 퍽 너는 변형된 이 골통을
이 아테네 촌놈의 머리에서 벗겨 줘라.
그래서 다른 사람 깨어날 때 깨어나 65
다 함께 아테네로 돌아가고 이 밤의 일들은
심하게 뒤숭숭한 꿈으로만 생각도록.
하지만 요정의 여왕을 먼저 풀어 줘야지.

(그녀의 눈꺼풀에 꽃 즙을 짜 넣는다.)

늘 있던 사람으로 돌아가고
늘 보던 눈으로 보아라, 70
디아나 꽃눈에 큐피드 꽃 물리칠
효능과 영험이 있으니까.

자, 나의 티타니아, 깨어나요, 내 고운 여왕님.

티타니아 (깨면서) 오베론 님! 참 희한한 환영도 다 봤어요!
나귀에게 마음을 뺏겼던 것 같아요. 75

오베론 당신 애인 저기 있소.

티타니아 어떻게 이런 일이?
오, 이제 보니 역겹기 짝이 없는 얼굴이네!

오베론 잠시만 조용하오. 로빈, 그 머릴 벗겨 줘라.
티타니아, 음악으로 이 다섯의 감각을
평상시의 잠보다 더 무디게 만드시오. 80

티타니아 여봐라, 음악을, 잠 오는 음악을 연주하라!

(조용한 음악)

퍽　　(보텀의 나귀 머리를 떼어 내면서)

이제 깨어나거든 네 바보 눈으로 쳐다봐라.

오베론　　음악을 울려라!　　(춤곡이 연주된다.)

자, 여왕이여, 내 손 잡고

잠자는 사람들이 누운 땅을 구릅시다.

(오베론과 티타니아 춤춘다.)

당신과 난 이제 새롭게 의좋아졌으니　　85

내일 밤 자정엔 축하연의 기분으로

테세우스 저택에서 흥겹게 춤추며

그 집안의 온갖 번영 축복해 줄 것이오.

변함없는 두 쌍의 연인도 그곳에서

테세우스와 더불어 즐거이 결혼할 것이오.　　90

퍽　　요정의 왕이시여, 잠깐만요,

종달새의 아침 노래 들립니다.

오베론　　그렇다면 여왕이여, 조용하게

밤 그림자 뒤쫓으며 뜁시다.

우리는 떠도는 달보다 더 빨리　　95

지구를 선회할 수 있으니까.

티타니아　　가요 여보, 날아가며 말해 줘요,

어떻게 오늘 밤 내가 여기

이따위 인간들과 땅 위에서

잠자는 게 발견된 것인지.　　100

(함께 퇴장. 네 연인과 보텀은 계속 누워 잔다.)

안에서 나는 뿔피리 소리에 맞춰

테세우스, 히폴리타 및 이지우스, 시종들과 함께 등장.

테세우스　자, 너희 중 한 사람이 산지기를 찾아내라.
이제는 우리가 오월제 의식을 치렀고
다가오는 하루의 선봉 또한 잡았으니
내 님에게 사냥개 음악을 들려줄 것이다.
저 서쪽 계곡에 개들을 풀어 놔라. 105
신속히 처리하라, 산지기도 찾아내고. (시종 한 명 퇴장)
아름다운 여왕이여, 우리는 산 위로 올라가
사냥개와 메아리가 합쳐서 만드는
음악적인 혼성을 잘 들어 볼 것이오.

히폴리타　헤라클레스와 카드모스가 크레타 숲 속에서 110
스파르타 사냥개로 곰 몰이를 했을 때
같이한 적 있었는데 그렇게 웅장한 울음은
들어 본 적 없었어요. 수풀뿐만 아니라
하늘과 호수와 주변 지역 모두가
합동으로 울부짖는 것 같았으니까요. 115
그렇게 음악적인 잡음과 그토록
아름다운 천둥소린 들어 본 적 없었어요.

테세우스　내 사냥개들도 스파르타 종자로 얻었는데
큰 턱과 누런색이 그쪽이오. 머리에는
아침 이슬 쓸고 가는 두 귀가 달렸으며 120
휜 무릎과 목주름은 테살리아 황소 같소.
추적할 땐 느리나 입은 종의 합주처럼
소리가 층층인데, 이 무리의 화음만큼
큰 환성과 뿔피리 격려를 받은 일은

110행 헤라클레스와 카드모스
그리스 신화에서 헤라클레스는 12가지 난제를 해결한 유명한 영웅이고 카드모스는 페니키아의 왕자로 테베의 창건자이다.
121행 테살리아
고대 그리스의 동북부에 위치한 지역.

크레타, 스파르타, 테살리아 어디서도 없었소. 125
듣고서 판단하오. 잠깐만, 이 무슨 요정이오?

이지우스 각하, 여기에서 자는 건 제 딸이고
이쪽은 라이샌더, 이쪽은 드미트리우스,
이쪽은 헬레나, 네다르 노인의 헬레나로
여기 같이 있다니 놀라운 일입니다. 130

테세우스 이들은 틀림없이 오월제를 지키려고
일찍 일어났는데 짐의 계획 듣고서
이번 짐의 혼례를 경축하러 여기 왔소.
그런데 이지우스, 오늘이 허미아가
어떤 선택 했는지 답하는 날 아니오? 135

이지우스 맞습니다, 각하.

테세우스 가서, 사냥꾼들 뿔피리로 이들을 깨우라.

(시종 한 명 퇴장. 안에서 외침.
뿔피리 부는 소리. 연인들은 놀라 일어난다.)

다들 잘 잤는가? 성 밸런타인은 지났는데
이곳의 숲 새들은 이제 짝을 짓는가?

라이샌더 용서해 주십시오, 각하. (연인들이 무릎을 꿇는다.)

테세우스 모두들 일어나게. 140
자네 둘은 연적인 줄 내가 알고 있는데
이 다정한 화합이 어찌 이뤄졌기에
미움은 불신에서 멀찌감치 떨어지고
미운 사람 곁에 자도 악의가 안 두렵지?

라이샌더 각하, 깜짝 놀라 반은 자고 반은 깬 상태로 145

138행 성 밸런타인 밸런타인 성자를 기념하는 날(2월 14일)로 이때 새들이 짝을 짓는다고 한다. (뉴펭귄)

대답하겠습니다. 그렇지만 맹세코
어떻게 왔는지는 진짜로 모르겠습니다.
하지만 제 생각에 — 사실을 말씀드리자면
이제 생각하니까 그게 이렇습니다. —
전 여기 허미아와 왔는데 저희의 의도는 150
아테네를 떠나는 것이었고 아테네 법률의
위험을 벗어난 곳에서 뭔가를 —

이지우스 그만, 그만, 각하. 그만 들으십시오.
저자를 법, 법에 의해 처벌해 주십시오.
그들은 도망치려 했다네, 드미트리우스, 155
그래서 자네와 내게서 앗아 가려 했다니까,
자네에게서는 아내를, 내게서는 허락을,
내 딸을 자네에게 준다는 허락을.

드미트리우스 각하, 아름다운 헬렌이 그들의 도망을
이 숲으로 온 목적을 말해 주었습니다. 160
격분한 전 여기로 그들을 뒤쫓았고
상사병 난 헬레나는 저를 뒤쫓았지요.
한데 각하, 무슨 힘 때문인지 모르지만 —
힘은 틀림없는데 — 허미아에 대한 제 사랑이
눈 녹듯 녹아 버려 이제는 그게 마치 165
제가 어린 시절에 정말로 혹했던
하찮은 노리개의 회상처럼 보입니다.
그리고 제 마음의 모든 신뢰, 미덕과
제 눈의 표적이며 즐거움의 대상은
헬레나뿐입니다. 전 그녀와 약혼을, 각하, 170
허미아를 보기 전에 하고 있었습니다.
그런데 전 이 음식을 병처럼 혐오했죠.

하지만 건강할 때처럼 원래 입맛 되돌아와
이젠 그걸 꼭 원하고 바라고 사랑하며
영원히 거기에 충실할 것입니다. 175

테세우스 아름다운 연인들이 운 좋게 만났구나.
이 얘기는 짐이 곧 더 들어 볼 것이다.
이지우스, 경의 뜻을 내가 꺾어야겠소.
이 두 쌍은 신전에서 짐과 함께 곧바로
영원히 맺어질 것이기 때문이오. 180
그리고 이제는 아침이 좀 지났으니
목적했던 사냥은 보류될 것이다.
자, 아테네로 같이 가자. 셋에 셋을 더하여
우리는 커다란 축하연을 열게 될 것이다.
갑시다, 히폴리타. 185

(테세우스, 히폴리타, 이지우스 및 시종들 함께 퇴장)

드미트리우스 이것들은 먼 산이 구름이 된 것처럼
조그맣고 식별이 불가능한 것 같아.

허미아 난 쪼개진 눈으로 이것들을 본다고 생각해,
모든 게 다 둘로 보이니까.

헬레나 나도 그래.
드미트리우스는 내가 주운 보석 같아, 190
내 건데 내 건 아냐.

드미트리우스 우리가 깨 있는 게
확실해? 난 아직도 우리가 잠자고
꿈꾸는 것 같아. 공작님이 여기에 계셨고
우리에게 따라오라 하신 것 같지 않아?

허미아 맞아, 그리고 아버지도.

헬레나 히폴리타 님도. 195

라이샌더 그리고 신전으로 따라오라 명하셨어.

드미트리우스 그렇다면 우린 깼어. 공작님을 따라가자,
가는 길에 우리 꿈을 자세히 얘기하고.

(연인들 함께 퇴장)

보텀 (깨면서) 내 신호가 나오거든 불러 줘, 그러면 대답할게.
다음 것은 '최고로 아름다운 피라무스'야. 아아 음! 피 200
터 퀸스? 풀무장이 플루트? 땜장이 스나우트? 스타블
링? 맙소사! 도망쳤어, 날 자게 내버려 두고! 난 참으로
드문 환영을 보았어. 꿈을 꿨는데 인간의 머리로는 그
게 무슨 꿈인지 말 못 해. 그 꿈을 설명하려 든다면 인
간은 나귀 같은 바보일 뿐이야. 내 생각엔 내가 — 누 205
구도 그게 뭔지 말 못 해. 내 생각엔 내가 그리고 내 생
각엔 내게 — 하지만 인간은 얼룩 옷 입은 바보일 뿐
이야, 내게 있던 걸 말해 주려 한다면 말이야. 내 꿈이
뭐였는지는 인간의 눈으로 듣지도, 인간의 귀로 보지
도, 인간의 손으로 맛볼 수도, 혀로 이해할 수도, 마음 210
으로 말할 수도 없어. 피터 퀸스에게 이 꿈으로 가요를
짓도록 해야겠어. 제목은 '보텀의 꿈'이 될 거야, 왜냐
하면 거기에 보텀은 없으니까. 그리고 난 그걸 공작님
앞에서 연극의 끝 부분에 노래할 거야. 어쩌면 그걸 좀

209~211행 인간의…없어
여기서 보텀이 말하는 감각 기능의 혼동은 다른 곳에서도 나타나며, 특히 이 부분은 베드로전서 2장 9절의 패러디이다. (뉴펭귄, 리버사이드)

213행 거기에…없으니까
원문(because it hath no bottom)은 세 가지 정도의 뜻이 있다. 첫째, 문자 그대로 '거기엔 바닥(bottom)이 없으니까.' 둘째, 좀 의역을 해서 '그 바닥은 너무 깊어 없는 것 같으니까.' 셋째, 보텀의 이름을 그대로 사용하여 '거기에 보텀은 없으니까.' 그는 지금 자기가 나귀로 변신했던 사실을 꿈으로는 받아들이면서 현실로는 받아들이지 못한다.

더 우아하게 만들기 위해 그녀가 죽을 때 그걸 노래해 215
야지. (퇴장)

4막 2장

퀸스, 플루트, 스나우트, 스타블링 등장.

퀸스 보텀네 집으로 사람을 보내 봤어? 아직 집에 안 왔어?

스타블링 소식을 들을 수가 없었어. 틀림없이 어디로 잡혀갔어.

플루트 그가 안 오면 연극은 망가졌어요. 무대로 못 나갈 텐데, 그렇지요?

퀸스 불가능해. 아테네를 통틀어 피라무스 역을 해낼 수 있 5
는 남자는 그밖에 없어.

플루트 그래요, 그는 정말 아테네의 모든 손재주꾼 가운데 가장 머리가 좋답니다.

퀸스 맞아, 가장 풍채 좋은 사람이기도 하지. 게다가 달콤한
목소리는 아주 샛서방 같다니까. 10

플루트 '새 서방'이라고 해야지요. 샛서방은 맙소사, 창피한 거랍니다.

가구장이 스넉 등장.

스넉 이보게들, 공작님이 신전에서 오고 있고 두서너 신사
숙녀 분들이 더 결혼을 한다고 그래. 우리의 놀이가 무
대로 나갔더라면 우린 모두 팔자 고쳤을 거라고. 15

4막 2장 장소 아테네. 퀸스의 집.

플루트 오, 멋진 보텀 대장님! 이리하여 그는 일생 동안 하루에 육 펜스를 잃었어요. 하루에 육 펜스는 피할 수 없었을 거라고요. 공작님이 그에게 피라무스를 연기했다고 하루에 육 펜스씩 안 주셨다면 제 목을 내놓지요. 그는 받을 만합니다. 피라무스로 하루에 육 펜스, 아니면 한 푼도 못 받죠. 20

보텀 등장.

보텀 이 친구들 어디 갔지? 이 사람들 어디 갔어?

퀸스 보텀! 오, 가장 눈부신 날이다! 오, 가장 행복한 시간이다!

보텀 여러분, 내가 놀라운 일을 설하겠는데 하지만 뭔지는 묻지 마시라. 말을 해 준다면 난 진짜 아테네 사람이 25 아닐 테니까. 다 말해 주겠어, 일이 일어난 그대로 말이야.

퀸스 들려줘, 착한 보텀.

보텀 한마디도 안 할 거야. 내가 해 줄 말이라고는 공작님이 식사를 끝냈다는 것뿐이야. 복장을 챙기라고, 수염 끈 30 을 잘 달고, 구두에 새 리본을 붙여서 곧장 궁정에서 만나. 각자 자기 역을 죽 훑어봐. 앞뒤 다 자르고 얘기하면 우리 극이 추천되었으니까. 하여튼 티스베는 깨끗한 옷을 입고 사자 역을 하는 사람은 손톱을 자르지 마, 그건 사자 발톱으로 내밀어야 할 테니까. 그리고 35 가장 소중한 배우 여러분은 양파나 마늘을 먹지 마시라, 우리는 향기로운 입김을 내뿜어야 하니까. 그러면 틀림없이 그들로부터 향기로운 희극이란 말을 들을 거야. 말은 그만하고. 자, 가, 가자고! (함께 퇴장)

5막 1장

테세우스, 히폴리타, 필로스트레이트를 포함한
신하들과 시종들 등장.

히폴리타 테세우스 님, 연인들이 이상한 걸 얘기해요.

테세우스 이상한 게 사실보다 많지요. 난 절대로
이런 옛 전설이나 요정의 장난을 못 믿겠소.
연인과 광인은 머리가 너무 끓어오르고
조형력이 너무 강해 차가운 이성으로 5
파악하는 것보다 더 많은 걸 감지하오.
광인과 연인과 그리고 시인은
오로지 상상으로 꽉 차 있는 자들이오.
거대한 지옥보다 더 많은 악마를 보는 자
그것은 광인이고, 연인도 돌았긴 마찬가지, 10
집시의 얼굴에서 헬렌의 미모를 본다오.
시인의 두 눈이 세련된 광기로 구르면서
하늘에서 땅, 땅에서 하늘까지 쳐다보고
알려지지 않았던 형상들을 상상의 힘으로
구체화함에 따라 시인의 펜촉은 15
그것들을 형체 있는 것으로 바꾸면서
무형물들에게 거주지와 이름을 준다오.
강력한 상상력은 속임수가 뛰어나서
그 어떤 기쁨을 감지만 하여도
그 기쁨의 원인이나 제공자를 떠올리오. 20
또는 밤에 무언가가 두렵다고 상상하면

5막 1장 장소 아테네. 테세우스의 궁정.

덤불은 얼마나 쉽사리 곰으로 보입니까!

히폴리타 하지만 간밤에 되풀이된 모든 얘기
그리고 다 함께 변모한 그들의 마음은
연정의 상상보다 더 많은 걸 입증하고 25
무언가 커다란 일관성을 확보해요.
그렇지만 이상하고 경이롭긴 하네요.

연인들인 라이샌더, 드미트리우스, 허미아, 헬레나 등장.

테세우스 기쁨과 환희에 찬 연인들이 오는군요.
자, 친구들, 크나큰 기쁨과 사랑의 새날들이
그 가슴에 깃들기를!

라이샌더 저희보다 더 많이 30
각하의 산책로, 식탁과 침실에서 기다리길!

테세우스 자, 그런데, 무슨 가면극이나 춤으로
저녁 식사 마친 뒤 침실에 들 때까지
세 시간이라는 긴 세월을 보내지?
평소의 짐의 기쁨 관리자는 어딨느냐? 35
준비된 여흥은 무엇이냐? 고문하는
시간의 고통을 덜어 줄 연극은 없느냐?
필로스트레이트를 불러라.

필로스트레이트 (나서며) 예, 막강하신 테세우스.

테세우스 그래, 오늘 저녁 놀이로 무엇을 준비했나?
가면극? 음악인가? 즐거움이 없다면 40
느려 터진 시간을 어떻게 속여 먹지?

필로스트레이트 이것이 준비된 여흥 목록이옵니다.
처음에 보실 것을 선택해 주십시오. (서류를 바친다.)

테세우스 (읽는다.) '아테네의 내시가 하프에 맞춰 부를
켄타우로스 족속과 벌이는 전쟁 얘기?' 45
이건 안 봐. 이건 내가 친척인 헤라클레스의
영광을 기리면서 내 님에게 얘기했어.
'트라키아의 가수를 격노하여 찢어 죽인
술 취한 바커스 신도들의 폭동 얘기?'
이건 내가 최근에 테베를 정복하고 왔을 때 50
공연된 바 있었던 낡아 빠진 작품이야.
'세 쌍의 세 뮤즈가 빌어먹다 서거한
학식의 죽음을 애도하는 노래'라고?
이것은 날카롭고 비판적인 풍자라서
혼인의 예식과는 들어맞지 않는다. 55
'피라무스 젊은이와 그의 애인 티스베의
지겹게 짧은 극, 대단히 비극적인 오락물?'
즐거운데 비극적? 지겨운데 짧다고?
뜨거운 얼음이며 놀랍고 이상한 눈이잖아.
어떻게 이 소음의 화음을 찾아내지? 60

필로스트레이트 극이 한 편 있는데, 각하, 열 마디 정도로
제가 아는 연극으론 짧을 만큼 짧습니다.
근데 그 열 마디가, 각하, 너무 길어
지겹게 된답니다. 연극을 통틀어
적절한 말이나 배우는 전혀 없으니까요. 65
또한 비극적인데, 고귀하신 각하,
피라무스가 거기에서 자결하기 때문이죠.

45행 켄타우로스
그리스 신화에 등장하는 괴물로 인간의 머리, 허리, 팔에 말의 몸과 다리를 가졌다.

48행 트라키아의 가수
오르페우스를 가리킨다.

연습 중인 이 극을 봤을 때 전 고백건대
눈물이 났습니다. 하지만 큰 웃음 터뜨리며
더 기쁜 눈물을 흘려 본 적 없습니다. 70

테세우스 그것을 연기하는 사람들은 누군가?

필로스트레이트 아테네 여기서 일하는 손이 억센 자들로
지금까지 정신노동 해 본 적 없었으나
각하 혼례 대비하여 바로 이 연극으로
안 쓰던 기억력을 이제는 혹사시켰답니다. 75

테세우스 짐은 그걸 듣겠다.

필로스트레이트 안 됩니다, 공작 각하,
어울리지 않습니다. 제가 다 들었는데
아무것도, 원 세상에, 아무것도 아닙니다.
각하를 섬기려고 머리를 극도로 쥐어짜며
고통스레 외우려는 그들의 의도에서 80
재미를 찾으시면 모를까.

테세우스 그 극을 듣겠다,
순진함과 존경으로 바치고자 하는 일은
어떤 것도 절대로 잘못될 수 없으니까.
그들을 데려오라. 부인들은 앉으시오.

(필로스트레이트 퇴장)

히폴리타 부족한 자들이 무리하게 애쓰다가 85
표하려던 존경심이 사라지면 싫은데요.

테세우스 아니 여보, 그런 일은 일어나지 않을 거요.

히폴리타 그들이 이런 일은 못 한다고 하잖아요.

테세우스 못 한 일에 감사하면 우린 더욱 친절하오.
재미는 그들의 실수를 이해하는 것이며 90
서투른 존경으로 못 하는 건 가치가 아니라

능력이 있다고 관대하게 봐준다오.
내가 갔던 곳에서는 위대한 학자들이
환영사를 준비하고 나를 맞이하였소.
난 그들이 몸을 떨며 창백한 모습으로 95
말을 하는 도중에 여기저기 중단하고
겁에 질려 연습했던 문장을 삼키며 질식하고
결국은 벙어리가 된 것처럼 환영도 못 한 채
멈추는 걸 보았소. 여보, 장담컨대
난 그런 침묵에서 환영을 골라냈고 100
두려움과 존경 품은 공손한 마음에서
건방지고 무례하게 웅변하는 자들의
떠버리 입에서 만큼이나 많은 걸 읽었소.
그러므로 사랑과 말 못 하는 순진함이
내 생각으로는 최소로 최대한을 말하오. 105

필로스트레이트 등장.

필로스트레이트 공작 각하, 서두 역이 준비되었습니다.
테세우스 들라 하라. (트럼펫 합주)

서두 역의 퀸스 등장.

서두 역 저희가 언짢게 해 드리면 저희의
선의는 언짢게. 하려고 나온, 게 아니라
선의로 단순한 재주를 보이려는 110
겁니다 그것이. 저희들 목표의 진정한
시작이죠 그러면. 저희가 나온 건 악심 품고.

안 나왔고 만족을 드리려는 것임을 고려하
십시오 저희들의 진의는. 모두 다 여러분의
기쁨이고 자책감. 느끼라고 여기 있는 115
건 아닌데 배우들이 나왔고 구경을 하시면
궁금한 건 모두 다 알아내실 것입니다.

테세우스 이 친구는 구두점을 지키지 않는구먼.

라이샌더 거친 수망아지 타듯이 머리말을 읊었습니다. 멈출 줄 모르니까요. 훌륭한 교훈입니다, 각하, 말을 하는 것으 120 론 충분치 않고 올바로 말해야지요.

히폴리타 정말로 저 사람은 머리말을 어린애가 피리를 불듯 읊었네요, 소리는 냈지만 조절을 못 했으니까.

테세우스 그의 대사는 뒤엉킨 사슬 같았소. 손상된 건 없었지만 모든 게 혼란스러웠소. 다음은 누군가? 125

나팔수를 앞세우고 피라무스, 티스베, 벽과 달빛,
그리고 사자 등장.

서두 역 여러분, 이 구경이 무얼까 궁금하실 겁니다.
진실이 밝혀질 때까지 궁금해하십시오.
이 사람은 아시고 싶다면 피라무스,
아름다운 이 숙녀는 틀림없는 티스베죠.
회반죽과 초벌칠을 뒤집어쓴 이 사람은 130
벽, 연인들 갈라놓은 못된 벽을 나타내고
벽의 틈을 통하여 딱한 둘은 속삭이며
만족했죠. 그 사실에 놀라지 마시라.
등불과 개, 가시덤불 가진 이 사람은
달빛을 나타내죠. 아시고 싶다면 연인들은 135

달빛 아래 거기, 거기, 니누스 왕릉에서
거리낌 없이 만나 구애했으니까요.
이 섬뜩한 짐승은 이름이 사자라 하는데
밤중에 먼저 나온 믿음직한 티스베를
무서워 도망가게, 사실은 놀라게 만들었죠. 140
그녀가 달아날 때 외투가 떨어졌고
그것을 고약한 사자가 피 묻은 입으로 씹었죠.
곧 키 크고 멋진 총각 피라무스 나와서
믿음직한 티스베의 외투가 죽은 걸 보더니
칼을 들어, 큰일 낼 칼날 세운 칼을 들어 145
피 끓는 피라무스 가슴팍을 팍 찔렀고
뽕나무 그늘 아래 멈춰 섰던 티스베는
그의 칼을 뽑아서 죽었지요. 그 나머진
사자와 달빛과 벽과 두 연인이
여기 있을 동안에 상세히 설명할 것입니다. 150

(서두 역, 피라무스, 티스베, 사자, 달빛 함께 퇴장)

테세우스 앞으로 사자도 말을 할까 궁금하군.

드미트리우스 궁금하시긴요, 각하, 나귀 같은 바보들도 하는데 사자 하나쯤이야 당연하죠.

벽 바로 이 막간극의 벽을 나타내는 일이
스나우트라는 이름의 제게 떨어졌습니다. 155
이 벽으로 말하자면 생각해 보십시오,
벌어진 구멍 또는 틈새가 있는데
그걸 통해 피라무스, 티스베, 두 연인이
아주 비밀스럽게 자주 속삭였답니다.
이 회반죽, 이 초벌칠, 이 돌은 제가 바로 160
그 벽임을 보여 주죠, 사실이 그러니까.

그리고 이게 그 왼쪽과 오른쪽 틈인데
거길 통해 겁먹은 연인들은 속삭일 것입니다.

테세우스 찰흙과 털 반죽이 이보다 말을 더 잘하길 바라겠는가?

드미트리우스 각하, 이건 제가 담화하는 걸 들은 칸막이 가운데 가장 재치가 있습니다. 165

피라무스 등장.

테세우스 피라무스가 벽으로 다가간다. 조용하라!

피라무스 오 험상궂은 밤이여! 오 검디검은 밤이여!
오 낮 아니면 언제나 밤이 되는 밤이여!
오 밤이여, 오 밤이여, 슬프고도 슬프도다, 170
티스베가 약속을 잊지나 않았을까!
오 그대, 오 벽이여, 오 아름다운 벽이여,
그녀의 아버지와 내 아버지 땅 사이에 서 있구나.
그대 벽, 오 벽이여, 오, 아름다운 벽이여,
틈새를 보여 다오, 눈 깜빡여 뚫어 보게. 175

(벽이 손가락을 뻗친다.)

고맙다, 정중한 벽. 복 많이 받아라!
그런데 뭐가 보여? 티스베가 안 보인다.
오 사악한 벽이여, 널 통해 지복을 못 보다니!
이렇게 날 속인 너의 돌은 저주를 받아라!

테세우스 내 생각에 이 벽은 느낄 수 있으니까 저주를 돌려줘야 하지 않을까. 180

피라무스 아뇨, 정말이지 그래선 안 됩니다. '날 속인'은 티스베의 신호인데 그녀는 지금 등장할 테고 전 벽을 통해 그녀를 발견하게 되죠. 말씀드린 대로 일이 꼭 벌어진다

는 걸 아실 겁니다. 저기 그녀가 오는군요. 185

티스베 등장.

티스베 오 벽이여, 그대는 내 신음 정말 자주 들었어,
내 고운 피라무스 나와 갈라놨으니까!
앵두 같은 내 입술은 그대 돌에 입 맞췄어,
찰흙과 털 섞어 쌓아 놓은 그대의 돌에게.
피라무스 목소리가 보이네. 난 이제 틈새로 가리라. 190
몰래 보니 티스베 얼굴을 들을 수 있구나.
티스베?
티스베 그대는 내 사랑, 난 그렇게 생각해요!
피라무스 뭔 생각을 하든지 난 그대 애인이고
리맨더처럼 난 언제나 믿음직하다오.
티스베 나 또한 헬렌처럼 운명으로 죽기까지 그래요. 195
피라무스 셰팔루도 프로크루에게 이리 충실 못 했소.
티스베 셰팔루, 프로크루처럼 난 당신께 충실해요.
피라무스 오, 이 못된 벽 구멍을 통하여 키스해요.
티스베 당신 입술 못 닿고 벽 구멍에 키스해요.
피라무스 곧바로 니나노 왕릉에서 만날 거요? 200
티스베 살든지 죽든지 지체 없이 갈게요.

(피라무스와 티스베 각자 퇴장)

벽 이리하여 이 몸 벽은 맡은 역을 다했고

194~196행 리맨더…프로크루
보텀과 플루트가 잘못 발음한 이름. 리맨더—레안드로스, 헬렌—헤로, 셰팔루—케팔로스, 프로크루—프로크리스. 이들은 모두 오비디우스의 『변신 이야기』 제7권에 나오는 비극적인 연인들이다. (아든, 뉴펭귄)

끝났으니 이 벽은 이렇게 나갑니다. (퇴장)

테세우스 이제 두 이웃 사이의 담장이 허물어졌구먼.

드미트리우스 어쩔 도리가 없습니다, 각하, 벽이 경고도 없이 저렇게 205
기꺼이 듣는다면.

히폴리타 이건 내가 들은 허튼소리 가운데 가장 어이가 없네요.

테세우스 이런 부류에선 최고인 자들도 그림자일 뿐이라오. 또한
최악인 자들도 상상으로 고쳐 보면 더 나쁘진 않다오.

히폴리타 그럼 그건 당신의 상상이지 그들의 상상은 아니잖아요. 210

테세우스 우리가 그들을 그들 스스로 상상하는 것보다 더 나쁘
게 상상하지만 않는다면 그들은 탁월한 자들로 통할 거
요. 저기 사람과 사자, 두 고귀한 짐승이 나오는구려.

사자와 달빛 등장.

사자 마루 기는 작은 괴물, 쥐조차도 두려운
온순한 마음 가진 여러 숙녀들이여, 215
이제 거친 사자가 광란 속에 어흥 하면
아마도 부들부들 떠실 수가 있겠지요.
그럼 전 가구장이 스넉으로 사나운 사자이지
안 그러면 사자의 어미도 아님을 아십시오.
제가 만약 사자로서 싸움을 하려고 220
이 자리에 나왔다면 참 애석할 테니까요.

테세우스 아주 온순한 짐승일세, 양심도 바르고.

드미트리우스 제가 본 짐승으론 최곱니다, 각하.

라이샌더 이 사자는 용기로는 영락없는 여우입니다.

테세우스 맞았어. 그리고 분별력으로는 거위야. 225

드미트리우스 아닙니다, 각하. 그의 용기가 그의 분별력을 끌고 가지

못하니까요. 그런데 여우는 거위를 끌고 가거든요.

테세우스 그의 분별력은 그의 용기를 끌고 가지 못하는 게 분명해, 거위가 여우를 끌고 가진 못하니까. 잘됐어, 그건 그의 분별력에 맡겨 두고 우리는 달의 말이나 들어 보지. 230

달빛 이 등불은 뿔 달린 달님을 나타내고 ―

드미트리우스 그 뿔을 자기 머리 위에 달았어야지.

테세우스 그는 초승달이 아니니까 뿔이 원주 안에 있어서 안 보이는 거라네.

달빛 이 등불은 뿔 달린 그런 달을 나타내고 235
저 자신은 달 안의 사람인 것 같습니다.

테세우스 이건 나머지 모든 오류 가운데 가장 큰 거야. 사람이 등불 안으로 들어갔어야지. 안 그러면 어떻게 달 안의 사람인가?

드미트리우스 거기는 촛불 때문에 감히 못 갑니다. 보시다시피 벌써 240 심지를 자를 때거든요.

히폴리타 난 저 달이 지겨워요. 변했으면 좋으련만!

테세우스 그의 적은 분별력에 비춰 보건대 그는 지고 있는 것 같구려. 하지만 예절이나 모든 이치로 볼 때 우리가 때를 기다려야 한다오. 245

라이샌더 달은 계속하라.

달빛 제가 하고 싶은 말이라고는 이 등불은 달이고 저는 달 안의 사람이고, 이 가시덤불은 제 가시덤불이고 이 개

241행 심지
지금처럼 타서 없어지지 않고 엉겨 붙어서 촛불을 약화시키거나 꺼지게 만드는 당시의 심지.

247~249행 저는…개
민담에 의하면 달 속의 사람은 일요일에 땔감을 구하러 나갔다가 안식일의 계율을 어긴 벌로 개와 가시덤불(그가 모은 땔감)과 함께 달로 추방됐다. (아든)

는 제 개라는 얘기뿐입니다.

드미트리우스 글쎄, 그 모든 것이 등불 안에 있어야지, 그 모든 것이 250
달 안에 있으니까. 하지만 쉿! 티스베가 나왔어요.

티스베 등장.

티스베 니나노 옛 왕릉이 여기구나. 님은 어디?

사자 어흥! (사자가 으르렁거리고
티스베는 외투를 떨어뜨리며 도망간다.)

드미트리우스 잘 울었다, 사자야!

테세우스 잘 뛰었다, 티스베! 255

히폴리타 잘 빛났다, 달아! 사실 저 달은 참 우아하게 비춰요.
(사자, 외투를 씹은 뒤 퇴장)

테세우스 잘 씹었다, 사자야!

드미트리우스 그런 다음 피라무스가 나왔고 —

라이샌더 그리하여 사자는 사라졌도다.

피라무스 등장.

피라무스 착한 달님, 해님처럼 비춰 줘서 고맙구나. 260
고맙구나, 달님아, 이리 밝게 빛나 줘서.
친절하고 찬란하며 창창한 네 빛으로
가장 참된 티스베를 볼 거라고 믿는다.
근데 잠깐! 오 심술이다!
보아라, 가련한 기사여, 265
이 무슨 끔찍한 슬픔이냐!
눈이여, 보이는가?

어떻게 이럴 수가?
오, 예쁜 오리, 오 그대여!
이 좋은 그대의 외투가 270
뭐라고, 피 묻어 있다고?
잔인한 복수 여신 다가오라!
오, 운명이여, 어서 오라!
명줄 목줄 잘라 다오.
깨뜨리고 으깨고 끝장내고 끊어 다오. 275

테세우스 이런 비탄과 사랑하는 여자 친구의 죽음이면 사나이를 거의 슬퍼 보이게 만들겠구려.

히폴리타 아이참, 저 남자가 안됐어요.

피라무스 사악한 사자가 여기서 내 님을 범했으니
오, 조물주는 왜 사자를 만들었소? 280
살았고 사랑했고 좋아했던 활기찬 모습의
가장 고운 여인인데 — 아니, 아니 — 이었는데.
눈물이여 허물어라,
칼은 나와 찔러라,
피라무스 젖꼭지를. 285
그래, 심장이 팔딱이는
왼손 편 젖꼭지를. (자신을 찌른다.)
난 이, 이, 이렇게 죽는다!
난 이제 죽었다.
난 이제 떠났고 290
내 영혼은 하늘 갔다.
혀 너는 빛을 잃고
달 너는 도망가라! (달빛 퇴장)
이제 죽, 죽, 죽, 죽, 죽는다. (죽는다.)

드미트리우스 죽이 아니라 밥이겠지. 곧 구더기 밥이 될 테니까. 295

라이샌더 밥도 안 돼. 죽어 버렸으니까 아무것도 아니라고.

테세우스 의사의 도움을 받으면 회복할지도 모르고 그래서 나귀 같은 바보가 될 수도 있겠지.

히폴리타 티스베가 다시 나와 애인을 찾지도 않았는데 달빛은 어쩌다가 나가 버렸지요? 300

테세우스 별빛으로 찾겠지요.

티스베 등장.

여기 나왔으니 그녀의 비탄으로 극은 끝날 것이오.

히폴리타 생각하건대 저런 피라무스에게 그녀가 긴 비탄을 보이진 말아야죠. 짧았으면 해요.

드미트리우스 피라무스 아니면 티스베, 누가 더 나은지는 티끌 하나로 결정될 것입니다. 그게 남자라면, 하느님, 저희를 보호하시고 여자라면, 하느님, 저희를 지키소서! 305

라이샌더 그녀가 그 아름다운 눈으로 이미 그를 발견했어.

드미트리우스 그리고 이게 그녀의 뜻인바, 즉 —

티스베 자나요, 내 님이여? 310

뭐, 죽었어요, 내 비둘기?

오 피라무스, 일어나요!

말, 말해 봐요! 통 못 해?

죽, 죽었어요? 멋진 두 눈

무덤 속에 묻혀야 되겠네요. 315

백합 같은 이 입술

버찌 같은 이 코와

샛노란 앵초꽃의 두 뺨이

사라졌네, 사라졌어!
연인들아 슬퍼하라, 320
그의 눈은 파처럼 푸르렀다.
오 운명의 세 자매여,
내게 오라, 내게 와,
우유처럼 창백한 손을 들고.
그 손에 피 묻혀라, 325
너희들이 작두로
그의 비단 명줄을 잘랐으니.
혀는 말을 멈추고
믿음직한 칼이여,
내 가슴 가차 없이 갈라라! (자신을 찌른다.) 330
친구들아 잘 있거라,
티스베는 이제 간다.
안녕, 안녕, 안녕! (죽는다.)

테세우스 달빛과 사자가 남아서 죽은 자들을 묻어야 되겠구먼.

드미트리우스 예, 벽도 함께요. 335

보텀 (벌떡 일어나며) 아뇨, 확실히 말씀드리건대 그들의 두 아버지를 갈라놓았던 벽은 무너졌습니다. 맺음말을 보시겠습니까, 아니면 저희 극단 두 배우의 촌스러운 춤을 들으시겠습니까?

테세우스 맺음말은 사양하네. 자네들의 극은 변명이 필요 없으니까. 절대 변명하지 마라. 배우들이 다 죽어 버렸을 경우엔 아무도 욕먹을 필요가 없으니까. 맞아, 극을 쓴 사람이 피라무스를 연기하고 티스베의 대님으로 목매달아 죽었더라면 훌륭한 비극이 되었을 거야 — 사실, 지금도 훌륭해, 연기도 아주 잘했고. 하지만 자, 자네 340 345

들의 촌스러운 춤을 춰 보지그래, 맺음말은 그만두고.

(퀸스, 스넉, 스나우트와 스타블링이 등장,
그 가운데 둘이 촌스러운 춤을 춘다.
그런 다음 플루트와 보텀을 포함한 장인들 함께 퇴장)

자정을 알리는 쇠 추가 열두 번 울렸다.
연인들은 자러 가라, 거의 요정 나올 때다.
오늘 밤에 안 자고 깨어 있던 만큼이나
내일 아침 늦잠 자지 않을까 걱정된다. 350
썩 조잡한 이 극으로 굼뱅이 밤 시간을
즐겁게 보냈구나. 친구들은 자러 가라.
짐은 이런 여흥과 새롭게 기뻐할 축연을
열나흘에 걸쳐서 밤마다 베풀리라. (함께 퇴장)

퍽 등장.

퍽 지금은 주린 사자 울부짖고 355
늑대는 달 보고 짖으며
피곤한 농부는 힘든 일로
완전히 지쳐서 코 골 때다.
지금은 다 탄 장작 빛을 내고
올빼미가 날카로운 울음으로 360
비탄 속에 누워 있는 자에게
수의를 떠올리게 만들 때다.
지금은 무덤들이 큰 입 벌려
혼령들을 내놓고 그것들이
교회 길로 날아가는 밤 시간. 365
우리들 요정 또한 지금은

태양 있는 곳에서 멀어지는
헤카테의 삼두마차 곁에서
꿈처럼 어둠을 뒤쫓아 달리며
유쾌하다. 신성한 이 집엔 370
쥐 한 마리 범접하지 못하리라.
빗자루 든 나를 먼저 보내신 건
문 뒤쪽의 먼지 청소 때문이다.

요정의 왕과 여왕, 오베론과 티타니아,
모든 시종들과 함께 등장.

오베론 가물가물 꺼져 가는 불빛으로
집 전체를 어렴풋이 밝혀라. 375
가시덤불 위를 나는 새처럼
모든 요정 가볍게 뛰놀고
나를 따라 이 노래를 부르며
거기 맞춰 경쾌하게 춤을 춰라.
티타니아 낱말마다 지저귀는 소리 붙여 380
우선은 이 노래를 외워라.
손에 손 마주 잡고 우아하게
노래하며 이곳을 축복하리. (노래와 춤)
오베론 자, 날이 밝아 올 때까지
모든 요정 집 안으로 흩어져라. 385
최고의 신방에 들른 다음
그곳을 축복해 주리라.
거기에서 태어나는 자손들은
언제나 운이 좋을 것이며

세 쌍의 부부도 언제나 390
참사랑을 할 것이고
조물주가 만드는 기형은
그들의 자손에겐 없으리라.
사마귀, 언청이, 흉터나
출생 시 사람들이 경멸하는 395
불길한 반점 따윈 절대로
그들의 자식에겐 안 생긴다.
이 성스러운 들 이슬을 가지고
모든 요정 발걸음 옮긴 다음
궁전의 방 하나하나 각각을 400
감미로운 평화로 축복하라.
그리고 축복받은 집주인은
언제나 안전하게 쉴 것이다.
뛰어가라, 멈추어 섰지 말고.
새벽녘엔 다 내게 돌아오라. 405

(퍽을 뺀 나머지 모두 함께 퇴장)

퍽 저희 그림자들이 언짢으셨다면
이 환상이 정말로 보였을 때
여기서 잠들어 있었을 뿐이라고
생각만 고치시면 다 괜찮죠.
그리고 가볍고 시시하며 410
꿈처럼 헛것 같은 이 주제를
나무라진 마십시오, 여러분.
용서해 주시면 잘해 보겠습니다.
또한 제가 정직한 퍽인 만큼
노력 없이 얻게 된 행운은 415

이제는 야유를 피하기 위하여
머지않아 개선하겠습니다.
안 그러면 거짓된 퍽이지요.
그러면 안녕히 주무세요.
친구라면 박수 좀 쳐 주세요, 420
그러면 로빈이 개선하겠습니다. (퇴장)

베니스의 상인

The Merchant of Venice

역자 서문

윌리엄 셰익스피어(1564~1616)는 『실수 희극』(1592~1594)을 시작으로 『잣대엔 잣대로』(1604)까지 총 13편의 희극을 썼다. 그 가운데 여기에 모인 다섯은 — 『한여름 밤의 꿈』(1595~1596), 『베니스의 상인』(1596~1597), 『좋으실 대로』(1599), 『십이야』(1601~1602), 그리고 『잣대엔 잣대로』(1604) — 소위 명작이라 불리는 작품들이다. 이들 희극은 그 내용이 다양하여 한마디로 정의하기는 어렵다. 그러나 이들이 희극으로 분류되는 이유는 적어도 두 가지 공통 요소를 갖추고 있기 때문이다. 우선 이들은 우리 관객이나 독자들에게 전체적으로 슬픔보다는 기쁨, 울음보다는 웃음을 준다. 그 웃음의 성격이 밝고 순수할 수도 있고 조소나 실소에 가까울 수도 있지만 어쨌든 우리를 심각한 슬픔에 빠뜨리거나 울게 하지는 않는다. 둘째, 극의 시작은 비록 심각하거나 비극적일 수 있어도 그런 갈등은 결국 화합에 이르고 행복하게 마무리된다. 적어도 주인공이나 중요한 인물이 죽는 일은 없고 그 대신 화합의 상징인 결혼이 있다. 이것이 여기에 모인 셰익스피어의 다섯 극작품이 희극이란 장르로 묶여 있는 까닭이다. 그러면 이제부터 이 다섯 극작품을 희극의 두 핵심 요소 가운데 하나인 결혼이라는 공통분모를 통하여 간략하게 소개해 보기로 하자.

그 다섯 가운데 둘째 작품인 『베니스의 상인』에서도 『한여름 밤의 꿈』에서처럼 세 쌍의 남녀가 결혼한다. 그들은 각각 벨몬트의 포셔와 베니스의 바사니오, 포셔의 시녀 네리사와 바사니오의 친구 그라티아노, 그리고 샤일록의 딸 제시카와 바사니오의 친구 로렌초이다. 이 셋 가운데 가장 중요한 쌍은 포셔와 바사니오이고 그들의 결혼과 거기에 이르는 과정에 이 희극의 주요 사건과 핵심 주제(사랑)가 모두 드러난다. 좀 더 구체적으로 이 두 사람의 결혼은 바사니오가 극의 중간 지점에서 포셔를 얻을 수 있는 올바른 궤를 선택했을 때 올린 예식을 통해 형식적으로 성립되지만 바로 초야를 치르는 것으로 완성되지는 않는다. 결혼의 기쁨을 온전히 자기 것으로 만들기 위해 포셔는 두 가지 난제를 먼저 해결해야 하기 때문이다. 그 둘은 자기 남편 바사니오와 그의 친구 안토니오를 단단히 묶어 놓은 우정과, 안토니오를 향하지만 우정과 돈 때문에 바사니오와도 뗄 수 없는 샤일록의 미움의 문제이다. 그리고 이 우정과 미움은 안토니오가 바사니오의 구애 자금으로 샤일록에게 빌린 돈을 매개로 단단히 얽혀 있다. 따라서 『베니스의 상인』은 포셔가 자신의 사랑을 방해하는 이 두 가지 감정의 주체들을 요리하는 이야기로 요약될 수 있다. 어떻게, 얼마나 만족스럽게 잘하는지는 독자에 따라 다르게 판단하겠지만 말이다.

극은 우정과 미움의 두 주체 가운데 하나인 안토니오로부터 시작된다. 더 구체적으로는 안토니오가 자신의 원인 모를 슬픔을 토로하는 데에서 시작된다. 그는 두 친구, 살라리노와 살라니오에게 "난 정말 왜 이렇게 슬픈지 모르겠네"(1.1.1)라고 하면서 자기가 이런 상태에 어찌 빠졌는지, 그 원인이나 내용을 전혀 알 수 없다고 말한다. 이에 그의 두 친구는 그의 슬픔이 그가 교역하는 상품 걱정이나 사랑 때문이라고 단정 짓지만 안토니오는 그런 것들은 진짜 이유가 아니라고 부인한다. 그래서 결국 살라니오는 "그렇다면 즐겁지 않아서/슬프다고 해 두지."(1.1.48~49)라는 말로 이 이 논란을 끝내고 안토니오도 그런 결론에 동의하는 것처럼 보인다. 왜냐하면 곧이어 바사니오가 등장하고 안토니오의 관심은 바사니오가 구애 계획을 밝힌 포셔에게로 옮겨 가며, 이후로는 같은 문제를 다시 제기하거나 어디에서도 그에 대한 답을 내놓지 않기 때문이다.

안토니오의 이 근거 없는 슬픔은 이 희극의 주제인 사랑과 관련해 두 가지 중요한 의미를 가진다. 그것은 우선 그가 바사니오와의 우정에 삶의 전부를 거는 원인이 된다. 안토니오에게 이 바닥 모를 블랙홀과 같은 슬픔을 메우거나 극복할 수 있는, 그래서 현재의 삶에서 약간의 의미나 희망을 찾을 수 있는 유일한 방법은 바사니오와 주고받는 우정에 기대는 것뿐이다. 그래서 그는 샤일록과 자기 살 한 파운드를 담보로 하는 계약서에 흔쾌히 서명한다. 그 계약을 못 지킬 가능성은 거의 없지만 그래도 터무니없이 위험하게 목숨을 거는 조항에 기꺼이 동의한다. 그래서 그는 포셔를 향해 벨몬트로 떠나는 바사니오와의 이별을 처절하게 아쉬워한다. "눈물이 그득한 채/얼굴을 돌리고 그의 등을 감싸안고/놀랍도록 뚜렷한 애정을 보이면서."(2.8.46~48) 그래서 그는 샤일록의 칼날을 앞에 두고서도 "유대인이 깊숙이 자르기만 해주면/내 심장 다 바쳐 즉시"(4.1.279~280) 바사니오의 빚을 갚겠다고 말한다. 이처럼 안토니오의 까닭 없는 슬픔은 그가 바사니오에게 보이는 우정에 맹목적인 절대성을 부여한다.

둘째, 안토니오가 자신이 슬픈 이유를 모른다는 사실은 포셔에게 그를 자기 남편 바사니오에게서 떼어 놓을 방법을 암시한다. 그것이 바로 그녀가 사용한 결혼반지 계책이다. 베니스의 재판 장면에서 포셔는 남자 민법 박사 발타자르로 변장한 채 샤일록의 칼날에 죽을 수밖에 없었던 안토니오의 목숨을 구해 준다. 그런 다음 바사니오가 내민 삼천 다카트의 보상비를 한 푼도 받지 않고 떠나려 한다. 하지만 그럴 수는 없다면서 보답을 강권하는 바사니오의 요청에 그녀는 바사니오가 끼고 있는 자신의 결혼반지를 요구한다. 차마 그것을 내어 줄 수 없었던 바사니오는 포셔를 그냥 보내지만 안토니오의 다음 말을 듣고서는 마음을 바꾼다. “이보게 바사니오, 그 반지 가지게 해./그의 공과 내 사랑을 합쳐서 평가하면/자네 아내 명령보다 더 크지 않겠나.”(4.1.447~449) 이때 바사니오가 안토니오의 말을 따른다는 것은 그들의 우정이 그가 포셔와 맺은 사랑의 약속에 우선함을 인정한다는 뜻이다. 심부름꾼 그라티아노로부터 자신의 반지를 건네받은 포셔는 이 사실을 눈치채고 대책을 세운다. 아니, 어쩌면 포셔는 이 시점보다 한참 전에 두 남자의 ‘의심스러운’ 관계를 알아채고 그 처리 방안을 모색했는지도 모른다. 그렇다면 그것은 바사니오가 3막 2장에서 포셔 아버지의 수수께끼를 알아맞히고 포셔와의 결혼에 성공한 직후 베니스로부터 안토니오의 파산 소식과 함께 그의 편지 내용을 직접 들었을 때였을 것이다. 안토니오는 그 편지에서 자기의 친애하는 바사니오에게, 자기 배는 모조리 유실됐고 빚쟁이들은 잔인해졌으며 재산은 바닥이 났고 유대인과의 계약은 파기되어 목숨을 부지할 수 없게 되었다고 하면서 이 소식을 듣고 “사랑의 재촉을 받는다면 모를까 내 편지 때문에 오진 말게.”(3.2.319~320)라고 말한다. 이때 두 사람의 ‘위험한’ 관계를 직감한 포셔는 이 우정이 자신의 사랑과 결혼에 보통 위협이 아니며 특단의 조치가 없으면 해결하기 어렵다고 판단하여 바로 베니스행을 준비했다고 할 수 있다. 민법 박사로 변장하여 재판정에 설 계획과 함께 말이다. 결혼반지 계책이 처음부터 포셔의 마음속에 있었는지 아니면 임기응변으로 떠올랐는지는 누구도 모른다. 그러나 어느 쪽이든 포셔의 선견지명과 임기응변 능력은 의심의 여지가 없다. 그리고 그녀는 극의 결말에서 남편의 사랑을 안토니오의 우정으로부터 분리하여 홀로 차지한다.

포셔가 이렇게 안토니오의 우정의 문제점을 재빨리 알아채고 그 해결책을 마련할 수 있었던 이유는 그녀가 인간성의 본질을, 특히 인간의 다양한 감정을 즉각적으로 파악하는 데 탁월한 능력을 지니고 있기 때문이다. 이는 포셔가 처음으로 등장하는 1막 2장에서 바로 드러난다. 여기에서 포셔는 자기 시녀에게 "진짜야 네리사, 이 작은 몸은 이 커다란 세상이 지겨워."(1.2.1)라고 말한다. 그런 다음 네리사의 반응을 듣는다. "그러실 테죠, 아씨의 불운이 아씨의 행운만큼이나 충만하다면요."(1.2.2~3) 즉, '행운이 넘쳐 별 호사스러운 생각을 다하십니다. 중용을 지키고 만족하세요.' 이런 말인 셈이다. 포셔는 네리사의 말귀를 금방 알아듣는다. 아버지로부터 막대한 유산을 물려받은 자신이 이 세상을 지겨워할 이유는 사실 없다. 그러나 포셔가 지겹다고 한 진짜 이유는 곧 밝혀지지만, 아버지가 정해 놓은 구혼자 선택 조건을 자신의 뜻과 상관없이 무조건 따라야 한다는 사실과 지금까지 자기 맘에 드는 남자가 나타나지 않았다는 사실에 있다. 그녀는 이를 잘 알기 때문에 그 운명의 남자가 등장할 때까지 자신의 무료함을 달래기 위해 농담조로 이 세상이 지겹다고 했던 것이다.

우리가 이렇게 포셔의 마음을 해석할 수 있는 근거는 곧이어 그녀가 보여 주는 구혼자들에 대한 정확하고도 익살스러운 촌평에 있다. 자기 말에게 스스로 편자를 신길 수 있다는 점을 무척 자랑스러워하는 나폴리 왕자, 찌푸리기밖에 하는 일이 없어서 앞으로 울보 철학자가 될까 봐 염려스러운 팔라틴 백작, 개똥지빠귀가 울면 곧바로 깡충깡충 뛰고 자기 그림자와도 칼싸움을 벌이는 프랑스 귀족 르봉 씨를 비롯한 이들 구혼자들의 명단은 길다.(1.2.37~90) 하지만 그것이 길게만 느껴지지 않는 까닭은 포셔의 재미있고도 정곡을 찌르는 설명 때문이다.

포셔의 이런 인간성 파악 능력은 이 장면에 국한되어 드러나는 것은 아니다. 그것은 바사니오가 바른 궤를 택했을 때 그 순간을 기다리던 그녀가 말한 방백에서 그녀가 자신의 감정을 얼마나 정확하게 파악하고 격정을 얼마나 절제할 수 있는지 보여 준다.

> 미심쩍은 생각과 성급히 껴안은 절망과
> 치 떨리는 두려움과 푸른 눈의 질투 같은
> 다른 모든 감정들은 허공으로 사라졌다.
> 오, 사랑이여, 적당히 와 다오, 황홀감은 약하게
> 기쁨은 알맞게 내리고 이 넘침은 줄여 다오.
> 네 축복이 너무 커서 물릴까 봐 걱정되니
> 적게 만들어 다오. (3.2.108~114)

포셔의 이런 감정 이해력과 절제력은 안토니오의 우정뿐만 아니라 그를 해치려는 샤일록의 미움을 퇴치하는 데에도 결정적인 역할을 한다. 샤일록은 일찌감치 안토니오에 대한 미움과 복수심을 밝힌다. 자신에게 삼천 다카트를 빌리러 온 바사니오와 계약 조건을 따져 보던 중 나타난 안토니오를 보고 샤일록은 그의 적개심을 방백으로 밝힌다. "난 저자를 미워해, 기독교인이니까./더군다나 저자가 비굴하게 바보같이/공짜로 돈을 꿔 주니까 베니스 시에서/우리의 고리대가 낮아진단 말씀이야."(1.3.38~41) 여기에서 샤일록이 밝히는 그의 적개심은 종교적인 이유와 경제적인 이유에 뿌리를 두고 있다. 그는 이렇게 믿고 있고 그 사실을 나중에 여러 번 공공연히 밝힌다. 그러나 4막 1장 재판 장면에서 샤일록은 그 원인에 대해 좀 다른 말을 한다. 그는 왜 안토니오 상인의 살 한 파운드를 고집하느냐는 공작의 질문에 호오에 따라 요동치는 자신의 정서(4.1.49~51) 때문이며, 나아가 그가 안토니오에게 품은 "뿌리 깊은 증오와/모종의 혐오감" 외에 다른 이유는 없고 또 밝히지도 않을 것이라고(4.1.58~61) 말한다. 이는 그가 지금 공적인 재판정에서 많은 사람들이 지켜보고 있는 가운데 실행에 옮기고자 하는 계획 살인을 정당화시킬 수 있는 그 어떤 명분도 — 미움 외에는 — 댈 수 없다는 말과 다름없다. 다시 말하면 그는 지금 자기가 하려는 행동의 진정한 의미를 모른다고 할 수 있다. 물론 공공 재판정에서 '살인'의 의도를 떳떳이 입 밖으로 낼 수 없어서 그랬을 수는 있다. 하지만 복수에 과도하게 집착한 나머지 이성을 잃었다고 해석하는 편이 좀 더 진실에 가까울 것이다. 이때 샤일록은 자신이 왜 슬픈지 모르는 안토니오처럼 자신의 미움이 자기를 어디로 끌고 가는지 모르는 무지 상태에 빠져 있다. 그는 또한 포셔와 달리 감정의 절제도 모른다.

포셔는 샤일록의 바로 이런 맹목적인 미움과 그로 인한 무지를 역이용한다. 포셔는 우선 샤일록에게 자비를 베풀 것을 요청한다. 그가 복수에 눈이 멀었기 때문에 그녀의 호소는 들리지 않을 것이라는 점을 잘 알면서. 그런 다음 원금의 세 배를 받고 피고를 풀어 줄 것을 권고한다. 그리고 마지막으로 피고가 출혈로 죽지 않게끔 의사를 부를 것을 제안한다. 이 모든 제안은 샤일록이 만약 제정신이었다면, 자비심은 없지만 이성이라도 남아 있었더라면 그의 가슴이나 머리에 가 닿았을 것이고 파국은 면할 수 있었을 것이다. 사실 포셔가 극적인 반전에 이용한 "피 한 방울"은 그녀의 마지막 제안에, 피고의 피를 막아 줄 의사를 부르자는 제의에 암시되어 있었다. 그러나 계약서만 외친 사일록은 하찮을 수도 있는 피 한 방울의 함정에 빠져 모든 것을 그르친다.

이렇게 샤일록의 미움을 제압한 포셔는 안토니오와의 관계에서 결정적인 우위를 확보하게 되었고 우리가 보았듯이 결혼반지 계책을 통하여 드디어 그를 남편 바사니오에서 깨끗이 떼어 놓는 데 성공한다. 왜냐하면 극의 말미에서 안토니오는 다시 한 번 자기 몸을 저당 잡히면서 친구 바사니오가 포셔로부터 회수한 반지를 다시는 빼지 않을 것이라고 보증하기 때문이다. 게다가 유실된 줄 알았던 자기 상선들이 무사히 돌아왔다는 소식을 포셔에게 들었으니 어떻게 자신의 우정을 빌미로 바사니오에게 다시 접근할 수 있겠는가.

포셔가 이렇게 사랑의 두 장애물을 처리하는 과정에서 관객들은 상당한 기쁨과 웃음을 선사받는다. 그녀의 기지와 해학은 우리를 즐겁게 하고, 유산 많고 아름다운 데다 놀라운 미덕을 갖춘 그녀가 절제와 중용의 미덕까지 보일 때 우리는 그녀의 성품에 매료될 수밖에 없다. 게다가 남장 여인의 모습으로 재판정에서 의외의 판결로 사태를 반전시켰을 때는 통쾌한 놀라움을 금할 수 없다. 그러나 우리의 웃음은 샤일록과 관련되었을 때, 특히 재판 장면에서 그라티아노가 욕설을 퍼부을 때, 그리고 샤일록이 살인 미수죄로 처벌받아 재산을 다 뺏기고 개종을 강요당했을 때는 그 의미가 달라질 수밖에 없다. 왜냐하면 샤일록의 미움은 우리 모두가 공감하는 유대인 박해에 상당한 근거를 두고 있기에, 그리고 그의 강제 개종 또한 포셔가 설파했던 자비의 원칙에 어긋나는 처사이기에 우리는 그를 동정하기 때문이다. 만약 이 희극에서 샤일록의 억울함을, 그래서 그가 범하려던 악행의 정당성을 강조한다면 그 분위기는 상당히 어두워질 것이다. 게다가 아버지를 버리고 그의 집을 지옥으로 여기면서 그의 재산을 가지고 애인과 함께 달아난 제시카의 불효막심한 행동까지 강조하면 더더욱 그럴 것이다. 그러나 전체적으로 이 극은 포셔가 사랑의 장애물을 극복하고 행복한 결혼으로 마무리된다는 점에서, 그리고 그 과정에서 상당한 즐거움과 웃음을 준다는 점에서 희극으로 분류하는 데에 별문제가 없다.

끝으로 이번 번역은 존 러셀 브라운(John Russell Brown) 편집의 아든(The Arden Shakespeare) 판 『베니스의 상인(The Merchant of

Venice)』을 기본으로 하고, G. 블레이크모어 에번스(G. Blakemore Evans) 편집의 리버사이드 셰익스피어(The Riverside Shakespeare) 판과 묄린 머천트(Moelwyn Merchant) 편집의 뉴펭귄(New Penguin Shakespeare) 판을 참조하였다. 그리고 새로 출판된 존 드라카키스(John Drakakis) 편집의 아든 총서 3판 『베니스의 상인(The Merchant of Venice)』도 참조하였다.

등장인물

안토니오	베니스의 기독교도 상인, 바사니오의 친구
바사니오	베니스의 귀족, 안토니오의 친구이며 포셔의 구혼자
레오나르도	바사니오의 하인
그라티아노	베니스의 신사, 안토니오와 바사니오의 친구이며 네리사의 구혼자
로렌초	바사니오의 신사 친구, 제시카의 구혼자
살라니오 살라리노	베니스의 신사들, 바사니오와 안토니오의 친구
공작	베니스의 통치자
살레리오	베니스의 사절
포셔	벨몬트의 부자 상속녀, 바사니오의 애인
네리사	포셔의 시녀
사자(스테파노)	포셔 집안의 하인
발타자르	포셔의 하인
머슴	포셔 집안의 일꾼
모로코 왕자	포셔의 구혼자
아라공 왕자	포셔의 둘째 구혼자
유대인(샤일록)	베니스의 고리대금업자
제시카	유대인의 딸, 로렌초의 애인
투발	샤일록의 친구, 같은 유대인
광대(란슬럿 지오베)	유대인 집안에서 안토니오 집안으로 간 일꾼
지오베	광대의 아버지
사자	포셔 집안의 일원
하인	안토니오 집안의 일꾼

간수, 고관, 시종, 수행원, 법정 관리, 악사
및 종자들

장소 베니스와 벨몬트의 포셔 저택

1막 1장

안토니오, 살라리노, 살라니오 등장.

안토니오	난 정말 왜 이렇게 슬픈지 모르겠네, 지겨울 정도야, 자네도 지겹다고 하네만. 근데 내가 이 상태에 어이 어찌 빠졌는지 그 내용이 무엇인지 어디에서 생겼는지 알 수가 있어야지. 슬픔 땜에 이렇게 바보가 됐으니까 난 자신을 아는 일에 애 많이 써야겠어.	 5
살라리노	자네의 마음이야 대양 위에 넘실대지. 한껏 돛을 부풀린 자네의 상선들이 물 위를 걷고 있는 유지나 부호처럼 또는 달리 말하자면 바다 위의 행렬처럼 엮은 날개 달고서 나르는 듯 지나갈 때 그들에게 무릎 굽혀 존경을 표하는 잔챙이 화물선들 굽어보는 거기 있지.	 10
살라니오	그럼, 그만한 모험을 내가 만일 벌였다면 내 마음의 대부분은 해외의 기대치와 함께 있을 것이네. 연거푸 풀을 뜯어 바람 부는 방향을 알려고 할 것이며 지도에서 항구, 부두, 도로를 샅샅이 살피겠지. 내 모험에 혹시라도 불운을 가져올까 걱정하게 만드는 모든 것은 틀림없이	15 20

1막 1장 장소 베니스의 길거리.
15행 모험 위험이 따르는 투자, 벤처.

날 슬프게 할 것이네.

살라리노 　　　　　　　　더운 국물 식힐 때도
너무 강한 바람이 바다에서 줄 수 있는
피해를 생각하면 오한이 날 걸세.
모래시계 작동하는 모습을 보고는 25
여울과 모래톱 생각을 할 수밖에
그래서 비싼 배 앤드루가 모래에 갇힌 뒤
장루를 늑골 아래 처박고 묘지에 키스하는
상상을 할 수밖에 없겠지. 교회에 나가서
돌로 만든 성스러운 건물을 볼 때면 30
곧바로 위험한 암초를 생각하지 않겠어?
그것이 연약한 내 뱃전에 닿기만 하여도
향료들은 모조리 바다에 흩어지고
포효하는 물결은 비단옷을 입을 텐데,
한마디로 좀 전엔 이만한 가치가 지금은 35
무가치가 아닌가? 이렇게 생각하는
생각이 있으면서 그런 일이 생기면
슬퍼질 거라는 생각이 안 들 수 있겠어?
말하지 않아도 난 안토니오 자네가
상품 생각하면서 슬픈 줄로 알고 있네. 40

안토니오 그건 정말 아니라네. 운이 좋은 덕분에
나는 배 한 척이나 한 곳만 믿고서
모험하진 않으며, 이번 한 해 운수에
내 모든 재산이 달린 것도 아니라네.
그러니까 상품 땜에 슬픈 건 아닐세. 45

살라니오 그렇다면 사랑에 빠졌군.

안토니오 에이, 에이.

살라니오　사랑도 아니라? 그렇다면 즐겁지 않아서
슬프다고 해 두지. 그건 마치 슬프지 않아서
웃고 뛰며 즐겁다고 말하는 것만큼　50
손쉬운 일이라네. 두 얼굴 야누스에 맹세코
조물주가 때로는 이상한 자들을 빚어냈어.
어떤 자는 언제나 주름 잡힌 실눈 뜨고
풍적수(風笛手)를 보면서 앵무처럼 웃는데
어떤 자는 식초 마신 얼굴을 하고서　55
근엄한 네스토르가 이 농담은 우습다고 장담해도
웃으려는 이빨조차 안 보이려 한다네.

바사니오, 로렌초, 그라티아노 등장.

아, 자네의 가장 귀한 친척인 바사니오와
그라티아노, 로렌초가 왔구먼. 잘 있게,
더 나은 동무들이 왔으니 우린 가네.　60

살라리노　더 훌륭한 친구들이 막지만 않았어도
자네가 즐거워할 때까지 머물려고 했는데.

안토니오　자네의 훌륭함은 내가 높이 평가하지.
내 생각에 자네는 볼일을 봐야 해
그래서 여길 떠날 기회를 잡았어.　65

살라리노　자네들, 좋은 아침 맞게나.

51행 야누스
서로 반대쪽을 바라보는 두 얼굴을 가진 로마의 신.
54행 풍적수
스코틀랜드에서 많이 사용하는 백파이프를 부는 사람.
56행 네스토르
트로이 전쟁에서 그리스군의 가장 현명하고 나이 든 장로.

바사니오 이보게들, 우리가 언제 웃지? 언제냐고?
지나치게 서먹서먹하구먼. 그래야 해?

살라리노 우리 한번 만나도록 틈을 내 보겠네.

(살라리노와 살라니오, 함께 퇴장)

로렌초 바사니오 형님, 안토니오 형님을 찾았으니 70
저희 둘은 떠납니다, 하지만 저녁때
저희와 만날 곳은 꼭 염두에 두십시오.

바사니오 어김이 없을 거네.

그라티아노 안토니오 형님, 안 좋아 보입니다.
형님께선 세상을 너무 고려하시는데 75
사서 그걸 걱정하면 그걸 잃게 된답니다.
정말이지 놀랄 만큼 변하셨습니다.

안토니오 세상이야 세상일 뿐이지, 그라티아노,
무대란 말일세. 모두들 역을 해야 하는데
내 역할은 슬픈 거야.

그라티아노 바보 역은 제가 하죠. 80
환희와 웃음으로 늙은 주름 오라 하고,
피 말리는 신음으로 제 심장을 식히느니
차라리 포도주로 제 간을 데우지요.
몸 안에 더운 피를 가진 자가 어째서
할아비 석상처럼 앉아 있단 말입니까? 85
깨 있는데 잠을 자요? 외고집을 부려서
황달을 불러와요? 보십시오, 안토니오 형님 —
형님을 사랑하고 사랑해서 말씀인데 —
고여 있는 연못처럼 두꺼운 얼굴로
지혜와 위엄과 심원한 사고력을 가졌다는 90
호의적인 평가를 받아 볼 요량으로

‘난 신탁의 도사니라, 내가 입을 열 때면
개 한 마리 짖어서도 아니 될 것이니라.’
라고 말할 것처럼 의도적인 침묵을
지키는 부류의 인간들이 있답니다. 95
오, 안토니오 형님, 아무 말도 안 했다고
현명한 것으로만 간주되는 자들을
제가 알고 있는데, 그들이 말을 하면
확신컨대 그걸 듣는 사람들은 그들을
바보라고 부를 테니 욕먹을 일이겠죠. 100
이 얘기는 나중에 더 하겠습니다.
하지만 우울증을 미끼로 이 피라미를
이 바보 물고기, 명망을 낚지는 마십시오. —
자, 가세, 로렌초. — 잠시 작별하겠습니다.
제 설교는 식사 후에 끝맺도록 하지요. 105

로렌초 그럼, 저녁 먹을 때까지 물러나겠습니다.
그라티아노가 말할 틈을 안 주니까
저 또한 앞서 말한 벙어리 현자군요.

그라티아노 글쎄, 이 년만 더 나랑 같이 다녀 보게,
자신의 말소리도 못 알아들을 테니. 110

안토니오 잘들 가게. 이러다간 내 수다가 늘겠어.

그라티아노 정말 고맙습니다, 침묵을 권할 곳은
말린 소 혓바닥과 안 팔린 처녀뿐이니까요.

(그라티아노와 로렌초 함께 퇴장)

안토니오 근데 저게 무슨 말인가?

바사니오 그라티아노는 베니스를 통틀어 그 누구보다 더 많은 115
헛소리를 끝도 없이 지껄이지. 그 가운데 사리에 맞는
말은 두 섬의 밀 겨 속에 감춰진 두 낱의 밀알과 같다

네. 그래서 하루 종일 찾는데 손에 넣고 보면 뒤질 가
치가 없지 뭐야.

안토니오 자 이제 그 숙녀가 누군지 말해 보게. 120
자네가 비밀 순례 가겠다고 맹세했고
오늘 내게 말해 주겠노라고 했잖은가.

바사니오 안토니오 자네도 모르진 않을 걸세,
미약한 내 재력으로 지속할 수 있는 것보다
조금은 더 분에 넘친 생활을 하느라고 125
내가 내 재산을 얼마나 축냈는지.
그렇다고 이제 와서 호화 생활 못 한다고
한탄하진 않네만, 내 주된 관심사는
내가 보낸 너무 좀 방탕했던 세월 동안
나 자신을 담보로 한 커다란 빚들을 130
깨끗이 갚는 걸세. 안토니오 자네에게
돈과 사랑, 두 가지를 가장 크게 신세 졌지.
그래도 자네의 사랑이란 보증이 있기에
이 모든 빚들을 어떻게 청산할지
내 계획과 목적을 털어놓을 수 있다네. 135

안토니오 부탁일세, 바사니오, 그게 뭔지 알려 주게.
그 일이 자네가 언제나 명예롭듯
명예의 범위 안에 있다면 확신하게,
내 지갑과 내 몸과 극한 수단까지도
자네가 필요할 때 다 내줄 테니까. 140

바사니오 난 학창 시절에 화살 하나 잃게 되면
그것을 찾으려고 좀 더 잘 살펴보며
꼭 같은 방향으로 꼭 같이 날아가는
한 대를 더 쏘았고 둘 다 잃을 모험으로

자주 둘 다 찾았었지. 이 어릴 적 경험 얘긴 145
다음 말이 순수 그 자체라서 하는 걸세.
자네에게 빚이 큰데 난 고집 센 청년처럼
그 빚을 낭비했어. 하지만 부탁인데
자네가 첫 번 것과 꼭 같은 방향으로
한 대 더 쏴 준다면 내가 그 과녁을 150
지켜볼 테니까 틀림없이 두 대 다 찾거나
자네가 위험에 맡겼던 둘째 것을 되찾아와
첫 번 것에 감사하는 채무자로 남을 걸세.

안토니오 자넨 나를 잘 알아, 이렇게 내 사랑의
변죽을 울려 봤자 시간만 낭비할 뿐이네. 155
그리고 내가 다할 최선에 의문을 표하다니
내가 가진 모든 걸 탕진하는 것보다
더 커다란 잘못을 내게 하는 거라고.
그러니 자네가 알기에 내가 할 수 있는 일
그 일을 하라고 말만 해 준다면 160
준비는 다 돼 있네. 그러니 말하게.

바사니오 벨몬트에 유산 많은 한 숙녀가 사는데
그녀는 아름답고, 그보다 더 아름답게
놀라운 미덕을 가졌다네. 그녀의 눈에서
난 무언의 호감을 전달받은 적이 있네. 165
이름은 포셔이고, 로마 장군 카토의 딸
브루투스의 포셔보다 평가가 못지않고
이 넓은 세상 또한 그녀 값을 알고 있지,

167행 브루투스 로마의 정치가로 시저 암살의 주동자 가운데 하나. 포셔는 그의 아내 이름이다.

바람 따라 사방에서 유명한 구혼자가
몰려오고 있으니까. 그녀 관자놀이에 170
황금의 양털처럼 드리운 빛나는 머리칼로
벨몬트의 그녀 집은 콜키스의 해안이 되었고
수많은 이아손이 그녀를 얻으려고 온다네.
오, 안토니오, 내가 만일 이들과 경쟁하여
한자리를 차지할 재력만 있다면 175
물어볼 것도 없이 운이 아주 좋아서
성공할 거라는 예감이 든다네.

안토니오 알다시피 내 모든 재산은 바다에 나가 있고
가진 돈도 없는 데다 현금을 마련할
물건도 없다네. 그러니까 나가서 180
베니스에서 내 신용이 어떤지 시험해 봐,
극단적인 무리를 해서라도 벨몬트의
아름다운 포셔에게 갈 채비를 해 줄 테니.
곧 가서 알아보게, 돈이 어디 있는지,
나도 그럴 테니까. 그러면 날 믿고 주든지 185
날 봐서 주든지 문제 삼지 않을 거야. (함께 퇴장)

1막 2장

포셔, 시녀 네리사와 함께 등장.

포셔 진짜야 네리사, 이 작은 몸은 이 커다란 세상이 지겨워.

172행 콜키스
그리스 신화에서 황금의 양털이 있었다고 하는 아시아의 고대 국가. 그리스의 영웅 이아손이 모험 끝에 손에 넣었다.
1막 2장 장소
벨몬트. 포셔의 저택.

네리사 그러실 테죠, 아씨의 불운이 아씨의 행운만큼이나 충만하다면요. 그리고 제가 뭐 아는 건 없지만 물리도록 많이 먹는 사람들은 못 먹어서 굶어 죽는 사람들만큼이나 병적이랍니다. 그러니까 중간쯤에 자리를 잡는다는 건 결코 중간치 정도의 행복만은 아니에요. 과욕하면 흰머리야 더 빨리 생기겠지만 자족하면 더 오래 산답니다. 5

포셔 명언이야, 전달도 잘했고.

네리사 실천도 잘하시면 더 좋겠죠. 10

포셔 좋은 일을 하는 게 무엇이 좋은 일인 줄 아는 것만큼 쉽다면야 예배당은 교회가, 가난한 사람들의 오두막은 왕자들의 궁궐이 됐을 거야. 자신의 교훈을 실천하는 성직자는 훌륭한 분이셔. 난 스무 사람에게 하면 좋은 일을 가르칠 수 있어, 내 가르침을 실천하는 스무 사람 가운데 하나가 되는 것보다 더 쉽게 말이야. 머리로야 혈기를 억제할 방법을 궁리하겠지만 급한 성질 때문에 냉철한 규제를 뛰어넘어 버리잖아? 청춘이란 미치광이는 토끼와 같아서 절름발이 충고님의 덫을 가볍게 건너뛴단 말씀이야. 하지만 이런 식의 논증으론 남편을 선택 못 해. 어머나, 선택이란 말이 나왔네! 난 원하는 사람을 선택할 수도, 싫은 사람을 거절할 수도 없어. 그래서 돌아가신 아버지의 의지가 살아 있는 딸의 의지를 구속한다니까. 네리사, 내가 누구를 선택도 거절도 못 하는 거, 힘들잖아? 15 20 25

네리사 아씨의 아버지는 언제나 덕 높은 분이셨고 성스러운 분들은 죽음에 임박해서 영감을 얻는답니다. 그러니까 이 금, 은, 납, 세 가지 궤로 그분이 마련해 놓은 제

비뽑기는 그분의 뜻을 파악한 사람이 아씨를 선택하게 돼 있는데, 아씨께서 올바로 사랑할 사람이 아니라면 그 누구도 절대 올바른 선택을 못 할 게 틀림없어요. 하지만 이미 와 있는 고귀한 구혼자들 가운데 아씨가 따뜻한 애정을 기울일 분이라도 있으세요? 30

포셔 이름을 하나씩 불러 봐, 그러면 이름을 부를 때 마다 내가 그이들을 설명할 테니까 그 설명에 따라 내 애정을 맞춰 봐. 35

네리사 우선 나폴리 왕자가 있지요.

포셔 그래, 그 사람 정말 수망아지야, 자기 말 얘기밖에 안 하니까. 게다가 그 말에게 스스로 편자를 신길 수 있다는 사실을 자신의 소양에 커다란 보탬으로 여기고 있어. 그의 모친께서 대장장이와 놀아나지 않았을까 무척이나 걱정돼. 40

네리사 다음으로 팔라틴 백작이 있지요.

포셔 그는 찌푸리기밖에 하는 일이 없어. 마치 '날 원치 않는다면 맘대로 하시오.'라고 하는 것처럼. 그는 즐거운 얘기를 듣고도 미소를 짓지 않아. 젊은 시절부터 그처럼 버릇없는 슬픔으로 가득 차 있으니 늙어서는 울보 철학자가 되지 않을까 염려스러워. 이 둘 가운데 한 사람과 결혼하느니 난 차라리 입에 뼈를 문 해골과 결혼하겠어. 하느님은 이 둘로부터 저를 보호하소서. 45 50

네리사 프랑스 귀족인 르봉 씨는 어떠세요?

포셔 하느님이 그를 빚었으니 남자로 쳐줘야지. 사실 조롱꾼이 된다는 건 죄인 줄 알지만 그 사람 참! 글쎄, 그는 나폴리 왕자보다 더 나은 말과 팔라틴 백작보다 더 크게 나쁜, 찌푸리는 습관을 가졌어. 그는 아무도 아니면 55

서 모든 사람이야. 개똥지빠귀가 울면 곧바로 깡충깡
충 뛰어. 자기 그림자와도 칼싸움을 벌이고. 내가 만일
그와 결혼한다면 스무 명의 남편과 결혼하는 셈이지.
그가 날 경멸하면 용서해 줄 거야, 날 미치도록 사랑한
대도 절대 보답하지 않을 테니까. 60

네리사 그렇다면 영국의 젊은 남작, 팰컨브리지는 어떤데요?

포셔 내가 그에게 한마디도 않는다는 걸 알잖아. 난 그의 말
을, 그는 내 말을 알아듣지 못하니까. 그는 라틴어도
프랑스어도 이탈리아어도 몰라. 그리고 넌 법정에 나
와 내 영어가 반 푼어치도 못 된다는 사실을 증언할 거 65
잖아. 그는 멋있는 사람의 초상화야. 하지만, 아, 그 누
가 무언극과 대화를 나눌 수 있겠어? 옷 입는 건 또 얼
마나 이상한데! 난 그가 조끼는 이탈리아에서, 통바지
는 프랑스에서, 모자는 독일에서, 그리고 자신의 행동
은 모든 곳에서 사 왔다고 생각해. 70

네리사 그의 이웃인 스코틀랜드 귀족은 어떻게 생각하세요?

포셔 이웃을 위하는 자선심을 가졌다고 생각해. 잉글랜드
사람에게 귀싸대기 한 대를 얻어맞고는 능력 있을 때
갚아 주겠노라 맹세했으니까. 내 생각엔 프랑스 사람
이 그의 보증인이 되었고, 자기도 한 대를 추가하기로 75
약속해 준 것 같아.

네리사 작센 공의 조카인 독일 청년을 좋아하세요?

포셔 그가 정신이 말짱한 아침에는 아주 험악하게, 그리고
술 취한 오후에는 최고로 험악하게 좋아하지. 그는 최

74~76행 프랑스…같아 잉글랜드와 스코틀랜드의 분쟁에서 프랑스가 후자를 지원하겠노라고 한 약속을 빗대어 한 말.

고일 때는 인간보다 약간 못하고 최악일 때는 짐승보 80
다 약간 나아. 그리고 유래 없는 최악의 사태가 벌어졌
을 때 그를 내게서 떼어 버릴 방도가 있기를 바란단다.

네리사 그가 선택을 자청하고 맞는 궤를 선택했는데 아씨가
그를 거절하고 받아들이지 않으신다면 그건 부친의
유지를 받들지 않으시겠다는 말이지요. 85

포셔 그러니까 최악의 사태에 대비하여 라인산 포도주를
가득 채운 큰 잔을 틀린 궤 위에다 올려놔 줘. 악마가
그 안에 있고 술의 유혹이 바깥에 있을 경우 그는 그
궤를 선택할 테니까. 네리사, 난 스펀지와 결혼만 않는
다면 무슨 일이든 하겠어. 90

네리사 이분들 가운데 누구를 받아들일까 걱정하실 필요는
없답니다, 아씨. 이분들이 자기들의 결심을 제게 통지
했는데, 그건 바로 집으로 돌아가겠다는 것이고 더 이
상의 청혼으로 아씨를 괴롭히지 않겠다는 거예요. 궤
로 결정되는 부친의 지시 말고 아씨를 얻는 길이 달리 95
없다면요.

포셔 난 시빌레만큼 오래 산다 하여도 디아나처럼 순결한
채 죽을 거야, 아버지가 유언하신 방식으로 누가 나를
얻지 못한다면 말이야. 난 요번 구혼자 무리가 아주 합
리적이라서 기뻐. 이들 가운데 그 누구의 부재든 내가 100
그걸 무조건 좋아하지 않을 리는 없을 테니까. 이들이
고이 떠나게 해 주십사 하느님께 빌겠어.

97행 시빌레
쿠마이의 시빌레. 오비디우스의 『변신 이야기』에서 아폴로는 그녀가 가리킨 모래더미의 모래알만큼이나 많은 햇수를 살게 해 주겠노라고 그녀에게 약속했다. 그러나 영원한 젊음을 약속받지 못한 그녀는 계속 늙어만 갔다.

네리사 저, 아씨의 아버지가 살아 계셨을 때 몽페라 후작과 함께 여기로 왔던 베니스 사람 기억나지 않으세요? 학자이며 군인이었는데? 105

포셔 그래, 그래, 바사니오 씨였어, 내 생각에, 그렇게 불렀지.

네리사 맞았어요. 어리석은 제 눈으로 쳐다본 모든 남자들 가운데 아름다운 숙녀를 얻을 자격이 최고인 분이셨어요.

포셔 나도 그를 잘 기억해, 네 칭찬을 받을 만한 사람이라는 것도 기억하고. 110

시종 등장.

그래 무슨 소식이냐?

시종 이방인 네 명이 작별을 고하려고 아씨를 찾고 있으며 다섯째 이방인인 모로코 왕자로부터 전령이 왔는데, 자신의 주인인 왕자께서 오늘 밤 여기로 오실 거라는 말을 전했습니다. 115

포셔 내가 다섯째 사람을 나머지 네 사람을 작별할 때만큼이나 흔쾌한 마음으로 환영할 수 있다면 그의 접근을 기뻐할 거야. 그가 만일 성자의 성품에 악마의 피부색을 가졌다면 나를 아내 삼기보다는 내 고해를 들어 주면 좋을 텐데. 가자, 네리사. — 이봐, 넌 앞서 가거라. 120

(하인 퇴장)

구혼자 하나가 방금 문을 나섰는데 또 하나가 두드리네.

(함께 퇴장)

1막 3장

바사니오, 유대인 샤일록과 함께 등장.

유대인　삼천 다카트라, 글쎄요.

바사니오　그렇소, 석 달 동안이오.

유대인　석 달 동안이라, 글쎄요.

바사니오　그리고 내가 말했듯이 안토니오 씨가 보증할 것이오.

유대인　안토니오 씨가 보증을 하겠다, 글쎄요.　5

바사니오　날 도와주겠소? 내 소원을 들어줄 거요? 대답을 들을 수 있겠소?

유대인　삼천 다카트를 석 달 동안, 그리고 안토니오 씨가 보증한다.

바사니오　그에 대한 대답 말이오.　10

유대인　안토니오 씨는 훌륭한 사람이오.

바사니오　그렇지 않다는 비난이라도 들은 적이 있단 말이요?

유대인　허, 아, 아, 아뇨, 아뇨. 그가 훌륭한 사람이라고 말한 건 그 사람으로 충분하다는 사실을 이해해 달라는 뜻이었소. 하지만 그의 재산은 추측에 의한 거랍니다. 그　15
의 상선 한 척은 트리폴리로 또 한 척은 인도로 가고 있고, 더구나 리알토에서 듣기로 셋째는 멕시코로 넷째는 영국으로 가고 있으며, 게다가 해외에 뿌려 놓은 다른 모험도 있답니다. 하지만 배라는 건 판자때기일 뿐

1막 3장 장소
베니스의 공공장소.
1행 다카트
이탈리아에는 금과 은 다카트가 있었으며 이 말은 돈이라는 뜻으로도 쓰였다. 여기에서는 금화를 가리킨다. 1다카트는 약 9실링. (리버사이드, 아든)
17행 리알토
베니스의 상업 중심지로서 거래소가 있던 곳.

이고 선원 또한 인간일 뿐인데, 뭍 쥐도 있고 물 쥐도 20
있고 물 도적과 뭍 도적도 — 해적 말입니다만 — 있
으며, 바다와 바람과 암초의 위험 또한 있지요. 그럼에
도 그 사람으로 충분합니다. 삼천 다카트라. 그의 계약
을 받아들일 수 있을 것 같습니다.

바사니오 안심해도 좋을 거요. 25

유대인 안심할 수 있도록 만들 겁니다. 게다가 안심할 수 있도
록 생각도 해 볼 겁니다. 안토니오 씨와 얘기 좀 할 수
있을까요?

바사니오 우리와 함께 식사해도 괜찮다면.

유대인 그럼, 돼지고기 냄새를 맡겠지요. 당신네 예언자 나사 30
렛 사람이 마법으로 악마를 집어넣은 짐승을 먹겠지
요. 난 당신네들과 함께 사고 함께 팔고 함께 얘기하고
함께 걷는 등등은 하겠지만, 함께 먹거나 함께 마시거
나 함께 기도하진 않을 거요. 리알토에서 무슨 소식이
라도? 저기 오는 게 누구지요? 35

안토니오 등장.

바사니오 (유대인에게) 안토니오 씨로군요.

유대인 (방백) 아첨하는 로마의 세리 같은 저 꼴 좀 봐.
난 저자를 미워해, 기독교인이니까.
더군다나 저자가 비굴하게 바보같이
공짜로 돈을 꿔 주니까 베니스 시에서 40

30~31행 당신네…짐승 예수가 마귀들을 돼지 떼 안으로 들어가게 한 일을 가리킨다.(마가복음 5장 1~13절)

우리의 고리대가 낮아진단 말씀이야.
한 번쯤 메다꽂을 기회만 있다면
오래 묵은 원한을 꼭 풀어 볼 것이다.
저자는 우리의 신성한 나라를 미워하고
상인들이 운집한 곳에서도 나와 내 장사와 45
정당한 내 소득을 이자라고 부르면서
욕을 했어. 내가 그를 용서하면 유대족이
저주를 받으리라.

바사니오 샤일록, 듣고 있소?

유대인 (바사니오에게) 난 현재의 저축액을 따져 보고 있소이다.
그런데 어림잡아 기억을 해 보니까 50
지금 바로 총 삼천 다카트 전액을
모을 수는 없소이다. 하지만 상관 있소?
나와 같은 히브리인, 부유한 투발이
마련해 줄 것이오. 근데 잠깐, 몇 달이나
쓰실 거죠? (안토니오에게) 평안하시기를 빕니다. 55
지금 막 선생 얘길 하고 있었답니다.

안토니오 샤일록, 내 비록 고리를 받거나 주면서
돈을 꿔 준다거나 빌리지는 않지만
친구가 당면한 부족함을 채우기 위하여
관습을 깨겠소. (바사니오에게) 얼마가 필요한지 60
알려 주긴 했는가?

유대인 예 예, 삼천 다카트요.

안토니오 그리고 석 달 동안.

유대인 잊었네요, 석 달이라,
(바사니오에게) 그렇게 말했지요.
(안토니오에게)

그렇다면 계약을. 어디 보자 — 하지만 당신은
이문을 남기려고 꿔 주거나 빌리지는 65
않는다고 하셨지요?

안토니오 절대로 안 그러오.

유대인 야곱이 외삼촌 라반의 양을 치고 있었을 때
이 야곱은 아브라함 성자의 자손인데,
현명한 그분의 모친께서 일을 꾸며
세 번째로 상속권을 가졌지요. 암, 세 번째지. 70

안토니오 그래서 어쨌단 말이오, 이자를 받았소?

유대인 아니, 이자는 아니고 이를테면 이자를
직접 받진 않았죠. 야곱의 행동을 잘 보십쇼.
야곱은 라반과 얼룩빼기 새끼들은
모조리 자신의 품삯으로 받는다고 75
타협을 보고 나서, 암양들이 가을 끝에
발정 난 몸을 돌려 숫양들을 맞이할 때
그리고 털북숭이 짐승들 사이에서
생식의 작업이 진행되고 있을 때
이 재주꾼 목동은 껍질 벗긴 생가지를 80
씨 붙이는 그 일이 벌어지는 동안에
색 밝히는 암양들 앞에다 꽂았는데
암컷들은 임신했고 출산 때는 진짜로
얼룩빼길 낳았고 그것은 야곱의 몫이었소.
이렇게 번성했고 축복도 받았지요. 85
소득은 훔치지만 않으면 축복이랍니다.

67행 야곱
이삭의 아들로 에서와 쌍둥이 형제. 이스라엘 12족의 조상이 된 열두 아들의 아버지. 그의 외삼촌 라반과 얼룩빼기 양 얘기는 창세기 30장 28절에서 시작된다.

안토니오 그래서 야곱은 종살이 모험을 했지만
그 일의 결과는 자신의 힘이 아닌
하늘의 손에 의해 좌우되고 빚어졌소.
이자 두둔하려고 이걸 끼워 넣었소, 90
아니면 당신의 금과 은이 암양과 숫양이오?

유대인 그건 모르겠지만 새끼는 빨리 치게 합니다.
하지만 이보시오.

안토니오 (방백) 주목하게 바사니오,
악마도 성경을 제 목적에 쓸 수 있네.
사악한 영혼이 성스러운 증거를 대는 건 95
웃는 얼굴 보이는 악한과 같은 건데
보기 좋은 사과가 속은 썩은 셈이지.
오, 허위의 겉모습은 얼마나 훌륭한가!

유대인 일금 삼천 다카트라, 꽤 상당한 액수지요.
열둘의 석 달이라, 그러면 이자율을 봅시다. 100

안토니오 자, 샤일록, 우리가 신세 좀 져 볼까요?

유대인 안토니오 씨, 여러 차례 그리고 여러 번
당신께선 내 돈과 고리에 대하여
리알토 안에서 날 꾸짖었지요.
그래도 난 그걸 묵묵히 떨치며 참았어요, 105
고난은 우리 종족 모두의 징표니까.
당신은 날 오신자(誤信者), 무자비한 개라 하고
내 유대인 저고리에 가래침을 뱉었는데
그 모두가 내 것을 사용하는 대가였죠.
근데 이젠 내 도움이 필요한 모양이오. 110
아, 그래서 당신은 내게 와서 말하기를
'샤일록, 돈이 좀 필요하오.' 이렇게 말합니다.

자기 침을 내 수염에 쏟아 놨던 당신께서
이 몸을 낯선 개 내차듯이 문지방 너머로
발길질한 당신께서 돈을 간청합니다. 115
뭐라고 답할까요? 이런 말은 안 될까요?
'개가 돈이 있나요? 개가 삼천 다카트를
꿔 주는 게 가능하단 말입니까?' 아니면
몸을 낮게 구부리고 노예 같은 어조로
숨소리를 죽이고 겸손하게 속삭이며 120
이렇게 말할까요?
'선생께선 지난번 수요일 제게 침을 뱉었고
어느 날은 저를 발로 찼으며 또 한 번은
개라고 부르셨죠. 그러한 예우의 대가로
이만큼 돈을 빌려 드립니다.'라고요? 125

안토니오 난 너를 다시 한 번 그렇게 부르겠다.
다시 한 번 침을 뱉고 차기도 하겠다.
이 돈을 빌려 줄 거라면 친구에게 빌려 주듯
하진 마라, 왜냐하면 친구가 그 언제 친구에게
불모의 쇠를 주고 새끼 쳐서 받았더냐? 130
그보다는 차라리 적인 듯이 빌려 줘라,
그가 만약 어기면 더 편한 얼굴로 벌금을
강제할 수 있을 테니.

유대인 아니, 호통을 치시다니.
난 당신과 친구 되고 사랑을 얻고 싶고
내게 입힌 당신의 치욕을 잊고 싶고 135
당장의 요구를 들어주며 내 돈의 이자를
한 푼도 안 받겠다는데, 말을 안 들으시네.
친절한 제안인데.

바사니오　친절할 뻔했소.

유대인　　　　　이렇게 친절을 보이겠소.

나와 함께 공증소로 갑시다. 거기에서　140

무담보 계약에 서명하고 유쾌한 장난삼아

만약에 나에게 아무 날 아무 데서

조건에 명시된 일정한 금액 또는 총액을

되갚지 못할 경우, 그에 대한 벌칙으로

당신의 고운 살 정량 일 파운드를　145

당신 몸 어디든지 내가 좋은 곳에서

잘라 낸 뒤 가진다고 명기해 놓읍시다.

안토니오　참으로 만족하고 그 계약에 서명한 뒤

유대인은 대단히 친절하다, 말하겠소.

바사니오　나를 위해 그 따위 계약엔 서명 못 해,　150

난 차라리 곤궁한 상태로 남으려네.

안토니오　이보게 걱정 말게, 위약하지 않을 거야.

난 앞으로 두 달 안에, 이 계약이 만료되기

한 달이나 앞서서 이번 계약 금액의

세 배의 세 배를 회수할 거라고 예상하네.　155

유대인　오, 아브람 아버지, 이런 기독교인들이 있나요,

자기들의 가혹한 거래로 남에 대한

의심만 배웠어요. (바사니오에게) 어디 한번 말해 봐요.

만약 그가 날짜를 못 지켰을 경우에

몰수물을 강요해서 내가 뭘 얻는데요?　160

사람에서 떼어 낸 사람 고기 일 파운드,

그것은 양고기나 소고기, 염소 고기만큼도

값지거나 이득 될 것 없소이다. 보시오,

그의 호의 얻으려고 이 우정을 보입니다.

그가 받아들이면 그러고, 아니면 잘 가시오. 165
그리고 아무쪼록 나를 학대 마시오.

안토니오 좋소이다, 샤일록, 이 계약을 맺겠소.

유대인 그렇다면 공증인의 집에서 만납시다.
그에게 이 유쾌한 계약서를 쓰게 하면
난 가서 곧바로 다카트를 챙겨 넣고 170
절약을 모르는 놈에게 염려하며 맡겨 놓은
내 집 안을 살펴본 다음에 당신들과
곧 합류할 것이오. (퇴장)

안토니오 서두르게, 유대 양반.
이 히브리 인간이 기독교인 되겠어, 친절하네.

바사니오 호조건에 악한 마음, 난 그게 싫다네. 175

안토니오 이보게, 이 일은 불안할 것 하나 없네.
계약 날짜 한 달 앞서 배가 돌아온다네. (함께 퇴장)

2막 1장

흰옷 일색인 황갈색 피부의 모로코 왕자 및
그와 같은 행색의 시종 서너 명과, 포셔와 네리사가
그네들의 수행원들과 함께 등장.

모로코 이 피부색 때문에 날 싫어하지는 마시오.
빛나는 태양과 이웃한 친척으로 자라나
이 검은 제복을 입게 되었답니다.
태양신의 불길이 고드름도 못 녹이는

2막 1장 장소 벨몬트. 포셔의 저택.

북쪽 출신 가운데 희디흰 사람을 데려와 5
누구 피가 더 붉은지, 그인지 나인지
당신 사랑 위하여 한번 흘려 보자고요.
숙녀께 말씀인데 여기 이 얼굴에
용맹한 자들도 겁먹었고, 내 사랑에 맹세코
최고로 인정받는 우리 나라 처녀들도 10
여기에 반했다오. 이 색깔을 바꾸진 않겠소,
내 여왕인 당신 생각 훔친다면 모를까.

포셔 선택과 관련하여 저를 인도하는 건
처녀의 꼼꼼한 눈길만은 아니에요.
더군다나 제 운명을 결정하는 추첨에는 15
자발적인 선택권이 배제되어 있답니다.
아버지가 본인의 뜻대로 저를 속박하시고
말씀드린 방법으로 저를 얻는 사람의
아내가 되도록 만들지만 않았다면
고명하신 왕자님도 제가 여태 보아 온 20
그 어느 손님과 꼭 같이 제 애정을 충분히
차지할 수 있으셔요.

모로코 그거 정말 고맙소.
그러니 궤 있는 곳으로 날 인도하시오.
운을 시험해 보겠소. 페르시아 국왕과
솔리만 술탄과의 전투에서 세 번 이긴 25
페르시아 왕자를 벤 이 신월도에 맹세코,
난 당신을 얻기 위해 가장 험한 눈이라도

25행 솔리만 술탄 오스만 터키 제국의 황제 술레이만 1세.(1496?~1566) 술탄은 이슬람교국의 군주를 칭하는 말이다.

째려 누를 것이며 가장 간 큰 사람을
능가할 것이고, 어미의 품에서 젖 빠는
곰 새끼를 떼어 내며, 예, 먹이 놓고 포효하는 30
사자라도 조롱할 것이오. 근데 아, 원통하다!
헤라클레스와 리카스가 누가 더 남자인지
주사위로 가린다면 약자의 손에서
우연히 큰 숫자가 나올 수도 있으니까.
그래서 헤라클레스는 시종에게 질 테고 35
나 또한 눈먼 여신, 운명에 이끌려
나보다 못한 자도 얻을 수 있는 걸 놓치고
슬퍼하며 죽을 거요.

포셔 운에 맡길 수밖에요.
그러니 선택할 엄두를 아예 내지 마시든지
아니면 선택에 앞서서 틀렸을 경우에는 40
숙녀에게 결혼 말은 절대 않겠노라고
맹세해야 합니다. 그러니 숙고해 보세요.

모로코 말 않겠소. 자, 나를 운에 맡기게 해 주시오.

포셔 신전으로 먼저 가죠, 저녁 식사 끝낸 뒤에
위험 감수하실 테니.

모로코 그렇다면 행운이여, 45
최고 축복 아니면 최악 저주 내리소서. (함께 퇴장)

2막 2장

광대 란슬럿 지오베 홀로 등장.

32행 리카스 헤라클레스의 시종.

광대 내 양심은 틀림없이 내가 이 유대인 주인에게서 도망치게 해 줄 거야. 근데 악마가 바로 곁에서 날 유혹하며 '지오베, 란슬럿 지오베, 착한 지오베' 또는 '착한 지오베' 또는 '착한 란슬럿 지오베, 네 다리를 써, 출발해, 도망쳐.'라고 하네. 내 양심은 '안 돼. 조심해, 정직한 5
란슬럿, 조심해 정직한 지오베.' 또는 앞서 말했듯이 '정직한 란슬럿 지오베, 도망치지 마, 도망치려는 생각은 깔보면서 밟아 버려.'라고 하고. 글쎄, 최고로 용감한 악마가 내게 짐 싸라고 말하네. 이 악마는 '가라.' 하고 '떠나라.'고 해. '하늘에 맹세코 용기를 내.'라고 하 10
고 '그런 다음 도망쳐.'라고 해. 근데 내 양심은 내 마음의 목에 착 달라붙으며 아주 조심스럽게 말하기를 '정직한 내 친구 란슬럿' 자네는 정직한 남자의 아들, 아니 오히려 정직한 여자의 아들이지, 아버지는 정말 이지 색을 좀 쓰셨으니까, 냄새가 좀 나거든 — 거시 15
기 맛을 보셨어. — 아무튼 내 양심은 '란슬럿, 꼼짝 마.'라고 해. 악마는 '꼼짝해.'라고 하고 내 양심은 '꼼짝 마.'라고 해. 난 양심에게 '너 충고 한번 잘한다.'라고 하고 악마에게도 '너 충고 한번 잘한다.'라고 해. 내 양심의 명을 따르자면 난 유대인 주인과 함께 살아야 20
하는데, 이 주인이란 사람이 (하느님 맙소사) 마왕 같아. 그리고 유대인에게서 도망치려면 악마의 명을 따라야 하는데, 이 악마가 죄송합니다만 마왕 그 자신이야. 유대인은 바로 이 화신의 마왕임에 틀림없어. 그리

2막 2장 장소 베니스의 길거리.
24행 화신의 마왕 마왕의 화신.

고 내 양심에 비춰 볼 때 날더러 유대인과 같이 살라는 조언을 하다니 내 양심이란 건 그저 모진 양심일 뿐이야. 악마가 좀 더 친절한 조언을 하는구먼. 악마야, 난 도망칠 거야, 내 발은 네 명령에 따라 움직일 거고 난 도망칠 거야. 25

바구니를 든 지오베 노인 등장.

지오베 이보시오 젊은이, 저 부탁 좀 하겠는데 유대인 어른 집 가는 길이 어느 거지요? 30

광대 (방백) 오, 이런! 이건 진짜배기 아버지야, 까맣다 못해 새까만 장님이라 날 못 알아보시는군. 혼란을 일으켜 봐야지.

지오베 이보시오 젊은 양반, 부탁 좀 하겠는데 유대인 어른 집 가는 길이 어느 거지요? 35

광대 다음 모퉁이에서 오른쪽으로 도십시오. 하지만 무엇보다도 그다음 모퉁이에서는 왼쪽으로, 아 참, 바로 그다음 모퉁이에서는 어느 쪽으로도 돌지 말고 아래쪽으로 돌아서 유대인 집으로 빙 둘러 가십시오. 40

지오베 아이고 골치야, 찾아내기 어려운 길이구먼. 그와 함께 사는 란슬럿이라는 사람이 그와 함께 사는지 안 사는지 말해 줄 수 있겠소?

광대 젊은 란슬럿 도련님 얘기 하시는 겁니까? (방백) 잘 보십시오, 이제 눈물을 쏟게 만들 테니. — 젊은 란슬럿 도련님 얘기 하시는 겁니까? 45

지오베 도련님은 아니고 그냥 가난한 사람의 아들이오. 걔 아비는 우스운 말이지만 정말 찢어지게 가난한 사람인데, 하느님도 고마우셔라, 잘 삽니다.

광대 글쎄요, 그 아비가 어떤 사람이든 우리는 젊은 란슬럿 도련님 애기를 하고 있답니다. 50

지오베 어르신의 친구인 란슬럿 말씀이죠.

광대 그렇지만 부디 당신, 고로 노인께선, 고로 간청컨대, 젊은 란슬럿 도련님 애기를 하십니다.

지오베 그냥 란슬럿이지요, 선생님 마음에 드신다면. 55

광대 고로 란슬럿 도련님 말씀이죠. 란슬럿 도련님 애기 마십시오, 아버지, 왜냐하면 그 젊은 양반은 운명과 숙명과 그 비슷한 묘한 얘기와, 세 자매와 그 비슷한 학문 분야에 따라 진짜로 고인이 되셨는데, 쉬운 용어로 말하자면 하늘나라로 가셨으니까요. 60

지오베 허, 하느님 맙소사, 걔는 이 늙은이 말년의 지팡이나 마찬가지, 막대기나 마찬가지였는데.

광대 (방백) 제가 몽둥이나 말뚝, 지팡이나 막대기로 보입니까? (지오베에게) 아버지, 저를 알아보시겠어요?

지오베 아이고, 못 알아봅니다, 젊은 양반! 하지만 이건 꼭 좀 얘기해 주시오. 우리 애가 — 하늘에서 편히 쉬고 — 죽었어요, 살았어요? 65

광대 아버지, 저를 못 알아보시겠어요?

지오베 아이고 난 깜깜 장님입니다, 못 알아보지요.

광대 예, 정말이지 눈이 있다 해도 알아보지 못할 수도 있지요. 아버지가 현명해야 자기 자식을 알아보니까. 자, 노인, 당신 아들 소식을 말씀드리겠습니다. (꿇으며) 절 축복해 주십시오. 진실은 밝혀질 것이고 살인은 오래 감출 수 없으며 사람의 아들은 감출 수 있어도 진실은 결국 밝혀진답니다. 70 75

지오베 제발 일어나시오. 당신은 우리 아이 란슬럿이 아닌 게 분명합니다.

광대 제발 우리 더 이상 바보짓은 그만두고 저를 축복해 주십시오. 제가 옛날의 당신 아이 란슬럿이고 지금의 당신 아들이며 미래의 당신 자식이랍니다. 80

지오베 당신이 내 아들이라고 생각할 수 없는데요.

광대 제가 그 말을 어떻게 생각해야 할진 모르겠습니다만 제가 유대인의 하인 란슬럿이고 당신 아내 마저리가 제 어머니인 건 분명합니다.

지오베 그 여자 이름, 진짜로 마저린데. 맹세컨대, 네가 만약 85 란슬럿이라면 넌 바로 내 살, 내 피다. 하느님도 고마우셔라, 이렇게 수염이 많이 났어! 네 턱에 난 털이 수레 끄는 말, 도빈의 꼬리에 난 것보다 많구나.

광대 그렇다면 도빈의 꼬리는 거꾸로 자라는 것 같네요. 제가 그놈을 마지막으로 봤을 땐 꼬리털이 제 얼굴 털보 90 다 많았던 게 분명한데. (일어난다.)

지오베 원 참, 너 정말 많이 변했구나! 네 주인님과는 어떻게 지내느냐? 그에게 선물을 가져왔다. 요즘 둘 사이는 어떠냐?

광대 글쎄요, 글쎄. 하지만 전 달아나는 데 몽땅 걸었으니까 95 꽤 멀리 달아나기 전까진 걷지 않을 겁니다. 제 주인은 진짜배기 유대인이랍니다. 선물을 줘요? 목맬 밧줄이나 주시죠. 그를 섬기다가 굶어 죽게 생겼어요. 제 갈비를 세 보면 손가락 숫자가 다 있을 겁니다. 아버지,

89행 거꾸로 바로 앞에서 아버지가 자기 뒷머리를 만지며 그것을 그의 수염으로 착각한 사실을 빗대어 하는 말. (리버사이드)

오셔서 기쁩니다. 그 선물을 바사니오 어른에게 드리 100
세요, 그분은 참말이지 기막힌 새 제복을 준답니다. 그
분을 섬기지 못한다면 전 땅끝까지 달아날 겁니다. 오,
기막힌 행운이다, 저기 그분이 오시네. 아버지, 저분에
게 가요, 제가 유대인을 더 오래 섬기다가는 유대인이
될 테니까요. 105

바사니오, 레오나르도와 종자 한두 명을 데리고 등장.

바사니오 그렇게 해도 좋아, 하지만 일을 서두르고 늦어도 5시
까지는 저녁 준비를 해 놓도록. 이 편지가 전달되도록
조처하고 제복을 짓도록 해. 그리고 그라티아노에게
곧 내 숙소로 와 줬으면 한다고 전하고.

(종자 한 명 퇴장)

광대 아버지, 저분에게. 110

지오베 나리, 복 많이 받으십쇼!

바사니오 고맙소. 내게 무슨 볼일이라도?

지오베 여기 제 아들이, 불쌍한 애지요.

광대 불쌍한 애가 아니라 나리, 부자 유대인의 하인인데, 아
버지가 밝히시겠지만 — 115

지오베 얘가 말하자면 큰 원소를 품고서 심기고 싶어 합니다.

광대 사실은 긴 말은 다 자르고 제가 유대인을 섬기는데 소
원이 하나 있습니다, 아버지가 밝히시겠지만 —

지오베 얘 주인님과 얘가 나리께는 미안합니다만, 십 촌 사이
만도 못하게 지낸답니다. 120

116행 원소…심기고 소원, 섬기고.

광대 간단히 말씀드리면, 사실인즉슨 유대인이 제게 잘못 한 다음 저로 하여금 아버지가 — 바라건대 노인이시니까 — 명증하시겠지만 —

지오베 제가 여기 나리께 디리고 싶은 비둘기 요리를 가져왔는데, 제 청은 — 125

광대 아주 짧게, 그 청은 저 자신과 무관한 겁니다. 나리께서 이 정직한 노인 그리고 — 제가 그렇다고 말씀드리는데, 비록 노인이지만 가난한 사람인 — 제 아버지를 통하여 아시겠지만.

바사니오 둘 대신 하나가 말하게. 무엇을 원하는가? 130

광대 나리를 섬기고 싶습니다.

지오베 바로 그게 이번 일의 오점입니다, 나리.

바사니오 난 너를 잘 안다, 청을 받아들이지.
네 주인 샤일록이 오늘 나와 얘기 중에
너를 내게 천거했어. 유대인 부자를 버리고 135
나처럼 가난한 신사의 하인이 되는 게
좋아진단 의미에서 천거라면 말이다.

광대 '은총으로 족하다.'라는 옛 격언을 나리와 제 주인 샤일록 두 분에게 나누면 딱 맞네요. 나리께선 은총을 받으셨고 제 주인 샤일록은 족히 가졌으니까요. 140

바사니오 잘 풀이했구나. 아버진 아들과 같이 가요.
너는 네 옛 주인과 작별하고 내 숙소를
물어서 찾아내라. — (종자에게) 저 친구 제복은
동료들 것보다 치장을 더하도록 조처해. (종자 퇴장)

123행 명증하시겠지만 증명하시겠지만.
124행 디리고 드리고.
126행 무관한 유관한.
132행 오점 요점.

광대 아버지, 들어가요. 난 일자리를 못 구해, 암! 혀를 굴려 145
본 적이 있어야지. 글쎄 (자기 손바닥을 보며) 이보다 더
좋은 손바닥을 성경책 위에 얹고 맹세할 사람이 이탈
리아에 있다 해도 난 운이 좋을 거야. 허 참, 여기 이 명
줄은 간단하군, 여기엔 마누라가 아주 쪼금 있고. 아,
마누라 열댓 명은 아무것도 아냐, 한 남자에게 과부 열 150
하나와 처녀 아홉쯤은 별것 아닌 수입이지. 그런 다음
세 번 빠져 죽을 뻔하고, 깃털 침대 모서리 때문에 내
생명이 위험해질 거란 말이지, 이건 그저 도망 몇 번
치는 거고. 글쎄, 운명의 신이 여자라면 이런 일에 꼭
맞는 아가씨야. 아버지, 가요, 전 눈 깜박할 사이에 유 155
대인과 작별할 겁니다. (광대와 지오베 함께 퇴장)

바사니오 (레오나르도에게 구입 목록을 주면서)
레오나르도, 이 일에 신경 좀 써 주게.
이것들을 산 다음 순서대로 실어 놓고
급히 돌아오게나, 나는 내 최고 친구들에게
오늘 밤 향연을 베푸니까. 서두르게. 160

레오나르도 이 일에 최선의 노력을 다하겠습니다.

그라티아노 등장.

그라티아노 네 주인님 어디 계셔?

레오나르도 저기 걷고 계십니다. (퇴장)

그라티아노 바사니오 형!

145~146행 난…있어야지 란슬럿이 계속해서 쓰는 반어법 가운데 하나.
152~153행 깃털 침대…말이지 연애 행각 때문에 생길 수 있는 위험 가운데 하나.

바사니오 그라티아노! 165

그라티아노 청이 하나 있습니다.

바사니오 이미 받아들였네.

그라티아노 거절은 안 됩니다, 벨몬트로 함께 가야겠어요.

바사니오 그럼 할 수 없겠지. 하지만 그라티아노,
자네는 너무나 거칠고 무례하며 막말해. 170
그런 면이 자네에게 충분히 잘 어울리고
우리 같은 눈에는 결점이 아니지만
낯선 곳에 가게 되면, 그렇지, 그런 것이
좀 심한 방종으로 보인다네. 날뛰는 기운을
신경을 좀 써서 냉정하고 겸손하게 175
가라앉혀 보라고, 자네의 거친 행동 때문에
내가 가는 곳에서 오해를 사게 되어
내 희망이 깨지지 않도록.

그라티아노 바사니오 형,
제가 만일 엄숙한 몸가짐을 보이면서
공손하게 얘기하고 가끔씩만 악담하며 180
주머니에 기도서를 찌르고 얌전한 체하며
더 나아가 기도 중엔 모자로 이렇게 눈 가리고
한숨 쉬며 아멘 하고 할머니가 기뻐하실
진지한 모습을 연구한 사람처럼
세상 모든 예절을 준수하지 않는다면 185
앞으로는 절대로 저를 믿지 마십시오.

바사니오 글쎄, 자네의 몸가짐을 두고 보지.

그라티아노 오늘 밤은 빼고요. 오늘 밤 하는 일로
저를 평가 마십시오.

바사니오 암, 그러면 애석하지.

환락이 목적인 친구들이 있으니까. 190
난 오히려 자네가 최고로 과감한
즐거움의 의복을 걸칠 것을 간청하네.
하지만 잘 가게, 난 볼일이 좀 있다네.

그라티아노 전 로렌초 패에게 가 봐야 합니다만
저녁때는 형님에게 같이 오겠습니다. (함께 퇴장) 195

2막 3장

제시카와 광대 란슬럿 등장.

제시카 이렇게 아버지를 떠난다니 안됐다.
우리 집은 지옥인데 유쾌한 너 악마가
지겨운 느낌을 좀 없애 주곤 했었지.
하지만 잘 가고, 이 다카트 한 닢 받아.
그리고 란슬럿, 머지않아 저녁때 넌 5
새 주인의 손님인 로렌초를 만날 거야.
이 편지를 전해 줘, 비밀히 해야 돼.
그럼 잘 가. 내가 너와 얘기하는 장면을
아버지가 보시는 건 원치 않아.

광대 안녕. 눈물 때문에 말문이 열리네요, 최고로 예쁜 이교 10
도, 최고로 아름다운 유대인 아가씨! 기독교인 남자가
당신을 업어 가지 않는다면 제가 크게 잘못 아는 거겠
죠. 하지만 안녕, 이 바보 눈물 때문에 사나이 마음이

2막 3장 장소 베니스. 샤일록의 집.
10행 열리네요 막히네요.

좀 죽었어요. 안녕! (퇴장)

제시카 잘 가라, 란슬럿. 15

아, 아버지의 자식임을 부끄러워하다니
내게는 이 얼마나 가증스러운 죄인가!
하지만 내가 비록 혈연으론 딸이지만
성향은 물려받지 않았어. 오, 로렌초,
당신이 약속을 지키면 이 갈등을 끝내고 20
기독교인, 당신 아내, 둘 다 될 거예요. (퇴장)

2막 4장

그라티아노, 로렌초, 살라리노, 살라니오 등장.

로렌초 아뇨, 우리는 저녁 먹는 동안에 빠져나와
제 하숙방에서 변장하고 되돌아올 겁니다,
다 합쳐서 한 시간 안으로.

그라티아노 우리는 준비를 충분히 못 했어.

살라리노 아직까지 횃불잡이 얘기도 못 했는데. 5

살라니오 매끄럽게 처리할 수 없다면 천박해.
내 생각에 이 일은 안 하는 게 낫겠어.

로렌초 이제 겨우 4시이고, 비품을 갖추는 데
두 시간은 남았어요.

광대 란슬럿 편지를 들고 등장.

2막 4장 장소 베니스의 길거리.

이 친구 란슬럿,

거 무슨 소식이야? 10

광대 이걸 뜯어 보시면 (로렌초에게 편지를 주면서) 무언가

의미가 있을 것처럼 보입니다만.

로렌초 필체를 알고 있지, 정말 고운 필체야.

그리고 글씨 쓴 종이보다 더욱 흰 건

글씨 쓴 그 고운 손이란다.

그라티아노 사랑 소식이로군. 15

광대 전 이만 물러나겠습니다.

로렌초 어디로 가는데?

광대 예, 옛 주인 유대인에게 새 주인 기독교인과 오늘 밤에

식사가 있을 거란 말씀을 전하려고요.

로렌초 잠깐만. 이걸 받아.

(돈을 준다.) 제시카 아가씨께 20

꼭 간다고 말해 줘, 은밀히 말이야. (광대 퇴장)

자, 가시죠,

오늘 밤 가면극을 준비해야 되잖아요?

횃불 잡을 사람을 전 구해 놨답니다.

살라리노 아 참, 나도 곧 그 일을 시작해 볼 거야. 25

살라니오 나도 마찬가지야.

로렌초 그라티아노 숙소에서

저와 그라티아노를 몇 시간 뒤 만나요.

살라리노 그럭하면 좋겠군. (살라니오와 함께 퇴장)

그라티아노 그 편지, 고운 제시카한테서 온 거 아냐?

로렌초 다 털어놓을게. 그녀는 아버지의 집에서 30

자기를 어떻게 데려갈지 지시했고

자기가 챙겨 놓은 금붙이와 보석들

그리고 준비된 시동의 복장을 말해 줬어.
만약에 그 아버지 유대인이 천국에 간다면
비유대인 딸아이 덕분일 것이야. 35
불행은 절대 감히 그녀 길을 못 막지만
그렇게 할 수 있는 유일한 구실은 그녀가
믿음 없는 유대인의 자식이란 사실이지.
같이 가세, 편지는 가면서 읽어 보고.
내 횃불잡이는 이 고운 제시카가 될 거야. (함께 퇴장) 40

2막 5장

유대인 샤일록과 그의 하인이었던
광대 란슬럿 등장.

유대인 글쎄, 샤일록 노인과 바사니오의 차이를
이제 알게 되겠지, 네 눈이 판단할 테니까.
하, 제시카! — 내 집에서 포식했던 것처럼
그렇게는 못 할 거다. — 하, 제시카! —
잠자고 코 골고 옷을 찢진 못할 거야. — 5
허, 제시카, 안 들려!

광대 허, 제시카!

유대인 널더러 부르랬어? 시키지도 않았는데.

광대 어른께선 제가 시키지 않으면 아무 일도 못 한다고 늘
말씀하셨어요.

2막 5장 장소 베니스. 샤일록의 집 앞.

제시카 등장.

제시카　부르신 거예요? 무슨 일로? 10

유대인　저녁을 먹으러 오란다, 제시카야.
이 열쇠를 받아라. 하지만 왜 가야지?
날 아껴서 부른 건 아니고 아첨이야.
하지만 미워하며 가겠다, 방탕한 기독교인
음식이나 축내려고. 제시카, 딸애야, 15
집 잘 보고 있어라. 정말로 가기 싫다.
날 못 쉬게 하려고 나쁜 일을 꾸몄어,
간밤 꿈에 돈 자루를 분명히 봤으니까.

광대　꼭 가시기 바랍니다. 제 젊은 주인님이 어른의 비방을
기대하십니다. 20

유대인　나도 그래.

광대　그래서 그들은 모의했답니다. 가면극을 보실 거라고
말씀드리진 않겠지만 만약에 보신다면 제 코에서 피
가 쓸데없이 쏟아지진 않았겠죠, 지난 검은 월요일 오
전 6시, 그해에는 사순절 수요일이었던 오후 사 년에 25
말입니다.

유대인　뭐, 가면극이 있다고? 잘 들어라, 제시카.
집 안 문을 잠그고, 북소리와 목을 꺾어
역겹게 앵앵 부는 피리 소리 들리거든

19행 비방
내방을 잘못 말한 것. 샤일록은 란슬럿의 오류를 곧이곧대로 받아들인다.
24행 검은 월요일
1360년의 부활절 다음 날인 월요일에 매서운 추위로 많은 사람들이 얼어 죽었기 때문에 이렇게 불렀다. 란슬럿은 이런 헛소리로 샤일록의 꿈에 대한 미신을 조롱한다. (리버사이드) 그러나 란슬럿의 혼란스러운 말 안에는 가면극에 대한 정보가 숨겨져 있다.
25행 사 년　원래는 '4시'.

창틀 위로 기어 올라가거나 아니면 30
사람 많은 길거리로 머리를 쑥 내밀고
색칠한 기독교인 바보 얼굴 보지 말며
집의 귀를 — 창틀이란 말인데 — 모두 막고
엄숙한 내 집으로 천박한 상소리는
못 듣게 하여라. 야곱의 지팡이에 맹세코 35
오늘 저녁 회식에 갈 마음은 없단다.
하지만 갈 테다. 야, 네놈은 앞서 가서
내가 온다, 일러라.

광대 예, 앞서 가겠습니다.
(제시카에게 방백) 아가씨, 그럼에도 창밖을 내다봐요,
유대인 처녀가 눈여겨볼 만한 40
기독교인 하나가 올 테니까. (퇴장)

유대인 하가르의 저 바보 후손이 뭐랬어, 응?

제시카 '아가씨, 안녕!'이란 말밖에는 없었어요.

유대인 저 등신이 착하긴 하다만 엄청나게 처먹고
개선은 굼벵이며 살쾡이보다 더 45
낮잠을 잔단다. 밥벌레와 난 같이 못 살아.
그러니까 헤어지고 헤어진 다음에는
빌린 돈의 낭비를 도와줄 자에게
넘기는 거란다. 자, 들어가라, 제시카,
어쩌면 난 곧장 돌아올지 모른다. 50
내가 시킨 대로 해, 문을 걸어 잠가라.
꼭 쥐면 꼭 남는 법.

42행 하가르 아브라함의 시녀로 이스마엘의 어머니. 이들 모자는 아브라함의 아내 사라에 의해 그의 집에서 쫓겨났다.

절약하는 사람에겐 변함없는 격언이지. (퇴장)

제시카 잘 가세요, 제 운명이 꼬이지만 않는다면
아버지와 이 딸은 서로를 잃었어요. (퇴장) 55

2막 6장

가면극 놀이꾼 그라티아노와 살라리노 등장.

그라티아노 로렌초는 우리가 여기 이 처마 밑에
서 있기를 바랐어요.
살라리노 올 시간이 막 지났네.
그라티아노 연인들은 언제나 시간을 앞질러 가는데
제시간을 넘기다니 놀라운 일이군요.
살라리노 오, 비너스의 비둘기는 안 깨진 서약을 5
지켜 주러 갈 때보다 사랑의 새 언약을
맺어 주러 날아갈 때 열 배나 더 빠르다네.
그라티아노 언제나 맞는 말씀. 연회석에 앉을 때의
그 왕성한 식욕 갖고 그 누가 일어서죠?
지겨운 걸음걸음 같은 길을 되밟는데 10
처음 뛸 때 치솟았던 열기가 살아나는
그런 말은 또 어딨죠? 이 세상 모든 것은
얻었을 때보다 좇을 때가 더 좋은 법.
깃발 덮인 범선이 고향 해안 떠나갈 때
창녀 같은 바람 품에 얼싸안긴 그 모습은 15

2막 6장 장소 베니스. 샤일록의 집 앞.
5행 비둘기 비너스의 마차를 끄는 새.

얼마나 멋들어진 막내 또는 탕아인가!
창녀 같은 바람에게 돈 뺏기고 몸을 망쳐
비바람에 찢긴 늑골, 걸레 조각 돛을 달고
돌아올 땐 또 얼마나 비참한 탕아인가!

로렌초 등장.

살라리노 로렌초가 왔구먼, 이 얘긴 나중에 더. 20

로렌초 여러분, 제 오랜 지체를 너그럽게 봐주세요.
기다리게 만든 건 제가 아닌 일 때문이었어요.
아내 보쌈 놀이를 여러분이 하고플 땐
제가 오래 기다리죠. 다가가요, 제 장인
유대인의 집입니다. 여봐라! 게 있느냐? 25

소년 복장의 제시카 위에서 등장.

제시카 누구세요? 확신을 좀 더 하게 말해 줘요,
당신 말투 안다고 맹세는 하겠지만.

로렌초 그대 애인 로렌초야.

제시카 로렌초가 분명하고 애인임도 확실해요.
내가 누굴 그토록 사랑하죠? 로렌초 당신 말고 30
내가 당신 것인 줄 그 누가 알겠어요?

로렌초 그 증인은 하늘과 또 자기의 생각이지.

제시카 이 상자를 받으세요, 수고비가 될 거예요.
밤이라서 난 기뻐요, 당신은 못 보지만
갈아입은 옷 때문에 난 아주 창피해요. 35
하지만 사랑은 눈멀었고 연인들 스스로는

자신들이 범하는 예쁜 짓을 못 보죠.
만약 볼 수 있다면 큐피드라 할지라도
소년 된 나를 보고 얼굴 붉힐 테니까.

로렌초 내려와, 내 횃불잡이가 돼야 할 테니까. 40

제시카 아니, 불을 들고 내 수치를 봐야 해요?
수치 그 자체가 정말이지 너무너무 밝아요.
아니, 그 일은 드러내는 거잖아요, 자기,
난 감춰져야만 하는데.

로렌초 감춰졌어, 자기야,
아름다운 소년의 차림새로 말이야. 45
하지만 얼른 나와,
은밀한 이 밤은 도망을 치고 있고
바사니오 형님의 향연에선 우릴 기다리니까.

제시카 문을 걸어 잠그고 좀 더 많은 금화를
몸에 두른 다음에 곧바로 갈게요. (위에서 퇴장) 50

그라티아노 내 가면에 맹세코, 양갓집 비유대인이야.

로렌초 벼락이 떨어져도 내 사랑은 진심이야.
내 판단이 맞는다면 그녀는 똑똑하고
내 눈이 진실된 거라면 그녀는 아름답고
또 본인이 입증하듯 진실된 여자니까. 55
그러므로 똑똑하고 아름답고 진실된 그녀는
한결같은 내 영혼에 그 상태로 남을 거야.

제시카 등장.

아, 내려왔어? 여러분, 앞으로 가시지요,
가면극 동료들이 지금 우릴 기다려요.

(그라티아노만 남고 모두 함께 퇴장)

안토니오 등장.

안토니오 게 누구요? 60

그라티아노 안토니오 형?

안토니오 원 참, 그라티아노. 모두들 어디 갔어?
9시야. 친구들 모두가 자네를 기다려.
오늘 밤 가면극은 없다네. 바람이 불어와
바사니오는 곧바로 배를 타게 될 걸세. 65
난 자넬 찾으려고 스무 명을 내보냈어.

그라티아노 잘됐네요. 돛 달고 떠나는 것 말고는
이 밤에 다른 기쁨 원하는 건 없답니다. (함께 퇴장)

2막 7장

포셔와 네리사, 모로코 왕자,
각자의 수행원들과 함께 등장.

포셔 (시종에게) 저리 가서 커튼을 연 다음 왕자님께
각기 다른 궤짝을 볼 수 있게 해 드려라.
자, 선택을 하시지요.

모로코 첫 번째 금궤에는 다음 글이 적혔군요,
'선택하면 다수가 원하는 걸 얻으리라.' 5
두 번째 은궤의 약속은 다음과 같군요.

2막 7장 장소 벨몬트. 포셔의 저택.

‘선택하면 너 자신의 가치만큼 얻으리라.’
세 번째 둔한 납은 퉁명스레 경고하길
‘선택하면 다 내놓고 위험 감수해야 한다.’
바른 선택 했다는 걸 어떻게 알지요? 10

포셔 그 가운데 한 곳에 제 초상이 들었는데
그것을 택하시면 저는 당신 것이에요.

모로코 어떤 신이 제 판단을 이끄소서! 어디 보자,
적힌 글을 다시금 되짚어 살펴보자.
이 납궤가 하는 말은 무엇이지? 15
‘선택하면 다 내놓고 위험 감수해야 한다.’
‘내놔야 해’, 뭣 때문에? 납 때문에 위험을?
위협하는 궤로군. 다 걸고 위험을 감수할 땐
상당한 이득을 바라보고 하는 건데
금빛 맘은 쓰레기 겉모습에 굴복 안 해. 20
그래서 납 때문에 뭘 내놓고 위험 감수 않겠다.
처녀 태깔 은궤가 하는 말은 무엇이지?
‘선택하면 너 자신의 가치만큼 얻으리라.’
‘너 자신의 가치만큼.’ 게 멈춰라, 모로코여,
그리고 공평한 손으로 네 무게를 달아 봐라. 25
네 평가에 의하여 네 값을 매겨 보면
넌 충분한 가치를 지녔다. 그렇지만
충분한 것만으론 이 규수에 못 미칠 수도 있지.
그렇지만 내 가치를 못 미더워한다는 건
자신을 맥없이 낮춰 보는 것뿐이야. 30
내 가치에 맞는 만큼. 아, 그건 바로 이 규수다.
그녀는 내 출생에 의하여, 재산과 미덕과
교육의 질에 의해 내 가치에 맞는다.

하지만 뭣보다도 내 사랑 때문에 꼭 맞는다.
더 이상 방황 말고 여기에서 선택할까? 35
황금에 새겨진 말, 다시 한 번 읽어 보자.
'선택하면 다수가 원하는 걸 얻으리라.'
그건 바로 이 규수다, 온 세상이 원하니까.
이 성상에, 숨 쉬는 성자에게 입 맞추려
온 세상 사방에서 사람들이 몰려온다. 40
히르카니아의 사막과 넓디넓은 아랍의
광대한 광야가 이제는 아름다운 포셔를
보러 오는 왕자들로 큰길이 되었다.
오만한 머릴 들어 하늘에 침을 뱉는
저 물의 왕국도 이방인의 기를 꺾을 45
장애물은 못 되고, 고운 포셔 보려고
그들은 바다를 개울 넘듯 건너온다.
셋 가운데 한 곳에 그녀의 천녀상이 들었다.
납 속에 들었을까? 그런 천한 생각은
저주를 받으리라. 납은 너무 조잡하여 50
어두운 무덤 속 그녀의 수의도 못 담으리.
아니면 시험 거친 금보다 열 배나 값이 싼
은 속에 그녀가 갇혔다고 생각할까?
오, 죄받을 생각이다! 이런 고가 보석을
금보다 못한 곳에 박은 적은 절대 없다. 55
천사의 모습을 금에 찍은 주화가
영국에 있다지만 위에다 새겼을 뿐이다.
근데 여긴 한 천사가 황금의 침대 안에

41행 히르카니아 카스피 해 동남쪽에 있었던 고대 페르시아 제국의 주.

온전히 누워 있다. 열쇠를 주시오.
이걸 선택하겠소, 그리고 성공할 수 있기를! 60

포셔 받으세요, 왕자님, 제 형상이 들었으면
저는 당신 거예요. (그가 금궤를 연다.)

모로코 빌어먹을! 이게 뭐야?
썩어 빠진 해골인데 뻥 뚫린 눈 속에
두루마리 넣어 놨네. 글을 읽어 봐야지.
(읽는다.) '빛난다고 다 금은 아니다, 65
그런 말을 여러 번 들었겠지.
나의 이 겉모습을 보려고
많은 이가 목숨을 팔았다.
금빛 묘엔 구더기만 들어 있어.
담력만큼 지혜만 있었어도 70
젊은 몸에 노인 판단 갖췄어도
이 대답을 글로 받진 않았겠지.
잘 가게, 자네 청혼 싸늘하네.'
정말로 싸늘하고 헛수고였구나.
그러면 열은 식고 서리여 오너라! 75
포셔 아씨, 잘 있어요. 내 가슴이 너무 아파
지루한 작별 없이 패자는 떠납니다.
(시종들과 함께 퇴장)

포셔 부드럽게 벗어났네. 자, 커튼을 닫아라.
그와 같은 혈색은 다 그렇게 택하라지. (함께 퇴장)

2막 8장

살라리노와 살라니오 등장.

살라리노 이보게, 난 바사니오의 출항을 보았고
그라티아노도 그와 함께 떠났어.
그런데 그 배에 로렌초는 분명히 없었어.

살라니오 유대 놈의 아우성에 일어나신 공작님은
그와 함께 바사니오의 배 수색에 나서셨어. 5

살라리노 너무 늦게 오셨지, 그 배는 출항했고.
하지만 공작님이 거기에서 알아낸 건
누군가가 로렌초와 매혹적인 제시카가
곤돌라에 같이 탄 걸 봤다는 사실이야.
게다가 안토니오는 공작님께 그들이 10
바사니오의 배에는 없었다고 보증했어.

살라니오 유대인 개놈이 거리에서 내뱉은 격정만큼
아주 혼란스럽고 이상하며 난폭하고
게다가 다양한 건 들은 적이 없다네.
'내 딸이! 오, 내 다카트! 오, 내 딸이! 15
기독교도와 도망쳤어! 오, 내 기독교 다카트!
정의를, 국법을, 내 다카트, 내 딸이!
봉인한 돈 자루, 봉인한 두 자루의 다카트,
두 배 값의 다카트를 내 딸이 훔쳐 갔어!
귀중품을, 보석 둘을, 진귀한 보석 둘을 20
내 딸이 훔쳐 갔어! 정의를! 딸애를 찾아라,
보석을 지녔다, 다카트도 지녔다!'

살라리노 허, 베니스의 소년들은 모두 그를 따르며
'그의 보석, 그의 딸과 다카트'를 외친다네.

살라니오 안토니오 이 친구가 날짜를 지켜야지 25

2막 8장 장소 베니스의 길거리.

아니면 대가를 치를 거야.

살라리노 참, 잘 상기시켰네.
내가 어제 프랑스 사람과 얘기를 하다가
그이가 말하기를 프랑스와 영국을 갈라놓는
폭이 좁은 바다에서 비싼 화물 가득 실은
우리 나라 배 한 척이 파선했다 하더군. 30
그 말 듣고 안토니오 생각을 했었는데
그의 배가 아니기를 조용히 빌었어.

살라니오 안토니오에게 말하는 게 좋겠어. 하지만
불쑥 하진 말게나, 상심할 수 있으니까.

살라리노 더 친절한 사람이 이 땅 위에 있으려고. 35
안토니오와 바사니오의 이별을 봤는데
바사니오는 좀 더 빨리 돌아온다 말했지만
대답은 이랬어. '그러지 말게나, 바사니오,
나 때문에 자네 일을 서둘러 하지 말고
시간이 아주 무르익기를 기다리게. 40
그리고 유대인이 받아 간 계약서 말인데
사랑하는 자네 맘에 끼어들지 않게 하게.
명랑하게 행동하고 가장 주된 생각을
구애와 거기서 자네에게 적절히 어울리는
아름다운 사랑의 과시에만 기울이게.' 45
그리고 그제야 눈물이 그득한 채
얼굴을 돌리고 그의 등을 감싸 안고
놀랍도록 뚜렷한 애정을 보이면서
바사니오의 손을 꼭 잡은 다음 헤어졌어.

살라니오 친구 땜에 이 세상을 사랑할 뿐인가 봐. 50
우리 가서 이 사람을 찾아낸 다음에

침울한 그 마음에 이런저런 기쁨으로
활기를 넣어 주세.

살라리노 그렇게 해 보세. (함께 퇴장)

2막 9장

네리사와 하인 한 명 등장.

네리사 얼른 얼른 서둘러, 커튼을 바로 열어.
아라공 왕자께서 맹세를 하셨고
곧바로 선별을 하려고 오실 거다.

아라공 왕자와 그의 시종 및 포셔 등장.

포셔 왕자님 보셔요, 저게 궤들입니다.
제가 담긴 궤짝을 당신께서 선택하면 5
그 즉시 우리의 혼례식이 거행될 테지요.
하지만 실패하면 아무 말도 하지 말고
당장에 여기를 떠나셔야 합니다.

아라공 난 맹세코 세 가지를 지켜야 합니다.
첫째, 그 누구에게도 어느 궤를 택했는지 10
절대로 안 밝힐 것. 그다음, 옳은 궤를
찾는 데 실패하면 살아서는 절대로
혼인을 목적으로 처녀에게 구애 말 것.
끝으로

2막 9장 장소 벨몬트. 포셔의 저택.

운 나쁘게 선택에 정말로 실패하면 15
그 즉시 당신과 작별하고 떠날 것.

포셔 가치 없는 저를 위해 위험을 무릅쓰는 모두가
그 같은 금지령을 지킬 것을 맹세하죠.

아라공 나도 그럴 채비했소. 자, 내 마음의 소원에
행운이 있기를! 금과 은과 저급한 납이라. 20
'선택하면 다 내놓고 위험 감수해야 한다.'
더 곱게 보여야 내놓거나 감수하지.
이 황금 궤짝은 뭐라 하지? 하, 어디 보자,
'선택하면 다수가 원하는 걸 얻으리라.'
다수가 원하는 것! 그 다수란 의미는 25
겉만 보고 선택하며 내면을 뚫지 못해
바보 눈이 알려 주는 것밖에 못 배우고
그래서 제비처럼 비바람에 노출되어
사고 나게 돼 있는 바깥벽에 집을 짓는
얼간이 대중을 뜻할지도 모른다. 30
난 다수가 원하는 걸 선택하진 않으리라,
왜냐하면 저급한 인간들과 한패 되어
야만적인 군중의 대열에 끼진 않을 테니까.
그렇다면 그대여, 은으로 된 보고여,
그대의 글귀를 다시 한 번 말해 봐라, 35
'선택하면 너 자신의 가치만큼 얻으리라.'
말 한번 잘했다. 왜냐하면 그 누가
진가 확인 도장 없이 운명 여신 속이고
고귀해지려 한단 말인가? 아무도
자격 없는 존귀함을 걸칠 생각 말아야지. 40
오, 지위와 계급과 그리고 관직을

부패 없이 얻으며 깨끗한 영예를
진가 있는 사람들이 획득하게 되었으면!
그러면 아래 있는 윗사람은 얼마나 많을까?
명령을 하지만 받을 사람 얼마나 많을까? 45
진골의 씨앗에서 골라낼 비천한 농노는
얼마나 많으며, 세월의 쓰레기 더미에서
새롭게 찾아내어 광을 내 줄 영예 또한
얼마나 많을까? 자, 선택한 걸 다시 보자.
'선택하면 너 자신의 가치만큼 얻으리라.' 50
난 가치를 취하겠다. 열쇠를 주시오,
여기 있는 내 행운을 곧장 열어 보리다. (은궤를 연다.)

포셔 찾은 것에 맞지 않게 너무 오래 멈추셔요.

아라공 이게 뭐야? 백치가 두 눈을 껌벅이며
쪽지를 전해 주는 그림이다! 읽어 보자. 55
네 모습은 포셔와 얼마나 다른가!
내 희망과 자격과 얼마나 다른가!
'선택하면 너 자신의 가치만큼 얻으리라!'
내 가치가 바보만도 못하단 말인가?
이게 내 상금이야? 내 장점이 이 정도야? 60

포셔 잘못과 평가는 별개이며 그 본질은
서로 어긋난답니다.

아라공 뭐라고 적혀 있지?
(읽는다.)'일곱 번 불에 달군 말인데,
일곱 번 시련 거친 판단만이
선택할 때 절대 실수 않는 법. 65
그림자에 입 맞추는 자들은
행복의 그림자만 누리는 법.

바보들은 살아 있어, 아무렴,
그 머리는 이것처럼 은색이지.
어떤 아내 얻어서 같이 자든 70
내가 항상 가장이 되어 주지.
그럼 가 봐, 볼 장 다 봤으니까.'

내가 여기 머물면 머물수록
더욱더 바보로 보일 테지.
바보 머리 하나 달고 구애한 뒤 75
둘 달고 떠나게 되었구나.
잘 있어요. 난 맹세를 지킬 거고
침착하게 이 불운을 견딜 거요. (시종들과 함께 퇴장)

포셔 나방은 이렇게 촛불에 타 죽었구나.
오 이런 신중한 바보들, 선택을 한 다음 80
질 줄 아는 지혜는 머릿속에 들었네.

네리사 저승길과 혼인길은 팔자소관이라는
오래된 속담이 틀린 말은 아니네요.

포셔 자, 커튼을 다시 쳐라, 네리사.

사자 등장.

사자 아씬 어디 계셔요?

포셔 여기야, 어인 일로? 85

사자 아씨, 한 베니스 청년이 아씨의 문간에서
말에서 내렸는데 주인 앞서 미리 와
그분이 온다는 걸 알리려 한답니다.
그리고 (찬사와 공손한 말씀에 더하여)
그분이 보내온 실체 있는 인사말 90

즉, 값비싼 선물을 가져왔죠. 하지만 전
이렇게 유망한 사랑의 사절은 못 봤어요.
사월의 하루가 제아무리 감미롭게
다가오는 여름날의 풍성함을 예고해도
주인 앞서 박차 가한 이 사람만 못합니다. 95

포셔 제발 이제 그만해라. 그렇게 현란한 재주로
그를 칭찬하다니 난 네가 곧바로
그를 네 친척이라 할까 봐 걱정된다.
어서 가자 네리사, 예절 갖춰 다가온
발 빠른 큐피드의 전령을 보고 싶어. 100

네리사 사랑의 신이시여, 바사니오 보내소서. (함께 퇴장)

3막 1장

살라니오와 살라리노 등장.

살라니오 근데, 리알토 소식은 뭐야?

살라리노 그야, 거기에서 아직도 안 죽고 살아 있는 건데, 비싼 화물 실은 안토니오의 배 한 척이 좁은 바다에서 난파했다지 뭐야. 그곳을 '친구 사주'라고 하는 것 같아, 아주 위험한 모래톱이고 치명적인데 수많은 큰 배들의 5 잔해가 묻혀 있다는구먼. 이 소문이란 수다쟁이 아줌마가 약속을 지키는 정직한 여인네라면 말일세.

3막 1장 장소
베니스의 길거리.
4행 친구 사주
영국의 템스 강 어귀에서 좀 떨어진 곳에 있는 모래톱의 이름(Goodwin)인데, 그 뜻은 앵글로색슨 말로 '좋은 친구'라고 한다. (아든)

살라니오 난 그녀가 이번 일엔 생강 씹고 안 쓰다는 것처럼, 또는 셋째 남편이 죽어서 울었다고 이웃들이 믿게 만든 여자처럼 거짓 수다쟁이였으면 좋겠어. 근데 이건 사실이야, 장황함에 빠지거나 담화의 꾸밈없는 대로를 벗어나지 않고서 하는 말인데, 고결한 안토니오, 정직한 안토니오가 — 오, 내가 그 이름과 벗할 만큼 훌륭한 존칭을 가졌으면! — 10

살라리노 자, 문장을 끝내라고. 15

살라니오 하! 뭐라고? 그야, 결론은 그가 배 한 척을 잃었다, 그 말이지.

살라리노 그게 손실의 끝이었으면 좋겠네.

살라니오 때맞춰 아멘을 하게 해 줘, 악마가 내 기도를 훼방 놓기 전에. 그놈이 유대인의 모습으로 여기 오고 있으니까. 20

유대인 샤일록 등장.

샤일록이 아닌가, 상인들 사이에 무슨 소식이라도?

유대인 당신들이 알잖소, 누구보다도 잘, 누구보다도 잘 알지요, 내 딸애가 날아가 버린 걸.

살라리노 그건 분명하지. 나로 말하면 그녀의 날개를 지은 양복장이를 알고 있었으니까. 25

살라니오 그리고 샤일록으로 말하면 어린 새의 깃털이 다 자랐고, 또 새끼들이란 모두 천성적으로 어미를 떠난다는 것도 알고 있었지.

유대인 그래서 천벌을 받을 거요.

살라리노 그건 분명하지, 악마가 그녀를 재판할 수 있다면야. 30

유대인 나 자신의 혈과 육이 반항을 하다니!

살라니오　썩어 빠진 늙은이 같으니라고! 그 나이에 욕심이 동해?

유대인　내 말은 내 딸이 내 혈육이란 뜻이오.

살라리노　당신과 당신 딸의 육 사이에는 흑옥과 상아보다도 더 큰 차이가 있어. 둘의 혈 사이에도 적포도주와 싸구려 백포도주 사이보다 더 큰 차이가 있고. 하지만 말해 보게, 안토니오 씨가 바다에서 손실을 입었는지 아닌지 들어 봤나? 35

유대인　그 또한 내게는 잘못된 거래요. 리알토엔 감히 얼굴도 못 내미는 파산자, 방탕아. 몹시도 뻐기면서 시장에 나타나더니만 거지란 말이오. 그에게 자기 계약서를 잘 보라고 해요. 날 고리대금업자으로 부르곤 했는데 자기 계약서를 잘 보라고 해요. 기독교인의 선심으로 돈을 빌려 주더니만 자기 계약서를 잘 보라고 해요. 40

살라리노　허 참, 그가 위약한다고 그의 살을 취하지는 분명코 않겠지. 그걸로 뭘 하려고? 45

유대인　낚싯밥 하지요. 그게 아무짝에도 쓸모없어도 내 복수엔 쓸모가 있을 거요. 그는 날 망신시켰고 내가 오십만 정도를 못 벌게 했으며, 내 손실을 비웃고 이득을 조롱했으며, 우리 나라를 모욕하고 내 거래에 훼방을 놓았으며, 내 친구들은 냉담하게 적들은 흥분하게 만들었소. 이유가 뭐냐고요? 내가 유대인이란 겁니다. 유대인은 눈 없어요? 유대인은 손도 기관도 신체도 감각도 감정도 정열도 없냐고요? 기독교인과 같은 음식 먹고 같은 무기로 상처를 입으며, 같은 병에 걸리고 같은 방법으로 치유되며, 여름과 겨울에도 같이 덥고 같이 춥지 않느냐고요? 당신들이 우리를 찌르면 피 안 나요? 간지럼을 태우면 안 웃어요? 독약을 먹이면 안 죽어 50 55

요? 그런데 당신들이 우리에게 잘못하면 우리가 복수를 안 해요? 우리가 나머지 부분에서 당신들과 같다면 그 점도 닮을 거요. 유대인이 기독교인에게 잘못하면 그는 겸손하게 뭘 하지요? 복수하죠. 기독교인이 유대인에게 잘못하면 그는 기독교인을 본받아 인내하며 뭘 해야 하지요? 그야, 복수해야죠. 당신들이 가르쳐준 비열한 짓을 난 실행할 겁니다. 그리고 어렵긴 하겠지만 교육받은 것보다 더 잘할 겁니다. 60 65

안토니오가 보낸 하인 한 명 등장.

하인 신사분들, 안토니오 주인님께서 댁에 계신데 두 분과 얘기하고 싶어 하십니다.

살라리노 우린 그를 이리저리 찾고 있었다네.

투발 등장.

살라니오 여기 같은 족속 하나가 오는군. 악마 자신이 유대인이 되지 않는다면 셋째 짝은 못 찾을걸. 70

(두 신사 살라니오와 살라리노, 하인과 함께 퇴장)

유대인 투발이 아닌가, 제노바에서 무슨 소식이라도? 내 딸을 찾아냈어?

투발 따님의 소식을 들은 곳까지는 자주 갔으나 찾지는 못했습니다. 75

유대인 아니, 저, 저, 저런, 저런! 없어진 다이아몬드 하나는 프랑크푸르트에서 이천 다카트나 주고 산 건데. 지금에야 우리 민족에게 저주가 내렸어, 지금에야 그걸 느

끼겠어. 그게 이천 다카트짜리였고 또 다른 귀중하고
귀중한 보석들. 난 딸년이 내 발치에 죽어 있고 그 귀 80
에는 보석이 걸려 있었으면 좋겠어. 그년이 내 발치에
묻혀 있고 그 관 속에는 다카트가 들어 있었으면. 소식
을 모른다고? 그래? 그런데 추적에는 또 얼마나 썼는
지 몰라. 아니, 손해에다 손해잖아! 도둑은 그만큼 가
지고 달아났고 그 도둑을 찾는 데 또 그만큼 들고, 만 85
족도 못 하고 복수도 못 하고, 게다가 내 어깨 위에 떨
어지는 거라곤 불운밖에 없고 쉬는 거라곤 한숨밖에
없으며 흘리는 거라곤 눈물밖에 없잖아.

투발 아뇨, 불운은 다른 사람에게도 닥친답니다. 제가 제노
바에서 듣기로는 안토니오의— 90

유대인 뭐, 뭐, 뭐라고? 불운, 불운이라고?

투발 상선 한 척이 트리폴리에서 오다가 난파됐다죠.

유대인 하느님, 감사, 감사합니다! 사실, 사실이야?

투발 파선을 모면한 뱃사람 몇 명과 얘기해 봤답니다.

유대인 고맙네, 투발, 좋은 소식이야, 좋은 소식! 하하, 제노바 95
에서 들었다!

투발 따님이 제노바에서 제가 들은 바로는 하루 저녁에 팔
십 다카트를 썼다고 하더군요.

유대인 자네가 내게 칼을 꽂는구먼. 내 금화를 다시는 못 볼
거야. 팔십 다카트를 한번 앉은 자리에서? 팔십 다카 100
트를!

투발 안토니오의 여러 채무자들이 저와 동행하여 베니스로
왔는데, 그가 파산할 수밖에 없다고 장담하더군요.

유대인 그건 아주 기쁜 일이야. 그를 혼내 줄 거야, 고문해 줄
거야. 그건 기쁜 일이네. 105

투발 그 가운데 한 사람이 따님에게 원숭이 한 마리를 주고 얻은 반지를 제게 보여 주더군요.

유대인 망할 년! 투발, 자넨 날 고문하고 있어. 그건 터키옥인데 총각 시절에 레아에게서 받았어. 내게 원숭이를 황야 가득 준다 해도 그걸 내놓진 않았을 거야. 110

투발 하지만 안토니오는 분명히 요절났어요.

유대인 그래, 그건 맞아, 정말 맞는 말이야. 투발, 자넨 가서 관리 하나를 고용해 주게, 보름 전에 말을 해 놓으라고. 그가 만일 위약하면 그 심장을 가질 테야. 그가 베니스에서 없어지면 내 맘대로 거래할 수 있으니까. 가 보게 115 투발, 유대교 예배당에서 만나세. 가 보게 투발, 유대교 예배당일세, 투발. (함께 퇴장)

3막 2장

바사니오, 포셔와 네리사, 그라티아노 및 수행원들 모두 등장.

포셔 위험을 무릅쓰기 이전에 하루나 이틀쯤
멈추고 기다려요, 선택을 잘못하면
전 동무를 잃으니까. 잠시만 참으세요.
뭔가가 말하네요 — 사랑은 아니지만 —
당신을 잃지 않을 거라고. 그리고 아시지만 5
밉다면 이런 식의 권고는 않겠지요.

109행 레아 샤일록의 아내 이름.
3막 2장 장소 벨몬트. 포셔의 저택.

하지만 제 뜻을 잘 이해하지 못할까 봐—
그래도 처녀는 생각할 뿐 말하면 안 되는데—
저를 위해 모험하기 이전에 당신을 이곳에
한두 달쯤 잡아 두고 싶어요. 올바른 선택을 10
알려 줄 순 있지만 그럼 전 맹세 깨죠.
그건 절대 안 돼요, 그래서 당신은 날 놓칠지도.
그럼 전 당신 땜에 죄짓고 싶을걸요,
맹세를 깼더라면 하고요. 당신 눈은 못됐어요.
저를 현혹시키고 저를 갈라놓았어요. 15
제 절반은 당신 거, 나머지 절반도 당신 거.
제 거라고 해야지만 제 거면 당신 거죠,
그러니 다 당신 거죠. 오, 사악한 시절이여,
소유주와 소유권 사이에 빗장을 지르다니.
그래서 당신 건데 아니에요. 그렇다면 20
운명이 지옥 갈 일이지 제 책임은 아니에요.
제 말이 길어진 건 시간 끌고 싶어서죠,
당신이 선정을 못 하도록 시간을 늘리고
길게 빼는 거랍니다.

바사니오 선택하게 해 주시오,
전 지금 형틀 위에 있는 것 같습니다. 25

포셔 형틀 위요, 바사니오? 그렇다면 고백해요,
당신의 사랑에 웬 반역이 섞였는지.

바사니오 제 사랑을 즐기지 못하게 겁을 주는
추악한 불신의 반역밖엔 없지만
눈과 불 사이엔 친화와 생명이 가능해도 30
반역과 제 사랑 사이엔 불가능하답니다.

포셔 예, 하지만 형틀에서 말하는 건 수상쩍죠,

강압에 못 이겨 아무거나 말하니까.

바사니오 목숨을 보장하면 진실을 말하겠소.

포셔 그럼, 고백하고 사세요.

바사니오 고백하고 사랑하라, 35

그것이 제 고백의 진정한 골자였답니다.

오, 행복한 고문이여, 고문하는 사람이

구제받을 대답을 가르쳐 주다니!

하지만 제 행운과 궤에게로 인도해 주시오.

포셔 그럼 가요! 저 한 곳에 이 몸이 갇혔어요. 40

저를 사랑한다면 찾아내실 겁니다.

네리사와 너희들은 모두들 물러서라.

선택하실 동안에 음악을 연주하라.

실패하면 그이는 음악 속에 사라지며

백조처럼 끝나리라. 좀 더 옳게 비유하면 45

그이 위해 내 눈은 흐르는 시내 되고

죽음의 침상이 되리라. 성공할 수도 있지.

그러면 음악은 뭐가 될까? 그럴 때 음악은

등극한 새 왕에게 충성하는 신민들이

인사할 때 울리는 팡파르와 같을 테고 50

동틀 무렵 꿈꾸는 신랑 귀에 스며들어

혼례 잔칫상으로 나오게 만드는

감미로운 화음과 같을 테지. 이제 간다,

울부짖는 트로이 사람들이 바다의 괴물에게

공물로 바쳤던 처녀를 구했을 당시의 55

55행 처녀 트로이 왕 라오메돈의 딸 헤시오네를 말하는데, 그리스의 영웅 헤라클레스가 바다의 괴물로부터 구해 주었다.

헤라클레스만큼이나 위엄 있게, 그러나
사랑은 더 많이 품고서. 나는 그 제물이다.
물러선 나머지는 눈물 젖어 흐릿한 눈으로
이 위업의 결과를 보러 나온 트로이의
아낙네들이고. 가세요, 헤라클레스여! 60
그대 살면 나도 살죠. 전 다투는 당신보다
훨씬 크게 동요하며 이 싸움을 지켜봐요.

포셔의 악사들이 노래를 부르는 동안 바사니오가
혼잣말로 궤들에 대한 논평을 한다.

사랑의 환상이 싹트는 곳,
가슴인지 머리인지 말해 줘요,
어떻게 태어나고 자라지요? 65

모두 대답해요, 대답해.

그것은 눈에서 생겨나고
서로 바라보면서 커지다가
요람에서 죽는다오. 우리 모두
그 환상의 조종을 울려요. 70
나를 따라 종을 딩동 울려요.

62행 지문
악사들 가운데 한 사람이 혼자 노래를 부르고 나머지 모두가 후렴(66행과 72행)을 같이 부른다. (아든)

69행 요람
1)사랑의 환상이 생긴 곳, 즉 눈. 2)이 환상의 유년기. (리버사이드)

모두 종을 딩동 울려요.

바사니오 그래서 겉과 속은 전혀 다를 수도 있지,
이 세상은 언제나 꾸밈에 속고 있다.
법에서는 아무리 더럽고 썩은 탄원서라도 75
정중한 목소리로 듣기 좋게 말하면
사악한 모습이 가려지지 않는가? 종교에선
아무리 저주받을 과오라도 엄숙한 얼굴로
축복을 내리고 말씀 끌어 승인하면
깨끗한 장식으로 극악함이 덮이지 않는가? 80
아무리 순전한 악덕이라 하더라도
미덕의 겉 표시를 약간은 띠고 있다.
수많은 겁쟁이가 심장은 모래알 계단처럼
순 가짜이면서 턱에는 헤라클레스와
험상궂은 마르스의 수염 달고 있잖은가! 85
그들 속을 뒤져 보면 간은 우윳빛이지만
용기의 외형만 가지고도 사람들을
무섭게 만들지 않는가! 미모를 보더라도
우린 그게 무게로 구입된 줄 아는데
무게 따라 자연에 기적을 일으켜 90
가장 많이 바른 이가 가장 가벼워진다.
또, 엉터리 미녀의 머리 위에 올라앉아
너무나 음탕하게 바람과 희롱하는
뱀같이 구부러진 금발도 마찬가지.
알고 보면 그건 종종 딴 사람의 유품으로 95

85행 마르스 그리스 신화에서 전쟁의 신.

그게 자란 두골은 무덤 속에 누워 있다.
그래서 꾸밈이란 극도로 위험한 바다의
속기 쉬운 해변이고 검은 미녀 가려 주는
아름다운 베일일 뿐이며, 한마디로
최고 현자 잡으려는 교활한 시대의 100
겉치레 진실이다. 그러므로 화려한 금이여,
미다스의 굳은 음식, 난 네게 뜻이 없고
인간들 사이의 창백한 천한 일꾼
네게도 뜻이 없다. 근데 너, 초라한 납이여,
무엇을 약속하기보다는 협박하는 105
창백한 네 모습은 웅변보다 더 감동적이다.
난 이걸 선택한다. 기쁜 결과 있기를.

포셔 (방백) 미심쩍은 생각과 성급히 껴안은 절망과
치 떨리는 두려움과 푸른 눈의 질투 같은
다른 모든 감정들은 허공으로 사라졌다. 110
오, 사랑이여, 적당히 와 다오, 황홀감은 약하게
기쁨은 알맞게 내리고 이 넘침은 줄여 다오.
네 축복이 너무 커서 물릴까 봐 걱정되니
적게 만들어 다오.

바사니오 여기 뭐가 들었지? (납궤를 연다.)
고운 포셔 초상화다! 대체 어떤 귀신이 115
이만큼 창조에 다가갔지? 두 눈이 움직이나?
아니면 그것들이 내 눈알에 올라타고
움직이는 것처럼 보이나? 벌어진 두 입술을

102행 미다스 그리스 신화에 나오는 프리기아의 왕. 손에 닿는 모든 것을 금으로 변하게 만드는 힘이 있었다고 전해진다.

설탕 숨이 떼 놓았네. 이토록 달콤한 장벽이
이리 친한 친구들을 가르다니. 머리칼은 120
화가가 거미 되어 금 망사로 엮었는데
남자들의 마음을 모기 잡는 거미줄보다도
더 빨리 사로잡네. 하지만 그녀 눈을!
어떻게 보면서 그렸지? 하나를 그렸을 때
그것이 그 사람의 두 눈 뺏는 힘이 있어 125
짝을 짓지 못하게 했을 텐데. 하지만
내 찬사가 이 그림을 낮춰 평가함으로써
큰 잘못을 범하는 만큼이나 이 그림은
실물을 따라잡지 못한다. 이 두루마리에
내 행운의 내용이 집약되어 있구나. 130
(읽는다.)'보는 대로 선택 않은 그대는
　　운 좋았고 선택 또한 옳았다.
　　이 행운이 그대에게 왔으니
　　만족하고 새 사람 찾지 마라.
　　이 결과에 큰 기쁨을 느낀다면 135
　　이 행운을 지복이라 생각하면
　　그대 부인 쪽으로 몸을 돌려
　　사랑의 키스로 그녀를 요구하라.'
친절한 두루마리로군. 아씨, 허락해 주시면
문서 따라 주고 또 받으려고 왔습니다. 140
(포셔에게 키스한다.)
시합에서 다투는 둘 가운데 하나가
사람들 눈앞에서 잘했다고 생각하고
박수와 관중들의 함성을 들으면서
정신은 어지럽고 칭찬의 굉음이

자기 건지 아닌지 의심스레 쳐다보듯 145
저 또한 삼중으로 고운 숙녀 당신께서
제가 본 게 사실임을 확인하고 서명하여
인준해 줄 때까지 망설이며 섰답니다.

(포셔가 그에게 키스한다.)

포셔 바사니오 주인님, 보잘것없는 저는
여기 서 있답니다. 저만을 위해서는 150
이보다 훨씬 더 잘났기를 바라는 야망을
품지 않을 테지만 당신을 위해서는
저 자신이 스물의 세 배이면 좋겠고
천 배나 더 곱고 또 만 배나 더 부자이며
오로지 당신의 높은 평가 받기 위해 155
미덕과 아름다움, 재물과 친구가
헤아릴 수 없었으면 좋겠어요. 하지만
제 전체는 뭔가의 합인데, 뭉뚱그려 말하면
못 배우고 못 읽은 미숙한 소녀로서
다행한 건 배울 수 없을 만큼 나이 들진 160
않았다는 거예요. 그보다 더 다행한 건
천성이 둔하여 못 배우진 않는단 거지요.
또 최고로 다행한 건 온순한 제 마음을
당신에게 맡기고 당신의 지시를
주인, 총독, 임금의 지시처럼 받겠단 거예요. 165
저 자신과 제 것이 이제는 당신에게 넘어가
당신 것이 되었어요. 조금 전만 하더라도
이 저택과 하인들과 저에게 군림하는
여왕은 저였어요. 그런데 이제는, 지금은
이 집과 하인들과 변함없는 저 자신이 170

당신 것, 주인님 거예요, 이 반지와 함께요.

(그에게 반지를 준다.)

이것을 빼 놓거나 잃거나 남에게 준다면
그것은 당신의 사랑이 몰락할 징조이고
제가 당신 비난할 기회도 될 거예요.

바사니오 아씨께서 제 할 말을 다 앗아 가 버려서 175
혈관 속의 피 소리만 당신에게 말합니다.
그리고 제 몸 안의 기능에 혼란이 생겼는데,
그건 마치 사랑받는 군주가 멋진 연설 끝낸 뒤
기분 좋은 군중들이 웅성웅성할 때처럼
표현되었으면서 동시에 표현 안 된 180
그들의 기쁨만 빼놓고 이런저런 소리가
한꺼번에 뒤섞여 소리 없는 황야가
된 것과 같습니다. 하지만 이 반지가
이 손가락 떠날 때면 생명 또한 떠납니다.
오, 그럼 감히 바사니오 죽었다고 하십시오. 185

네리사 주인님과 아씨, 이젠 저희 차렙니다.
저희 소망 이뤄지길 서서 지켜보았는데
축하, 축하드립니다, 주인님과 아씨!

그라티아노 제 형님 바사니오 그리고 귀한 아씨,
바라는 모든 기쁨 얻으시기 바랍니다. 190
제게서 바라는 기쁨은 전혀 없을 테니까요.
그리고 두 분께서 믿음의 계약을
엄숙하게 맺으려 하시는 바로 그때
이 몸 또한 결혼할 수 있게 해 주십시오.

바사니오 아내를 얻을 수만 있다면야 흔쾌히 그러지. 195

그라티아노 고맙게도 형님께서 구해 주셨습니다.

제 눈도 형님의 눈처럼 재빨라서
이 아씨를 보셨을 때 이 처녀를 봤으며
사랑을 하셨을 때 했습니다, 막간의 시간은
형님뿐만 아니라 제게도 있었으니까요. 200
형님의 행운이 저 궤들에 달렸을 때
제 것 또한 그 결과에 달려 있었습니다.
왜냐하면 땀이 날 지경까지 구애하고
바로 제 입천장이 다 마를 때까지
사랑을 맹세하여, 형님이 운에 따라 205
아씨를 얻으면 저도 이 고운 이의
사랑을 갖기로 약속을, 약속이 유효하면
마침내 받았기 때문이죠.

포셔 사실이냐, 네리사?

네리사 예 아씨, 아씨의 마음에 드신다면.

바사니오 그라티아노 자네도 진심이란 말이지? 210

그라티아노 예, 진심입니다.

바사니오 둘의 결혼, 우리의 잔치에 큰 영광이네.

그라티아노 우린 이 두 분과 천 다카트 걸고 첫아들 먼저 낳기 내기할 거야.

네리사 아니, 밑천을 다 내놓고요? 215

그라티아노 음, 안 그러면 그 노름은 절대 못 이겨.

로렌초, 제시카, 베니스의 전령 살레리오 등장.

근데 이게 누구야? 로렌초와 이교도 아가씨!
뭐, 베니스의 옛 친구 살레리오 아닌가?

바사니오 로렌초와 살레리오, 이곳으로 잘 왔네,

여기서 내가 얻은 새로운 소유권의 힘으로 220
환영할 수 있다면. 아름다운 포셔여,
허락해 주시면 바로 제 친구인 동포들을
환영하며 맞겠어요.

포셔 저도 그리하지요,
이분들을 충심으로 환영해요.

로렌초 형님께 감사를 드립니다. 저로서는 225
여기에서 형님을 뵐 목적은 없었지만
오는 길에 살레리오 친구를 만났는데
그가 제 동행을 거절을 못 하게끔
간청하였답니다.

살레리오 그렇게 했답니다,
이유가 있어서요. 안토니오 형님께서 230
안부를 전합니다. (바사니오에게 편지를 준다.)

바사니오 이 편지를 열기 전에
내 친구가 어떻게 지내는지 말해 주게.

살레리오 병들진 않으셨죠, 마음속을 빼고는.
건강하지도 않으시죠, 마음속을 빼고는.
그 편지가 근황을 알려 줄 것입니다. 235
(바사니오가 편지를 연다.)

그라티아노 네리사, 저 낯선 여성을 격려하고 환영해 줘.
악수하세, 살레리오. 베니스 소식은?
안토니오 최고 상인께서는 어떠신지?
우리의 성공을 기뻐하실 줄 안다네.
우리들은 이아손, 황금 양털 얻었다네. 240

살레리오 그가 잃은 양털을 자네가 얻었으면 좋겠네.

포셔 바사니오 뺨에서 혈색을 빼앗아 가다니

저 종이에 무언가 불길한 게 있구나.
소중한 친구가 죽은 게 아니라면
세상의 그 무엇도 한결같은 사람을 245
저렇게 바꿔 놓진 못한다. 점점 더 나빠져?
실례지만 바사니오, 전 당신의 반쪽이니
이 종이로 전달된 어떤 것의 반쪽도
자유롭게 가져야 되겠어요.

바사니오 오 고운 포셔여,
종이를 물들인 말 가운데 최고로 250
기분 나쁜 일부가 이것이오. 착한 아씨,
제 사랑을 당신에게 처음 알려 주었을 때
제 핏줄에 흐르는 저의 전 재산을
솔직히 말하였소. — 전 신사였다고. —
그 말은 사실이었지요. 하지만 귀한 아씨, 255
자신을 무라고 평가한 저 자신이 얼마나
떠버리였는지 알 겁니다. 제 상태가 무라고
말했을 당시에 전 무보다 더 못하다고
말했어야 했답니다. 왜냐하면 사실 전
소중한 친구에게 저 자신을 잡혔고 260
그 친구를 그의 절대 적에게 잡혔으니까요.
자금 마련 때문에요. 아씨, 여기 이 편지의
이 종이는 제 친구의 몸이나 다름없고
그 한마디 한마디는 생명의 피 내뿜는
상처와 같답니다. 하지만 사실인가, 살레리오? 265

240행 이아손
모험 끝에 황금의 양털을 얻은 그리스 신화의 영웅.(1막 1장 172행의 주 참조.)

모든 모험 다 실패야? 하나도 성공 못 해?
트리폴리, 멕시코 그리고 영국에서
리스본과 바버리 그리고 인도에서
단 한 척도 상인을 망치는 무서운 암초의
손아귀를 못 벗어나?

살레리오 한 척도 못 그랬죠. 270
게다가 변제할 현금을 가졌대도
지금 상황으로는 유대인이 그것을
안 받을 것 같습니다. 인간의 탈을 쓰고
한 사람을 그토록 잔인하게 굶주린 듯
파멸시키려는 녀석은 본 적이 없답니다. 275
그자는 밤낮으로 공작님께 들러붙어
공평하지 못할 경우 이 나라의 자유를
문제 삼겠답니다. 스무 명의 상인들과
공작님 자신과 최고로 위엄 있는 고관들
모두가 그자를 설득해 보았지만 280
누구도 빚 청산과 정의와 계약을 원하는
그자의 악의적인 탄원을 단념케 못 합니다.

제시카 제가 그와 살았을 때 동포인 투발과
추스에게 그가 하는 맹세를 들었는데
안토니오 님께서 갚아야 할 총액의 285
스무 배보다도 오히려 그의 살을
갖겠다고 했어요. 저는 알고 있어요,
법과 권위, 공권력이 막아 주지 않는다면
불쌍한 안토니오님께선 변 당하실 거예요.

포셔 곤궁에 처한 이가 소중한 친구세요? 290

바사니오 최고로 소중한 제 친구, 최고로 친절하고

최상의 인품과 불굴의 정신으로
예의를 실천하며, 로마인의 옛 기품이
이탈리아에 살아 있는 그 누구보다도
더 많이 보이는 사람이라 할 수 있소. 295

포셔 그가 유대인에게 진 빚이 얼만데요?

바사니오 제게 준 삼천 다카트요.

포셔 뭐 그게 다예요?
육천을 지불하고 계약서를 지우세요.
이런 유의 친구가 바사니오의 잘못으로
머리카락 하나라도 다치기 이전에 300
육천을 두 배로, 또 그걸 세 배로 하세요.
교회 가서 저를 먼저 아내 만든 다음에
베니스로, 당신 친구에게로 떠나세요.
불안한 마음으로 포셔 곁에 눕게는
절대 안 할 테니까요. 스무 배 이상으로 305
그 시시한 빚을 갚을 금을 드릴 거예요.
갚고 나서 진정한 그 친구를 모셔 와요.
제 하녀 네리사와 저 자신은 그동안
처녀이자 과부로 살 거예요. 어서 가요,
결혼식 날 이곳을 떠나실 테니까. 310
친구들을 환영하고 기운을 내세요,
비싸게 산 당신이니 비싸게 사랑할 거예요.
하지만 친구 분의 편지를 듣게 해 주세요.

바사니오 (읽는다.) '친애하는 바사니오, 내 배는 모조리 유실됐
고 빚쟁이들은 잔인해졌으며, 내 재산은 바닥이 났고 315
유대인과의 계약은 파기되었으며, 그 대가를 치르면
서 내가 살아남는다는 건 불가능하므로 죽을 때 자네

를 보기만 한다면 자네와 나 사이의 모든 빚은 다 청산
되는 셈이네. 그렇지만 자네 맘대로 하게나. 사랑의 재
촉을 받는다면 모를까 내 편지 때문에 오진 말게.' 320

포셔 오, 이런! 모든 일을 신속히 해치우고 가세요.

바사니오 가도 좋단 허락을 당신에게 받았으니
서두르겠소이다. 하지만 돌아올 때까지
잠자리에 눕는 죄는 짓지 않을 것이며
휴식 또한 우리 새에 끼어들지 못할 거요. (함께 퇴장) 325

3막 3장

유대인 샤일록, 살라니오, 안토니오 및
간수 등장.

유대인 이봐 간수, 잘 지켜. 자비심 얘긴 말고.
이 바보가 공짜로 돈을 빌려 주었다네.
간수, 잘 지켜.

안토니오 내 말 좀 들어 보게, 샤일록.

유대인 계약대로 할 거요, 내 계약을 비난 마오.
나는 내 계약대로 할 거라고 맹세했소. 5
이유가 없을 때도 당신은 날 개라고 불렀소.
하지만 난 개니까 이빨을 조심하쇼.
공작님은 공평하실 것이오. 놀랍구나,
이 못된 간수야, 그가 요청했다고
그와 함께 밖으로 나올 만큼 바보라니. 10

3막 3장 장소 베니스의 길거리.

안토니오 제발, 내 말 좀 들어 보게.

유대인 계약대로 할 거요. 당신 말은 안 듣겠소.
계약대로 할 테니까 더는 말을 마시오.
난 여리고 눈이 삔 바보처럼 고개 떨고
누그러져 한숨 쉬며 기독교인 중재자들에게 15
굴복하진 않을 거요. 날 좇지 마시오.
말은 필요 없다니까, 계약대로 할 거요. (퇴장)

살라니오 저자는 인간과 함께 산 개 가운데
가장 독한 고집불통이라네.

안토니오 내버려 두게나.
헛되이 빌면서 더 이상 뒤좇진 않겠네. 20
내 목숨을 노린다네. 그 이유는 잘 알지.
그의 빚 청산을 때로는 내게 와서 하소연한
수많은 사람들을 난 자주 구원해 줬다네.
그래서 날 미워해.

살라니오 공작께선 분명히
이런 식의 빚 청산을 절대 허락 않으셔. 25

안토니오 공작께서 법 절차를 막으실 순 없다네.
왜냐하면 외국인이 우리와 동등하게
베니스에서 누리는 편익을 거부하면
온갖 나라 사람들이 이 도시와 교역하고
이익을 나누기 때문에 국가의 공정성이 30
크게 훼손될 테니까. 그러니 가 보게,
이런저런 슬픔과 손실로 난 너무 졸아들어
내일 아침 피에 주린 나의 채권자에게
한 파운드 살조차도 못 내줄 것 같다네.
자, 간수, 앞서게. 바사니오가 꼭 와서 35

자기 빚 갚는 것을 본다면 난 상관없다네. (함께 퇴장)

3막 4장

포셔, 네리사, 로렌초, 제시카 및
포셔의 하인 발타자르 등장.

로렌초 마님을 앞에 두고 말씀을 드리지만
신성한 우정에 대하여 마님께서 가지신
고귀한 참 생각은 서방님의 부재를
이렇게 참는 데서 가장 깊어 보입니다.
그러나 누구에게 이 영예를 표하는지 5
얼마나 진실된 신사에게 구원을 보내는지
그가 우리 형님을 얼마나 아끼는지 아신다면
이 일을 늘 있는 시혜를 베푸셨을 때보다
더 자랑스러워하실 줄로 압니다.

포셔 난 선행을 후회한 적 한 번도 없었다네, 10
지금도 그렇고. 왜냐하면 벗과 벗 사이에는
서로 간에 대화하고 함께 시간 보내면서
두 영혼이 사랑의 멍에를 함께 질 경우에
생김새와 태도와 정신에 있어서
조화로운 모습이 반드시 있으니까. 15
그러므로 내 생각에 안토니오 이 사람은
가슴으로 그이를 사랑하는 분이므로
반드시 그이와 같을 거야. 그렇다면

3막 4장 장소 벨몬트. 포셔의 저택.

내 영혼과 닮은 이를 그 잔인하기가
지옥 같은 상황에서 돈을 주고 꺼내는 데 20
내가 쓴 비용은 얼마나 적은가.
이거 너무 자화자찬 같으니까
그만둬야 되겠네. 다른 얘길 들어 보게.
로렌초, 주인님이 귀가하실 때까지
내 집안을 다스리고 경영하는 일들을 25
자네 손에 맡기겠네. 난 어떡할 거냐 하면
여기 있는 네리사의 시중만 받으면서
그녀의 남편과 내 주인이 돌아오실 때까지
기도와 명상을 하면서 살기로
하늘을 향하여 비밀 맹세 했다네. 30
한 이 마일 떨어진 데 수도원이 있는데
우린 거기 머물 거야. 바라건대 이 강요를
자네를 좋아하고 필요해서 부탁인데
거절하지 말았으면 좋겠네.

로렌초 기꺼이
마님의 고운 명령 다 받들겠습니다. 35

포셔 내 집안사람들은 내 뜻을 이미 알고
자네와 제시카를 바사니오 주인님과
이 몸의 대신으로 받아들일 것이야.
그러니 다시 만날 때까지 잘 지내게.

로렌초 고운 생각, 복된 시간 가지시기 바랍니다. 40

제시카 온 마음의 만족을 누리시기 바랍니다.

19행 내 영혼 포셔는 바사니오를 이렇게 부른다. 따라서 '내 영혼과 닮은 이'는 안토니오이다. (아든)

포셔　그렇게 빌어 줘서 고맙고, 따라서 즐겁게
같은 걸 되빌어 주겠네. 잘 지내라, 제시카.

(제시카와 로렌초 함께 퇴장)

자, 발타자르,
난 너를 정직한 사람으로 알아 왔고　45
언제나 그렇길 바란다. 이 편지를 받아라.
그리고 인간에게 가능한 모든 노력 다하여
파도바로 속히 가서 벨라리오 박사님인
내 친척의 손안에 그것을 전달해라.　(편지를 준다.)
그리고 무슨 글과 의복을 주는지 잘 보고　50
그것들을 빌건대 상상력의 속도로
베니스와 교역하는 일반용 나룻배인
객선으로 가져와. 말로서 시간 낭비하지 말고
어서 떠나. 너보다 내가 먼저 가 있겠다.

발타자르　마님, 최적의 속도로 가 보겠습니다.　(퇴장)　55

포셔　자 가자, 네리사, 넌 아직 모르지만
할 일이 좀 있어. 우리는 남편들을 볼 거야,
그들이 생각도 못 할 때!

네리사　그들이 우릴 봐요?

포셔　그럴 거야. 하지만 복장이 달라서
우리에겐 없는 것을 우리가 갖췄다고　60
생각하게 될 거야. 내기 걸고 말하지만
우리 둘이 젊은 남자 옷차림을 했을 때
내가 더 예쁘장하다고 판명이 날 거야.
너보다 더 멋지게, 우아하게 칼을 차고
소년에서 어른으로 변하는 중간의　65
풀피리 소리 내며, 아장아장 두 걸음을

남자 활보 하나로 바꿀 거야. 떠버리 청년처럼
싸움했던 얘기하며, 귀하신 처녀들이
내 사랑을 구했다가 거절을 당하고
병들어 죽었다고, 근데 난 어쩔 수 없었다고 70
교묘한 거짓말을 할 거야. 그런 다음
그래도 죽이진 말걸 하고 뉘우칠 거란다.
또 이런 하찮은 거짓말을 스무 개나 해 대서
남자들은 내가 학교 관둔 지 열두 달도
넘었다고 맹세할 거란다. 내 맘속엔 75
이 같은 허풍쟁이 잔꾀가 천 개나 있는데
다 실천할 거야.

네리사 어, 우리가 남자 몸을 가져요?

포셔 에이, 거 무슨 질문이야,
음담패설 쪽으로 해석해도 유분수지!
하지만 가, 수렵장 문 앞에서 기다리는 80
마차에 올랐을 때 내 계책을 전부 다
말해 줄 테니까. 그러니까 서둘러,
오늘 안에 이십 마일 가야만 하니까. (함께 퇴장)

3막 5장

광대 란슬럿과 제시카 등장.

광대 진짜라고요, 이것 봐요, 아버지가 지은 죄는 자식이 물려받게 되는데 그래서 당신이 정말이지 걱정된단 말

3막 5장 장소 벨몬트. 포셔의 정원.

입니다. 전 당신에게 항상 솔직했잖아요, 그래서 지금 도 이 일에 대한 제 건해를 말씀드리는 겁니다. 그러니 까 용기를 내세요, 당신은 진짜로 지옥에 떨어질 것 같 으니까. 도움이 될 만한 희망은 하나뿐인데, 그게 좀 엉터리 희망이지 뭡니까. 5

제시카 말해 줘, 그게 무슨 희망인데?

광대 글쎄요, 당신 아버지가 당신을 낳지 않아서 유대인 딸 이 아니라는 희망을 좀 가질 수 있겠네요. 10

제시카 그야말로 좀 엉터리 희망이군, 그래서 어머니가 지은 죄를 내가 덮어써야 하는군.

광대 그렇다면 진짜로 당신은 아버지에다가 어머니 때문에 지옥에 떨어질 것 같네요. 그리하여 당신 아버지 스킬 라를 피하자마자 당신 어머니 카리브디스에 빠진단 말씀이야. 글쎄, 당신은 양쪽으로 망했어요. 15

제시카 남편이 구원해 줄 거야. 그이가 날 기독교인 만들어 줬어!

광대 진짜로 욕먹을 일을 했네요. 이전에도 기독교인들은 수두룩하게, 서로 뜯어먹을 수 있을 만큼 많았는데. 이렇게 기독교인 만들다간 돼지 값만 올라가요. 우리 모두가 돼지고기를 먹게 되면 머지않아 석탄불 베이컨은 돈 줘도 못 구할 겁니다. 20

로렌초 등장.

4행 건해 견해.

14~15행 스킬라…카리브디스
스킬라는 동굴에 사는 머리가 여섯인 여자 괴물로서 배가 자기 맞은편에 있는 여자 괴물 대식가인 카리브디스(소용돌이)를 피해 가까이 오면 선원들을 잡아먹었다고 한다.

제시카　그 말을 남편에게 이를 거야, 란슬럿, 여기 오고 있거든.

로렌초　내 아내를 그렇게 구석으로 데려가면 난 머지않아 란슬럿 널 질투하게 될 거야! 25

제시카　아냐, 우리 걱정은 할 필요 없어, 로렌초. 란슬럿과 난 다퉜어. 내가 유대인의 딸이기 때문에 하늘엔 나를 위한 자비가 없다고 단호하게 말하지 뭐야. 또 당신은 유대인들을 기독교인으로 개종시켜 돼지고기 값을 올려놓았으니 이 나라에 적합한 사람이 아니래. 30

로렌초　이 나라에는 그게 더 낫다고 대답하지, 네가 검둥이 여자의 배를 부풀려 놓을 수 있는 것보다 말이야. 무어 처녀가 네 아이를 가졌어, 란슬럿!

광대　그 무어 처녀가 무엇보다 더 커졌다니 참 안된 무어지만, 정숙한 여자가 아니라면 정말이지 내가 품었던 무어가 아니네. 35

로렌초　말장난 못 하는 바보는 정말 없어. 내 생각에는 최고의 재담꾼조차도 머지않아 침묵을 지키고, 대화는 앵무새들을 제외한 그 누구에게도 권장 사항이 못 될 거야. 이봐, 넌 들어가서 저녁 먹을 준비를 하라고 해! 40

란슬럿　그 일은 끝냈습죠, 위는 다 있으니까요!

로렌초　아이고 맙소사, 이 친구가 말꼬리를 잡는구나! 그럼 가서 저녁을 준비하라고 해.

란슬럿　그 일도 끝냈습죠, '차려!'라고만 하면 되니까.

로렌초　그렇다면 '차려!' 할 거야? 45

란슬럿　못 하지요, 전 움직여야 가니까.

37행 바보　궁정이나 부잣집에 상주하며 바른말을 해도 벌을 받지 않는 어릿광대를 가리킨다. 『리어 왕』에 나오는 바보가 전형적인 예이다.

로렌초 사사건건 시비를 거는구나. 네 말재주 전 재산을 한꺼번에 다 보여 줄 순 없냐? 제발 솔직한 사람의 솔직한 뜻을 이해해 줘. 네 동료들에게 가서 음식을 내오고 상을 차리라고 하면 우리가 저녁을 먹으러 들어갈 거야. 50

란슬럿 상은요, 내오게 할 것이고, 음식은요, 차리게 할 것이며, 두 분이 저녁 먹으러 들어가시는 건요, 기분 내키는 대로 생각나는 대로 하시지요. (퇴장)

로렌초 오, 뛰어난 안목이여, 맞는 말만 골라 하네.
이 바보는 좋은 말을 자신의 기억 속에 55
태산만큼 쌓아 뒀어. 난 이 친구보다도
더 높은 자리에서 비슷한 말재간을 가지고
색다른 말 한마디 하려고 생억지를 부리는
바보들을 많이 알아. 기분 어때, 제시카?
그럼 이제 여보야, 의견을 말해 볼래? 60
바사니오 형님의 부인이 얼마나 좋은지.

제시카 표현할 수 없을 만큼. 바사니오 님께서
올곧게 사셔야 하는 건 지당한 일이셔.
이렇게 큰 축복을 부인으로 받으셔서
하늘의 즐거움을 땅 위에서 찾은 건데 65
땅 위에서 그걸 누릴 자격이 없으시면
하늘로는 당연히 못 가실 테니까.
음, 만약에 지상의 두 여인을 놓고서
천상에서 두 신이 내기를 벌이는데
그 하나가 포셔라면, 조잡한 이 세상에 70
그녀 짝은 없으니까 다른 여인 위해서는
딴것을 더 걸어야 해.

로렌초 아내로는 포셔이듯

바로 그런 남편으로 넌 나를 가졌어.

제시카 그래, 하지만 그에 대한 의견도 물어봐.

로렌초 곧 그러지. 우리 먼저 저녁부터 먹으러 가. 75

제시카 아냐, 의욕이 있을 때 당신을 칭찬할래.

로렌초 제발 그만, 그 얘기는 식탁에서 하지그래.
그때는 뭔 말을 하더라도 다른 것과 섞어서
소화할 테니까.

제시카 음, 아주 높이 추어줄게. (함께 퇴장)

4막 1장

공작, 고관들, 안토니오, 바사니오, 문 근처에 남아 있는 살레리오, 그라티아노 및 시종 서너 명 등장.

공작 허 참, 안토니오 여깄는가?

안토니오 예, 공작 각하.

공작 자네 일은 안됐네. 자네의 적대자는
돌 같은 인간으로 몰인정한 놈이며
동정심 따윈 없고 일말의 자비심조차도
찾아볼 수 없다네.

안토니오 이자의 가혹한 방침을 5
완화해 보려고 크게 애를 쓰셨다고
들은 바 있지만 이자가 완고하고
또 그의 사악한 손아귀를 벗어날
그 어떤 합법적인 수단도 없으므로

4막 1장 장소 베니스의 법정.

전 이자의 광기에 인내로 맞서면서 10
바로 그의 폭거와 광분을 차분하게
받아들일 준비를 해 놓고 있습니다.

공작 가서 이 유대인을 법정으로 불러오라.

살레리오 문밖에 대기하고 있는데, 옵니다, 각하.

유대인 샤일록 등장.

공작 비켜라, 그를 짐의 면전에 서게 하라. 15
샤일록, 사람들은 나도 마찬가지지만
그대가 이런 식의 악의를 최후의 순간까지
이끌고 가다가 그 놀라워 보이는 잔인성,
그것보다 훨씬 더 놀라운 자비심과
동정심을 보여 줄 것이라고 생각한다. 20
또 지금은 벌금을 강요하고 있지만
불쌍한 이 상인의 살 한 파운드 말인데,
그런 식의 몰수물을 놔줄 뿐만 아니라
인간적인 친절과 사랑의 마음이 움직여
이 최고 상인을 짓눌러 버릴 만큼 25
최근에 떼 지어 몰려온 큰 손실을
측은한 눈으로 바라보며 원금의 일부를
감면해 줄 거라고 생각하고, 그래서
이 사람의 처지를 동정하는 마음을
구리 가슴, 부싯돌 심장 가진 자들이나 30
완고한 터키인, 한 번도 예법 교육 못 받은
타타르족에게서도 끌어낼 거라고 생각한다.
모두가 관대한 답변을 기대한다, 유대인!

유대인 저는 제 목적을 각하께 이미 말씀드렸고
계약서에 정해 놓은 벌금을 갖겠다고 35
거룩한 안식일에 걸고서 맹세했답니다.
그걸 거부하신다면 여러분의 헌장과
이 도시의 자유는 위험에 처할 거요!
제가 왜 삼천 다카트를 받는 대신
살코기 한 덩이를 가지려고 하는지 40
물으시겠지요. 그건 대답 않겠소!
제 변덕이라고 해 두지요. 대답이 됩니까?
제 집에서 쥐새끼가 문제를 일으켜
독약을 뿌리는 데 일만 다카트를
기꺼이 쓰겠다면? 아, 아직 답이 안 되나요? 45
어떤 자는 입 벌린 돼지를 못 봐 주죠!
어떤 자는 고양이를 쳐다보면 미치고요!
또 누구는 코앞에서 풍적 소릴 들으면
오줌을 못 참지요, 감정의 주인인 정서는
좋아하고 싫어하는 기분에 따라서 50
요동을 치니까요. 이제 답을 해 드리면
왜 누구는 입 벌린 돼지를 못 참는지
왜 누구는 필요하고 무해한 고양이를
왜 누구는 양털 입힌 풍적을 못 참고
기분을 잡쳤는데 또 잡칠 정도로 55
피치 못할 치욕에 굴복을 하는지
그 확실한 이유를 내놓을 수 없듯이
안토니오 씨에게 제가 품은 뿌리 깊은 증오와

56행 치욕 앞서 말했듯이(49행) 오줌을 참지 못하는 것.

모종의 혐오감 때문에 손해 보는 소송을
제기한단 이유밖엔 댈 수가 없으며 60
말도 않을 것입니다. 대답이 됐습니까?

바사니오 이것은 네 몸에 흐르는 잔인성을
변명해 줄 답이 아냐, 이 무정한 인간아!

유대인 당신 맘에 들도록 답할 의무 없소이다.

바사니오 좋아하지 않는 걸 모두가 죽이나? 65

유대인 안 죽이고 싶은 걸 누가 미워합니까?

바사니오 모든 죄가 처음부터 미움은 아니다!

유대인 뭐요! 독사가 당신을 두 번 물게 할 겁니까?

안토니오 유대인과 논쟁한단 사실을 유념하게.
차라리 바닷가로 간 다음 드높은 파도에게 70
평소의 높이를 줄이라고 하는 편이,
암양이 왜 새끼 찾아 울부짖게 되었는지
늑대에게 묻는 편이 더 나을 것이네.
차라리 산 위의 소나무들에게
세찬 바람 불어올 때 높은 가지 흔들며 75
소리 내지 말라고 하는 편이 나을 걸세.
유대인의 모진 마음 — 더 독한 게 있겠어? —
녹이려 하기보단 최고로 모진 일을 별도로
하는 편이 나을 거야! 그러니 간청컨대
더 이상 제안 말고, 다른 방법 찾지 말고 80
간단하고 명료한 모든 편리 다 좇아서
나는 판결, 유대인은 소망을 얻게 해 주게나!

바사니오 당신의 삼천 대신 육천 다카트 여깄다!

유대인 그 육천 다카트의 한 개 한 개 다카트가
여섯으로 갈라져서 다카트로 다 변해도 85

그 돈을 안 받고 계약대로 할 거요!

공작 자비를 안 베풀고 어찌 그걸 바랄 텐가?

유대인 잘못이 없는데 겁내야 할 판결이 뭐지요?
당신들 가운데 많은 이가 노예를 샀는데
당신들의 노새나 개 그리고 나귀처럼 90
비참하고 천한 일에 그들을 쓰지요,
돈 주고 샀으니까. 근데 제가 말하기를
'그들을 해방하고 당신들 자손과 짝지으쇼.
왜 그들이 짐을 지고 땀 흘리오? 그들 침대
당신네 것처럼 푹신하게 만들고 그들의 혀, 95
요리 맛을 보게 하오.'라고 하면 그 대답은
'노예는 우리 거야.' 그거겠죠. 제 답도 같습니다.
이 몸이 요구하는 한 파운드 살덩이는
비싸게 샀으며 내 것이니 가지겠소.
그걸 거부하신다면 당신네 법 우습겠죠, 100
베니스의 법령은 강제력이 없으니까.
판결 기다립니다. 자, 내려 주실 거지요?

공작 내 힘으로 이 법정을 해산할 수도 있다,
만약에 이 사건을 해결해 달라고 내가 부른
학식 많은 박사인 벨라리오 선생이 105
오늘 여기 못 온다면.

살레리오 각하, 문밖의 전령이
파도바에서 갓 도착한 박사의 편지를
가지고 있습니다.

공작 편지를 가져오라! 전령을 불러오라! (살레리오 퇴장)

바사니오 안토니오, 힘내게! 이 사람아, 용기를 내. 110
나 때문에 자네가 피 한 방울 잃기 전에

유대인은 내 살과 피와 뼈를 다 가질 것이야!

안토니오 양 떼 중에 점 찍힌 숫양이 바로 나야.
가장 죽기 알맞지. 가장 약한 과일이
가장 일찍 떨어지네, 그렇게 날 보내 주게. 115
살아남아 내 묘비명 써 주는 것보다
더 나은 일거리는 없을 걸세, 바사니오!

살레리오와 변호사의 서기로 변장한 네리사 등장.

공작 파도바의 벨라리오가 자네를 보냈는가?

네리사 (공작에게 편지를 내놓는다.)
맞습니다! 각하, 벨라리오의 문안이오!

바사니오 왜 그렇게 열심히 칼은 갈고 그러나? 120

샤일록 저기 저 파산자의 몰수물을 자르려고.

그라티아노 네 구두의 바닥 아닌 네 영혼의 바닥으로
이 거친 유대인아, 너는 칼날 세운다.
하지만 그 어떤 금속도, 망나니의 도끼조차
뾰족한 네 시기심의 날카로움, 그 절반도 125
날카롭지 않구나. 너에겐 기도도 안 통해?

샤일록 음, 네 머리로 생각해 낸 것으론 어림없지.

그라티아노 오, 이 냉혹한 개새끼, 지옥에나 떨어져라,
그리고 너를 살린 정의는 비난을 받아야 해!
난 네놈 때문에 신앙심에 동요가 일어나 130
동물의 영혼이 인간의 육신에 깃들인단
피타고라스의 견해에 하마터면
공감할 뻔했다. 개 같은 네 영혼은
살인죄로 교수당한 늑대를 지배했어.

잔인한 그 혼은 바로 그 교수대를 벗어나 135
네놈이 불경한 어미의 몸속에 누웠을 때
너에게 침투했어. 네 욕심은 늑대 같고
잔학하고 굶주렸고 탐욕스러우니까.

샤일록 욕설로 계약서의 도장을 지울 수 없다면
큰소리쳐 봤자 네 허파만 상하지. 140
젊은이여, 불치의 파멸로 안 떨어지려거든
머리나 좀 고치게. 난 법을 기다리네.

공작 벨라리오가 편지로 나이 젊고 학식 많은
박사님 한 분을 이 법정에 추천했군.
어딨는가?

네리사 각하께서 받아들일 것인지 145
그 응답을 알고자 바로 곁에 있습니다.

공작 진심으로 맞겠다. 너희들 중 서너 명이
정중히 그분을 모시도록 하여라.
그동안 법정은 벨라리오의 편지를 들으리라.
(읽는다.) '각하께 알려 드리옵건대 각하의 편지를 받았 150
을 때 소생은 몹시 아팠지만, 각하의 사자가 도착한 그
순간 애정으로 저를 방문한 로마의 한 젊은 박사가 있
었는데 이름은 발타자르라 하옵니다. 저는 그에게 유
대인과 안토니오 상인 사이의 분쟁을 알려 줬고 둘이
서 많은 책을 넘겨 본 후 제 의견을 그에게 제공한바, 155
그는 그것을 자신의 학식으로 — 그 위대함은 제가 어
떻게 칭찬할 수 없을 정도인데 — 더 잘 다듬어서 끈

132행 피타고라스
그리스의 철학자, 수학자, 종교 개혁가. 죽은 후에도 영혼이 존속하여 다른 육체로 옮겨 가면서 영구히 재생을 계속한다는 영혼 이체설을 주장하였다.

덕진 제 간청을 받고 저 대신 각하의 요청에 응하기 위해 가져갈 것입니다. 청하옵건대 그가 나이 부족으로 경의에 찬 평가를 받는 데 지장이 없도록 해 주시기 바랍니다. 그렇게 젊은 몸에 그렇게 나이 든 머리를 가진 사람을 결코 본 적이 없기 때문입니다. 정중하게 받아들여 주시기 바라며 이 시험을 통하여 그에 대한 찬사는 더 널리 퍼질 것이옵니다.' 160

발타자르 역의 포셔, 서너 명의 시종들과 함께 등장.

공작 여러분은 박식한 벨라리오가 쓴 것을 들었소. 165
그런데 그 박사가 이 사람인가 보오.
손을 주게. 벨라리오 노인이 보냈는가?

포셔 예, 각하.

공작 어서 오게, 자리를 잡게나.
지금 이 법정에서 다루게 된 문제인
이 분쟁에 대하여 알고는 있는가? 170

포셔 그 까닭을 철저히 숙지하였습니다.
여기 그 상인은 누구고 유대인은 누구요?

공작 안토니오와 샤일록 노인은 앞으로 나오라.

포셔 당신 이름, 샤일록이오?

유대인 샤일록이 내 이름이오.

포셔 당신은 이상한 성격의 소송을 제기하오. 175
하지만 당신의 사건 진행 절차를
베니스 국법으로 반대할 순 없소이다.
(안토니오에게) 당신에겐 이 사람이 위험하오, 안 그렇소?

안토니오 예, 그가 하는 말이오.

포셔 계약서를 인정하오?

안토니오 예.

포셔 그렇다면 유대인은 자비를 보여야죠. 180

유대인 거 무슨 강압인지? 어디 말해 보시오.

포셔 자비심은 강요해서 생기는 게 아니오.
그것은 하늘에서 땅 위로 내리는
부드러운 비와 같고 이중의 축복인데
베푸는 사람과 받는 이의 축복이며 185
최강자의 최강점으로서 옥좌 위의 왕에게
왕관보다 더 잘 어울린답니다.
왕의 홀은 속세의 권력을 드러내 주는데
그것의 속성은 경외와 위엄이니
왕에 대한 공포는 거기에서 나오지요. 190
하지만 자비는 왕홀의 통치권 위에 있고
그 옥좌는 왕들의 마음속에 있으며
신의 속성 가운데 하나지요. 그래서
지상의 권력은 자비로 정의를 조절할 때
신권과 가장 비슷하답니다. 그러므로 195
당신의 탄원은 정의지만 정의를 좇는 동안
우리들 누구도 구원을 못 받는단 사실을
고려해 보시오. 우린 정말 자비를 기원하고
이 기원은 우리 모두 자비를 행하라는
가르침을 줍니다. 당신이 탄원하는 정의를 200
완화해 보려고 말이 많아졌소만
그걸 따르겠다면 엄한 이 베니스 법정은
저 상인에 불리한 판결을 내려야만 합니다.

유대인 내 행동은 내가 책임지겠소, 나는 법과

계약서의 벌칙과 몰수물을 갈구하오. 205

포셔 그가 돈을 변제할 능력이 없나요?

바사니오 있습니다, 법정에서 그에게 내놓겠소.
그래요, 두 배를. 그걸로 충분치 않다면
내 손과 머리와 심장을 잃는다는 조건으로
열 배를 지불하겠노라고 약속하죠. 210
그래도 충분치 않다면 악의가 진심을
눌렀다고 볼 수밖에. (공작에게) 제발 간청하옵건대
각하의 권위로 한 번만 법을 어겨 주십시오.
대의를 위하여 작은 잘못 범하시어
잔인한 이 악마의 뜻을 꺾어 주십시오. 215

포셔 그건 안 될 말이오. 베니스의 어떤 힘도
확정된 법령을 변경할 순 없소이다.
그리하면 그것은 판례로 기록되고
그것을 본보기로 수많은 불의가 이 나라로
들이닥칠 것이오, 그렇게는 할 수 없소. 220

유대인 다니엘이 심판하러 왔도다. 암, 다니엘이!
오, 현명한 젊은 판관, 참으로 존경하오.

포셔 청컨대 문제의 계약서를 보게 해 주시오.

유대인 여기요, 존중하는 박사님, 여깄어요.

포셔 샤일록, 당신 돈의 세 배를 내놓았소. 225

유대인 맹세, 맹세, 하늘에다 맹세를 했답니다!
내 영혼에 위증죄를 씌운단 말입니까?
못 하죠, 베니스를 준대도.

포셔 이 계약은 파기됐소.

221행 다니엘 기원전 6세기 이스라엘의 예언자.

그에 따라 유대인은 살덩이 일 파운드를
이 상인의 심장 가장 가까운 곳에서 230
적법하게 잘라 낼 수 있소. 자비를 베푸시오.
세 배의 돈을 받고 계약서를 찢게 하오.

유대인 그 취지에 따라서 값을 치른 다음에요.
당신은 훌륭한 판관처럼 보입니다.
법률을 알고 있고 당신의 법 해석은 235
아주 타당했어요. 법에 의해 요청컨대
법에서는 당신이 대들보감이니까,
판결을 내리시오. 내 영혼에 맹세코
인간의 혀가 가진 힘으로 날 바꿔 놓지는
못할 거요. 난 여기서 내 계약을 고집하오. 240

안토니오 진심을 다하여 법정에 간청컨대
판결 내려 주시오.

포셔 그렇다면 이렇소.
가슴에 칼을 받을 준비를 해야겠소.

유대인 오 고귀한 판관이여! 오 빼어난 젊은이여!

포셔 왜냐하면 법을 만든 의도와 목적은 245
여기 이 계약의 결과로 확정된 벌칙과
완벽한 연관성을 가지고 있으니까.

유대인 사실이오. 오, 현명하고 공정한 판관이여,
모습보다 훨씬 더 어른으로 보입니다!

포셔 (안토니오에게) 그러므로 가슴을 여시오.

유대인 암, 가슴이지, 250
계약서에 쓰였지요. 안 그렇소, 판사님?
'심장 가장 가까이', 바로 그 문구죠.

포셔 그렇소, 살덩이를 달아 볼 저울은

여기에 있습니까?

유대인 준비해 놨습니다.

포셔 의사를 부르시오, 샤일록, 본인의 부담으로, 255

상처 막아 출혈로 이 사람이 죽지 않게.

유대인 계약서에 그렇게 지정돼 있습니까?

포셔 명시되진 않았지만 그게 무슨 상관이오?

그쯤은 자선으로 하는 게 좋을 거요.

유대인 그런 건 못 찾겠소, 계약서엔 없소이다. 260

포셔 (안토니오에게) 자, 상인은 무슨 할 말이라도 있습니까?

안토니오 거의 없소. 난 대비와 준비를 다 해 놨소.

자네 손을 잡아 보세, 바사니오. 잘 있게,

자네 탓에 내가 이리됐다고 슬퍼 말고.

이 경우엔 운명의 여신이 평소의 습관보다 265

더 친절하니까. 그녀의 관례는 언제나

재산 잃고 살아남은 비참한 사람이

궁핍한 노년을 퀭한 눈과 주름진 얼굴로

맞게 하는 것이지. 그렇게 불행하고

질질 끄는 고통을 나에겐 중지시켜 주었어. 270

고명한 부인에게 내 안부를 전해 주게.

이 안토니오가 최후 맞은 과정을 전하고

내가 자넬 얼마나 사랑했나 얘기하고

죽음에 든 나를 아름답게 말해 주게.

얘기가 끝나거든 부인이 판정해 보시라 해, 275

바사니오에게도 한때는 친구 있지 않았는지.

자네가 친구를 잃는다고 후회만 해 준다면

자네 빚 갚는 걸 그는 후회 않는다네.

유대인이 깊숙이 자르기만 해 주면

내 심장 다 바쳐 즉시 갚을 테니까. 280

바사니오 안토니오, 난 결혼한 아내가 있는데
그녀는 나에게 생명 그 자체만큼 소중하네.
하지만 생명 자체, 내 아내, 이 세상 모든 것도
나에겐 자네 생명 그 이상의 가치는 없다네.
자네를 구하기 위하여 여기 이 악마에게 285
그 모든 걸 내줄 거야, 암, 희생할 것이야.

포셔 그 아내가 곁에서 당신 제안 듣는다면
고마워하지는 전혀 않을 겁니다.

그라티아노 나도 정말 사랑하는 아내를 뒀는데
하늘 가면 좋겠소, 천사에게 애원하여 290
이 유대인 개놈을 바꿀 수 있도록.

네리사 없는 데서 제안하기 망정이지 안 그러면
그 소원 때문에 집안이 시끄러워질걸요.

유대인 기독교인 남편들 꼴이라니! 나도 딸이 있지만
기독교인보다는 차라리 바라바의 후손이 295
그 애의 남편이 되었으면 좋겠구먼.
이건 시간 낭비요. 판결이나 속행하오.

포셔 저 상인의 살덩이 일 파운드 당신 거고
이 법정은 그것을 수여하고 법은 준다.

유대인 최고로 올바른 판관이오! 300

포셔 또 당신은 그 살을 가슴에서 잘라야 하는데
법은 그걸 허락하고 이 법정은 수여한다.

유대인 참 박식한 판관이오! 판결이다!

295행 바라바
유대인들이 빌라도 총독에게 예수 대신 놓아주라고 요구했던 도적.(마가복음 15장 6-15절) 또한 크리스토퍼 말로의 극작품 『몰타의 유대인』에 등장하는 악당 주인공의 이름. (리버사이드)

(안토니오에게) 자, 준비하라.

포셔 잠깐만 멈추시오, 다른 게 있소이다.
계약서는 당신에게 피 한 방울 주지 않소. 305
명시된 문구는 '살덩이 일 파운드'요.
그러니 계약대로 살덩이 일 파운드 가지시오.
근데 그걸 잘라 낼 때 기독교인 핏물을
한 방울만 흘려도 당신 땅과 재물은
베니스 국법에 의하여 베니스 정부로 310
몰수될 것이오.

그라티아노 오 공정한 판관이여!
잘 봐라, 유대인아. — 오, 박식한 판관이여!

유대인 그것이 법인가요?

포셔 법령을 직접 볼 것이오.
당신이 정의를 촉구하니 안심하오,
원하는 것 이상으로 정의를 얻을 테니. 315

그라티아노 오, 박식하다! 잘 봐라, 유대인아, 박식하셔.

유대인 그럼, 이 제안을 따르겠소. 계약금의 세 배로
기독교인 놔주시오.

바사니오 그 돈은 여기 있네.

포셔 잠깐만!
유대인은 정의만 얻을 거요. 잠깐만, 천천히, 320
벌칙밖엔 아무것도 얻을 게 없을 거요.

그라티아노 오, 유대인아! 공정하고 박식한 판관이셔!

포셔 그러므로 살을 자를 준비를 하시오.
피 흘리지 말 것이며 정확히 일 파운드
이상도 이하도 자르지 마시오. 정확히 325
일 파운드 이상 또는 이하를 취했는데

그 수치가 하찮은 스무 낟알 무게에서
한 톨만큼이라도 가볍거나 무거운
결과가 나온다면, 아니 만약 저울이
머리카락 한 올의 예상치만큼만 기울어도 330
당신은 죽을 거고 재산은 다 몰수되오.

그라티아노 다니엘이 재림했어, 다니엘이, 유대인아!
이제 너 불신자를 메다꽂게 되었구나.

포셔 유대인은 왜 멈춰요? 몰수물을 가지시오.

유대인 원금을 주시고 날 가게 해 주시오. 335

바사니오 그건 내가 준비해 놓았다, 여기 있네.

포셔 공개된 법정에서 그는 그걸 거절했소.
그는 오직 정의와 계약서만 얻을 거요.

그라티아노 다니엘, 역시나 다니엘이 재림했어!
그 이름을 가르쳐 주어서 고맙다, 유대인아. 340

유대인 원금만을 받지도 못한단 말입니까?

포셔 당신은 몰수물만 얻을 거요, 유대인,
위험을 무릅쓰고 취한다는 조건으로.

유대인 그렇다면 그 돈 먹고 재수나 옴 붙으라지!
더 이상 따지지 않겠소. (떠나려 한다.)

포셔 멈추시오, 유대인. 345
법에 의한 또 다른 제재가 있소이다.
베니스의 법률에 규정된 바로는
외국인이 직접 또는 간접적인 시도하에
시민의 생명을 노렸음이 입증되면
그 음모의 대상이 된 당사자 쪽에서 350
그의 재산 절반을 압수하고 나머지 절반은
정부의 비밀 금고 안으로 들어가며

범법자의 생명은 모든 의견 다 제치고
오로지 공작 손에 달렸다고 되어 있소.
바로 그 궁지에 당신이 처했소. 355
왜냐하면 명백한 수순에서 드러나듯
당신은 간접적, 게다가 또 직접적으로
피고인의 다름 아닌 생명을 해치려는
음모를 계속 꾸몄으니까. 그래서 당신은
내가 앞서 언급한 위험을 초래했소. 360
그러니 공작의 자비를 무릎 꿇고 구하시오.

그라티아노 스스로 목을 맬 허락이나 간청해 보시지.
하지만 재물을 국가에 몰수당했으니
밧줄 살 돈조차 남은 게 없겠군.
그러니 국비로 목을 매야 되겠어. 365

공작 우리의 영혼이 다름을 네가 알 수 있도록
목숨을 뺏는 벌은 요청 전에 사면한다.
네 재물의 절반은 안토니오의 것이고
국고로 들어가는 나머지 절반은
인정상 벌금으로 돌릴 수도 있느니라. 370

포셔 예, 안토니오의 몫이 아닌 국가의 것을요.

유대인 아, 내 목숨과 모든 걸 가지시오, 가차 없이.
내 집을 받쳐 주는 기둥을 빼어 가면
내 집을 뺏는 거고 내 삶을 지탱하는
수단을 뺏어 가면 내 목숨을 뺏는 거요. 375

포셔 안토니오 당신은 어떤 자빌 베풀 거요?

그라티아노 공짜 밧줄, 그것밖엔 없지요, 제발요!

안토니오 공작님과 법정의 모든 분이 황공하게
벌금인 그의 재산 절반을 포기해 주시면

전 만족입니다. 다만 그가 나머지 절반을 380
제게 위탁했다가 그가 죽고 난 뒤에
최근에 그의 딸을 훔쳐 간 신사에게
지불할 수 있도록 해 준다면 말입니다.
그 조건은 둘인데, 우선 이 호의의 대가로
그가 곧장 기독교 신자가 될 것이며 385
또 하나는 죽었을 때 소유한 모든 것을
사위인 로렌초와 딸에게 선물한단 기록을
여기 이 법정에서 남기는 것입니다.

공작 그렇게 할 걸세, 안 그러면 내가 방금
여기에서 선고했던 사면을 취소할 테니까. 390

포셔 만족하오, 유대인? 할 말이 있습니까?

유대인 만족하오.

포셔 서기는 기증서를 작성하라.

유대인 여기를 떠날 수 있도록 허락해 주시오.
몸이 편치 않습니다. 서류를 보내 주면
서명하겠습니다.

공작 가라, 하지만 꼭 서명하라. 395

그라티아노 세례를 받을 때 대부가 둘일 거야.
내가 판관이라면 열 명을 더하여 열둘로
성수반이 아니라 교수대로 데려갔어. (유대인 퇴장)

공작 이보게, 내 집에서 저녁을 간청하네.

포셔 겸허하게 각하의 용서를 빕니다. 400

396행 세례
샤일록이 기독교로 개종할 때 받을 세례를 말하고, 두 대부는 공작과 안토니오를 가리킨다. (아든)

397행 열둘
배심원의 숫자. 당시에 배심원을 농담조로 '대부'라고 불렀다고 한다. (아든)

오늘 저녁 파도바로 가야만 하는데
지금 곧장 떠나는 게 맞을 것 같아서요.

공작 자네의 형편이 여의치 않아서 유감이네.
안토니오, 여기 이 신사에게 후사하게.
내 보기에 자네는 큰 빚을 졌으니까. 405

(공작과 그 일행 퇴장)

바사니오 참으로 훌륭하십니다. 저와 제 친구는
당신의 지혜로 오늘 낮에 지독한 형벌을
면하게 됐습니다. 그에 대한 대가로
유대인 몫이었던 다카트 삼천을
친절한 수고의 보답으로 흔쾌히 드립니다. 410

안토니오 그리고 그에 더해 호의와 봉사를
언제나 당신에게 빚지고 있습니다.

포셔 만족한 사람은 보상을 잘 받은 셈인데
당신을 구해서 난 만족스럽소.
그러므로 보상을 잘 받았다 여깁니다. 415
난 한 번도 돈 바라고 일하지는 않았소.
우리 다시 만날 땐 날 알아봐 주시오.
안녕히 계십시오, 그럼 이만 떠납니다.

바사니오 보십시오, 난 부득이 더 강권해야겠소.
기념물을 받으시죠, 사례가 아니라 420
감사의 표시로. 두 가지만 허락해 주시오.
거절하지 마실 것과 용서해 주실 것을.

포셔 재촉이 심하니 굴복하겠소이다.
그 장갑을 주시오, 당신 대신 낄 것이고
당신 호의 대신으론 그 반지를 갖겠소. 425
손을 빼진 마시오, 더는 받지 않을 테니.

고맙게 여기면서 거절은 않겠지요!

바사니오 이 반지 말입니까? 이건 별것 아닌데요.

창피하게 어떻게 이런 걸 드립니까!

포셔 딴건 말고 오로지 이것만 가지겠소. 430

그리고 이제 보니 내 마음에 쏙 드네요!

바사니오 여기엔 가격 그 이상의 뭔가가 달렸소.

베니스의 가장 비싼 반지를 드리리다.

포고령을 내려서 그것을 찾을 테니

제발 이 반지만은 용서해 주시구려! 435

포셔 아, 제안만은 아낌없이 하는 사람이군요.

내게 우선 구걸하게 가르치고 이제는

거지 퇴치 방법을 가르쳐 주는군요.

바사니오 보시오, 이 반지는 아내가 준 것으로

이걸 끼워 줬을 때 팔지도 주지도 440

잃지도 말라고 맹세하게 했답니다.

포셔 많은 이가 그 핑계로 선물을 아끼지요.

당신의 아내가 미친 여자 아니라면

반지 받을 내 자격이 대단한 걸 안다면

그걸 내게 줬다고 영원히 원수처럼 445

행동하진 않을 거요. 그럼 잘 지내시오.

(포셔와 네리사 함께 퇴장)

안토니오 이보게 바사니오, 그 반지 가지게 해.

그의 공과 내 사랑을 합쳐서 평가하면

자네 아내 명령보다 더 크지 않겠나.

424행 장갑
포셔가 안토니오의 장갑을 요구한다는 해석과 바사니오의 장갑을 요구한다는 해석이 있다. 후자의 경우에는 그의 결혼 반지가 드러나도록 만들기 위해서이다. (아든)

바사니오 그라티아노, 달려가서 그를 따라잡게나. 450
이 반지를 건네주고 가능하면 그분을
안토니오 집으로 모셔 와. 어서 가, 서둘러.
(그라티아노 퇴장)
자, 자네와 난 곧장 그리로 갈 것이네.
그리고 내일은 아침 일찍 우리 둘 다
벨몬트로 날아가세. 안토니오, 가자고. (함께 퇴장) 455

4막 2장

포셔와 네리사 등장.

포셔 유대인 집 알아내어 이 증서를 전해 주고
서명을 하라고 해. 오늘 밤에 떠나서
집에는 서방님들보다 하루 앞서 갈 거야.
로렌초가 이 증서를 얼마나 환영할까!

그라티아노 등장.

그라티아노 고운 양반, 다행히 따라잡게 되었군요. 5
바사니오 형님께서 충고를 더 들은 뒤
이 반지를 보냈고 저녁 식사 동행을
간청하고 있습니다.
포셔 그렇게는 안 됩니다.
반지는 정말로 고맙게 받아들이겠으니

4막 2장 장소 베니스의 길거리.

그렇게 말씀드려 주시오. 한 가지 더, 10
재에게 샤일록 노인 집을 가르쳐 주시오.

그라티아노 그렇게 하겠소.

네리사 저, 말씀드릴 게 있는데.
(포셔에게 방백) 제 남편의 반지를 얻을 수 있는지 볼게요.
영원히 간직토록 맹세시켰지만요.

포셔 (네리사에게 방백)
얻을 거라 장담해. 둘이서 반지 받은 사람은 15
남자들이었다고 맹세깨나 하게 될걸.
근데 우린 더 세게 노려보고 맹세하지 뭐.
가, 서둘러, 내가 어디 머물진 알 테니까. (퇴장)

네리사 자, 갑시다, 이 집 좀 가르쳐 주시겠소? (함께 퇴장)

5막 1장

로렌초와 제시카 등장.

로렌초 달빛이 참 밝네. 이 같은 밤이었지.
달콤한 바람이 나무에게 부드럽게 입 맞추면
나무는 소리 없이 서 있는 이런 밤에
트로일로스는 트로이 성벽에 올라가
크레시다 잠자는 그리스 편 천막을 향하여 5
혼 빠진 듯 한숨을 쉬었겠지.

제시카 이런 밤에

5막 1장 장소
벨몬트. 포셔의 저택.
4행 트로일로스
트로이의 왕자이며 크레시다의 연인인데, 그녀는 트로이에서 그리스 진영으로 간 뒤에 변심하여 그를 버렸다. (리버사이드)

티스베는 겁을 내며 이슬 밟고 걷다가
사자의 그림자를 사자 앞서 보고는
놀라서 도망을 쳤었지.

로렌초 이런 밤에
황량한 바닷가 제방에 디도는 홀로 서서 10
버들가지 잡은 손을 애인에게 흔들었지,
카르타고 다시 찾아오라고.

제시카 이런 밤에
메데이아는 아이손 노인을 정말로 회춘시킨
마법의 약초를 모았었지.

로렌초 이런 밤에
제시카는 부유한 유대인에게서 도망쳐 15
반편이 애인과 더불어 베니스를 벗어나
저 멀리 벨몬트로 달아났지.

제시카 이런 밤에
로렌초는 확실한 사랑을 맹세하며
수많은 서약으로 그녀 혼을 훔쳤는데
진실된 건 하나도 없었지.

로렌초 이런 밤에 20
어여쁜 제시카는 말괄량이 소녀처럼
애인을 욕했으나 그는 용서했었지.

7행 티스베
피라무스의 애인으로 『한여름 밤의 꿈』에서 보텀 일당이 이 두 사람의 비극적인 사랑을 연기한다. (리버사이드)
10행 디도
아이네이아스를 사랑한 카르타고의 여왕. 그가 그녀를 버리고 떠나자 스스로를 불태워 죽었다.
13행 메데이아
황금의 양털을 구하러 온 이아손을 도와 준 콜키스의 공주.
아이손
메데이아가 마법으로 회춘시킨 이아손의 아버지.

제시카 아무도 안 왔으면 밤새 해도 이길 텐데.
하지만 들어 봐, 사람의 발소리야.

전령 스테파노 등장.

로렌초 고요한 이 밤중에 누가 이리 빨리 와요? 25
스테파노 친구요.
로렌초 친구? 어떤 친구? 친구여, 당신의 이름은?
스테파노 스테파노랍니다. 말씀 전달하겠는데
날이 밝기 이전에 마님이 벨몬트,
이곳으로 오십니다. 길을 벗어나서까지 30
도로변 성 십자에 행복한 결혼 생활
무릎 꿇고 비십니다.
로렌초 누가 함께 오는가?
스테파노 은둔자 한 분과 하녀뿐이랍니다.
주인님은 아직도 안 돌아오셨어요?
로렌초 안 오셨어, 전하신 소식도 아직 없고. 35
하지만 제시카, 부탁인데 들어가서
이 집안의 안주인을 위하여 우리 둘이
환영할 준비를 깍듯이 해 보자.

광대 란슬럿 등장.

광대 따가닥, 따가닥, 워, 워, 따가닥, 따가닥!
로렌초 누구요? 40
광대 따가닥! 로렌초 님과 로렌초 아주머님 봤어요? 따가닥, 따가닥!

로렌초 야, 소리 그만 질러라! 여기야.

광대 따가닥! 어디요, 어디?

로렌초 여기야! 45

광대 그분께 주인님이 사자를 보내셨다고 말씀드려요. 뿔통 속에 좋은 소식을 가득 담아서요. 주인님은 아침 전에 이리로 오실 겁니다. (퇴장)

로렌초 여보야, 들어가서 오시기를 기다리자.
하지만 상관없어. 왜 들어가야 하지? 50
이보게 스테파노, 마님이 근처에 오셨다고
집 안에 통지 좀 해 주게, 부탁하네.
그리고 악사들을 밖으로 데려오게. (스테파노 퇴장)
언덕 위에 잠자는 달빛은 참 아름답구나!
우리 여기 앉아서 귓전으로 스며드는 55
음악 소리 들어 보자. 고요한 밤에는
아름다운 화음을 내는 게 제격이야.
앉아, 제시카. 저것 봐, 저 하늘 마루에
황금빛 접시들이 얼마나 촘촘히 박혔는지.
보이는 천체 중에 가장 작은 것이라도 60
운행할 땐 어린 눈의 케루빔들에게
언제나 합창하며 천사처럼 노래해.
불멸의 영혼에도 그런 화음 있다지만
부패하는 이 진흙 의복이 그것을
두텁게 감싸고 있는 한 우린 듣지 못하지. 65

61행 케루빔 천사의 제2계급으로 보통 날개 있는 귀여운 어린이의 모습으로 그려진다.
64행 진흙 의복 인간의 육신.

악사들 등장.

이리 오게, 찬가로 디아나를 깨워 보게,
최고 고운 가락에 마님 귀가 열리고
음악에 이끌려 집으로 오시도록. (악사들이 연주한다.)

제시카 고운 음악 들을 때면 난 절대 흥이 안 나.

로렌초 네 정신이 주의를 기울이기 때문이야. 70
야생에서 뛰노는 짐승 떼를 보거나
어리고 길 안 든 수말의 무리를 지켜보면
그들은 몸속에서 피가 끓기 때문에
미친 듯 날뛰면서 힝힝 킹킹 울어 대지.
하지만 혹시라도 나팔 소릴 듣거나 75
그 어떤 곡조라도 귀에 와 닿게 되면
사나운 시선이 감미로운 음악의 힘으로
얌전한 응시로 바뀌면서 다 함께
멈춰 서는 모습을 볼 거야. 그래서 시인은
오르페우스가 나무, 돌, 강물을 움직였다 꾸몄어. 80
음악이 잠시 그 본성을 못 바꿔 놓을 만큼
무감각하거나 광란에 찬 것은 없으니까.
자신의 마음속에 음악이 없거나
아름다운 화음에 무감동한 사람은
역모와 계략과 약탈에나 어울려. 85

66행 디아나 달의 여신.
79행 시인
아마도 『변신 이야기』에서 오르페우스의 신화를 얘기한 로마 시인 오비디우스를 가리키는 것 같다. (리버사이드)

80행 오르페우스
트라키아의 시인이며 악사. 죽은 아내 에우리디케를 찾아 지하 세계로 내려간 것으로 유명하다.

그자의 정신은 밤처럼 둔하게 움직이고
그자의 감정은 명부처럼 시커멓지.
못 믿을 건 그런 자야. 음악을 잘 들어 봐.

포셔와 네리사 등장.

포셔 저기에 보이는 건 우리 집 불빛이군.
저 작은 촛불이 참 멀리도 비치네! 90
선행도 사악한 세상에선 저렇게 빛나지.
네리사 달빛이 있었을 땐 촛불을 못 봤어요!
포셔 큰 영광은 그처럼 작은 것의 빛을 죽여.
대리인이 왕처럼 밝게 빛을 내다가
진짜 왕이 나타나면 그자의 화려함은 95
내륙의 시냇물이 대양에서 없어지듯
바닥이 난단다. 음악이다, 잘 들어 봐!
네리사 마님, 집안의 마님 악사들인데요.
포셔 맥락 없이 좋은 건 아무것도 없나 봐.
낮보다는 소리가 훨씬 곱게 들리는군. 100
네리사 고요함이 내는 효과랍니다, 마님.
포셔 외따로 있으면 까마귀도 종달새만큼이나
감미롭게 노래하지. 그리고 내 생각에
만약에 꾀꼬리가 거위들이 꽥꽥대는
낮 동안에 운다면 굴뚝새에 비하여 105
더 나은 악사로 생각되진 않을 거야.
얼마나 많은 것이 때가 잘 맞았을 때
올바른 찬사와 진정한 완성을 얻는가!
쉿! 달님은 엔디미온 옆에서 잠자면서

깨고 싶지 않은가 봐. (음악이 멈춘다.)

로렌초 저기 저 목소리는 110

큰 착각이 아니라면 포셔 마님 것이야.

포셔 장님이 뻐꾸기 알아보듯 날 알아보았어,

불쾌한 목소리로!

로렌초 마님 어서 오십시오.

포셔 우리가 기도한 건 남편들의 안녕인데

기도 덕에 희망컨대 더 좋아지셨겠지. 115

돌아들 오셨어?

로렌초 아직은 아닙니다, 마님.

하지만 오신다고 좀 전에 사자가

알리러 왔습니다.

포셔 들어가자, 네리사.

명령을 내려서 하인들이 우리가 여기에

없었다는 사실을 전혀 주목 않도록 해, 120

로렌초도 않도록. 제시카도 마찬가지.

(화려한 나팔 소리)

로렌초 서방님이 오셨어요, 그분의 트럼펫입니다.

고자질 않겠으니 걱정하지 마십시오.

포셔 이 밤은 햇빛이 그저 병이 든 것 같아.

좀 창백해 보이네. 지금은 낮인데 125

해님이 가려진 그런 날의 낮이야.

바사니오, 안토니오, 그라티아노 및

109행 엔디미온 달의 여신 디아나가 사랑한 목동. 그녀는 그를 라트모스 산에 있는 동굴 속에서 영원히 잠들게 만들었다. (리버사이드)

그들의 종자들 등장.

바사니오 해님이 없을 때 당신이 걷는다면
우리는 대척지 사람들의 낮을 맞을 것이오.

포셔 제가 빛은 주지만 마음은 안 줄래요.
아내 맘이 헤프면 남편이 비참해지는데 130
당신에게 그런 일은 절대 없을 거예요.
하지만 다 신께 맡기고, 잘 돌아오셨어요.

바사니오 고맙소, 부인. 이 친구를 환영해 주시오.
바로 이 사람이 안토니오랍니다.
그에게 난 무한한 빚을 지고 있지요. 135

포셔 소문엔 이분이 당신 위해 큰 빚을 지셨다니
당신은 이분께 전적으로 큰 빚을 지셨네요.

안토니오 깨끗이 청산된 것 이상은 없습니다.

포셔 저희들 집으로 정말 잘 오셨어요.
환영을 말로만 표하면 안 되니까 140
입에 발린 예의는 이만 줄이겠습니다.

그라티아노 (네리사에게) 저 달님에 맹세코, 내게 잘못하고 있어,
진심이야, 재판관의 서기에게 줬다니까.
나로선 그 친구가 거세라도 됐으면 좋겠네,
당신이 그 일에 너무 신경 쓰니까. 145

포셔 아, 벌써부터 싸움을! 뭘 가지고 그러지?

그라티아노 금 고리 가지고요, 별것 아닌 반진데
아내가 준 것으로 거기 새긴 시구는

127~128행 해님이…것이오 포셔 당신이 어두운 데서 걷는다면 우리는 지금 당신이 내는 강한 빛 때문에 지구 반대편 사람들처럼 낮을 맞게 될 것이오.

원 세상에, 칼 장수가 칼 위에 새기듯이
'사랑해 주세요, 버리진 마시고'였답니다. 150

네리사 시구나 가치 얘긴 왜 하는 거예요?
드렸을 때 당신은 맹세를 했잖아요.
죽음의 시각까지 끼고 있을 거라고
당신의 무덤 속에 같이 누울 거라고.
저 말고 당신의 맹렬했던 맹세 때문에라도 155
신중히 간직해야 했을 거란 말이에요.
재판관의 서기에게 줬다고요! 벼락 맞지,
그걸 가진 서기 턱엔 절대 털이 안 나겠죠.

그라티아노 날 거야, 그가 자라 어른이 된다면.

네리사 예, 여자가 자라서 남자가 된다면요. 160

그라티아노 자, 이 손에 맹세코 소년에게 줬는데
애라고, 조그맣고 자라다 만 애였는데
당신보다 크지 않은 재판관의 서기였어.
보수로 달라고 지절대며 조르는 애였다고.
마음에 걸려서 거절할 수 없었어. 165

포셔 솔직히 말하자면 책망 듣게 되었네.
아내의 첫 선물을 그리도 가볍게 내놓다니,
서약으로 자네의 손가락에 꼭 끼워 준
믿음으로 자네 살에 꽉 박혔던 물건을.
나 또한 서방님께 반지를 드렸고 맹세코 170
절대 빼지 마시라 했는데, 여기 서 계셔요.
내 감히 맹세컨대 세상 재물 다 준대도
이이는 절대 그걸 버리지도 뽑지도
않으실 거예요. 자, 정말로 그라티아노,
자네는 아내에게 너무나 가혹한 슬픔의 175

원인을 제공했고 나라도 화났을 거라네.

바사니오　(방백) 허, 이 왼손을 잘라 내고 반지를 지키려다
그것을 잃었다고 맹세하는 게 최고야.

그라티아노　바사니오 형님도 반지 달라 애걸하던
정말이지 받을 자격 있었던 판관에게　180
그걸 줘 버리셨죠. 그런데 그분의 서기 애가
글 쓰는 고생 좀 했는데, 제 걸 애걸했어요.
주인도 하인도 두 반지 빼고는 아무것도
안 받겠다 했답니다.

포셔　여보, 무슨 반지 줬어요?
바라건대 제게서 받으신 건 아니겠죠.　185

바사니오　실수에 거짓말을 더할 수만 있다면
부정하고 싶지만 보다시피 그 반지는
내 손가락 위에는 없답니다, 사라졌소.

포셔　당신의 가짜 진심, 그것처럼 비었어요.
맹세코, 그 반지를 볼 때까진 절대로　190
당신 곁에 안 누워요.

네리사　저도 제 걸 볼 때까진
당신 곁에 안 누워요!

바사니오　사랑하는 포셔여,
내가 그 반지를 누구에게 줬는지 안다면
그 반지를 누굴 위해 줬는지 안다면
그 반지를 뭣 때문에 줬는지 그리고　195
그 반지 말고는 아무것도 안 받을 때
그 반지를 얼마나 마지못해 뺐는지 납득하면
당신의 노여움은 강도가 줄어들 겁니다.

포셔　당신이 그 반지의 효험을 알았거나

그 반지를 준 여자의 가치의 절반 또는 200
그 반지를 지켜야 할 자신의 명예를 알았다면
그 반지를 포기하진 않았을 거예요.
그렇게 부당한 인간이 세상에 어딨어요?
당신이 그 어떤 열성적인 말로든
기꺼이 변호만 했더라도 예물로 지닌 것을 205
강요할 만큼이나 염치가 없다니요.
네리사가 뭘 믿을지 가르침을 주네요.
목숨 걸고 그 반지는 여자가 가졌어요!

바사니오 내 명예를 걸고서 아니오. 영혼에 맹세코
여자는 아니고 어떤 민법 박사가 가졌소. 210
그는 나의 다카트, 삼천을 거절하고
그 반지를 달라고 했는데 난 분명 거부했고
내 귀한 친구의 생명을 보전해 준
바로 그 사람을 기분 나쁜 상태로
떠나가게 했었소. 여보, 어떻게 말할까요? 215
난 그걸 할 수 없이 뒤따라 보내 줬소.
차오르는 수치심과 예절로 인하여
배은으로 내 명예를 그렇게 더럽힐 순
없었기 때문이오. 용서해 주시오, 착한 부인.
축복받은 저 밤의 촛불들에 맹세코 220
당신이 거기에 있었어도 그 박사님에게
내 반지를 애걸해서 주려고 했을 거요.

포셔 그 박사를 우리 집 근처에 못 오게 하세요!
저를 위해 지키겠단 맹세를 하셨건만
아끼던 제 보석을 그 사람이 가졌으니 225
저 또한 당신처럼 너그러울 거예요.

그에겐 아무것도 거절하지 않겠어요.
제 몸과 남편의 침대까지 말입니다.
전 그와 잘 거예요, 확신하는 바예요.
외박은 하루도 안 됩니다. 아르고스처럼 230
저를 감시하세요. 안 그러고 혼자 두면
제 순결에 걸고서, 아직은 제 것인데
그 박사를 제 침대의 짝으로 삼겠어요.

네리사 저도 그 서기와 짝할 테니 조심해요,
저 혼자 방어하게 버려두지 말라고요. 235

그라티아노 잘해 봐, 그자가 내 손에 안 잡히게.
잡히면 그 서기의 펜대를 분지를 테니까.

안토니오 제가 이 싸움의 불행한 원인이오.

포셔 속상하진 마셔요. 아무튼 잘 오셨어요.

바사니오 여보, 강요당한 잘못을 용서해 주시오. 240
그리고 여기 많은 친구들이 듣는 데서
당신에게 맹세하오, 나 자신을 담고 있는
아름다운 그 두 눈에 —

포셔 저 말 잘 들었죠!
제 눈에서 자신을 이중으로 보신대요,
한 눈에 하나씩. 이중의 자신 두고 맹세해요, 245
그러면 믿음직한 서약이죠!

바사니오 아니, 들어 봐요.
이번 잘못 용서하오, 그럼 내 영혼 걸고
절대로 당신 서약 다시 깨진 않으리다.

230행 아르고스 백 개의 눈을 가진 신화적인 괴물. 헤라는 이 괴물에게 제우스가 건드린 미녀 이오를 감시토록 하였다.

안토니오　그의 행복 바라면서 제 몸 한 번 꿔 줬는데
그것은 남편 반지 가져간 사람이 없었다면　250
파멸됐을 것이오. 남편이 신뢰를 고의로는
절대 깨지 않을 거란 약속을, 위반할 땐
제 영혼을 걸고서 제가 감히 다시 하죠.

포셔　그러면 당신을 담보로 잡겠어요. 이걸 주고
(안토니오에게 반지를 주면서)
먼저 것보다도 더 잘 지키라고 하세요.　255

안토니오　자, 바사니오, 이 반지 지킬 것을 맹세하게.

바사니오　맹세코, 박사에게 준 것과 꼭 같잖아!

포셔　그에게서 얻었어요. 용서해요, 서방님,
이 반지로 그 박사가 저와 함께 잤으니까.

네리사　그라티아노 당신도 용서해 주세요,　260
자라다 만 그 박사 서기 애가 말이에요,
이걸 놓고　(그라티아노에게 반지를 보여 주면서)
간밤에 저와 함께 잤으니까.

그라티아노　아니 이건 우리가 소도 잃지 않았는데
외양간을 고치는 게 아니고 무엇이야!
허, 우리가 이유 없이 오쟁이를 진 겁니까?　265

포셔　야한 말은 말게나. 모두들 놀라셨죠.
여기 있는 편지를 시간 날 때 읽어 봐요.
파도바의 벨라리오에게서 온 겁니다.
거기 보면 포셔는 박사이고 저쪽의 네리사는
서기란 걸 알 거예요. 여기 있는 로렌초가　270
당신들만큼이나 제가 빨리 길 떠났고
방금 돌아왔음을 증언할 거예요. 전 아직도
집에 들지 않았어요. 안토니오 씨, 잘 오셨고

전 당신의 기대보다 더 나은 소식을
가져왔답니다. 이 편지를 곧 뜯어 보시면 275
당신의 큰 상선 세 척이 갑자기 항구로
부자처럼 돌아온 사실을 알 거예요.
제가 이 편지를 얻게 된 이상한 우연은
모르실 테고요.

안토니오 말문이 막힙니다!

바사니오 당신이 그 박사였고 내가 몰라봤다고요? 280

그라티아노 당신이 날 오쟁이 지우려 한 그 서기야?

네리사 예, 하지만 그 서기는 그럴 뜻이 없어요.
남자가 될 때까지 살아 있지 않는 한.

바사니오 박사님을 제 침대의 짝으로 삼겠어요.
제가 없는 동안에는 제 아내와 주무세요. 285

안토니오 부인께선 저에게 생명과 재산을 주셨어요.
여기에는 분명히 제 배들이 안전하게
정박을 했다니까.

포셔 잘 있었어, 로렌초?
이 서기가 자네에게 줄 위안도 가져왔네.

네리사 그럼요, 수고비도 안 받고 줄 겁니다. 290
유대인 부자가 죽었을 때 소유한 모든 것을
자신의 사망 후에 당신과 제시카 둘에게
특별히 증여하는 문서가 여깄어요.

(로렌초에게 문서를 준다.)

로렌초 부인들께서는 굶주린 사람들의 길 위에
만나를 내리셨습니다.

포셔 아침이 다 됐지만 295
아직도 이런저런 사건들에 대하여 완전히

만족을 못 하신 게 분명해요. 들어가요,
안에서 우리에게 심문 절차 밟으시면
모든 것에 충실히 대답할 것입니다.

그라티아노 그러시죠. 네리사가 맹세하고 대답할 300
첫 번째 심문은 아침이 두 시간 뒤인데
다음 날 저녁까지 기다릴 것이냐
아니면 지금 자러 갈 것이냐, 그겁니다.
하지만 아침이 오더라도 박사님의 서기와
드러누울 때까진 캄캄하면 좋겠네요. 305
음, 네리사의 둥근 반지 잘 지키는 일보다
더 크게 근심할 일 제 일생에 없겠지요. (함께 퇴장)

295행 만나
광야를 지나는 이스라엘인들에게 하느님이 내려 주신 음식이다.(출애굽기 16장 14-36절)

306행 반지
여기에서는 여성 성기를 빗대는 말.

좋으실 대로

As You Like It

역자 서문

윌리엄 셰익스피어(1564~1616)는 『실수 희극』(1592~1594)을 시작으로 『잣대엔 잣대로』(1604)까지 총 13편의 희극을 썼다. 그 가운데 여기에 모인 다섯은 — 『한여름 밤의 꿈』(1595~1596), 『베니스의 상인』(1596~1597), 『좋으실 대로』(1599), 『십이야』(1601~1602), 그리고 『잣대엔 잣대로』(1604) — 소위 명작이라 불리는 작품들이다. 이들 희극은 그 내용이 다양하여 한마디로 정의하기는 어렵다. 그러나 이들이 희극으로 분류되는 이유는 적어도 두 가지 공통 요소를 갖추고 있기 때문이다. 우선 이들은 우리 관객이나 독자들에게 전체적으로 슬픔보다는 기쁨, 울음보다는 웃음을 준다. 그 웃음의 성격이 밝고 순수할 수도 있고 조소나 실소에 가까울 수도 있지만 어쨌든 우리를 심각한 슬픔에 빠뜨리거나 울게 하지는 않는다. 둘째, 극의 시작은 비록 심각하거나 비극적일 수 있어도 그런 갈등은 결국 화합에 이르고 행복하게 마무리된다. 적어도 주인공이나 중요한 인물이 죽는 일은 없고 그 대신 화합의 상징인 결혼이 있다. 이것이 여기에 모인 셰익스피어의 다섯 극작품이 희극이란 장르로 묶여 있는 까닭이다. 그러면 이제부터 이 다섯 극작품을 희극의 두 핵심 요소 가운데 하나인 결혼이라는 공통분모를 통하여 간략하게 소개해 보기로 하자.

이 다섯 가운데 셋째 작품인 『좋으실 대로』에서는 앞선 두 희극보다 한 쌍이 더 많은 네 쌍의 남녀가 결혼한다. 그들은 로절린드와 올랜도, 실리아와 올리버, 피비와 실비우스, 그리고 오드리와 터치스톤이다. 그래서 이 희극은 좀 더 다양한 연애 과정과 좀 더 많은 구애 장면들을 선보인다. 그러나 이 가운데 가장 중요한 쌍은 로절린드와 올랜도이며 이 극의 핵심 주제(사랑) 또한 이들의 구애와 결혼 과정을 통해 드러난다. 그리고 앞선 두 희극과 마찬가지로 이 둘의 결혼은, 다른 쌍들도 마찬가지이지만, 공짜로 얻어지지 않는다. 로절린드는 몇 가지 장애물을 넘거나 피해야 하고 그 가운데 가장 중요한 것은 올랜도의 미숙함이다. 그가 아든 숲에 처음 나타나서 연애시를 온갖 나무에 새기고 걸 때 선포하는 사랑은 『한여름 밤의 꿈』의 서두에 보이는 라이샌더의 것과 같다. 즉, "이야기나 역사로 들었던"(1.1.133) 사랑 이야기로 직접 경험이 아니라 간접 경험의 소산이다. 로절린드는 이런 철부지 같은 사랑을 하는 올랜도를 곧장 남편으로 받아들일 수 없다. 그래서 이 남자와 더불어 그의 사랑을 자기가 바라는 수준으로 올려놓는 임무(어쩌면 자임하는지도 모르지만)가 로절린드에게 떨어진다. 그것은 바로 올랜도의 사랑 교육이다. 셰익스피어가 사랑하는 남녀의 꾸밈없는 속마음을 펴 보이기 위해 극 가운데에 마련한 이 공간에 이 희극의 핵심 주제와 사건이 모두 전개된다.

그리고 로절린드와 올랜도의 사랑에 덧붙여 이 희극에는 터치스톤이라는 좀 특별한 인물이 등장한다. 그는 프레더릭 궁정에서 광대로 있다가 로절린드가 거기에서 쫓겨날 때 데리고 나온 인물로 그들이 도착한 아든 숲에서 자기 이름 역할을 톡톡히 한다. 그것은 다름 아닌 시금석(터치스톤)으로, 아든 숲에서 벌어지는 모든 연애 관계에서 사랑의 진정한 성격을 가려 줄 뿐만 아니라 누가 진정한 바보인지도 드러나게 해 준다. 그가 이런 역할을 할 수 있는 까닭은 그가 인가받은 바보로서 자신의 가장 원초적인 욕망을 아무런 꾸밈없이 드러낼 수 있는 특권뿐만 아니라 최고의 지식인들이 모이는 궁정 생활의 결과로 자신의 욕망을 가장 그럴듯한 학식으로 포장할 수 있는 능력까지 갖추었기 때문이다. 따라서 모두가 — 로절린드와 올랜도까지도 — 그의 현명한 바보 말씀 안에 감춰진 날카로운 풍자를 피할 수 없다.

그런데 올랜도의 사랑 교육과 터치스톤의 시금석 역할은 모두 아든 숲이라는 특별한 공간에서 벌어지고 그 시점은 모든 주요 인물들이 숲 속으로 모인 다음이다. 그래서 『좋으실 대로』의 앞부분은 가장 중요한 관계인 로절린드와 올랜도의 사랑이 시작하는 장면과 주요 인물들을 아든 숲으로 보내는 데 대부분 할애된다. 막이 열리면 올랜도가 하인 애덤과 함께 그의 맏형 올리버가 자기를 얼마나 천대하는지 불만을 토로한다. 그러면서 형에게서 아버지의 유산 약간을 넘겨받아 독립할 결심을 밝힌다. 그런 다음 곧이어 등장한 올리버와 시비 끝에 몸싸움이 벌어지고 힘으로 동생을 당할 수 없는 형은 이 수모를 궁정 소속 씨름꾼인 찰스를 통해 해결하려고 한다. 동생에게 유산을 주지 않는 것은 물론이거니와 곧 있을 궁정 씨름 대회에서 찰스를 부추겨 동생을 죽이려는 계획이 있기 때문이다. 곧이어 1막 2장에서 궁정 씨름 대회가 열리고 올랜도가 예상을 뒤엎고 찰스를 꺾는 일이 벌어진다. 시합이 끝난 뒤에 프레더릭 공작은 올랜도의 아버지를 자신의 적으로 공표하고 그에게 미움을 표한다. 그러나 이 씨름을 지켜보게 된 원로 공작의 딸 로절린드는 그런 올랜도와 사랑에 빠진다. 그녀는 그에게 자신의 사랑을 암시하고 자신의 목걸이를 그에게 걸어 주지만 그는 그녀에게 아무런 말도 못 한다. 이런 그의 침묵은 그가 앞으로 아든 숲에서 사랑을 표현하는 법을 배워야 할 중요한 단서를 제공한다.

한편 올랜도가 받는 미움과 그 와중에 생긴 사랑은 로절린드에게는 약간 다르면서 비슷한 방식으로 되풀이된다. 1막 2장이 열리면 우리는 프레더릭 공작의 딸 실리아가 로절린드를 얼마나 사랑하는지 알게 된다. 만약 자기 아버지가 "돌아가시면 당연히 네가 그의 계승자가 될 거야. 그가 네 아버지에게서 강제로 빼앗은 걸 난 너에게 애정으로 돌려줄 테니까."(1.2.15~18)라고 말할 정도로. 이렇게 로절린드는 올랜도가 받는 남자 형의 미움 대신 여자 사촌의 사랑을 받는다. 하지만 그녀는 곧 삼촌인 프레더릭 공작의 질투심과 미움으로 인하여 나라에서 추방당한다. 이렇게 각각 사랑과 미움을 경험한 올랜도와 로절린드는 한 사람은 우연히 그리고 한 사람은 의도적으로, 추방된 원로 공작이 살고 있는 아든 숲으로 향한다.

이제 이 아든 숲에서 올랜도를 다시 만난 로절린드는 남자로 변장한 가니메데 차림으로 올랜도의 사랑 교육에 착수한다. 이 과정에서 가장 빛나고 아름다우며, 가장 환상적이고 현실적이며, 재기발랄하고 독특하지만 동시에 다른 모든 형태의 사랑을 바다처럼 포용하여 아무런 거부감을 주지 않는 것이 로절린드의 사랑이다. 그것이 올랜도의 교화 과정에서 드러나는 이 희극의 핵심 주제이다.

그러나 로절린드의 사랑을 살펴보기에 앞서 우리는 그녀가 이미 아버지 세대의 미움, 즉, 자기 삼촌이 자기 아버지와 그녀에게 보였던 미움은 극복했다는 사실을 상기해야 한다. 로절린드는 프레더릭 공작의 궁정에서 추방당했을 때 삼촌의 처분을 그에 상응하는 감정 없이 조용히 받아들였다. 자신과 자신의 아버지인 원로 공작이 역적이 아니라는 사실을 항변하는 것 외에는. 그래서 이곳 아든 숲에서는 자신의 사랑에만 열중할 수 있게 되었다. 이렇게 그녀의 사랑을 방해하는 가장 커다란 장애물인 미움은 이 극의 배경으로 물러나게 되었다.

미움이 뒤로 물러났다고 해서, 그리고 이상향과 같은 아든 숲에 왔다고 해서 사랑의 장애물이 다 사라진 것은 물론 아니다. 아든 숲에 혹독한 겨울바람과 사나운 사자가 있듯이 로절린드의 사랑 또한 피해야 할 또는 극복해야 할 다른 감정들이 있다. 그것들은 로절린드가 직접 맞닥뜨려 넘어서는 경우도 있지만 주로 그녀의 사랑과 대비되거나 가장 중요하게는 그녀의 사랑 안에 희극적으로 녹아들어 그 부작용이 무력화되는 식으로 처리된다. 그 가운데 첫째가 자크가 퍼뜨리고 다니는 우울증이다. 그는 원로 공작의 말처럼 한때는 "난봉꾼이었고/짐승의 욕구 그 자체처럼 색을 탐했었기에"(2.7.65~66) 지금은 그 반대로 세상만사의 허무함을 설파하고 슬픔에 빠지는 정반대의 길을 걷는다. 그래서 그는 숲 속에 나타난 바보 터치스톤을 찬양하고 자신도 공인된 바보가 되고 싶어 한다. 하지만 그렇게 되기에 그는 너무 아는 게 많고 너무 깊은 우울증에 빠져 있다. 그는 자기 재산을 모두 여행으로 탕진하고 대신 경험을 얻었으나 그 경험이 자신을 슬프게 만들었다고 한다. 그래서 가니메데(로절린드)는 그와 동무하지 않는다. "난 차라리 바보가 날 유쾌하게 만드는 편이 경험이 날 슬프게 만드는 것보다 — 그것도 여행까지 해 가면서 — 낫겠어요."(4.1.25~28)라고 하면서.

슬픔과 더불어 로절린드가 마주치는 사랑의 훼방꾼은 실비우스의 짝사랑이다. 피비에 대한 보답 없는 연정 때문에 실비우스가 저지른 바보짓은 많지만 그 가운데 우리의 동정심을 가장 크게 자극하는 곳은 피비가 남장한 로절린드, 즉, 가니메데에게 첫눈에 반하여 보낸 연애편지를 전달하고 그 내용을 당사자로부터 직접 듣는 장면이다.(4.3.40~63) 이런 바보 같은 실비우스를 동정한 로절린드는 결국 피비를 실비우스와 결혼하게 만들어 준다. 그리고 짝사랑과 함께 로절린드가 경험하는 또 하나의 장애물은 터치스톤의 적나라한 욕정이다. 그는 무식하고 순진한 시골 처녀 오드리와 결혼하려고 한다. 그 이유는 사랑이 아니라 단순한 욕망 만족이다. 하지만 그는 자기 의도를 바로 드러내지 않고 온갖 수사를 동원하여 착한 처녀를 혼란에 빠뜨린다. 예를 들면 그는 "난 여기 너와 네 염소들과 함께 있어, 가장 호색했던 시인, 정직했던 오비디우스가 염소 같은 야만족 가운데 살았듯이 말이야."(3.3.5~7)라고 하면서 자기의 호색은 마치 오비디우스(『사랑의 기술』을 쓴 로마의 시인)의 것인 양, 그리고 자기가 만나는 여자 오드리는 시골뜨기가 아니라 마치 염소 치는 야만족인 양, 진실을 한편으로는 정직하게 그러나 다른 한편으로는 부정직하게 현학적으로 감춘다.

그런데 사랑에 따르는 이 모든 부정적인 감정들은 로절린드가 이미 다 알고 있는 것들이다. 그리고 그녀는 올랜도를 교육할 때 이보다 훨씬 더 많은 감정들을 — 긍정적인 것들과 부정적인 것들을 망라하여 — 언급한다. 이 장면들을 제대로 이해하려면 해당 대사를 직접 듣고 음미하면서 그 즐거움을 느끼는 것이 가장 좋은 방법일 것이다. 왜냐하면 그것은 상당히 길게 펼쳐져 있어서 어느 한곳만을 따로 떼어 인용하기가 거의 불가능하다. 하지만 그래도 그 가운데 몇 가지를 옮겨 오는 무리를 범해 보면 다음과 같다. 우선 올랜도를 먼저 본 실리아가 그 소식을 로절린드에게 곧바로 말하지 않고 머뭇거릴 때 그녀의 초조함과 놀라움과 애타는 심정을 들어 보자.

> 성질나게 하지 마! 넌 내가 남자처럼 치장했기 때문에 내 성품 속에 바지저고리가 들었다고 생각해? 한순간만 더 지체하면 그 시간에 남쪽 바다 탐험도 해. 제발 그게 누군지 재빨리 얘기하고 잽싸게 말해. 난 네가 말을 더듬을 수 있으면 좋겠어, 그래서 이 숨겨진 남자를 네 입에서 마치 포도주가 좁은 병목으로 한꺼번에 너무 많이 나오거나 전혀 못 나오듯이 쏟아 낼 수 있도록 말이야. 제발 네 입마개를 뽑아, 그래야 내가 너의 소식을 마실 수 있잖아. (3.2.178~186)

그러나 로절린드가 행하는 사랑 교육의 압권은 남자들이 사랑 때문에 죽는다고 하고 실제로는 아무도 죽지 않는 현실을 꿰뚫어본 그녀의 다음과 같은 충고이다. 여기에서 그녀는 남장을 했기 때문에 남성의 지조 없음을 마치 자기 일인 것처럼 아주 천연덕스럽게 말할 수 있는 이점을 최대한 살린다. 그래서 가니메데 차림의 로절린드는 올랜도의 사랑이 얼마나 큰지, 얼마나 진실된지 알아보려고 짐짓 그를 받아들이지 않을 것처럼 말한다.

로절린드 글쎄요, 그녀 대신 말하는데 난 당신을 받아들이지 않겠어요.

올랜도 그럼 난 본인이 직접 죽습니다.

로절린드 아뇨, 정말, 대리인이 죽게 해요. 불쌍한 이 세상은 거의 육천 년이 되었지만 그 기간 내내 그 누구도 본인이 직접 (즉, 사랑 때문에) 죽진 않았어요. 트로일로스는 그리스인 몽둥이에 머리가 박살 났지만 그 전에도 죽으려고 별짓을 다 했지요, 그런데 그가 사랑의 모범 사례 가운데 하나랍니다. 레안드로스는 더운 한여름 밤이 아니었더라면 헤로가 비록 수녀가 됐을지라도 족히 여러 해를 더 살았을 거예요. 그 착한 젊은이는 헬레스폰투스에 몸을 씻으러 간 것뿐이었는데 쥐가 나서 빠져 죽었고 그 시기의 어리석은 사가들이 판결을 내렸죠, 세스토스의 헤로 때문이라고. 하지만 이런 건 다 거짓이랍니다. 남자들이 때론 죽고 또 구더기 밥이 되곤 했어도 사랑 때문은 아니었소. (4.1.84~99)

이런 로절린드에 반하지 않을 남자가(또는 여자가) 있을까? 그녀로부터 이렇게 사랑 교육을 철저히 받은 올랜도는 드디어 남편의 자격을 갖추고 결혼의 신 히멘이 데리고 나온 여성 복장의 로절린드와 짝을 맺는다. 아마도 로절린드는 셰익스피어의 희극 가운데 가장 아름답고 총명하고 현실과 이상을 가장 잘 조화시킬 수 있는 여인일 것이다.

끝으로 이번 번역은 줄리엣 두신베르(Juliet Dusinberre) 편집의 아든(The Arden Shakespeare) 판 『좋으실 대로(As You Like It)』를 기본으로 하고, G. 블레이크모어 에번스(G. Blakemore Evans) 편집의 리버사이드 셰익스피어(The Riverside Shakespeare) 판과 조너선 베이트와 에릭 라스무센(Jonathan Bate and Eric Rasmussen) 편집의 RSC(The Royal Shakespeare Company) 판을 참조하였다.

등장인물

로절린드	원로 공작의 딸
실리아	프레더릭 공작의 딸
원로 공작(페르디난드)	추방 생활 중
프레더릭 공작	그의 자리를 찬탈한 동생
올랜도	롤런드 드 보이스 경의 막내아들
올리버	롤런드 드 보이스 경의 장남
애덤	보이스 집안의 하인
데니스	올리버의 하인
찰스	프레더릭 공작의 씨름 선수
르보	궁정인
터치스톤	광대
에이미언스	원로 공작을 따르는 귀족
자크	우울한 신사
코린 실비우스	양치기들
피비	여자 양치기
오드리	시골 처녀
올리버 말씀 망쳐	시골 교구 신부
윌리엄	시골 청년
히멘	혼인의 신
자크 드 보이스	롤런드 드 보이스 경의 둘째 아들
귀족들	프레더릭 공작의 수행원
귀족들	원로 공작의 동료
산지기들	

시동 2명　　원로 공작의 수행원

수행원들

장소　올리버의 저택, 프레데릭 공작의 궁정,
아든 숲

1막 1장

올랜도와 애덤 등장.

올랜도 내 기억으로는 애덤 노인, 이런 방식에 따라 내게는 유언으로 천 크라운이란 푼돈만 배정됐어, 그리고 당신 말처럼 형에게 축복을 내리시며 나를 잘 키우라고 당부하셨지. 그런데 내 슬픔은 바로 거기서 시작됐어. 형은 동생 자크를 대학에 보냈고 그는 공부를 잘한다고 5 금빛 찬사를 듣고 있어. 근데 난 촌놈처럼 집에만 두고 관리해. 좀 더 적절히 말하자면 집에만 두고 관리는 안 하지. 왜냐하면 나 같은 가문의 신사에게 이걸 관리라고 할 수 있어, 외양간에서 수소 먹이는 것과 다를 바 없는데? 그는 나보다 자기 말을 더 잘 돌봐. 잘 먹여서 10 튼튼한 데다 걷는 법을 가르칠 목적으로 비싼 기수까지 고용하니까. 근데 동생인 내가 그에게서 얻는 것이라곤 크는 것밖에 없는데, 그야 두엄 위에 서 있는 그의 짐승들이나 나나 그에게 신세진 건 꼭 같잖아. 더구나 내겐 이렇게 풍족하게 아무것도 안 주면서 자연이 15 내게 준 건 인상 쓰며 빼앗으려는 것 같아. 나를 자기 머슴들과 같이 먹게 하고 동생 자리에서 내쫓으며 자기 능력이 닿는 한 내 귀족 성품을 깎아내리는 교육을 하고 있어. 내가 한탄하는 건 애덤 노인, 바로 이거야. 그런데 아버지의 기개 때문에, 그게 내 안에 있다고 생 20 각하는데, 이런 식의 굴종에 반항하기 시작했어. 어떻게 벗어날지 현명한 대책은 아직 없지만 더 이상 참고

1막 1장 장소 올리버의 과수원.

있진 않을 테야.

올리버 등장.

애덤 저기 제 주인님, 당신 형님이 오시네요.

올랜도 비켜 서 봐, 애덤, 그럼 그가 날 어떻게 혼쭐내는지 듣게 될 테니까. 25

올리버 이봐, 여기서 뭐 해?

올랜도 아무것도 안 하죠. 하라고 배운 게 없는데요.

올리버 그럼 뭘 망치고 있어?

올랜도 원 참, 전 형님을 도와 신이 빚어 주신 이 불쌍하고 하찮은 동생을 빈둥거리게 해서 망치고 있답니다. 30

올리버 원 참, 할 일이나 찾아봐, 내 눈에 띄지 말고.

올랜도 제가 형님의 돼지나 치고 그것들과 함께 왕겨나 먹어요? 제가 얼마나 방탕하게 제 몫을 써 버렸다고 이렇게까지 궁핍해야 합니까? 35

올리버 네 위치를 알기나 해?

올랜도 예, 잘 알지요. 형님의 과수원이요.

올리버 누구 앞인지 아느냐고?

올랜도 예, 제 앞에 있는 분이 저를 아는 것보다 더 잘 알죠. 당신이 제 맏형이란 건 압니다. 그리고 귀족의 혈통으로 볼 때 형님도 절 동생으로 아셔야죠. 이 세상 예법으로는 형님이 제 윗사람입니다, 장남이시니까. 하지만 같은 전통에 따라서 우리 둘 사이에 형제가 스물이 있다 해도 제 혈통이 없어지는 건 아니죠. 아버지의 정기는 제게도 형님만큼 많답니다, 앞서 나왔으니까 아버지에게 더 가깝다는 건 고백하지만요. 40 45

올리버　뭐라고, 이 녀석이!

올랜도　아서요 형님, 이런 일엔 너무 어리십니다!

올리버　이 상놈이, 내게 손찌검을 할 테야?

올랜도　전 상놈이 아니고 롤런드 드 보이스 경의 막내아들입니다. 그분은 제 아버지셨고 그런 아버지가 상놈을 낳았다고 말하는 자는 세 곱 상놈이죠. 당신이 형님만 아니었어도 한 손으론 목을 쥔 채 다른 손으론 그런 말을 한 혓바닥을 뽑아 버렸을 겁니다. 당신은 자기 얼굴에 침을 뱉었어요. 50 55

애덤　주인님들, 참으십쇼. 부친을 생각해서라도 의좋게 지내십쇼.

올리버　이거 놓으라니까.

올랜도　마음 내킬 때까진 안 놓을 겁니다. 제 말 들어 줘야겠어요. 아버지는 형에게 저를 잘 교육시키라고 유언하셨죠. 근데 형은 절 농사꾼처럼 길들여 귀족다운 자질은 모조리 가리고 숨겨 버렸어요. 제 안에서 아버지의 기개가 힘차게 자라나 더 이상은 참지 않을 겁니다. 그러니 귀족에 어울리는 훈육을 받게 해 주든지, 아니면 아버지가 유언으로 남기신 초라한 배당금을 제게 주십시오. 그걸로 제 행운을 한번 사 보렵니다. 60 65

올리버　그래서 어쩌려고? 써 버리고 구걸하려고? 좋다, 안으로 들어가. 너 때문에 오래 골치 아프긴 싫으니까 원하는 것의 일부를 갖게 해 주지. 제발 좀 놔줘.

올랜도　제게 득이 되면서 어울리는 것 이상으로 형을 거스르진 않을게요. 70

올리버　늙은 개 같으니, 함께 꺼져.

애덤　늙은 개가 제 보답입니까? 맞는 말이지요, 당신께 봉사하느라고 이가 다 빠졌으니까요. 돌아가신 옛 주인 님이라면 그런 말씀 안 하셨을 겁니다. (함께 퇴장) 75

올리버 그렇단 말이지? 내게 기어오르기 시작했어? 그 주제넘은 태도를 고쳐 주지, 그러면서 천 크라운도 안 주고 말이야. 여봐라, 데니스!

데니스 등장.

데니스 부르셨습니까?

올리버 공작의 씨름꾼 찰스가 내게 할 말이 있다고 여기 오지 않았어? 80

데니스 예, 나리, 여기 문간에 와서 나리를 만나게 해 달라고 조르고 있답니다.

올리버 들라 해라. (데니스 퇴장)

그게 좋은 방법이야. — 게다가 씨름은 내일 있고. 85

찰스 등장.

찰스 안녕하십니까, 나리.

올리버 잘 지냈나, 찰스 군. 새 궁정에 무슨 새 소식이라도 있는가?

찰스 새 궁정엔 옛 소식 말고는 무소식이랍니다, 나리. 다시 말하면 옛 공작은 동생인 새 공작에 의해 추방됐고, 서 90 너 명의 충성스러운 귀족들이 자진해서 함께 유랑 길에 올랐는데, 그 사람들의 토지와 수입으로 새 공작은 넉넉해졌지요. 그래서 그들에게 돌아다녀도 좋다는 허락을 흔쾌히 내리셨답니다.

올리버 말해 보게, 공작의 딸 로절린드도 아버지와 함께 추방 95
됐는가?

찰스 아뇨. 왜냐하면 그녀의 사촌인 공작 딸이 그녀를 너무
나 사랑하여 — 요람 시절부터 줄곧 함께 자란 터라
— 유배를 따라가거나 아니면 뒤에 남아 죽겠노라고
했기 때문이죠. 그녀는 궁정에 있으며 삼촌의 사랑을 100
친딸 못지않게 받고 있고, 그들만큼 서로를 아끼는 두
아가씬 절대로 없답니다.

올리버 옛 공작은 어디서 살겠다는 거지?

찰스 소문에는 그가 이미 아든 숲 속에 있고 유쾌한 사람들
도 많이들 같이 있으며, 그들은 거기에서 그 옛날 잉글 105
랜드의 로빈 후드처럼 살고 있답니다. 소문에는 젊은
신사들이 매일 그에게 떼 지어 몰려가 황금시대처럼
근심 없이 세월을 흘려보내고 있답니다.

올리버 근데 자넨 내일 새 공작 앞에서 씨름할 건가?

찰스 그럼요, 합니다, 나리. 그래서 한 가지 문제를 알려 드 110
리러 왔습지요. 제가 비밀히 들은 바로는 나리의 어린
동생 올랜도가 신원을 감추고 저와 맞붙어 한판 승부
를 벌이려 나올 작정인가 봅니다. 나리, 전 내일 명성
을 걸고 씨름할 텐데, 누구든 팔다리가 부러지지 않고
저를 피해 가려면 몸을 잘 놀려야겠지요. 나리의 동생 115
은 그저 어리고 약해서 제가 나리를 좋아하기 때문에
꺾어 놓긴 싫지만, 만약 나온다면 제 명예 때문에 그렇
게 해야겠지요. 따라서 나리에 대한 제 호의 때문에 알

106행 로빈 후드 숲 속의 무법자 무리의 지도자인 민담 속 영웅, 로빈 후드 이야기는 대륙의 『롤랑의 노래』처럼 영국에서 중세부터 대중문화의 일부였다. (아든)

려 드리려 왔습니다. 이건 그가 자초하는 일이고 제 뜻과는 정반대라는 점에서 그의 의도를 막아 주시든지 120
아니면 그가 당할 수치를 잘 견디시라고 말입니다.

올리버 찰스, 나에 대한 자네의 호의는 고맙고 그건 앞으로 알게 되겠지만 최대한 후하게 갚을 걸세. 나도 이번에 동생의 목표를 알아채고 은밀한 방법으로 말리려고 노력해 봤네. 하지만 그는 확고해. 찰스, 자네에게 단언 125
컨대 이 녀석은 프랑스 최고의 젊은 고집쟁이로 야심만만하고 모든 사람의 장점을 시기하여 경쟁하며 친형인 내게도 반항하는 비밀 악당 모사꾼이라네. 그러니 자네 뜻대로 하게나. 난 자네가 그의 손가락보다는 목을 분질러 놓았으면 좋겠어. 분명히 그렇게 하는 게 130
좋을 거야. 왜냐하면 자네가 그에게 조그만 망신이라도 준다거나 그가 자네를 누르고 큰 영예를 얻지 못한다면, 그는 자네를 독살시키려고 음모를 꾸밀 것이고 간교한 계책으로 덫에 빠뜨릴 것이며 이런저런 간접 수단으로 자네의 목숨을 취하기 전까진 절대 놔주지 135
않을 테니까. 단언컨대 (그리고 눈물을 머금고 하는 말인데) 이토록 어리고 이토록 사악하면서 오늘 살아 있는 자는 하나도 없으니까. 내가 형제로서 말하는 거라서 이렇지 그를 있는 그대로 뜯어 보면 난 얼굴을 붉히고 울어야 하고 자네는 하얘지고 놀라워해야 할 거야. 140

찰스 이곳 나리께 온 게 진심으로 기쁩니다. 내일 그가 나온다면 대가를 치르게 해 주지요. 그가 만약 제 발로 걸어 나간다면 전 상금 걸린 씨름은 절대 않을 겁니다. 그럼, 안녕히 계십시오. (퇴장)

올리버 잘 가게, 찰스 군. — 이제 이쪽 선수를 부추겨야지. 145

그가 끝장나는 걸 봤으면 좋겠다. 내 영혼은 — 이유는 아직 모르겠지만 — 무엇보다 그를 가장 미워하니까. 하지만 그는 부드럽고 학교는 안 다녀도 박식하며 고상한 계획이 그득하고 온갖 사람들로부터 마법 같은 사랑을 받는 데다, 실은 이 세상 사람들의 마음, 특히 그를 가장 잘 아는 내 사람들의 마음을 너무나 꽉 사로잡아 난 전적으로 평가 절하되었다. 하지만 이런 상태가 오래가선 안 되지. 이 씨름꾼이 다 해결해 줄 거야. 이 애가 거기로 가도록 들쑤시는 일만 남았는데 이제 그걸 하러 가야지. (퇴장) 150 155

1막 2장

로절린드와 실리아 등장.

실리아 부탁이야, 소중한 사촌, 로절린드, 즐거워해.

로절린드 사랑하는 실리아, 난 능력 이상의 기쁨을 보이고 있어.

실리아 그래도 더 즐거워했으면 좋겠어.

로절린드 추방되신 아버지를 잊게 해 줄 수 없다면 넌 내게 무슨 별난 쾌락이든 기억하는 법을 가르쳐선 안 돼. 5

실리아 이 점에서 넌 내가 널 사랑하는 최대치로 날 사랑하지 않는다는 걸 알겠어. 만약 추방되신 네 아버지 삼촌께서 공작이신 내 아버지 삼촌을 추방하셨어도 난 너만 항상 곁에 있다면 내 사랑에게 그 아버지를 내 아버지로 받아들이라고 가르칠 수 있어. 너도 그럭할 거야, 10

1막 2장 장소 공작의 궁정 앞 잔디밭.

나에 대한 네 사랑의 진실이 너에 대한 내 것만큼 올바로 조율되어 있다면 말이야.

로절린드 그럼 난 너의 처지에 환희하며 나의 처지를 잊어버릴게.

실리아 넌 내 아버지가 나 말고는 자식이 없으며 가질 가망도 없으시다는 걸 알아. 그리고 실은 아버지가 돌아가시면 당연히 네가 그의 계승자가 될 거야. 그가 네 아버지에게서 강제로 빼앗은 걸 난 너에게 애정으로 돌려줄 테니까. 내 명예에 걸고 그럴 거야. 그런데도 내가 이 맹세를 깨면 괴물이 되라지. 그러니까 아름다운 로즈, 사랑하는 로즈, 즐거워해. 15 20

로절린드 지금부터 그럴게, 얘, 그리고 오락거리를 생각해 볼게. 어디 보자, 사랑에 빠지는 건 어때?

실리아 어디 한번 그래 봐, 장난삼아 말이야. — 하지만 어떤 남자도 진정으로 사랑하진 마. 또한 장난일지라도 순수하게 얼굴 한 번 붉히는 안전장치로 순결하게 관둘 수 있는 이상은 하지 말고. 25

로절린드 그럼 우리 무슨 장난 해 볼까?

실리아 둘이 앉아 운명 여신 아줌마가 물레질을 못 하게 놀려먹자. 그래서 앞으로는 그녀의 선물이 공평하게 나눠지도록 말이야. 30

로절린드 그럴 수만 있다면 좋겠어. 그녀의 혜택은 크게 잘못 배정되니까. — 그리고 관대한 그 여자 장님은 여자들에게 선물을 줄 때 가장 크게 실수해.

19~20행 로즈
로절린드의 약칭. 장미라는 뜻이기도 하다.
32행 여자 장님
운명의 여신을 말하며, 그녀가 인간에게 호의와 불행을 공평하게 배분한다는 사실을 표시하기 위하여 장님으로, 또는 적어도 눈을 가린 상태로 그려진다. (아든)

실리아 맞아, 그녀는 아름답게 만들 여자는 좀처럼 순결하게 만들지 않고, 순결하게 만들 여자는 아주 못난 얼굴로 만드니까. 35

로절린드 아냐, 넌 이제 운명 여신에서 자연 여신의 소임으로 건너갔어. 운명이 관장하는 건 이 세상의 선물이지 자연이 빚는 이목구비가 아냐.

터치스톤 등장.

실리아 아니라고? 자연이 미녀를 만들었대도 그녀는 운명에 의하여 불 속에 떨어질 수도 있잖아? 자연은 우리에게 운명을 비웃을 기지를 주었지만 운명은 우리의 논란을 중단시키려고 이 바보를 들여보낸 게 아닐까? 40

로절린드 운명이 자연의 천치로 하여금 자연의 기지를 중단시키게 하다니 자연에겐 정말이지 너무나 가혹한 운명이야. 45

실리아 어쩌면 이건 운명이 아니라 자연의 소행일 수도 있는데, 그녀는 우리의 타고난 기지가 이런 여신들을 논하기엔 너무 둔하다는 걸 알고 이 천치를 우리의 숫돌로 쓰라고 보냈는지도 몰라. 바보의 우둔함은 언제나 기지의 숫돌이 되니까. — 그런데 기지께선 어딜 떠도시나이까? 50

터치스톤 아가씨, 부친께 가셔야 되겠습니다.

실리아 네가 심부름꾼이라도 됐어?

44~45행 운명이…하다니 운명의 여신이 자연의 천치(터치스톤과 같은 바보)로 하여금 천부적인 기지를 가진 자신들의 논란을 중단케 하다니.

터치스톤 제 명예를 걸고 아닙니다, 하지만 모셔 오란 명을 받았습니다. 55

실리아 그런 맹세는 어디서 배웠어, 바보야?

터치스톤 어떤 기사에게서요. 그는 자기 명예를 걸고 팬케이크는 좋다고 맹세했고 자기 명예를 걸고 겨자는 형편없다고 맹세했답니다. 이제 제 주장을 말하자면 팬케이크는 형편없었고 겨자는 좋았어요. 그래도 그 기사가 거짓 맹세를 한 건 아닙니다. 60

실리아 높이 쌓인 네 지식으로 어떻게 그걸 입증하지?

로절린드 그래, 이제 네 지혜를 풀어 봐.

터치스톤 이제 두 분 다 앞으로 나오세요. 뺨을 쓰다듬으며 수염을 걸고 제가 불량배라고 맹세하세요. 65

실리아 우리의 수염을 걸고 — 만약 그런 게 있다면 — 넌 불량배야.

터치스톤 제 불량기를 걸고 — 만약 그런 게 있다면 — 전 불량배였어요. 하지만 없는 걸 걸고 맹세한다면 거짓 맹세를 하는 게 아니랍니다. 이 기사 또한 자기 명예를 걸고 맹세한 게 아니었죠, 왜냐하면 그런 건 전혀 없었고 만약 있었더라도 그 팬케이크나 그 겨자를 보기도 전에 이미 맹세로 다 날려 버렸으니까요. 70

실리아 제발, 네가 말하는 그 사람은 누구야? 75

터치스톤 (로절린드에게) 아가씨 부친, 페르디난드 노인이 사랑하시는 분이죠.

로절린드 아버지의 사랑이면 그를 존경하기에 충분해. 됐어! 그 사람 얘긴 그만하자. 넌 험담 때문에 언젠가는 채찍 맞을 거야. 80

터치스톤 현자들의 어리석은 행동을 바보들이 현명하게 말할 수 없다니 더욱 애석하네요.

실리아 참말로 네 말이 맞구나. 바보들이 가진 눈곱만 한 기지가 조용해진 뒤로 현자들이 가진 눈곱만 한 바보짓이 아주 크게 보이니까. 85

르보 등장.

여기 르보 씨가 왔어.

로절린드 입에 소식을 가득 물고.

실리아 그걸 우리에게 들이밀 거야, 비둘기가 새끼에게 먹이 주듯.

로절린드 그럼 우린 소식으로 통통해지겠지. 90

실리아 좋지 뭐, 우린 더 잘 팔릴 테니까. 봉주르, 르보 씨, 무슨 소식이라도?

르보 고운 공주님, 아주 좋은 오락을 놓치셨습니다.

실리아 오락? 무슨 색깔인데?

르보 마마, 색깔이라니요? 어떻게 답해야 할지? 95

로절린드 기지와 운명에 따라서.

터치스톤 아니면 숙명의 여신들이 명하는 대로지요.

실리아 맞았어. — 괴발개발 그렸지만.

터치스톤 아니, 그렇게 제 입을 막으시면 —

로절린드 묵은 너의 구린내가 아래로 빠지겠지. 100

르보 이거 참 놀랍습니다. 아가씨들께서 멋진 씨름을 못 보셨기 때문에 그 얘기를 해 드리려고 했는데.

로절린드 그럼 그 씨름의 방식이라도 얘기해 줘.

91행 봉주르 프랑스어 인사로, '안녕하십니까'라는 뜻.

르보　그 시작을 말씀드리고 두 분께서 좋으시다면 그 끝을 보실 수도 있습니다, 왜냐하면 결승은 아직 멀었고 그 걸 벌이기 위해 그들이 여기 아가씨들 계신 곳으로 오고 있으니까요. 105

실리아　근데 그 죽어서 묻혀 버린 시작은?

르보　한 노인과 세 아들이 왔는데 —

실리아　그런 시작과 짝할 옛 얘기는 나도 하나 아는데. 110

르보　그 셋은 몸집과 외모가 빼어난 멋진 청년들로서 —

로절린드　그들의 목에 걸린 유서에는 '이 문서로 모두에게 고하건대'라고 적혔겠지.

르보　셋 가운데 첫째가 공작의 씨름꾼인 찰스와 씨름을 했는데 찰스가 한순간에 메다꽂아 갈비뼈가 세 대나 부러졌고 살아날 가망이 거의 없답니다. 그는 둘째도 그렇게 또 셋째도 그렇게 다뤘답니다. 셋은 저 건너에 누웠는데 불쌍한 노인인 그들의 아비가 너무나 애처롭게 비탄하고 있어서 구경꾼들 모두가 그의 편을 들면서 울고 있답니다. 115 120

로절린드　딱해라!

터치스톤　그렇다면 르보 씨, 아가씨들이 놓쳤다는 오락은 뭐죠?

르보　그야, 내가 말한 이거지.

터치스톤　이래서 사람은 날마다 현명해진다니까. 갈비를 부러뜨리는 게 아가씨들에게 오락이 된다는 얘기는 생전 처음 듣네요. 125

실리아　나도 그래, 정말이야.

112행 유서　세 청년은 목숨을 잃을 위험을 감수하고 있으므로 마지막 유언을 가지고 다닌다. (아든)

로절린드 그런데 자기 옆구리에서 이런 불협화음을 듣고 싶은 사람이 또 있어? 갈비뼈 부러뜨리는 일에 푹 빠진 사람이 또 있단 말이야? 얘, 우리 이 씨름 한번 구경할까? 130

르보 여기 남아 계시면 하실 수밖에 없지요. 지정된 씨름장이 여기니까요. 그리고 그들은 경기할 준비가 다 되어 있답니다. (주악)

실리아 저기 분명 그들이 오고 있어. 이제 여기 남아 그걸 보기로 하자. 135

프레더릭 공작, 귀족들, 올랜도, 찰스 및 시종들 등장.

프레더릭 공작 서둘러라. 젊은이가 간청을 듣지 않으니 무모한 배짱 때문에 위험을 감수해야지.

로절린드 저게 그 사람인가?

르보 바로 그입니다, 마마.

실리아 저런, 너무 어리잖아. 하지만 성공할 것처럼 보이는데. 140

프레더릭 공작 웬일이냐, 딸 — 과 질녀가. 씨름을 보려고 이곳으로 숨어 들어왔느냐?

로절린드 네, 각하, 허락해 주시기 바랍니다.

프레더릭 공작 별로 재미없을 거다. 분명히 말하는데 저 사람의 우위가 확실해. 도전자의 어린 나이를 불쌍히 여겨 내 그를 145 기꺼이 말리려 했지만 간청을 들으려 하지 않아. 숙녀들이 말 걸어 봐, 그의 마음을 움직일 수 있는지 알아봐.

실리아 르보 씨, 그를 이리 불러오게.

프레더릭 공작 그리하게, 난 비켜 있을 테니.

르보 도전자 씨, 공주님이 찾으시네. 150

올랜도 존경과 예절을 다해 두 분을 모시겠습니다.

로절린드 젊은이, 당신이 씨름꾼 찰스에게 도전했나요?

올랜도 아닙니다, 고운 공주님. 그가 모두에게 도전했답니다. 전 그저 다른 사람들과 마찬가지로 저의 젊은 힘을 시험해 보려고 나왔을 뿐입니다. 155

실리아 젊은 신사, 당신의 기백은 나이에 비해 너무 대담해요. 이 사람의 힘이 남긴 잔인한 증거를 봤잖아요. 당신 눈으로 직접 봤다거나 판단해서 직접 알았다면 이 모험에 따르는 공포심의 조언을 듣고 좀 더 능력에 맞는 일을 해야지요. 우린 당신이 자신을 위해 본인의 안전을 160 소중히 생각하고 이번 시도를 그만두기 바랍니다.

로절린드 그렇게 해요, 젊은이. 그렇다고 당신 명성이 얕보이진 않을 거예요. 우리가 공작님께 청을 넣어 이 씨름이 진행되지 않도록 해 보죠.

올랜도 간청컨대 이렇게 아름답고 빼어난 숙녀들에게 뭔가를 165 거절하는 건 큰 죄라고 고백합니다만 그래도 저를 나쁘게 생각하시는 벌은 내리지 말아 주십시오. 그 대신 고운 눈과 친절한 소망으로 저의 시험을 지켜봐 주십시오. 제가 만약 패하면 은총 한 번 못 받은 사람이 창피당할 뿐이고, 죽는다면 그러고 싶은 사람이 살해당 170 할 뿐입니다. 친구들에게 잘못하지도 않을 겁니다, 애도해 줄 사람이 아무도 없으니까요. 이 세상에 해를 입히지도 않을 겁니다, 그 안에 가진 게 아무것도 없으니까요. 전 이 세상에서 자리만 차지하고 있는데 그걸 비워 주면 더 나은 사람이 채울 수도 있겠지요. 175

로절린드 내 힘은 아주 적지만 당신에게 갔으면 좋겠네요.

실리아 거기에 보태어 내 힘도.

로절린드 잘 가요. 하늘에 빌건대 내가 당신을 잘못 봤기를.

실리아 소원을 이루기 바랍니다.

찰스 자, 이 젊은 한량은 어디 있지, 자신의 어머니인 대지 180
와 꼭 함께 눕고 싶어 한다면서?

올랜도 여기 있소, 하지만 그의 욕심은 좀 더 겸손한 일을 하
는 데 있답니다.

프레더릭 공작 너는 단 한 판만 겨룰 것이다.

찰스 그럼요, 공작님께선 그를 첫 판부터 들어서지 말라고 185
엄청 설득하셨는데 둘째 판을 간청하진 않으시리라고
장담합니다.

올랜도 나를 나중에 조롱하겠단 뜻인데 그럼 미리 조롱하진
말았어야죠. 하지만 덤비시오.

로절린드 헤라클레스의 도움으로 성공해요, 젊은이! 190

실리아 난 투명 인간이 된 다음 저 힘센 자의 다리를 걸었으면
좋겠네. (올랜도와 찰스는 씨름한다.)

로절린드 오, 뛰어난 젊은이다!

실리아 내 눈이 벼락을 맞았어도 누가 넘어지리란 건 알 수 있어.
(고함 소리, 찰스가 넘어진다.)

프레더릭 공작 그만하라, 그만해.

올랜도 아뇨, 공작님께 간청컨대 195
전 아직 몸도 풀지 못했어요.

프레더릭 공작 괜찮은가, 찰스?

르보 말을 못 합니다, 각하.

프레더릭 공작 그를 데려가거라.

180~181행 자신의…한다면서
땅속에 묻히는 죽음에 대한 좀 과장되게 울적한 성적인 비유. (아든)

(터치스톤과 수행원들 찰스와 함께 퇴장)

이름이 무엇인가, 젊은이?

올랜도 올랜도요, 각하, 롤런드 드 보이스 경의 막내아들입니다. 200

프레데릭 공작 난 네가 다른 이의 아들이었으면 좋겠다.
세상은 네 아비를 명예롭다 여겼지만
나는 그를 언제나 적으로 알았다.
네가 만약 다른 가문 후손이었더라면
나는 이번 네 행동에 더 기뻤을 것이다. 205
하지만 잘 가라, 넌 씩씩한 청년이다.
난 네가 다른 아비 이름을 말하기 바랐다.

(공작, 르보, 귀족들 함께 퇴장)

실리아 얘, 내가 만약 아버지였더라도 이랬을까?

올랜도 전 롤런드 경의 아들, 막내아들인 것이
더욱 자랑스럽고 프레더릭 후계자로 210
입양이 된대도 그 성명은 안 바꿀 겁니다.

로절린드 아버지는 롤런드 경을 영혼처럼 아끼셨고
세상 사람 모두도 같은 마음이었어.
이 청년이 아들인 줄 미리 알았더라면
그가 이런 모험을 하기 전에 간청에다 215
눈물까지 흘렸어야 하는데.

실리아 로절린드,
우리 가서 그에게 감사하고 격려하자.
아버지의 거칠고 시기하는 성품이
내 가슴을 찔렀어. — 저, 당신은 참 훌륭했소.
당신이 모든 예상 뛰어넘은 것처럼 220
사랑의 약속 또한 정확하게 지킨다면

당신의 애인은 행복할 것이오.

로절린드 (자신의 목걸이를 주면서) 신사여,
날 위해 걸어 줘요. — 운명 여신 눈 밖에 나
더 주고 싶지만 손에 쥔 게 없네요.
얘, 가 볼까?

실리아 그래. — 잘 가요, 신사 양반. 225

올랜도 고맙단 말도 못 해? 내 장점은 모두 다
땅바닥에 쓰러졌고 여기에 서 있는 건
모형 과녁, 생명 없는 나무토막뿐이다.

로절린드 그가 불러. 내 자존심, 운과 함께 무너졌어.
그가 뭘 원하는지 물어볼래. — 불렀어요? 230
저, 당신은 씨름을 잘했고 당신의 적,
그 이상을 거꾸러뜨렸소.

실리아 얘, 갈 거야?

로절린드 응, 알았어. — 잘 있어요. (로절린드, 실리아 함께 퇴장)

올랜도 이 무슨 격정이 내 혀를 무겁게 짓누르지?
난 말도 못 거는데 그녀는 대화를 재촉했어. 235

르보 등장.

오, 불쌍한 올랜도야, 넌 거꾸러졌어!
찰스나 그보다 더 약한 게 네 주인이야.

르보 이봐요, 내 진정 우정으로 충고컨대
여기를 떠나시오. 당신은 큰 칭찬과
박수갈채 그리고 사랑을 받아 마땅하지만 240
지금은 공작의 상태가 너무나 안 좋아서
당신이 한 일을 모두 다 잘못 해석합니다.

공작은 변덕이 심한데, 그의 진짜 모습은
내 말보단 상상을 해 보는 게 더 낫겠죠.

올랜도 고맙소. 그런데 이거 좀 얘기해 주시오. 245
여기 이 씨름판에 나와 있던 둘 가운데
어느 쪽이 공작의 따님 되는 분이오?

르보 행실로 판단하면 두 사람 다 아니지요.
하지만 사실은 작은 분이 따님이오.
또 한 분은 추방된 공작의 따님이며 250
찬탈 공작 삼촌이 딸의 동무 삼으려고
잡아 두고 있는데, 그들의 사랑은
친자매의 우애보다 더 극진하답니다.
하지만 최근 일을 말하자면 이 공작은
백성들이 질녀의 미덕을 칭찬하고 255
훌륭했던 그 아버지 때문에 그녀를
동정한단 이유 말곤 아무런 근거 없이
친절한 그녀에게 노여움을 품었지요.
그리고 맹세코 그의 이런 악심은
갑자기 터져 나올 것입니다. 잘 가시오. 260
앞으로는 여기보다 더 나은 세상에서
당신 사랑 많이 받고 당신을 더 알고 싶소.

올랜도 큰 신세를 졌습니다. 안녕히 가십시오. (르보 퇴장)
엎친 데서 덮칠 데로, 독재자 공작 떠나
독재자 형에게로 나는 가야 하는구나. 265
하지만 천사 같은 로절린드! (퇴장)

1막 3장

실리아와 로절린드 등장.

실리아 아니, 얘, 로절린드! 큐피드는 자비를 베푸소서! 한마디도 안 할 거야?

로절린드 개한테 던져 줄 말도 없어.

실리아 암, 네 말은 너무나 소중해서 개들에게 허비할 순 없고 나한테 몇 마디 던져 봐. 이유 몇 개로 날 병신 만들어 봐. 5

로절린드 그럼 두 사촌이 드러눕게 되겠지. 하나는 이유 있어 병신 되고 또 하나는 그게 없이도 그리되고.

실리아 하지만 이 모두가 아버지 때문이야?

로절린드 아니, 일부는 내 아이의 아버지 때문이야. 오, 이 세상은 평일에도 얼마나 가시밭길인가! 10

실리아 얘, 그건 오로지 너의 공휴일 바보짓에 묻어 온 가시열매 때문이야. 인적이 드문 길을 걸으면 바로 우리 치마에도 그런 게 들러붙는단다.

로절린드 그거야 치마를 흔들어 뗄 수 있지만 이 가시 열매는 내 가슴속에 있어. 15

실리아 헛기침해서 뱉어 버려.

로절린드 헛기침해서 그를 가질 수 있다면 그렇게 하고 싶어.

실리아 자, 자, 너의 애정과 씨름해 봐.

로절린드 오, 그것이 나보다 더 나은 씨름꾼을 편들어.

실리아 오, 잘하길 바랄게! 넌 뒤로 자빠져도 배는 부풀 테니 20

1막 3장 장소 공작의 궁정.

1행 큐피드
로마 신화에서 사랑의 신. 그리스 신화의 에로스에 해당한다.

5행 이유…봐
개에게 돌을 던져 절뚝거리게 만들듯이 내게도 네가 우울한 이유 몇 개로 그렇게 만들어 봐.

까. 하지만 이런 농담은 제쳐 놓고 아주 진지하게 얘기 좀 해 보자. 그렇게 갑자기 옛 롤런드 경의 막내아들에게 그토록 강한 호감을 갖게 되는 게 가능해?

로절린드 아버지 공작께서 그의 아버지를 극진히 사랑하셨어.

실리아 그렇다고 네가 그의 아들을 극도로 사랑하는 일이 잇따라야 해? 그 논리를 좇으면 난 그를 미워해야 해, 아버지가 그의 아버지를 극도로 미워하시니까. 그래도 난 올랜도를 미워하진 않아. 25

로절린드 그래 정말, 날 위해 그를 미워하진 마.

실리아 왜 그러지 말아야지? 그래야지 마땅한 사람 아냐? 30

프레더릭 공작, 귀족들과 함께 등장.

로절린드 그러니까 내가 그를 사랑하게 해 줘, 그리고 내가 그를 사랑하니까 너도 그리해 줘. 저 봐, 공작님께서 오셨어.

실리아 두 눈엔 분노가 가득하셔.

프레더릭 공작 질녀는 가장 빨리 안전하게 서둘러
이 궁정을 떠나라.

로절린드 제가요, 숙부님?

프레더릭 공작 그렇다. 35
열흘 뒤에 네가 만약 짐의 관할 지역의
이십 마일 근처라도 있다가 발각되면
넌 죽는다.

로절린드 공작님께 제발 간청드리건대
제 잘못을 인식할 수 있도록 해 주세요.
제가 저 자신과 의사를 소통하고 40
자신의 소망과 교제하는 사이라면

꿈을 꾸고 있거나 미치지 않았다면
(그렇진 않다고 믿는데) 그렇다면 숙부님,
전 각하를 품지 않은 생각 속에서라도
거스른 적 없습니다.

프레더릭 공작 역적들은 다 그런다. 45
그들의 면죄가 말로 되는 일이라면
그들은 은총 그 자체만큼 순수할 것이다.
내가 널 믿지 않는 것으로 만족해라.

로절린드 하지만 각하의 불신으론 절 역적 못 만들죠.
가능성이 어딨는지 말씀해 주십시오. 50

프레더릭 공작 너는 네 아비의 딸이다. 그걸로 충분해.

로절린드 각하께서 그분의 공국을 취했을 때에도
그분을 추방했을 때에도 저는 같은 딸이었죠.
반역은 상속되지 않습니다, 공작님.
혹시나 친구들로부터 물려받는다 해도 55
제가 무슨 상관이죠? 아버진 역적이 아닙니다.
하오니 공작 각하, 제가 가난 때문에
배신할 것이라고 오해하진 마십시오.

실리아 군주시여, 제 말 들어 주십시오.

프레더릭 공작 그래, 실리아, 짐은 얘를 널 위해 붙잡았다, 60
아니라면 그 아비와 떠돌았을 터인데.

실리아 그때 전 잡아 달라 간청하지 않았어요.
그건 각하 뜻이었고 동정심이었지요.
당시 전 너무 어려 그녀의 가치를 몰랐으나
이제는 압니다. 그녀가 역적이면 65
저도 역적이에요. 우린 항상 같이 잤고
같은 때 일어나, 배움, 놀이, 식사를 같이 했고

어디를 가든지 주노의 백조처럼
뗄 수 없는 짝이 되어 항상 같이 갔어요.

프레더릭 공작 네겐 얘가 너무 약고, 이 애의 부드러움, 70
침묵한단 바로 그 사실과 인내심은
사람들을 움직이고 그들은 이 애를 동정해.
넌 바보야. 얘가 네 이름을 훔친다, 그래서
얘가 없어졌을 때 너는 더욱 빛나고
고결해 보일 거야. 그러니 입 다물어. 75
얘에게 내가 내린 판결은 확고하고
돌이킬 수 없느니라. 이 아이는 추방됐다.

실리아 그렇다면 그 판결을 제게 내려 주십시오.
그녀와 헤어지면 저는 살지 못합니다.

프레더릭 공작 넌 바보다. 너 질녀는 길 떠날 채비하라. 80
네가 만약 시간을 넘기면 내 명예와
권위 있는 내 명령에 맹세코 넌 죽는다.

(프레더릭 공작과 귀족들 함께 퇴장)

실리아 오, 불쌍한 로절린드, 어디로 갈 거니?
아버지를 바꿀래? 내 아버지 네게 줄게.
당부컨대 나보다 더 슬퍼하지는 마. 85

로절린드 그럴 이유 내가 더 많은데.

실리아 아냐, 얘.
제발 기운 차려라. 공작님이 자기 딸인
나를 추방하셨는데, 모르겠어?

로절린드 안 하셨어.

68행 주노의 백조 백조는 원래 비너스에게 신성한 동물이었다. 하지만 엘리자베스 시대에 와서는 백조 한 쌍이 주노의 마차를 끄는 것으로 묘사되었다. (아든)

실리아 안 하셨어? 그럼 로절린드는 너와 내가
한 몸임을 가르치는 사랑이 부족해. 90
우리가 갈라져? 우리가 헤어져, 예쁜이야?
아냐. 아버지는 딴 후계자 찾으시라고 해!
그러니까 어떻게 도망칠지 궁리하자,
어디로 갈 것이며 뭘 가져갈지도.
그러니 네 변화를 혼자서만 감당하며 95
네 비탄을 홀로 지고 나를 빼놓지는 마.
우리의 슬픔에 창백해진 저 하늘에 맹세코
할 수 있는 말 좀 해 봐, 너와 함께 갈 테니까.

로절린드 글쎄, 어디로 갈까나?

실리아 아든 숲에 계시는 숙부님을 찾아가자. 100

로절린드 아, 우린 숙녀들인데 그리 멀리 여행하면
어떠한 위험이 우리에게 닥칠까?
미모는 도둑을 금보다 더 빨리 자극해.

실리아 난 하찮고 초라한 옷을 몸에 걸치고
얼굴에는 황토칠 같은 것을 할 거야. 105
너도 같이 하면 돼. 그렇게 나아가면
덤비는 자 없을 거야.

로절린드 이게 낫지 않을까?
내 키가 보통보다 크니까 내가 모든 점에서
남자처럼 복장을 갖추면 어떨까?
허벅지엔 멋있는 단검을 하나 차고 110
손에는 곰 잡는 창을 들면 내 가슴에
그 어떤 여자의 공포심이 숨어 있건
우리는 허세 꽉 찬 무사의 모습을 띨 거야,
겉모습만으로 태연하게 헤치고 나가는

다른 많은 겁쟁이 남자처럼 말이야. 115

실리아 남자가 된 너를 뭐라고 불러야지?

로절린드 조브의 시동보다 더 못한 이름은 안 가질래.
그러니까 가니메데, 그렇게 불러 줘.
그런데 넌 뭐라 부르지?

실리아 내 처지를 지칭하는 무엇이면 좋겠는데, 120
더 이상 실리아는 아니고 실향녀야.

로절린드 그런데 얘, 우리가 네 아버지 궁정에서
광대 같은 바보를 훔쳐 내면 어떨까?
그가 우리 여행에 위안이 되지는 않을까?

실리아 그는 이 넓은 세상 곳곳을 나와 함께 갈 거야. 125
설득은 나에게 맡겨 줘. 자, 가자,
그리고 우리의 보석과 재물을 모으고
나의 도주 뒤에 있을 추적에 대비하여
우리 몸을 숨기기 가장 좋은 시간과 방법을
같이 궁리해 보자. 이제 우린 만족 속에 130
추방이 아니라 자유의 길 나선단다. (함께 퇴장)

2막 1장

원로 공작, 에이미언스,
산지기 차림의 귀족들 두세 명 등장.

118행 가니메데
로절린드는 전원시의 전통에 따라 이 이름을 선택했다. 가니메데는 원래 트로이의 아름다운 목동이었는데 조브가 독수리의 모습으로 변신한 채 낚아채어 올림포스로 데려가 자신의 술 시중을 들게 하였다. (아든)

121행 실향녀
집 잃은 또는 고향 잃은 여자란 뜻으로 원문(Aliena)의 의미를 최대한 반영한 번역.

2막 1장 장소
아든 숲 속.

원로 공작 자 이제 나의 동료, 유배의 벗들이여,
예부터 내려온 이 생활이 채색한 허영보다
달콤하지 않은가? 이 숲 속의 위험이
시샘하는 궁정보다 덜하지 않은가?
여기에서 우리는 아담의 형벌을, 5
계절의 변화를 못 느끼네. — 찬 겨울바람의
얼음 같은 독니와 무뚝뚝한 꾸짖음이
내 몸을 때리고 깨물어 움츠러들 때조차
난 웃으며 '이것은 아첨이 아니야. 이것들은
내가 무엇인지를 느낌으로 설득하는 10
조언자들이야.' 이렇게 말한다네.
역경의 쓸모는 기쁨을 주는 데 있는데
그 모습은 못생긴 독 두꺼비 같지만
그 머리엔 귀중한 보석이 박혔듯이
우리의 이 생활도 번잡한 대중을 벗어나 15
나무에선 얘기를, 냇물에선 서책을
돌에선 설교를, 만물에선 선을 찾아낸다네.
에이미언스 전 이걸 아니 바꾸렵니다. 고집 센 운명을
이렇게 조용하고 아름다운 문체로
옮길 수 있으신 공작님은 행복하십니다. 20
원로 공작 자, 우리 가서 짐승이나 몇 마리 잡아 볼까?
하지만 이 인적 없는 도시의 원주민인
불쌍한 점박이 바보들이 자기네 땅에서
갈라진 살촉에 둥그런 엉덩이가

5행 아담의 형벌 창세기 3장 19절에 의하면 애덤의 형벌은 노동인 반면에 공작은 그것을 계절의 변화라고 주장한다. (아든)

뚫려야 하는 건 가슴 아파.

귀족 1 정말 그렇습니다. 25

우울한 자크가 그 일로 슬퍼하며
그 점에선 당신의 찬탈이 당신을 추방한
아우보다 심하다고 단언했답니다.
오늘 낮에 에이미언스 경과 저 자신이
이 숲 속을 요란하게 흘러가는 냇가로 30
늙은 뿌리 뻗고 있는 참나무 아래 누운
그 사람의 등 뒤로 살그머니 다가갔었는데
그곳으로 사냥꾼의 화살에 상처 입고
딱하게도 고립된 수사슴 한 마리가
주저앉아 죽으러 왔어요. 근데 정말, 공작님, 35
그 비참한 동물이 내뱉는 신음이
너무나 컸던지라 거의 터질 지경으로
가죽옷이 늘어났고 크고 둥근 눈물은
순진한 코를 타고 가엽게 줄을 지어
연달아 흘렀지요. 그 바보 털북숭인 이렇게 40
우울한 자크로부터 크게 주목받으면서
빠른 시내 맨 가장자리에 눈물로 물 불리며
서 있었답니다.

원로 공작 근데 자크는 뭐랬는가?

이 광경을 두고서 설교 한 번 없었던가?

귀족 1 있었지요, 천 가지 비유를 들면서요. 45

우선, 강물에 불필요한 눈물을 뿌린 데는
'불쌍한 사슴아, 넌 넘치게 소유한 자에게
네 재산을 다 주면서 세상 사람들처럼
유언을 하는구나.' 그랬고, 벨벳 친구로부터

버림받고 그곳에 홀로 남은 데에는 50
'그래 맞아, 불행은 줄줄이 친구들을
떠나게 만들지.' 그랬죠. 곧바로 무심한
한 떼의 동물이 들판 가득 뛰어가며
멈춰 서서 인사도 안 했는데 자크는
'그래, 번지르르 살 오른 주민들은 지나가라. 55
그게 바로 유행이야. 저 불쌍한 파산자를
뭣 때문에 쳐다봐 주겠어?'라고 했죠.
이런 식의 지독한 독설로 그는 이 나라와
도시와 궁정과, 예, 우리의 이 생활까지
깊숙이 꿰뚫었답니다. 동물들을 그들이 60
배정받아 태어난 삶터에서 겁주고
다 잡아 죽이는 우리들은 찬탈자, 독재자,
그리고 더 나쁜 자들일 뿐이라고 단언했죠.

원로 공작 이렇게 상념에 빠진 그를 놔두고 왔는가?

귀족 2 네, 흐느끼는 사슴 두고 울면서 촌평하는 65
그를 두고 왔습니다.

원로 공작 거기로 안내하라.
무뚝뚝한 성질 낼 때 만나 보고 싶구먼,
그럴 땐 속이 꽉 찼으니까.

귀족 1 곧바로 모셔다 드리지요. (함께 퇴장)

2막 2장

프레더릭 공작, 귀족들과 함께 등장.

2막 2장 장소 공작의 궁정.

프레더릭 공작 　아무도 그들을 못 볼 수가 있느냐?
불가능해! 궁정 안에 악당들이 있어서
이 일에 동조하고 묵인해 주었어.

귀족 1 　그녀를 정말로 본 사람은 없다고 합니다.
침실에서 시중드는 시녀들은 아가씨가 　5
침대에 드시는 건 보았으나 아침 일찍
그 침대가 빈 것을 알았다고 합니다.

귀족 2 　공작님이 보시고 정말 자주 웃으셨던
조잡한 광대 또한 사라지고 없습니다.
공주님의 시녀인 히스페리아가 고백하길 　10
따님과 따님의 사촌이 강건한 찰스를
아주 최근 확실히 넘어뜨린 씨름꾼의
자질과 업적을 극구 칭찬하는 걸
은밀히 엿들었다는데, 그녀가 믿기로는
그들이 어디로 갔던지 그곳에는 분명히 　15
그 청년도 함께 있을 거라고 합니다.

프레더릭 공작 　그 형에게 사람 보내 그 한량을 불러와라.
만약 그가 없으면 형을 내게 데려오고.
그를 시켜 찾도록 하겠다. 긴급히 처리해!
그리고 이 바보 같은 도망자들 데려오는 　20
추적과 조사에 느슨함이 없도록 해. 　(함께 퇴장)

2막 3장

올랜도와 애덤 만나며 등장.

2막 3장 장소 　올리버의 과수원.

올랜도 누구냐?

애덤 아니, 젊은 주인님? 오, 부드러운 주인님,
오, 친절하신 주인님, 오, 롤런드 옛 어른을
기억나게 하시는 분! 허, 왜 여기 계십니까?
왜 덕이 많습니까? 왜 사랑을 받습니까? 5
뭣 때문에 부드럽고 강하고 용감하십니까?
왜 그리도 어리석게 변덕스러운 공작의
기운찬 우승자를 쓰러뜨리셨습니까?
칭찬이 당신 앞서 너무 빨리 집으로 왔답니다.
주인님, 어떤 유의 사람들에게는 미덕이 10
그들의 적이 될 뿐임을 모르세요?
당신도 마찬가지. 당신의 미덕은 주인님,
당신에겐 신성하고 거룩한 역적이랍니다.
오, 이 무슨 세상이야, 멋있는 것들이
그걸 가진 사람에게 독기를 내뿜다니! 15

올랜도 아니, 어찌 된 일이냐?

애덤 오, 불행한 청년이여,
이 문 안에 들지 마요! 이 지붕 아래에는
온갖 당신 미덕의 적이 살고 있답니다.
당신 형이 — 아뇨, 형이 아닌, 그래도 아들인 —
하지만 아들 아닌, 전 그를 그 부친의 아들로 20
막 그렇게 부르려고 했는데 안 부를 겁니다. —
당신 칭찬 듣고선 당신이 늘 자던 숙소를
오늘 밤 태워 버릴 작정이오, 당신을
넣어 둔 채 말입니다. 혹시 그게 실패해도
그는 다른 수단으로 당신을 잘라 낼 것이오. 25
그의 말과 계책을 제가 엿들었답니다.

이곳은 아닙니다. 이 집은 도살장일 뿐이니
증오하고 겁내고 들어가지 마십시오!

올랜도 허 참, 애덤, 날더러 어딜 가란 말인가?

애덤 여기만 아니라면 어디든 상관없죠. 30

올랜도 아니, 날더러 나가서 밥을 구걸하라고?
아니면 천하고 시끄럽게 칼 휘둘러
큰길에서 억지로 도적 생활 하라고?
그렇게 해야겠지, 아니면 뭘 할지 모르겠어.
그래도 뭘 하든지 그렇게는 안 할 거야. 35
난 차라리 비뚤어진 혈연과 피에 주린
이 형의 적의에 굴복하고 말겠어.

애덤 그러지 마십시오. 제게 금화 오백이 있는데
늙은 사지 구부러져 하인 일도 못 하고
나이 들어 천대받고 구석으로 몰렸을 때 40
노후 자금 하려고 당신 부친 밑에서
근검으로 절약하며 모아 둔 급룝니다.
받으세요, 그리고 까마귀를 먹이고, 예,
섭리 따라 참새를 키우시는 그분께서
제 노년을 살피소서. 이게 그 금화이고 45
모두 다 드립니다. 저를 하인 삼으십쇼.
제가 늙어 보이지만 아직은 세고 기운찹니다.
젊은 시절 독하고 화 돋우는 술 같은 건
절대로 피 속에 들여놓지 않았고
또 뻔뻔한 낯빛으로 허약함과 쇠약함을 50

43~44행 까마귀…참새 각각 누가복음 12장 24절, 마태복음 10장 29절 참조. 그분은 물론 하느님이다.

일부러 불러오는 짓들도 안 했기 때문이죠.
그러므로 제 노년은 활기찬 겨울처럼
차갑지만 제격이죠. 함께 가게 해 주세요.
당신의 모든 일과 필요에 따라서
젊은이의 봉사를 해 드릴 것입니다. 55

올랜도 오, 착한 노인, 당신에겐 하인들이 보수 아닌
존중을 받으려고 땀 흘렸던 그 옛날의
충실한 봉사심이 정말로 잘 드러나.
당신은 이 시대의 유행과 맞지 않아.
지금은 모두들 승진만 바라고 땀 흘리며 60
그것을 이루면 곧바로 이룬 것을 가지고
봉사심을 꽉 틀어막는데 당신은 안 그래.
하지만 딱한 노인, 당신은 당신의 뭇 노고와
절약에 답하여 한 송이 꽃도 못 피우는
다 썩은 나무를 돌보려 하고 있어. 65
하지만 이리 와, 우린 같이 갈 것이고
당신의 젊은 시절 노임을 다 쓰기 이전에
소박하고 안정된 만족은 얻게 될 테니까.

애덤 주인님, 가시죠, 그러면 숨넘어갈 순간까지
진실성과 충성으로 그대를 따를게요. 70
전 열일곱 살 때부터 이제 거의 여든까지
여기서 살았지만 이제 더는 여기에 안 살아요.
열일곱엔 많은 이가 행운 찾아 나서지만
여든이면 시간이 너무 늦은 셈이지요.
하지만 잘 죽어 주인님께 빚 안 지는 것보다 75
더 나은 운명의 보상은 저에게 없답니다. (함께 퇴장)

2막 4장

가니메데로 바뀐 로절린드, 실향녀로 바뀐 실리아,

그리고 터치스톤 등장.

로절린드 오, 주피터, 어쩜 이리도 지친 기분이지!

터치스톤 저는 다리만 지치지 않았다면 기분 따윈 상관 않는데요.

로절린드 난 마음속으로는 이 남자 복장을 욕보이면서 여자처럼 울고 싶은 생각이 있어. 하지만 약한 그릇인 여자를 위안해 줘야 해, 바지와 저고리가 치마에게 용감한 모습을 보여 줘야 하듯이. 그러니까 용기를 내, 착한 실향녀야. 5

실리아 제발 날 좀 봐줘, 더 이상은 못 가겠어.

터치스톤 저로서는 아가씨를 봐주는 것보다는 돌보는 게 낫겠어요. 하긴 아가씨를 돌본다 해도 생기는 건 없겠지요, 아가씨 지갑 속엔 돈이 없는 것 같으니까요. 10

로절린드 글쎄, 이게 아든 숲이구나.

터치스톤 예, 이제 아든까지 왔으니까 제가 더욱 아둔하죠! 집에 있었을 때가 더 나은 곳에 있었는데, 하지만 나그네는 만족해야죠. 15

코린과 실비우스 등장.

로절린드 암, 그래야지, 착한 터치스톤. 저 봐, 누가 오지? 젊은

2막 4장 장소 아든 숲 속.
1행 오, 주피터
주피터(조브)의 시동인 가니메데에게 어울리는 감탄사. (아든)

4행 약한 그릇
베드로전서 3장 7절에서 베드로가 여자를 지칭하는 말.

이와 늙은이가 엄숙하게 대화하네.

코린 그럭하면 그녀는 자넬 항상 경멸해.

실비우스 오, 코린, 그녀 향한 제 사랑이 어떤지 아셨으면!

코린 일부는 짐작해, 나도 전에 사랑해 봤으니까. 20

실비우스 아뇨, 아저씬 늙어서 짐작도 못 하세요.
젊었을 땐 한밤중 베개 위에 한숨 쉬는
그 어느 참사랑의 연인과 같으셨겠지만.
하지만 그 사랑이 제 것과 같았다면 —
저처럼 사랑한 사람은 절대 없다 확신치만 — 25
아저씨는 환상에 이끌려 얼마나 여러 번
가장 우스꽝스러운 행동을 하셨어요?

코린 다 잊어버렸지만 수천 번 했었지.

실비우스 오, 그렇다면 진심으로 사랑한 적 없군요.
사랑이 시켜서 하게 된 바보짓을 30
티끌만 한 것이라도 기억하지 못한다면
사랑한 게 아닙니다.
또, 지금의 저처럼 듣는 사람 지겹도록
애인 칭찬하면서 앉아 있지 않았다면
사랑한 게 아닙니다. 35
또, 지금 제가 하듯이 갑자기 흥분하여
동행을 버리고 달아나지 않았다면
사랑한 게 아닙니다.
오, 피비, 피비, 피비! (퇴장)

로절린드 아, 불쌍한 양치기여, 네 상처를 살피다가 40
운 나쁘게 내 것을 찾아내고 말았네.

터치스톤 제 것도요. 제가 사랑에 빠졌을 땐 돌에다 칼을 내리쳐
망가뜨린 다음 그것에게 밤중에 제인 스마일 양을 찾

아온 대가라고 한 기억이 나네요. 또 그녀의 빨랫방망
이에 입 맞춘 일과 그녀가 예쁜 터진 손으로 우유 짰던 45
암소 젖꼭지도 기억나요. 또 그녀 대신 완두콩 꼬투리
에게 구애한 일도 기억나고요. 거기에서 알 두 개를 꺼
낸 다음 되돌려 주면서 '날 위해 달아 줘요.'라고 눈물
을 흘리며 말했죠. 우리 참사랑의 연인들은 엉뚱한 짓
을 하게 되죠. 하지만 모두가 저절로 죽듯이 사랑하면 50
모두가 저절로 바보짓을 죽도록 하지요.

로절린드 넌 네가 의식하는 것보다 더 현명하게 말해.

터치스톤 예, 저는 제 기지를 절대 의식하지 않을 겁니다, 정강
이가 거기에 부딪혀 깨진다면 모를까.

로절린드 아, 어쩌나! 이 목동의 연정은 55
그 방식이 내 것과 꼭 닮았어!

터치스톤 제 것과도요. 하지만 제 건 좀 한물갔는데요.

실리아 제발 누가 저 건너 사람에게 물어봐,
돈 받고 우리에게 음식 줄 수 있는지.
어지러워 죽겠어. 60

터치스톤 이봐라, 촌뜨기!

로절린드 조용해 바보야, 네 친척이 아니다.

코린 뉘시오?

터치스톤 윗사람들이지.

코린 안 그랬으면 아주 비참할 뻔했군요. 65

로절린드 조용하라니까. 좋은 오후 맞으시오.

코린 당신도 그러시오, 여러분 모두 다.

로절린드 양치기여, 간청컨대 사랑이나 금으로
인적 없는 이곳에서 환대를 얻을 수 있다면
쉬면서 먹을 수 있는 곳에 데려다 주시오. 70

이 어린 아가씨가 대책 없이 여독에 짓눌려
기절할 지경이오.

코린 신사여, 그녀를 동정하오.
그리고 나보다는 그녀를 위하여
구제해 줄 재력이 더 있으면 좋겠소.
하지만 난 남에게 고용된 양치기로 75
내가 풀을 먹이는 양의 털을 깎지는 못하오.
내 주인은 구두쇠 심보의 사람이라
손님을 환대하는 행동을 함으로써
천당 길을 찾는 일은 거의 신경 안 씁니다.
게다가 이제는 자기 집과 양 떼와 풀밭을 80
팔려고 내놓았고 우리의 양치기 움막엔
그가 없기 때문에 당신들이 먹을 게
하나도 없답니다. 하지만 있는 건 와서 봐요,
당신들을 능력껏 최고 환영할 것이오.

로절린드 그 양 떼와 목장을 사려는 게 누굽니까? 85

코린 조금 전에 당신이 보았던 젊은인데
무엇이든 살 생각은 거의 없는 사람이오.

로절린드 청컨대 당신이 그 오두막과 목장과
양 떼를 사시오. 그게 만약 정직한 일이면
당신이 치를 값을 우리가 주겠소. 90

실리아 우리가 임금도 올리지요. 난 이곳이 좋아서
여기에서 시간을 기꺼이 보내겠소.

코린 이 물건은 분명히 팔려고 내놨어요.
나와 함께 가시죠. 얘기를 들어 보고
이 땅과 수익과 이런 유의 생활이 좋다면 95
이 몸은 당신들의 충실한 목자가 될 것이며

당신들의 금으로 이걸 바로 사 드리죠. (함께 퇴장)

2막 5장

에이미언스, 자크,

산지기 차림의 다른 귀족들 등장.

에이미언스 (노래한다.)

푸른 나무 그늘 아래
나와 함께 누워서
고운 새 소리 따라
유쾌한 노래 부를 사람은
이리 오라, 이리 오라, 이리 오라! 5

모두 (노래한다.) 여기 오면 적은 없고 보이는 건
겨울과 거친 기후뿐이리.

자크 더, 더, 제발 더 불러.

에이미언스 그럼 더 우울해질 텐데요, 자크 씨.

자크 그러면 고맙지. 더, 제발 더 불러. 난 족제비가 알을 빨아먹듯이 노래에서 우울을 빨아들일 수 있다네. 더, 제발 더 부르게! 10

에이미언스 목소리가 갈라져서 기분 좋게 해 드릴 수 없을 줄로 압니다만.

자크 기분 좋게 해 달라는 게 아냐, 노래를 불러 달라는 거지. 자, 한 스탠자 더 — 그걸 스탠자라고 하는가? 15

에이미언스 당신 마음대로요, 자크 씨.

2막 5장 장소 아든 숲 속.

자크 그럼, 이름은 상관없어, 그것이 나한테 빚진 것도 없는데. 부를 거야?

에이미언스 제 기쁨보다는 당신이 요청을 하시니까. 20

자크 그럼 내가 언젠가 누구에게 고마워한다면 자네에게 고마워할 걸세. 하지만 이른바 예의라는 건 개코원숭이 두 마리의 조우와 같다네. 그래서 난 누가 내게 진심으로 고마워하면, 내가 그에게 돈 한 푼을 줬는데 그가 거지처럼 마구 고마워한다고 봐. 자, 불러. — 안 부를 25 사람들은 입 다물고.

에이미언스 그럼 제 노래를 끝내지요. 여러분은 그동안 상을 차리시죠. 공작님이 이 나무 밑에서 마실 것입니다. 그분은 온종일 당신을 찾으셨어요.

자크 난 온종일 그를 피하고 있었는데. 그는 내가 함께하기 30 에는 너무 따지기를 좋아해. 나도 그 사람만큼 많은 일을 생각하지만 하늘에게 감사를 돌리고 그걸 자랑하진 않아. 자, 지저귀게, 어서.

에이미언스 (노래한다.)

야심을 멀리 떠나
햇볕 속에 살고 싶고 35
먹을 음식 찾으면서
얻는 것에 기뻐할 사람은
이리 오라, 이리 오라, 이리 오라.

모두 (노래한다.) 여기 오면 적은 없고 보이는 건
겨울과 거친 기후뿐이리. 40

16행 스탠자
일정한 운율적 구성을 갖는 시의 기초 단위. 4행 이상의 각운이 있는 시구를 이른다.

22행 개코원숭이
서로를 흉내 내는 비비 또는 수컷 원숭이. (아든)

자크 이 곡조에 붙일 가사를 하나 주겠네. 부족한 내 상상력에도 불구하고 어제 만든 거라네.

에이미언스 그걸 노래할게요.

자크 이렇게 지었다네. (종이를 준다.)

에이미언스 (노래한다.)

어느 누가 나귀 되어 45
재산 안락 다 버리고
제 고집만 내세우는
일이 벌어진다면
오라카이, 오라카이, 오라카이.

모두 (노래한다.) 자기 같은 통 바보를 여기에서 50
내게 오면 볼 테니까.

에이미언스 그 '오라카이'란 건 뭐지요?

자크 그건 바보들을 둥글게 세우는 그리스어 주문일세. 난 가서 잠이 오면 자고, 안 오면 이집트의 모든 맏이를 욕할 거야. 55

에이미언스 전 공작님을 찾으러 갈게요, 그분의 향연이 준비됐으니까. (함께 퇴장)

2막 6장

올랜도와 애덤 등장.

49행 오라카이
자크가 그리스어 주문이라고 부른 헛말이지만 억지로 뜻을 찾자면 '이리 오라.'는 말의 사투리식 변형쯤이 될 것이다.
54~55행 이집트…거야
출애굽기 11장 5절에 나오는 '애굽 가운데 처음 난 것'에 내린 재앙을 연상시키는 말. 집시들에 대한 언급일 수도 있다. (아든)
2막 6장 장소
아든 숲 속.

애덤 주인님, 저는 더 못 갑니다. 아, 배고파 죽겠어요. 전 여기 누워서 묏자리나 보렵니다. 안녕히 가십시오, 주인님.

올랜도 아니 애덤, 어쩌려고? 용기가 이뿐이란 말인가? 좀 더 살고 좀 더 위안 찾고 좀 더 기운을 내. 만약 이 거친 숲 속에 야생의 뭐가 산다면 내가 그 밥이 되든지 아니 5
면 그걸 먹으라고 가져올 테니까. 당신은 힘이 없기보다는 생각 속의 죽음에 더 가까워. 날 위해 기운을 차리고 잠시만 죽음을 팔 끝에서 막아 봐. 난 곧바로 여기 당신에게 올 텐데 만약에 먹을 걸 못 가져온다면 죽는 걸 허락하지. 하지만 내가 오기 전에 죽는다면 당신 10
은 나의 노고를 조롱하는 셈이야. 잘했어, 기운차 보이네, 그래서 난 빨리 올 거야. 그런데 당신은 바람받이에 누웠어. 자, 피신처로 데려갈게, 그리고 이 사막에 살아 있는 게 있다면 당신이 식사를 못 해서 죽게 하진 않을 거야. 기운 내, 착한 애덤. (함께 퇴장) 15

2막 7장

원로 공작, 에이미언스, 무법자 차림의 귀족들 등장.

원로 공작 어디서도 사람으론 그를 찾지 못하니까
짐승으로 변신했단 생각이 드는군.

귀족 1 공작님, 바로 지금 그가 여길 떴답니다.
여기에서 노래 듣고 즐거워했었지요.

원로 공작 불화로 꽉 찬 그가 음악을 좋아하면 5

2막 7장 장소 아든 숲 속.

천체들은 머지않아 불협화음 낼 걸세.
찾아보게, 내가 좀 얘기하고 싶다고 전하게.

귀족 1 스스로 다가와 제 수고를 덜어 주었습니다.

자크 등장.

원로 공작 아니 이 사람아, 사는 게 이게 뭔가,
불쌍한 친구들이 벗해 달라 애원해야겠어? 10
뭐야, 유쾌해 보이잖아?

자크 바보, 바보! 숲 속에서 바보 하나 만났는데
색동옷 바보라네. — 비참한 세상이야!
분명히 말하는데 바보 하나 만났어.
그는 길게 누워서 햇볕 쬐고 있었으며 15
좋은 말, 좋고도 바른 말로 운명의 여신을
욕하고 있었지만 그래도 색동옷 바보였어.
'바보, 안녕.' 그랬더니, '아뇨, 하늘이 저에게
행운을 줄 때까진 바보라 마십쇼.' 그랬어.
그러고는 자루에서 해시계를 꺼내어 20
생기 없는 눈으로 들여다보고는
대단히 현명하게, '10시가 됐구먼.
세상의 흐름은 이렇게 알 수 있단 말이야.
9시가 된 뒤로 한 시간일 뿐인데

6행 천체들은
프톨레마이오스의 우주에서는 하늘에서 원을 그리는 천체들이 음악을 만들어 내는데 그것은 지상의 화음을 위해 필요하다고 믿었다. (아든)

13행 비참한 세상이야
3막 2장 253~254행에서 자크가 올랜도에게 말하는 세상. 자크는 바보를 비웃고 있는 중에 마침맞게 자신의 우울한 풍자가 역을 기억해 낸다. (아든)

한 시간 더 있으면 11시가 될 것이고 25
시간이 지날수록 우리는 익고 또 익으며
시간이 지날수록 썩고 또 썩게 되지.
그러곤 끝을 맺지.' 그랬어. 색동옷 바보가
시간의 교훈을 설하는 걸 들었을 때
난 바보가 이리 깊은 명상을 하는 것에 30
가슴 치며 수탉처럼 기뻐하기 시작했지.
난 그의 시계로 한 시간 동안이나
무중단 상태로 웃었어. 오, 고상한 바보여!
훌륭한 바보여! 입을 건 색동옷뿐이로다!

원로 공작 그 바보가 누군데? 35

자크 오, 훌륭한 바보여! — 궁정인 신분인데
젊고 고운 아가씨들이라면 그 사실을 알아낼
재주가 있다 했어. 또 여행 때 먹다 남은
과자처럼 바싹 마른 자신의 머릿속
이상한 곳곳에 자기가 보고 들은 사실을 40
쑤셔 넣어 뒀다가 부스러진 형태로
표출하기도 했어. 오, 나도 바보였으면!
색동 외투 한 벌이 내 야망이라네.

원로 공작 내가 하나 주겠네.

자크 유일한 내 청일세,
단, 자네의 뛰어난 식견 속엔 내가 현명하다는 45
견해가 무성한데 그것을 모조리 솎아 내어
버린다면 말일세. 바람처럼 폭넓은 특권에다
누구를 흔들든 내 맘대로 할 수 있는
자유까지 가져야 되겠어, 바보도 가지니까.
내 바보짓으로 가장 쓰린 자들이 50

가장 많이 웃어야 해. 아, 왜 그래야 하냐고?
그 이유야 교구 교회 길만큼 알기 쉽지.
바보가 대단히 현명하게 때린 자는
아프긴 하지만 한 방도 안 맞은 것처럼
행동하지 않는다면 참 바보지. 안 그러면 55
그 현자의 바보짓은 바보가 내뱉는
마구잡이 조롱으로 파헤쳐질 테니까.
색동옷을 입혀 주게. 내 마음을 말하게끔
허락해 주게나. 그럼 난 이 오염된 세상에서
더러움을 철저히, 철저히 씻어 낼 것이네, 60
사람들이 내 약을 참고 먹어 준다면.

원로 공작 에끼, 이 사람! 자네가 뭘 할지 말해 주지.

자크 한 푼 걸고, 좋은 일 아니면 뭘 하겠나?

원로 공작 죄를 꾸짖으면서 최악의 더러운 죄 짓겠지.
왜냐하면 자네는 자신이 난봉꾼이었고 65
짐승의 욕구 그 자체처럼 색을 탐했었기에
방종의 자유로운 걸음으로 옮아온
부푼 물집, 고름 꽉 찬 종기의 내용물을
이 세상 전체에 다 쏟아 낼 테니까.

자크 아니, 교만을 성토하는 사람이 어떻게 70
어느 한 개인을 나무랄 수 있겠나?
교만은 수단 그 자체가 줄어들 때까지
바다처럼 거대하게 흘러가고 있잖은가?
내가 도시 여자가 군주들의 장신구를

70행 교만을 성토하는
교만을 격렬하게 질책하는 일은 그 당시 교회와 정부의 오락이었다. (아든)

가치 없는 그 어깨에 걸쳤다고 말했을 때 75
그 도시의 어느 여자 이름을 부르는가?
누가 와서 그것이 자기라고 할 수 있나,
자기와 꼭 같은 여자가 이웃집 여자인데?
아니면, 가장 천한 직종의 어느 누가
자기의 멋진 옷 값 내가 낸 게 아니다 — 80
내가 그를 지목했다 생각하고 — 그렇게 말해서
자신의 바보짓을 내 말뜻에 맞추겠나?
그렇지. — 그래서? 어쨌냐고? 내 말이 그자를
어떻게 해쳤는지 보자고. 그것이 옳다면
그는 자길 해친 거지. 그가 만약 결백하면 85
그럼 내 꾸지람은 누구도 잡지 못한
야생의 거위처럼 날아가네. 근데 이 누구야?

올랜도 등장.

올랜도 삼가고 더 이상 먹지 마라!
자크 아니, 난 전혀 못 먹었는데.
올랜도 그리고 급한 불 끌 때까진 못 먹는다. 90
자크 이건 대체 어떻게 생겨난 수탉이지?
원로 공작 자네는 곤경으로 이리 용감해졌나?
아니면 공손한 기색이 전혀 없어 보이니
예의를 경멸하는 거친 무뢰한인가?
올랜도 첫째가 정곡을 찔렀소. 곤경이 숨김없이 95
뾰족한 칼끝을 내밀어 부드러운 예의를
차리지 못했소. 그래도 난 궁정에서 자랐고
교육도 좀 받았소. 하지만 삼가란 말이오!

나와 내 문제가 해결되기 이전에
이 과일에 손대는 사람은 죽습니다. 100

자크 당신이 과실로 만족 못 한다면 난 죽어야 하는군.

원로 공작 무엇을 원하는가? 자네가 친절하면
친절을 강요하는 것보다 더 힘이 있네.

올랜도 굶어 죽을 지경이오. — 먹게 해 주시오.

원로 공작 앉아서 들게나. 식탁으로 어서 오게. 105

올랜도 그렇게 친절한 말씀을? 제발 용서하십시오.
여기 있는 모든 것은 사납다 생각하여
가혹하게 명령하는 제 얼굴 표정을
짓게 되었습니다. 하지만 사람의 접근이
불가능한 이 사막의 짙은 나무 그늘에서 110
기어가는 시간을 잃고도 상관 않는 당신들이
그 누구이든지 — 만약에 당신들이
보다 나은 시절을 본 적이 있다면
교회 오란 종소리를 들은 적이 있다면
착한 사람 잔치에 가 본 적이 있다면 115
눈물 젖은 눈시울을 훔친 적이 있다면
그래서 동정을 하고 또 받을 줄 안다면 —
제 친절이 커다란 구속력을 갖게 해 주시고
그러길 바라며 부끄럽게 이 칼을 감춥니다.

원로 공작 우린 정말 보다 나은 시절을 보았으며 120
신성한 종소리와 더불어 교회로 갔었고
착한 사람 잔치에 가 봤으며, 성스러운
동정에서 우러난 눈물을 훔쳤다네.
그러니 자네는 편안한 마음으로 앉아서
부족함을 해소해 줄 도움은 뭐든지 125

우리에게 요구하여 받도록 하게나.

올랜도 그러면 잠시만 식사를 자제해 주신다면
그동안 전 암사슴처럼 제 새끼를 찾아서
먹이 주겠습니다. 불쌍한 노인이 있는데
순수한 사랑으로 많이 절뚝대면서 130
절 따라왔답니다. 힘 빼 놓는 나이와 배고픔,
두 고통에 눌린 그가 먼저 만족하기 전엔
전 조금도 손대지 않습니다.

원로 공작 그를 찾게,
자네가 올 때까진 아무것도 삼키지 않겠네.

올랜도 고맙고 큰 위안 주신 것도 복받으십시오. (퇴장) 135

원로 공작 보다시피 우리만 불행한 건 아닐세.
모든 것을 포함하는 이 넓은 극장에는
우리가 연기하는 장면보다 더 비참한
야외극이 있다네.

자크 온 세상이 무대이지,
모든 남자 여자는 배우일 뿐이고. 140
그들에겐 각자의 등장과 퇴장이 있으며
한 사람은 일생 동안 많은 역을 하는데
나이 따라 칠 막을 연기하네. 첫째는 갓난앤데
유모 팔에 안겨서 앵앵대고 토해 대지.
다음은 불평하는 학생 앤데 가방 지고 145
아침 얼굴 반짝이며 마지못해 학교로
달팽이처럼 기어가. 그다음은 연인인데
애인의 눈썹을 기리는 구슬픈 노래로
아궁처럼 한숨 쉬지. 다음은 군인인데
별난 맹세 가득하며 표범 수염 턱에 달고 150

명성을 시기하며 싸움엔 성급하고
대포 구멍 앞에서조차도 거품 같은
명성을 추구하지. 그다음은 판사인데
살찐 닭을 받아 잡순 넉넉하고 둥근 배에
두 눈은 엄격하며 균형 잡힌 턱수염에 155
좋은 말씀, 낡은 사례, 충분히 가지고
자기 역을 하고 있지. 여섯 번째 나이는
깡마르고 덧신 신은 할아범 바보인데
코에는 안경 걸고 옆구리엔 지갑 차고
줄어든 정강이엔 잘 간수한 젊은 시절 바지가 160
세상처럼 널찍하고, 우람했던 목소리는
어린이의 고음으로 되돌아와 말소리가
날카롭고 쌕쌕거려. 이상하고 사건 많은
이 사극을 끝내는 마지막 장면은
다시 온 유아기와 완전한 망각으로 165
무 치아, 무 안구, 무 미각의 전무라네.

올랜도 애덤과 함께 등장.

원로 공작 어서 오게. 존경스러운 그 짐을 내린 다음
먹도록 해 주게.

올랜도 그 대신 참 고맙습니다.

애덤 그러셔야겠어요,
저 자신은 고맙다는 말도 못 할 처지라서. 170

원로 공작 환영하네, 들게나. 아직은 자네들의
운세를 캐물으며 괴롭히진 않겠네.
음악 좀 부탁하고, 조카는 노래하게.

에이미언스 (노래한다.)

불어라, 겨울바람 불어라,
넌 인간의 배은망덕만큼 175
불친절하지 않아.
네 숨결은 거칠어도
모습은 보이지 않기에
네 이빨은 훨씬 무뎌.
얼씨구나 노래하자, 저 푸른 감탕나무. 180
우정 거의 가짜고 사랑 거의 순 바보짓.
그러니까 얼씨구나 감탕나무.
이 생활은 참으로 흥겹구나.

얼어라, 매운 하늘 얼어라,
네 바람은 은혜 잊은 것만큼 185
깊이 에진 않는구나.
네가 비록 물은 구겨 놓지만
잊어버린 친구보다 너의 침이
더 날카롭지는 않구나.
얼씨구나 노래하자, 저 푸른 감탕나무. 190
우정 거의 가짜고 사랑 거의 순 바보짓.
그러니까 얼씨구나 감탕나무.
이 생활은 참으로 흥겹구나.

원로 공작 자네가 만약에 롤런드 경의 아들이면
충직하게 그렇다고 속삭여 주었고 195
내 눈으로 자네의 얼굴에 여실히 그려진
그 사람의 초상이 살았음을 보았듯이
정말 여기 잘 왔네. 내가 자네 아버지를

아꼈던 공작일세. 나머지 운세는
동굴로 같이 가서 말해 주게. 착한 노인, 200
자네도 주인처럼 열렬히 환영하네.
그의 팔을 부축하게. 자 나와 악수하지,
그리고 모든 운세 나에게 알려 주게. (함께 퇴장)

3막 1장

프레더릭 공작, 귀족들 및 올리버 등장.

프레더릭 공작 그 뒤로 그를 못 봐? 이봐, 이봐, 말이 안 돼.
하지만 내가 대충 자비롭지 않다면
너를 내 앞에 두고 복수를 없던 일로
하지는 않을 거야. 하지만 조심해!
동생이 어디 있든 찾아내란 말이다. 5
촛불 들고 찾아봐. 죽었든 살았든
열두 달 안으로 데려와. 안 그러면
짐의 영토 안으로 돌아와 살 생각 하지 마.
네 땅과 네 것이라 부르는, 몰수할 가치 있는
모든 것을 짐의 두 손 안으로 몰수한다, 10
네가 동생 입으로 너에 대한 짐의 불신
씻을 수 있게 될 때까지.

올리버 오, 각하께서 제 마음을 아셨으면 합니다!
전 살면서 동생을 사랑한 적 없습니다.

프레더릭 공작 더욱더 악당이지. 자, 문밖으로 몰아내라, 15

3막 1장 장소 공작의 궁정.

그리고 그 분야의 관리들로 하여금
그의 집과 땅에 대한 압류장을 쓰게 하라.
신속하게 처리하고 그를 쫓아 버려라. (함께 퇴장)

3막 2장

올랜도 종이 한 장 들고 등장.

올랜도 나의 시여, 내 사랑의 증거로 거기에 걸려라.
그리고 세 겹 관 쓴 밤의 여왕 그대는
그 위쪽의 창백한 천구에서 순결한 눈으로
제 온 생명 좌우하는 여사냥꾼 이름을 보소서.
오, 로절린드, 나무들은 내 책이 될 것이고 5
그 줄기에 내 생각을 새겨 넣을 것입니다.
그래서 이 숲에서 쳐다보는 모든 눈은
사방에서 증언하는 그대의 미덕을 볼 것이오.
뛰어라 올랜도여, 나무마다 새겨라,
곱고도 순결하며 표현이 불가능한 그녀를! 10

코린과 터치스톤 등장.

코린 그런데 이 양치기 생활은 어떠십니까, 터치스톤 나리?
터치스톤 참말로 양치기야, 그 자체로는 좋은 생활이지. 하지만
양치기 생활이란 점에서는 나빠. 혼자라는 점에서는
아주 좋아하지만 외롭다는 점에서는 아주 더러운 생

3막 2장 장소 아든 숲 속.

활이야. 그런데 들판에 있다는 점에서는 무척 마음에 15
들어. 하지만 궁정에 있지 않다는 점에서는 지겨워. 검
소한 생활이기에, 잘 들어, 기분에 잘 맞지만 더 이상
의 풍족함이 없어서 비위에 많이 거슬려. 양치기야, 네
게도 무슨 철학이 있는가?

코린 사람은 아프면 아플수록 더 편치 못하다는 걸 아는 이상 20
은 없지요. 또 돈과 수단과 만족이 모자라는 사람은 좋
은 친구 셋이 없고, 비는 적시고 불은 태우는 성질을 가
졌으며, 좋은 풀밭에서 양이 살찌고 밤이 되는 커다란
이유는 태양이 없기 때문이며, 저절로 또는 배워서도
지혜를 얻지 못한 사람은 핏줄이 안 좋다고 한탄하거 25
나 아주 둔한 집안 출신이란 것을 아는 이상은 없지요.

터치스톤 그런 자는 천치 철학자야. 양치기는 궁정에 가 본 적이
있는가?

코린 없습니다, 진짜로.

터치스톤 그럼, 넌 영벌을 받았어. 30

코린 아니길 바라요.

터치스톤 진짜로 영벌을 받았어, 잘못 구워 한쪽만 태운 계란처럼.

코린 궁정에 못 갔기 때문에요? 이유를 대 봐요.

터치스톤 그야, 궁정에 가 본 적이 한 번도 없다면 훌륭한 예절
을 한 번도 못 봤을 테고, 훌륭한 예절을 한 번도 못 봤 35
다면 네 예절은 사악할 것임에 틀림없고 사악함은 죄
이며 죄는 영벌이야. 양치기야, 넌 위중한 상태에 놓여
있어.

코린 천만에요, 터치스톤. 궁정에서 훌륭한 예절은 시골에
선 우스꽝스러워요, 시골의 행동이 궁정에선 대단한 40
웃음거리이듯이. 궁정에선 인사를 할 때마다 손에 키

스한다고 그랬지요. 그런 예의는 궁정인이 양치기라
면 깨끗하지 못할 것입니다.

터치스톤 예를 들어 봐, 간단하게. 어서, 예를.

코린 그야, 우린 항상 새끼 암양들을 만지는데 그 털은 아시 45
다시피 기름기가 많잖아요.

터치스톤 아니, 궁정인의 손에는 땀이 안 나나? 그리고 양의 기
름은 사람의 땀처럼 건강에 좋은 거 아닌가? 얄팍해,
얄팍해. 좀 더 나은 예를 들어 봐. 어서.

코린 게다가 우리 손은 거칠어요. 50

터치스톤 너희의 입술은 그걸 더 빨리 느끼겠지. — 또 얄팍해.
좀 더 적절한 예를 들어 봐, 어서.

코린 또한 우리 손에는 양의 상처를 치료하느라 가끔 타르
가 묻는데 우리더러 타르에 키스하라고요? 궁정인은
손에 사향을 바르잖아요. 55

터치스톤 최고로 얄팍한 인사로군! 넌 품위 있는 인물에 비하면
구더기 밥이야, 진짜로! 현자에게 배운 다음 숙고해 봐.
사향은 생길 때부터 타르보다 더 저질인 고양이의 불결
한 배설물, 바로 그거야. 예를 좀 잘 들어, 양치기야.

코린 당신의 기지는 내겐 너무 궁정풍이오, 관두겠소. 60

터치스톤 관두고 영벌받겠다고? 신은 이 얄팍한 자를 도우소서!
익었는지 잘라 보십시오, 넌 날것이야!

코린 나리, 전 참된 일꾼입니다. 먹을 것을 벌고 입을 것을
얻으며, 누구도 미워 않고 누구의 행복도 시샘 않으며,
남들의 이익에 기뻐하고 제 손해에 만족하며, 저의 최 65
고 자부심은 풀 뜯는 암양들과 젖 빠는 어린 양을 보는
것입니다.

터치스톤 어리석은 죄를 또 하나 짓는군. 암양 숫양 합쳐 놓고

가축들의 교미로 생계를 마련하려 들다니. 또 양 떼 우두머리에게 뚜쟁이 노릇 하며 열두 달 된 암양을 머리는 뒤틀리고 오쟁이 진 늙은 숫양에게 짝지어 줄 이유가 전혀 없는데도 팔아넘기려 들다니. 네가 이 일로 영벌을 받지 않는다면 마왕 자신도 양치기들은 안 받아들일 거야. 네가 달리 피할 방도가 있는지 모르겠네. 70

가니메데가 된 로절린드, 글을 들고 등장.

코린 여기 젊은 가니메데 도련님, 저의 새 여주인의 오빠가 오네요. 75

로절린드 (읽는다.) 동인도와 서인도를 다 가 봐도
로절린드 같은 보석 없으리라.
그녀 가치 바람 등을 올라타고
온 세상에 로절린드 데려가리. 80
가장 고운 초상화를 다 모아도
로절린과 비교하면 시커멀 뿐.
마음속에 로절린드 미모 말고
다른 미모 간직하지 않게 하라.

터치스톤 그런 운율이라면 팔 년 내내 맞춰 드리지요. 정찬과 저녁과 잠자는 시간은 빼고요. 그건 꼭 여자 버터 장수들이 줄 지어 시장에 가는 꼴이군요. 85

로절린드 관둬, 바보야!

터치스톤 맛보기로 들으세요. —
수사슴이 암사슴이 그리우면 90
로절린드 찾아내어 보라지요.
고양이가 끼리끼리 사귄다면

로절린도 그럭할 게 분명하죠.
겨울옷은 두툼해야 제격인데
날씬한 몸 로절린도 그래야죠. 95
추수하는 사람들은 단을 묶어
로절린과 함께 타작해야 하죠.
껍질 가장 쓴 열매가 가장 단데
로절린도 바로 그런 열매이죠.
가장 고운 장미꽃을 찾는 남자 100
사랑 가시 — 로절린드, 함께 찾죠.

이 시행들은 아주 천방지축 날뛰고 있답니다. 왜 이런 데 물들려 하시지요?

로절린드 입 다물어, 둔한 바보야, 나무에서 발견했어.

터치스톤 정말이지, 그 나무에 나쁜 과일이 열렸네요. 105

로절린드 그 나무에 널 접붙이고 그다음엔 모과나무를 접붙여 주지. 그럼 넌 이 나라에서 가장 이른 과일이 될 거야. 넌 반도 채 익기 전에 썩어 버릴 테니까. 그게 바로 모과의 특징이지.

터치스톤 말씀은 하셨어요. — 그러나 잘했는지 못했는지는 숲이 판단하라지요. 110

로절린드 쉿, 여동생이 읽으면서 이리 오네, 비켜 서.

실향녀가 된 실리아, 글을 들고 등장.

실리아 (읽는다.) 왜 이곳이 사막이 돼야 하지?
사람이 안 살아서? 아니지!
난 모든 나무에 혀를 걸어 115
문명의 말씀을 알릴 거야.

어떤 건 방랑하는 순례 길인
　　인간의 일생은 짧고 짧아
펼친 한 뼘 안으로 모든 나이
　　다 들어온다고 말하고 120
어떤 건 친구들 사이에서
　　깨어진 맹세를 말하겠지.
하지만 난 가장 고운 가지나
　　모든 명언 마지막에
'로절린드'라고 쓰고 125
　　읽는 사람 모두에게 하늘이
모든 혼의 정수를 축소해서
　　보여 주려 한다고 가르치리.
그 때문에 하늘은 자연에게
　　드넓게 퍼져 있는 모든 미덕 130
한 몸에 모으라고 명하셨지.
　　자연은 곧바로 헬레나의
마음은 제외하고 두 뺨과
　　클레오파트라의 위엄과
아탈란타의 좋은 점과 진지한 135
　　루크레티아의 순결을 증류했지.
이렇게 하늘나라 회의로
　　많은 얼굴, 눈과 마음 합쳐서
최고로 평가받는 특성 갖춘

132~136행 자연은…순결
헬레나는 그 미모 때문에 트로이 전쟁이 일어난 장본인이었고, 클레오파트라는 이집트의 여왕으로 시저와 안토니의 연인이었으며, 아탈란타는 달리기로 유명한 그리스 신화 속의 미녀였고, 루크레티아는 로마의 군주 타르퀴니우스에게 강간당한 뒤 자결한 미와 정절의 화신이었다.

복합체 로절린이 빚어졌다. 140

그녀는 하늘의 뜻으로 이런 천품 가졌고

난 그녀의 노예로 살다가 죽으리라.

로절린드 오, 참으로 친절한 전도사여, 이렇게 지겨운 사랑의 설교로 교구민들을 피곤하게 만들어 놓고선 한 번도 '착한 사람들아, 참아 주게!'라는 애원도 않으십니까? 145

실리아 원 이런! 친구들은 물러나게. — 양치기는 좀 나가 있게. 너도 함께 가.

터치스톤 가자 양치기야, 명예롭게 퇴각하자. 망과 망태기는 못 가져가도 소소한 소지품은 가져가자.

(코린과 함께 퇴장)

실리아 이런 시를 들어 봤어? 150

로절린드 아 그럼, 다 들어 봤지, 그리고 더한 것도. 왜냐하면 그 가운데 몇 편은 시가 지탱 못 할 음보가 더 달려 있으니까.

실리아 그건 상관없어. — 그 음보로 그 시를 자탱할 수 있었어.

로절린드 그래, 하지만 그 음보는 절름발이였고 시 없이는 그 자신을 지탱할 수 없었어. 그래서 절름발이 상태로 시 안에 서 있었어. 155

실리아 하지만 어떻게 네 이름이 이 나무들에 걸렸고 새겨졌는지 놀라워하지도 않고 들었어?

로절린드 네가 오기 전에 난 아흐레 가운데 이레 동안이나 놀라움을 느꼈어. 왜냐하면 이것 좀 봐, 종려나무에서 내가 뭘 발견했는지. 내가 이렇게 시로 찬양받기는 피타고라스 시절 이래 처음이야. 그때 난 지금은 거의 기억 160

161~162행 피타고라스
그리스의 철학자, 수학자, 종교 개혁가. 죽은 후에도 영혼이 존속하여 다른 육체로 옮겨가면서 영구히 재생을 계속한다는 영혼 이체설을 주장하였다.

못 하지만 아일랜드 쥐였어.

실리아 이런 일을 한 게 누군지 짐작해?

로절린드 그게 남자야? 165

실리아 게다가 한때 네가 걸었던 목걸이를 하고 있지. — 낯빛이 변했어?

로절린드 제발, 누구야?

실리아 맙소사, 맙소사! 친구들이 만나는 건 어려운 일이지. 하지만 산조차도 지진으로 이동하고 그래서 서로 마주칠 수 있단다. 170

로절린드 응, 하지만 그게 누구야?

실리아 이럴 수가?

로절린드 아니, 이제 가장 격렬한 간청 조로 부탁할게, 그게 누군지 말해 줘. 175

실리아 오, 놀랍다, 놀라워, 최고로 놀랍고 놀랍네, 그런데도 또 다시 놀랍고 그다음엔 모든 괴성 다 질러도 모자라네!

로절린드 성질나게 하지 마! 넌 내가 남자처럼 치장했기 때문에 내 성품 속에 바지저고리가 들었다고 생각해? 한순간만 더 지체하면 그 시간에 남쪽 바다 탐험도 해. 제발 그게 누군지 재빨리 얘기하고 잽싸게 말해. 난 네가 말을 더듬을 수 있으면 좋겠어, 그래서 이 숨겨진 남자를 네 입에서 마치 포도주가 좁은 병목으로 한꺼번에 너무 많이 나오거나 전혀 못 나오듯이 쏟아 낼 수 있도록 말이야. 제발 네 입마개를 뽑아, 그래야 내가 너의 소식을 마실 수 있잖아. 180 185

실리아 그렇게 한 남자를 네 배 속에 넣을 수도 있지.

로절린드 하느님이 만드셨어? 어떤 종류의 남잔데? 머리는 모자를 쓸 만하고? 턱은 수염을 달 만해?

실리아 아니, 수염은 조금밖에 안 났어. 190

로절린드 그야 하느님이 더 보내 주시겠지, 그 남자가 고마워할 거라면 말이야. 네가 그 남자의 턱에 대한 정보를 늦추지만 않는다면 수염은 자랄 때까지 기다릴게.

실리아 올랜도 청년이야, 씨름꾼과 네 마음을 한순간에 같이 넘어뜨린 사람. 195

로절린드 아니, 하지만 조롱하면 악마가 잡아가! 엄숙한 얼굴로, 진실된 숙녀로서 말해.

실리아 진짜야, 얘, 그이야.

로절린드 올랜도?

실리아 올랜도. 200

로절린드 아이참, 이 바지저고리를 어떡하지? 네가 그를 봤을 때 뭐 하고 있었어? 무슨 말을 했어? 어때 보였어? 뭘 입고 있었어? 여기서 뭐 하고 있지? 그가 날 찾았어? 어디 있어? 너랑은 어떻게 헤어졌어? 그리고 넌 그를 언제 다시 볼 건데? 한마디로 대답해. 205

실리아 가르강튀아의 입을 먼저 빌려 줘야겠어. 그 한마디는 너무 커서 이 시대의 입 치수로는 어느 것에도 못 담아. 이 사항들에 대해 '예'와 '아니요'를 말하는 건 교리문답 이상이고.

로절린드 하지만 그는 내가 이 숲 속에, 게다가 남장을 하고 있는 줄은 알아? 그는 씨름하던 그날처럼 생기 있게 보였어? 210

실리아 연인의 의문점을 해결해 주느니 차라리 티끌을 세는 게 더 쉽지. 하지만 내가 발견한 그를 한번 맛보고 잘

206행 가르강튀아 라블레의 『가르강튀아』에 나오는 거인으로 전설적인 양의 음식과 마실 것을 삼킨 것으로 유명하다. (아든)

관찰하면서 만끽해 봐. 난 그를 나무 밑에서 발견했어,
떨어진 도토리처럼. — 215

로절린드 그런 열매가 떨어지다니 조브의 나무라고 해도 무리가 없겠네.

실리아 경청하셔야죠, 마마.

로절린드 계속해.

실리아 거기에 몸을 뻗고 마치 상처 입은 기사처럼 누웠는데 — 220

로절린드 그런 광경을 보는 게 애처롭긴 하지만 그 땅에는 잘 어울려.

실리아 제발 그 혀에게 멈추라고 소리 좀 쳐. 철모르고 날뛰는군. 그는 사냥꾼 복색이었는데 —

로절린드 오, 불길해라! 그는 내 가슴속의 사슴을 죽이려고 왔어! 225

실리아 난 후렴 없이 노래 부르고 싶어. — 너 때문에 가락이 안 맞잖아.

로절린드 넌 내가 여잔 줄 몰라? 난 생각나면 말해야 된단 말이야. 얘, 계속해.

올랜도와 자크 등장.

실리아 네가 얘길 끊었잖아. 잠깐만, 이리 오는 게 그 사람 아냐? 230

로절린드 그이야! 살그머니 비켜서서 주목해.

자크 동행해 줘서 고맙네만 사실 난 차라리 혼자인 편이 낫겠네.

올랜도 저도 그렇습니다만, 유행을 따르자면, 저와 벗해 주셔

216행 조브의 나무
도토리가 열리는 참나무. 하지만 엘리자베스 시대 사람들은 호두나무(엘리자베스 여왕의 상징 가운데 하나인 '왕의 나무')를 조브의 나무로 불렀다. (아든)

서 저도 고맙습니다. 235

자크 잘 가게, 우리 가능한 한 뜸하게 만나세.

올랜도 우린 정말 낯선 사람이 되길 바랍니다.

자크 제발 나무껍질에 사랑 노래를 적어 나무를 더 이상 망치지 말게.

올랜도 제발 제 시를 삐딱하게 읽어서 더 이상 망치지 마십시오. 240

자크 자네 애인 이름이 로절린드인가?

올랜도 예, 맞습니다.

자크 난 그 이름을 좋아하지 않네.

올랜도 그녀가 세례를 받았을 때 당신을 기쁘게 하려는 생각은 없었답니다. 245

자크 그녀의 신장은 얼마인가?

올랜도 제 심장에 딱 닿을 정도지요.

자크 재미있는 대답을 많이 알고 있군. 금은방 주인 아줌마들과 교제하면서 반지 문구를 외운 거 아냐?

올랜도 그게 아니고 벽걸이 천 문구 보고 바로 대답한 건데, 250 당신도 거기에서 질문을 배운 거잖아요.

자크 기지가 민첩하군. 마치 아탈란타의 뒤꿈치로 만들어진 것 같아. 자네 나와 함께 앉아 둘이서 우리의 애인, 이 세상과 우리의 모든 불행에 맞서 욕설이나 퍼부을까?

올랜도 전 세상에서 숨 쉬는 사람들 가운데 저 하나만 꾸짖을 255 겁니다, 그의 결점을 가장 많이 아니까요.

자크 자네의 최대 결점은 사랑에 빠진 걸세.

올랜도 그건 당신의 최고 미덕과도 바꾸지 않을 결점이랍니

252행 아탈란타
그리스 신화에 나오는 발이 빠른 여자 사냥꾼. 구혼자들과 경주하여 모두 물리치고 죽였으나, 멜라니온의 책략에 넘어가 결국 결혼하게 된다.

다. 전 당신이 지겨워요.

자크 사실은 내가 자넬 만났을 때 바보 하나를 찾고 있었어. 260

올랜도 그는 냇물에 빠져 죽었어요. 거길 들여다보기만 하면 그가 보일 겁니다.

자크 거기에서 나 자신의 모습을 보겠지.

올랜도 전 그게 바보 또는 영이라고 생각합니다.

자크 더 이상 자네와 함께 머무르지 않겠네. 잘 있게, 사랑 님. 265

올랜도 떠나시게 되어 기쁩니다. 안녕히 가십시오, 우울 님.

(자크 퇴장)

로절린드 그에게 건방진 사내종처럼 말을 걸고 그런 행동거지로 사내애 역을 할 테야. — 산지기, 내 말 들려요?

올랜도 아주 잘 들리오. 원하는 게 뭐지요?

로절린드 시계가 어떻게 됐는지 말해 주겠소? 270

올랜도 시간이 어떻게 됐는지 물어야지요. 숲 속에는 시계가 없답니다.

로절린드 그렇다면 숲 속엔 진정한 연인이 없군요. 있다면 매분마다 한숨 쉬고 매시간마다 신음하면서 시간의 게으른 발걸음을 시계만큼 정확하게 탐지할 텐데. 275

올랜도 그런데 왜 시간의 빠른 발걸음이 아니지요? 그게 더 적절하지 않은가요?

로절린드 절대로 아닙니다. 시간은 다양한 사람에게 다양한 보조로 이동하죠. 내가 당신에게 시간이 한가로이 가는 사람, 시간이 달려가는 사람, 시간이 질주하는 사람, 280 시간이 서 있는 사람이 누구인지 말해 주겠소.

올랜도 바라건대, 그게 달려가는 사람은 누굽니까?

로절린드 그야, 혼인 서약을 맺고 예식 올리는 날을 기다리는 어린 처녀에겐 세차게 달려가죠. 그 기간이 일곱 밤밖에

안 된다 해도 시간의 보조는 너무나 세차서 칠 년처럼 285
길게 느껴진답니다.

올랜도 시간이 한가로이 가는 사람은 누굽니까?

로절린드 라틴어가 모자라는 신부님과 통풍에 안 걸린 부자인데 한쪽은 공부를 못하니까 편히 주무시고 다른 쪽은 아프지 않으니까 유쾌하게 살기 때문이죠. 한쪽은 사 290
람을 말리고 쇠약하게 만드는 배움의 짐이 없고, 다른 쪽은 무겁고도 지겨운 가난의 짐을 알지 못한답니다. 이들에게 시간은 한가로이 가죠.

올랜도 누구에게 질주합니까?

로절린드 교수대로 가는 도적에게요. 제아무리 발걸음을 천천 295
히 내디뎌도 너무 일찍 도착한다고 생각하니까요.

올랜도 누구에게 그게 서 있습니까?

로절린드 휴가 중인 변호사들에게요. 그들은 재판 기간 사이에 자는데 그러면 시간이 어떻게 움직이는지 알지 못하기 때문이죠. 300

올랜도 예쁜 청년은 어디에 살아요?

로절린드 이 여자 양치기 내 누이동생과 함께 여기 속치마 끝자락 같은 숲 언저리에 산답니다.

올랜도 이 지역 태생이오?

로절린드 당신 눈에 보이는 저 산토끼처럼 자기가 배태된 곳에 305
서 살죠.

올랜도 당신 말투는 이렇게 외딴 거주지에서 습득할 수 있는 것보다는 좀 세련됐소.

로절린드 많은 이들이 그렇다고 하더군요. 하지만 실은 교단 소
속의 노숙부께서 화법을 가르쳐 주셨는데 그분은 젊 310
은 시절 궁정에서 자라셨죠. — 거기에서 사랑에 빠

졌기 때문에 구애하는 법을 너무 잘 아셨답니다. 그분이 사랑 반대 설교를 하실 때 많이 들어 봤는데, 난 여자가 아닌 것을 하느님께 감사한답니다, 그분이 여성 전체를 싸잡아 꾸짖었을 때 말했던 수많은 경박한 죄악에 물들지 않게 되어서 말입니다. 315

올랜도 그분이 여성을 고발할 때 들었던 주요 죄목 가운데 기억할 수 있는 게 뭐 있나요?

로절린드 주요한 건 하나도 없었어요. — 그것들은 반푼짜리 동전들처럼 서로 비슷했는데 모든 결점은 동료 결점이 320 다가와 짝을 이룰 때까지는 엄청나게 커 보였답니다.

올랜도 부디 몇 가지만 다시 꼽아 보시오.

로절린드 아뇨, 난 아픈 사람들이 아니라면 내 치료약을 허비하지 않을 겁니다. 숲 속에 출몰하면서 나무껍질에 로절린드를 새겨 우리의 어린 식물들을 못살게 구는 남자 325 가 있는데, 산사나무엔 송가를, 찔레나무엔 비가를 걸고 그 모두가, 흥, 로절린드라는 이름을 신으로 떠받든다지요. 내가 이 환상쟁이를 만날 수 있다면 몇 가지 좋은 충고를 해 주고 싶소, 왜냐하면 이 사람에겐 사랑의 매일열이 있는 것 같으니까. 330

올랜도 그토록 사랑에 덜덜 떠는 사람이 바로 나요. 제발 당신의 치료법을 얘기해 주시오.

로절린드 당신에겐 숙부님의 증세가 하나도 없는데요. 그분은 내게 사랑에 빠진 사람을 알아내는 법을 가르쳐 주셨소만 당신은 그 갈대 감옥 속의 죄수가 아닌 게 확실하오. 335

올랜도 그 증세가 뭐였소?

335행 갈대 감옥 허술해서 쉽게 빠져나올 수 있는 감옥.

로절린드 야윈 뺨인데 당신에겐 없고, 시퍼렇고 푹 꺼진 눈인데 당신에겐 없으며, 대꾸하기 싫은 마음인데 당신에겐 없고, 돌보지 않은 수염인데 당신에겐 없네요. — 하지만 그건 용서해 주겠소. 솔직히 당신의 수염은 손아래 동생의 수입처럼 보잘것없으니까. 그런 다음 바지 대님은 풀려 있고 모자엔 끈도 없고 소매 단추도 안 채우고 구두끈도 매지 않고, 게다가 당신의 모든 것은 절망적인 무관심을 입증해야 한답니다. 하지만 당신은 그런 사람이 아니군요. 누구의 연인처럼 보이기보다는 오히려 자신을 더 사랑하는 듯이 장신구가 완벽하군요. 340 345

올랜도 고운 청년이여, 내가 사랑한다는 사실을 그대가 믿게 만들 수 있었으면 좋겠소.

로절린드 내가 그걸 믿어요? 당신이 사랑하는 그녀가 그걸 믿게 만드는 편이 더 빠를 테고, 그녀는 장담컨대 그러고 있다는 고백에 앞서 기꺼이 그럴 거요. 그게 바로 여자들이 언제나 본심과 다른 거짓말을 하는 대목 가운데 하나지요. 하지만 당신이 정말 로절린드를 그토록 찬미하는 운문을 나무에 거는 바로 그 사람이오? 350 355

올랜도 로절린드의 흰 손에 맹세코 그대 청년에게 단언컨대 내가 바로 그 사람, 그 불운한 사람이오.

로절린드 하지만 당신은 당신의 압운에서 드러나는 만큼 깊이 사랑하오?

올랜도 압운도 논리도 그 얼마만큼을 표현 못 하오. 360

로절린드 사랑은 순전히 광기랍니다. 그래서 단언컨대 광인들과 마찬가지로 어두운 방과 채찍이 제격이지요. 그런데 그들이 이런 식의 처벌과 치료를 받지 않는 까닭은

이 광증이 너무나 흔하여 채찍질하는 자들조차 사랑
에 빠져 있기 때문이죠. 하지만 난 충고로 그걸 치료하 365
는 일을 합니다.

올랜도 그렇게 치료해 준 사람이 있었나요?

로절린드 예, 한 사람을, 이렇게요. 그는 나를 자기 사랑, 자기 애
인이라고 상상해야 했고 난 그를 매일 내게 구애하도
록 만들었죠. 그럴 때 난 — 변덕쟁이 청년일 뿐이었 370
으니까 — 비탄하고 나약하고 이랬다 저랬다 하고 그
리워하며 좋아하고, 오만하고 환상에 차 있고 원숭이
같고 얄팍하고 지조 없고 눈물 그득하고 웃음 그득하
고 그랬죠. 또 모든 감정을 조금씩 그러나 어떤 감정도
진정으로 가지지는 않은 채 — 소년들과 대부분의 여 375
자들은 이런 특성을 가진 가축이니까 — 한번은 그를
좋아했다가 한번은 혐오하고, 다음엔 그를 환대하다
가 그다음엔 물리치고, 한번은 그를 위해 울다가 그다
음엔 침을 뱉는 식으로 이 애걸남을 사랑에 미친 변덕
에서 살아 있는 광기로 몰아갔는데, 그건 바로 이 세상 380
의 도도한 흐름과는 결별하고 꼭 은둔자처럼 구석에
처박혀 사는 거였죠. 난 그를 이렇게 치료했고 이 방법
을 택하여 당신의 간을 건강한 양의 심장처럼 깨끗이
씻어 주겠소, 거기에 한 점의 사랑도 남아 있지 않도록
말이오. 385

올랜도 청년이여, 난 치료받고 싶지 않소.

로절린드 난 치료해 주고 싶소, 나를 로절린드라 부르고 매일 내
오두막에 와서 구애만 한다면.

383행 간 열정의 소재지라고 믿었던 곳. (아든)

올랜도 그럼 내 사랑에 대한 믿음에 맹세코 그러겠소. 그게 어디 있는지 말해 주시오. 390

로절린드 거기로 함께 가면 보여 주겠소. 그리고 가는 길에 당신이 이 숲 속 어디에 사는지도 알려 주시오. 가시겠소?

올랜도 진심으로 그러겠소, 친절한 청년이여.

로절린드 아니, 로절린드라 불러야만 합니다. 자 누이야, 가 볼까?

(함께 퇴장)

3막 3장

터치스톤, 오드리, 그들 뒤에 자크 등장.

터치스톤 어서 와, 착한 오드리. — 네 염소들은 내가 몰아올게, 오드리. 그런데 어때, 오드리? 내가 아직도 네 남자야? 이 꾸밈없는 풍채가 맘에 들어?

오드리 당신 풍채요? 하느님 맙소사! 무슨 풍채요?

터치스톤 난 여기 너와 네 염소들과 함께 있어, 가장 호색했던 시인, 정직했던 오비디우스가 염소 같은 야만족 가운데 살았듯이 말이야. 5

자크 (방백) 오, 잘못 깃든 지식이여, 초가집에 들어간 조브보다 더 나쁘구나.

터치스톤 한 남자의 시가 아무한테도 이해받지 못하고, 한 남자 10

3막 3장 장소 아든 숲 속.
6행 오비디우스
『사랑의 기술』의 저자인 오비디우스는 로마에서 추방되어 고트족(야만족) 가운데 살았는데 그들이 자신의 시를 이해하지 못한다고 불평하였다. (RSC) 여기에서 염소는 호색한의 별명으로 쓰였다.
8행 초가집에…조브
오비디우스의 『변신 이야기』에서 필레몬과 바우키스는 그들의 누추한 초가집에서 주피터를 환대했을 때 변장한 그를 알아보지 못했다. (아든)

의 뛰어난 지성이 그것의 조숙한 자식인 이해력의 지지를 못 받는다면 그건 비좁은 방에서 터무니없는 계산을 하는 것보다 한 남자를 더 죽여 놔. 정말로 신들께서 널 시적으로 만들어 줬으면 좋겠어.

오드리 난 시적이라는 게 뭔지 몰라요. 그것의 말과 행동이 깨끗해요? 그런 게 정말 있나요? 15

터치스톤 없어, 정말로, 왜냐하면 가장 진실된 시는 가장 꾸밈이 많고, 그래서 연인들이 시에 빠지니까. 또 그들이 시로 맹세하는 것들은 그들이 연인들로서 꾸며 낸다고 할 수 있어. 20

오드리 그래서 당신은 신들이 나를 시적으로 만들었길 바라나요?

터치스톤 정말로 그래, 왜냐하면 넌 내게 깨끗하다고 맹세하니까. 근데 네가 만약 시인이라면 난 네가 그걸 꾸며 냈다는 희망을 가질 수 있을 텐데. 25

오드리 내가 깨끗하지 않았으면 좋겠어요?

터치스톤 그럼, 정말로, 얼굴이 못생기지만 않았어도 말이다. 왜냐하면 미모와 순결을 짝짓는 건 설탕에 꿀 소스를 치는 격이니까.

자크 (방백) 속이 꽉 찬 바보야! 30

오드리 글쎄요, 난 곱지 않으니까 깨끗하게 만들어 달라고 신들에게 기도해요.

터치스톤 맞아, 게다가 순결을 못생긴 잡년에게 줘 버리는 건 좋은 고기를 더러운 접시에 담는 격이지.

12~13행 비좁은…계산
비좁고 초라한 술집에서 바가지 음식 값을 내는 일. 혹자는 이것을 1593년 술값 시비로 다투다가 잉그럼 프라이저에 손에 죽은 크리스토퍼 말로에 대한 언급으로 읽기도 한다. (리버사이드)

오드리　난 잡년은 아니에요, 못생긴 건 신들에게 감사하지만요. 35

터치스톤　그렇다면 널 추하게 만든 신들은 찬양받을지어다. 잡년은 나중에도 될 수 있어. 하지만 그거야 어찌 돼든 난 너와 결혼할 거야. 그래서 그럴 목적으로 옆 마을의 올리버 말씀 망쳐 교구 신부에게 갔는데, 그이는 숲 속 이 장소에서 나를 만나 우리를 짝지어 주기로 약속했어. 40

자크　(방백) 이 만남을 기꺼이 보고 싶군.

오드리　그럼, 신들은 우리에게 기쁨을 주세요!

터치스톤　아멘. — 두려운 마음을 가진 남자라면 이 일을 시도하면서 휘청거릴지도 몰라, 여기엔 숲 말곤 아무 성당도 없고 뿔 달린 짐승 말곤 모인 사람들도 없으니까. 45 하지만 그래서 뭐? 용기를 내자! 뿔은 혐오스럽지만 필요해. 많은 사람들이 자기 재산의 끝을 모른다고 한다. 맞아. 많은 남자들이 멋진 뿔을 여럿 달고도 그 끝을 모른다. 글쎄, 그건 자기 아내의 지참금이야. — 자기 스스로 얻은 게 아니라고. 뿔이 여럿이라고? 그렇 50 다마다. 가난한 남자들만 그래? 아니, 아니, 가장 고귀한 사슴도 어린 사슴만큼이나 거대한 걸 달고 있어. 그러므로 독신인 남자가 축복받았을까? 아니지. 성벽 두른 도시가 마을보다 더 가치 있듯이 유부남의 이마가 총각의 맨 이마보다 더 존경스럽고, 또 방어 기술이 없 55 는 것보다는 있는 게 훨씬 더 나은 만큼이나 뿔이 없는 것보다는 있는 게 훨씬 더 소중해.

45행 뿔　짐승의 뿔이지만 동시에 오쟁이 진 남편의 이마에 돋는다는 물건을 비유적으로 말한다.

올리버 말씀 망쳐 신부 등장.

여기 올리버 신부가 오는군. 올리버 말씀 망쳐 신부,
잘 만났소. 여기 이 나무 밑에서 우리 일을 서둘러 주
겠소, 아니면 당신과 함께 예배당으로 갈까요? 60

올리버 신부 이 여자를 줄 사람이 아무도 없소?

터치스톤 누구의 선물로 그녀를 받지는 않을 거요.

올리버 신부 정말로 누가 그녀를 줘야만 하오, 안 그러면 이 혼인은
불법이오.

자크 (나오면서) 진행해요, 진행해. 내가 그녀를 주리다. 65

터치스톤 좋은 오후입니다, 저 자꾸 선생님, 어떻게 지내셨습니
까? 아주 잘 만났습니다. 최근에 저와 동무해 준 일로
복 많이 받으십시오. 만나게 되어 아주 기쁩니다. 이건
그냥 하찮은 볼일입니다만 — 아니, 모자는 쓰고 있
지 그러십니까. 70

자크 색동옷 바보야, 결혼을 하려고?

터치스톤 황소에겐 멍에, 말에겐 재갈, 매에겐 방울이 있듯이 인
간에겐 욕망이 있답니다. 그래서 비둘기가 입 맞추듯
결혼해서 함께 쪼아 먹으려고요.

자크 그래서 자네는 이른바 교육을 받았다는 사람이 거지 75
처럼 덤불 밑에서 결혼하려고 해? 교회로 가게, 그리
고 결혼이 뭔지 말해 줄 수 있는 훌륭한 신부님을 찾으
라고. 이 친구는 두 사람을 마치 널빤지 붙이듯이 결합

66행 자꾸
원래는 자크(Jacques)의 영어식 발음이 변소와 동음이의어인 점을 의식한 말장난인데 우리말로 이렇게 옮겼다.

69행 모자
상급자 앞에서는 모자를 벗는 것이 당시의 예의였다.

시킬 것이야. 그러면 둘 가운데 하나는 오그라든 판자가 되어 생나무처럼 확확 비틀어질 거라네. 80

터치스톤 (방백) 내 맘속엔 다른 사람보다 그가 결혼시켜 주는 게 더 낫겠다는 생각밖에 없어. 왜냐하면 그는 날 올바로 결혼시키지 못할 테고 올바로 결혼하지 않으면 그게 나중에 아내를 버릴 좋은 구실이 될 테니까.

자크 나하고 같이 가서 내 충고를 듣게나. 85

터치스톤 자 가자, 귀여운 오드리, 우린 결혼 못 하면 간통하며 살아야 해. 잘 가시오, 올리버 신부님.

(노래하고 춤추며)

오 친절한 올리버,
오 용감한 올리버,
날 두고 가지 마오. 90

이게 아니고 —

방향 바꿔
가라니까 그러네,
결혼식엔 같이 못 가,

이거요. (자크, 터치스톤, 오드리 함께 퇴장) 95

올리버 신부 상관없어.
망상에 사로잡힌 놈들이 모조리 비웃어도
나는 이 성직을 절대로 못 버린다. (퇴장)

3막 4장

가니메데가 된 로절린드와 실향녀가 된 실리아 등장.

3막 4장 장소 아든 숲 속.

로절린드 절대로 말 걸지 마, 난 울 거야.

실리아 제발 그래라, 그래도 남자에겐 눈물이 어울리지 않는다는 사실을 고려할 아량은 가져라.

로절린드 하지만 내겐 울 이유가 있잖아?

실리아 원하는 만큼 훌륭한 이유가 있지. 그러니까 울어. 5

로절린드 그의 머리칼조차 속이는 색깔이야.

실리아 유다의 것보다는 좀 더 갈색이지. 참 그의 키스는 유다의 친자식들이야.

로절린드 사실 그의 머리 색깔은 예뻤어.

실리아 빼어난 색깔이지. — 그 다갈색이 여태까진 최고의 색깔이었어. 10

로절린드 그리고 그의 키스는 성찬 빵의 촉감처럼 신성함이 가득했어.

실리아 그는 디아나가 버린 입술 한 쌍을 샀어. — 겨울과 자매결연 맺은 수녀라도 더 이상 경건하게 키스할 순 없지. 그 입술엔 바로 그 얼음 같은 순결함이 깃들어 있어. 15

로절린드 그런데 왜 그는 오늘 아침에 오겠다고 맹세해 놓고 안 오지?

실리아 그래, 분명코 그에겐 진실성이 없어.

로절린드 그렇게 생각해? 20

실리아 응. 난 그가 소매치기나 말 도둑은 아니라고 생각해. — 하지만 그가 품은 사랑의 진실성으로 말하면 난 그가 덮어 놓은 술잔이나 벌레 먹은 견과처럼 텅 비었다고 생각해.

7행 유다
키스와 함께 스승인 예수를 배신한 유다는 종종 붉은 머리칼과 붉은 턱수염을 가진 것으로 묘사되었다. (아든)

14행 디아나
달과 순결의 여신.

로절린드 사랑에 충실하지 않다고? 25

실리아 충실해, 빠졌을 땐, 하지만 난 그가 빠졌다곤 생각 안 해.

로절린드 그가 깊숙이 빠졌다고 맹세하는 걸 들었잖아.

실리아 그때는 지나갔어. 게다가 연인의 맹세는 급사의 말보다도 힘이 없어. 양쪽 다 틀린 계산을 맞는다고 하는 사람들이야. 그는 여기 숲 속에서 너의 아버지, 공작님의 시중을 들고 있어. 30

로절린드 난 공작님을 어제 만났고 대화를 많이 나눴어. 그는 내게 부모가 누구냐고 물어보셨지. 내가 당신처럼 훌륭한 분이라고 말했더니 그는 웃은 다음 날 보내 주셨어. 하지만 우리가 왜 아버지 얘길 하지, 올랜도 같은 남자가 있는데? 35

실리아 오, 그 남자 참 멋져! 그는 멋진 시를 쓰고 멋진 말을 하고 멋진 맹세를 한 다음 그것을 애인의 마음과 아주 빗나가게, 그녀 뜻에 반하여 멋지게 깨 버려, 마치 하바리 창수가 자기 말에 박차를 한쪽으로만 가하여 얼간이 귀족처럼 자기 창을 부러뜨리듯이 말이야. 하지만 청춘이 올라타고 바보짓의 안내를 받는 모든 것은 다 멋져. 40

코린 등장.

이게 누구야?

코린 아가씨와 주인님은 사랑을 호소하는 45
양치기에 관하여 여러 번 물으셨고
그가 제 옆 잔디 위에 앉아서 자기 애인,
오만하고 경멸하는 그 여자 양치기를

칭찬하는 걸 보셨죠.

실리아 그런데, 그가 왜?

코린 진정한 사랑의 창백한 얼굴색과 50
달아오른 멸시와 오만한 경멸 그 사이에서
거짓 없이 펼쳐지는 구경거리 보시려면
조금만 나가시죠. 지켜보시겠다면
안내해 드리지요.

로절린드 자 어서 자릴 뜨자. —
연인들은 연인들을 봄으로써 힘이 나. 55
그 장면에 우리를 데려가면 그 연극에
나도 바쁜 배우가 됐다고 말할 걸세. (함께 퇴장)

3막 5장

실비우스와 피비 등장.

실비우스 어여쁜 피비, 날 경멸하지 마, 하지 마.
날 사랑 않는다고 얘기해. 하지만 쓰라리게
말하진 마. 사람 죽는 광경에 익숙해져
마음이 굳어 버린 공개 처형 망나니도
아래로 굽힌 목을 도끼로 치기 전에 5
용서를 먼저 구해. 핏물로 살다 죽는
그자보다 네가 더 인정사정없을 거야?

가니메데가 된 로절린드와 실향녀가 된 실리아 및 코린,

3막 5장 장소 아든 숲 속.

등장하여 옆으로 선다.

피비 나도 그런 망나니가 되고 싶진 않으며
네게 상처 안 주려고 도망치고 있잖아.
넌 내 눈에 살인마가 들었다고 하는데 10
티끌에도 겁쟁이 대문을 닫아거는
최고로 연약한 물건인 내 눈을
독재자, 도살자, 살인자로 부르는 건
대단하고 확실하고 무척이나 그럴듯해.
난 지금 너에게 진심으로 눈살을 찌푸렸고 15
내 눈이 해칠 수 있다면 널 죽여 보라고 해.
기절하는 척해 봐 — 자 이제 넘어져!
그렇게 못 한다면 — 오, 창피하다, 창피해 —
내 눈이 살인자란 거짓말은 하지 마.
내 눈이 준 상처를 어디 한번 보여 봐. 20
침으로 너를 살짝 긁기만 하여도
약간의 자국이 남잖아. 골풀에 기대 봐,
손바닥엔 짓눌린 흔적과 눈에 띄는 자국이
잠시 동안 유지돼. 그런데 방금도 내 눈이
네게 화살 던졌지만 넌 아니 다쳤어. 25
그리고 확신컨대 눈에는 정말로
해칠 만한 힘이 없어.

실비우스 오, 소중한 피비,
네가 언제 — 그 언제는 가까울 수 있으니까 —
새로운 뺨에서 연정의 위력을 느낀다면
그제야 넌 사랑의 날카로운 화살이 준 30
무형의 상처를 알 거야.

피비 하지만 그때까진
내 곁에 오지 마. 그런 때가 왔을 때
날 놀리고 괴롭혀, 동정도 하지 말고.
그때까진 나도 널 동정하지 않을 테니.

로절린드 (나서면서) 왜 하지 않지요? 당신은 어머니가 누군데 35
비참한 사람 놓고 거만과 의기양양
한꺼번에 합니까? 당신에게 미모가 없다 한들 —
진실에 맹세코 당신에겐 촛불 없이
어두운 침대로 갈 만큼도 보이지 않으니까. —
그렇다고 오만하고 비정해야 합니까? 40
아니 왜 그래요? 왜 나를 쳐다봐요?
난 당신에게서 자연의 싸구려 보통 물건
그 이상은 볼 수가 없네요. 나 원 참,
이 여자가 내 눈까지 얽으려고 하나 봐!
안 됩니다, 오만한 아가씨. 희망을 버려요. 45
당신의 잉크 빛 눈썹과 검은 비단 머리칼,
유리알 눈동자, 우윳빛 뺨으로도 내 맘을
당신을 숭배토록 길들일 순 없답니다.
어리석은 양치기여, 온습한 남풍처럼
비바람을 내뿜으며 왜 그녀를 뒤쫓나요? 50
당신은 이 여자에 비하면 천 배나 더
잘생긴 남자인데. 당신 같은 바보들이
못생긴 아이들로 이 세상을 꽉 채워요.
이 여자는 거울 아닌 당신 땜에 기뻐하고
자신의 그 어떤 외모가 보여 주는 것보다 55
더 고운 자신을 당신 통해 본다고요.
하지만 아가씨, 자신을 파악해요. 무릎 꿇고

선남의 사랑을 준 하늘에 굶으며 감사해요.
친구로서 말해야 되겠는데 팔릴 때
자신을 팔아요, 시세가 늘 좋진 않으니까. 60
사죄하고 사랑해요, 그의 제안 받들어요.
추한데 조롱하면 추한 중에 가장 추하답니다.
그러니 양치기여, 그녀를 가져요. 잘 있어요.

피비 친절한 청년이여, 일 년 내내 꾸중해요.
이 남자의 구애보다 당신 꾸중 들을래요. 65

로절린드 이 남자는 당신의 추한 생김새와 사랑에 빠졌어요. (실비우스에게) 그리고 이 여자는 화내는 나와 사랑에 빠질 거요. 그리되면 그녀가 당신에게 찌푸린 얼굴로 대답하자마자 난 쓰라린 말로 그녀를 꾸짖을 거요. (피비에게) 왜 나를 그렇게 쳐다봐요? 70

피비 당신에게 나쁜 뜻은 없어서요.

로절린드 나와는 사랑에 안 빠지기 바랍니다,
취중에 한 맹세보다 내가 더 가짜니까.
게다가 난 당신을 싫어해요. 내 집을 알려면
여기서 가까운 곳, 올리브 숲에 있소. 75
누이야, 가 볼까? 양치기는 귀찮게 졸라 봐요.
가, 누이야. 여자 양치기여, 그를 더 잘 살피고
빼기지 좀 말아요. 세상 사람 다 알듯이
그이처럼 눈 삔 사람 아무도 없어요.
자, 우리 양 떼 보러 가자. 80

(로절린드, 실리아, 코린 함께 퇴장)

피비 죽은 시인, 그대의 명언을 이제야 알겠어요.
'첫눈에 사랑 않고 사랑한 자 있었던가?'

실비우스 상냥한 피비!

피비 하? 뭐라고, 실비우스?

실비우스 상냥한 피비, 동정해 줘.

피비 네 처지가 안됐어, 친절한 실비우스. 85

실비우스 슬픔이 있는 곳엔 구원이 있기 마련.

내 사랑의 비탄을 네가 만약 슬퍼하면

사랑을 줌으로서 네 슬픔과 내 비탄은

둘 다 소멸될 거야.

피비 넌 내 사랑 가졌어. 그건 이웃답잖아? 90

실비우스 난 너를 갖고 싶어.

피비 아, 그건 탐욕일 테지.

실비우스, 난 너를 미워한 적 있었어.

하지만 너에게 사랑을 품어서가 아니라

넌 사랑 얘기를 잘할 수 있으니까

너와의 사귐을 전에는 넌더리냈었지만 95

앞으로는 견디겠어, 일거리도 줄 거고.

하지만 일거리를 받아서 얻게 되는

기쁨 그 이상의 보상을 바라진 마.

실비우스 내 사랑은 너무나 거룩하고 완벽하여

난 이렇게 호의가 부족한 상황에도 100

곡식을 거두는 사람의 뒤를 따라

상한 이삭 줍는 것을 최고로 풍성한

수확으로 여길 테야. 마음 없는 미소라도

가끔씩 던져 주면 그거 먹고 살 테야.

피비 조금 전에 내게 말 건 청년을 알고 있어? 105

81행 죽은 시인 크리스토퍼 말로를 뜻한다. 그다음에 인용된 문장은 말로의 신화 시 『헤로와 레안드로스』의 한 구절이다.

실비우스 잘은 몰라, 하지만 여러 번 만났는데
한때는 시골뜨기 늙은이가 임자였던
오두막과 풀밭을 그 사람이 사들였어.

피비 내가 그를 찾는다고 사랑한다 생각 마.
철없는 애 같을 뿐 — 하지만 말은 잘해 — 110
하지만 말이 무슨 상관이야. 그래도
듣는 이가 기쁘면 그건 잘한 말이지.
귀여운 청년이야 — 대단히 귀엽진 않지만 —
근데 분명 건방져, 그래도 그 건방은 어울려.
잘생긴 남자가 될 거야. 최고로 좋은 건 115
그의 얼굴빛인데 말보다 더 빨리
날 아프게 했지만 그의 눈이 고쳐 줬어.
키가 아주 크지는 않지만 나이치곤 커다래.
다리는 그저 그래. 하지만 잘 뻗었어.
입술에는 귀여운 붉은 기가 돌았는데 120
뺨에 섞인 것보다는 조금 더 성숙하고
더 밝게 붉었어. 그 차이는 고르게 붉은색과
흰빛이 든 연분홍, 둘 사이와 꼭 같았어.
여자들이 나처럼 그 사람을 조목조목
눈여겨봤더라면, 실비우스, 그들은 사랑에 125
빠질 뻔했을 거야. 하지만 나만은
그이를 사랑 안 해, 미워도 하지 않고.
그래도 사랑보다 미워할 이유가 더 많아.
왜냐하면 무슨 일로 그가 날 나무랐지?
그는 내가 눈도 검고 머리도 검다 했어 130
그리고 이제 생각났는데 날 깔봤어.
내가 왜 반응을 못 했는지 이상하네.

하지만 상관없어. — 안 한 게 봐준 건 아니지.
난 아주 빈정대는 편지를 쓸 거야,
넌 그걸 가져가고. 그럭할래, 실비우스? 135

실비우스 피비, 진심으로 그럴게.

피비 그걸 곧장 쓸 거야.
그 내용은 내 머리와 마음에 들어 있어.
난 매서울 거야, 지독하게 쌀쌀맞고.
같이 가자, 실비우스. (함께 퇴장) 140

4막 1장

가니메데가 된 로절린드, 실향녀가 된 실리아,
그리고 자크 등장.

자크 부탁인데, 귀여운 젊은이, 내가 자네와 좀 더 가까이 지내게 해 주게.

로절린드 사람들이 당신은 우울한 친구라고 하던데요.

자크 그렇다네. 난 웃는 것보다 그게 더 좋다네.

로절린드 어느 쪽이든 극단에 있는 사람들은 혐오스러운 자들이고 온갖 흔해 빠진 책망을 주정뱅이들보다 더 많이 듣죠. 5

자크 하지만 진지해서 아무 말 않는 것도 좋아.

로절린드 아니 그럼, 기둥이 되는 게 좋겠네요.

자크 내겐 학자의 우울증도, 그건 시기심인데 없고, 음악가의 것도, 그건 환상이 가득한데 없고, 궁정인의 것도, 10

4막 1장 장소 아든 숲 속.

그건 거만한데 없고, 군인의 것도, 그건 야심만만한데 없고, 변호사의 것도, 그건 정략적인데 없고, 귀부인의 것도, 그건 까다로운데 없고, 또 연인의 것도, 그건 이 모든 것인데 없다네. 그래서 이건 나 자신만의 우울증 15 으로 많은 사물에서 뽑아낸 많은 재료로 합성됐고 사실은 내 여행을 여러 모로 합산한 건데, 내가 그 안에서 자주 명상할 때면 참으로 변덕스러운 비애감에 둘러싸인다네.

로절린드 여행자라! 정말이지 당신은 슬퍼할 이유가 많군요. 남 20 의 땅을 보려고 당신 걸 팔지나 않았을까 걱정되네요. 그렇다면 본 건 많고 가진 게 없어서 눈은 부잔데 손은 가난하단 말이군요.

자크 그렇지, 난 경험을 얻었다네.

올랜도 등장.

로절린드 그런데 그 경험이 당신을 슬프게 만드는군요. 난 차라 25 리 바보가 날 유쾌하게 만드는 편이 경험이 날 슬프게 만드는 것보다 — 그것도 여행까지 해 가면서 — 낫겠어요.

올랜도 사랑하는 로절린드, 안녕과 행복을!

자크 아니 그럼, 자네들이 운문으로 얘기하려면 잘들 있게. 30

로절린드 잘 가요, 여행자 아저씨. 꼬부랑말 하고 이상한 옷 입고 바로 당신 나라의 모든 혜택을 헐뜯으세요. 당신의 출생지를 싫어하고 지금 그 용모를 만들어 줬다고 거의 하느님까지 꾸짖어 보세요. 안 그러면 당신이 곤돌라를 띄워 봤다고는 도저히 생각 않을 겁니다. 아니, 35

어떻게 된 거요, 올랜도? 그동안 줄곧 어디에 있었어
요? 당신이 연인이오? 만약 이런 장난 다시 치면 절대
내 눈 앞에 나타나지 말아요!

올랜도 아름다운 로절린드, 약속을 한 시간은 안 넘기고 왔잖
아요. 40

로절린드 사랑의 약속을 한 시간이나 어겨요! 연애할 때 일 분을
천 개로 나누고 그 천 개 가운데 하나의 어느 한 순간
이라도 어기는 사람이 있다면 큐피드가 그의 어깨를
살짝 건드렸단 말은 할 수 있어도 그의 심장은 장담컨
대 멀쩡하답니다. 45

올랜도 용서하오, 사랑하는 로절린드.

로절린드 아뇨, 그렇게 지각할 거라면 더 이상 내 눈앞에 나타나지
말아요. 난 차라리 달팽이의 구애를 받는 게 낫겠어요.

올랜도 달팽이요?

로절린드 예, 달팽이요. 그는 천천히 나타나지만 머리 위에 자기 50
집을 이고 다니니까. — 그게 당신이 여자에게 줄 수
있는 것보다 더 나은 과부 재산권인 것 같네요. 게다가
그는 자기 운명도 함께 가져오죠.

올랜도 그게 뭔데요?

로절린드 그야, 뿔이지요. — 당신 같은 사람들은 그걸 아내 덕 55
분에 기꺼이 달겠지만, 그는 자기 운명에 맞서 무장하
고 왔기 때문에 자기 아내의 추문을 미리 막는답니다.

올랜도 정숙한 여자는 남편 이마에 뿔 돋게 하진 않소. 그리고
나의 로절린드는 정숙하오.

로절린드 그런데 내가 그 로절린드요. 60

34~35행 곤돌라 이탈리아의 베네치아에서 사용하는 교통수단.

실리아　그는 자기가 좋아서 오빠를 그리 불러, 하지만 그에겐 오빠보다 더 태깔 고운 로절린드가 있어.

로절린드　자, 내게 구애해요, 구애해. 내 기분은 지금 공휴일과 같아서 동의할 가능성이 충분하니까. 내가 만약 당신의 바로, 바로 그 로절린드라면 지금 내게 뭐라고 말하겠소? 65

올랜도　말하기에 앞서 키스하고 싶소.

로절린드　아뇨, 우선 말부터 하는 게 낫지요. 그리고 얘깃거리가 없어 어찌할 바를 모를 때 기회를 잡아 키스할 수 있답니다. 아주 훌륭한 연설가는 막혔을 때 침을 뱉는데 연 70 인들이 얘깃거리가 없다면 (하느님 맙소사) 가장 깨끗한 대책은 키스지요.

올랜도　키스를 거절하면 어쩌지요?

로절린드　그럼 당신더러 애걸하라는 말인데 거기서부턴 새로운 일이 시작되죠. 75

올랜도　누가 사랑하는 애인 앞에서 막힐 수 있겠소?

로절린드　그야, 당신이 그러겠죠, 내가 당신 애인이라면, 혹은 내가 내 순결이 밤일보다 더 중요하다고 생각하면요.

올랜도　뭐요, 내 말문이?

로절린드　기가 막히진 않겠지만 말문은 막힐 겁니다. 내가 당신 80 의 로절린드 아닌가요?

올랜도　당신을 그렇게 부르면 그녀 얘기를 하게 되니까 기쁨을 좀 느낍니다.

로절린드　글쎄요, 그녀 대신 말하는데 난 당신을 받아들이지 않겠어요. 85

올랜도　그럼 난 본인이 직접 죽습니다.

로절린드　아뇨, 정말, 대리인이 죽게 해요. 불쌍한 이 세상은 거

의 육천 년이 되었지만 그 기간 내내 그 누구도 본인이
직접 (즉, 사랑 때문에) 죽진 않았어요. 트로일로스는
그리스인 몽둥이에 머리가 박살 났지만 그 전에도 죽 90
으려고 별짓을 다 했지요, 그런데 그가 사랑의 모범 사
례 가운데 하나랍니다. 레안드로스는 더운 한여름 밤
이 아니었더라면 헤로가 비록 수녀가 됐을지라도 족
히 여러 해를 더 살았을 거예요. 그 착한 젊은이는 헬
레스폰투스에 몸을 씻으러 간 것뿐이었는데 쥐가 나 95
서 빠져 죽었고 그 시기의 어리석은 사가들이 판결을
내렸죠, 세스토스의 헤로 때문이라고. 하지만 이런 건
다 거짓이랍니다. 남자들이 때론 죽고 또 구더기 밥이
되곤 했어도 사랑 때문은 아니었소.

올랜도 나의 진짜 로절린드가 그런 의견을 갖지는 않았으면 100
좋겠소, 단언컨대 그녀가 인상 쓰면 난 죽을 수도 있으
니까요.

로절린드 이 손에 맹세코, 그래 봤자 파리 한 마리도 안 죽을 겁
니다. 하지만 자, 난 이제 좀 더 고무적인 당신의 로절
린드가 되렵니다. 그러니 맘대로 요청해요, 허락할 테 105
니까.

올랜도 그럼 날 사랑해 줘요, 로절린드.

로절린드 예, 진짜, 그러지요, 매주 금요일과 토요일과 매일.

올랜도 그리고 날 받아들이겠소?

로절린드 예, 또 당신 비슷한 스무 명도. 110

89~93행 트로일로스…헤로
신화 속 사랑 이야기에 나오는 연인들. 트로일로스(트로이 왕 프리아모스의 아들)는 크레시다를 사랑하였고, 레안드로스는 그리스 청년으로 연인인 헤로(비너스의 수녀)를 만나러 가다가 헬레스폰투스에 빠져 죽었다.

올랜도 뭐라고요?

로절린드 당신은 훌륭하지 않나요?

올랜도 그렇길 바랍니다.

로절린드 그렇다면 훌륭한 걸 지나치게 원할 수도 있나요? 자, 누이야, 네가 신부님이 되어 우리를 결혼시켜 다오. 올 115 랜도, 당신 손을 이리 줘요. 누이는 뭐라고 말해야지?

올랜도 우리를 결혼시켜 주십시오.

실리아 난 어떻게 하는지 몰라요.

로절린드 이렇게 시작해야 해, '올랜도 당신은 —'

실리아 원 참. 올랜도 당신은 이 로절린드를 아내로 맞이하겠 120 습니까?

올랜도 하겠습니다.

로절린드 예, 하지만 언제요?

올랜도 그야 지금이죠, 여동생이 우릴 결혼시키자마자.

로절린드 그럼 이렇게 말해야지요, '나는 그대 로절린드를 아내 125 로 맞이합니다.'라고.

올랜도 나는 그대 로절린드를 아내로 맞이합니다.

로절린드 당신에게 위임장을 요구할 수도 있어요. 하지만 난 그대 올랜도를 진정 남편으로 받아들입니다. 여기 신부님을 앞지르는 처녀가 있네, 그리고 여자의 생각은 행 130 동보다 앞서 달리는 게 분명해.

올랜도 생각이란 다 그렇죠. — 날개가 달렸지요.

로절린드 자, 이제 말해 봐요, 그녀를 가진 뒤에 얼마나 오랫동안 데리고 있을 건지.

올랜도 영원히 그리고 하루 더요. 135

로절린드 하루라고만 해요, 영원히는 빼고. 아뇨, 아뇨, 올랜도, 남자들은 구애할 땐 사월이고 결혼할 땐 십이월이지

만 처녀들은 처녀일 땐 오월이나 아내가 되었을 땐 날
씨가 바뀐답니다. 난 당신을 바버리산 수비둘기가 암
컷을 질투하는 것보다 더 심하게 질투하고, 비 오기 전 140
의 앵무새보다 더 소란스러우며 잔나비보다 더 새로
운 걸 좋아하고 원숭이보다 더 경박한 욕망을 가질 거
예요. 난 분수 속의 디아나처럼 아무것도 아닌 일에 울
거예요, 그것도 당신이 유쾌한 기분일 때 그럴 거예요.
난 하이에나처럼 웃을 거예요, 그것도 당신이 자고 싶 145
을 때 그럴 거예요.

올랜도 하지만 나의 로절린드가 그렇게 할까요?

로절린드 분명히 내 말대로 할 거요.

올랜도 아, 하지만 그녀는 현명해요.

로절린드 안 그러면 그렇게 할 기지도 없겠지요. — 현명하면 150
할수록 더 변덕, 고집 부려요. 여자의 기지에 빗장을
걸어 봐요, 창으로 빠져나갈 겁니다. 그걸 닫으면 열쇠
구멍으로 빠져나갈 거고 그걸 막으면 연기와 함께 굴
뚝으로 새 나갈 겁니다.

올랜도 그런 기지를 가진 아내를 둔 남자는 '기지야, 어딜 가 155
려고?'라고 할 수 있겠네요.

로절린드 아뇨, 그렇게 제지하는 일은 이웃 사람 침대로 가고 있
는 아내의 기지와 맞닥뜨릴 때가지 보류해야겠죠.

올랜도 그러면 기지는 무슨 기지로 그 일을 변명할 수 있죠?

로절린드 그야, 당신을 찾으러 거기로 왔다고 하죠. 그녀를 붙잡 160
았을 때 혀가 없지 않는 한 대답을 못 하는 일은 절대
없을 겁니다. 오, 자기의 잘못을 남편 탓으로 돌리지

143행 분수…디아나 디아나 여신은 꽤 인기 있는 분수 장식용 인물이었다. (RSC)

못하는 여자에게 자기 자식을 직접 키우는 일은 절대 시키지 말아야죠, 애를 바보처럼 길러 낼 테니까요!

올랜도 앞으로 두 시간 동안 로절린드, 그대를 떠나 있을게요. 165

로절린드 아, 님이여, 난 그대 없이 두 시간을 보낼 순 없어요.

올랜도 정찬에서 공작님을 시중들어야 한답니다. 2시까지 그대에게 돌아올게요.

로절린드 예, 갈 길 가요, 갈 길 가. 본색을 드러낼 줄 알고 있었어요. 친구들이 그만큼은 말해 줬고 나 또한 그러리라 170 생각했어요. 아첨하는 당신 혀가 내 마음을 얻었어요. 한 사람이 버림받은 것뿐이니, 자, 죽음이여 오너라! 2시라고 그랬어요?

올랜도 예, 귀여운 로절린드.

로절린드 진정으로, 아주 진지하게 하느님께 맹세코, 위험하지 175 않은 모든 귀여운 서약에 걸고 만약 당신이 한 치라도 약속을 어긴다면, 또는 일 분이라도 늦게 온다면 난 당신을 불성실한 자들의 무리 전체에서 골라낸 가장 지독한 약속 파괴범으로, 가장 부실한 연인으로, 당신이 로절린드라 부르는 여인을 가질 만한 가치가 가장 없 180 는 사람으로 생각할 겁니다. 그러니 내 비난을 조심하고 약속을 지켜요.

올랜도 그대가 실제로 나의 로절린드인 것에 못지않은 믿음으로 그러겠소. 그러니 안녕.

로절린드 글쎄요, 시간의 신이 그런 범법자들을 모두 조사하는 185 늙은 판관이니 시간더러 시험해 보라죠. 안녕.

(올랜도 퇴장)

실리아 너의 그 사랑 타령에서 넌 우리 여성을 철저히 모욕했어. 우린 네 바지저고리를 머리 위로 까뒤집고 세상 사

람들에게 이 새가 자기 둥지에 무슨 짓을 했는지 보여 줘야겠어. 190

로절린드 얘, 얘, 얘, 귀여운 내 꼬마 사촌아, 내가 몇 길이나 깊이 사랑에 빠졌는지 네가 알아줬으면! 하지만 그건 측정할 수 없어. — 내 애정은 포르투갈 만처럼 밑바닥을 알 수 없거든.

실리아 그게 아니라 밑바닥이 없겠지, 그래서 애정을 쏟아붓자마자 흘러나가 버리겠지. 195

로절린드 아냐. 환상으로 생겨났고 변덕으로 잉태되어 광기로 태어난 비너스의 바로 그 짓궂은 사생아, 자기 눈이 멀었다고 다른 모든 눈을 현혹시키는 저 파렴치한 맹인 소년, 걔더러 내가 얼마나 깊이 사랑에 빠졌는지 판단 200 해 보라고 해. 단언할게 실향녀야, 난 올랜도 안 보고는 못 살아. 난 그늘이나 찾아가서 그이가 올 때까지 한숨 쉴래.

실리아 난 한잠 잘래. (함께 퇴장)

4막 2장

자크, 귀족들과 산지기들 등장.

자크 이 사슴을 잡은 게 누군가?

귀족 1 예, 접니다.

193행 포르투갈 만
이곳의 바다는 아주 깊어 해안에서 40미터 떨어진 곳의 깊이가 2,500여 미터에 이른다고 한다. (아든)

199~200행 맹인 소년
눈을 가린 큐피드를 말한다.

4막 2장 장소
아든 숲 속.

자크　이 사람을 공작님께 로마의 정복자처럼 소개하게. 그리고 승리의 가지 대신 사슴뿔을 그의 머리에 올려놓는 게 좋겠어. 산지기 자네에겐 이런 목적에 맞는 노래가 있잖은가? 5

귀족 2　있습니다.

자크　부르게. 가락이 맞는지는 상관없네. 소리만 충분이 내면 되니까.

모두　(노래한다.)

사슴 잡은 사람은 뭘 갖지? 10
가죽 옷과 머리에 달 뿔이겠지.

자크　그러면 그를 노래하며 집으로 데려가게. 나머지는 이 후렴을 부르고.

모두　(노래한다.)

그대는 뿔 다는 걸 경멸 마라. —
그대가 태어나기 전에도 증표였다. 15
　그대의 아비의 아비도 달았으니,
　그리고 아비도 지니고 있었으니.
그 뿔, 그 뿔, 활기찬 그 뿔은야
비웃으며 경멸할 게 아니야!　(함께 퇴장)

4막 3장

가니메데가 된 로절린드, 실향녀가 된 실리아 등장

로절린드　이젠 뭐라고 할 거야? 2시가 지났잖아? 근데 여기엔

4막 3장 장소　아든 숲 속.

올랜도가 많기도 하네.

실리아 분명히 말하는데 그는 순수한 사랑과 두통으로 활과 화살을 가지고 잠자려고 나갔어.

실비우스 등장.

저기 봐, 누가 왔나. 5

실비우스 고운 청년 당신에게 심부름 왔어요.
친절한 피비가 이걸 주라 했답니다.
내용은 모릅니다. 하지만 그걸 쓸 때
그녀가 보였던 험상궂은 표정과
말벌 같은 행동으로 헤아려 보건대 10
화났다는 취지가 담겨 있소. 미안하오.
난 단지 죄 없는 심부름꾼일 뿐이오.

로절린드 인내심의 화신조차 이 편지엔 깜짝 놀라
고함을 지를 거야. 이것을 견디면 다 견뎌!
그녀는 날더러 못생겼다, 버릇없다 하는군. 15
오만해서 남자가 불사조만큼이나 귀해도
날 사랑 못 한다나. 하느님 맙소사,
내가 쫓는 토끼는 그녀의 사랑이 아니잖아.
이런 걸 왜 썼지? 좋아요, 양치기, 좋아요,
이 편지는 당신이 꾸며 낸 계책이오. 20

실비우스 분명코 아닙니다, 난 내용을 모르오.
쓴 사람은 피비요.

로절린드 원 이런, 당신은 바보요.
그래서 사랑의 극단으로 몰렸어요.
그녀 손을 봤는데 — 가죽 같은 손이었고

떡돌 색깔 손이었소. — 내 생각엔 정말이지 25
헌 장갑 같았는데 그녀의 손이었소.
주부 손이었는데 — 하지만 그건 상관없어요.
그녀는 절대로 이 편지를 창작하지 않았소.
이것은 남자의 창작이고 글씨체요.

실비우스 그녀 것이 분명하오. 30

로절린드 아니 이건 요란하고 잔인한 문체로
도전자의 문체요. 아니, 나에게 대들잖소,
터키인이 기독교인 상대하듯. 온화한
여성의 머리로 이렇게 왕 무식한 창작을
모습보다 뜻이 더 불길한 칠흑 말을 35
내뱉을 순 없답니다. 편지를 읽을까요?

실비우스 그러시죠. 난 아직 못 들어 봤으니까.
하지만 피비의 잔인성은 너무 많이 들었소.

로절린드 내게도 잔인하오. 폭군 서체 주목하오.
(읽는다.) 처녀 가슴 타오르게 만든 그대, 40
양치기로 모습 바꾼 신인가요?
여자가 이렇게 욕할 수 있나요?

실비우스 이것을 욕이라고 합니까?

로절린드 (읽는다.) '왜 그대는 신성을 내려놓고
여자의 마음과 싸우나요?' 45
이런 욕을 들어 본 적 있어요?
'사람 눈이 제게 구애했을 땐
아무 피해 없었어요.'
— 이건 내가 짐승이란 뜻인데, —
'빛나는 당신 눈이 경멸로써 50
제 사랑을 일으킬 힘 있다면

아, 부드럽게 바라보면 얼마나
놀라운 효과를 낳겠어요?
꾸중 듣고 저는 사랑했으니
기도해 주시면 어떻게 되겠어요? 55
그대에게 이 사랑을 전하는 자,
제 사랑은 조금도 몰라요.
그를 통해 그대 마음 정하세요.
그대의 청년다운 마음으로
이 몸과 제 벌이를 다 내놓는 60
충실한 이 제안을 택하든지
그를 통해 제 사랑을 거절해요.
그럼 저는 죽는 법을 배울게요.'

실비우스 이것을 꾸중이라 합니까?

실리아 아, 불쌍한 양치기!

로절린드 그를 동정해? 하지 마, 동정받을 자격 없어. 그런 여잘 65 사랑해요? 아니, 당신을 악기 삼아 거짓된 음악을 연주했는데도? 참을 수 없는 일이오! 하지만 그녀에게 가요. (당신은 사랑에 길든 뱀 같아 보이니까.) 그리고 그녀에게 말해요. 그녀가 날 사랑한다면 난 그녀에게 당신을 사랑하라 명한다고. 그럭하지 않으면 당신이 70 그녀를 편들면서 애원하지 않는 한 난 절대 그녀를 안 볼 거라고. 당신이 참된 연인이라면 어서 가요. 아무 말 말고. 여기 동무가 더 오니까. (실비우스 퇴장)

올리버 등장.

올리버 좋은 아침, 고운 분들. 안다면 말해 줘요.

이 숲 주변 어디에 양치기 움막이 75
올리브 울타리에 둘러싸여 서 있지요?

실리아 이곳에서 서쪽으로, 이 옆 계곡 아래쪽
흐르는 냇물 가의 무성한 버들을
오른손 편으로 지나면 그곳에 이릅니다.
하지만 이 시각엔 아무도 없으니까 80
그 집만 홀로 있죠.

올리버 눈이 만약 언어의 도움을 받는다면
난 당신을 설명으로, 그 복장과 연령으로
알아야 할 것 같소. '소년은 아름답고
여자 같은 얼굴로 그의 행동거지는 85
성숙한 누이 같소. 여자는 오빠보다
좀 더 작고 갈색이오.'
(로절린드에게) 내가 찾고 있었던
그 집의 주인이 당신들 아닙니까?

실리아 묻는데 우리라고 답해도 자랑은 아니죠.

올리버 올랜도가 두 분에게 안부를 전하고 90
자기의 로절린드라고 하는 청년에게
피 묻은 이 손수건 보냅니다. 당신이죠?

로절린드 예. 우리가 이걸 어찌 이해해야 하나요?

올리버 내 수치의 일부로요. 만약 내가 누구이고
어떻게, 왜, 어디서 손수건이 물든 건지 95
들으신다면요.

실리아 청컨대 말을 해 보세요.

올리버 올랜도가 당신들을 조금 전 떠났을 때
한 시간 안으로 되돌아오겠다는
약속을 남기고는 달콤하고 씁쓰레한

사랑 음식 씹으며 숲 속을 거닐다가 100
자, 일이 생겼답니다. 그가 눈을 돌렸는데
뭐가 나타났는지 잘 들어 보십시오.
가지엔 세월로 이끼 끼고 꼭대기는
늙고 말라 벌거벗은 참나무 고목 아래
더부룩한 머리칼의 가엾은 누더기 남자가 105
누워 자고 있었고, 그 사람 목둘레를
푸르고 누런 뱀이 칭칭 감고 있었는데
날렵하게 협박하는 머리를 쳐들고
그의 입 쪽으로 다가갔죠. 하지만 갑자기
올랜도를 보고는 감은 몸을 풀고서 110
꾸불꾸불 기면서 나무 덤불 속으로
매끄럽게 사라졌고, 그 덤불 그늘에는
젖을 다 빨려 버린 암사자 한 마리가
머리를 땅에 대고 자고 있는 사람이
움직이는 순간을 괭이처럼 기다렸답니다. 115
왜냐하면 그 짐승의 성품은 제왕과 같아서
죽은 듯 보이는 건 안 잡아먹으니까.
이걸 본 올랜도는 그에게 다가갔고
그 사람이 자기 형, 맏형인 걸 알았지요.

실리아 아, 그가 그 형 얘기 하는 걸 들었어요. 120
인간들 틈에서 살았던 최고로 몰인정한
사람이라 했는데.

올리버 그럴 만도 하지요,
그가 몰인정했던 건 내가 잘 아니까요.

로절린드 하지만 올랜도는 그 사람을 떠났어요?
젖 빨리고 배고픈 암사자 밥 되라고? 125

올리버 그럭할 작정으로 두 번이나 등 돌렸죠.
하지만 언제나 복수보다 더 고귀한 친절과
절호의 기회보다 더 강한 천륜 덕에
그는 그 암사자와 싸움을 벌였으며
그건 곧 그의 앞에 쓰러졌고 그 소동에 130
난 불행한 잠에서 깨어나게 됐지요.

실리아 당신이 그 형이오?

로절린드 그이가 구한 게 당신이오?

실리아 그리 자주 동생 죽음 꾀했던 게 당신이오?

올리버 나였소. 하지만 난 아니오. 내가 어떠했는지
말해도 부끄럽지 않은데, 지금의 나로선 135
내 개심이 너무나 달콤하기 때문이오.

로절린드 하지만 피 묻은 손수건은?

올리버 곧 말하죠.
우리 두 사람이 지난 일들 얘기하며
처음부터 끝까지 눈물에 젖었을 때 —
예컨대, 내가 어찌 그 황야로 왔는지 — 140
요약하면 그는 날 공작님께 인도했고
그분은 저에게 새 옷에 환대를 해 주시며
저를 제 동생의 사랑에 맡겼는데
그는 곧장 자기 굴로 나를 인도하였고
거기에서 옷을 벗자 여기 그의 팔뚝 살을 145
암사자가 좀 뜯어 먹었는데 거기에서
피가 줄곧 났었지요. 이제 그는 기절했고
가냘픈 목소리로, 로절린드, 외쳤어요.
요약하면 동생을 되살려 상처를 묶어 주니
시간이 좀 지난 뒤 심장이 튼튼해져 150

낯선 사람이지만 나를 여기 보냈어요,
이 얘기를 함으로써 그가 어긴 약속을
당신이 관대히 봐주도록, 또한 이 손수건을
자기 피로 물든 건데 자기가 장난삼아
로절린드라고 하는 양치기에게 주도록. 155

(로절린드 기절한다.)

실리아 아니, 이런, 가니메데! — 친절한 가니메데!

올리버 피를 보고 기절하는 사람도 많답니다.

실리아 그게 다가 아니에요. 사촌 오빠 — 가니메데!

올리버 보시오, 정신을 되찾았소.

로절린드 집에 있었더라면 좋았을걸. 160

실리아 우리가 데려갈게.
— 부탁인데, 그 팔 좀 붙잡아 주실래요?

올리버 기운 내요, 젊은이. 당신이 남자요?
남자의 심장이 없군요.

로절린드 그렇소, 고백하오.
아, 이봐요, 이걸 멋진 흉내라고 생각하는 사람도 있을 165
거요. 동생에게 내가 얼마나 멋지게 흉내 냈는지 꼭 얘
기해 주시오. 아이고 —

올리버 이건 흉내가 아니었소. 진지한 감정이란 증거가 당신
의 얼굴빛에 너무나 뚜렷하오.

로절린드 분명히 말하지만 흉내요. 170

올리버 그렇다면 마음을 굳게 먹고 남자 흉내를 내 보시오.

로절린드 그러고 있소. 하지만 난 정말 당연히 여성이어야 하는데.

실리아 가, 점점 더 창백해 보여. 제발 집으로 가자. 저, 당신
도 우리와 함께 가요.

올리버 그러겠소. 로절린드 당신이 내 동생을 어떻게 용서할 175

지 대답을 전해야 하니까요.

로절린드 뭔가를 궁리해 보죠. 하지만 제발 그에게 내 흉내를 칭찬해 주시오. 가시겠소? (함께 퇴장)

5막 1장

터치스톤과 오드리 등장.

터치스톤 때가 올 거야, 오드리. 참아, 친절한 오드리.

오드리 정말 그 신부로 충분하고 남았는데, 그 늙은 신사가 무슨 말을 했던 간에.

터치스톤 매우 사악한 올리버야, 오드리, 매우 더러운 말씀 망쳐 신부라고! 하지만 오드리, 여기 숲 속에 너를 요구하는 젊은이가 있어. 5

오드리 예, 그게 누군지 알아요. 그는 내게 세상 어떤 권리도 없어요.

윌리엄 등장.

여기 당신이 말하는 그 사람이 오네요.

터치스톤 나야 촌뜨기를 밥과 술 보듯 하지. 맹세코 우리처럼 기지가 뛰어난 사람들은 설명할 게 많아. 놀려 주고 말 거야, 참을 수 없지. 10

윌리엄 좋은 저녁이야, 오드리.

오드리 좋은 저녁 맞이해, 윌리엄.

5막 1장 장소 아든 숲 속.

윌리엄 그리고 좋은 저녁 맞으십쇼. 15

터치스톤 좋은 저녁일세, 귀한 친구. 모자를 쓰라고, 모자를 써. 아냐, 제발 모자를 쓰라고. 친구, 자네 나이가 몇인가?

윌리엄 스물다섯입니다요.

터치스톤 무르익은 나이야. 자네 이름이 윌리엄인가?

윌리엄 윌리엄입니다요. 20

터치스톤 고운 이름이군. 여기 이 숲에서 태어났고?

윌리엄 예, 고맙게도요.

터치스톤 '고맙게도.' — 괜찮은 응답이야. 부자인가?

윌리엄 실은 저, 그저 그렇습니다요.

터치스톤 '그저 그렇다.' 좋았어, 아주 좋아, 굉장해. — 하지만 아냐, 그저 그럴 뿐이야. 자넨 현명해? 25

윌리엄 예, 기지가 꽤 많습니다요.

터치스톤 그래, 말 잘했어. 이제야 '바보는 자기가 현명하다고 생각하지만 현자는 자기가 바보인 줄 안다.'라는 말씀이 생각나는군. 그 이교도 철학자는 포도가 먹고 싶을 때면 그걸 입안에 넣을 때 입술을 벌리곤 했는데, 그럼으로써 포도는 먹으라고 있고 입술은 벌리라고 있다는 뜻을 나타냈지. 이 처녀를 정말 사랑해? 30

윌리엄 그렇습니다요.

터치스톤 나와 악수하지. 자네는 유식한가? 35

윌리엄 아닙니다요.

터치스톤 그럼 내게서 이걸 배우게. 갖는 건 갖는 거야. 왜냐하면 술을 컵에서 잔으로 부으면 한쪽을 채움으로써 다른 쪽

30행 이교도 철학자 확인되지 않은 사람. 이는 터치스톤의 마구잡이 학식의 일부로서 소크라테스의 지혜를 짓이겨 보여 준다. (아든)

을 비운다는 게 수사법의 하나이기 때문이지. 왜냐하면 모든 작가들은 '본인'이 '그'라는 데 정말 동의하기 40
때문이지. 그런데 넌 그 '본인'이 아냐, 내가 그니까.

윌리엄 어느 그 말입니까요?

터치스톤 이 여자와 결혼해야 하는 그 말이지. 그러므로 너 촌뜨기는 이 여성, 속된 말로는 여자와 교제, 시골말로는 동무하기를 포기, 상스러운 말로는 버리기를 하고, 이 45
걸 다 합쳐 '이 여성과 교제를 포기해.' 안 그러면 너 촌뜨기는 소멸! 또는 네가 더 잘 이해하는 말로 죽을 거다. 또는 (다시 말하면) 내가 널 죽이고 없애 버리고 네 삶을 죽음으로, 그리고 네 자유를 속박으로 전환할 거다. 난 너와 독약이나 몽둥이 또는 칼로 거래할 거야. 50
난 작당하여 너와 맞붙을 것이고 계책으로 너를 압도할 것이며 일백오십 가지 방법으로 널 죽일 거야! 그러니 벌벌 떨고 떠나라.

오드리 그렇게 해, 윌리엄.

윌리엄 안녕히 계세요. (퇴장) 55

코린 등장.

코린 우리 주인님과 아가씨가 당신을 찾으십니다. 어서 가요, 어서!

터치스톤 사뿐히, 오드리, 사뿐히 걸어가, 오드리! 난 따를게, 따를게. (함께 퇴장)

5막 2장

올랜도와 올리버 등장.

올랜도 그런 일이 가능해요, 안면이 거의 없는데도 형이 그녀를 좋아했다고요? 보기만 했는데 사랑했고 사랑해서 구애했고 구애하니까 허락했고, 그래서 그녀를 얻기 위해 끝까지 버틸 거라고요?

올리버 이번 일의 경솔함이나 그녀의 가난, 짧은 안면, 갑작스러운 나의 구애, 갑작스러운 그녀의 동의를 문제 삼지 말고 나와 함께 말해 줘, 실향녀를 사랑한다고. 그녀와 함께 말해 줘, 나를 사랑한다고. 우리가 서로를 얻을 수 있도록 양쪽에 동의해 줘. 그게 네게도 좋을 거야. 난 아버지의 집과 옛 롤런드 경의 소유였던 모든 재산을 네게 양도하고 여기에서 양치기로 살다 죽을 테니까. 5 10

로절린드 등장.

올랜도 전 동의합니다. 결혼식을 내일로 잡으세요. 거기에 공작님과 만족해하는 추종자 모두를 초대하겠습니다. 가서 실향녀를 준비시켜요, 왜냐하면 봐요, 여기 나의 로절린드가 오니까요. 15

로절린드 복 많이 받으세요, 매제.

올리버 아름다운 처형도요. (퇴장)

로절린드 오, 사랑하는 나의 올랜도, 당신이 심장을 천으로 감싼

5막 2장 장소 아든 숲 속.

걸 보니 참으로 가슴 아파요! 20

올랜도 내 팔인데요.

로절린드 난 당신 심장이 사자 발톱으로 상처를 입었다고 생각했어요.

올랜도 상처는 입었지만 어떤 숙녀의 눈이 그랬지요.

로절린드 형님이 당신 손수건을 내게 보여 줬을 때 내가 어떻게 기절하는 흉내를 냈는지 말해 줬어요? 25

올랜도 예, 그리고 그보다 더 경이로운 일도.

로절린드 아, 무슨 얘긴지 알아요. 암요, 맞습니다. 두 마리 숫양의 싸움과 '왔노라, 보았노라, 이겼노라.'라는 시저의 호언장담 말고는 이처럼 갑작스러운 일은 절대 없었지요. 당신 형님과 내 누이는 만나자마자 보았고, 보자마자 사랑했으며, 사랑하자마자 한숨을 쉬었고, 한숨을 쉬자마자 서로에게 그 이유를 물었으며, 이유를 알자마자 구제책을 찾았기 때문이랍니다. 그리고 이런 단계로 그들은 결혼에 이르는 일련의 계단을 만들었고 거기를 무절제하게 오를 겁니다. 안 그러면 결혼하기 전에 무절제해질 테니까요. 그들은 격심한 사랑의 한가운데 있고 그래서 합칠 작정이랍니다. 몽둥이로도 둘을 떼어 놓을 수 없어요. 30 35

올랜도 그들은 내일 결혼할 겁니다, 난 공작님을 혼례에 모실 거고요. 하지만, 아, 다른 사람의 눈을 통해 행복을 세심하게 살피다니 이 얼마나 씁쓰레한 일이오! 난 내일 형이 원하는 걸 가져서 얼마나 행복할까 생각하면 할수록 마음의 무거움이 최고조에 이르게 될 것이오. 40

로절린드 아니 그럼, 내일은 내가 당신에게 로절린드 역을 할 수 없단 말이오? 45

올랜도 난 더 이상 상상하며 살 순 없소.

로절린드 그렇다면 나도 한가로운 얘기로 당신을 더 이상 피곤하게 만들진 않겠소. 그러니 알아 두시오 — 난 이제 어떤 의도가 있어 말하니까 — 난 당신을 이해력이 뛰어난 신사로 알고 있소. 이는 당신이 그런 줄로 안다고 내가 말하는 한 당신이 내 학식을 좋게 평가할 거라고 해서 하는 말이 아니오. 또한 내 영예가 아니라 당신에게 좋은 일을 하기 위해 당신의 믿음을 좀 이끌어 내는 것 이상의 평판을 얻으려고 애쓰지도 않소. 그럼 아무쪼록 내가 이상한 일을 할 수 있다고 믿으시오. 난 세 살 적 이래로 대단히 심원하지만 영벌받을 정도는 아닌 술법을 가진 마법사와 사귀었답니다. 만약 당신이 몸짓으로 외치고 있는 만큼 로절린드를 마음 깊이 사랑한다면 당신 형이 실향녀와 결혼할 때 당신도 그녀와 결혼할 것이오. 난 그녀가 어떤 운명의 질곡에 빠져 있는지 압니다. 그래서 당신에게 부적절한 일이 아니라면 내일 내가 그녀를 실제 인간으로 아무런 위험 없이 당신 앞에 세우는 게 불가능하진 않소이다. 50 55 60

올랜도 진지하게 하는 말이오? 65

로절린드 내 목숨 걸고 그렇소, 내가 비록 마법사를 자칭하지만 그건 소중히 여긴다오. 그러니 가장 잘 차려입고 친구들을 청하시오. 왜냐하면 내일 결혼하겠다면 시켜 줄 테니까, 게다가 원한다면 로절린드와 말이오.

실비우스와 피비 등장.

저 봐요, 내 애인과 그녀의 애인이 오는군요. 70

피비 젊은이여, 내가 쓴 편지를 다 보여 주다니
당신은 나에게 큰 실례를 했어요.

로절린드 했대도 상관없소. 당신에게 심술궂고
불친절해 보이는 게 내가 하는 공부요.
거기 그 충실한 양치기가 당신을 따르잖소. 75
쳐다보고 사랑해요, 당신 숭배하니까.

피비 양치기야, 사랑이 뭔인지 이이에게 말해 줘.

실비우스 그건 온통 한숨과 눈물로 가득한데
나 또한 피비에게 그렇소.

피비 나 또한 가니메데에게. 80

올랜도 나 또한 로절린드에게.

로절린드 나 또한 있지 않은 여자에게.

실비우스 그건 온통 믿음과 헌신으로 가득한데
나 또한 피비에게 그렇소.

피비 나 또한 가니메데에게. 85

올랜도 나 또한 로절린드에게.

로절린드 나 또한 있지 않은 여자에게.

실비우스 그건 온통 환상으로 가득하고
모든 열정 그리고 소망으로 가득하고
모든 예배, 모든 복종 그리고 모든 존경 90
모든 겸손, 모든 인내 그리고 모든 안달
모든 순수, 시험과 존경으로 가득한데
나 또한 피비에게 그렇소.

피비 나 또한 가니메데에게.

올랜도 나 또한 로절린드에게. 95

로절린드 나 또한 있지 않은 여자에게.

피비 (로절린드에게) 그럼 내가 당신 사랑한다고 왜 꾸짖죠?

실비우스 (피비에게) 그럼 내가 당신 사랑한다고 왜 꾸짖지?

올랜도 그럼 내가 당신 사랑한다고 왜 꾸짖죠?

로절린드 당신은 '그럼 내가 당신 사랑한다고 왜 꾸짖죠?'라는 100
말을 누구에게 합니까?

올랜도 여기에 있지도 듣지도 못하는 그녀에게.

로절린드 제발 그만두시오, 이건 마치 아일랜드 늑대들이 달 보
고 울부짖는 것 같군요. (실비우스에게) 가능하면 당신
을 도우겠소. (피비에게) 가능하면 당신을 사랑하겠소. 105
— 내일은 모두 함께 나를 만나시오. (피비에게) 내가
언젠가 여자와 결혼한다면 당신과 할 텐데 난 내일 결
혼할 것이오. (올랜도에게) 내가 언젠가 남자를 만족시
킨다면 당신을 만족시킬 텐데 당신은 내일 결혼하게
될 것이오. (실비우스에게) 당신에게 기쁜 일이 당신에 110
게 흡족하면 흡족하게 해 줄 텐데 당신은 내일 결혼하
게 될 것이오. (올랜도에게) 당신은 로절린드를 사랑하
니까 만나요. (실비우스에게) 당신은 피비를 사랑하니까
만나요. — 그리고 난 있지 않은 여자를 사랑하니까
만나겠소. 그럼 잘들 가시오. 난 당신들에게 지시를 남 115
겼소.

실비우스 사는 한 어기지 않겠소.

피비 나도.

올랜도 나도. (함께 퇴장)

5막 3장

터치스톤과 오드리 등장.

터치스톤 내일은 즐거운 날이야, 오드리. 우린 내일 결혼하게 될 거야.

오드리 난 그걸 정말 진심으로 원하고 이 세상 여자가 되길 소원하는 것이 깨끗지 못한 소원은 아니기 바랍니다.

두 시동 등장.

여기에 추방된 공작님의 두 시동이 왔네요. 5

시동 1 정직한 신사분, 잘 만났습니다.

터치스톤 정말 잘 만났소. 자, 앉아요, 앉아, 그리고 노래 한 곡 해 줘요.

시동 2 좋습니다, 가운데 앉으세요.

시동 1 저희 둘이 곧바로 손뼉 치며 시작할까요, 목청 가다듬고 침 뱉거나 목쉬었다고 하지 않고요? 그건 목소리가 나쁘다는 전주곡일 뿐이니까요. 10

시동 2 진짜야, 진짜, 그래서 한 말 등에 탄 두 집시처럼 한 곡조로 노래하자.

시동들 (노래한다.)

연인과 그의 애인 둘이서 15
야 하고 호 하고 다시 야호 부르며
푸른 밀밭 가로질러 걸었다네.
때는 봄, 화촉을 밝히기 참 좋아.
지지배배, 지지배배 새들은 노래하고
달콤한 연인들은 봄이 좋아. 20

5막 3장 장소 아든 숲 속.
13행 집시 숙련된 기수들로 종종 지그 노래와 함께 언급된다. (아든)

넓은 저 들판의 호밀밭 둑 위에
　　야 하고 호 하고 다시 야호 부르며
이 예쁜 촌사람들 몸 뉘고 싶다네.
　　때는 봄, 화촉을 밝히기 참 좋아.
지지배배, 지지배배 새들은 노래하고 25
　　달콤한 연인들은 봄이 좋아.

그들은 이 노래를 그때 시작했다네,
　　야 하고 호 하고 다시 야호 부르며,
인생은 한 송이 꽃일 뿐이니까.
　　때는 봄, 화촉을 밝히기 참 좋아. 30
지지배배, 지지배배 새들은 노래하고
　　달콤한 연인들은 봄이 좋아.

그러니까 이 순간을 잡아야지
　　야 하고 호 하고 다시 야호 부르며
사랑의 호시절이 왔으니까. 35
　　때는 봄, 화촉을 밝히기 참 좋아.
지지배배, 지지배배 새들은 노래하고
　　달콤한 연인들은 봄이 좋아.

터치스톤 정말로, 어린 신사분들, 가사에 대단한 내용이 없었는데도 음이 아주 안 맞았어요. 40

시동 1 속으신 겁니다. 저흰 박자를 맞추었고 박자를 놓치지도 않았어요.

터치스톤 맹세코, 놓쳤어요. 그리고 이런 어리석은 노래를 듣는 건 시간 놓치기라고 봐요. 잘 있어요, 그리고 제발 그 목소리 좀 고쳐요. 가자, 오드리. (함께 퇴장) 45

5막 4장

원로 공작, 에이미언스, 자크, 올랜도, 올리버 및
실향녀가 된 실리아 등장.

원로 공작 올랜도 자네는 이 소년이 약속한 것
모두를 다 해낼 수 있다고 믿는가?

올랜도 희망이 두렵고 두려움을 아는 사람들처럼
정말 때론 믿다가 때론 믿지 않습니다,

가니메데가 된 로절린드, 실비우스, 피비 등장.

로절린드 계약을 확인할 동안에 한 번 더 참으시죠. 5
(공작에게) 당신은 제가 만약 로절린을 데려오면
여기 올랜도에게 주겠다고 하셨지요?

원로 공작 그녀와 함께 줄 왕국이 몇 있대도 그러겠네.

로절린드 (올랜도에게) 당신은 내가 그녀 데려오면 받는다 했지요?

올랜도 이 몸이 모든 왕국 왕이라도 그럴 거요. 10

로절린드 (피비에게) 당신은 내 뜻 따라 나와 결혼한다 했죠?

피비 그런 다음 곧바로 죽는대도 그럴 거요.

로절린드 하지만 당신이 나와 결혼 거부하면
최고로 충실한 이 양치기에게 자신을 줄 거죠?

피비 그렇게 거래했죠. 15

로절린드 (실비우스에게) 당신은 피비가 원하면 그녀를 가질 거죠?

실비우스 그녀를 갖는 것과 죽음이 하나일지라도.

로절린드 저는 이 모든 걸 정리하겠노라고 약속했죠.

5막 4장 장소 아든 숲 속.

공작님, 딸을 준단 언약을 지키세요.
올랜도 당신은 받겠다는 언약을 지키고. 20
피비는 나와 결혼하든지 거절하면
여기 이 양치기와 한다는 언약을 지켜요.
실비우스, 피비가 나를 거절한다면 그녀와
결혼한단 언약을 지켜요. 이 모든 의문을
정리하기 위하여 저는 잠시 떠납니다. 25

(로절린드와 실리아 함께 퇴장)

원로 공작 이 양치기 소년은 내 딸이 보였던
몇 가지 발랄한 모습을 생각나게 한다네.

올랜도 공작님, 제가 그를 처음 만나 보았을 때
전 그가 따님의 형제라고 생각했죠.
하지만 공작님, 이 소년은 숲에서 태어났고 30
그의 말에 의하면 위대한 마법사인
그의 삼촌에게서 여러 가지 위험한 공부의
초보적 기술을 배웠는데 그분은
이 숲의 테두리 안에서 숨어 지냈답니다.

터치스톤과 오드리 등장.

자크 분명코 또 한 번의 대홍수가 멀지 않았어, 그래서 이 35
암수 짝들이 방주로 오고 있어. 여기 아주 이상한 짐승
한 쌍이 오는데 어느 나라 말로든 바보라고 부르겠지.

터치스톤 여러분 모두에게 인사드립니다.

자크 공작께선 이 사람을 환영해 주시게. 내가 숲 속에서 정
말 자주 만났던 색동옷 마음의 신사라네. 맹세코 자기 40
는 한때 궁정인이었다고 하네.

터치스톤 그걸 의심하는 사람이 있으면 제 무죄를 그가 입증하라지요. 전 박자도 밟아 봤고 귀부인께 아첨도 해 봤으며 친구에게 술책도 부려 봤고, 적은 싹싹하게 대했으며 세 명의 양복장이를 파산시켰고 네 번 말다툼을 했는데 한 번은 싸울 뻔했답니다. 45

자크 그래서 어떻게 수습했나?

터치스톤 실은 만나서 알고 보니 그 말다툼은 일곱 번째 이유 때문이었답니다.

자크 어째서 일곱 번째인가? — 공작은 이 친구를 좀 좋아해 주시게. 50

원로 공작 많이 좋아하고 있다네.

터치스톤 복 많이 받으십시오, 저도 같은 마음입니다. 저도 여기 나머지 시골 교접꾼들 가운데 비집고 들어와 결혼으로 맺고 혈기로 끊는 법칙에 따라 맹세를 하고는 저버릴까 합니다. — 가난한 처녀가 나리, 못생긴 것인데, 나리, 하지만 제 것이죠. 전 하찮은 제 변덕을 좇아서, 나리, 누구도 원치 않는 것을 가집니다. 진주가 더러운 굴 속에 들어 있듯이 값비싼 순결은 구두쇠처럼, 나리, 가난한 집에 산답니다. 55 60

원로 공작 정말이지, 이 친구 아주 재빠르고 경구를 잘 쓰는군.

터치스톤 바보가 쏘는 화살과, 나리, 그로 인한 화류병에 따라서요.

자크 하지만 그 일곱 번째 이유 말인데, 어떻게 그 말다툼이 일곱 번째 이유 때문인 줄 알았나? 65

62행 바보가…화살 바보가 날리는 기지라는 화살과, 남성 성기 및 사정의 비유, 두 가지를 내포한 말.

터치스톤 일곱 번을 옮겨 다닌 거짓말 때문인데 — 몸가짐을 좀 더 점잖게 해, 오드리 — 나리, 이렇게요. 제가 어떤 궁정인의 수염 자른 모양을 정말 싫어했죠. 그는 기별을 보내 자기가 수염을 잘못 잘랐다고 한다면 그런 줄 알겠다고 합니다. 이것을 예의 바른 반박이라 부릅니다. 70
제가 다시 기별을 보내 잘못 잘랐다고 하면 그도 기별을 보내 그는 자기만족 때문에 수염을 잘랐다고 합니다. 이것을 적당한 비꼬기라 부릅니다. 또다시 잘못 잘랐다고 하면 그는 제 판단력을 헐뜯습니다. 이것을 무뚝뚝한 응답이라 부릅니다. 또다시 잘못 잘랐다고 하 75
면 그는 제가 사실을 말하지 않는다고 대답합니다. 이것을 용감한 질책이라 부릅니다. 또다시 잘못 잘랐다고 하면 그는 제가 거짓말한다고 합니다. 이것을 싸움 거는 반박이라 부릅니다. — 그리고 이런 식으로 에두르는 거짓말에서 노골적인 거짓말로 가지요. 80

자크 그런데 자네는 그가 수염을 잘못 잘랐다고 몇 번이나 말했나?

터치스톤 전 에두르는 거짓말 이상은 감히 못 했고 그 사람도 감히 제게 노골적인 거짓말은 못 했지요. 그래서 우린 칼만 겨누어 보고 헤어졌답니다. 85

자크 이젠 거짓말의 단계를 순서대로 명명해 줄 수 있겠나?

터치스톤 오, 나리, 저희들은 적힌 대로, 책에 따라, 예절책에 있는 대로 말다툼합니다. 그 단계별 이름을 말하지요. 첫째는 예의 바른 반박이고 둘째는 적당한 비꼬기, 셋째는 무뚝뚝한 응답, 넷째는 용감한 질책, 다섯째는 싸움 90
거는 반박, 여섯째는 에두르는 거짓말, 일곱째는 노골적인 거짓말입니다. 이 모두는 노골적인 거짓말만 빼고는 다 피할 수 있는데, 그것도 '만약에'가 붙으면 피할 수 있답니다. 제가 알기로 일곱 명의 판사들이 말다툼 하나를 해결하지 못하다가 당사자들이 다 모였을 때 한 사람이 그저 '만약에'란 말을 '만약에 당신이 그렇게 말했다면 나도 그렇게 말했소.'라고 할 때처럼 생각했고, 그래서 그들은 악수하고 결의형제했답니다. 그 '만약에'란 것이 둘도 없는 중재자랍니다. '만약에'는 효력이 크답니다. 95 100

자크 공작, 이거 정말 드문 친구가 아닌가? 그는 뭐든지 잘하는데 그래도 바보일 뿐이라네.

원로 공작 그는 자기 바보짓을 은폐물처럼 쓰면서 그 뒤에 숨어서 자기 기지를 쏘는군.

히멘, 원래 모습의 로절린드 및 실리아와 함께 등장.

조용한 음악.

히멘
지상의 일들이 정리되고 105
다 함께 화해할 때
하늘엔 기쁨이 있으리라.
공작은 따님을 받으시오,
히멘이 하늘에서 데려왔소.
가슴속에 심장 가진 그의 손과 110
그녀 손을 그대가 합치도록
그렇지요, 이리로 데려왔소.

로절린드 (공작에게) 저는 당신 것이니까 당신께 드립니다.

104행 무대 지시문, 히멘 결혼의 신.

(올랜도에게) 저는 당신 것이니까 당신께 드립니다.

원로 공작 보이는 게 사실이면 너는 내 딸이구나. 115

올랜도 보이는 게 사실이면 당신은 내 로절린드요.

피비 보이는 모습이 사실이면
내 사랑 그대여, 잘 가요.

로절린드 당신이 아니면 아버지는 없을 테고
당신이 아니면 남편은 없을 테며 120
당신 아닌 여자와는 절대 결혼 않겠소.

히멘 조용하라! 혼란을 금하노라.
몹시도 이상한 이 사건은
내가 결론 내리리라.
진실 속에 진실이 담겼다면 125
여기 있는 여덟은 손을 잡고
히멘의 무리와 합쳐야 하리라.
(실리아와 올리버에게)
그대와 그대는 고난이 못 가르고
(로절린드와 올랜도에게)
그대와 그대는 마음을 합쳤도다.
(피비에게) 자네는 그의 사랑 따르든지 130
여자를 낭군으로 맞아야 하리라.
(오드리와 터치스톤에게)
겨울과 궂은 날씨 함께 오듯
자네와 자네는 분명히 하나로다.
우리가 혼인 축가 부르는 동안에
서로서로 질문을 해 보라, 135
우리 만난 사연을 이치로 풀어서
놀라움을 줄이고 이 일을 끝내도록.

노래.

혼사는 위대한 주노의 왕관이니
오, 축복받을 숙식의 계약이여.
히멘이 도시를 사람으로 채우나니 140
엄숙한 혼인을 공경할지어다.
온 마을의 신이신 히멘께 공경과
드높은 공경과 명성을 바치라.

원로 공작 오, 사랑하는 질녀야, 내 너를 환영한다,
딸인 것에 못지않은 정도로 환영한다. 145

피비 약속을 어기진 않을게, 넌 이제 내 거야.
네 믿음이 내 사랑을 너와 합쳐 놓았어.

둘째 동생, 자크 드 보이스 등장.

자크 드 보이스 제 말을 한두 마디 경청해 주십시오.
이 멋진 모임에서 소식을 전하는 이 몸은
옛 롤런드 경의 둘째 아들이랍니다. 150
뛰어난 분들이 이 숲으로 매일매일
들어간단 소식 들은 프레더릭 공작은
여기 계신 형을 잡아 그를 칼로
베어 버릴 목적으로 대군을 모집하여
자신의 지휘 아래 출정을 했으며 155
여기 이 불모의 숲 근처까지 왔는데
거기에서 신심 깊은 한 노인을 만나서
그분과 몇 마디 대화를 나눈 뒤에
자신의 계획과 세상을 등지게 됐답니다.

왕권은 추방당한 형에게 넘겨주고 160
그와 함께 망명한 분들의 토지는 모두 다
돌려주었답니다. 감히 제 목숨 걸고
이건 사실입니다.

원로 공작 젊은이여, 잘 왔네.
형제들의 결혼식에 좋은 선물 내놓았어.
누구에겐 묶인 땅을, 또 누구에게는 165
강력한 왕국인 큰 나라 전체를 말일세.
그럼 먼저 이 숲에서 그 시작과 발상이
좋았던 일들을 마무리해 놓읍시다.
그런 다음 짐과 함께 모진 낮밤 견디었던
행복한 이 동료들 하나하나 모두에게 170
그 지위와 재산의 등급에 따라서
짐은 이 돌아온 행운을 나눠 줄 것이오.
그때까진 새로 생긴 이 왕권은 잊은 채
짐의 이 촌 잔치에 푹 빠져 봅시다.
음악을 연주하라! 그리고 신랑 신부 모두는 175
넘치는 기쁨으로 춤을 추기 시작하라.

자크 저, 좀만 참아 주시게.
(자크 드 보이스에게) 내가 옳게 들었다면
공작은 종교적인 생활을 택하고
화려한 궁정을 무시해 버렸단 말이군.

자크 드 보이스 그렇지요. 180

자크 난 그에게 가겠네. 개심한 이들에겐
듣고 또 배울 게 대단히 많다네.
(원로 공작에게) 자네에겐 예전의 영예를 부여하네,
참을성과 미덕 있어 그런 대접 마땅하지.

(올랜도에게) 자네에겐 참 믿음에 합당한 사랑을. 185
(올리버에게) 자네에겐 땅과 사랑, 막강한 우군을.
(실비우스에게) 자네에겐 당연한 신방을 오래오래.
(터치스톤에게) 자네에겐 언쟁을. 그 사랑의 여정에는
두 달 양식뿐이니까. — 자, 맘대로들 하게나.
난 춤추는 것 말고 다른 일을 해야겠네. 190

원로 공작 기다리게, 자크, 기다려.

자크 여흥은 안 보려네. 자네가 원하는 건
버려진 자네 굴에 남았다가 듣겠네. (퇴장)

원로 공작 계속하라, 계속해. 이 예식을 시작한다,
참 기쁨 속에서 끝나리라 믿으니까. 195

(음악과 춤. 로절린드만 남고 모두 함께 퇴장)

맺음말

로절린드 맺음 역 하는 아가씨를 보는 게 유행은 아니지만 서두 역의 남자를 보는 것보다 더 꼴불견은 아니랍니다. 술맛이 좋으면 술집 광고가 필요 없듯이 희곡이 좋으면 맺음말이 필요 없는 게 사실이죠. 하지만 좋은 술도 광고를 하니까 좋은 희곡도 좋은 맺음말의 도움으로 더 5 나아지겠죠. 그럼 제 처지는 어떻죠? 좋은 맺음 역도 아니고 좋은 희곡을 대신하여 여러분의 환심을 사지도 못하다니 말입니다. 전 거지 행색을 하진 않았어요. 그래서 구걸은 어울리지 않을 겁니다. 제 방식은 여러분들에게 마술을 거는 건데 여자들부터 시작하죠. 오, 10 여자들에게 명하노니, 남자들에게 품은 사랑을 위하여 이 희곡을 당신들이 기쁜 만큼 좋아해 주세요. 그리고 오, 남자들에게 명하노니, 여자들에게 품은 사랑을 위하여 (선웃음을 보니까 아무도 그들을 미워하지 않으시는 모양인데) 이 희곡이 당신들과 여자들 가운데서 기쁨을 주기 바랍니다. 제가 만약 여자라면 제 마음에 드는 수염 기른 남자, 제가 좋아하는 혈색 가진 남자, 제가 물리치지 않는 입 냄새를 가진 남자들은 아무리 많아도 다 키스해 줄 겁니다. 그리고 확신컨대 그만큼 많은 숫자의 훌륭한 수염, 훌륭한 얼굴, 또는 달콤한 입 냄새를 가진 남자들이 친절한 이 제안을 듣고 제가 무릎 굽혀 절할 때 박수로 작별을 고할 겁니다.

(퇴장)

십이야

Twelfth Night, or
What You Will

역자 서문

윌리엄 셰익스피어(1564~1616)는 『실수 희극』(1592~1594)을 시작으로 『잣대엔 잣대로』(1604)까지 총 13편의 희극을 썼다. 그 가운데 여기에 모인 다섯은 — 『한여름 밤의 꿈』(1595~1596), 『베니스의 상인』(1596~1597), 『좋으실 대로』(1599), 『십이야』(1601~1602), 그리고 『잣대엔 잣대로』(1604) — 소위 명작이라 불리는 작품들이다. 이들 희극은 그 내용이 다양하여 한마디로 정의하기는 어렵다. 그러나 이들이 희극으로 분류되는 이유는 적어도 두 가지 공통 요소를 갖추고 있기 때문이다. 우선 이들은 우리 관객이나 독자들에게 전체적으로 슬픔보다는 기쁨, 울음보다는 웃음을 준다. 그 웃음의 성격이 밝고 순수할 수도 있고 조소나 실소에 가까울 수도 있지만 어쨌든 우리를 심각한 슬픔에 빠뜨리거나 울게 하지는 않는다. 둘째, 극의 시작은 비록 심각하거나 비극적일 수 있어도 그런 갈등은 결국 화합에 이르고 행복하게 마무리된다. 적어도 주인공이나 중요한 인물이 죽는 일은 없고 그 대신 화합의 상징인 결혼이 있다. 이것이 여기에 모인 셰익스피어의 다섯 극작품이 희극이란 장르로 묶여 있는 까닭이다. 그러면 이제부터 이 다섯 극작품을 희극의 두 핵심 요소 가운데 하나인 결혼이라는 공통분모를 통하여 간략하게 소개해 보기로 하자.

이 다섯 가운데 넷째 작품인 『십이야』의 결말에는 세 쌍의 남녀가 결혼한다. 일리리아의 공작 오르시노와 비올라, 비올라의 쌍둥이 오빠 세바스티안과 여백작 올리비아, 올리비아의 친척 토비 경과 그녀의 시녀 마리아가 그들이다. 이 가운데 가장 중요한 쌍은 오르시노와 비올라이고, 이 둘 가운데서도 이 희극의 핵심

적인 역할은 비올라가 맡는다. 왜냐하면 모든 중요한 사건은 비올라를 중심으로 벌어지기 때문이다. 오르시노 공작이 다스리는 나라 일리리아 해안에 난파한 비올라는 환관으로 변장하고 오르시노를 섬기는데 그 오르시노는 올리비아를 사모하고 그녀에게 사랑의 전령으로 비올라를 보내지만 그녀를 남자로 오인한 올리비아가 비올라와 사랑에 빠지게 된다. 이렇듯 복잡하게 얽힌 사랑 관계의 문제는 그 근원이 성 정체성에 대한 오해에서 비롯되기 때문에 비올라의 쌍둥이 오빠 세바스티안이 나타날 때까지는 절대 인위적으로 풀리지 않는다. 오히려 그것을 억지로 풀려고 하면 할수록 혼란만 가중된다. 이 상황에서 비올라가 보이는 태도가 바로 현명한 수동성이다. 즉, 사태 해결을 시간에 맡기고 침착하게 인내하며 기다리는 자세이다. "오, 시간이여, 나 말고 네가 이걸 해결해라./이 매듭은 너무 굳어 난 풀지 못하겠다."(2.2.41~42) 이것이 그녀가 오르시노와 결혼하려는 목적을 이루는 열쇠이고 여기에 이 작품의 핵심 주제(사랑)가 담겨 있다. 그러면 이제부터 그녀가 자기 사랑을 성취하는 과정을 따라가 보기로 하자.

1막 1장이 열리면 오르시노 공작이 음악을 들으면서 사랑에 대해 다음과 같은 생각을 밝힌다.

오르시노 사랑이 음악 먹고 자란다면 연주하라.
넘치도록 들려줘라, 그래서 물리면
그 욕구는 병들어 죽어 없어지리라.
그 선율을 반복해 봐, 뚝 떨어지던데.
오, 그것은 제비꽃 강둑 위를 스치는
달콤한 남풍처럼 향기를 훔쳐 와
내 귓전에 뿌리며 들어왔다. 됐다, 그만.
지금은 앞서만큼 달콤하지 않구나.

(음악이 멈춘다.)

오, 애정이여, 넌 얼마나 빠르고 기운찬가.
그래서 용량이 적어 보이는데도
바다처럼 받아들이는구나. 제아무리
가치 있고 고귀한 것들일지라도
그 안에 들어가면 순식간에 줄어들고
값이 뚝 떨어진다. 오로지 연정만이
강렬한 상상이 빚어낸 형상으로 넘친다. (1.1.1~15)

여기에서 오르시노가 말하는 사랑의 세 가지 비유, 음악과 향기와 바다는 오르시노의 심리 상태를 이해하는 데 매우 중요하다. 우선 사랑은 그에게 그게 어떤 상념이든 그 대상이 누구든 한순간 그에게 기쁨을 주지만 곧 사라지는 선율과 같다. 모든 가락은 잠시 들리다가 고요 속으로 사라진다. 둘째, 이 선율에 실려 오는 사랑은 바람에 묻어 오는 향기와 같다. 그것 또한 잠시 내 후각을 자극하다가 허공으로 사라진다. 셋째, 사랑은 그 수용력이 별것 아닌 것 같지만 일단 들여다보면 마치 바다와 같다. 그래서 아무리 고귀한 사랑의 상념이나 대상이라 할지라도 한번 그 안에 빠지면 곧 줄어들고 가라앉아 없어진다. 이처럼 일시적이고 변덕스러운 그리고 대상 간에 차이를 두지 않는 오르시노의 사랑은 그러나 한 가지 면에서는 한결같다. 왜냐하면 그의 연정은 상상력을 동원하여, 잠시 반짝이다가 사라지기를 되풀이하는 갖가지 형상을 끊임없이 만들어 내기 때문이다. 오르시노의 이런 마음을 현명한 바보 페스테는 나중에 "오팔"(2.4.76)에 비유한다.(얼마나 멋진 그리고 정확한 비유인가!) 그래서 오르시노는 지금 이 오팔이 만들어 내는 환상적인 형체들을, 음악을 들으면서, 바라보며 즐기는 것이고, 올리비아는 사실 그 수많은 형체 가운데 하나를 구체적으로 즐길 수 있는 대상에 지나지 않는다. 그렇기 때문에 그는 올리비아를 직접 만나 그녀의 사랑을 구할 생각은 하지 않고 계속 대리인을 보내는 것이며 나중에 올리비아가 세바스티안과 결혼하여 자기 사랑을 저버렸을 때도 그 사랑의 대상을 올리비아에서 비올라로 비교적 빨리 쉽게 바꿀 수 있다.

만약 오르시노의 사랑이 그 대상 선택의 가능성을 무한히 열어 두고 수시로 바꿀 수 있는 특성을 보인다면 올리비아의 사랑은 그 반대의 성향을 보인다. 오르시노 공작을 시중드는 밸런타인의 전언에 의하면 그녀는 자기 오빠의 죽음을 애도하기 위해 칠 년 동안 하늘에게 자기 얼굴을 "넉넉히" 보이지 않을 것이며 "수녀처럼 너울 쓰고 걸으면서/눈에 나쁜 짠물로 자기 방 곳곳을 하루 한 번/적실 거라"(1.1.27~29)고 한다. 이는 사랑의 대상을 하나로 제한하고 다른 모든 가능성을 닫아 버리는 방식이다. 이런 올리비아의 사랑 표현 방식에 오르시노는 커다란 매력을 느끼고 그 오빠의 자리를 자기가 차지하려고 한다. 하지만 그녀의 이런 극단적인 사랑 표현은 현명한 바보 페스테가 교리문답을 통해 지적하듯이 바보짓이다. 올리비아는 오빠의 영혼이 천국에 가 있다고 믿으면서 그것이 마치 지옥에 가 있는 것처럼 슬퍼하고 있으니까.(1.5.60~68) 그리고 우리는 오르시노 공작에게도 같은 말을 할 수 있을 것이다. 그는 세상에 실제로 있을 수 없는 사랑을 추구하고 있으니까.

그렇다면 이 두 사람 사이에서 양쪽을 오가는 비올라의 사랑은 어떠한가? 우리는 앞서 성 정체성의 문제를 시간이 해결해 주기를 기다리는 비올라의 태도를 '현명한 수동성'이라고 말했다. 이제 그 '현명한'을 시간이 아니라 그녀의 사랑에 적용하여 능동적이라는 말로 바꾸면 우리는 왜 비올라가 오르시노와 올리비아 양쪽의 사랑을 받는지 이해할 수 있다. 우선 우리는 비올라가 사랑과 관련하여 수동적이지만은 않다는 사실을 알 수 있다. 왜냐하면 그녀는 오르시노로부터 올리비아에게 가서 자기 사랑을 얻어오라는 명령을 받았을 때 다음과 같이 대답한다. "최선을 다하여/그 숙녀께 구애하죠. (방백) 그렇지만 험난해라,/누구에게 구애하든 그의 아낸 내가 되리."(1.4.40~42) 이는 오르시노의 사랑을 결국에는 자기가 차지하리라는 야무진 다짐이고, 그것을 이루기 위해 그녀는 현명하게 때를 기다리는 적극성을 발휘한다.

이런 능동적인 수동성은 궁극적으로 그녀의 성 정체성에서 비롯된다. 이런 점에서 우리는 그녀가 남장 여자로 오르시노의 총애를 받지만 처음에는 "환관"으로 그의 궁정에 들어간다는 사실에 주목한다. 이는 그녀가 생물학적으로 거세된 남성이라는 뜻이 아니라 심리학적으로 양성의 특징을 다 갖추고 그것을 잘 이해하며 조화시킬 수 있는 사람이라는 뜻이다. 그리고 이것이 그녀가 쌍둥이 오빠 세바스티안과 단순히 외모와 체격에 있어서만 같은 것이 아니라, 그래서 다른 사람들에게 시각적인 혼동을 일으키는 것이 아니라, 내면의 성향이 오빠의 남성성을 상당 부분 수용하고 있다는 의미일 것이다. 그래서 남장을 한 그녀가 오르시노 대신 올리비아를 방문했을 때 하는 말이 강한 호소력을 가지는 것이리라. "주인님의 불꽃으로 내가 당신 사랑하면/그 치열한 고통과 죽음 같은 삶 속에서/당신의 거절은 나에게 무의미할 테고/이해하지 않겠어요."(1.5.251~254) 또한 그래서 남장을 한 그녀가 오르시노에게 "여자들의 남자 사랑 어떤지 너무 잘 알지요./참말로 그들의 진심은 우리와 같답니다."(2.4.107~108)라고 했을 때 그 말이 그에게 예사롭지 않게 들리지 않는 것이리라. 이렇게 비올라는 그녀가 원했던 오르시노의 사랑을 얻게 되고 그 과정에서 바다에 빠져 죽은 줄로만 알았던 오빠 세바스티안이 살아 있을 뿐만 아니라 올리비아와 결혼까지 하여 자신이 빠진 사랑의 난제를 드디어 해결해 준 사실을 알게 된다. 그녀의 현명한 기다리기 작전이 드디어 성공한 셈이다.

오르시노, 올리비아 그리고 비올라 사이의 복잡한 관계가 진행되는 동안 우리는 비올라의 성 정체성에 대한 오해 때문에 생기는 여러 사건과 행동에 웃음을 머금는다. 특히 오르시노와 올리비아가 진지한 태도를 보일 때에도 우리는 비올라의 정체를 알기 때문에 한 발 떨어져서 그들의 바보스러운 행동을 여유 있게 지켜 볼 수 있다. 또한 토비 트림 경과 파비안이 비올라와 앤드루 학질 경 사이의 칼싸움을 부추길 때 우리는 남장한 비올라의 진짜 두려움과 억지로 용감한 척하는 앤드루 경의 겁쟁이 기질 때문에 웃음을 참을 수 없다.

그러나 이들보다 우리를 훨씬 더 폭소하게 만드는 인물은 올리비아의 집사 말볼리오이다. 그는 마리아가 꾸민 계책에 속아 토비 경과 그 동료들의 웃음거리가 된다. 그 이유는 그 또한 오르시노나 올리비아와 마찬가지로 한 가지 감정에 빠져 있는 인물이기 때문이다. 그 감정은 올리비아가 잘 지적하듯이 지나친 "자애심"(1.5.86)이다. 그는 자기가 대단한 인물이기 때문에 자기 여주인 올리비아가 자신을 사랑한다는 환상에 푹 빠진 나머지 마리아가 조작한 터무니없는 내용의 연애편지에 속아 넘어간다. 그리고 그 편지의 지시대로 노란 양말을 신고 교차 대님을 맨 채 올리비아 앞에 나와 미친 사람 취급을 받는다. 게다가 토비 경으로부터 미치광이처럼 어두운 광 속에 갇히는 일까지 당한다. 이렇게 말볼리오는 그가 제공한 원인보다 더 큰 고통을 당한다. 그래서 만약 그의 억울함을 너무 강조하면 『십이야』의 분위기는 좀 어두워질 수 있다. 특히 그가 극의 결말에서 자기가 어떻게 누구의 놀림감이 되었는지 다 알게 되었을 때 내뱉은 "당신들 패거리 모두에게 복수할 것이오!"(5.1.368)라는 말은 상당한 공감을 불러

일으킨다. 하지만 말볼리오의 억울함이 이 극 전체의 희극적 특성을 바꿀 정도로 큰 영향을 끼치는 것은 아니다.

끝으로 이번 번역은 케이르 엘람(Keir Elam) 편집의 아든(The Arden Shakespeare) 판 『십이야(Twelfth Night)』를 기본으로 하고, G. 블레이크모어 에번스(G. Blakemore Evans) 편집의 리버사이드 셰익스피어(The Riverside Shakespeare) 판과 조너선 베이트와 에릭 라스무센(Jonathan Bate and Eric Rasmussen) 편집의 RSC(The Royal Shakespeare Company) 판을 참조하였다.

등장인물

비올라	난파한 뒤 세자리오로 변장하는 아가씨
선장	파선 뒤에 비올라를 돕는 사람
세바스티안	난파한 비올라의 쌍둥이 오빠
안토니오	세바스티안을 돕는 다른 선장
오르시노	일리리아 공작
큐리오	공작을 시중드는 신사들
밸런타인	
두 군관	
올리비아	여백작
마리아	올리비아의 시녀
토비 트림 경	올리비아의 친척
앤드루 학질 경	토비 경의 친구
말볼리오	올리비아의 집사
페스테	광대, 올리비아의 재담꾼
파비안	올리비아의 집안 식구
신부	
하인	올리비아 집안 소속

악사, 귀족, 뱃사람, 시종들

장소　일리리아 및 아드리아 해안의 다른 나라

1막 1장

음악. 일리리아 공작 오르시노, 큐리오 및
다른 귀족들 등장.

오르시노 사랑이 음악 먹고 자란다면 연주하라.
넘치도록 들려줘라, 그래서 물리면
그 욕구는 병들어 죽어 없어지리라.
그 선율을 반복해 봐, 뚝 떨어지던데.
오, 그것은 제비꽃 강둑 위를 스치는 5
달콤한 남풍처럼 향기를 훔쳐 와
내 귓전에 뿌리며 들어왔다. 됐다, 그만.
지금은 앞서만큼 달콤하지 않구나. (음악이 멈춘다.)
오, 애정이여, 넌 얼마나 빠르고 기운찬가.
그래서 용량이 적어 보이는데도 10
바다처럼 받아들이는구나. 제아무리
가치 있고 고귀한 것들일지라도
그 안에 들어가면 순식간에 줄어들고
값이 뚝 떨어진다. 오로지 연정만이
강렬한 상상이 빚어낸 형상으로 넘친다. 15
큐리오 각하, 사냥하시렵니까?
오르시노 뭘, 큐리오?
큐리오 수사슴요.
오르시노 이미 하고 있는데, 내게 가장 귀한 놈을.
오, 내 눈이 올리비아 맨 처음 봤을 때
그녀는 공기 중의 역병을 정화한 것 같았지.

1막 1장 장소 공작의 궁정.

그 순간 난 한 마리 수사슴이 되었고 20
그 뒤로 내 욕망은 잔혹한 사냥개들처럼
계속 나를 쫓아와.

밸런타인 등장.

그래, 그녀가 준 소식은?

밸런타인 죄송하나 공작님, 저는 못 들어갔지만
하녀를 통하여 이런 답을 내리셨습니다.
하늘조차 칠 년의 더위가 지나갈 때까지 25
그녀의 얼굴을 넉넉히 보지 못할 것이며
자신도 수녀처럼 너울 쓰고 걸으면서
눈에 나쁜 짠물로 자기 방 곳곳을 하루 한 번
적실 거라 하십니다. 그런데 이 모두가
죽은 오빠 사랑을 오랫동안 신선하게 30
슬픈 기억 속에서 간직하기 위해서랍니다.

오르시노 아, 오빠에게 사랑 빚을 갚는 것뿐인데도
이렇게 훌륭한 마음씨를 보이는 그녀가
자기 안에 들어 있는 다른 모든 감정들이
황금 촉 화살 맞아 죽어 없어질 때면 35
어떻게 사랑할까 — 군주들의 옥좌 같은
간과 뇌와 심장과, 또 그녀의 완벽한 자질까지

20~22행 그…쫓아와
오르시노의 비유는 그리스 신화에 나오는 사냥꾼 악타이온을 언급하고 있는데, 그는 디아나가 나체로 목욕하는 것을 훔쳐보다가 그녀에 의해 사슴으로 변했고 자기 사냥개들에게 물려 죽었다.
35행 황금…화살
큐피드는 사랑을 일으키는 금촉 화살과 그 반대의 효과를 가진 납촉 화살을 가지고 다닌다.

모두 다 같은 왕의 차지가 됐을 때 말이다!
감미로운 꽃 침대로 나를 앞서 인도하라.
연정은 쉼터 그늘 아래에서 풍부해지니까. (퇴장) 40

1막 2장

비올라, 선장 및 뱃사람들 등장.

비올라 친구들, 이 나라는?
선장 일리리아랍니다, 아가씨.
비올라 일리리아 이곳에서 내가 뭘 해야지?
오빠는 천리만리 하늘에 가 있는데.
우연히 안 빠져 죽었겠지. 사공들의 생각은?
선장 아가씨는 우연히 구조되셨습니다. 5
비올라 불쌍한 오빠! 또한 그리됐을 수도 있지.
선장 맞습니다, 아가씨. 우연이 위로가 된다면
확신시켜 드리건대, 우리 배가 깨진 뒤
아가씨와 또 함께 구조된 몇 안 되는 사람이
떠돌던 우리 쪽배 잡았을 때 봤습니다. 10
위기에 아주 잘 대비한 아가씨의 오빠가 —
용기와 희망으로 실천 방법 배워서 —
바다에 뜬 큰 돛대에 자신을 묶은 다음

37행 간…심장
초기 근대의 체액 이론(핵심은 갈레노스의 것)에 따르면 간은 열정, 뇌는 생각 그리고 심장은 감정의 소재지(옥좌)이다. (아든)

1막 2장 장소 해안.
1행 일리리아
아드리아 해 동쪽에 있는 나라. 지금의 크로아티아. (RSC)

돌고래 등에 오른 아리온 시인처럼
파도와 벗하는 걸 제 눈에서 사라지는 15
그때까지 봤습니다.

비올라 그리 말한 대가로, 금화다.
나 자신이 피했으니 그도 그리했으리란
희망이 보인다. — 네 말이 거기에
권위를 더하니까. — 이 나라를 아느냐?

선장 예 아가씨, 잘 알지요. 제가 나서 자란 데가 20
바로 여기 이곳에서 세 시간도 안 됩니다.

비올라 이곳을 다스리는 사람은?

선장 이름처럼
사람 또한 고귀한 공작이요.

비올라 그분의 이름은?

선장 오르시노랍니다.

비올라 오르시노. 아버지가 부르실 때 들었어. 25
그때는 총각이었는데.

선장 지금도 그렇지요, 아니면 아주 최근까지도.
제가 여길 떠났던 한 달 전만 하더라도
고운 올리비아의 사랑을 구한다는 —
아시듯이 높은 분들 하는 일을 밑에서 30
재잘거리는지라 — 새 소문이 있었으니까요.

비올라 그 여자는 누군데?

14행 아리온
반전설적인 그리스 시인으로 선원들이 자기 물건을 강탈하고 죽이려 하자 리라 반주로 노래를 불러 돌고래 한 마리를 불러낸 다음 자기를 안전하게 코린트 섬으로 데려가도록 하였다. (아든)

22~23행 이름처럼…공작이요
오르시노는 고귀한 이탈리아 가문 출신이어서 고귀하고, 또한 그 이름이 이탈리아어로 '작은 곰'이라는 뜻이어서(오르시노 가문에서는 이를 고귀한 짐승으로 여긴다.) 고귀하다. (아든)

선장 정숙한 처녀로서 열두 달 전쯤에 세상 떠난
한 백작의 딸인데, 그 아들인 오빠가
보호하고 있다가 그 또한 곧 죽었고 35
그녀는 그에 대한 지극한 사랑으로
남자들과 모임이나 만남을 사람들 말로는
단절했답니다.

비올라 아, 내가 그 아씨를 시중들며
내 신분이 무엇인지 — 나만의 기회가
무르익을 때까지 — 세상에 드러내지 40
않으면 좋을 텐데.

선장 이루기 어려운 일입니다.
그녀는 어떤 청도 안 받아들이니까요,
예, 공작의 청까지도.

비올라 선장의 행동에는 고운 티가 나니까
조물주가 때때로 아름다운 벽으로 45
오물을 감싸지만, 그래도 당신만은
이 고운 겉모습에 어울리는 마음을
가지고 있다고 난 믿을 것이네.
부탁인데 — 그리고 후하게 갚아 줄 테니까 —
내 정체를 감춰 주고 의도하는 내 모습에 50
어쩌면 어울릴지 모르는 변장을 하는 데
도움이 돼 주게. 난 공작을 섬기려 해.
네가 나를 그에게 환관으로 소개하면
애쓴 보람 있을 거야. 난 노래와 얘기를
갖가지 음악 따라 해 줄 수 있는데 55
그럼 그는 내 봉사를 가치 있다 여길 거야.
그 밖의 일들은 시간에 맞길 테니

	내 계획에 맞추어 침묵만 지켜 주게.	
선장	아가씨가 환관 되면 전 벙어리 종 되지요.	
	제 혀가 까불면 제 눈을 못 보게 하십시오.	60
비올라	고맙네. 앞장서게. (함께 퇴장)	

1막 3장

토비 트림 경과 마리아 등장.

토비 경	이런 젠장, 질녀는 자기 오빠의 죽음을 왜 이렇게 받아들이지? 근심으로 명이 줄 게 뻔한데.	
마리아	참말로 토비 경, 밤에는 좀 더 일찍 들어오셔야 해요. 경의 친척, 아씨께서 당신이 시간을 안 지킨다고 불평이 이만저만이 아니세요.	5
토비 경	뭐야, 이만저만 이전에 그만하라지.	
마리아	예, 하지만 적절한 행동 범위를 벗어나진 마셔야지요.	
토비 경	벗어나? 난 지금 이 상태에서 조금도 벗어나지 않을 거야. 이 옷은 마시는 데 그만이고 이 장화도 마찬가지야. 만약 그렇지 않다면 저절로 터져 버리라지.	10
마리아	그렇게 벌컥벌컥 마시다가는 망가질 거예요. 아씨께서 어제 그런 얘기 하시는 걸 들었어요, 또 당신이 어느 날 밤 그녀의 구혼자로 여기 데려온 그 바보 같은 기사 얘기도요.	
토비 경	누구? 앤드루 학질 경 말이야?	15
마리아	예, 그이요.	

1막 3장 장소 올리비아의 저택.

토비 경　그는 여느 일리리아 남자만큼 큰사람이야.

마리아　그게 무슨 상관이에요?

토비 경　뭐야, 한 해 수입이 삼천 다카트인데.

마리아　예, 하지만 그 모든 다카트도 일 년밖에 못 갈걸요. 그 인 진짜 바보에다 헤픈 이에요. 20

토비 경　원, 자네가 그렇게 말하다니! 그는 비올라 다 감바를 연주하고 서너 가지 언어를 책 없이도 또박또박 말할 뿐더러 하늘이 주신 선물을 다 가졌어.

마리아　정말 다 가졌어요, 거의 천치같이. 그이는 바보인 데다 대단한 싸움꾼이기 때문이죠. 근데 그이가 자신의 싸움 취미를 줄여 주는 겁쟁이란 선물을 받지 않았더라면, 사려 깊은 이들은 그가 눈 깜짝할 사이에 무덤이란 선물을 받았을 거라고 생각한답니다. 25

토비 경　이 손에 맹세코 그렇게 말하는 자들은 불한당, 험담꾼들이야. 그게 누군데? 30

마리아　누구긴요, 그이가 밤마다 당신과 함께 마신다는 말까지 덧붙이는 이들이죠.

토비 경　질녀에게 건배하느라고 그랬지. 난 그녀를 기리며 마실 거야, 내 목에 구멍이 있고 일리리아에 술이 있을 때까지. 내 질녀를 기리며 자기 머리가 교구 팽이처럼 팽팽 돌 때까지 술을 마시지 않는 자는 겁쟁이에다 잡 것이야. 35

앤드루 학질 경 등장.

19행 다카트　약 9실링의 가치가 있는 금화. (아든)

허, 이 여자야, 호랑이도 제 말 하면 온다더니 앤드루 학질 경이야. 40

앤드루 경 토비 트림 경! 안녕하세요, 토비 트림 경?

토비 경 친절한 앤드루 경.

앤드루 경 (마리아에게) 복 받아요, 귀여운 땡삐.

마리아 나리께서도.

토비 경 접근, 앤드루 경, 접근. 45

앤드루 경 그게 뭔데요?

토비 경 질녀의 시녀요.

앤드루 경 친절한 접근 아가씨, 잘 알고 지냈으면 합니다.

마리아 제 이름은 마리아랍니다.

앤드루 경 친절한 마리아 접근 아가씨. 50

토비 경 잘못 알았어요, 기사 양반. '접근'이란 그녀와 맞부딪혀 올라타고 구애하고 공격하는 거랍니다.

앤드루 경 맹세코 사람들 앞에서 그녀를 주무르고 싶진 않소이다. 그게 '접근'의 의미란 말이오?

마리아 안녕히 계세요. 55

토비 경 이렇게 떠나게 한다면, 앤드루 경, 당신이 다시는 칼 뽑는 신사가 아니었으면 좋겠소.

앤드루 경 이렇게 떠난다면, 아가씨, 난 다시는 칼 뽑는 신사가 아니었으면 합니다. 고운 아가씨, 당신은 바보들을 손에 넣었다고 생각해요? 60

마리아 나리와 손도 잡지 않았는데요.

앤드루 경 아 참, 하지만 잡게 될 거요, 내 손 여기 있어요.

마리아 (그의 손을 잡는다.) 그럼 나리, 생각대로 되셨네요. 청컨대 손을 주방으로 가져가 마시라고 하시죠.

(그의 손을 자신의 가슴으로 가져간다.)

앤드루 경 왜요, 자기? 그게 무슨 비유지요? 65

마리아 메마른 거요.

앤드루 경 허, 그런 것 같네요. 난 내 손을 적실 만큼 바보는 아니오. 하지만 그게 무슨 농담이죠?

마리아 메마른 농담이에요.

앤드루 경 그런 거 잔뜩 갖고 있나요? 70

마리아 예, 나리, 손가락 끝에 주렁주렁요. (그의 손을 놓는다.) 어머, 이제 당신 손을 놓으니까 씨가 말랐네요.

(마리아 퇴장)

토비 경 오, 기사여, 그대는 포도주 한 잔이 모자라오. 이렇게 풀 죽은 그대를 내가 본 적 있었소?

앤드루 경 당신 생전엔 절대 없었던 것 같네요, 포도주로 풀 죽은 나를 봤다면 모를까. 내 생각에 때론 내 머리가 기독교인이나 보통 사람보다 더 좋은 것 같진 않아요. 하지만 난 소고기를 엄청 먹는데 그 때문에 머리가 나빠졌다고 믿어요. 75

토비 경 틀림없소. 80

앤드루 경 그런 생각을 했더라면 끊었을 텐데. 난 내일 집으로 갈 거요, 토비 경.

토비 경 푸르콰, 친애하는 기사여?

앤드루 경 '푸르콰'가 뭡니까? 가요, 말아요? 내가 말 배우는 데 바쳤던 시간을 칼싸움과 춤과 곰 놀리기에 바쳤더라면 좋겠어요. 오, 내가 오로지 공부만 했더라면. 85

토비 경 그랬다면 빼어난 머리칼을 가졌을 거요.

83행 푸르콰
Pourquoi. '뭣 때문에'라는 뜻의 프랑스어.
85행 곰 놀리기
적당한 길이의 목줄로 말뚝에 묶어 놓은 곰을 사냥개들이 공격하는 것을 보며 즐기던 놀이.

앤드루 경 저런, 그랬으면 내 머리칼이 나아졌겠소?

토비 경 물어볼 필요도 없지요, 보다시피 그게 원래 텁수룩하진 않았을 테니까. 90

앤드루 경 하지만 내겐 썩 잘 어울리는데, 안 그래요?

토비 경 빼어나죠. 실패 막대에 아마처럼 걸렸으니까. 그래서 난 어떤 계집이 당신을 가랑이 사이에 집어넣고 그걸 확 돌려 뽑는 걸 봤으면 하오.

앤드루 경 정말 난 내일 집으로 갈 거요, 토비 경. 당신 질녀는 날 95 보려 하지도 않고 본다 해도 넷에 하나는 날 원치 않을 거요. 여기 바로 곁에 있는 백작이 몸소 그녀에게 구애해요.

토비 경 그녀는 백작 따윈 원치 않소. 재산이나 나이나 지능이 높은 쪽과는 혼인하지 않을 거란 말이오. — 그런 맹 100 세를 들었소. 첫, 아직 희망이 있다니까, 이 사람아.

앤드루 경 한 달 더 머물겠소. 난 세상에서 가장 이상한 마음을 가진 친구요. 때로는 가면극과 잔치를 한꺼번에 즐겨요.

토비 경 기사가 이런 잡기에 재주가 있단 말이오?

앤드루 경 그 어떤 일리리아 남자만큼 있지요, 그게 누구든 내 윗 105 사람보다 낮은 지위라면. 그래도 노인과 비교는 안 됩니다.

토비 경 빠른 춤에서 기사가 뛰어난 점은 무엇이오?

앤드루 경 참말로, 난 높이 뛸 수 있어요.

토비 경 그럼 난 날 수 있지요. 110

앤드루 경 그리고 뒤로 하는 재주도 단연코 그 어떤 일리리아 남

111행 뒤로…재주 아마도 뒤쪽으로 움직이는 춤 동작을 말하는 것 같은데, 무의식적인 음담패설일 수도 있다. (아든)

자만큼 많다고 생각해요. (춤춘다.)

토비 경 왜 이런 게 감춰졌지요? 왜 이런 재능 앞에 막이 쳐져 있답니까? 몰 부인의 초상화처럼 먼지나 쌓이라고? 왜 당신은 빠른 춤을 추면서 교회로 갔다가 뛰는 춤을 115 추면서 집으로 못 돌아오지요? 바로 내 발걸음도 삼박자 춤이 돼야겠소. 난 오박자 춤 자세가 아니면 오줌도 누지 않겠소. 당신은 어쩔 작정이오? 이게 미덕을 감춰야 할 세상이오? 빼어난 그 다리 생김새로 봐서 난 그게 빠른 춤 별자리 아래에서 만들어졌다고 생 120 각했소.

앤드루 경 예, 튼튼하지요. 그리고 갈색 양말에 상당히 잘 어울린답니다. 우리 한번 흥겹게 놀아 볼까요?

토비 경 달리 할 게 뭐가 있겠소? 우린 황소자리 아래에서 태어나지 않았나요? 125

앤드루 경 황소자리? 그건 옆구리와 심장인데.

토비 경 아니, 다리와 넓적다리지요. 높이 한번 뛰어 봐요. (앤드루 경이 높이 뛴다.) 하, 더 높이! 하, 하, 빼어나요.

(함께 퇴장)

114행 몰 부인
특정 인물을 가리키는 것 같은데, 그렇다면 엘리자베스 1세의 시녀인 매리 피턴일 가능성이 가장 크다. 아니면 토비 경이 그냥 마리아를 언급했을 수도 있다. (아든)

124행 황소자리
황도대의 십이궁은 각각 대응되는 신체 부위를 다스린다고 생각됐는데, 황소자리는 술꾼들에게 가장 소중한 목과 목구멍을 다스렸다. 앤드루 경은 별자리와 신체 부위를 뒤섞어 놓았고 토비 경이 의도적으로 그걸 더 잘못 연결시키는 바람에 앤드루 경을 춤추게 만든다. (아든)

1막 4장

밸런타인과 세자리오로 남장한 비올라 등장.

밸런타인 공작께서 세자리오 당신에게 이런 호의를 계속 보이신다면 당신은 승진할 가능성이 많을 것 같소. 공작께서 당신을 만난 지 사흘밖에 안 됐는데 당신은 이미 낯선 사람이 아니오.

비올라 그분의 사랑이 지속될까 의심하는 걸 보니 당신은 그분의 변덕 아니면 나의 태만을 걱정하는군요. 공작님은 호의가 변하는 분이오? 5

밸런타인 아뇨, 날 믿으시오.

오르시노, 큐리오 및 시종들 등장.

비올라 고맙소. 공작께서 오셨소.

오르시노 여봐라, 세자리오를 본 사람? 10

비올라 대령하고 있습니다, 각하, 여기에.

오르시노 (밸런타인, 큐리오 및 시종들에게)

잠시 동안 물러서 있으라. (비올라에게) 세자리오,

넌 하나도 안 빼놓고 다 안다, 내 영혼의

비밀 장부까지도 펼쳐 보여 줬으니까.

그러니 젊은이여, 그녀에게 발길 돌려 15

면회 사절 거절하고 문간에서 말하라,

알현을 할 때까지 붙박은 너의 발은

거기에서 자라날 거라고.

1막 4장 장소 공작의 궁정.

비올라 고귀하신 공작님,
그녀가 소문처럼 슬픔에 푹 빠졌다면
분명코 저를 절대 안 받아들일 것입니다. 20

오르시노 소득 없이 되돌아오느니 소란 떨고
예절의 한계를 다 뛰어넘어라.

비올라 말을 하게 된다면 공작님, 그다음엔?

오르시노 오 그럼, 내 사랑의 열정을 펴 보여라,
소중한 나의 신념 얘기로 그녀를 제압하라. 25
비탄하는 내 역할은 너에게 잘 어울리고
그녀는 그것을 더 크게 주목할 것이다,
엄숙한 대리인보다는 네가 더 젊으니까.

비올라 안 그럴 것 같습니다, 각하.

공작 얘, 믿어 봐.
너를 성년 남자라고 말하는 사람들도 30
행복한 네 나이는 잘못 짚을 테니까.
디아나의 입술도 더 붉고 매끈하지 못하며
네 작은 목소리는 처녀처럼 높고 맑아.
그래서 모든 게 여자의 모습과 흡사하다.
나는 네 별자리가 이 일에 적합함을 35
다 알고 있단다. (밸런타인, 큐리오 및 시종들에게)
네댓이 그를 따라가거라. —
원한다면 다 데려가. — 곁에 사람 없을 때가
난 최고 좋으니까. (비올라에게) 이 일을 성사시켜.
그럼 넌 주인의 재산을 네 것이라 부르며
그처럼 자유롭게 살게 된다.

비올라 최선을 다하여 40
그 숙녀께 구애하죠. (방백) 그렇지만 험난해라,

누구에게 구애하든 그의 아낸 내가 되리. (함께 퇴장)

1막 5장

마리아와 광대 등장.

마리아　아니, 어디 가 있었는지 말해. 안 그럼 널 변명하려고 내 입을 터럭 한 올 들어갈 만큼도 열지 않을 테니까. 네가 없어진 일로 아씨께서 널 목매다실 거야.

페스테　매다시라죠. 이 세상에서 목이 잘 매달린 사람은 아무것도 두려워할 필요가 없으니까. 5

마리아　그걸 입증해 봐.

페스테　뭐가 보여야지 두려워하죠.

마리아　아주 맥없는 대답이야. '두려울 게 없다.'는 말이 어디에서 나왔는지 난 알아.

페스테　어딘데요, 마리아 아가씨? 10

마리아　전쟁이지, 그래서 넌 그걸 농담 삼아 용감하게 뱉을 수 있는 거고.

페스테　글쎄요, 신은 지혜를 가진 이들에게 그걸 또 주시고 바보들은 자기 재능을 쓰게 하소서.

마리아　그렇지만 넌 너무 오래 집을 비웠으니 목매달릴 거야. 15 아니면 쫓겨날 텐데 — 그건 네게 목매달리는 거나 다름없잖아?

페스테　목을 많이 잘 매달면 나쁜 결혼을 막아 주죠. 그리고 쫓겨나는 건 여름철엔 견딜 만해요.

1막 5장 장소　올리비아의 저택.

마리아 그럼 결심을 굳혔어? 20

페스테 그런 건 아니지만 두 멜빵을 잡고 결심했어요.

마리아 하나가 끊어지면 다른 게 잡아 주고 둘 다 끊어지면 바지가 내려온단 말이지.

페스테 맞았어요, 참말로, 딱 들어맞았어요. 자, 가 봐요. 토비 경이 술만 끊는다면 당신은 일리리아의 그 누구와도 25 견줄 만큼 재치 있는 여체랍니다.

마리아 입 다물어, 이 악당아. 그 얘긴 그만해.

올리비아 아씨, 말볼리오 및 시종들과 함께 등장.

여기 아씨께서 오신다. 현명하게 변명해 봐, 그러는 게 좋을 거야. (퇴장)

페스테 기지여, 너의 뜻이라면 내가 바보짓을 잘하게 해 줘라! 30 널 가졌다고 생각하는 재주꾼들은 자주 바보임이 드러나고 네가 없다고 확신하는 난 현명한 사람으로 통할 수 있단다. 왜냐하면 쿠이나팔루스 말씀이 '바보 같은 재주꾼보다는 재주 있는 바보가 되는 게 더 낫다.' 고 하시잖아? 복 많이 받으십시오, 아씨! 35

올리비아 이 바보를 내다 버려라.

페스테 이 친구들아, 안 들려? 이 아씨를 내다 버려.

올리비아 저런, 넌 메마른 바보야. 내겐 더 이상 필요 없어. 게다가 넌 불성실해졌어.

페스테 마돈나여, 그 두 가지 결점은 술과 훌륭한 조언으로 고 40

33행 쿠이나팔루스
페스테가 만들어 낸 라틴어 권위자로 수사학적이고 논리학적인 맥락으로 볼 때 아마도 고대 로마의 수사학자 쿠인틸리아누스(『변론술 교정』의 저자)로부터 영감을 받은 것 같다. (아든)

쳐질 겁니다. 메마른 바보에게 술을 주면 그 바보는 메마르지 않고, 불성실한 사람에게 고치라고 해서 고치면 그는 더 이상 불성실하지 않으니까요. 그가 못 고치면 수선공더러 고치라지요. 무엇이든 고쳐진 건 땜질됐을 뿐입니다. 미덕이 일탈하면 그건 죄가 땜질됐을 뿐이고 죄가 고쳐지면 그건 미덕이 땜질됐을 뿐이랍니다. 만약 이 간단한 논법이 쓸 만하다면 됐고, 그렇지 않다 해도 별도리 없잖아요? 불행이란 남편은 꼭 배신당하듯이 미녀도 꽃이랍니다. — 아씨가 이 바보를 내다 버리라고 명하셨다. 그러므로 다시 말하건대 그녀를 내다 버려라. 45 50

올리비아 이봐, 내가 내다 버리라고 명한 건 너야.

페스테 최고급 오해이십니다! 아씨, 두건을 썼다고 다 수도승은 아니랍니다. — 그건 제가 머릿속까지 때때옷을 입은 건 아니란 말과 같죠. 친절하신 마돈나여, 당신이 바보임을 입증케 해 주십시오. 55

올리비아 그렇게 할 수 있어?

페스테 능수능란하게요, 친절하신 마돈나.

올리비아 증명해 보아라.

페스테 그럼 마돈나여, 교리 문답을 해야겠습니다. 고결하신 콩쥐 아씨, 대답해 봐요. 60

올리비아 자 그럼, 다른 심심풀이가 없으니 너의 입증을 받아 주마.

페스테 훌륭하신 마돈나는 왜 슬퍼하시지요?

올리비아 훌륭한 바보야, 오빠의 죽음 때문이지.

49행 미녀도 꽃 즉, 질 것이라는 말이다. 페스테는 올리비아에게 집 안에 자신을 가두면서 결혼을 거절하지 말고 청춘을 최대한 이용하라고 충고한다. (RSC)

페스테 그분의 영혼은 지옥에 있는 것 같군요, 마돈나. 65

올리비아 오빠의 영혼은 천국에 있다고 안다, 바보야.

페스테 더욱더 바보지요, 마돈나여, 오빠의 영혼이 천국에 있는데 슬퍼하시다니요. — 이 바보를 내다 버려요, 여러분.

올리비아 이 바보를 어떻게 생각해, 말볼리오? 나아지지 않았어? 70

말볼리오 예, 죽음의 격통에 뒤흔들릴 때가지 나아질 것입니다. 현자들은 노쇠해지면 무너지지만 바보들은 언제나 더 좋아진답니다.

페스테 신은 당신의 어리석음이 더 잘 늘어나도록 노쇠를 빨리 보내 주소서. 토비 경은 제가 여우가 아니란 맹세는 75 하시겠지만 당신이 바보가 아니란 서약은 두 푼을 줘도 안 하실걸요.

올리비아 이 말엔 뭐라고 대답할 텐가, 말볼리오?

말볼리오 아씨께서 이따위 시시한 불한당을 재밌어하시다니 놀랍습니다. 저자가 어제 재주라곤 돌만큼도 없는 보통 80 바보한테 지는 걸 봤어요. 저 봐요, 이미 방어도 못 하잖아요. 아씨께서 웃으면서 계기를 만들어 주시지 않으면 그는 입이 막힌답니다. 단언컨대 이런 유의 딱딱한 바보들에게 탄성을 지르는 현자들은 바보의 들러리만도 못합니다. 85

올리비아 오, 말볼리오, 자네는 자애심에 병들었고 불건전한 식욕으로 맛을 보고 있어. 너그럽고 결백하며 관대한 성품을 가진다는 건 자네가 대포알로 여기는 것들을 새잡는 화살로 받아들인다는 말이야. 공인된 바보는 줄곧 욕설만 퍼부어도 험담은 없고 신중하다고 알려진 90 사람은 줄곧 꾸짖기만 해도 욕설은 없어.

페스테 바보들을 좋게 말씀하시니 이제 속임수의 신 머큐리가 당신에게 허언을 내리시길.

마리아 등장.

마리아 아씨, 문간에 젊은 신사 한 분이 와서 아씨와 얘기하고 싶어 해요. 95

올리비아 오르시노 공작이 보내셨나?

마리아 모르겠어요, 아씨. 아름다운 청년이고 수행원도 몇 있어요.

올리비아 식구들 가운데 누가 그를 잡아 두고 있느냐?

마리아 아씨 친척, 토비 경이요. 100

올리비아 어서 그를 데려와, 제발, 미치광이 말밖에는 하지 않아. 하필이면 그야. (마리아 퇴장)
말볼리오, 자네가 가. 공작의 청이라면 난 아프거나 집에 없어. 맘대로 해서 물리쳐. (말볼리오 퇴장)
이봐, 이제 알겠지, 네 바보 놀이가 얼마나 구식이고 105
사람들이 싫어하는지.

페스테 당신이 우릴 대변해 주셨어요, 마돈나, 마치 당신의 첫 아들이 바보인데

토비 경 등장.

그의 두개골을 조브께서 재주로 꽉 채워 주신 것처럼

109행 조브
주피터라고도 불리는 로마 신계의 주신. 그리스 신화의 제우스에 해당한다.

요, 왜냐하면 뇌막이 몹시 얇은 아씨의 친척 한 분이 110
여기 오셨으니까요.

올리비아 아 이런, 반쯤 취했어. (토비 경에게) 문간에 있는 사람이 누구예요, 아저씨?

토비 경 신사이지.

올리비아 신사? 어떤 신사요? 115

토비 경 신사가 있지, 거기에. (트림한다.) 염병할 청어 절임 같으니! (페스테에게) 잘 지냈어, 멍청아?

페스테 토비 경.

올리비아 아저씨, 아저씨, 어쩌다가 이렇게 아침 일찍 무기력에 빠졌어요? 120

토비 경 발기력? 난 발기력을 무시해. 문간에 누가 왔는데.

올리비아 그래요, 참, 누군데요?

토비 경 원한다면 악마라도 되라고 해, 상관없어. 내겐 믿음을 줘, 응. 글쎄, 다 마찬가지야. (퇴장)

올리비아 취한 사람은 뭐와 같지, 바보야? 125

페스테 물에 빠진 사람, 바보, 그리고 미친 사람과 같지요. 거나한 데서 한 잔 더 하면 바보 되고, 두 잔 더 하면 미치고, 세 잔 더 하면 빠진답니다.

올리비아 넌 가서 검시관을 찾은 다음 아저씨를 검사해 보라고 해, 음주 삼 단계에 — 빠져 있으니까. 가서 돌봐 드려. 130

페스테 그는 아직 미쳤을 뿐입니다, 마돈나, 그래서 이 바보가 이 미치광이를 돌보겠습니다. (퇴장)

말볼리오 등장.

123~124행 믿음을 줘 악마를 물리치기 위하여. (RSC)

말볼리오 아씨, 저기 젊은 친구가 맹세코 아씨와 얘기를 해야겠답니다. 병이 나셨다고 말했지만 그건 충분히 이해하고 그래서 아씨와 얘기하러 오겠답니다. 주무신다고 135
말했지만 그것도 미리 알고 있는 것처럼 보였고 그래서 아씨와 얘기하러 오겠답니다. 뭐라고 하지요, 아씨? 그는 어떤 거절에도 방비를 단단히 하고 있답니다.

올리비아 나하고는 얘기 못 할 거라고 말하게.

말볼리오 그렇게 말했습니다. 근데 그는 장승처럼 문간에 서 있 140
겠다고 하고 의자 다리가 되더라도 아씨와 얘기를 해야겠답니다.

올리비아 어떤 종류의 사람인데?

말볼리오 그야, 인류에 속하지요.

올리비아 태도는 어떻고? 145

말볼리오 태도가 아주 나쁩니다. 아씨가 원하시든 말든 얘기하겠답니다.

올리비아 인물과 나이는 어떤데?

말볼리오 남자라기엔 나이가 충분치 않고 소년이라기엔 그리 어리지도 않습니다. 여물기 전의 푸른 콩깍지나 거의 150
다 익은 풋사과처럼요. 그는 소년과 성년, 그 중간에 있답니다. 얼굴은 아주 잘생겼고 날카로운 목소리를 내는데 어머니 젖내가 아직 다 빠지지 않았다는 생각이 들게 합니다.

올리비아 가까이 오라 하라. 시녀를 들라 하고. 155

말볼리오 (문으로 간다.) 시녀, 아씨께서 부르시네. (퇴장)

마리아 등장.

올리비아 베일을 이리 줘. 자, 얼굴에 씌워라. 오르시노 공작 말을 또 한 번 들어 보자.

비올라 등장.

비올라 존경하는 이 집안의 여주인이 뉘신지요?

올리비아 내게 말하시오, 그녀 대신 대답하지요. 당신의 용건은? 160

비올라 가장 빛나고 뛰어나며 비할 데 없는 미녀시여 — 제발 그대가 이 집안의 여주인인지 말해 주시오, 전 한 번도 못 봤으니까. 제 연설을 내버리긴 싫습니다. 빼어나게 작성됐을 뿐만 아니라 외우는 수고를 많이 했기 때문에요. 미녀들이시여, 제가 조롱당하지 않도록 해 165 주시오. 터럭만큼의 심술궂은 대접에도 전 민감하답니다.

올리비아 당신은 어디 출신이오?

비올라 전 공부한 것밖에는 말할 수 없는데 그 질문은 제 대사를 벗어났답니다. 친절하신 분이여, 그대가 이 집안의 170 여주인이라면 제가 연설을 계속할 수 있도록 적당하게 언질을 주십시오.

올리비아 당신은 배우인가요?

비올라 아뇨, 속속들이. 그렇지만 — 악의 품은 독니에 맹세코 — 저는 제가 연기하는 인물은 아니랍니다. 당신 175 이 이 집안의 여주인이십니까?

올리비아 내가 나 자신을 강탈하지 않았다면 맞아요.

비올라 당신이 그녀라면 너무나 분명하게 자신을 강탈하셨습니다, 자기 것이라도 내줘야 할 걸 간직하고 있으면 안 되니까요. 하지만 이건 지시 밖의 일이고, 당신 칭찬을 180

계속하겠습니다. 그런 다음 제 심부름의 알맹이를 보여 드리지요.

올리비아 그 가운데 중요한 것으로 가 봐요. — 칭찬은 용서해 주지요.

비올라 아아, 그걸 공부하느라 수고를 많이 했는데, 게다가 시적인데. 185

올리비아 그럼 더더욱 꾸며 냈을 것 같네요. 제발 넣어 둬요. 당신은 문간에서 건방지게 굴었고 진입할 땐 당신 말을 듣게 하기보다는 당신에게 놀라게 만들었다 하더군요. 미친 게 아니라면 가 봐요. 이유가 있다면 짧게 말하고. 난 달 때문에 이렇게 미친 대화를 나누는 기간 중에 있진 않아요. 190

마리아 돛을 올리시겠어요? 길은 이쪽입니다.

비올라 아뇨, 갑판 청소부. 난 여기에 좀 더 오래 정박하렵니다. — 친절한 아씨, 이 거인 좀 달래 줘요. 당신 마음을 얘기하십시오. 전 심부름꾼입니다. 195

올리비아 이토록 무섭게 예의를 차리는 걸 보니 분명 뭔가 소름끼치는 걸 전하려고 하는군요. 용무를 말해요.

비올라 그건 당신 귀에만 들려줄 얘깁니다. 저는 선전 포고나 조공 요구를 가져오진 않았어요. 손에는 올리브 가지를 들었고 제 말은 내용만큼이나 평화로 가득하답니다. 200

올리비아 그렇지만 당신은 거칠게 시작했어요. 당신은 누구지

191행 달 때문에
달의 변화는 인간의 마음에 영향을 미친다고 생각되었다. (아든)
195행 거인
전통적인 로맨스 작품에는 거인들이 귀부인의 보호자 역할을 하지만 여기서는 아마도 마리아 역을 하는 소년 배우의 작은 체구를 역설적으로 가리키는 것 같다. (아든)

요? 무엇을 원합니까?

비올라 제게 나타났던 거친 면은 제가 받은 대접에서 배운 것입니다. 제가 누구이고 무엇을 원하는지는 처녀성만큼이나 비밀스러워서 당신 귀에는 신학이지만 다른 사람 귀에는 신성 모독이죠. 205

올리비아 다들 물러가라, 짐은 이 신학을 듣겠노라.

(마리아와 시종들 함께 퇴장)

자, 당신의 말씀은 무엇이오?

비올라 참으로 아름다운 아씨 — 210

올리비아 위안되는 교리이고 그에 대해서는 할 말이 많겠지요. 말씀은 어디에 있지요?

비올라 오르시노의 가슴에요.

올리비아 그의 가슴에? 그의 가슴 어느 장에?

비올라 같은 방식으로 대답하면 그의 마음 첫째 장에 있답니다. 215

올리비아 오, 그건 들어 봤어요. 이단이랍니다. 더 이상 할 말은 없나요?

비올라 아씨, 얼굴 좀 보게 해 주십시오.

올리비아 내 얼굴과 협상하라는 주인의 분부라도 받았나요? 당신은 지금 당신의 말씀에서 벗어났어요. 하지만 짐은 가리개를 열고 그림을 보여 주겠노라. (베일을 올린다.) 보세요, 바로 지금 난 이런 사람이었어요. 잘 그리지 않았나요? 220

비올라 빼어나군요, 신이 다 빚은 거라면.

올리비아 타고난 거랍니다, 비바람도 견딜 거고요. 225

비올라 완벽하게 배합된 미로서 붉고 흰 색깔은
자연의 여신이 솜씨 좋게 넣었군요.
이렇게 우아한 걸 무덤으로 가져가고

이 세상에 복제품을 남기지 않는다면
당신은 산 여자 가운데 최고로 잔인하오. 230

올리비아 보세요, 난 그렇게 모질진 않을 거랍니다. 이 미모의 갖가지 목록을 발표할 거예요. 재고를 조사하고 모든 부품, 부위엔 맘대로 딱지를 붙일 거랍니다. 예컨대, 물품, 적당히 붉은 두 입술. 물품, 잿빛 두 눈과 그에 따른 눈꺼풀. 물품, 목 하나, 턱 하나 등등. 날 칭찬하려 235 고 당신을 여기로 보냈나요?

비올라 당신의 됨됨이를 알겠소. 너무나 거만하오.
하지만 당신이 악마라도 아름답소.
제 주인 어른께서 당신을 사랑하오.
오, 그 사랑은 당신이 절대미의 관 썼어도 240
보답받을 수밖에요.

올리비아 날 어떻게 사랑하죠?

비올라 공경하는 마음속에 넘치는 눈물과
우레 같은 사랑의 신음과 불같은 한숨으로.

올리비아 그 주인은 내 맘 알고 나는 사랑 못 해요.
하지만 난 그가 덕 높다 여기고, 고귀하고 245
재산 많고 활기차고 티 없는 청년인 줄 알아요.
평판이 좋으며 아량과 학식과 용기 있고
그 풍채나 타고난 생김새에 있어서는
우아한 분이라오. 그래도 사랑은 못 해요.
오래전에 대답을 받아 갔을 터인데. 250

비올라 주인님의 불꽃으로 내가 당신 사랑하면
그 치열한 고통과 죽음 같은 삶 속에서
당신의 거절은 나에게 무의미할 테고
이해하지 않겠어요.

올리비아　　　　그럼 어쩔 건데요?

비올라　당신 대문 앞에다 버드나무 움막 짓고　255

집 안의 내 영혼을 불러 볼 것이오.

모멸받은 사랑에 충성하는 곡을 쓰고

한밤중이라도 큰 소리로 노래 부를 겁니다.

반향하는 언덕에 당신 이름 외쳐 대고

공중에서 주절대는 그 수다쟁이에게　260

'올리비아' 소리치게 만들 거요. 오, 당신은

하늘과 땅 사이 어디서도 못 쉬고 결국 나를

동정하고 말 겁니다.

올리비아　　　　당신이면 그럴지도.

당신의 집안은?

비올라　제 운보단 좋지만 제 지위도 괜찮지요.　265

저는 신사랍니다.

올리비아　　　　주인에게 돌아가요.

그를 사랑 못 하니 더 보내지 말라 해요 —

단, 혹시라도 그가 이걸 어찌 받아들였는지

당신이 다시 와서 말하면 몰라도. 잘 가요.

수고는 고마워요.

(돈을 내놓는다.) 나 대신 써 주시오.　270

비올라　유료 급사 아니니까 지갑은 거두시죠.

보답은 저 말고 주인님이 못 받으십니다.

당신이 사랑할 남자의 심장은 돌이 되고

당신의 열정은 주인님과 꼭 같이

260행 그 수다쟁이　외친 이름이 언덕에 부딪혀 되돌아오는 물리적인 소리와, 나르키소스를 사랑하다가 소리만 남게 된 신화 속의 에코를 둘 다 언급한다. (아든)

경멸받게 되기를. 잘 있어요, 독한 미녀. (퇴장) 275

올리비아 '당신의 집안은?'
'제 운보단 좋지만 제 지위도 괜찮지요.
저는 신사랍니다.' 그건 틀림없어요. —
그대의 혀, 얼굴과 사지와 행동과 기백이
다섯 번 밝히네요. 너무 빨라, 천천히, 천천히 — 280
이 하인이 주인 되지 않는다면. 어떡하지?
이렇게도 재빨리 그 역병을 옮을 수가?
내 생각에 이 청년의 완벽한 미모가
식별이 불가능한 도둑발로 내 눈 속에
기어드는 것 같다. 글쎄, 그렇게 하라지. 285
여봐라, 말볼리오!

말볼리오 등장.

말볼리오 아씨, 여기 대령했습니다.

올리비아 그 보채는 심부름꾼, 공작의 하인을
뒤쫓아 가거라. 이 반지를 놓고 갔어,
내 의사와 상관없이. 안 받는다 말해 줘.
주인에겐 아첨도 하지 말고 희망을 주지도 290
말란다고 그래라. 난 그에게 맞지 않아.
그 청년이 내일 중에 이쪽으로 오겠다면
그 이유를 말하겠다. 서둘러라, 말볼리오.

말볼리오 예, 아씨. (퇴장)

282행 그 역병 사랑. 그리고 더 나아가 그 시기에 실제로 상존했던 페스트의 위험을 비유적으로 암시한다. (아든)

올리비아 난 뭔지도 모르는 걸 하고 있고 내 눈이 295
마음에게 너무 아첨할까 봐 두렵구나.
운명아, 네 힘을 보여라, 우린 주인 아니다.
정해진 건 필연이고 이번 일도 그리되리. (퇴장)

2막 1장

안토니오와 세바스티안 등장.

안토니오 더 이상 머물지 않겠단 말이오? 내가 함께 가는 것도 원치 않고?

세바스티안 미안하지만 그렇소. 내 운명의 별들이 가물거린답니다. 그 악영향이 어쩌면 당신에게도 해를 줄 수 있어요. 그래서 불운을 나 혼자 견디도록 허락해 달라는 간청을 하겠소. 그걸 당신에게 조금이라도 떠넘긴다면 당신의 사랑에 잘못 보답하는 것이겠지요. 5

안토니오 그래도 가는 데가 어딘지는 알려 주시오.

세바스티안 안 됩니다, 정말로. 정해진 내 항로는 철저한 이탈이랍니다. 하지만 난 당신이 빼어난 조심성을 가졌기에 내가 감추려 하는 것을 억지로 끌어내진 않을 줄 압니다. 그래서 내 신분을 밝히는 게 오히려 예의일 테지요. 그렇다면 알아 두시오, 안토니오. 난 나를 '로데리고'라고 불렀지만 내 이름은 세바스티안입니다. 아버지는 당신이 들어서 알고 있는 메살린의 바로 그 세바스티 10 15

2막 1장 장소 해안.
15행 메살린 아마도 마르세유의 라틴 이름인 마실리아에서 나온 것 같다. (아든)

안이셨고. 아버지는 같은 시간에 태어난 나와 내 누이를 남기셨죠. 하늘이 원했으면 우리의 마지막도 같았겠지요. 그런데 당신이 그걸 바꿔 놨소, 왜냐하면 당신이 바다의 틈새에서 나를 건져 내기 몇 시간 전에 누이가 빠져 죽었기 때문이오. 20

안토니오 아, 가엾어라!

세바스티안 그녀는 나를 많이 닮았다는 말은 있었지만 많은 사람들이 아름답다 여겼던 아가씨였지요. 하지만 내가 그런 평가와 놀라움을 지나치게 믿을 순 없어도 이만큼은 대담하게 공표할 것이오. 즉, 그녀는 시기심조차도 25 곱다고 할 수밖에 없는 마음씨을 가졌었노라고. 그녀는 이미 짠물에 빠져 죽었소, 내가 더 많은 짠물로 그녀에 대한 기억을 다시 빠뜨리는 것 같소만.

안토니오 미안하오, 당신을 초라하게 대접해서.

세바스티안 오, 안토니오, 수고를 끼친 점 용서하오. 30

안토니오 당신을 사랑한다고 날 죽이지 않을 거면 나를 하인 삼아 주시오.

세바스티안 당신이 한 일을 되돌려 놓지 않으려면, 다시 말해, 구해 준 사람을 죽이지 않으려면 그런 걸 바라진 마시오. 곧장 작별합시다. 내 가슴은 인정으로 가득하고 난 아 35 직 어머니의 습관에 너무 젖어 아주 하찮은 계기에도 내 눈이 날 일러바칠 것이오. 난 오르시노 공작의 궁정으로 가는 중이오. 잘 있어요. (퇴장)

안토니오 모든 신의 친절이 그대와 함께하길.
오르시노 궁정에 난 많은 적을 두고 있다, 40
안 그러면 곧장 그를 거기에서 볼 텐데.
하지만 아무튼 난 그대를 너무나 사모하여

위험조차 장난으로 보일 테니 갈 것이오. (퇴장)

2막 2장

비올라와 말볼리오, 각각 다른 문으로 등장.

말볼리오 지금 막 올리비아 여백작과 함께 있던 사람이 당신 아니었소?

비올라 그렇소, 지금 막. 그 뒤에 적당한 걸음으로 여기까지밖에는 못 왔소만.

말볼리오 그녀가 이 반지를 돌려 드립니다. (반지를 보여 준다.) 당신 스스로 가져갔더라면 내 수고를 덜어 줄 수 있었겠지요. 그녀는 덧붙여 자신은 당신 주인과 아무런 일도 없을 거란 절망적인 확신을 그분에게 심어 드리라고 하셨소. 그리고 한 가지 더, 당신은 그분 일로 다시는 무모하게 돌아오지 말아야 하오. 다만 그분이 이걸 어떻게 받아들였는지 보고하러 오는 건 괜찮소. (반지를 내민다.) 그러니 받으시오.

비올라 그녀가 내게서 받아 가진 반지요, 난 일없소.

말볼리오 이보시오, 당신은 보채듯이 이걸 그녀에게 던졌소. 그녀의 뜻은 같은 식으로 돌려줘야 한다는 거요. (반지를 던진다.) 이게 허리를 굽힐 가치가 있다면 여기 당신 눈앞에 있소. 아니라면 줍는 사람이 임자겠지요. (퇴장)

2막 2장 장소
길거리.
13행 그녀가…반지요
세자리오는 올리비아가 꾸며 낸 이야기(그녀가 오르시노의 반지를 돌려준다는 가정)에 보조를 맞추는데, 그 이유는 아마도 예절과 갑작스러운 호기심 때문인 것 같다. (아든)

비올라　난 반지를 안 남겼다. 아씨가 어쩌려고?
맙소사, 겉만 보고 나에게 홀리진 않았기를!
나를 많이 바라봤다. 정말이지 그녀는 20
한눈을 너무 팔아 할 말을 잃은 것 같았다,
놀라면서 정신없이 횡설수설했으니까.
분명 나를 사랑해. 그녀의 연정은 꾀를 써서
이 무례한 사자를 통하여 날 끌어들인다.
주인님 반지는 안 가져? 원, 보낸 게 없는데. 25
내가 그녀 남자다! 그렇다면, 그러니까,
불쌍한 아씨여, 차라리 꿈을 사랑하시지.
변장이여, 네놈이 사악한 걸 알겠구나.
교활한 사탄은 널 이용해 많은 일을 하니까.
번듯한 가짜가 밀랍 같은 여자 맘에 30
자신의 형체를 새기기는 얼마나 쉬운가!
아아, 그 원인은 우리의 약함이지 우린 아냐.
왜냐하면 만들어진 그대로가 우리니까.
어떻게 되려나? 주인님의 그녀 사랑 지극한데
난 불쌍한 괴물로서 그분을 좋아하고 35
그녀는 날 오인해서 내게 혹한 것 같다.
이 일이 어찌 될까? 내가 남자임으로
주인님을 사랑하는 내 상황은 절망이다.
내가 여자임으로, 아 이런, 가엾어라,
얼마나 헛된 한숨 불쌍한 올리비아 내쉴까? 40
오, 시간이여, 나 말고 네가 이걸 해결해라.
이 매듭은 너무 굳어 난 풀지 못하겠다.　(퇴장)

35행 괴물　남장한 여자인 자신의 모습을 말한다.

2막 3장

토비 경과 앤드루 경 등장.

토비 경 가까이 와요, 앤드루 경. 자정이 지나도 안 잔다는 건 제때에 일어난 것이며 조기 기상임을 당신도 알아요.

앤드루 경 아뇨, 모릅니다, 참말로. 하지만 난 알아요. 늦도록 안 자는 건 늦도록 안 자는 거죠.

토비 경 틀린 결론이오. 난 그런 걸 채우지 않은 잔만큼이나 싫어하오. 자정이 지나서도 깨 있다가 그때 자러 가는 게 이른 거지요. 그래서 자정이 지나서 자러 가는 건 제때에 자러 가는 거랍니다. 우리의 생명은 사원소로 구성되어 있잖아요? 5

앤드루 경 맞아요, 사람들이 그러대요. 하지만 난 오히려 먹고 마시는 걸로 구성된 것 같은데. 10

토비 경 당신은 학자요. 그러므로 먹고 마시자고요. 이봐, 마리안, 포도주 한 컵.

페스테 등장.

앤드루 경 여기 바보가 왔네요, 진짜로.

페스테 여러분, 안녕하십니까? '우리 셋'이란 그림을 한 번도 못 봤어요? 15

토비 경 잘 왔어, 바보야. 자, 우리 돌림 노래 하자.

앤드루 경 정말이지 이 바보의 목소리는 빼어나요. 난 사십 실링

2막 3장 장소 올리비아의 저택.
12~13행 마리안 작은 마리아. 그러나 마리아가 아니라 페스테가 나타난다.

을 갖느니 차라리 저런 다리와 감미로운 노랫소리를
갖는 게 낫겠어요. 진짜로 넌 어젯밤 아주 우아한 익살 20
을 떨었어, 네가 큐에부스의 적도를 지나가는 바피아
사람들의 피그로그로미투스 얘기를 했을 때 말이야.
그건 아주 좋았어, 진짜로. 네 애인한테 쓰라고 육 펜
스 보냈는데 받았어?

페스테 당신의 위로금을 착복했죠. — 말볼리오의 코는 채찍 25
손잡이가 아니고 우리 아씨의 손은 희며 뮈르미돈 요
정은 선술집이 아니기 때문에요.

앤드루 경 뛰어나네! 아니, 이건 최고의 익살이야, 다 끝나고 보
니까. 자, 한 곡조.

토비 경 (페스테에게) 어서 해 봐, 육 펜스 줄 테니까. 한 곡조 들 30
어 보자.

앤드루 경 (페스테에게) 나도 같은 동전 하나 내놓겠어. 기사가 돈
을 주면 —

페스테 사랑 노래 원하세요, 아니면 올바로 사는 노래를 원하
세요? 35

토비 경 사랑 노래, 사랑 노래.

앤드루 경 그럼, 그럼. 난 올바로 사는 덴 관심 없어.

페스테 (노래한다.)

오, 내 님이여, 어이 이리 헤매나요?
오, 멈추고 들어 봐요, 온갖 노래 다 하는

21~22행 큐에부스…말이야
앤드루 경이 기억하는 페스테의 명백한 허튼소리는 아마도 숙취 때문에 왜곡됐을 수도 있다. 전체적인 주제는 천체에 관한 것인데 약간의 종교적인 함의가 있는 것처럼 보인다. (아든)

26행 뮈르미돈
호메로스의 『일리아드』에서 트로이 전쟁에 참가한 아킬레스의 부하들. (아든)

그대의 참사랑이 오잖아요. 40

더 멀린 가지 마요, 달콤한 예쁜이여,

연인들이 만나면 여행은 끝나는 줄

현자의 아들은 다 알아요.

앤드루 경 아주 멋지다, 진짜로.

토비 경 좋아, 좋아. 45

페스테 (노래한다.)

사랑이 뭐냐고요? 훗날은 아니지요,

당장의 기쁨은 당장의 웃음 낳고

앞으로 올 일은 늘 몰라요.

지체하면 풍요는 없어질 테니까

이리 와 입 맞춰요, 달콤한 그대여. 50

청춘은 오래가지 않아요.

앤드루 경 내가 참 기사이듯이 감미로운 목소리네요.

토비 경 전염되는 소리지요.

앤드루 경 아주 달콤하고 전염돼요, 진짜로.

토비 경 코로 듣는다면 전염될 때 향기롭겠죠! 하지만 우리 정 55
말 하늘이 빙빙 돌게 춤출까요? 직공 하나에서 영혼
셋을 뽑아내는 돌림 노래 하면서 밤 올빼미를 깨울까
요? 그거 해 볼까요?

앤드루 경 날 사랑한다면 합시다. 돌림 노래라면 내가 귀신이랍
니다. 60

페스테 맹세코, 어떤 귀신들은 사람을 빙빙 돌려요.

56~57행 직공…셋
직공들은 대부분 청교도들인데 일을 하면서 노래를, 특히 시편을 부르는 것으로 평판이 나 있었다. 그리고 여기에서 말하는 세 영혼이란 모든 생명체는 세 영혼 또는 원리(생기, 감정, 이성을 관장하는)로 이루어져 있다는 고대의 이론을 가리킨다. (아든)

앤드루 경 아주 확실해. 우리 돌림 노래를 '네 이놈'으로 하자.

페스테 '네 이놈, 입 다물어.' 그거요, 기사님? 전 할 수 없이 당신을 놈이라고 해야겠네요, 기사님.

앤드루 경 내가 누구더러 할 수 없이 나를 놈이라고 하게 만든 게 이번이 처음은 아냐. 시작해, 바보야. 시작은 '입 다물어.'야. 65

페스테 제가 입을 다물면 절대 시작 못 하는데요.

앤드루 경 좋았어, 진짜로. 자, 시작해. (그들은 돌림 노래를 부른다.)

마리아 등장.

마리아 이 무슨 암내 난 고양이 울음소리예요! 아씨께서 말볼리오 집사를 깨워 당신들을 문밖으로 쫓아내라 명하지 않으셨다면 절대 저를 믿지 마세요. 70

토비 경 아씨는 중국 여자야, 우린 모사꾼들이고 말볼리오는 날라리 그리고 (노래하며) '유쾌한 세 사람은 우리'야. 내가 동성동본 아닌감? 그녀와 피를 나누지 않았냐고? 개칠망칠, 아씨! (노래한다.) '바빌론에 한 남자가 살았는데, 아씨, 아씨.' 75

페스테 어이쿠, 기사님이 감탄스러운 익살을 떠시네.

앤드루 경 암, 마음만 먹으면 잘하고말고, 그리고 나도 마찬가지야. 그는 좀 더 우아하게 하지만 난 더 천연덕스럽게 해. 80

토비 경 (노래한다.) '십이월 십이일에 ― '

마리아 하느님 맙소사, 조용하세요.

73행 중국 여자
토비 경은 이 단어를 경멸적인 뜻으로 쓰는 것처럼 보인다. 그리고 셰익스피어의 다른 극작품의 용례로 보건데 '거짓말쟁이'라는 뜻도 있는 것 같다. (아든)
76행 개칠망칠 의미 없는 말.

말볼리오 등장.

말볼리오 여러분, 다들 미쳤어요? 아니면 뭐 하는 사람들입니까? 지각도 없고 예절이나 품위도 없어요, 이 밤중에 땜장이들처럼 떠들기만 하다니? 아씨 댁을 술집으로 만들려고 목소리를 조금도 경감 또는 중단 없이 구두 수선공들의 돌림 노래를 꽥꽥대는 겁니까? 당신들에겐 장소와 사람과 시간에 대한 배려는 없나요? 85

토비 경 돌림 노래의 박자 시간은 지켰는데. 염병할!

말볼리오 토비 경, 당신에겐 솔직히 말해야겠습니다. 아씨께서 얘기하라 하셨는데, 당신을 친척으로서 기거하게 하시지만 당신의 무질서와 그녀는 아무 관련이 없답니다. 만약 당신이 비행에서 손을 뗄 수 있다면 이 집에선 환영입니다만 그리 못 한다면 그래서 그녀를 떠나고 싶다면 아씨께선 아주 기꺼이 당신과 작별하실 것입니다. 90 95

토비 경 (노래한다.) 작별해요, 내 사랑, 난 가야만 하니까.

마리아 아니, 토비 경.

광대 (노래한다.) 그의 눈을 보니까 며칠 남지 않았네요.

말볼리오 이럴 수가? 100

토비 경 (노래한다.) 하지만 날 절대 안 죽어.

페스테 (노래한다.) 토비 경, 그건 거짓말입니다.

81행 십이월 십이일
다른 가곡의 첫 행일 수도 있다. 하지만 술 취한 토비 경은 '크리스마스의 십이일'을 잘못 인용했을 수 있는데, 그것은 이 극에 아주 적절하게도 전통적으로 크리스마스 후 열두 째 날, 즉 십이야(1월 5일)에 시작된다. (아든) 따라서 십이야는 1월 6일 공현 축일(Epiphany) 전야이고 공휴일로서 축제와 오락 및 화톳불 놀이를 즐기는 때였다.

말볼리오 당신들 칭찬이 자자하겠네요.

토비 경 (노래한다.) 꺼지라고 해 볼까?

페스테 (노래한다.) 만약 그리하신다면? 105

토비 경 (노래한다.) 꺼지라고 해 볼까, 가차 없이?

페스테 (노래한다.) 아, 아, 안 돼요, 감히 못 그러시죠.

토비 경 (페스테에게) 야, 곡조가 안 맞잖아. — 네 말은 틀렸어. (말볼리오에게) 네가 집사밖에 더 돼? 네가 도덕적이라고 해서 과자와 맥주는 더 이상 없어야 한다고 생각해? 110

페스테 그럼요, 안나 성녀에 맹세코, 그리고 생강은 정력에도 좋을 겁니다.

토비 경 네 말이 맞다. (말볼리오에게) 이봐, 가서 빵 부스러기로 집사 목걸이나 닦으시지. — 마리아, 포도주 한 컵.

말볼리오 마리아 아가씨, 당신이 아씨의 호의를 조금이라도 소중히 여기고 경멸하지 않는다면 이런 무례한 행동을 도와주진 않을 겁니다. 이 손에 맹세코 알려 드리고 말 겁니다. 115 (퇴장)

마리아 가서 그 멍청한 귀나 흔드시지.

앤드루 경 누가 그에게 결투를 신청하고 그런 다음 약속을 깨 버리고 그를 바보 만든다면, 그건 사람이 배고플 때 마시는 것만큼이나 잘하는 행동일 텐데. 120

토비 경 기사가 해 봐요. 내가 도전장을 써 주거나 아니면 격분한 당신 맘을 내 입으로 전달해 주겠소.

110행 과자와 맥주
전통적으로 성인 축일 및 성일(예컨대 공현 축일)과 같은 교회 잔치와 연관된 음식과 술로서, 특히 말볼리오처럼 기념일을 싫어하는 청교도들의 마음에 들지 않는 것들이었다. (아든)

111행 안나…맹세코
안나는 동정녀 마리아의 어머니이고 이 맹세는 가톨릭에서 유래했기 때문에 청교도인 말볼리오를 자극하려는 의도로 사용됐을 수 있다. (아든)
생강 맥주 향신료.

마리아 친절한 토비 경, 오늘 밤은 참으세요. 공작이 보낸 청년 125
이 오늘 아씨를 찾아온 뒤로 그녀의 마음이 많이 흐트
러졌어요. 말볼리오 씨 문제는 제게 맡겨 주세요. 제가
만약 그를 속여 바보의 대명사로 만들면서 공동 오락
거리로 돌리지 못한다면 제겐 침대에 바로 누울 정신
조차 없다고 생각하세요. 전 할 수 있다는 걸 알아요. 130

토비 경 우리에게 알려 줘, 알려 줘. 이 인간에 관한 얘기도 좀
해 줘.

마리아 그러시다면 그는 때로 좀 청교도 같아요.

앤드루 경 오, 내가 그 생각을 했더라면 그를 개처럼 패 줬을 텐데.

토비 경 아니, 청교도이기 때문에? 사랑하는 기사여, 그대의 135
희한한 이유는?

앤드루 경 희한한 이유는 없답니다, 충분하고도 남을 이유는 있지만.

마리아 그는 청교도 개나발은커녕 무엇에도 한결같지 않은
기회주의자일 뿐이고 높은 사람들의 말을 외워 마구
잡이로 쏟아 내는 허풍선이 바보예요. 자기가 제일 잘 140
났다고 생각하고 탁월한 자질로, 자기 생각엔, 너무 꽉
차 있어서 자기를 쳐다보는 모든 이가 자기를 사랑한
다고 굳게 믿고 있는데, 이런 그의 악덕에서 전 복수할
뚜렷한 근거를 찾아낼 거예요.

토비 경 어쩔 건데? 145

마리아 그가 다니는 길에 좀 모호한 연애편지를 떨어뜨릴 텐
데, 거기에서 그는 자신의 모습이 수염 색깔, 다리 생김
새, 걸음걸이, 눈 표정, 이마와 피부색으로 아주 생생하
게 그려져 있다는 걸 알아낼 거예요. 전 당신 질녀인
아씨와 아주 비슷하게 글을 쓸 수 있어요. 내용을 잊 150
어버렸을 땐 우린 서로의 필체를 구분할 수 없답니다.

토비 경 빼어나군, 난 계책을 냄새 맡았어.

앤드루 경 내 코에까지도 왔어요.

토비 경 그는 자네가 떨어뜨릴 편지를 두고 그게 내 질녀한테 서 나왔으며 그녀가 자기를 사랑한다고 생각하겠지. 155

마리아 제 목적은 정말이지 그런 색깔의 말이에요.

앤드루 경 근데 당신 말이 이제 그를 노새로 만들겠군요.

마리아 바보 노새가 틀림없죠.

앤드루 경 오, 이건 감탄스러울 거야.

마리아 더없는 오락을 보장할게요. 제 약이 그에게 효험이 있을 줄로 압니다. 전 당신 둘을 — 또 셋째 사람으로 바보를 — 그가 편지를 발견할 곳에 심어 둘 거예요. 그 자의 해석을 지켜보세요. 오늘 밤엔 이만 자고 결과나 꿈꾸세요. 잘 있어요. (퇴장) 160

토비 경 잘 자요, 아마존의 여왕님. 165

앤드루 경 분명코 훌륭한 여잡니다.

토비 경 그녀는 비글 순종이고 날 사모하는 여인이오. 그게 어쨌단 말이오?

앤드루 경 나도 한때 사모받았어요.

토비 경 자러 가요, 기사. 당신은 돈을 더 보내 달라고 해야겠어요. 170

앤드루 경 내가 당신 질녀를 되찾지 못한다면 알거지가 될 거요.

토비 경 돈을 보내라고 해요, 기사. 끝까지 그녀를 갖지 못한다면 날 꼬리 잘린 말이라고 불러요.

앤드루 경 안 그런다면 절대 날 믿지 마시오, 내 말을 어찌 받아 175

167행 비글 작은 사냥개.

172행 되찾지 그녀를 얻는다는 말이지만 투자금을 회수한다는 뜻도 있다.

들이든지 간에.

토비 경 　자, 자, 난 따끈한 포도주나 마시겠소. 지금 자러 가기 엔 너무 늦었소. 가요, 기사, 가요, 기사. (함께 퇴장)

2막 4장

오르시노, 비올라, 큐리오 및
그 밖의 사람들 등장.

오르시노 　음악 좀 들려 다오. 친구들, 좋은 아침.
자, 세자리오, 우리가 간밤에 들은 노래
바로 그 흘러간 옛 노래 말인데
발 빠르고 어지럽게 돌아가는 이 시절의
가벼운 노래와 머리 굴린 말씨보다 　5
내 고통을 정말로 크게 덜어 준 것 같아.
자, 한 곡조만.

큐리오 　노래를 불러야 할 친구가 황공하옵니다만 여기에 없습니다.

오르시노 　누구였지? 　10

큐리오 　각하, 광대 페스테였습니다. 올리비아 아씨의 아버지가 많이 즐거워했던 그 바보 말입니다. 그 집 어딘가에 있을 것입니다.

오르시노 　찾아내라. 그동안엔 그 곡을 연주하고.
(큐리오 퇴장. 음악이 연주된다.)
(비올라에게) 얘, 이리 와. 네가 만약 사랑하게 되거든 　15

2막 4장 장소 　공작의 궁정.

감미로운 그 아픔 속에서 날 기억해 다오.
참사랑의 연인들은 모두 다 나와 같이
사랑하는 사람의 끊임없는 영상 속에
잠겼을 때 말고는 뭇 감정에 흔들리고
변덕이 죽 끓듯 해. 이 곡조가 맘에 들어? 20

비올라 사랑 신이 앉아 있는 바로 그 옥좌에
메아리를 보내네요.

공작 대가 같은 말이구나.
맹세코 네 나이는 어리지만 그 눈은
사랑하는 얼굴에 머문 적이 있었어.
얘야, 안 그랬어?

비올라 조금요, 공작님 덕분에. 25

공작 어떤 여자였는데?

비올라 피부가 공작님 같았어요.

공작 그럼 네겐 안 어울려. 나이는 어땠는데?

비올라 각하와 비슷했답니다.

공작 너무 많아, 정말이야. 여자는 언제나
연상을 택해야 자신을 그에게 맞추고 30
남편의 마음을 한결같이 사로잡아.
왜냐하면 우리가 아무리 자신을 칭찬해도
우리의 연정은 여자들의 것보다
더욱 변덕스럽고 굳건하지 못하며
더 많이 갈망하고 요동치며 더 빨리 35
사라지고 닳아 버려.

비올라 잘 알고 있습니다, 각하.

오르시노 그렇다면 너보다 어린 애인 두라고.
안 그러면 네 애정은 팽팽함을 유지 못 해.

여자들은 장미와 같아서 아름다운 그 꽃은
일단 피면 바로 그 시각에 지니까. 40

비올라 그들은 그렇지요. 아, 그들이 그렇다니,
완벽해지려는 바로 그때 죽다니.

큐리오와 페스테 등장.

오르시노 (페스테에게) 이 녀석, 간밤에 들었던 그 노래 좀 해 봐.
주목해, 세자리오, 예스럽고 단순해.
직녀들과 햇볕 아래 양털 짜는 사람들 45
근심 없는 처녀들이 뼈 막대에 실 감으며
부르곤 했었지. 간단한 진실을 얘기하며
사랑의 순수함을 지나간 시절처럼
희롱하는 노래야.

페스테 각하, 준비되셨습니까? 50

오르시노 그래, 불러 봐.

페스테 (노래한다.)

어서 오라 죽음이여, 어서 오라,
측백나무 슬픈 관에 날 뉘어라.
사라져라 목숨이여, 사라져라,
곱고 독한 아가씨가 날 죽였다. 55
주목 가지 잔뜩 꽂은 내 흰 수의,
오, 그것을 준비하라.
나보다 더 충실한 이 그 누구도
죽은 적 없었다.

예쁜 꽃은 한 송이도, 한 송이도 60

나의 검은 관 위에 놓지 마오.
내 뼈를 묻을 곳에, 시신에 절하러
친구 하나, 친구 하나 오지 마오.
한숨을 천 번, 천 번, 아끼려면
참사랑의 슬픈 연인 65
무덤에 와 절대 울지 못하는 곳
오, 거기에 날 묻어 주오.

오르시노 수고했다, 받아라. (돈을 준다.)

페스테 수고라뇨, 각하, 전 노래하는 게 기쁜데요.

오르시노 그럼 네가 기쁜 값을 치르겠다. 70

페스테 맞습니다, 각하, 그리고 기쁨은 언젠가 그 대가를 치를 것입니다.

오르시노 이젠 너를 떠날 허락, 허락해라.

페스테 이제 저 우울한 신께서 당신을 보호해 주시고 양복장이는 당신에게 오색 명주 저고리를 지어 주기 바랍니다, 당신 마음은 진짜 오팔이니까요. 전 그런 일관성을 가진 사람들을 바다로 내보내 만사가 그들의 볼일이 되고 도처에 뜻을 두게 만들고 싶습니다, 왜냐하면 바로 그게 여행을 언제나 멋진 헛일로 만드니까요. 안녕히 계십시오. (퇴장) 80

오르시노 나머지도 물러가라.

(오르시노와 비올라만 남고 모두 퇴장)

74행 우울한 신
사투르누스로, 로마 신화에서 농경의 신이며 점성술에서는 우울한 기운을 지배하는 행성과, 그리고 연금술에서는 납과 동일시된다. (아든)

76행 오팔
플리니우스에 의하면 오팔은 '홍옥이나 루비의 불꽃, 자수정의 화려한 자주색, 에메랄드의 푸른 바다 빛, 그리고 온갖 반짝이는 색깔이 믿을 수 없는 방식으로 섞여 있다.'고 한다. (아든)

다시 한 번, 세자리오,
저 건너 잔인함의 지존을 방문하라.
가서 말해, 세상보다 더 귀한 내 사랑은
더러운 땅의 양에 가치 두지 않는다고.
난 행운이 그녀에게 하사한 부분을 85
행운만큼 경박하게 여긴다고 말해 줘라.
하지만 내 영혼은 자연이 꾸며 놓은
기적 같은 그 보석의 여왕에 끌린단다.

비올라 하지만 당신을 사랑할 수 없다면요?

오르시노 그런 답은 못 받는다.

비올라 참, 하지만 받으셔야. 90
만약 어떤 숙녀가 — 혹 있을지 모르지요 —
올리비아 아씨 향한 당신의 아픔만큼
큰 사랑을 품었는데, 당신은 사랑할 수
없다고 말해요. 그녀는 만족해야 하잖아요?

오르시노 여자의 옆구리론 이렇게 강력하게 95
내 가슴을 두드리는 사랑의 격정을
감당하지 못한단다. 여자 가슴 크기로는
그만큼 못 담아. 보존력이 부족해.
아, 여자들의 사랑은 식욕이라 할 수 있어,
간이 아닌 혓바닥의 감정이기 때문에 100
물리고 싫증 내고 반발하게 된다고.
하지만 내 사랑은 바다처럼 배고프고
바다처럼 소화해. 비교하지 말아야지,
여자가 내게 품을 사랑과 내가 지닌
올리비아 사랑을.

비올라 네, 하지만 전 아는데 — 105

오르시노 네가 뭘 아는데?

비올라 여자들의 남자 사랑 어떤지 너무 잘 알지요.
참말로 그들의 진심은 우리와 같답니다.
아버지의 딸 하나가 남자를 사랑했죠.
제가 만약 여자 되어 — 혹시 가능하다면 — 110
각하를 사랑하듯.

오르시노 그래서 그녀의 얘기는?

비올라 텅 비었죠. 자신의 사랑을 절대로 내색 않고
꽃눈 속 벌레처럼 숨긴 채 붉은 뺨을
파먹게 놔뒀지요. 그녀는 상념으로 야위었고
시퍼렇고 싯누런 우울증에 걸려서 115
비탄 보고 미소 짓는 인내의 석상처럼
앉아 있었답니다. 이게 진정 사랑이 아닐까요?
남자들은 말과 맹세 많이 해도 실제로는
의지보다 겉치레가 더 많지요. 우린 항상
서약은 많이 하나 사랑은 조금만 하니까요. 120

오르시노 하지만 얘, 네 누이는 사랑하다 죽었어?

비올라 제 아버지 집안에서 제가 모든 딸이고
모든 아들입니다만, 그래도 모르겠습니다.
각하, 이 숙녀께 갈까요?

오르시노 그래 그게 본론이야.
급히 가서 이 보석을 건네주고 내 사랑은 125
양보도 거절도 못 받아들인다고 전해라. (퇴장)

2막 5장

토비 경, 앤드루 경, 파비안 등장.

토비 경　같이 가, 파비안 군.

파비안　그럼요, 갈 겁니다. 이 장난을 티끌만큼이라도 놓친다면 전 우울증이 끓어올라 죽을 겁니다.

토비 경　자넨 이 짠돌이 불한당, 양이나 깨무는 개자식이 두드러진 수모를 당한다면 즐겁지 않겠어? 5

파비안　기뻐 날뛸 겁니다. 여기서 곰 놀리기 했다고 그가 저를 아씨의 눈 밖에 나게 한 일 아시잖아요.

토비 경　그를 화나게 만들려고 우린 곰을 다시 불러와 그가 붉으락푸르락하도록 골려 줄 거라네. 안 그래요, 앤드루 경? 10

앤드루 경　그렇게 못 한다면 우리 일생의 수치지요.

마리아 등장.

토비 경　여기 그 악동이 왔구먼. 잘 있었어, 금쪽같은 인도 아가씨?

마리아　세 사람 다 그 회양목 안으로 들어가요. 말볼리오가 이 길 따라 내려와요. 그는 저기 햇살 아래에서 삼십 분 15 동안이나 자기 그림자를 상대로 행동거지를 연습했답니다. 웃음거리를 원하시면 그를 살펴보세요. 이 편지 때문에 그가 눈만 멀뚱거리는 백치가 되리란 걸 아니까요. 장난기에 맹세코, 꼭꼭 숨어요! (남자들은 숨고 그녀는 편지를 떨어뜨린다.) 넌 거기 있어, 간지럼 태워서 잡 20 아야 할 송어가 저기 오고 있으니까. (퇴장)

2막 5장 장소　올리비아의 저택.
12행 인도　당시 사람들에게는 전설적인 풍요의 나라였다. (아든)

말볼리오 등장.

말볼리오	운수일 뿐이야, 다 운수소관이야. 마리아가 언젠가 말했어, 그녀가 날 좋아한다고. 그리고 난 그녀 스스로 이렇게까지 말하는 걸 들었어, 자기가 누굴 좋아한다면 나 같은 혈색의 사람일 거라고. 게다가 그녀는 자기를 위해 일하는 다른 누구보다 나를 더 깊은 존경심으로 대한다. 이걸 어떻게 생각해야지?	25
토비 경	우쭐대는 악당 놈 같으니라고.	
파비안	오, 쉿. 저자가 망상에 빠져 희한한 수컷 칠면조가 됐네요. 깃털 세우고 뻐기며 걷는 꼴 좀 봐.	30
앤드루 경	젠장, 저 악당 놈을 막 패 줄 수 있는데!	
토비 경	쉿, 그만.	
말볼리오	말볼리오 백작이 되는 거야.	
토비 경	아, 악당 놈!	
앤드루 경	쏴 버려요, 쏴 버려!	35
토비 경	조용, 조용.	
말볼리오	이 일엔 선례가 있어. 스트래치 가문의 아씨가 의상 담당 향사와 결혼했으니까.	
앤드루 경	저런 이세벨을 보겠나!	
파비안	오, 쉿, 이젠 깊이 빠졌어요. 그가 환상으로 얼마나 부푸는지 보십시오.	40

38행 향사
원래 신사의 아래 계급에 속하는 자작농으로 여러 가지 정치적 특권이 허용되어 있었다.

39행 이세벨
헤프거나 화장한 여인이란 뜻. 원래는 성경에 나오는 아합 왕의 과부로 예후 왕을 유혹하려고 치장을 했다가 그에게 책망을 받고 나중에는 개들에게 잡아먹힌다.(열왕기하 9장 30-37절) (아든)

말볼리오 그녀와 결혼한 지 석 달이 지났을 때 내가 백작의 자리에 앉아 —

토비 경 오, 투석기로 저놈의 눈을 맞췄으면!

말볼리오 수하들을 주변에 불러 놓고, 난 꽃가지 무늬의 공단 잠옷 차림으로, 잠든 올리비아를 두고 낮 침대에서 나왔으니까 — 45

토비 경 유황불에 튀길 놈!

파비안 오, 쉿, 쉿.

말볼리오 그런 다음 권력자 티를 내려고 시선을 엄숙하게 한 바퀴 쭉 돌린 뒤에 — 그들이 자기 위치를 알아야 하듯이 나도 내 위치를 안다고 얘기하면서 — 친척인 토비를 찾으면. 50

토비 경 족쇄를 채울 놈!

파비안 오, 쉿, 쉿, 쉿! 자, 자! 55

말볼리오 식구 일곱 명이 공손하게 놀라면서 그를 데려오러 나가겠지. 그동안 난 인상 쓰고, 아마도 시계를 감거나 아니면 내 — (집사 목걸이를 만지면서) 값진 보석을 만지작거리겠지. 토비는 다가와 거기에서 내게 무릎 굽혀 절하고. 60

토비 경 저 자식을 살려 둬?

파비안 우리의 사지를 찢어 침묵을 끌어내더라도 조용해요!

말볼리오 난 그에게 이렇게 손을 내밀겠지, 친근한 내 미소를 근엄한 통제의 눈길로 억누르며 —

토비 경 그런데도 이 토비가 네놈의 입술을 쥐어박지 않는다고? 65

말볼리오 말하겠지, '토비 아저씨, 내가 운 좋게도 당신 질녀와 맺어져 이런 말을 할 특권을 가지게 됐는데.' —

토비 경 뭐, 뭐라고?

말볼리오	'당신은 술버릇을 고쳐야겠어요.'	
토비 경	꺼져라, 무뢰한아!	70
파비안	아니, 참으세요, 안 그러면 우리들 계책의 뼈대가 무너져요.	
말볼리오	'게다가 당신은 보물 같은 시간을 낭비하고 있어요, 바보 같은 기사와 함께.' —	
앤드루 경	그건 나야, 장담하지.	75
말볼리오	'앤드루 경 말입니다.'	
앤드루 경	난 줄 알았어, 많은 이들이 날 바보라고 하니까.	
말볼리오	(편지를 본다.) 이게 무슨 용건이야?	
파비안	멧도요가 이제 덫에 가까이 왔어요.	
토비 경	아, 조용. 변덕 귀신께서는 그에게 큰 소리로 읽으라는 암시를 해 주소서.	80
말볼리오	(편지를 집어 든다.) 목숨 걸고 이건 아씨의 필체다. 이게 바로 그녀의 '조' 자, '갑' 자, '지' 자이고, 이렇게 커다란 '음' 자와 '문' 자를 쓰시지. 이건 두말할 나위 없이 그녀의 필체야.	85
앤드루 경	그녀의 '조' 자, '갑' 자, '지' 자라고? 왜 그거지?	
말볼리오	(읽는다.) '사랑받는 줄 모르는 이에게 이것과 제 소원을 전합니다.' 바로 그녀의 말투다! 실례한다, 밀랍아. 부드럽게 — 이 자국은 그녀의 루크레티아 반지인데 그걸로 봉인을 하시지. 이건 아씨야. 받는 사람이 누굴까?	90
	(편지를 열어 본다.)	

79행 멧도요
멍청하기로 유명한 새. 그물로 쉽사리 잡을 수 있다. (아든)

89행 루크레티아 반지
로마 신화에서 순결의 상징인 루크레티아의 이미지를 새긴 봉인용 반지. 아마도 그녀가 타르퀴니우스로부터 능욕을 당한 뒤 자결하는 장면을 담았을 것이다. (아든)

파비안 걸려들었다, 오장이 통째로.

말볼리오 (읽는다.) '신만 아는 내 사랑.

근데 누구?

입술아, 꼼짝 마라,

아무도 알면 안 돼.' 95

'아무도 알면 안 돼.' 그다음엔 뭐지? 궁금하게 만드네.

'아무도 알면 안 돼.' 말볼리오, 이게 만약 너라면?

토비 경 허 참, 뒈져라, 오소리야!

말볼리오 (읽는다.) '사모하면 명령할 수 있지만

침묵은 루크레티아의 칼처럼 100

내 심장을 피 안 나게 꿰뚫었네.

말 리 보 오, 내 삶을 지배하네.'

파비안 뻥튀기한 수수께끼네.

토비 경 빼어난 여자라니까.

말볼리오 '말 리 보 오, 내 삶을 지배하네.' 아니, 근데 우선 어디 105 보자, 어디 보자, 어디 보자.

파비안 마리아가 그에게 참 맛있는 독을 준비했네!

토비 경 그리고 황조롱이는 그걸 낚아채려고 날개를 참 세게도 꺾네!

말볼리오 (읽는다.) '사모하면 명령할 수 있지만.' 그럼, 그녀는 내 110 게 명령할 수 있다. 난 그녀를 섬기고 그녀는 내 여주인이다. 아니 이건 지능이 보통인 누가 봐도 분명해. 아무런 장애물이 없어. 그리고 끝부분 — 그런 글자 배치는 무슨 의미일까? 그것을 내게 있는 무엇과 비슷하게 만들 수만 있다면! 조용히 — (읽는다.) 말 리 보 오. 115

98행 오소리 악취로 유명한 짐승.(악당이란 구어적인 의미도 덧붙여.) (아든)

토비 경　오 그래, 그걸 맞춰 봐! 놈은 이제 사냥감 냄새를 잃어 버렸어.

파비안　그럼에도 이 똥개는 그 냄새가 여우처럼 지독하단 듯이 자기가 찾았다고 짖을 겁니다.

말볼리오　'말.' 말볼리오. '말' — 맞았어, 내 이름의 첫 글자야! 120

파비안　해결할 거라고 했잖아요? 개자식이 냄새는 뛰어나게 맡아요.

말볼리오　'말.' 그렇지만 후속 글자에는 일치점이 없어. 점검해 보면 문제가 있어. '볼' 자가 따라와야 하는데 '리' 자가 오잖아. 125

파비안　그리고 '리' 자로 끝나길 바란다.

토비 경　맞아, 안 그러면 저놈을 '오!' 소리 지르도록 패 줄 거야.

말볼리오　그런 다음 '보' 자가 뒤에 오고.

파비안　맞아, 만약 네게 보는 눈이 뒤에 있다면 앞에 있는 행운보다 뒤꿈치 쪽에 비방이 더 많다는 게 보일 텐데. 130

말볼리오　(읽는다.) 말 리 보 오. 이 위장술은 앞의 것과는 다르네. 그렇지만 약간만 무리하면 내게 꿰맞출 수 있겠어, 이 글자 하나하나가 모두 내 이름에 들어 있으니까. 잠깐, 이제부턴 산문이다. (읽는다.) '이게 만약 당신 손에 떨어지면 숙고해 보세요. 제 신분은 당신보다 높아요. 하지만 고귀함을 두려워하진 마세요. 누구는 고귀하게 태어나고 누구는 고귀함을 이룩하고 또 누구는 고귀함을 떠안게 된답니다. 당신의 운명이 손을 벌렸으니 혈기와 기개로 그것을 포옹하고 앞으로 다가올 법한 당신의 모습에 익숙해지며 미천한 허물을 벗어 버리고 새롭게 보이세요. 친척을 적대시하고 하인들에겐 통명하며 입으론 국사를 논하고 독특한 습관을 익히 135 140

도록 하세요. 당신을 위해 한숨짓는 사람이 이렇게 조
언한답니다. 기억하세요, 당신에게 노란 양말을 추천
하고 항상 교차 대님 맨 것을 보고 싶어 하는 사람이 145
누군지. — 꼭 기억하세요. 그래요, 당신은 팔자를 고
쳤어요, 원하기만 한다면. 싫다면 난 당신을 언제나 집
사로, 하인들의 친구로, 운명 여신의 손을 만져 볼 가
치가 없는 사람으로 보렵니다. 안녕. 당신과 직무를 바
꾸고 싶은 150

행운 속에서 불행한 여자.'

대낮의 들판도 더 보여 주지는 못한다. 이건 명백해.
난 거만해지고 정치를 다루는 작가들을 읽으며 토비
경을 멸시하고 저속한 교제는 다 끊어 버리고 완벽하
게 바로 그 남자가 될 것이다. 난 이제 스스로 바보가 155
되어 상상에 속아 넘어가진 않겠다, 왜냐하면 모든 이
치가 아씨가 날 사랑하신다는 사실을 일깨워 주니까.
그녀는 최근 내게 노란 양말을 정말 추천하셨고 교차
대님 맨 내 다리를 정말 칭찬하셨으며, 이를 통해 나에
대한 사랑을 명백히 하셨고 일종의 지시로서 그녀가 160
좋아하는 이런 복식을 내게 강요하신다. 난 내 별들에
게 감사한다. 난 행운아다. 난 쌀쌀맞을 것이고 거만할
것이며 노란 양말을 신고 교차 대님은 옷 입는 만큼 잽
싸게 맬 것이다. 운수 대통이구나! 여기 추신이 있네.
(읽는다.) '당신은 내가 누군지 알 수밖에 없겠지요. 만 165
약 당신이 내 사랑을 수용한다면 미소로 그걸 드러내
세요. — 미소는 당신에게 잘 어울린답니다. 그러니
내가 있는 곳에서는 항상 웃음을 지어요, 사랑하는 자
기, 부탁해요.' 조브시여, 감사합니다. 전 미소 짓겠습

니다, 당신께서 하기 바라는 모든 걸 하겠습니다. 170

(퇴장)

파비안 전 페르시아 황제의 연금 몇 천을 받는대도 이번 장난에서 제 몫을 내놓진 않을 겁니다.

토비 경 이 계책의 대가로 난 이 여자와 결혼할 수도 있어 —

앤드루 경 나도 할 수 있어요.

토비 경 그리고 이런 장난 한 번 더 하는 것 말고 다른 지참금은 필요 없다네. 175

마리아 등장.

앤드루 경 나도 필요 없어요.

파비안 여기 바보 잡는 고귀한 아가씨가 왔네요.

토비 경 (마리아에게) 자네, 내 목에 발 올려놓을 테야?

앤드루 경 아니면 내 목은 어때요? 180

토비 경 내가 삼 땡에 자유를 걸고 자네의 노예가 돼 볼까?

앤드루 경 진짜, 나도 그럴까요?

토비 경 아니, 자넨 그자에게 너무 큰 꿈을 꾸게 했어.환상이 사라지면 그는 미칠 수밖에 없을 거야.

마리아 아니, 진실을 말해 줘요, 효과가 있었어요? 185

토비 경 산파의 독한 술처럼 있었지.

마리아 그럼, 이 장난의 결실을 보시려면 그가 아씨에게 처음 다가갈 때를 잘 보세요. 그는 노란 양말을 신고 — 그건 아씨가 혐오하는 색깔이랍니다. — 그리고 교차

186행 산파의…술 브랜디처럼 산파들이 쓰는 술. 이론적으로는 환자를 되살려 내기 위한 것이지만 실제로는 자기네들을 위로하기 위한 것. (아든)

대님을 — 그녀가 혐오하는 유행이죠. — 하고 와서는 그녀에게 미소를 지을 텐데, 그건 우울증에 중독된 그녀의 현재 기분과는 너무나 동떨어져 그는 두드러진 경멸의 대상이 될 수밖에 없을 거예요. 그걸 보시겠다면 따라오세요. 190

토비 경 지옥 문까지라도, 귀신같이 빼어난 재주 가진 그대여. 195

앤드루 경 나도 함께할 거요. (함께 퇴장)

3막 1장

비올라와 피리 불고 북 치는 페스테 등장.

비올라 안녕, 친구, 그리고 자네 음악도. 자네는 북을 끼고 사는가?

페스테 아뇨, 전 교회를 끼고 사는데요.

비올라 성직자란 말인가?

페스테 그런 게 아닙니다. 전 정말 교회를 끼고 사는데, 왜냐하면 전 정말 제 집에서 살고 제 집은 정말 교회를 끼고 서 있으니까요. 5

비올라 그럼 만약 거지가 왕 근처에 머물면 자넨 왕이 거지를 끼고 누웠다고 하겠네. 또는 자네 북이 교회를 끼고 서 있으면 교회가 자네 북을 끼고 서 있다고 할 수도 있고. 10

광대 말씀하신 그대롭니다. 세태를 보십시오! 훌륭한 재담꾼에게 한 문장은 고무장갑일 뿐입니다. 아주 빠르게 안팎이 뒤집힐 수 있지요.

3막 1장 장소 올리비아의 정원.

비올라 맞아, 그건 분명해. 말을 교묘하게 갖고 노는 사람들은 그걸 재빨리 음탕하게 만들 수 있으니까. 15

광대 그래서 제 누이에겐 이름이 없었으면 좋겠어요.

비올라 왜 그런데?

광대 그야, 그녀의 이름은 말이고 그 말을 교묘하게 갖고 놀다 보면 제 누이가 음탕해질 수도 있으니까요. 하지만 정말이지 말은 계약서에게 망신을 당한 뒤로 아주 불한당이 됐답니다. 20

비올라 이유가 뭔데?

광대 참말로, 전 말 없이는 아무런 이유도 내놓을 수 없는데다 말이란 게 너무 가짜가 많아져서 그걸로 이유를 대기는 싫습니다. 25

비올라 장담컨대 자네는 유쾌한 친구야, 그리고 아무것에도 관심 없어.

광대 아뇨, 무언가에는 관심 있죠. 하지만 솔직히 전 당신에겐 관심 없답니다. 그게 만약 아무것에도 관심 없는 거라면 그런 이유로 당신이 안 보였으면 좋겠네요. 30

비올라 자넨 올리비아 아씨의 바보가 아닌가?

광대 사실은 아닙니다, 올리비아 아씨에겐 바보기가 없으니까요. 결혼하기 전까진 바보를 두지 않으실 텐데, 바보와 남편은 청어와 정어리의 관계와 같답니다. — 남편이 좀 더 크지요. 사실 전 그녀의 바보가 아니고 그녀의 언어 타락사랍니다. 35

비올라 난 최근 자네를 오르시노 백작 댁에서 봤어.

광대 바보짓은 지구 위를 태양처럼 걸어 다닌답니다. 모든 곳을 다 비추죠. 이 바보가 제 여주인만큼이나 자주 당신 주인님과 함께하지 않는다면 제가 서운해야겠죠. 40

거기에서 지혜 님, 당신을 뵌 것 같네요.

비올라 아니, 자네가 날 찌른다면 더 이상 함께하지 않겠어.
자, 이건 용돈이야. (동전을 준다.)

광대 조브께서 다음에 털을 배분하실 땐 당신에게도 턱수
염을 주시기를. 45

비올라 참말로 단언컨대 나도 그걸 애타게 갖고 싶어, 물론 내
턱에 털이 자라는 건 싫지만. 아씨께선 안에 계셔?

광대 이런 게 쌍으로 있으면 새끼 치지 않겠어요?

비올라 맞아, 둘을 합쳐 이자 놀이를 한다면.

광대 전 프리기아의 판다로스 경이 되어 이 트로일로스에 50
게 크레시다 한 명을 데려올까 합니다.

비올라 자네 말 알아들었네, 구걸 한번 잘했어.
(동전을 하나 더 준다.)

광대 거지일 뿐인 사람에게 제가 구걸하는 게 큰 문제는 아
니기 바라는데, 크레시다는 거지였죠. 아씨는 안에 계
십니다. 그들에게 당신이 어디에서 왔는지 통역해 주 55
죠. 당신이 누구이고 원하는 게 뭔지는 제 구역 밖에
있답니다. '영역'이란 말을 쓸 수도 있었지만 너무 낡
은 단어라서요. (퇴장)

비올라 이 친구는 바보 역을 할 만큼 현명하고
그걸 잘하려면 일종의 지능이 요구된다. 60
그는 그가 놀려먹을 사람들의 기분과

50~51행 프리기아…합니다
프리기아는 소아시아에 있던 고대 국가이고 트로이가 거기에 소속되어 있었다고 추정된다. 그리고 크레시다의 삼촌인 판다로스는 트로일로스가 그녀에게 구애할 때 중매쟁이 역할을 하였다. 페스테는 자신의 학식을 단지 동전 한 푼을 더 얻기 위해 사용한다. (아든)

53행 거지일 뿐인
페스테는 자기와 비올라의 처지가 같다고 본다.

그들의 성격 및 때를 잘 살핀 다음
야생의 매처럼 눈앞에 보이는 날짐승은
뭐든지 뒤쫓아야 하니까. 이 직업은
현자의 기술만큼 각고의 노력이 필요한데 65
그가 하는 현명한 바보짓은 적절하나
바보가 된 현자들은 멍청하기 때문이다.

토비 경과 앤드루 경 등장.

토비 경 안녕하시오, 신사 양반.
비올라 안녕하십니까.
앤드루 경 디외 부 가르드, 무슈. 70
비올라 에 부 조시, 보트르 세르비퇴르.
앤드루 경 그러기를 바라고 나도 그렇소.
토비 경 이 집과 대면하렵니까? 내 질녀는 당신이 자기와 거래 할 일이 있다면 들어오길 바라오.
비올라 난 당신 질녀 쪽으로 향하고 있소. — 내 말은 그녀가 75 내 항해의 종착지란 뜻이오.
토비 경 당신의 다리를 맛보고 작동시켜 보시오.
비올라 이 다리는 그걸 맛보라는 당신 뜻을 내가 알아듣는 것 보다 나를 더 잘 알아 모신답니다.
토비 경 내 말은 걸어서 들어가란 뜻이오. 80
비올라 걸음과 입장으로 답하겠습니다.

70~71행 디외…세르비퇴르 프랑스어로 주고받은 인사말. '하느님의 가호를 빕니다.' 그리고 '당신께도, 당신의 하인이.'

올리비아와 마리아 등장.

	하지만 우린 선수를 뺏겼군요. (올리비아에게) 최고로 빼어난 완벽한 아씨여, 하늘은 그대에게 향기를 내리소서.	
앤드루 경	(방백) 저 청년은 대단한 궁정인이야, '향기를 내려라.' — 좋았어!	85
비올라	아씨, 수용력과 아량이 가장 큰 당신 귀가 아니면 제 용무를 말할 수 없습니다.	
앤드루 경	(방백) '향기'에다 '수용력'과 '아량'이라. — 이 셋 모두를 곧바로 준비해야지.	90
올리비아	정원 문을 닫도록 하고 홀로 듣게 물러가라. (토비 경, 앤드루 경과 마리아 함께 퇴장) 당신 손을 이리 줘요.	
비올라	아씨께 경의와 최고의 존경을 바칩니다.	
올리비아	당신의 이름은?	
비올라	당신 하인 이름은 세자리오입니다, 공주님.	95
올리비아	내 하인이라고요? 꾸며 낸 이 저자세가 예의라고 불린 이래 좋은 시절 다 갔지요. 젊은이는 오르시노 백작의 하인이오.	
비올라	그분이 당신 거면 그분 것도 당신 거죠. 당신의 하인의 하인은 당신 하인이랍니다.	100
올리비아	그 사람, 난 그를 생각하지 않아요. 그의 생각, 나로 꽉 차 있기보단 허공이면 좋겠네요.	

95행 공주님　비올라는 올리비아의 계급을 기분 좋게끔 올려 두 사람을 갈라놓는 사회적인 신분의 벽을 강조한다. (아든)

비올라 아씨, 이 몸은 그분 위해 온화한 당신 생각
자극하러 왔습니다.

올리비아 오, 실례지만 바라건대
다시는 그분 얘기 하지 말라 했잖아요. 105
하지만 만약에 다른 청이 있다면
그것을 애원하는 당신 말을 듣는 게
천체들의 음악보다 낫겠어요.

비올라 경애하는 —

올리비아 간청컨대 말하게 해 줘요. 당신이 지난번
여기에서 마법을 건 뒤에 당신을 뒤쫓아 110
반지 하나 보냈어요. 그래서 난 자신과
하인과 심지어는 당신까지 속였어요.
부끄러운 꾀를 부려 당신 것이 아닌 줄
알고 있는 물건을 강요했던 이 사람은
중벌을 받아야만 합니다. 어떻게 생각해요? 115
당신은 내 명예를 말뚝에 묶어 놓고
잔혹한 악심의 입마개를 모두 풀어
물게 하지 않았어요? 당신 같은 눈치라면
충분히 보았어요, 내 마음을 가리는 건
가슴 아닌 망사니까. 당신 말을 들려줘요. 120

비올라 동정하오.

올리비아 사랑으로 한 발짝 나갔네요.

비올라 아, 천만에요, 흔해 빠진 일이지만 우리는
적들조차 너무 자주 동정은 하니까요.

108행 천체들의 음악
프톨레마이오스의 우주에서는 하늘에서 원을 그리는 천체들이 아름다운 화음을 만들어 낸다고 믿었다. (아든)

116~118행 당신은…않았어요
곰 놀리기의 비유. 1막 3장 85행의 주 참조.

올리비아 그렇다면 내가 다시 미소 지을 때로군요.
세상에, 불쌍한 게 빨리도 오만해지는구나! 125
기왕에 먹이가 될 거라면 늑대보다
사자에게 당하는 게 얼마나 더 나은가! (시계가 친다.)
시간 낭비 말라고 시계가 날 꾸짖는군.
겁내지 마세요, 청년을 원하진 않을 테니.
하지만 기지와 젊음이 결실을 맺을 때면 130
당신의 아내는 멋진 남편 거두게 될 거예요.
당신 갈 길, 서쪽이오.

비올라 그럼 자, 서쪽으로.
은총과 평안이 아씨와 함께하길.
저를 통해 주인님께 하실 말씀 없으신지?

올리비아 멈춰요 — 나를 135
어찌 생각하는지 제발 좀 말해 줘요.

비올라 당신은 당신이 아니라고 생각한다, 그렇게요.

올리비아 내 생각이 그러면 당신도 같다고 생각해요.

비올라 그건 맞는 생각이오, 난 내가 아니니까.

올리비아 당신이 내 소망 속의 사람이면 좋겠어요. 140

비올라 그것이 지금의 나보다 더 나은 사람이오?
그렇길 바라오, 지금 난 당신의 바보니까.

올리비아 (방백) 오, 저 입술의 경멸과 분노에 담겨 있는
저 많은 조소는 얼마나 아름다워 보이는가!
살인죄도 감추려는 사랑보다 더 빨리 145
드러나진 못하리라. 사랑의 한밤은 대낮이다.

124행 내가…때로군요 당신이 날 거절하니까 난 세상 사람들에게 더 용감한 모습을 보여야 하겠군요. (아든)

— 세자리오, 난 그대를 봄날의 장미와
처녀성과 순결, 진실, 그리고 모든 것을
다 걸고 사랑해요. 그래서 그대의 온갖 오만,
기지와 논리로도 내 열정은 못 덮어요. 150
내가 구애하니까 구애할 이유 없단 전제에서
거절할 논리를 억지로 끌어내진 마세요.
차라리 논리로 논리를 이렇게 억눌러요,
찾아낸 사랑도 좋지만 절로 오면 더 좋다고.

비올라 순수성에 그리고 제 젊음에 맹세코 155
저에겐 한 마음, 한 가슴, 한 진실뿐인데
그 어떤 여자도 그걸 갖지 못했고 저 말고는
그 누구도 절대 그걸 맘대로 못 합니다.
그러니 안녕히 계십시오. 다시는 당신께
주인님의 눈물로 호소하지 않겠어요. 160

올리비아 하지만 또 와요. 혐오하는 이 마음을
그분 사랑 좋아하게 돌릴 수도 있으니까. (함께 퇴장)

3막 2장

토비 경, 앤드루 경, 파비안 등장.

앤드루 경 아니, 정말, 난 한시도 더 머물지 않겠소.

토비 경 이유를, 독기 품은 양반아, 이유를 대 봐요.

파비안 앤드루 경, 당신은 이유를 내놓아야 할 필요가 있답니다.

앤드루 경 원 참, 난 당신 질녀가 백작의 하인에게 호의를 베푸는

3막 2장 장소 올리비아의 저택.

걸 봤어요, 지금까지 내게 준 것보다 더 많이요. 과수 5
원에서 봤다고요.

토비 경 그럴 때 그녀가 당신을 봤는가, 이 늙은 소년아? 말해
봐요.

앤드루 경 지금 내가 당신을 보듯이 분명히요.

파비안 이건 그녀가 당신에게 사랑을 품었다는 커다란 증거 10
랍니다.

앤드루 경 제기랄! 날 멍청이로 만들 작정인가?

파비안 제 말이 논리적이란 걸 보여 드리죠, 판단력과 이성에
맹세코요.

토비 경 그런데 그 둘은 노아가 뱃사람이 되기 전부터 쭉 대배 15
심원들이었지.

파비안 그녀가 당신이 보는 앞에서 그 청년에게 호의를 베푼
건 당신을 약 올리고 생쥐 같은 당신의 용기를 일깨우
며 심장은 불붙이고 간에는 유황을 넣으려는 것뿐이
었답니다. 그럴 때 그녀에게 접근하여 갓 찍어 낸 동전 20
처럼 빼어난 몇 가지 농담으로 그 청년을 어안이 벙벙
하게 만들었어야 했다고요. 그런 일을 당신에게 바라
고 있었는데 당신은 주춤했단 말입니다. 당신은 금박
을 두 번 입힌 기회를 때를 놓쳐 허비했고, 이젠 아씨
의 평가에서 북쪽으로 내몰려 네덜란드인 수염 끝의 25
고드름처럼 매달려 있게 될 겁니다. 만약 당신이 우러
러볼 만한 용기나 잔꾀를 부려 실수를 만회하지 못한
다면 말이지요.

앤드루 경 길이 있다면 그건 용기여야 해, 잔꾀는 싫으니까. 꾀보
보단 차라리 회중파 신도가 되겠어. 30

토비 경 그렇다면 용기를 토대로 당신의 행운을 쌓아 봐요. 백

작 수하 젊은이에게 도전장을 보내고 상처를 열한 군데 입히라고요 — 질녀가 그걸 주목할 테니까. 그리고 확신컨대 사랑 중매쟁이가 여자에게 남자를 추천할 때 용기가 있단 평판보다 더 강력한 건 이 세상에 없답니다. 35

파비안 이 길밖에 없어요, 앤드루 경.

앤드루 경 둘 중 한 사람이 내 도전장을 그에게 전달하겠소?

토비 경 가서 싸움 거는 투로 써요, 성깔 있고 짧게. 얼마나 재치 있느냐는 문제가 안 돼요, 유창하고 창의력이 넘치면 되니까. 잉크의 자유를 빌려 그를 매도해요. 세 번쯤 너라고 해도 크게 빗나가진 않을 것이며 거짓말을 편지지에 들어갈 수 있는 만큼 많이 적어 넣어요, 그 종이장이 잉글랜드의 웨어 읍 침대만큼 크다 할지라도. 자, 시작해요. 잉크에 쓸개즙을 듬뿍 넣고, 거위 깃펜으로 써도 상관없어요. 시작해요. 40 45

앤드루 경 어디에 있을 겁니까?

토비 경 당신 골방으로 우리가 찾아갈 거요. 가요.

(앤드루 경 퇴장)

파비안 토비 경, 이이가 당신에겐 값비싼 인형이군요.

토비 경 이봐, 그에게 난 비싼 사람이었어, 이천 가량이나 뜯어냈으니까. 50

파비안 우린 아주 희한한 편지를 받을 텐데, 전달하지 않을 거

30행 회중파
1581년에 로버트 브라운이 세운 극단적인 청교도의 일파로 정교 분리를 주장하였다. 앤드루 경처럼 무식한 사람도 비국교도 종파를 잘 알고 있다는 사실은 이 문제에 대한 당시 대중들의 관심도를 말해 준다. (아든)

44행 웨어…침대
엘리자베스 시대의 유명한 침구로 그 크기가 가로 세로 3.35미터나 되었다. (아든)

지요?

토비 경 않는다면 절대 날 믿지 마. 그리고 그 청년도 어떻게든 응하도록 부추겨야지. 황소 마차 밧줄로 끌어도 그 둘을 붙여 놓진 못할 거야. 앤드루로 말하면 그의 몸을 열고 간에서 벼룩의 발 하나가 잠길 만큼의 피라도 발견된다면 나머지 시체는 내가 먹어 치우지. 55

파비안 맞상대인 젊은이 또한 얼굴에 잔인하다는 징후는 크게 없답니다. 60

마리아 등장.

토비 경 저 봐, 아홉 마리 굴뚝새 가운데 막내가 와.

마리아 웃음보를 원한다면 그리고 배 터지게 웃고 싶으면 절 따라오세요. 저 건너 멍청이 말볼리오가 이교도가 됐어요, 바로 배교자 말이에요. 왜냐하면 옳게 믿어서 구원받으려는 기독교인이라면 누구도 그토록 얼토당토않게 조잡한 문구는 도저히 믿을 수 없었을 테니까요. 그가 노란 양말을 신었어요. 65

토비 경 교차 대님도 했어?

마리아 가장 구역질 나게, 자기 학교가 없어서 교회에서 가르치는 선생처럼 했어요. 전 그의 뒤를 살인자처럼 밟았어요. 제가 그를 속이려고 떨어뜨린 편지의 지시를 그는 모조리 따르고 있답니다. 웃음 짓는 얼굴엔 양쪽 인도를 추가한 새 지도에 그려진 선만큼이나 많은 주름 70

61행 아홉…막내
가장 작은 새의 가장 작은 새끼. 마리아의 작은 체구에 대한 언급. (아든)

이 잡혔는데, 그런 꼴은 본 적이 없을 거예요. 뭘 집어
던지고 싶은 맘을 참을 수 없답니다. 아씨는 분명 그를 75
때리실 거예요. 그러면 그는 웃음 지으며 그걸 커다란
호의로 받아들일 거고요.

토비 경 자, 그가 있는 곳으로 우릴 데려가, 데려가. (함께 퇴장)

3막 3장

세바스티안과 안토니오 등장.

세바스티안 당신을 난처하게 만들 뜻은 없으나
자신의 괴로움을 기쁨으로 생각하니
더 꾸짖진 않겠소.

안토니오 뒤처져 있을 순 없었소. 벼린 칼보다도
더 강한 욕망이 나를 자극하였고 당신을 5
보고 싶은 욕심뿐만 아니라 — 그런 건
더 먼 길도 떠나게 했을 만큼 컸지만 —
여행 도중 당신에게 무슨 일이 생길까 봐
걱정하는 마음도 있었소. 안내인도 친구도
곁에 없는 이방인에게는 이 지역이 때로는 10
거칠고 불친절하니까요. 사랑으로 기꺼이,
이러한 두려움을 근거로 더더욱
당신을 추적하게 되었소.

세바스티안 친절한 안토니오,
고맙단 말 말고는 다른 답을 할 수 없소.

3막 3장 장소 길거리.

그래서 고맙소, 영원히. 선행은 때때로 15
이처럼 쓸모없는 푸대접을 받습니다.
하지만 내 재산이 의리만큼 확고하면
당신은 더 나은 대접을 받을 텐데. 뭘 하죠?
이 도시의 유적이나 돌아보면 어떨까요?

안토니오 내일 하죠. 숙소로 가 보는 게 좋겠어요. 20

세바스티안 피곤하진 않아요, 밤이 되긴 아직 멀고.
부탁인데 이 도시를 진정으로 빛내 주는
기념물과 잘 알려진 물건들로 우리 눈을
만족시켜 봅시다.

안토니오 용서해 주시기 바랍니다.
안전하게 이 거리를 걸을 순 없어서요. 25
난 백작의 갤리선과 맞붙은 해전에
참여한 적 있었는데 활약상이 두드러져
여기에서 잡히면 할 말이 없답니다.

세바스티안 그 사람의 백성을 많이 살해했군요.

안토니오 그렇게 피비린 범죄는 아니오, 30
그 시기와 분쟁의 성격으로 봐서는
피 흘릴 문제가 될 수도 있었지만.
그 뒤로 우리가 빼앗은 걸 되갚아서
교역을 위하여 우리 도시 다수가 그러듯이,
해결됐을 수도 있소. 나만 참여 안 했고 35
그 때문에 이곳에서 그들 손에 떨어지면
크게 당할 것이오.

세바스티안 그러면 나다니지 마시오.

안토니오 그건 내게 맞지 않소. 잠깐만, 지갑이오.
남쪽으로 교외에 코끼리 간판 단 여관이

가장 묵기 좋은데요. 식사 주문할 테니 40
즐거운 시간 내어 도시를 둘러보고
지식을 키우시오. 난 거기 있을 거요.

세바스티안 왜 내가 당신의 지갑을?

안토니오 혹시라도 별것 아닌 물건이 사고 싶어
눈이 간다 하더라도 당신의 자금으로 45
불필요한 지출은 못 할 것 같아서요.

세바스티안 이 지갑을 지닌 채 한 시간쯤 떠나겠소.

안토니오 코끼리 여관이오.

세바스티안 기억해 두지요. (각각 퇴장)

3막 4장

올리비아와 마리아 등장.

올리비아 (방백) 난 그를 불렀고 그이는 오겠단다.
어떻게 대접할까? 무엇을 선사할까?
청춘은 사는 게 구걸이나 빌림보다 흔하니까.
목소리가 너무 크다.
(마리아에게) 말볼리오 어딨어? 진지하고 예의 발라 5
하인으론 내 처지에 딱 들어맞는다.
말볼리오 어디 있어?

마리아 오고 있어요, 아씨. 하지만 아주 이상한 태도를 보인답니다. 무엇에 씐 게 분명해요, 아씨.

올리비아 아니, 무슨 일이냐? 헛소리를 하느냐? 10

3막 4장 장소 올리비아의 정원.

마리아 아뇨, 미소 짓는 것밖에는 아무것도 안 해요. 그가 오면 아씨께서는 호위를 좀 두는 게 좋겠어요, 그 사람 정신이 이상한 게 분명하니까요.

올리비아 이리로 불러와. (마리아 퇴장)

나 또한 그만큼 미쳤다,

우울하고 유쾌한 두 광기가 꼭 같다면. 15

노란 양말을 신고 교차 대님을 맨 말볼리오, 마리아와 함께 등장.

어떻게 지내나, 말볼리오?

말볼리오 친절한 아씨, 호 호!

올리비아 미소 지어? 난 진지한 일로 불렀는데.

말볼리오 진지해요, 아씨? 저도 진지할 수 있답니다. 이게 피를 상당히 막고 있는데, 이 교차 대님이요. 하지만 그게 20 어때서요? 누군가의 눈을 즐겁게 해 준다면 제게 이건 '한 사람을 즐겁게 해서 다 즐겁게 한다.'는 진실된 소네트와 같답니다.

올리비아 아니 이봐, 어떻게 된 거야? 무슨 일이야?

말볼리오 제 마음은 어둡지 않습니다, 다리가 노랗긴 하지만. 25 그건 분명 그의 손에 들어왔고 명령은 이행될 것입니다. 우린 아름다운 이탤릭체를 정말 아는 것 같은데요.

올리비아 침대로 가지그래, 말볼리오?

말볼리오 침대로? 그럼요, 내 사랑, 그대에게 가리다. 30

올리비아 하느님 맙소사! 왜 그렇게 미소를 짓고 손에다 키스를 자주 하지?

마리아 괜찮아요, 말볼리오?

말볼리오 당신이 물어봐? 암, 꾀꼬리도 까마귀에게 답은 하지.

마리아 왜 이렇게 우스꽝스럽게 뻔뻔한 태도로 아씨 앞에 나타났죠? 35

말볼리오 '고귀함을 두려워하진 마세요.' — 좋은 말씀이었어.

올리비아 그게 무슨 뜻이야, 말볼리오?

말볼리오 '누구는 고귀하게 태어나고' —

올리비아 하? 40

말볼리오 '누구는 고귀함을 이룩하고' —

올리비아 뭐라고?

말볼리오 '또 누구는 고귀함을 떠안게 된답니다.'

올리비아 하늘이 회복시켜 주기를!

말볼리오 '기억하세요, 누가 당신에게 노란 양말을 추천했는지.' — 45

올리비아 노란 양말을?

말볼리오 '또 교차 대님 맨 것을 보고 싶어 했는지.'

올리비아 교차 대님을?

말볼리오 '그래요, 당신은 팔자를 고쳤어요, 원하기만 한다면.' — 50

올리비아 내가 팔자를 고쳐?

말볼리오 '싫다면 난 당신을 언제나 집사로 보렵니다.'

올리비아 아니, 이건 바로 한여름의 광기잖아.

하인 등장.

하인 아씨, 오르시노 백작의 젊은 신사가 되돌아왔습니다. 그는 아무리 간청해도 돌아가지 않고 아씨의 뜻을 기다리고 있습니다. 55

올리비아 내가 가겠다. (하인 퇴장)

마리아, 이 친구를 돌봐 주도록 해. 토비 아저씨는 어디 있지? 내 사람 몇에게 그를 특별히 보살피라고 해. 내 지참금 절반을 걸더라도 그가 잘못되는 일은 없었으면 좋겠어. 60 (올리비아와 마리아 함께 퇴장)

말볼리오 오 호, 내 말을 알아들으셨단 말이지요? 토비 경 못지않은 사람이 나를 돌보다니! 이건 편지와 꼭 일치한다. 아씨는 그를 의도적으로 부르셨어, 내가 그에게 뻣뻣하게 보일 수 있도록. 편지에서 내게 그걸 부추겼으니 65 까. '미천한 허물을 벗어 버리세요.'라고 하셨어. '친척을 적대시하고 하인들에겐 퉁명하며 입으론 국사를 논하고 독특한 습관을 익히도록 하세요.' 그리고 이어서 그 방식을 적어 놨어. 예를 들면 심각한 얼굴, 정중한 몸가짐, 느린 말씨, 유명 인사의 복장을 하는 것 따위 70 를 말이다. 난 아씨를 꽉 잡았어, 하지만 이건 조브가 한 일이고 내가 고마워하는 분은 조브다! 그리고 그녀는 지금 가면서, '이 친구를 돌봐 주도록 해.'라고 하셨어. '친구'라고, 말볼리오나 내 직급이 아니라 '친구'라고! 그래, 모든 게 다 들어맞는다. 그래서 한 점의 의혹 75 도 없이, 한 점의 한 점도 안 틀리게, 아무런 장애나 황당하거나 불확실한 상황 없이 — 무슨 말을 하겠어? — 있을 수 있는 그 무엇도 내 희망이 다 이루어지리라는 예상을 막을 순 없다. 글쎄, 내가 아니라 조브가 이 일을 했고 난 그분에게 고마워해야 해. 80

토비 경, 파비안과 마리아 등장.

토비 경 천지신명의 이름으로 그는 어디 있어? 지옥의 모든 악마들이 비좁은 곳에 다 모이고 마왕 자신이 그에게 씌었대도 난 말을 걸겠다.

파비안 여기 있어요, 여기 있어요. (말볼리오에게) 괜찮아요? 이봐요, 괜찮아요? 85

말볼리오 저리 가요, 난 당신들을 버렸소. 내 사생활을 즐기게 해 줘요. 저리 가요.

마리아 저 봐요, 악마가 저 사람 안에서 얼마나 깊은 소리를 내는지. 내가 얘기했잖아요? 토비 경, 아씨께선 당신이 이 사람을 보살피라고 하셨어요. 90

말볼리오 아 하! 그녀가 그랬어요?

토비 경 자, 자. 조용, 조용, 이 사람은 부드럽게 다뤄야 해. 내게 맡겨. 어떤가, 말볼리오? 괜찮은가? 아니 이보게, 마왕을 물리쳐! 숙고해 봐, 그놈은 인류의 적이야.

말볼리오 뭔 말을 하는지 알고나 있소? 95

마리아 저 봐요, 당신이 마왕을 나쁘게 말하니까 그가 얼마나 속상해하는지. 제발 그가 마법에 걸리지 않았기를.

파비안 그의 오줌을 여자 주술사에게 가져가요.

마리아 맞아요, 내일 아침에 그리하도록 할게요, 틀림없이. 아씨는 무슨 일이 있어도 그를 잃지 않으려 하세요. 100

말볼리오 뭐라고, 이 여자야?

마리아 오, 주여!

토비 경 제발 입 좀 다물게, 이런 식으론 안 돼. 자네가 그를 화나게 하는 걸 모르나. 내게 맡겨.

파비안 부드러운 방법 말고는 없어요, 부드럽게, 부드럽게. 악마는 거칠어요, 거칠게 다루면 안 됩니다. 105

토비 경 아니 어때, 멋진 친구? 어떤가, 우리 병아리?

말볼리오 이봐요!

토비 경 응, 얘야, 나랑 가자. 아니, 이봐, 진중한 사람이 사탄과 공기놀이하면 안 돼. 더러운 석탄 장수는 목을 매 버려! 110

마리아 기도문을 외우게 만들어요, 토비 경, 기도하게 만들어요.

말볼리오 기도문을, 왈가닥이?

마리아 예, 장담컨대 경건한 건 안 들으려 하는군요.

말볼리오 다들 가서 목이나 매요. 당신들은 어리석고 천박한 것들이고 난 당신들과는 질이 달라요. 앞으로 더 알게 될 거요. 115

토비 경 이럴 수가?

파비안 저는 이게 무대에서 지금 공연된다고 해도 믿기지 않는 허구라고 비난할 수 있을 겁니다. 120

토비 경 이보게, 다름 아닌 그의 수호신이 우리의 계략에 걸려들었어.

마리아 아니, 계략이 드러나 김빠지지 않도록 지금 그를 뒤쫓아요.

파비안 그럼 우린 그를 진짜 미치게 만들 겁니다. 125

마리아 집 안은 더 조용해질 거고요.

토비 경 자, 그를 어두운 방에 넣고 묶어 두자. 질녀는 이미 그가 미쳤다고 믿고 있어. 우리의 즐거움과 그의 속죄를 얻어 내기 위해 일을 이런 식으로 끌고 가도 돼, 바로 이 놀이가 맥이 빠져 그에 대한 자비심이 생길 때까지 말이야. 그때쯤 우린 이 계략을 공개하고 자네를 미치광이 감별사로 받들어 모실 거야. 130

110행 석탄 장수 악마의 검은색을 가리키는 말. (아든)

앤드루 경 등장.

근데 봐, 근데 봐.

파비안 오월제 희극의 소재가 더 있네요.

앤드루 경 여기 도전장이 있으니 읽어 봐요. 거기에 식초와 후추가 들어 있다고 보증합니다. 135

파비안 그렇게 매워요?

앤드루 경 암, 그렇지, 보증해. 읽기나 해.

토비 경 줘 보게. (읽는다.) '젊은이, 네가 무엇이든 넌 치사한 녀석에 지나지 않는다.' 140

파비안 좋습니다, 그리고 용감해요.

토비 경 (읽는다.) '내가 왜 너를 이렇게 부르는지 의아해하거나 마음속으로 놀라지 마라, 아무런 이유도 말하지 않을 테니까.'

파비안 좋은 지적인데요, 그걸로 법의 적용을 피하게 됩니다. 145

토비 경 (읽는다.) '넌 올리비아 아씨를 찾아오고 내가 보기에 그녀는 너를 친절하게 대한다. 하지만 넌 새카만 거짓말을 하고 있다. 그 때문에 내가 도전하는 건 아니다.'

파비안 아주 짧고 의미가 뛰어나게 잘 (방백) 안 통합니다.

토비 경 (읽는다.) '난 네가 집으로 가는 길에 매복할 것이다. 거기에서 네가 혹시 나를 죽인다면' — 150

파비안 좋아요.

토비 경 (읽는다.) '넌 나를 불한당, 악당처럼 죽인다.'

파비안 여전히 법에 걸리지 않고 있어요. — 좋습니다.

토비 경 (읽는다.) '잘 지내라. 그리고 신은 우리 영혼 가운데 하나에게 자비를 베푸소서. 내 영혼에게 자비를 베풀 수도 있지만 내 희망은 더 크니까 넌 조심해라. 너의 대 155

접에 따라 친구이기도 하고 맹세한 적이기도 한 앤드루 학질.' 그가 이 편지에도 안 움직이면 그의 다리도 소용없지. 내가 주겠소. 160

마리아 그럴 수 있는 아주 적절한 기회가 올 거예요. 그는 지금 아씨와 무슨 대담을 하고 있고 곧 떠날 거랍니다.

토비 경 가요, 앤드루 경, 과수원 모퉁이에서 집달리처럼 그를 염탐해요. 그를 보는 즉시 칼을 뽑고 칼을 뽑으면서 끔찍하게 욕을 해요. 왜냐하면 흔히 있는 일이지만 무시무시한 욕설을 허풍 떠는 말투로 날카롭게 내뱉으면 남성다움을 그 어떤 시험으로 얻은 것보다 더 크게 인정받으니까. 떠나요! 165

앤드루 경 암요, 욕이라면 내게 맡겨요. (퇴장)

토비 경 난 이제 이 편지를 전달하지 않을 거야, 왜냐하면 젊은 신사의 행동으로 보건대 그는 능력과 교양을 갖춘 게 분명하니까. 그 사실은 그의 주인과 내 질녀 사이에서 그가 하는 일에서 그대로 확인된다. 그러므로 이 편지는 너무나 탁월하게 무식하여 젊은이는 하나도 겁먹지 않을 거야. 그는 이걸 바보 멍청이가 보냈단 사실을 알 테지. 하지만 난 그의 도전을 말로 전달하면서 학질 경에게 눈에 띌 만한 용맹성을 부여하여 이 신사로 하여금 — 젊은 그는 내 말을 즉각 받아들을 테니까. — 그의 사나움과 기술과 광기와 성급함에 대하여 소름 돋는 견해를 갖도록 만들 테야. 그렇게 되면 이 둘은 너무 놀라 노려만 봐도 사람이 죽는다는 닭뱀처럼 서 170 175 180

181행 닭뱀 바실리스크 혹은 코카트리스라고 불리는 전설 속의 괴물. 머리와 다리, 날개는 닭, 몸통과 꼬리는 뱀의 형상으로, 그 눈길을 받은 상대는 죽는다고 한다.

로를 죽일 거야.

올리비아와 비올라 등장.

파비안 그가 여기 당신 질녀와 함께 오는군요. 그가 떠날 때까지 비켜섰다가 곧바로 따라가요.

토비 경 난 그동안 도전을 전할 때 쓸 끔찍한 말을 골똘히 생각해 보지. (토비 경, 파비안, 마리아 함께 퇴장) 185

올리비아 난 돌 같은 사람에게 너무 많은 말을 했고
아무런 조심도 않은 채 순결을 맡겼어요.
내 안의 무언가가 잘못을 질책해도
그 잘못은 너무나 고집 세고 강력하여 190
그 질책을 조롱할 뿐이에요.

비올라 당신의 괴로움과 꼭 같은 방식으로
제 주인의 비탄도 계속되고 있답니다.

올리비아 자, 이 보석을 걸어요, 내 초상화랍니다.
거절 말고. 귀찮게 할 혀 같은 건 없어요. 195
그리고 간청컨대 내일 다시 와 줘요.
내게 뭘 달라 해도 난 거절하겠지만
순결을 지키면서 달라면 줄 만한 것은요?

비올라 제 주인께 드리는 당신의 참사랑뿐이죠.

올리비아 당신에게 준 것을 내 어찌 명예롭게 200
그에게 줄 수 있죠?

비올라 되돌려 드리지요.

올리비아 글쎄, 내일 또 오세요. 잘 가요. 내 영혼은
당신 같은 악마 따라 지옥 가도 괜찮아요. (퇴장)

토비 경과 파비안 등장.

토비 경 신사 양반, 하느님의 가호를.

비올라 당신에게도. 205

토비 경 방어책이 있다면 쓰도록 하시오. 당신이 그에게 저지른 잘못의 성격은 모르겠지만 추적자 하나가 악의에 가득 차 사냥꾼처럼 잔인하게 과수원 끝에서 당신을 기다립니다. 단검을 끄르시오, 빨리 준비하고, 당신을 공격할 자는 재빠르고 솜씨가 좋은 데다 치명적이기 210 때문이오.

비올라 오해하신 겁니다, 분명히. 누구도 내게 싸움 걸 일은 없으니까요. 내 기억은 아주 자유롭고 깨끗하여 거기엔 어느 누구에게 범한 어떤 죄의 모습도 없답니다.

토비 경 그렇지 않다는 걸 알게 될 거요, 확신하오. 그러므로 215 당신 생명을 조금이라고 아낀다면 방어 자세를 취하시오, 당신의 적대자는 젊음과 힘과 기술과 분노로 갖출 수 있는 걸 다 갖췄기 때문이오.

비올라 청컨대 어떤 사람입니까?

토비 경 그는 기사요. 흠이 없는 칼을 차고 수상하게 작위를 받 220 긴 했지만 개인적인 다툼에서는 악마랍니다. 영혼과 육체를 셋이나 갈라놓았는데, 이 순간 그의 격노는 실로 억제가 불가능하여 오직 죽음과 묘지의 고통만이 그를 만족시킬 것입니다. 죽자 사자, 그의 좌우명이오. 죽이거나 죽으시오. 225

비올라 집 안으로 다시 들어가 아씨의 호위를 요청하겠소. 난 싸움꾼이 아니오. 자신의 용기를 시험해 보려고 의도적으로 다른 사람들에게 싸움을 거는 이들이 있다고 들었소. 아마도 이 사람이 그런 별종인 모양입니다.

토비 경 아뇨. 그의 의분은 상당한 모욕에서 연유한 거랍니다. 230
그러므로 가서 그의 소망대로 하시오. 집 안으로 되돌
아가지는 못할 거요, 만약 그를 상대하는 만큼 안전하
게 나와 한판 붙지 않는다면 말이오. 그러니 나아가요,
그리고 당신 칼을 싹 발가벗기든지, 왜냐하면 당신은
끼어들어야만 하오, 확실히, 아니면 쇠붙이를 아예 차 235
지 마시오.

비올라 이건 이상한 만큼이나 무례하오. 간청컨대 그 기사에
게 내 죄가 뭔지 알아보는 정중한 소임을 당신이 좀 맡
아 주시오. 이건 내 부주의 때문이지 의도한 게 전혀
아니올시다. 240

토비 경 그러겠소. 파비안 군, 내가 돌아올 때까지 이 신사 곁
에 있게. (퇴장)

비올라 청컨대 당신은 이 일에 대해서 아십니까?

파비안 그 기사가 당신에게 사생결단을 낼 만큼 화가 났다는
건 알지만 그 이상의 사정은 통 모르오. 245

비올라 간청컨대 그는 어떤 종류의 사람이오?

파비안 그의 생김새로 보건대 그가 용맹성을 입증한 곳에서
당신이 그걸 찾아낼 것 같은 놀라운 가망성은 없답니
다. 실은 그는 최고로 솜씨 좋고 잔인하며 치명적인 적
수인데, 아마도 일리리아 어느 구석에서나 찾을 수 있 250
을 겁니다. 그가 있는 쪽으로 걸으시겠소, 내가 화친을
주선해 보지요, 가능하면.

비올라 이 일로 큰 신세를 지겠습니다. 난 차라리 기사님보다
는 목사님과 함께 가고 싶습니다. 누가 내 기질을 얼마
나 많이 알든 상관없답니다. (함께 퇴장) 255

토비 경과 앤드루 경 등장.

토비 경 아니, 이봐요, 그는 바로 악마의 화신이오. 그런 여장부는 본 적이 없다니까. 난 칼과 칼집 다 합쳐서 그와 한판 붙었는데 그는 너무나 치명적인 동작으로 가격하기 때문에 피할 수 없어요. 그리고 응수하면 당신이 걷고 있는 땅에 발이 닿는 것만큼 확실하게 되갚아 준답니다. 소문엔 그가 페르시아 왕의 검투사였다지요. 260

앤드루 경 제기랄, 난 그와 상관 않을래요.

토비 경 음, 하지만 지금 진정시키진 못해요, 파비안이 저 건너에서 붙잡고 있기도 힘든데.

앤드루 경 염병할, 그가 용감한 데다 검술 솜씨가 그토록 뛰어나다 생각했더라면 도전하기 전에 그가 영별받는 꼴을 먼저 봤을 겁니다. 그가 이번 건을 눈감아 준다면 내 말, 회색 꼬마를 그에게 주겠소. 265

토비 경 제안을 해 보겠소. 여기 서 있어요, 태연한 척하고. 이 일은 인명 손상 없이 끝날 거요. (방백) 암, 내가 당신을 타듯이 당신 말도 탈 거야. 270

파비안과 비올라 등장.

(파비안에게 방백) 그의 말을 받고 싸움을 말기로 했어.

256~257행 여장부
토비 경은 세자리오의 성 정체성을 암암리에 의심하고 있다. (아든)
259행 피할…없어요
무엇을 피할 수 없는지 — 가격 아니면 죽음 — 모호하다. (아든)

270~271행 당신을 타듯이
당신을 완전히 조종하듯이. 토비 경은 앤드루 경의 재산을 빼앗을 또 하나의 기회를 엿보았고 이 제안을 세자리오에게 언급할 생각은 없다. (아든)

그에게 이 청년은 악마라고 설득도 해 놨고.

파비안 (토비 경에게) 이 사람 또한 그를 소름 끼친다고 생각하고 마치 곰이 자기 뒤를 쫓아오는 것처럼 헐떡거리며 창백해졌답니다. 275

토비 경 (비올라에게 방백) 구제책이 없군요. 그는 맹세했기 때문에 당신과 싸울 겁니다. 참, 그는 싸움하는 이유를 더 깊이 숙고해 봤는데 이제는 그걸 얘기할 가치조차 없다고 봅니다. 그러니 그의 서약을 예우하기 위해 칼을 뽑아요. 그는 당신을 다치진 않겠노라고 단언했답니다. 280

비올라 (방백) 보호해 주소서! 작은 일만 벌어져도 내 숫기가 얼마나 부족한지 드러날 거야.

파비안 (앤드루 경에게 방백) 그가 격분하는 걸 보거든 물러나요. 285

토비 경 (앤드루 경에게 방백) 자, 앤드루 경, 구제책이 없어요. 저 신사는 자신의 명예 때문에 한판은 싸울 거요. 결투 법칙상 그건 피할 수 없어요. 하지만 나한테 약속하기를 자기는 신사에다 군인이므로 당신을 해치진 않겠노라고 했어요. 자, 시작해요. 290

앤드루 경 (방백) 그가 맹세를 지키게 해 주소서!

안토니오 등장.

비올라 (앤드루 경에게) 분명히 말하지만 이게 내 뜻은 아니오.

(둘은 칼을 뽑는다.)

안토니오 (칼을 뽑고 앤드루 경에게)
그 칼을 거두시오! 만약에 이 젊은 신사가
무슨 죄를 범했다면 잘못은 내게 있소.

당신이 이 사람을 해치면 내가 대신 도전하오. 295

토비 경 당신이? 왜 그래요, 당신이 누군데?

안토니오 그에 대한 사랑으로 그가 하겠노라고
큰소리친 것보다 더 많은 걸 감행할 사람이오.

토비 경 (칼을 뽑는다.) 음, 대리인이라면 내가 상대해 주지.

군관들 등장.

파비안 오, 토비 경, 멈춰요. 여기 군관들이 왔어요. 300

토비 경 (안토니오에게) 곧 상대해 주겠소.

비올라 (앤드루 경에게) 제발 괜찮다면 당신 칼을 거두시오.

앤드루 경 아 참, 그러지요. 그리고 내가 당신에게 약속한 건 말
한 대로 꼭 지키겠소. 그놈은 당신을 편안하게 태우고
고삐 따라 잘 움직일 거요. 305

군관 1 (안토니오를 가리키며) 이게 바로 그자다. 임무를
수행하라.

군관 2 안토니오, 오르시노 백작의 기소로
난 너를 체포한다.

안토니오 잘못 보신 겁니다.

군관 1 단연코 아니지. 지금은 뱃사람 모자를 310
쓰고 있진 않지만 그 얼굴을 잘 안다.
데려가라. 내가 잘 안다는 걸 그는 알아.

안토니오 복종할 수밖에.
(비올라에게) 당신 찾다 이리됐소.
하지만 대책이 없으니 내가 책임지지요.
이제 내가 필요해서 그 지갑을 달라면 315
어떻게 하시겠소? 내게 생긴 이 일보다

당신에게 해 줄 수 있는 게 없어서
훨씬 더 애석하오. 깜짝 놀란 모양인데
마음 편히 가지시요.

군관 2 자, 가시지. 320

안토니오 (비올라에게) 당신에게 그 돈의 일부를 간청해야 되겠소.

비올라 무슨 돈 말입니까?
당신이 여기서 보여 준 친절에 감사하고
또 당신이 지금 처한 곤경에 자극받아
메마르고 줄어든 내 자금력 가운데 325
일부를 드리겠소. 가진 게 많지 않아
내 현찰을 당신과 나누어 가지겠소.
여기요, 현금의 절반이오. (안토니오에게 돈을 내민다.)

안토니오 (거부하며) 이제 나를 부인할 작정이오?
내 공로가 당신에게 설득력이 없다는 게 330
가능한 일이오? 내 불행을 시험 마오,
그로 인해 내가 너무 부실한 인간 되어
당신에게 베풀었던 친절을 들먹이며
당신을 꾸짖지 않도록.

비올라 그런 친절 모르오.
당신의 목소리나 그 어떤 특징도 모르겠고. 335
거짓이나 허영심, 헛소리나 술 중독,
아니면 연약한 우리 피를 심하게 더럽히는
악덕의 오염보다 인간의 배은망덕
난 그걸 미워하오.

안토니오 오, 하늘도 무심하지!

군관 2 자, 이봐요, 갑시다. 340

안토니오 몇 마디만 더 하겠소. 난 여기 이 청년을

죽음의 아가리가 절반쯤 삼켰을 때 낚아챘고
지극히 신성한 사랑으로 구제해 줬으며
참으로 존경할 가치 있다 생각했던
이 사람의 모습에 경배를 드렸소. 345

군관 1 그게 무슨 상관이냐? 시간만 지난다. 가자!

안토니오 근데 이 신께선 얼마나 더러운 우상인가!
세바스티안, 그대는 고상한 풍모를 욕보였소.
자연에서 결함은 마음 말곤 없는데
몰인정한 자들만이 불구라 할 수 있소. 350
덕행은 아름답소, 하지만 아름다운 악행은
마왕이 넘치게 장식한 속 빈 궤짝이오.

군관 1 미치기 시작했다, 데려가라. 자, 어서 가.

안토니오 나를 데려가라. (군관들과 함께 퇴장)

비올라 (방백) 이 사람이 한 말은 격정에서 우러나와 355
자신은 그것을 믿는 것 같지만 난 아니다.
사랑하는 오빠로 내가 오해받았으니
상상이여 사실로, 오, 사실로 드러나라!

토비 경 이리 와요, 기사. 이리 오게, 파비안. 우린 아주 현명한
격언 한 쌍이나 두엇을 속삭일 거야. (그들은 비켜선다.) 360

비올라 그가 세바스티안을 불렀다. 내 모습에 오빠가
아직 살아 있음을 나는 안다. 오빠와 난
얼굴이 너무나 닮았고 그는 내가 모방한
바로 이런 복장과 색깔과 장신구를
언제나 좋아했다. 오, 이것이 사실이면 365
태풍은 친절하고 짠물은 사랑의 민물이다! (퇴장)

토비 경 (앤드루 경에게) 아주 파렴치하고 시시한 어린애인 데다
토끼보다 더 겁쟁이요. 그의 파렴치는 여기에서 어려

움에 처한 친구를 버리고 부인하는 데서 드러났고 그
의 겁쟁이 기질에 대해선 파비안에게 물어봐요. 370

파비안 겁쟁이예요, 아주 독실한 겁쟁이로 신앙 수준에 이르렀어요.

앤드루 경 젠장, 그를 다시 따라가서 때려 주겠네.

토비 경 그래요, 흠씬 패 줘요, 하지만 칼은 절대 뽑지 말아요.

앤드루 경 내가 안 패면 — (퇴장) 375

파비안 가요, 결말을 보자고요.

토비 경 결국 허탕일 거라는 데 얼마든 감히 걸지. (함께 퇴장)

4막 1장

세바스티안과 페스테 등장.

페스테 제가 당신을 부르러 온 게 아니라고 믿으라는 겁니까?

세바스티안 이런, 이런, 바보 같은 친구를 보았나.
내 근처에 오지 마.

페스테 잘 버티시네요, 참말로! 네, 전 당신을 모르고 아씨께
서 얘기를 나누려고 당신을 부르러 보낸 것도 아니란 5
말이죠. 또 당신 이름은 세자리오 씨가 아니고 이것도
제 코가 아니란 말이지요. 그렇다고 하는 건 모두 그렇
지가 않네요.

세바스티안 너의 그 바보짓은 딴 데 가서 발산해.
넌 나를 모른다. 10

366행 짠물은…민물이다 비올라의 모순은 세바스티안의 생존이 자연의 기적일 것이라는 사실을 암시한다. (아든)

4막 1장 장소 올리비아의 저택 앞.

페스테 바보짓을 발산해라! 어떤 높은 어른한테서 들은 말을 이제 바보에게 써먹으시네. 바보짓을 발산해라! 전 이 크고 멍청한 세상이 응석받이가 될까 봐 걱정입니다. 부탁인데 이제 그 이상한 태도는 관두시고 아씨께 뭘 발산해야 할지 말해 줘요. 그녀에게 당신이 오고 있다 15
고 발산할까요?

세바스티안 바보 같은 익살꾼아, 제발 좀 떠나 줘라.
이 돈을 받으라고. 더 머물러 있으면
더 나쁜 보답을 받을 거야.

페스테 참말이지 당신 손은 열려 있군요. 바보들에게 돈을 주 20
시는 이런 현명한 분들은 좋은 평판을 얻는답니다, 그걸 열네 해 동안 사들인 다음에요.

앤드루 경, 토비 경, 파비안 등장.

앤드루 경 이런, 당신을 또 만났네요. 자, 맛 좀 봐요.
(세바스티안을 친다.)

세바스티안 그래? 자, 맛 좀 봐라, 이것도, 또 이것도.
(앤드루 경을 친다.)
사람들이 다 미쳤나? 25

토비 경 멈춰요, 안 그러면 당신 검을 지붕 너머로 던져 버리겠소.
(세바스티안의 팔을 붙잡는다.)

페스테 이 일을 아씨께 곧장 말씀드려야지. 두 푼을 준대도 당신들과 같은 처지에는 빠지지 않겠어요. (퇴장)

토비 경 자, 어서, 멈춰요!

앤드루 경 아니, 내버려 둬요. 다른 방법을 써 보지요. 만약 일리 30
리아에 법이 있다면 그를 폭행죄로 고소할 겁니다. 내

가 먼저 치기는 했지만 그건 아무 상관없어요.

세바스티안 (토비 경에게) 이 손 좀 치워요.

토비 경 이봐요, 놔주지 않겠소. 이봐요, 젊은 군인 양반, 쇠를 거두시오. 그만하면 됐어요. 자, 어서. 35

세바스티안 벗어나고 말 거요. (토비 경에게서 벗어난다.)

이제 어쩔 겁니까?

나를 더 부추기고 싶으면 뽑으시오. (칼을 뽑는다.)

토비 경 뭐, 뭐라고! 그렇다면 당신의 그 건방진 피를 한두 컵쯤 받아야겠소. (칼을 뽑는다.)

올리비아 등장.

올리비아 멈춰요, 토비! 생명이 아깝거든 멈춰요! 40

토비 경 아씨.

올리비아 언제나 이럴래요? 파렴치한 인간처럼
예의범절 하나도 못 배우는 산속과
야만인 동굴에나 어울리지. 썩 꺼져요!
화내지 말아요, 사랑하는 세자리오. 45
이 무뢰한, 저리 가요!

(토비 경, 앤드루 경, 파비안, 함께 퇴장)

예의 바른 친구여,
당신의 평화를 깨뜨린 이 불손하고
불법적인 폭력을 빌건대 격정이 아니라
지혜로 통제해요. 내 집으로 함께 가요,
이 깡패가 쓸데없는 장난을 얼마나 50
많이 엮어 냈는지 듣고 나서 이번 일로
웃을 수 있게요. 당신은 갈 수밖에 없어요.

거절하지 마세요. 빌어먹을 인간이야,
당신 안의 가엾은 내 마음을 놀래다니.

세바스티안 이게 무슨 의미야? 어떻게 되는 거지? 55
이건 내가 미쳤거나 아니면 꿈이다.
상상은 내 감각을 언제나 망각에 적시고
이런 꿈을 꾼다면 계속 자게 해 줘라.

올리비아 자, 어서요. 당신이 내 말을 들었으면!

세바스티안 그럴게요, 아씨.

올리비아 오, 그 말대로 됐으면. (함께 퇴장) 60

4막 2장

가운과 가짜 수염을 든 마리아와 페스테 등장.

마리아 아냐, 제발 이 가운을 걸치고 수염도 달아. 그가 너를 부목사인 토파스 경이라고 믿게 해. 빨리 해. 난 그동안 토비 경을 부를게. (퇴장)

페스테 그럼 이걸 입고 이걸로 변장을 해야지. 그래서 이런 가운으로 변장한 최초의 인물이 됐으면 좋겠네. 난 이 역 5 할을 잘 하기엔 키가 충분치 못하고 훌륭한 신학도로 생각되기엔 충분히 마르지도 않았지만, 명예로운 사람이자 후한 집주인이란 말을 듣는 건 신중한 사람이자 대학자라고 말하는 것만큼 좋아 보인다.

토비 경과 마리아 등장.

4막 2장 장소 올리비아의 저택.

동업자들이 등장했군. 10

토비 경　목사님, 조브의 축복을 빕니다.

페스테　보노스 디에스, 토비 경. 펜과 잉크를 한 번도 본 적 없는 프라하의 늙은 은둔자가 고보덕 왕의 질녀에게 아주 재치 있게 말했듯이 '있는 것은 있는 것'이랍니다. 그래서 난 목사이므로 목사랍니다. 왜냐하면 '것'이라 15 는 건 '것'이고, '있는' 건 '있는' 게 아니고 뭐겠습니까?

토비 경　토파스 경, 그에게 말하시오.

페스테　여봐라, 게 있느냐, 이 감옥에 평화를.

토비 경　녀석, 참 잘도 꾸며 댄다. — 좋은 녀석이야.

말볼리오　(안에서) 거기 밖에 누구요? 20

페스테　정신 이상자 말볼리오를 보러 온 부목사 토파스 경이니라.

말볼리오　토파스 경, 토파스 경, 훌륭하신 토파스 경, 아씨께 가주시오.

페스테　썩 나가라, 떠버리 악마야, 이 사람을 이토록 괴롭히다 25 니! 넌 아씨들 말고는 할 얘기가 없어?

토비 경　목사님, 맞는 말씀입니다.

말볼리오　토파스 경, 이렇게 학대받은 사람은 절대로 없었어요. 훌륭하신 토파스 경, 절 미쳤다 생각 마십시오. 그들이 저를 이 소름끼치는 어둠 속에 가뒀어요. 30

페스테　에잇, 이 부정직한 사탄아! 난 너에게 가장 겸손한 용어를 쓰고 있어, 난 마왕 자신이라도 예의로 대하는 부

12행 보노스 디에스
라틴어 낮 인사. 안녕하십니까.(Good day.)
13행 고보덕 왕
전설적인 브리튼 왕. 하지만 그에게 질녀는 없었으며 앞서 언급된 프라하의 늙은 은둔자가 글을 모르기 때문에 이들 모두가 페스테가 꾸며 낸 가짜 문학 권위자들이다. (아든)

드러운 사람이니까. 그 방이 어둡단 말이지?

말볼리오 지옥처럼요, 토파스 경.

페스테 아니, 그 방의 퇴창은 방벽처럼 투명하고 북남 쪽으로 35
난 채광창은 흑단처럼 빛나고 있어, 그런데도 넌 장애
물을 불평해?

말볼리오 전 미치지 않았어요, 토파스 경. 분명히 말하는데 이
방은 어두워요.

페스테 미친 자여, 네가 틀렸다. 내 말은 무식 말고는 어둠이 40
없는데 넌 그 안에서 안개 속의 이집트인들보다 더 큰
혼란에 빠져 있어.

말볼리오 무식이 지옥만큼 어둡긴 하지만 이 방도 무식만큼 어
둡다니까요. 그리고 제 말은 이토록 학대받은 사람은
절대로 없었어요. 전 당신보다 더 미치지 않았어요. 아 45
무거나 일관된 논점으로 시험해 보십시오.

페스테 날짐승에 대한 피타고라스의 견해가 뭐지?

말볼리오 우리 할머니의 영혼이 새의 몸 안에 우연히 깃들 수도
있다는 것입니다.

페스테 넌 그의 견해를 어떻게 생각해? 50

말볼리오 전 영혼을 고귀하다 생각하고 그의 견해를 절대 인정
하지 않습니다.

페스테 잘 있어라. 언제나 어둠 속에 머물러라. 넌 내가 제정

41행 안개…이집트인
출애굽기 10장 21절에 묘사된 어둠의 재앙에 대한 암시. (아든)

47행 날짐승…견해
그리스 철학자 피타고라스는 영혼 이체설로 유명한데, 그는 인간의 영혼이 한 몸에서 다른 몸으로 이동하고, 특히 사후에 새로운 인간 또는 동물의 형태로 환생한다고 설파하였다. (아든)

53~55행 넌…것이고
목사가 누구를(청교도라 할지라도) 이교도로 개종시키기 바라는 것은 물론 터무니없는 일이다. 이는 말볼리오를 어둠 속에 내버려 두려는 자의적인 구실이다. (아든)

신이라고 인정할 때까지 피타고라스의 견해를 유지할 것이고, 그래서 네 할미의 영혼을 쫓아낼까 두려워 멧도요를 못 죽일 것이다. 잘 있어라. 55

말볼리오 토파스 경, 토파스 경!

토비 경 참으로 빼어난 토파스 경이야.

페스테 암요, 뭐든지 해 드리죠.

마리아 넌 이걸 수염과 가운 없이도 할 수 있었어. 그는 널 못 봐. 60

토비 경 (페스테에게) 너 자신의 목소리로 해 봐, 그런 다음 그가 어땠는지 알려 줘. 이 사기극을 잘 끝냈으면 좋겠어. 그가 적절히 풀려날 수만 있다면 그리되는 게 좋겠어, 난 질녀에게 지은 죄가 너무 많아 이 장난을 도저히 막판까지 안전하게 끌고 갈 수가 없어서 그래. 곧바로 내 65 방으로 와. (마리아와 함께 퇴장)

페스테 (그 자신으로 노래한다.)

이봐 로빈, 명랑한 로빈,
아씨는 어떻게 지내셔.

말볼리오 바보야!

페스테 (노래한다.) 아씨는 매정하셔, 맙소사. 70

말볼리오 바보야!

페스테 (노래한다.) 아, 그녀가 왜 그러실까?

말볼리오 이봐, 바보야!

페스테 (노래한다.) 다른 남자 사랑하셔 —
하, 누가 불러요? 75

말볼리오 착한 바보야, 나한테 언제나 좋은 대접 받으려거든 양초와 펜, 잉크와 종이 좀 갖다 줘. 난 신사니까 이번 일로 너에게 감사하며 살 거야.

페스테 말볼리오 씨?

말볼리오　그래, 착한 바보야. 80

페스테　아이고, 어쩌다가 온정신을 잃으셨나요?

말볼리오　바보야, 이토록 지독하게 학대받은 사람은 절대로 없었어. 난 너처럼 정신이 멀쩡해, 바보야.

페스테　그저 나처럼요? 그럼 진짜로 미쳤네요, 당신의 정신이 바보보다 나은 게 없다면요. 85

말볼리오　그들은 나를 물건처럼 여기에 처박았어. 어둠 속에 가두고 목사들을, 등신들을 보냈으며 내 정신을 빼 놓으려고 할 수 있는 짓은 다 했어.

페스테　말조심하세요, 그 목사가 여기에 있답니다. ― (토파스 경으로) 말볼리오, 말볼리오, 하늘이 네 정신을 회복 90 시켜 주시기를. 잠이나 자려고 애쓰고 헛된 횡설수설일랑 집어치워.

말볼리오　토파스 경!

페스테　(토파스 경으로) 그와 대화를 계속하지 말게, 착한 친구여. (자신으로) 누구요, 저요? 전 안 해요! 안녕히 가십 95 시오, 토파스 경. (토파스 경으로) 그래, 아멘. (자신으로) 그럴게요, 예, 그럴게요.

말볼리오　바보야, 바보야, 야, 바보야!

페스테　아아, 참으세요. 뭐라고요? 난 당신에게 말 걸었다고 욕먹었어요. 100

말볼리오　착한 바보야, 촛불과 종이 좀 갖다 줘. 분명히 말하는데 난 일리리아의 그 누구와 견주어도 제정신이야.

페스테　아이고 그랬으면 좋겠네요.

97행 그럴게요　페스테가 이미 토파스 경의 말에 대답했으므로 여기에서 그가 어디에 반응하는지는 분명치 않다.

말볼리오 이 손에 맹세코 그렇다. 착한 바보야, 잉크와 종이, 촛불 좀. 그런 다음 내가 적은 것을 아씨에게 전해 줘. 그 105
어떤 편지를 전달한 것보다 더 많은 이득이 있을 거야.

페스테 갖다 드리죠. 하지만 사실을 말해 봐요. 진짜 미친 거 아녜요, 아니면 그런 척하는 것뿐인가요?

말볼리오 믿어 줘, 안 미쳤어, 사실이야.

페스테 예, 전 미친 사람의 뇌수를 볼 때까진 절대 믿지 않을 110
겁니다. 촛불과 종이, 잉크를 가져 오죠.

말볼리오 바보야, 이번 일은 최고로 보답하마. 부탁이다, 빨리 가.

페스테 (노래한다.)

갔어요, 예, 지금 곧 말입니다,
당신에게 다시 오겠습니다,
늙어 빠진 악덕처럼 순식간에 115
당신 요구 채워 주러 갑니다.
그놈은 나무칼 들고서 격노하고 광분하며
악마에게 '아하'라고 외치죠,
실성한 애처럼 '아빠, 손톱 좀 깎아요.
잘 있어요, 악마쟁이.' 이렇게요. (퇴장) 120

4막 3장

세바스티안 등장.

115행 악덕
중세 도덕극에 나오는 코믹한 악의 대변자. 그는 어떤 의미에서 페스테가 지금 하고 있는 바보 역할의 원조로서 시의적절하고, 특히 이 장면에서 페스테가 악덕처럼 여러 가지 코믹한 연기를 채택하기 때문에 더욱 그렇다. (아든)

4막 3장 장소 올리비아의 정원.

세바스티안 이건 대기, 저것은 빛나는 태양이며
그녀가 준 이 진주를 난 느끼고 또 보면서
이렇게 놀라움에 휩싸여 있긴 하나
미치진 않았다. 그럼 안토니오는 어딨지?
코끼리 여관에선 찾을 수 없었다. 5
하지만 그는 거기 있었고 날 찾아내려고
읍내를 정말로 누볐단 보고를 들었다.
지금 그의 충고는 황금 같은 도움을 주리라.
왜냐하면 내 마음은 감각과 충분히 토의한 뒤
이것은 착각이지 광증이 아니라고 하지만 10
이번 일과 쇄도하는 행운은 모든 사례
모든 논증 과정을 완전히 뛰어넘어
난 내 눈을 기꺼이 신뢰하지 않으면서
내가 미쳐 있거나 아씨가 미친 것 말고는
아무것도 믿지 못하겠다는 내 이성과 15
말다툼을 하니까. 하지만 아씨가 미쳤다면
그녀는 내가 감지하듯이 그렇게 매끄럽고
사려 깊고 안정된 태도로 집안을 다스리고
하인들을 장악하고 사안을 주고받고
신속히 처리할 수가 없다. 거기에 무언가 20
헷갈리는 게 있다.

올리비아와 신부 등장.

근데 여기 아씨가.

올리비아 이렇게 서둔다고 꾸짖진 마세요. 좋으시면
지금 저와 그리고 이 성자와 가시지요,

근처 예배당으로. 이분 앞에 거기 서서
그리고 봉헌된 그 지붕 아래에서 25
당신의 믿음을 온전히 약속해 주세요,
참으로 염려하고 망설이는 제 마음이
평안할 수 있도록. 이분은 당신이 이것을
기꺼이 알리고 우리가 제 신분에 어울리는
예식을 올리는 그날이 올 때까지 30
비밀로 할 거예요. 어떻게 생각해요?

세바스티안 독실한 이분 따라 당신과 함께 가서
진심을 맹세한 뒤 언제나 지킬게요.

올리비아 그렇다면 신부님은 앞장서고 하늘은
제 행동에 빛을 내려 곱게 봐 주소서! (함께 퇴장) 35

5막 1장

편지를 든 페스테와 파비안 등장.

파비안 자, 넌 나를 좋아하잖아, 그 편지 좀 보여 줘.

페스테 파비안 씨, 제 청 또 하나 들어줘요.

파비안 뭐든지.

페스테 이 편지를 보려 하지 마세요.

파비안 이건 개 한 마리를 줘 놓고 그 보상으로 그 개를 도로 5
달라는 것과 같군.

오르시노, 비올라, 큐리오 및 귀족들 등장.

5막 1장 장소 올리비아의 저택 앞.

오르시노	친구들은 올리비아 아씨 소속인가?	
페스테	예, 각하, 저희는 그녀의 장신구이옵니다.	
오르시노	너를 잘 알지. 어떻게 지내느냐, 이 녀석?	
페스테	사실은 각하, 적들 때문엔 더 잘 지내고 친구들 때문엔 더 못 지냅니다.	10
오르시노	정반대로 친구들 때문에 더 잘 지내야지.	
페스테	아뇨, 더 못 지냅니다.	
오르시노	어찌 그럴 수가 있느냐?	
페스테	그야, 각하, 그들은 절 칭찬하면서 바보로 만듭니다. 그런데 제 적들은 제가 바보라고 분명히 말하지요. 그래서 적들에게는 저 자신에 관한 지식으로 득을 보는 반면 친구들에겐 속고 있답니다. 그래서 그 결론이 만약 키스와 같다면 네 개의 부정은 두 개의 긍정이 되니까, 그럼, 친구들 때문엔 더 못 지내고 적들 때문엔 더 잘 지내죠.	15, 20
오르시노	허, 이거 참 뛰어나군.	
페스테	맹세코 그런 말 마십시오, 각하께서 기쁜 마음으로 제 친구가 되시더라도.	
오르시노	나 때문에 더 못 지내진 않을 거야. 금화다. (돈을 준다.)	25
페스테	이중 거래가 아닐 수만 있다면 각하, 하나 더 주시면 좋겠는데요.	
오르시노	오, 넌 나쁜 충고를 하는구나.	
페스테	각하의 호의를 이번 한 번만 주머니에 넣으시고 피와	

18~20행 결론이…되니까
만족스러운 설명은 없지만 라틴어에서 두 개의 부정은 하나의 긍정이 되니까, 여자의 안 돼요 네 번은 돼요 두 번과 같으니까, 남녀의 키스는 네 개의 떨어진 입술이 두 쌍의 붙은 입술을 만드니까 등의 설명이 있다. (아든, 리버사이드)

살더러 그것에 복종하라고 하시지요. 30

오르시노 글쎄, 이중 거래자가 될 만큼만 죄인이 되어 보지. 또 하나다. (돈을 준다.)

페스테 첫째, 둘째, 셋째, 그건 좋은 놀이입니다. 또 삼세번에 대박이란 옛말도 있고요. 삼박자는 훌륭한 춤곡이랍니다. 아니면 베네트 성자의 종소리를 떠올려 보시든 35 지 — 하나, 둘, 셋.

오르시노 이번 판에서는 내 돈을 더 우려낼 수 없어. 네가 만약 아씨께 내가 여기 얘기하러 왔노라고 알려 드리고 모셔 오면 내 선심을 더 일깨울 수 있을 거야.

페스테 네, 각하, 제가 다시 올 때까지 그 선심에 자장가를 불 40 러 주십시오. 갑니다, 각하. 하지만 제 소유욕을 탐욕죄로 생각하지는 마셨으면 합니다. 하지만 말씀처럼 각하의 선심께선 낮잠을 주무시라고 해 주십쇼, 제가 곧 깨워 드릴 테니까. (퇴장)

안토니오와 군관들 등장.

비올라 여기 저를 구해 준 사람이 왔습니다. 45

오르시노 나는 저 얼굴을 분명히 기억한다.
하지만 지난번에 봤을 땐 전쟁의 연기로
불카누스 신처럼 시커멓게 물들어 있었지.
배수량이 아주 적고 선체 또한 볼품없는
하찮은 범선의 선장으로 있었는데 50

48행 불카누스
로마 신화에서 불과 대장장이의 신. 그리스 신화의 헤파이스토스에 해당한다.

그것으로 우리 함대 최고의 전함과 맞붙어
얼마나 막대한 피해를 입혔던지
순수한 적개심을 품었던 패자들조차도
그의 명성, 영예를 외쳤었지. 웬일이냐?

군관 1 오르시노 각하, 이자는 안토니오인데 55
피닉스호와 크레타 선적의 화물을 빼앗고
티투스 사촌께서 다리를 잃었을 때
맹호 함에 올랐던 자이기도 합니다.
수치심도 신분도 포기한 채 거리에서
사적인 말다툼에 낀 그를 체포했습니다. 60

비올라 그는 제게 친절했고 제 편에서 싸웠어요.
하지만 결국 제게 이상한 말을 했고
착란이 아니라면 그게 뭔지 모르겠습니다.

오르시노 악명 높은 해적이여, 짠물 도둑놈이여,
무슨 만용 부리다가 잔인하고 지독하게 65
적으로 돌렸던 사람들의 손아귀에
떨어지게 되었는가?

안토니오 오르시노 공작님,
내게 붙인 그 오명을 떨치게 해 주시오.
이 안토니오는 도둑도 해적도 아니었소,
오르시노의 적이란 건 근거가 충분하여 70
고백합니다만. 난 마술에 끌리어 이리 왔소.
최고 배은망덕한 당신 곁의 그 녀석을
격노하여 거품 뿜는 난폭한 바다의 입에서
내가 구해 냈습니다. 절망의 잔해가 그였소.
그 생명을 내가 줬고 거기에다 사랑까지 75
더하여 주었지요, 아낌이나 제한 없이

다 바쳤답니다. 그를 위해 나 자신을 —
순전히 그를 사랑했기에 — 적의 품은
이 도시의 위험에 드러내게 되었고
그가 포위당했을 땐 지키려고 칼 뺐는데 80
내가 체포되니까 배신하는 잔꾀를 부려서
위험을 나와 함께 나누지 않으려고
나와 면식 있다는 걸 부인하게 되었고
눈 깜짝할 사이에 이십 년쯤 멀어진
물건처럼 됐답니다. 반시간도 되기 전에 85
그에게 쓰라고 준 바로 내 지갑을
거부했단 말입니다.

비올라 어떻게 이럴 수가?

오르시노 그가 언제 이 도시에 왔느냐?

안토니오 오늘이요, 백작님, 또 지난 석 달 동안
잠시도, 일 분의 빈틈도 전혀 없이 90
밤낮으로 우리 둘은 같이 지냈답니다.

올리비아와 시종들 등장.

오르시노 여백작이 오셨다. 하늘이 이제 땅을 밟는다.
하지만 이 친구야, 자네 말은 광기야.
석 달 동안 이 청년은 내 시중을 들었어.
하지만 그건 좀 있다가. 저리로 데려가라. 95

올리비아 각하께서 가질 수 없는 것을 빼놓고
이 올리비아가 도움이 될 만한 게 있으신지?
세자리오, 나와 한 약속을 안 지키셨어요.

비올라 아씨 —

오르시노　우아한 올리비아 ― 100

올리비아　뭐라고요, 세자리오? 각하께선 ―

비올라　각하의 말씀에 제 임무는 침묵이죠.

올리비아　옛 노래를 다시 부를 작정이시라면
제 귀에는 그것이 음악 뒤의 고함처럼
조잡하고 거슬려요.

오르시노　계속 그리 잔인하오? 105

올리비아　계속 변함없답니다.

오르시노　뭐, 비꼬였단 점에서요? 몰인정한 숙녀여,
배은하고 재수 없는 당신의 제단에
내 영혼은 여태껏 봉헌이 가능한
최고의 충절을 바쳤는데 ― 난 어찌할까요? 110

올리비아　각하께 어울리는 하고픈 일 하시지요.

오르시노　내가 맘만 먹는다면 죽음을 눈앞에 둔
이집트인 도적처럼 아끼는 걸 죽이는 일
왜 하면 안 될까요? ― 흉포한 질투심은
때로는 고귀한데. ― 하지만 들어 봐요. 115
당신이 내 믿음을 쳐다보지 않으니까
또 당신의 호의에서 참된 내 자리를
앗아 간 장본인을 내가 좀 아니까
당신은 대리석 가슴의 폭군으로 쭉 사시오.

99~100행 아씨…우아한
두 사람의 대사는 동시에 시작된다.
101~102행 각하께선…각하의
올리비아가 오르시노의 말에 반응하면서 각하라는 말을 썼다면 비올라는 자신의 윗사람이 오르시노임을 주지시키기 위해 같은 말을 쓴다.

113행 이집트인 도적
헬리오도로스가 쓴 그리스 로맨스 『에티오피카』에 나오는 도적 두목을 가리키는데, 그는 경쟁하는 다른 무리가 자신의 목숨을 위협했을 때 자신이 사랑하는 포로인 카리클레아를 죽이려다가 죽이지 못한다. (아든)

하지만 당신의 사랑을 내가 아는 이 총아는 120
하늘에 맹세코 내가 극히 아끼는데,
속상한 주인 두고 그 잔인한 눈 속에서
옥좌에 앉았지만 내가 꺼내 갈 것이오.
(비올라에게) 얘, 함께 가자, 내 생각은 악행으로 가득하다.
비둘기의 까마귀 속마음을 약 올려 주려고 125
난 정말로 아끼는 나의 양을 희생할 것이다.

(문으로 간다.)

비올라 그럼 전 최고로 유쾌하게 당장에 기꺼이
당신 안정시키려고 천 번 만 번 죽겠어요.

(오르시노를 따라간다.)

올리비아 세자리오, 어디 가요?

비올라 이 눈보다, 목숨보다
모든 비교 넘어서 사랑할 아내보다 130
더 많이 사랑하는 이분 뒤를 따라가요.
이게 꾸며 낸 것이면 저 위의 증인들은
제 사랑을 더럽힌 제 생명을 벌하세요.

올리비아 아아, 버림을 당하다니, 난 정말 속았구나!

비올라 누가 당신 속여요? 누가 당신 학대해요? 135

올리비아 정신이 나갔어요? 그리 오래됐어요?
신부님을 불러와라. (시종 퇴장)

오르시노 이리 와, 어서 가자!

올리비아 어디 가요? 세자리오, 서방님, 멈춰요.

오르시노 서방님?

올리비아 예, 서방님. 부인할 수 있겠어요?

오르시노 너, 그녀의 남편이냐?

비올라 아뇨 각하, 아닙니다. 140

올리비아　아 저런, 당신은 저급한 두려움 때문에
자신의 정당한 지위를 부인하고 있어요.
두려워 마세요, 세자리오, 행운을 붙잡고
자신이 알고 있는 그가 되면 두려운 그분만큼
위대해질 거예요.

신부 등장.

어서 와요, 신부님. 145
신부님, 존경하는 당신께 명하건대
여기에서 밝혀 줘요 — 최근까진 우리가
묻어 둘 작정이었으나 이제는 때가 되어
밝히려고 하는데 — 당신이 아는 대로
이 청년과 나 사이에 새로 생긴 그 일을. 150

신부　영원한 사랑의 결합을 약속했었는데
두 사람이 서로의 손을 잡아 확인하고
성스럽게 입술 맞춰 증명이 되었으며
서로의 반지를 교환하여 강화됐고
이 모든 결합의 의식은 이 사람의 직분과 155
증언에 의하여 확정되었습니다.
그 후로 제 시계에 의하면 저는 단지
제 무덤 쪽으로 두 시간 더 갔을 뿐입니다.

오르시노　오, 이런 새끼 사기꾼! 세월이 흘러서
그 가죽에 흰 서리가 내리면 뭐가 될래? 160
아니면 네 계략이 너무 빨리 성숙하여
남의 발을 걸려다가 스스로 넘어질래?
잘 가라, 그녀를 가져라, 하지만 발걸음은

절대 나와 아니 만날 곳으로 돌려라.

비올라 각하, 전 정말 단언컨대 —

올리비아 오, 맹세하지 마세요! 165

믿음을 좀 가지세요, 두렵긴 할 테지만.

앤드루 경 등장.

앤드루 경 하느님 맙소사, 의사 좀! 곧바로 사람을 토비 경에게 보내세요.

올리비아 무슨 일이오?

앤드루 경 그이가 제 골통은 깨부수고 토비 경 골통은 피가 나게 170 했답니다. 제발, 도와줘요! 사십 파운드를 내더라도 난 차라리 집에 있었으면 좋았을걸.

올리비아 누가 그랬단 말이오, 앤드루 경?

앤드루 경 백작의 신사인 세자리오란 사람이요. 우린 그가 겁쟁이인 줄 알았는데, 바로 악마의 화신이랍니다. 175

오르시노 나의 신사 세자리오가?

앤드루 경 원 세상에, 여기 있네! (비올라에게) 당신은 내 머리를 이유 없이 깨 놨소, 그리고 내가 했던 그 일은 토비 경이 부추겨서 그랬어요.

비올라 왜 나한테 얘기해요? 당신을 안 해쳤소. 180

당신은 이유 없이 내게 칼을 뽑았지만

난 좋게끔 얘기하고 해치지 않았어요.

토비 경과 페스테 등장.

앤드루 경 피 흐르는 골통이 해친 거라면 당신은 날 해쳤소. 피

흐르는 골통은 아무것도 아닌 줄 아는 모양이군요. 여기 토비 경이 절뚝거리며 오니까 소식을 더 듣게 될 거요. 하지만 그가 술에 취하지만 않았어도 당신을 간질여 준 것과는 다른 식으로 해 줬을 거요. 185

오르시노 (토비 경에게) 어쩐 일이오, 신사 양반? 어떻게 된 거요?

토비 경 상관없어요, 날 해쳤고 그걸로 끝났습니다. (페스테에게) 야, 멍청아, 의사 딕 봤어, 멍청아? 190

페스테 오, 그 사람은 취했어요, 토비 경, 한 시간 전부터요. 아침 8시에 눈이 감겨 있던데요.

토비 경 그럼 그 자식은 불한당이고 느려 터진 돌팔이야. 난 술 취한 불한당을 미워해.

올리비아 그를 데려가라! 이들을 엉망으로 만든 게 누구냐? 195

앤드루 경 내가 도와줄게요, 토비 경. 우린 같이 치료받을 테니까.

토비 경 당신이 도와줘? 돌대가리에다 골통에다 불량배, 낯짝 얇은 불량배에다 얼간이가?

올리비아 침대로 데려가서 상처를 돌봐 드려라.

(토비 경, 앤드루 경, 파비안과 페스테 함께 퇴장)

세바스티안 등장.

세바스티안 (올리비아에게) 죄송해요, 부인, 당신의 친척을 해쳤어요. 200
하지만 피를 나눈 내 형제였더라도
적절한 안전 위해 못지않게 했을 거요.
이상한 시선을 내게 던지는군요. 그래서
이 일로 당신이 화난 줄은 알겠소.
여보, 용서해 주시오, 얼마 전에 우리가 205
서로에게 나눴던 그 서약을 봐서라도.

오르시노 같은 얼굴, 같은 말씨, 같은 옷에 두 사람!
실재이며 헛것인 천연 요지경이다!

세바스티안 안토니오! 오, 사랑하는 안토니오,
내가 그대 잃은 뒤 얼마나 긴 고통과 210
고문을 받았던가!

안토니오 당신이 세바스티안?

세바스티안 그걸 의심합니까?

안토니오 어떻게 자신을 스스로 나누었소?
두 쪽으로 나눠진 사과라 하더라도
더 같을 순 없어요. 누가 세바스티안입니까? 215

올리비아 최고로 놀랍구나!

세바스티안 (비올라를 본다.) 내가 저기 서 있나? 남동생은 없었다.
또한 내게 이곳과 모든 곳에 존재하는
신통력도 없을 테고. 누이는 있었다,
눈먼 파도 물기둥이 삼켜 버린 여자지만. 220
자선 삼아 말해 줘요, 내겐 어떤 친척이죠?
어느 나라 사람이오? 이름은? 부모는?

비올라 메살린 출신이고 아버지는 세바스티안,
오빠도 꼭 같은 세바스티안이었는데
그런 옷을 입은 채 물 무덤에 들어갔죠. 225
혼령이 몸과 복장 갖출 수 있다면 당신은
우리를 겁주려고 왔어요.

세바스티안 난 진정 혼령이오.
하지만 자궁 속에서부터 함께했던 육체에
조잡하게 옷 걸치고 있을 뿐이랍니다.

208행 천연 요지경 인간이 만들지 않고 자연이 빚은 요지경.

당신이 여자라면 나머지는 맞으니까 230
당신 뺨에 내 눈물을 흘리며 말하겠소,
'삼세번 환영한다, 물에 빠진 비올라.'

비올라 아버지 이마에는 사마귀가 있었는데.

세바스티안 내 아버지에게도.

비올라 그리고 비올라가 열세 살이 되었던 235
바로 그날 세상을 떠나셨소.

세바스티안 오, 그 기록은 내 영혼에 생생하오!
그는 정말 생사의 행위를 내 누이가
열세 살을 채웠던 바로 그날 마치셨소.

비올라 우리 둘의 행복을 가로막고 있는 것이 240
강탈한 이 남자 복장밖에 없다면
장소, 시간, 운수의 매 상황이 모두 다
꼭 들어맞아서 이 몸이 비올라 될 때까지
나를 안지 마세요. — 그 사실을 확인하러
처녀 적 옷이 있는 읍내의 한 선장에게 245
당신을 데려갈 터인데, 나는 그 사람의
친절한 도움으로 구조되어 공작님을 섬겼어요.
그 뒤로 내 운명과 관련된 모든 일은
이 아씨와 이 주인님 사이에서 생겼어요.

세바스티안 (올리비아에게) 숙녀시여, 그래서 잘못 보신 거로군요. 250
하지만 자연은 그렇게 옳은 방향 잡았어요.
당신은 처녀와 계약을 맺을 뻔했지만
그렇다고 속은 건 목숨 걸고 아닙니다,
처녀 총각 양쪽과 약혼을 했으니까.

오르시노 이 청년의 혈통은 고귀하니 놀라지 마시오. 255
그렇다면 요지경이 진짜인 것 같으니까

이 행복한 파선에서 나도 한몫 챙기겠소.
(비올라에게) 얘, 넌 여자를 나만큼 절대 사랑 않겠노라
천 번도 더 넘게 얘기하곤 했었다.

비올라 그 모든 얘기를 거듭하여 맹세하고 260
그 모든 맹세를 영혼의 진실로 지킬게요,
밤과 낮을 갈라놓는 태양의 천구층이
그 불을 지키듯이.

오르시노 네 손을 이리 줘,
그리고 여자 옷 입은 너를 보자꾸나.

비올라 저를 처음 해안으로 데려왔던 선장이 265
처녀 적 의복을 가졌는데 그는 지금
아씨의 신사이며 시종 중 한 사람인
말볼리오의 기소로 구금되어 있답니다.

올리비아 풀어 주라 하겠소. — 말볼리오를 데려오라.
하지만, 아, 어쩌나, 이제 기억나는데 270
불쌍한 그 신사가 얼이 많이 빠졌대요.

편지 든 페스테와 파비안 등장.

아주 혼을 빼 놓는 나 자신의 광기로
그의 것은 새카맣게 기억에서 지워졌죠.
이봐라, 그는 어때?

페스테 참말로 아씨, 그는 자신의 처지에서 할 수 있는 최선을 275
다해 마왕을 떼어 놓고 있답니다. 그가 여기 아씨께 편

262행 천구층 고대인들은 행성, 별, 천체가 여기에 붙어 있는 것으로 믿었다. 따라서 태양과 그 천구층이 함께 움직인다고 생각했다.

지를 썼어요. 오늘 아침에 드렸어야 합니다만 미친 사람의 서한이 복음은 아닌지라 전달돼도 별 의미 없을 것입니다.

올리비아 열어서 읽어 봐라. 280

페스테 그럼 바보가 광인의 뜻을 전달해 드릴 테니 교육을 잘 받도록 하십시오. (미친 식으로 읽는다.) '주님께 맹세코, 아씨는' —

올리비아 왜 그래, 너 미쳤어?

페스테 아뇨, 아씨, 전 광기를 읽을 뿐입니다. 아씨께서 사실을 그대로 들으시려면 효과음을 허락하셔야만 합니다. 285

올리비아 제발, 정신 좀 차리고 읽어라.

페스테 그러고 있습니다, 마돈나. 하지만 그의 온전한 정신을 읽는 건 이렇게 읽는 겁니다. 그러므로 공주님, 숙고하고 들으세요. 290

올리비아 (파비안에게) 이보게, 자네가 읽게.

파비안 (읽는다.) '주님께 맹세코 아씨는 저를 학대하시고 세상은 그걸 다 알게 될 것입니다. 어둠 속에 저를 가두고 술 취한 사촌에게 저에 대한 결정권을 주셨지만 저도 아씨만큼 감각의 도움을 받고 있답니다. 제가 보인 겉모습을 취하도록 유도한 당신의 편지를 가졌어요. 그것으로 제가 아주 옳거나 당신이 아주 부끄러움을 밝힐 수 있다고 믿어 의심치 않습니다. 저를 맘대로 생각하십시오. 저는 제 본분을 좀 덜 생각하고 상처받은 마음으로 말합니다. 295 300

미치도록 이용당한 말볼리오.'

올리비아 이것을 그가 썼어?

페스테 예, 아씨.

오르시노 큰 착란에 빠진 것 같지는 않군요.

올리비아 파비안, 그를 꺼내 이리로 데려오게. (파비안 퇴장) 305

각하, 좋으시면 이 일을 더 생각해 보시고
이 몸을 아내 같은 처남댁이라고 생각하여
제 집에서 저 자신의 비용으로 같은 날에
이 인척 관계를 마무리해 주시지요.

오르시노 참으로 기꺼이 그 제안을 받아들입니다. 310

(비올라에게) 네 주인이 널 놔준다. 여자의 성정에
너무나 어긋나고 부드러운 네 교육과
너무나 동떨어진 봉사를 그에게 했으니
또 나를 참으로 오랫동안 주인이라 불렀으니
너에게 약속한다. ― 넌 이제 네 주인의 315
여주인이 될 것이다.

올리비아 당신은 내 ― 시누이요.

편지 든 말볼리오, 파비안과 함께 등장.

오르시노 이게 그 광인인가?

올리비아 예 각하, 맞습니다.

어떤가, 말볼리오?

말볼리오 아씨는 저를 학대하셨어요.

지독한 학대를요.

올리비아 내가, 말볼리오? 아니야.

말볼리오 하셨어요, 아씨. 이 편지 좀 보십시오. 320

당신의 필체임을 부인해선 안 되시죠.
가능하면 필체나 문구를 달리해 보십시오.
당신의 봉인과 문장이 아니라고 해 보세요.

그런 말 못 하시죠. 그렇다면 인정하고
명예롭게 품위 갖춰 말씀해 보십시오. 325
왜 그렇게 분명한 호의의 빛을 주고
저더러 웃음 짓고 교차 대님 매라 하고
노란 양말 신게 하고 토비 경을 비롯한
가벼운 자들에게 눈살을 찌푸려라 하셨는지?
또, 희망 갖고 복종하며 그걸 실행했는데 330
당신은 왜 저를 감옥에 넣게 하고
어두운 방 안에 가둬 놓고 신부를 보내어
궁리해 낼 수 있는 최고로 지독한
바보 천치 만드셨는지요? 왜 그랬습니까!

올리비아 아 이런, 말볼리오, 이건 내 글씨가 아니야. 335
철자가 흡사하단 사실을 고백해야겠지만.
하지만 이건 분명 마리아의 필체야.
또 이제 생각하니 말볼리오가 미쳤다고
그녀가 맨 처음 말해 줬어. 근데 자넨
이 편지에 예상된 바로 그런 모습으로 340
웃음을 지으며 나타났지. 모쪼록 진정하게.
이 계책을 자네에게 참 나쁘게 써먹었어.
하지만 그 까닭과 주모자를 알게 되면
본인이 이 사건의 원고 판관, 양쪽 다
되도록 해 주겠네.

파비안 아씨, 제가 말씀드릴 테니 345
어떠한 싸움도, 앞으로의 다툼도
놀라움을 금치 못할 이 시각의 분위기를
해치지 않게 해 주십시오. 그러길 바라면서
참 솔직히 고백건대 저 자신과 토비가

여기 있는 말볼리오 이 사람의 뻣뻣하고 350
불손한 점들을 나쁘게 인식하고
이 계략을 썼습니다. 그 편지는 마리아가
토비 경이 심하게 졸라서 쓴 것이고
그는 그 보답으로 그녀와 결혼했답니다.
양쪽 편이 서로에게 입혔던 상처를 355
공평하게 저울질해 보고 이번 일을 얼마나
장난 섞인 악의로 벌였는지 알게 되면
복수심보다는 웃음이 일어날 것입니다.

올리비아 아, 딱한 바보, 이리 큰 놀림감이 될 수가!

페스테 글쎄요, '누구는 고귀하게 태어나고 누구는 고귀함을 360
이룩하고 또 누구는 고귀함을 떠안게 된답니다.' 저는
요, 이 막간극에서요, 토파스 경이란 사람이었는데요,
별건 아니죠. '맹세코 바보야, 난 미치지 않았어.' 하지
만 기억하세요? '아씨, 왜 이따위 시시한 놈을 재미있
어하십니까? 아씨께서 웃지 않으시면 그는 입이 막힌 365
답니다.' 이리하여 시간이란 팽이는 복수를 불러온답
니다.

말볼리오 당신들 패거리 모두에게 복수할 것이오! (퇴장)

올리비아 그는 참 지독하게 학대받고 있었네요.

오르시노 쫓아가서 그에게 화해를 간청하라. 370
그는 아직 선장 얘길 해 주지 않았어. (파비안 퇴장)
그 결과를 안 다음 황금 시간 다가올 때
소중한 우리들의 영혼은 엄숙히
결합하게 될 것이다. 그때까진 처남댁,
짐은 여기 머물겠소. 이리 와라, 세자리오 — 375
남자로 있는 한 그 사람일 테니까.

하지만 다른 옷 입은 네가 나타날 땐
오르시노의 애인이며 그 연정의 여왕이리.

(페스테만 남고 모두 퇴장)

페스테가 노래한다.

내 어린 시절에 땅꼬마였을 때
    헤야 디야, 비바람 불었었지. 380
바보짓은 별 볼일 없었어,
    매일 비가 내리곤 했으니까.

그런데 내가 어른 되었을 때
    헤야 디야, 비바람 불었었지.
도둑놈들 때문에 다들 문 걸었어, 385
    매일 비가 내리곤 했으니까.

그런데, 아, 마누라가 생겼을 때
    헤야 디야, 비바람 불었었지.
등쳐 먹고 잘 살 수는 없었어,
    매일 비가 내리곤 했으니까. 390

그런데 내가 늙어 누웠을 때
    헤야 디야, 비바람 불었었지.
술고래와 술꾼들은 늘 함께 있었어,
    매일 비가 내리곤 했으니까.

오래전에 이 세상은 시작됐고 395

헤야 디야, 비바람 불었었지.
하지만 상관없어, 우리 극은 끝났고
여러분 즐겁도록 매일 노력할 테니까.

(퇴장)

잣대엔 잣대로

Measure for Measure

역자 서문

윌리엄 셰익스피어(1564~1616)는 『실수 희극』(1592~1594)을 시작으로 『잣대엔 잣대로』(1604)까지 총 13편의 희극을 썼다. 그 가운데 여기에 모인 다섯은 — 『한여름 밤의 꿈』(1595~1596), 『베니스의 상인』(1596~1597), 『좋으실 대로』(1599), 『십이야』(1601~1602), 그리고 『잣대엔 잣대로』(1604) — 소위 명작이라 불리는 작품들이다. 이들 희극은 그 내용이 다양하여 한마디로 정의하기는 어렵다. 그러나 이들이 희극으로 분류되는 이유는 적어도 두 가지 공통 요소를 갖추고 있기 때문이다. 우선 이들은 우리 관객이나 독자들에게 전체적으로 슬픔보다는 기쁨, 울음보다는 웃음을 준다. 그 웃음의 성격이 밝고 순수할 수도 있고 조소나 실소에 가까울 수도 있지만 어쨌든 우리를 심각한 슬픔에 빠뜨리거나 울게 하지는 않는다. 둘째, 극의 시작은 비록 심각하거나 비극적일 수 있어도 그런 갈등은 결국 화합에 이르고 행복하게 마무리된다. 적어도 주인공이나 중요한 인물이 죽는 일은 없고 그 대신 화합의 상징인 결혼이 있다. 이것이 여기에 모인 셰익스피어의 다섯 극작품이 희극이란 장르로 묶여 있는 까닭이다. 그러면 이제부터 이 다섯 극작품을 희극의 두 핵심 요소 가운데 하나인 결혼이라는 공통분모를 통하여 간략하게 소개해 보기로 하자.

이 다섯 가운데 마지막 작품인 『잣대엔 잣대로』에서도 네 쌍의 남녀가 결혼한다. 빈센티오 공작과 이사벨라, 클라우디오와 줄리엣, 안젤로와 마리아나, 루시오와 이름 모를 창녀가 그들이다. 이렇게 이 희극에는 『좋으실 대로』에서만큼 많은 쌍이 결혼하지만 그 분위기는 그때처럼 밝지 못하다. 왜냐하면 이 네 쌍의 결혼은 거기에 이르는 과정이나 결과 모두가 조금씩 이상하기 때문이다. 우선 빈센티오 공작과 이사벨라의 결혼은 뜬금없다. 공작은 극의 말미에 이사벨라에게 사형된 줄 알았던 오빠 클라우디오를 돌려주며 그녀에게 청혼한다. "이 남자는 사면됐고 아름다운 당신 위해/그 손을 이리 주고 내 사람이 되겠다 말하라." (5.1.487~488) 꼼짝없이 죽은 줄 알았던 오빠를 돌려주었으니 그 보답으로 나와 결혼하라는 명령조의 말이다. 하지만 이사벨라가 이런 제안을 받아들일 준비가 되어 있는지는 의문이다. 둘은 이전에 한 번도 사랑을 주고받거나 결혼 얘기가 오간 적이 없었으며 더군다나 극이 진행되는 내내 이사벨라는 그를 신부로만(그렇게 변장했으니까) 알았기 때문이다. 그래서 그녀는 공작의 결혼 제의에 아무런 대답을 하지 않는다. 하지만 그녀의 침묵을 긍정으로 해석한다면 그녀는 공작과 결혼하는 셈이다.

둘째, 클라우디오와 줄리엣은 극의 서두에서 사실혼 관계에 있는 것으로 드러난다. 그들은 실질적인 부부이지만 지참금을 늘리려고 식만 올리지 않는 상태이고 그 상태에서 임신을 하게 된다. 그런데 신임 공작 대리인인 안젤로가 이 법적인 미비점을 문제 삼아 그를 간통죄로 고소하고 사형 판결을 내린다. 아내인 줄리엣에게도 같은 죄를 물어 감옥에 가두고. 이 둘은 극의 결말에서 공작이 클라우디오를 살려 주고 그 죄를 사면함으로써 합법적인 부부가 되지만 그 과정에서 사형 위협과 같은 엄청난 시련과 고통을 겪는다.

셋째, 안젤로와 마리아나의 결혼도 상당한 우여곡절을 거친다. 수년 전 안젤로는 마리아나와 혼인 계약을 맺었는데 그 계약과 혼례 만기일 사이에 그녀 오빠 프레더릭의 배가 파선했고 그 안에 든 지참금이 사라지자 안젤로는 부정행위를 발견했다는 구실로 그녀를 버린 적이 있다. 그런데 이 사건으로 식어야 할 그녀의 첫사랑이 "마치 장애물에 부딪친 강물처럼 더 격렬하고 거칠어"(3.1.239~240)진 사실을 알고 있는 공작은 그녀의 사랑을 이뤄줄 절호의 기회를 우연히 잡게 된다. 때마침 안젤로가 이사벨라에게 부정한 욕심을 품었고 이 욕심을 버림받은 마리아나에게 풀 수 있게 만드는 '여자 바꿔치기 계책'에 이사벨라가 동의했기 때문이다. 결국 이 계책을 통해 마리아나는 소원을 이루고 안젤로는 구원받을 기회를 얻으며, 이사벨라는 몸을 더럽히지 않고 오빠를 구할 계기를 마련하게 된다.

넷째, 루시오의 결혼은 다른 결혼보다 황당하다. 일단 그가 결혼해야 하는 신부 — 그가 창녀라고 밝힌 여자 — 가 현장에 없으며 그 여자가 공작의 바람대로 나타날지도 불확실하다. 게다가 루시오 본인은 이 여자와의 결혼을 "압사와 채찍질, 교수형"(5.1.518~519)과 같다면서 결사코 반대한다. 그런데 공작이 루시오 본인이 싫다는 결혼을 굳이 시키려는 이유는 루시오가 그 여자를 임신시키고 버렸기 때문에 그 죄를 물으려는 것이지만 그보다 더 직접적으로는 그가 공작에게 험담을 많이 했기 때문이다. 그 가운데서도 공작의 괘씸죄를 가장 크게 산 것은, 비록 공작은 부인하지만 바로 그의 성도덕을 문제 삼는 발언이었다. 따라서 그는 한편으로는 유죄지만 그 때문에 강제 결혼에 사형까지 당하는 것은 지나친 처벌이기도 하다.

이런 네 쌍의 결혼 과정을 지켜보는 우리의 마음은 기쁨과 축복보다는 어색함과 안도감과 긴장감이 더 크고 그 결과 『잣대엔 잣대로』의 분위기는 썩 밝지 못하다. 그런데 사태가 이렇게 벌어진 가장 커다란 이유는 이미 어느 정도 짐작할 수 있듯이, 셰익스피어가 이 희극의 핵심 주제를 앞선 네 희극에서 다루었던 사랑과 결혼이 아니라 욕정과 욕정의 억압으로 바꾸었기 때문이다. 그리고 이 주제는 넓게는 클라우디오의 투옥 및 사형 판결과 그의 궁극적인 사면 사이에, 그리고 좁게는 안젤로가 마리아나를 버린 다음 그녀와 다시 결합하는 사이의 주요 사건과 인물 들을 통하여 펼쳐진다.

그에 따라 극은 인간의 욕정, 구체적으로는 문란해진 비엔나의 성도덕을 바로잡으려는 빈센티오 공작의 계획 발표로 시작된다. 본인이 직접 나서는 것이 아니라 안젤로를 대리인으로 내세워서, 그리고 일단 그에게 전권을 넘겨주는 형식으로. "짐이 없는 동안에 온전하게 짐이 돼라./비엔나 안에서 생사와 자비는 자네 혀와/그 마음에 달렸다."(1.1.42~44) 그러나 안젤로가 이 전권을 가지고 구체적으로 무엇을 할지는 바로 밝혀지지 않는다. 왜냐하면 안젤로가 공작 대신 바로잡아야 할 게 무엇인지 보여 주는 게 순서니까. 그것은 1막 2장에서 곧 드러나듯이 비엔나의 도덕적 실상이다. 우선 루시오와 그의 친구 신사들은 길거리에서 전쟁(그것이 일어나기를 바라는 마음에서) 얘기와 성병(그들이 그 후유증을 겪어서 아는) 얘기로 수다를 떨던 중 등장한 뚜쟁이, 망가진 여사로부터 자기들의 친구인 클라우디오가 감옥으로 끌려간다는 말을 듣는다. 그리고 곧 그녀의 급사인 폼페이가 등장하여 그녀의 말을 확인해 준다. 어떤 남자가 감옥으로 가고 있다고, 처녀를 임신시킨 죄로. 그런데 우리가 여기에서 주목할 점은 폼페이가 그 얘기를 전하는 방식이다. 그는 그 남자가 "자기 강에서 송어를 더듬어 잡"(1.2.81)은 죄로 끌려간다고 한다. 이는 적어도 폼페이의 눈에는 그리고 나중에는 거의 모든 사람들의 눈에는 — 그를 사형에 처하는 안젤로만 빼놓고 — 자기 강에서 자기 고기를 잡는 일은 결코 죄가 될 수 없다는 말과 같다. 그래서 그것을 처벌하는 일은 우스꽝스럽게도 이치에 맞지 않다. 이런 폼페이의 판단은 클라우디오의 투옥과 관련하여 앞으로 일어날 사태와 그 결과에 대한 정확한 예언이 된다. 그리고 폼페이는 한 가지 소식을 더 전한다. 그것은 "비엔나 교외의 모든 창녀 집은 다 헐어야 한다."(1.2.86)는 포고령이다. 이 포고령의 발원지는 모르지만 그것이 신임 공작 대리인 안젤로에게서 나왔음은 미루어 짐작할 수 있다. 그리고 이 공고에 겁먹은 망가진 여사에게 폼페이는 위로의 말을 덧붙인다. "아, 걱정 마세요. 훌륭한 조언자에겐 고객이 끊이지 않는답니다. 당신 자리는 바뀌겠지만 직업을 바꿀 필요는 없어요."(1.2.94~96) 뚜쟁이는 사라지지 않는다. 왜냐하면 그녀가 중개하는 인간의 욕정은 사라지지 않을 테니까. 그래서 폼페이의 조언 또한 앞일을 정확하게 예견한다. 왜냐하면 비엔나의 타락상을 바로잡으라는 임무를 받은 안젤로 대리 본인이 머지않아 욕정에 빠지게 될 것이고, 그래서 빈센티오 공작의 야심 찬 계획은 성공할 수 없을 것이기 때문이다. 뚜쟁이의 급사인 폼페이가 사태의 본질을 꿰뚫는 발언을 하다니 비엔나 사회가 정상적이 아닌 것은 확실해 보인다.

폼페이가 퇴장하자마자 교도소장과 함께 등장한 클라우디오는 새로 공작 대리로 임명된 안젤로가 무슨 일을 왜 했는지 정확하게 짚어 낸다. "이 신임 통치자"(1.2.148)가 닦지 않는 갑옷처럼 오랫동안 말아 뒀던 벌칙, 즉, 간통죄를 자기에게 뒤집어씌웠다고, 자신의 명성을 위하여. 그러나 커다란 명성을 얻으려는 안젤로 대리의 욕망은 그가 클라우디오의 여동생 이사벨라를 처음 만나 대화를 나누기 시작한 지 오래지 않아 그녀에 대한 욕정으로 허무하게 무너진다. 그는 오빠를 구명하기 위해 자기를 찾아온 그녀에게서 자기 안에 억압됐던 음욕의 실체를 마주하고 다음과 같이 외친다.

뭐야? 뭐? 이게 그녀 허물인가, 내 것인가?
유혹하고 받는 자, 누구 죄가 더 크지, 하?

그녀는 아니지, 유혹도 안 했고. 바로 나야,
햇볕을 받으며 오랑캐꽃 곁에 누워
활기찬 계절에 꽃처럼 못 피고
사체처럼 썩고 있지. 여자의 정숙함이
가벼움보다도 우리의 관능을 더 크게
자극할 수 있는 걸까? 쓰레기장도 많은데
우리가 그 성소를 허물고 거기에다
뒷간을 만들고 싶을까? 오, 퉤, 퉤, 퉤!
어쩌려고, 혹은 넌 무엇이냐, 안젤로?
그녀를 착하게 만드는 것 때문에
흑심을 품느냐? 오, 그 오빠를 살려 줘라!
(중략)
두 배의 정력과 재주와
본능을 다 가진 창녀조차 내 평정을 한 번도
흔들 수 없었는데 고결한 이 아가씬
날 완전히 정복했다. 남자들이 빠졌을 때
지금까지 난 웃었고 왜 저럴까 했었지. (2.2.164~188)

"넌 무엇이냐, 안젤로?"라는 물음에 대한 답은 자명하다. 넌 욕정이다. 그런데 그는 이 사실을 오랫동안 억눌러 왔고 어쩌면 그래서 그것을 행동에 옮긴 클라우디오가 무의식적으로 더 미워 죽이려고 했는지도 모른다. 하지만 안젤로는 여기에서 그와 클라우디오의 죄 사이에 아무런 차이가 없다는 사실을 인정하였음에도 클라우디오의 목숨에 내린 사형 선고를 철회하지 않는다. 오히려 뻔뻔스럽게 양쪽을 다 가지려고 한다. 그 누이의 몸을 취하고 그녀의 오빠는 미래의 불만을 잠재우기 위해 죽여 없애려고 한다.

그러나 안젤로의 계획은 결국 좌절되고 그의 죗값은 커져만 간다. 그렇게 되는 가장 커다란 이유는 빈센티오 공작이 안젤로의 본성을 처음부터 제대로 파악하고 있었기 때문이다. 그는 신부로 변장하기 위해 제복을 빌리고 성직자에 어울리는 몸가짐을 배우러 찾아간 토마스 수사에게 안젤로에 대해 다음과 같이 말한다.

안젤로는 엄격하고
시기심을 경계하며 자기 피가 흐르거나
자신의 욕망이 돌보다는 빵에 더 있음을
거의 인정 않고 있소. 그래서 권력 따라
마음이 변하는지, 안팎이 같은지 볼 겁니다. (1.3.50~54)

안젤로에게 대리 임명은 그러므로 공작의 시험인 셈이다. 그리고 그 시험을 안젤로는 인간답게 치른다. 즉, 시간의 차이는 있을 수 있지만 결국에는 욕망에 굴복하는 것으로. 그래서 공작의 판단은 궁극적으로 옳다. 그러나 공작이 미처 맞히지 못한 게 있었으니 그것은 안젤로가 욕정에 굴하는 과정에서 취하는 행동 방식이다. 그는 공작의 감시를 피해 가려고 몇 가지 술수를 쓴다. 앞서 말했듯이 이사벨라에게 클라우디오 오빠를 살려 주는 조건으로 그녀의 몸을 취한다는 약속을 하고서는 클라우디오의 사형 집행 명령을 내린다. 사면이 있을 것이라는 공작의 예상을 뒤엎고. 그리고 그는 이사벨라와 잤고(실제로는 자기가 약혼했던 마리아나와 잤지만) 그래서 자기의 사기 행각을 약간 후회하기도 하지만 또 한 번 진실을 거짓으로 맞선다. 5막의 끝에서 이사벨라가 안젤로 자신의 비행을 직설적으로 매우 가혹하게 고발했음에도(이때까지도 그는 자기가 그녀와 잤다고 알고 있다.) 그는 자신의 죄를 인정하지 않으며, 심지어는 마리아나가 베일을 벗고 그가 잤다고 생각한 사람이 자신임을 밝혔는데도 오히려 자기를 해치려는 음모 세력의 하수인으로 두 여자를 몰아간다. 그러나 이 모두를 꿰고 있는 공작의 눈은 피할 수 없었고 결국 공작은 안젤로의 죄에 결혼을 시킨 다음 사형을 언도하고 그런 다음 최종적으로 사면하는 관대한 잣대를 적용한다. 그리고 클라우디오의 죄 아닌 죄에는 생명과 사면이라는 보상의 잣대를, 이사벨라의 수고에는 결혼이라는 보답의 잣대를, 그리고 마지막으로 루시오의 음욕과 군주 모독죄에는 그 자리에 없는 여자를 찾아서 결혼시키고 사형에 처하라는 매우 가혹한 잣대를 적용한다.

이렇게 욕정과 욕정의 억압이라는 이 희극의 주제가 펼쳐지는 과정에서 우리는 적지 않는 웃음과 기쁨을 선사받는다. 그런데 문제는 그 대부분이 공작을 비롯한 귀족이나 신사 계급에서 나오지 않고 폼페이나 팔꿈치 순경, 그리고 사형수 바너딘과 같은 하층민들에게서 나온다는 사실이다. 그 가운데 우선 폼페이가 감방에 취직하여 그곳을 자신이 앞서 근무했던 뚜쟁이 여사 집과 비교하면서 떠는 익살이 있다. "전 우리 업소에 있었을 때만큼 이곳 사정에 밝은데, 이곳을 망가진 여사 자신의 집이라고 생각해도 좋겠어요. 여기엔 그녀의 옛 고객들이 많으니까요."(4.3.1~3) 그리고 팔꿈치 순경이 공작의 대리인인 안젤로 앞에서 자기를 소개하면서 내뱉는 말의 오용과 그로 인한 폭소가 있다. "황송합니다만 나리, 전 하찮은 공작님의 순경이고 이름은 팔꿈치랍니다. 전 정의를 꽉 누른답니다, 나리, 그래서 여기 어르신 앞에 두 명의 악명 높은 선행자를 확 끌고 왔습니다."(2.1.45~48) 그리고 마지막으로 사형 집행을 얼토당토않은 이유로 거부하는 바너딘의 억지 논리와 그로 인한 우리의 감탄이 있다. 그는 신부로 변장한 공작, 망나니 개차반과 그의 조수 폼페이 앞에서 "수사님, 난 안 가요.

밤새도록 심하게 마셨고 그래서 준비할 시간이 더 필요한데, 안 된다면 그들이 장작으로 내 골통을 깨부숴야겠지요. 난 오늘 죽는 데 동의할 수 없어요, 분명히요."(4.3.47~50)라고 말한다. 이처럼 귀족 계급들의 행동에서 희극적 요소를 찾기 어렵고, 그 주제가 사랑이 아니라 욕정으로 바뀐 점과 모든 남녀의 결혼이 약간씩 이상하기 때문에 『잣대엔 잣대로』는 셰익스피어의 전통적인 희극에서 가장 멀어진 작품으로 평가받는다.

끝으로 이번 번역은 J. W. 레버(J. W. Lever) 편집의 아든(The Arden Shakespeare) 판 『잣대엔 잣대로(Measure for Measure)』를 기본으로 하고, G. 블레이크모어 에번스(G. Blakemore Evans) 편집의 리버사이드 셰익스피어(The Riverside Shakespeare) 판과 조너선 베이트와 에릭 라스무센(Jonathan Bate and Eric Rasmussen) 편집의 RSC(The Royal Shakespeare Company) 판을 참조하였다.

등장인물

빈센티오	공작
안젤로	공작 대리
에스칼루스	원로 귀족
클라우디오	젊은 신사
루시오	변덕쟁이
신사들	다른 두 비슷한 신사
교도소장	
토마스 수사 또는 피터 수사	
판사	
팔꿈치	순진한 순경
거품	멍청한 신사
폼페이	망가진 여사의 하인
개차반	망나니
바너딘	방탕한 죄수
바리우스	신사, 공작의 친구
이사벨라	클라우디오의 누이
마리아나	안젤로의 약혼녀
줄리엣	클라우디오의 애인
프란시스카	수녀
망가진 여사	뚜쟁이
	수행원 귀족들, 군관들, 하인들, 시민들과 소년

장소 비엔나와 그 주변

1막 1장

공작, 에스칼루스, 귀족들 및 수행원들 등장.

공작 에스칼루스.

에스칼루스 각하.

공작 통치의 본질을 내가 만약 밝힌다면
담론을 즐겨서 그런다고 할 것 같소.
왜냐하면 그에 대한 당신의 지식이 5
내 능력이 미치는 충고의 한계를
다 넘어선다고 인정할 수밖에 없으니까.
그러니 충분한 권위와 자격 갖춘 당신에게
맡길 일만 남았소. 백성들의 특성과
이 도시의 여러 관행 그리고 보통법을 10
시행하는 조건은 짐이 기억하기에
이론과 실천이 풍부한 그 누구 못지않게
당신이 익히 아오. 위임장은 여기 있소,
거기에서 벗어나지 마시오. 여봐라,
안젤로를 이리 불러 짐 앞에 서게 하라. (시종 퇴장) 15
그가 짐의 어떤 면을 보일 거라 생각하오?
왜냐하면 분명히 밝히건대 짐은 그를
출타 중에 쓰려고 정성껏 특채하여
짐의 공포 빌려 주고 총애의 옷을 입혀
그가 맡은 대리직에 모든 권력 기구를 20
넘겨줬기 때문이오. 어떻게 생각하오?

에스칼루스 만약에 비엔나에 그렇게 지대하신

1막 1장 장소 비엔나. 공작의 궁정.

은총과 명예를 감당할 사람이 있다면
안젤로 경입니다.

안젤로 등장.

공작 그가 이리 왔군요.

안젤로 언제나 각하께 복종하며 소신 여기 25
각하 뜻을 알고자 왔습니다.

공작 안젤로,
자네의 삶에는 한 가지 특징이 있어서
관찰자는 그것을 통하여 자네 이력
전체를 볼 수 있네. 자네와 자네의 자질은
오로지 덕을 닦고 누리기만 하면서 30
낭비할 정도로 자신만의 소유는 아닐세.
하늘은 우리가 초를 위해 촛불 켜지 않듯이
빛을 비춰 준다네, 우리의 미덕이
우리를 앞서 가지 않는다면 없는 것과
꼭 같을 테니까. 섬세하게 빚어진 영혼만 35
섬세히 행동하고 자연 또한 티끌만큼이라도
우수성을 빌려 줄 땐 알뜰한 여신답게
채권자의 보람인 감사와 이윤의 양쪽을
본인이 결정하지. 하지만 이 말 듣는 사람은
본인이 내 역할을 가르칠 수 있잖은가. 40
그러니 받게나, 안젤로.
짐이 없는 동안에 온전하게 짐이 돼라.
비엔나 안에서 생사와 자비는 자네 혀와
그 마음에 달렸다. 원로인 에스칼루스는

먼저 고려되었으나 자네의 부관이네. 45
위임장을 받으라.

안젤로 하오나 공작 각하,
제 천품을 더 시험해 보시고 그 위에
이토록 고귀하고 이토록 위대한 모습을
도장 찍으시옵소서.

공작 더 피하지 말지어다.
짐이 곰곰 생각하고 준비를 거쳐서 50
자네를 택했으니 이 영예를 받으라.
짐은 여길 모든 것에 앞서서 아주 급히
떠나야 하기에 긴급한 사안들을
미결로 남겨 뒀다. 짐이 어찌 사는지는
때가 되고 관련된 일들로 재촉을 받으면 55
편지를 보낼 테고 또 여기 자네의 상황을
알고자 할 것이네. 그러니 잘 있게.
위임한 일들을 잘 처리하기를 바라면서
이만 작별하겠네.

안젤로 그렇지만 공작 각하,
저희가 얼마간 배웅하게 해 주소서. 60

공작 사정이 급박하여 그렇게는 안 되겠네.
그렇다고 그 어떤 의심도 명예에 맹세코
품을 필요 없다네. 권한은 내 것과 같으니까
자네의 영혼이 옳다고 여기는 바에 따라
법을 집행하거나 완화하게. 악수하세, 65
난 조용히 가겠네. 백성들을 사랑하나
나 자신을 연출하여 보여 주고 싶진 않네.
그것이 효과는 있겠지만 그들의 큰 박수와

격렬한 환영은 내 입맛에 잘 안 맞고
그런 걸 즐기는 사람은 건전한 판단력이 70
없다고 생각하네. 다시 한 번 잘 있게.

안젤로 하늘이 보호하사 목적을 이루소서!

에스칼루스 하늘이 이끄시고 복된 귀환 하소서!

공작 고맙소. 둘 다 잘 지내시오. (퇴장)

에스칼루스 경에게 바라건대 솔직한 얘기를 75
나누도록 허락해 주시오. 내 소임을
완전히 아는 것이 지금 내 관심사요.
권력을 가졌으나 그 크기와 성격은
아직까지 지시를 못 받았소.

안젤로 저도 그렇습니다. 우리 같이 물러나서 80
그 점에 관하여 만족스러운 결론에
이르도록 해 보시죠.

에스칼루스 경을 따르겠습니다. (함께 퇴장)

1막 2장

루시오와 다른 두 신사 등장.

루시오 만약 우리 공작이 다른 공작들과 함께 헝가리 국왕과
합의에 이르지 못한다면, 그러면 모든 공작들이 그 국
왕을 공격하겠지.

신사 1 하늘은 우리에게 평화를 내리소서, 하지만 헝가리 국
왕 것은 말고요! 5

1막 2장 장소 길거리.

신사 2 아멘.

루시오 자네는 경건한 척하는 해적처럼 결론을 내리는군. 십계명을 가지고 바다로 나갔지만 그 판에서 한 가지를 긁어낸 자 말이야.

신사 2 '도적질하지 말지어다?' 10

루시오 맞아, 그걸 지워 버렸지.

신사 1 그래, 그건 선장을 포함한 모두에게 자기네 직분을 멀리하라는 계명이었어, 자기들은 도적질하러 나섰는데. 우리 군인들 가운데 식사에 앞선 감사 기도에서 평화를 기원하는 것을 크게 달가워하는 사람은 단 하나도 없어. 15

신사 2 평화가 싫다는 군인 얘긴 못 들어 봤는데.

루시오 자네 말이 맞아. 왜냐하면 자넨 은총 기도 자리에 한 번도 없었을 테니까.

신사 2 그래? 적어도 열두 번은 있었어. 20

신사 1 뭐, 시로 읊었을 때?

루시오 어떤 형태로도, 어떤 언어로도 없었어.

신사 1 또는 어떤 종교로도 못 들어 봤겠지.

루시오 맞아, 왜 그럴까? 온갖 논란에도 불구하고 은총은 은총이니까. 예를 들면 자네는 온갖 은총의 말씀에도 불구하고 사악한 악당이야. 25

신사 1 글쎄, 우리 둘의 본성은 가위만 지나갔지 같은 천으로 돼 있는데.

루시오 그렇지. 가위가 벨벳의 가장자리를 지나가듯. 자네는

24행 논란
신의 은총(자비)에 대한 종교적인 논쟁을 가리킨다. 특히 청교도와 가톨릭 간에 벌어진 논란—인간의 영혼이 일생의 행위로 아니면 은총만으로 구원을 받느냐에 관한—을 말한다. (RSC)

자투리야. 30

신사 1 그리고 자넨 벨벳이지. 질 좋은 벨벳이야. 세 겹으로 짠 천이지, 보증해. 그래도 난 차라리 털 있는 영국산 무명 자투리가 되겠어, 자네처럼 매독으로 털 빠진 프랑스산 벨벳이 되느니 말이야. 이제 내 말이 찔려?

루시오 그런 것 같은데. 사실 자넨 너무 뼈아픈 말을 하고 있어. 자네의 고백에 따라 난 앞으로 자네를 위해 건배를 시작은 하겠지만 살아 있는 한 자네 컵으로 마시진 않을 테야. 35

신사 1 내가 나 자신을 해친 것 같은데, 안 그래?

신사 2 그래, 그랬어. 자네가 감염됐든 깨끗하든 간에. 40

망가진 여사 등장.

루시오 저 봐, 저 봐, 욕망 완화 아줌마가 왔어! 난 저 여자 지붕 밑에서 많은 병을 돈 주고 샀는데 그 결과는 —

신사 2 말해 봐, 뭔데?

루시오 추측해 봐.

신사 2 해마다 늘어나는 슬픔이지. 45

신사 1 암, 그 이상이지.

루시오 대머리까지 더했지.

신사 1 자넨 나를 언제나 병 든 사람으로 그려 보는군. 하지만 크게 착각했어. 난 튼튼해.

루시오 암, 건강한 게 아니라 이를테면 너무나 탱탱하여 속이 50

33~34행 프랑스산 벨벳
벨벳은 표면에 보드라운 보풀이 촘촘히 있는 비단. 처음에는 천의 이름에서 출발하여 나중에는 성병으로 머리칼이 빠진 사람을 비유적으로 일컫는다. 성병은 당시에 '프랑스 병'이라 불렸다.

텅 빈 물건 같단 말이지. 자네 뼈는 텅 비었어. 자넨 사악한 짓 때문에 푹 곯았어.

신사 1 그런데 자네는 어느 쪽 엉덩이의 좌골 신경통이 더 심하지?

망가진 여사 어머나, 어머나! 저 건너 체포되어 감옥에 간 이가 있는데, 당신네들 오천 명의 값어치가 있었어요. 55

신사 2 제발 그게 누군데?

망가진 여사 아이고, 저건 클라우디오, 클라우디오 씨예요.

신사 1 클라우디오가 감옥으로? 그렇지 않아.

망가진 여사 아, 하지만 전 그런 줄로 알아요. 체포되는 걸 봤어요. 60
끌려가는 것도 봤고요. 더군다나 사흘 안에 머리가 잘려 나갈 거랍니다.

루시오 우리가 온갖 농담을 다 했지만 이건 아니었으면 좋겠어. 자네, 이거 확실해?

망가진 여사 너무나 확실해요. 그리고 그건 줄리에타 아씨를 임신시켰기 때문이에요. 65

루시오 정말 이건 사실일지도 몰라. 그는 두 시간 전에 나와 만나기로 약속했고 약속 지키는 데는 언제나 정확했거든.

신사 2 게다가 알다시피 이건 우리가 그런 문제를 두고 했던 얘기와 좀 비슷해. 70

신사 1 하지만 무엇보다도 포고령과 가장 일치해.

루시오 가! 가서 실태를 알아보자고.

(루시오와 신사들 함께 퇴장)

51행 자네…비었어 매독은 말기에 뼈를 부식시킨다.
53행 좌골 신경통 매독의 증세 가운데 하나.

망가진 여사 이리하여 때로는 전쟁으로, 때로는 발한으로, 때로는 교수대로, 또 때로는 가난으로 내 고객이 줄어드네. 75

폼페이 등장.

웬일이야? 무슨 소식이라도?

폼페이 저 건너 남자가 감옥으로 끌려가요.

망가진 여사 그래! 그가 뭘 했는데?

폼페이 여자하고 했어요.

망가진 여사 하지만 죄가 뭔데? 80

폼페이 자기 강에서 송어를 더듬어 잡았으니까요.

망가진 여사 뭐? 그 남자의 아기를 밴 처녀가 있어?

폼페이 아뇨. 그 남자의 씨를 밴 여자가 있어요. 포고령 못 들어 봤어요, 그래요?

망가진 여사 무슨 포고령 말인데? 85

폼페이 비엔나 교외의 모든 창녀집은 다 헐어야 한다는 거요.

망가진 여사 그럼 도시 안에 있는 건 어떻게 되지?

폼페이 씨앗으로 남아 있을 겁니다. 같이 무너졌을 텐데 똑똑한 시민 하나가 나섰답니다.

망가진 여사 하지만 교외에 있는 우리 유곽들은 다 부숴 버릴 거란 말이지? 90

폼페이 납작하게요, 여사님.

망가진 여사 아니, 이 나라에 진짜로 변화가 생겼네! 난 어떻게 되지?

폼페이 아, 걱정 마세요. 훌륭한 조언자에겐 고객이 끊이지 않는답니다. 당신 자리는 바뀌겠지만 직업을 바꿀 필요 95

81행 송어를…잡았으니까요 성관계를 가졌으니까요. (RSC)

는 없어요, 전 언제나 당신의 급사가 될 테니까. 힘내세요, 그들이 당신에겐 동정을 베풀 겁니다. 그 일 하느라고 거의 눈멀 지경에 이른 당신, 당신을 고려할 겁니다.

망가진 여사 여기서 뭘 하지, 토마스 급사야? 물러나자! 100

폼페이 여기 클라우디오 씨가 옵니다, 교도소장이 끌고 감옥으로 가는군요. 그리고 저건 줄리엣 아씨이고.

(함께 퇴장)

교도소장, 클라우디오와 줄리엣을 대동한 순경들 및
루시오와 두 신사 등장.

클라우디오 이보게, 왜 나를 이렇게 세상에 내보이나?
이 몸을 맡겨야 할 감옥으로 데려가게.

교도소장 제 마음이 악해서 그러는 게 아니라 105
안젤로 어른의 특명이 있어서요.

클라우디오 신격화된 권력자는 이렇게 우리 죄를
무거운 짐을 지워 갚게 할 수 있구나.
하느님의 자비를 받을 자와 못 받을 자
제 맘대로 정해 놓고 항상 옳다 하는구나. 110

루시오 원 이런, 클라우디오? 왜 이렇게 구속받아?

클라우디오 방종이 넘쳐서야, 루시오. 방종이란
지나침을 말하고 긴 단식의 근원이야.
그래서 자유의 무절제한 사용은 모두 다
구속으로 변한다네. 우리의 본성은 115

100행 토마스 급사의 일반적인 이름. (아든)

제 독약을 허겁지겁 삼키는 쥐 떼처럼
갈망하는 악덕을 좇다가 마시면 죽는다네.

루시오 내가 체포되고도 이렇게 현명한 말씀을 할 수 있다면
빚쟁이 몇 명을 부를 텐데. 하지만 사실을 말하면 난
옥살이의 교훈보다는 차라리 자유의 어리석음을 택하 120
겠어. — 무슨 죄를 지었는데, 클라우디오?

클라우디오 말하는 것만으로 죄를 다시 짓는 일.

루시오 뭐, 살인이야?

클라우디오 아니.

루시오 호색이야?

클라우디오 그런 거지.

교도소장 갑시다, 가야만 합니다.

클라우디오 친구여, 한마디만. 루시오, 한마디 들어 주게. 125

루시오 백 마디도 괜찮아 — 그게 무슨 도움이 된다면.
호색이 그렇게 주목받아?

클라우디오 내 처지는 이렇다네. 진실된 혼약 맺고
난 줄리에타와 같이 잤어. 자네도
알고 있는 규수로 확고한 내 아내지만 130
겉으로 드러난 절차상의 공표를
하지 않은 상태야. 그 유일한 이유는
그녀의 친척들이 보관중인 지참금을
늘리려는 것이었고, 우리의 사랑을
그들이 우리 편 될 때까지 숨기는 게 135
좋겠다고 생각했지. 그런데 우리의 밀회가
서로 간에 완전히 합의하여 즐겼는데,
줄리엣의 몸에서 너무나 뚜렷이 탄로 났어.

루시오 아마도 아기로?

클라우디오 불행히도 딱 맞췄네.

그런데 공작님의 지금 새 대리인은 — 140
새 사람의 섬광 같은 허물인지 아니면
대중이란 몸체는 통치자가 그 위에
올라타고 내달리는 한 마리 말인데
그가 새로 올라앉아 자기 권능 알리려고
곧바로 박차 맛을 보이려는 것인지 아니면 145
포악함이 그 사람의 지위에 있는지
그것을 채우는 자만심에 있는지는
확실히 모르겠네. — 하지만 이 신임 통치자는
닦지 않은 갑옷처럼 너무 오래 벽에 걸려
십구 년이 흘렀어도 단 한 번도 안 입고 150
말아 뒀던 벌칙을 다 꺼내 나에게 적용했어.
이제 그 졸고 있던, 무시했던 법령을
자기 명성 때문에 새롭게 나에게
뒤집어씌웠어. 분명코 명성을 위해서야.

루시오 그건 보증하지. 그래서 자네 머리가 어깨 위에 너무 간 155
당간당 붙어 있어 젖 짜는 처녀가 사랑에 빠졌다면 한
숨만 내쉬어도 떨어질 것 같군. 공작님께 사람을 보내
호소해 봐.

클라우디오 그렇게 했지만 그분을 못 찾고 있다네.
부탁인데 루시오, 나를 좀 도와주게. 160
오늘은 내 누이가 수녀원에 들어가서
수련자 인가를 받게 되는 날이야.
내가 처한 위험을 그녀에게 알려 주게,
내 목소리 가져가서 이 엄격한 부관과
친해지라 애원하게, 그를 직접 시험케 해. 165

난 크게 기대하네. 그녀의 젊음엔
사람을 움직이는 나지막한 무언의 말투가
깃들어 있으니까. 게다가 합리적 담론을
연기해 보일 땐 성공하는 재주가 있으며
설득도 잘할 수 있다네. 170

루시오 그럴 수 있길 바라네, 이런 말도 안 되는 고발을 당할 수밖에 없는 처지의 사람들을 격려하기 위해서뿐만 아니라 자네가 인생을 즐기도록 하기 위해서인데, 그걸 구멍 찾기 놀이 때문에 이렇게 바보처럼 잃는다면 내가 서운할 거야. — 그녀에게 가겠네. 175

클라우디오 고맙네, 좋은 친구 루시오.

루시오 두 시간 안으로.

클라우디오 자, 순경, 갑시다. (함께 퇴장)

1막 3장

공작과 토마스 수사 등장.

공작 아니오. 신부님, 그런 생각 버리시오.
맥없는 사랑의 화살로 철통같은 가슴을
뚫을 수 있다고는 믿지 마오. 당신에게
은신처를 달라는 까닭은 불타는 젊은이가
겨누는 표적보다 더 중하고 복잡한 5
목적이 있어서요.

수사 말씀해 주시겠습니까?

1막 3장 장소 수사의 방.

공작　성자여, 내가 은둔 생활을 얼마나 사랑하고
젊음과 허식과 철없는 만용이 판치는
온갖 집회 참석을 형편없게 여기는 줄
당신이 누구보다 더 잘 알고 있습니다.　10
난 여기 비엔나의 절대권과 지위를 —
엄격함과 확고한 자제력을 가진 인물 —
안젤로 경에게 넘겨줬고 그는 내가
폴란드로 여행을 떠났다고 생각하죠.
일반인들에게도 그렇게 소문을 퍼뜨렸고　15
그리들 받아들이니까. 자 이제 신부님은
내가 왜 그렇게 했느냐고 묻겠지요.

수사　기꺼이요, 각하.

공작　고집 센 핫길 말의 억제에 필요한 재갈로서
우리에겐 참으로 가혹한 법령이 있는데　20
먹이 사냥 않고서 동굴 속에 남아 있는
늙어 빠진 사자처럼 지난 열네 해 동안
쓰지 않고 버려뒀죠. 근데 바보 아비들이
위협적인 회초리 가지들을 묶어 놓고
쓰는 게 아니라 겁만 주기 위하여　25
애들에게 내보이면 매는 곧 두려움보다는
조소의 대상이 되듯이, 우리의 칙령도
형벌로선 죽었는데 자체로도 죽었으니
방종은 정의의 코를 잡아 비틀고
아기가 유모를 때리며 예의가 완전히　30
비뚤어졌답니다.

수사　묶여 있는 정의를
푸는 때를 정하는 건 각하 뜻에 달렸었고

안젤로 경보단 직접 하셨더라면 더 많이
무서웠을 텐데요.

공작 너무나 무서울까 봐서요.

백성에게 자유를 준 것은 내 잘못이니 35
명한 대로 했다고 때리고 쓰리게 만들면
폭정이 될 터인데, 그런 명은 악행을
벌하지 아니하고 허락해 줬을 때
내렸기 때문이오. 사실은 그래서 신부님,
안젤로 경에게 그 임무를 맡겼어요. 40
그가 내 이름 뒤에 숨어서 급소를 찔러도
이 몸은 그러한 싸움에서 절대로
욕을 먹진 않으니까. 그의 통치 살피려고
난 신부님 교단의 수사처럼 행세하며
군주와 백성들 양쪽을 방문할 터이니 45
복장을 내주고 어떡하면 진정한 수사처럼
격식 갖춘 몸가짐을 보일 수 있는지
가르쳐 주시오. 이렇게 행동하는 딴 이유는
짐이 좀 더 여유가 있을 때 전하겠소.
이것만은 말하지요. 안젤로는 엄격하고 50
시기심을 경계하며 자기 피가 흐르거나
자신의 욕망이 돌보다는 빵에 더 있음을
거의 인정 않고 있소. 그래서 권력 따라
마음이 변하는지, 안팎이 같은지 볼 겁니다.

(함께 퇴장)

1막 4장

이사벨라와 프란시스카 수녀 등장.

이사벨라　그리고 여러분 수녀들의 특권은 더 없나요?
수녀　이걸로 충분하지 않은가요?
이사벨라　예, 그럼요. 더 많은 걸 바라서가 아니라
클레어 성녀의 여사제인 수녀들에게는
더 엄격한 제약이 있기를 원해서요.　5
루시오　(안에서) 여봐라! 이곳에 평화가 있기를!
이사벨라　누구지요?
수녀　남자의 목소리다! 이사벨라 아가씨,
빗장 따고 용무를 알아봐요. 난 못 해도
아가씬 괜찮아요, 아직 서약 안 했으니.
맹세를 한 뒤엔 수녀원장 있는 곳이 아니면　10
남자들과 절대로 얘기하면 안 돼요.
말을 할 땐 얼굴을 보여선 안 되고
얼굴을 보이면 말을 해선 안 돼요.
그가 다시 부르네. 답해 주길 부탁해요.　(물러난다.)
이사벨라　평화와 번영을! 부르는 게 누구죠?　15

루시오 등장.

루시오　처녀여, 처녀라면 — 붉은 뺨이 그렇다고
선언하고 있지만 — 이사벨라 앞으로

1막 4장 장소　수녀원.
4행 클레어 성녀　에 유명한 흰옷 수녀들의 교단을 세웠다.
1212년 이탈리아 중부의 소도시인 아시시　(아든)

이 몸을 데려가는 도움을 줄 수 있소?
이곳의 수련생이면서 불행한 그녀 오빠,
클라우디오의 아름다운 누이에게 말이오. 20

이사벨라 왜 '불행한 오빠'지요? 그걸 물어볼게요.
더욱이 이제는 제가 그 이사벨라,
그이의 누이임을 말해야만 할 테니까.

루시오 어여쁜 아가씨. 오빠가 안부를 전합니다.
지루한 말 관두고 오빠는 감옥에 있어요. 25

이사벨라 아 저런! 뭣 때문에?

루시오 나 자신이 판사라면 고맙다는 인사로
벌받아야 마땅한 일을 했기 때문이오.
자기 여자 친구에게 애를 배게 했다오.

이사벨라 저를 놀림감으로 만들진 마세요.

루시오 사실이오. 30
난 아가씨들을 농락하고, 내겐 흔한 죄지만,
맘에 없는 농담하며 세상 모든 처녀들과
놀기나 하려는 것처럼 보이긴 싫답니다.
난 당신을 하늘로 간 성스러운 존재로
이 세상을 버렸기에 불멸의 영혼으로 35
그래서 성자처럼 진지하게 얘기할 사람으로
생각한답니다.

이사벨라 저를 조롱함으로써 선을 모독하는군요.

루시오 그렇게는 믿지 마오. 짧게 진실 말하면
당신의 오빠와 애인은 서로를 포옹했고 40
먹으면 배 부르는 것처럼, 꽃피는 시절 뒤에
놀려 둔 맨땅 속 씨앗에서 넘치는 풍요가
찾아오는 것처럼, 그녀의 풍성한 자궁도

오빠의 완벽한 농사일을 보여 줬소.

이사벨라 누가 그의 아기를? 사촌인 줄리엣이? 45

루시오 그녀가 사촌이오?

이사벨라 애칭인데, 여학생 애들이 철없긴 하지만
저절로 정에 끌려 바꾼 이름이지요.

루시오 그녀요.

이사벨라 오, 결혼하라 그래요!

루시오 요점을 말하면
공작은 참 이상하게도 이곳을 떠났어요, 50
전쟁을 바라는 — 이 몸을 포함하여 —
다수의 신사를 속이면서. 하지만 우리는
국정의 핵심에 정통한 이들을 통하여
그가 발표한 것은 그의 진짜 의도와는
무한히 멀다고 알고 있소. 공작의 자리에서 55
그의 모든 권위를 한껏 다 가지고
안젤로 경이 다스리는데 그의 피는
녹은 눈과 다름없고, 음탕한 감각적 충동은
한 번도 느껴 보지 못한 채 타고난 욕망을
마음에 득이 되는 공부와 금식으로 60
둔하고 무뎌지게 만드는 사람이랍니다.
그런 그가 오랫동안 무서운 법에 의해
사자가 쥐 놔주듯 묵인됐던 방종의 관행에
겁을 불어넣으려고 법령 하날 택했는데,
그것을 엄하게 해석하여 오빠의 생명이 65

63행 사자가…놔주듯
이솝의 잠자는 사자 이야기에서. 그러나 이솝의 교훈은 관용과 보은이었다. 즉, 사자가 쥐를 잡아먹지 않고 놔줬을 때 쥐도 사자를 구출해 주었다. (아든)

몰수되게 생겼소. 그걸로 오빠를 체포했고
본때를 보이려고 엄격하게 그 규칙을
따르고 있답니다. 아름다운 기도의 은혜로
당신이 안젤로를 못 누그러뜨리면
아무 희망 없어요. 이게 내 용무의 골자요, 70
당신과 불쌍한 당신 오빠 사이에서.

이사벨라 그토록
살고 싶어 한답니까?

루시오 이미 판결 내렸고
듣기로는 교도소 소장이 교수형 영장을
받았다고 합니다.

이사벨라 아, 저에게 무슨 서툰 능력이 있어서 75
그에게 득이 될까!

루시오 자기 힘을 시험해요.

이사벨라 힘이요? 아, 의심돼요.

루시오 의심은 반역자로
시도하기 겁나서 얻을지도 모르는 이득을
때로는 못 얻게 만들죠. 안젤로 경에게 가 봐요,
남자들은 처녀들이 애원할 땐 그들 말을 80
신처럼 들어주나 울면서 무릎을 꿇을 땐
모든 청을 그게 마치 자기들의 것인 양
흔쾌히 들어준단 사실을 알려 줘요.

이사벨라 뭘 할 수 있는지 알아보죠.

루시오 하지만 빨리요.

이사벨라 곧바로 착수하죠, 85
수녀원장님에게 이 일을 알리는 이상으론
지체하지 않을게요. 정말 고맙습니다.

오빠에게 안부 전해 주세요, 초저녁엔
이 일의 결과를 분명히 알려 줄 테니까요.

루시오 당신과 작별하오.

이사벨라 안녕히 가세요. (각자 퇴장) 90

2막 1장

안젤로, 에스칼루스와 하인들 및 판사 등장.

안젤로 우리가 법이라는 허수아비 세워 놓고
맹금류를 겁주려면 한 형태만 유지해서
놈들이 그것을 공포의 대상이 아니라
횃대로 삼게 해선 안 됩니다.

에스칼루스 예, 그렇지만
날카롭되 조금만 자릅시다, 쓰러뜨려 5
쳐 죽이지는 말고. 아, 내가 구해 주려는
이 신사의 아버지는 참으로 고귀했소.
하지만 이것만은 아시겠지요. —
도덕에서 당신은 참으로 곧으시니 —
즉, 당신은 자신의 애욕이 발동했을 경우에 10
때와 장소 아니면 장소와 희망이 맞았거나
아니면 피 끓는 욕망을 단호히 실행하여
목적했던 결과를 얻을 수 있었다면
그러한 상황에서 때로는 빗나가
지금은 그에게 판결을 내리지만 15

2막 1장 장소 법정.

살면서 이 조항을 어긴 적 없는지 말이오.

안젤로 에스칼루스 경, 유혹을 받는 것과 거기에
빠지는 건 다릅니다. 죄수의 생사를 판단하는
열두 명의 선서한 배심원 가운데 한둘은
심판받는 자보다 죄가 더 클 수도 있음을 20
부인하지 않습니다. 정의임이 밝혀져야
정의롭게 처리하죠. 도둑놈의 도둑 심판
법이 어찌 안답니까? 두말할 나위 없이
우리가 발견한 보석을 허리 굽혀 주울 땐
그걸 봤기 때문인데, 보지도 못하는 건 25
밟고 지나간 다음 생각조차 않겠지요.
내게도 그런 잘못 있다 해서 당신이 그의 죄를
줄여 줄 순 없습니다. 차라리 이렇게 말하시오.
판결하는 이 몸이 같은 죄를 범한다면
이 심판이 날 죽이는 선례 되어 그 누구도 30
내 편 들지 못한다고. 이자는 죽어야 합니다.

에스칼루스 지혜롭게 정하시오.

안젤로 교도소장 어딨느냐?

교도소장 여기 대령했습니다.

안젤로 클라우디오의 사형을
내일 아침 9시에 집행토록 조치하고
고해 신부 불러서 그를 준비시켜라, 35
그것이 그가 나선 순례의 종착역이니까.

(교도소장 퇴장)

에스칼루스 그럼, 하늘은 그와 우리 모두를 사하소서.

36행 순례 삶의 여정을 종교적으로 표현한 말.

누구는 죄로 뜨고 누구는 덕으로 망하며
누구는 살얼음판 피하고 아무 책임 안 지는데
누구는 한 번의 잘못으로 파멸을 당하네요. 40

팔꿈치 순경과 순경들, 거품 씨와 폼페이를 데리고 등장.

팔꿈치 자, 이자들을 데려가라. 창녀촌에서 못된 짓밖에 하는 짓이 없는 이자들이 우리 나라에 쓸모가 있다면 내가 법을 모르는 거겠지. 이자들을 데려가라.

안젤로 이보게, 자네 이름은 무엇인가? 그리고 무슨 일인가?

팔꿈치 황송합니다만 나리, 전 하찮은 공작님의 순경이고 이름은 팔꿈치랍니다. 전 정의를 꽉 누른답니다, 나리, 그래서 여기 어르신 앞에 두 명의 악명 높은 선행자를 확 끌고 왔습니다. 45

안젤로 선행자라고? 글쎄, 어떤 종류의 선행자들인가? 악행자들이 아니고? 50

팔꿈치 황송하옵니다만 나리, 전 놈들이 뭔지 잘 모릅니다. 하지만 엄격한 악당들이고, 그건 분명한데, 또한 놈들에겐 기독교인이 반드시 지녀야 할 이 세상의 앙심이 깡그리 없답니다.

에스칼루스 (안젤로에게) 잘 빠져나가네요. 현명한 순경입니다. 55

안젤로 허 참. 그들의 업종이 뭔가? 자네 이름이 팔꿈치라고? 왜 말이 없는가, 팔꿈치 순경?

폼페이 할 수 없습죠, 나리. 팔꿈치로 혼이 나갔어요.

45~48행 전…왔습니다
팔꿈치 순경의 세 가지 말실수. 1)하찮은 공작님의—공작님의 하찮은, 2)꽉 누른답니다—꼭 받든답니다, 3)선행자—악행자.
53행 앙심 양심.

안젤로 자네는 뭐 하는 사람인가?

팔꿈치 이자요, 나리? 급사랍니다, 뚜쟁이 결다리죠. 나쁜 여자를 도와주는데 그 여자 집은 나리, 교외에서 헐렸다고들 하는데, 이제는 온천집을 한다고 그럽니다만, 전 그것도 아주 안 좋은 집이라고 생각합니다. 60

에스칼루스 그걸 어떻게 아는가?

팔꿈치 제 아내가 나리, 하늘과 나리 앞에서 독언하건대 — 65

에스칼루스 뭐? 자네 아내를 두고?

팔꿈치 예, 나리. 그녀는 하늘에 고맙게도, 정직한 여인이온데 —

에스칼루스 그래서 독언을 하겠다고?

팔꿈치 맞습니다, 나리, 그녀뿐만 아니라 저도 독언하건대 그 집이 만약 뚜쟁이 집이 아니라면 참으로 딱한 일이죠, 못된 집이니까요. 70

에스칼루스 순경, 자네가 그걸 어떻게 아는가?

팔꿈치 그야, 나리, 제 아내를 통해서죠. 만약 그녀가 색을 붉혔다면 거기에서 사통과 간통과 온갖 더러운 일을 저질렀다고 고발당할 수도 있었지요. 75

에스칼루스 그 여자가 손을 써서?

팔꿈치 예, 나리, 그 망가진 여사가 부리는 손으로요. 하지만 제 아내가 그놈 얼굴에 침을 뱉어 물리쳤답니다.

폼페이 나리, 황송하옵니다만 그렇지 않습니다. 80

팔꿈치 이 불한당들 앞에서 그걸 증명해 봐, 이 명예로운 사람아, 증명해 봐.

65행 독언 단언.
74~75행 붉혔다면 밝혔다면.

81~82행 이…사람아
'불한당'과 '명예로운 사람'의 자리가 바뀌었다.

에스칼루스 (안젤로에게) 그가 말을 어떻게 잘못 쓰는지 들리지요?

폼페이 나리, 그녀는 아기를 밴 채로 들어왔는데 황공하옵니다만 자두 조림을 먹고 싶어 했답니다. 나리, 저희 집에는 그게 둘밖에 없었는데, 바로 그 숭간에는 말하자면 과일 접시에 담겨 있었고, 삼 펜스짜리 접시였는데, 나리들도 그런 접시 보셨겠지만 잘빠진 건 아니라도 아주 좋은 접시인 건 — 85

에스칼루스 자, 자. 접시는 아무 상관이 없고. 90

폼페이 예, 사실 못대가리만큼도 없지요. 그 점에선 나리가 옳습니다. 하지만 요점으로 들어가서. 이 팔꿈치 순경 부인이 말씀드리다시피 아기를 가져서, 배가 크게 불러서 말씀드렸다시피 자두를 원했고 말씀드렸다시피 접시에 담긴 두 개밖에 없어서, 여기 이 거품 씨가, 바로 이분이 나머지를 말씀드렸다시피 다 먹었고, 말씀드리다시피 아주 정직하게 값을 치렀기 때문에, 왜냐하면 아시다시피 거품 씨, 제가 삼 펜스를 되돌려 드릴 순 없었는데 — 95

거품 맞아, 정말이야. 100

폼페이 아주 좋습니다. 그때 당신은 기억하신다면, 앞서 말한 자두의 씨를 깨고 있었는데 —

거품 그래, 정말로 그랬었지.

폼페이 저런, 아주 좋습니다. 제가 그때 당신에게 기억하신다면, 이런 사람과 저런 사람은 거시기 병을 이젠 고칠 105

85행 자두 조림
사창가에서 주로 나오던 음식으로 아마도 식품 규제를 피하기 위해 시작됐을 것이다. (아든) 매독의 치료제로 쓰였고 여기에서는 고환의 완곡한 표현이다. (RSC)

86행 숭간 순간.

87행 과일 접시 질의 완곡한 표현. (RSC)

수 없다고 말했는데, 그들이 얘기해 드렸듯이 아주 좋은 음식을 먹지 않는다면 말이죠. —

거품 이 모든 게 사실입니다.

폼페이 저런, 아주 좋습니다만 —

에스칼루스 그만, 이 지겨운 바보야. 본론으로 돌아가. 팔꿈치 순경 아내에게 누가 무슨 짓을 했기에 그가 불평할 이유가 있느냐고? 그녀에게 무슨 짓을 했는지 그만 말해. 110

폼페이 저, 나리께선 아직 그만하라고 하실 수 없는데요.

에스칼루스 그래, 나도 그럴 생각은 없다.

폼페이 나리, 하지만 나리께는 실례지만 그만하시게 될 겁니다. 그리고 청컨대 여기 이 거품 씨를 주목해 주십시오. 연 수입 팔십 파운드에 아버지는 만성절에 돌아가셨는데 — 만성절 맞지요, 거품 씨? 115

거품 만성절 전야였지.

폼페이 저런, 아주 좋습니다. 여기에 진실이 있기를. 그가 나리, 말씀드리다시피 낮은 의자에 앉아 있었고 나리 — 청포도실이었는데, 당신은 정말 거기에 즐겨 앉았지요, 안 그렇습니까? 120

거품 그랬지, 그건 열려 있는 방이었고 겨울엔 좋았으니까.

폼페이 저런, 아주 좋습니다만 여기에 진실이 있기를. 125

안젤로 이 얘기는 밤이 가장 길다는 러시아의
하룻밤이 걸리겠다. 난 먼저 가 보겠소.
이 사건의 심리는 경에게 맡길 테니
모두에게 곤장 칠 좋은 구실 찾으시오.

105행 거시기 병 매독을 말한다. (RSC)
117행 만성절 핼러윈으로 10월 31일이다.

에스칼루스 동감이오. 좋은 아침 맞으시기 바랍니다. (안젤로 퇴장) 130
자, 그만 말해. 팔꿈치 순경 아내에게 누가 무슨 짓을 했는지 묻는다, 다시 한 번.

폼페이 한 번요, 나리? 그녀에게 한 번만 한 건 없습니다.

팔꿈치 간청하옵건대 나리, 그에게 이 사람이 제 아내를 어떻게 했는지 물어보십시오. 135

폼페이 간청하옵건대 제게 물어보십시오.

에스칼루스 그럼 이봐, 이 신사가 그녀를 어떻게 했나?

폼페이 간청하옵건대 이 신사의 얼굴을 들여다보십시오. 거품 씨는 나리를 쳐다보십시오. 이건 상당한 이유가 있기 때문입니다. — 나리께선 그의 얼굴을 잘 보셨습 140 니까?

에스칼루스 그렇다네, 아주 잘 봤어.

폼페이 아뇨, 간청하옵건대 눈여겨보십시오.

에스칼루스 글쎄, 그러고 있어.

폼페이 그의 얼굴에 악한 구석이라도 있나요? 145

에스칼루스 아니, 없는데.

폼페이 성경에 걸고 징언컨대 그의 얼굴은 그의 몸에서 가장 험한 곳입니다. — 자, 그런데 그의 얼굴이 몸에서 가장 험한 곳이라면 거품 씨가 순경 아내에게 어떻게 악한 일을 할 수 있었겠습니까? 나리께선 그걸 알려 주 150 십시오.

에스칼루스 그의 말이 맞네, 순경. 어떻게 생각하나?

팔꿈치 우선 죄송합니다만, 그 집은 어심받는 집이고 다음으

147행 징언컨대 증언컨대.
153행 어심 의심.

로 이자는 어심받는 녀석이며 그의 여주인도 어심받는 여자입니다. 155

폼페이 이 손에 맹세코 나리, 그의 아내는 우리 누구보다도 더 어심받는 여자랍니다.

팔꿈치 거짓말이다, 이 불한당아! 거짓말이야, 이 사악한 불한당아! 내 아내가 남자, 여자, 어린애와 했다는 어심을 항상 받았다는 때가 올 것이다. 160

폼페이 나리, 그녀는 그와 결혼하기 전에 그와 했다는 어심을 받았답니다.

에스칼루스 정의의 사자와 악행의 화신, 어느 쪽이 더 똑똑하지? 이게 사실인가?

팔꿈치 오, 이 잡놈! 오, 이 불한당! 오, 이 사악한 시긴종! 내가 그녀와 결혼하기 전에 어심받았다고? 내가 만약 그녀와 또는 그녀가 나와 했다는 어심을 받았다면 나리께선 저를 하찮은 공작님의 순경으로 생각하지 말아 주십시오. 이걸 증명해, 이 사악한 시긴종아, 안 그러면 너를 폭행죄로 고소할 테다. 165 170

에스칼루스 그가 자네 귀싸대기를 때렸다면 명예 훼손죄로도 고소할 수 있을 걸세.

팔꿈치 맞습니다, 그 점 나리께 감사드립니다. 이 사악한 잡놈을 어떻게 하는 게 나리 뜻이옵니까?

에스칼루스 사실은, 순경, 이자에겐 자네가 능력이 있다면 찾아낼 175

159행 했다는
여기에서 팔꿈치 순경은 '했다.'를 성관계를 가졌다는 뜻으로 이해한다. (RSC)
163행 정의의…화신
둘 다 도덕극에 등장하는 관념의 의인화이다. (아든)
165행 시긴종 식인종.
170행 폭행죄
곧이어 에스칼루스가 바로잡아 주듯이 '명예 훼손죄'를 잘못 말한 것.

죄가 있기 때문에 그게 뭔지 알아낼 때까지 자기 행실을 계속하게 해 주게.

팔꿈치 맞습니다, 그 점 나리께 감사드립니다. — 너에게 무슨 일이 생겼는지 이제 알았지, 이 사악한 불한당아. 넌 이제 계속해야 돼, 이 불한당아, 넌 계속해야 돼. 180

에스칼루스 이보게, 자네는 어디서 태어났나?

거품 여기 비엔나에서요, 나리.

에스칼루스 연 수입이 팔십 파운드인가?

거품 예, 황송하옵게도, 나리.

에스칼루스 그렇군. (폼페이에게) 넌 직업이 뭐지? 185

폼페이 급사입니다, 불쌍한 과부의 급사요.

에스칼루스 여주인의 이름은?

폼페이 망가진 여사요.

에스칼루스 그녀에게 남편이 하나 말고도 더 있는가?

폼페이 아홉이요, 나리. 마지막 때문에 망가졌죠. 190

에스칼루스 아홉이나! — 이리 오게, 거품 씨. 거품 씨, 급사들하고는 안 사귀는 게 좋겠어. 그들은 자네를 빨아먹고 자네는 그들을 목매달 테니까. 물러간 다음 내가 다시는 자네 얘기를 안 듣도록 해 주게.

거품 감사합니다, 나리. 제 말씀을 드리자면 전 어느 술집의 방이든 절대 들어간 적이 없습니다, 언제나 빨려 들어갔지요. 195

에스칼루스 글쎄, 그 얘긴 그만하지, 거품 씨. 잘 가게. (거품 퇴장) 자네 이리 와, 급사군. 이름이 뭐지, 급사군?

폼페이 폼페이요. 200

에스칼루스 그 밖에는?

폼페이 궁둥이요.

에스칼루스 참말로 자네 궁둥이가 자네에겐 가장 위대한 물건이군. 그러니 가장 동물적인 의미에서 자네는 폼페이 대왕이라네. 폼페이, 자네는 어느 정도 뚜쟁이야, 폼페이, 아무리 급사로 위장해도, 안 그래? 자, 사실을 말해, 그게 더 유리할 테니까. 205

폼페이 사실은, 나리, 전 살고 싶은 불쌍한 녀석입니다.

에스칼루스 어떻게 살고 싶은데, 폼페이? 뚜쟁이 노릇하며? 그 직업을 어떻게 생각하나, 폼페이? 그게 합법적인 직업인가? 210

폼페이 만약 법이 인정한다면 그렇지요, 나리.

에스칼루스 하지만 법은 인정하지 않을 거야, 폼페이. 또한 비엔나에서도 인정받지 못할 거고.

폼페이 나리께선 이 도시의 모든 청춘 남녀들을 거세하실 작정입니까? 215

에스칼루스 아냐, 폼페이.

폼페이 실은, 나리, 제 못난 의견으로는 그래도 그들은 그 짓을 할 겁니다. 나리께서 창녀와 건달들은 돌보셔도 뚜쟁이 걱정은 하실 필요가 없습니다.

에스칼루스 멋지게 돌보기 시작했어, 그건 분명해. 목을 자르고 매는 것뿐이야. 220

폼페이 그런 죄를 짓는 사람들을 십 년 동안만 모조리 목 자르고 맨다면 목을 더 많이 만들라는 지령을 기꺼이 내보내실 겁니다. 이 법이 비엔나에서 십 년 동안 유지된다면 전 거기서 가장 좋은 집을 한 칸에 삼 펜스로 빌릴 수 있을 겁니다. 그런 일이 생길 때까지 살아 계신다면 225

204~205행 폼페이 대왕
로마의 장군으로 제1차 삼두정치를 시행한 한 사람. 나중에 시저와 대립하였으나 패하여 망명 중에 암살되었다. 여기에서 '대왕'은 가장 조잡하다는 의미이다. (아든)

폼페이가 그렇게 말했다고 하십시오.

에스칼루스 고맙네, 폼페이. 그리고 자네 예언에 대한 보답으로 잘 들어. 자네에게 충고하건대 앞으로 그 어떤 불만이든 연루되어 다시는 날 보는 일이 없도록 해. 자네가 사는 230
곳에 살아선 안 되지. 날 다시 보게 되면, 폼페이, 난 자네 막사까지 쳐들어갈 것이고 자네에겐 불길한 시저가 될 걸세. 쉽게 말하면 폼페이, 자네를 곤장에 처할 걸세. 그러니 폼페이, 이번만은 잘 가게.

폼페이 좋은 충고를 해 주셔서 나리께 감사드립니다. (방백) 하 235
지만 내 욕망과 운명이 더 낫게 결정해 주는 쪽을 따를 거야.
날 때려? 아니, 아니, 마부나 핫길 말 때려야지.
용감한 사람의 직업을 곤장으론 못 바꾸지. (퇴장)

에스칼루스 이리 오게, 팔꿈치 양반. 이리 오게, 순경 양반. 이 순 240
경 자리엔 얼마나 오래 있었나?

팔꿈치 칠 년하고도 반이요, 나리.

에스칼루스 임무를 수월하게 수행하는 걸로 봐서 한동안 이 일을 계속했을 거라고 생각했네. — 합쳐서 칠 년이라고 했나? 245

팔꿈치 거기에 반년 더요.

에스칼루스 아, 그게 자네에겐 큰 고통이었어. 이런 일을 너무 자주 시키다니 그들이 자네에게 잘못하는구먼. 자네 구역에는 근무할 사람이 충분치 못한가?

팔꿈치 참말로 나리, 재주 있는 사람치고 이런 일을 하는 사람 250

235행 무대 지시문, 방백
폼페이는 법정에서 물러나면서 이 방백을 한다. 그런 다음 안전한 거리에 이르렀을 때 다음의 이행 연구(238~239행)를 관객들에게 토해 낸다. (아든)

은 적답니다. 그들은 자기가 뽑히면 기꺼이 저를 대신 뽑지요. 전 약간의 돈을 바라고 이걸 하면서 모든 걸 견딘답니다.

에스칼루스 자네 교구에서 가장 능력 있는 사람 예닐곱의 명단을 내게 가져오도록 하게. 255

팔꿈치 나리 집으로 말입니까?

에스칼루스 내 집으로. 잘 가게. (팔꿈치 순경 퇴장)
지금이 몇 시쯤 됐나?

판사 11시요, 나리.

에스칼루스 나와 함께 집에서 저녁 하지. 260

판사 황공합니다.

에스칼루스 클라우디오의 죽음이 내겐 슬픈 일이나
구제책이 없다네.

판사 가혹한 안젤로 경입니다.

에스칼루스 필요한 일일 뿐.
자비가 헤퍼지면 무자비를 부른다네. 265
용서는 언제나 두 번째 불행의 유모니까.
그래도 불쌍한 클라우디오! 구제책이 없구나.
자, 가지. (함께 퇴장)

2막 2장

교도소장과 하인 등장.

하인 그분은 사건 심리 중인데 곧 오실 것입니다.

2막 2장 장소 법정의 곁방.

당신 얘기 전하지요.

교도소장 그러게. (하인 퇴장) 그분 뜻을
알아봐야 되겠다, 관대해지셨을지 모르니까.
아, 그는 단지 꿈속에서 죄지었을 뿐이다.
모든 계급 연령층에 이 악덕이 보이는데 5
그만 죽어!

안젤로 등장.

안젤로 그래 뭐가 문제인가, 교도소장?
교도소장 내일 클라우디오가 죽는 게 당신의 뜻입니까?
안젤로 그렇다고 했잖은가? 명령을 못 받았나?
왜 다시 물어보지?
교도소장 제가 너무 성급할까 봐서요.
꾸지람을 각오한 말씀인데 재판부가 10
처형 뒤에 판결을 후회하는 경우를
저는 보았습니다.
안젤로 허, 그건 내게 맡기게.
자네는 임무를 다하거나 자리를 내놓게,
없이 잘 해낼 테니.
교도소장 용서를 간청하옵니다.
진통을 시작한 줄리엣은 어떡하죠? 15
때가 아주 가까운데.
안젤로 더 적절한 곳으로
데려가게 조처하라, 그것도 재빨리.

하인 등장.

하인 선고받은 사람의 누이가 당신을
뵙고자 합니다.

안젤로 그에게 누이가 있었나?

교도소장 예, 각하, 대단히 고결한 처녀지요. 20
머지않아 수녀가 될 겁니다, 이미 된 게
아니라면.

안젤로 글쎄, 들어오라 일러라. (하인 퇴장)
자넨 이 간음한 여자를 확실히 옮기되
필요한 건 갖춰 주게, 넘치게 하진 말고.
명령이 있을 걸세.

루시오와 이사벨라 등장.

교도소장 (가면서) 가호를 빕니다! 25

안젤로 잠시만 남아 있게.
(이사벨라에게) 어서 오게. 뭔 일인가?

이사벨라 저는 슬픔 가득한 탄원자이옵니다.
제 얘기 들어만 주십시오.

안젤로 글쎄 뭔 탄원인가?

이사벨라 제가 가장 혐오하여 정의로운 처벌을
가장 크게 받기를 원하는 악덕이 있는데 30
변호해야 하는 것만 아니면 안 하고 싶으며
변호할까 말까의 갈등만 없다면
해서도 안 됩니다.

안젤로 그런데, 용건은?

이사벨라 저에겐 사형을 선고받은 오빠가 있답니다.
간청컨대 오빠가 아니라 오빠의 잘못을 35

벌하여 주십시오.

교도소장 (방백) 당신에게 하늘의 설득력을!

안젤로 잘못에게 선고하고 범인에겐 하지 마라?
아니, 잘못은 모두 다 범행 전에 유죄인데
기록된 형량대로 잘못엔 벌을 주고
범인을 놔준다면 내 역할은 그야말로 40
영과 같은 것이로군.

이사벨라 아, 올바르나 가혹한 법!
그럼, 오빠는 없군요. 신은 각하 지키소서. (나간다.)

루시오 (이사벨라에게) 그렇게 포기 말고 — 다시 한 번 애원해요.
그 앞에서 무릎 꿇고 옷자락을 붙잡아요.
당신은 너무 차요. 흙 한 줌이 필요해도 45
그렇게 미지근한 말로는 얻을 수 없어요.
그에게 가라고요.

이사벨라 죽어야만 합니까?

안젤로 구제책이 없는데, 아가씨.

이사벨라 있어요. 제 생각에 당신은 사면을 할 수 있고
하늘도 사람도 그 자비엔 슬퍼하지 않아요. 50

안젤로 그렇게 안 할 건데.

이사벨라 그러나 하려면 할 수 있죠?

안젤로 안 할 거면 그게 뭐든 할 수가 없는데.

이사벨라 하지만 하시고 세상엔 무해할 수도 있죠,
그에 대한 제 연민과 같은 것이 당신 맘에
닿았다면 말이죠?

안젤로 선고됐고 너무 늦다. 55

루시오 (이사벨라에게) 당신은 너무 차요.

이사벨라 너무 늦다고요? 아뇨. 제가 말한 한마디도

되돌릴 수 있는데. — 저, 이렇게 믿으세요.
지체 높은 분들의 그 어떤 상징물도 —
국왕의 왕관이나 위임받은 검이나 60
원수의 지휘봉 아니면 법관의 의복도 —
자비의 은총에 비하면 절반도 그들에게
어울리지 않아요.
오빠가 당신 같고 당신이 오빠 같았더라면
당신도 오빠처럼 실수야 했겠지만 오빠는 65
이토록 엄하진 않았겠죠.

안젤로 제발 가 줘.

이사벨라 하늘에 바라건대 제가 당신 권한 갖고
당신이 이사벨이었으면! 그러면 이럴까요?
아뇨. 저라면 판사는 뭣이고 죄수는 뭣인지
알았을 거예요.

루시오 (이사벨라에게) 예, 건드려요, 그겁니다. 70

안젤로 오빠의 생명은 법으로 몰수당한 것이니
네 말은 헛소리일 뿐이다.

이사벨라 아 이런, 아 이런!
아니, 인류도 한때는 영혼을 몰수당했으나
그 기회를 가장 잘 살리고자 했던 분이
구제책을 찾으셨죠. 최고 재판관이신 75
그분께서 당신을 현 상태로 재판하면
당신은 어떻게 될까요? 오, 그 점을 생각해요,
그러면 당신은 새로 빚은 인간처럼

73~75행 인류도…찾으셨죠
기독교에서 말하는 인간의 원죄와 예수를 통한 하느님의 구원을 가리킨다.

자비를 말하게 될 거예요.

안젤로 아가씨는 조용하라.

사형 선고 법이 했지 내가 한 건 아니고 80

그가 내 친척, 형제, 아들이었더라도

꼭 같았을 것이다. 그는 내일 죽어야 해.

이사벨라 내일이요? 오, 급하네요.

살려 줘요, 살려 줘!

죽을 준비 안 됐어요. 요리에 쓸 새들도 85

철에 맞춰 잡는데 우리가 하늘을

조잡한 우리 몸을 위할 때보다 더

사려 없이 섬겨요? 오, 각하, 생각해 보십시오.

이런 죄로 죽은 자가 어디에 있습니까?

그걸 범한 사람은 많아요.

루시오 (이사벨라에게) 예, 잘했어요. 90

안젤로 법은 죽지 않았다, 잠을 자긴 했지만.

그 많은 사람들은 칙령 어긴 첫 사람이

행위의 대가를 치렀다면 그런 죄를

감히 짓지 못했겠지. 이제 법은 깨어나

사태를 주목하고 예언자가 된 것처럼 95

미래의 죄들을 알리는 요술 거울 보는데

새롭거나 느슨한 단속으로 새로 생겨

알을 까고 태어날 준비 중인 것들이

이제는 그다음 단계로 나아가지 못하고

살기 전에 끝난다.

이사벨라 그래도 동정 좀 보여 줘요. 100

안젤로 난 그걸 정의를 보여 줄 때 최고로 보여 준다.

그럼 난 방면된 죄인이 나중에 상처 입힐

미지의 사람들을 동정하는 셈이고
더러운 잘못을 책임지고 재범 않을 자에겐
옳은 일을 하니까. 납득하기 바란다. 105
오빠는 내일 죽을 것이다. 받아들여.

이사벨라 그래서 당신은 이 벌을 처음으로 내리고
오빠는 받아야만 하네요. 오, 거인 힘을
가지는 건 대단하나 거인처럼 쓰는 건
폭군과 같아요. 110

루시오 (이사벨라에게) 그 말 참 잘했어요.

이사벨라 고관들이 조브처럼
천둥칠 수 있다면 조브도 가만 못 있겠죠,
조무래기 관리들이 그의 하늘 이용하여
모두들 천둥 치고 또 천둥만 칠 테니까.
자비로운 하늘이여, 115
당신은 날카로운 유황불 번개로
무른 도금양보다는 단단하게 옹이 진
참나무를 쪼개는데 인간은, 오만한 인간은
조그맣고 짤막한 권위의 옷을 입고
최고 확신 받은 것 — 거울 같은 영성에는 — 120
최고로 무지한 채 화난 원숭이처럼
높은 하늘 앞에서 환상적인 재주 부려
천사들을 울려요, 인간의 웃음보를 지니고
모두들 인간처럼 웃고 싶은 천사들을.

111행 조브
주피터라고도 불리는 로마 신계의 주신. 그리스 신화의 제우스에 해당한다.
120행 거울 같은
인간의 영성은 하느님의 영성을 거울처럼 반영하기 때문에. 쉽게 부서지는 거울의 속성이 포함됐을 수도 있다. (아든, 리버사이드)

루시오 (이사벨라에게)

오, 덤벼요, 덤벼요, 처녀여, 누그러질 거요. 125

넘어와요, 보여요.

교도소장 (방백) 그녀가 설득하게 해 주소서.

이사벨라 우리는 제 맘대로 남을 평가 못 해요.

고관들이 성자와 농담하면 재치지만

아랫사람들에겐 괘씸한 신성 모독이에요.

루시오 (이사벨라에게) 맞았어요, 아가씨. 그런 얘기 더 해요. 130

이사벨라 대장에겐 성질 급한 한마디일 뿐인 게

병사가 뱉으면 여지없는 모독이랍니다.

루시오 (이사벨라에게) 어떻게 알았지요? 그런 얘기 더 해요.

안젤로 왜 이런 격언들을 나에게 들이대지?

이사벨라 왜냐하면 권력자는 남들처럼 실수해도 135

그 결함을 덮어 주는 자신의 치료약을

가졌으니까요. 당신의 가슴에 다가가

심장을 두드리고 물어봐요, 오빠의 잘못과

같은 게 있었는지. 그의 것과 같은 죄를

타고났단 고백이 거기에서 들린다면 140

당신 입에 그의 생명 해치려는 생각을

올리지는 마세요.

안젤로 (방백) 일리 있는 말을 해서

나도 점점 동의하게 되는구나. — 잘 가라. (나간다.)

이사벨라 귀하신 각하시여, 돌아와요.

안젤로 생각해 보겠다. 내일 다시 오너라. (나간다.) 145

이사벨라 보세요, 뇌물을 쓰려는데. 오, 각하, 돌아와요.

안젤로 뭐! 나에게 뇌물을?

이사벨라 예, 하늘이 당신과 나눠 가질 선물이죠.

루시오 (이사벨라에게) 나머질 다 망쳤어요.

이사벨라 순도를 확인받은 바보 값의 금화나 150

상상하는 가치 따라 비싸거나 초라한

보석이 아니라, 하늘로 올라가서

해 뜨기 전 그곳에 들어가는 진정한 기도를

드리려고 합니다. 속세엔 아무런 관심 없는

보호받은 영혼들, 금식하는 처녀들의 155

기도를 말입니다.

안젤로 글쎄, 내일 다시 오너라.

루시오 (이사벨라에게) 자, 어서. 잘됐어요. 갑시다.

이사벨라 신은 각하 안전하게 지키소서.

안젤로 (방백) 아멘.

왜냐하면 난 기도가 꺾이는 유혹을 향하여

걸어가고 있으니까.

이사벨라 내일 아침 몇 시에 160

나리를 기다리죠?

안젤로 오전이면 아무 때나.

이사벨라 가호를 빕니다. (안젤로만 남고 모두 퇴장)

안젤로 너 때문에 빌어 줘라,

심지어는 너의 정절 때문에 빌어 줘라!

뭐야? 뭐? 이게 그녀 허물인가, 내 것인가?

유혹하고 받는 자, 누구 죄가 더 크지, 하? 165

그녀는 아니지, 유혹도 안 했고. 바로 나야,

햇볕을 받으며 오랑캐꽃 곁에 누워

활기찬 계절에 꽃처럼 못 피고

사체처럼 썩고 있지. 여자의 정숙함이

가벼움보다도 우리의 관능을 더 크게 170

자극할 수 있는 걸까? 쓰레기장도 많은데
우리가 그 성소를 허물고 거기에다
뒷간을 만들고 싶을까? 오, 퉤, 퉤, 퉤!
어쩌려고, 혹은 넌 무엇이냐, 안젤로?
그녀를 착하게 만드는 것 때문에 175
흑심을 품느냐? 오, 그 오빠를 살려 줘라!
판사들이 스스로 훔친다면 도둑들은
도적질할 권리 있다. 뭐, 내가 그녀 사랑해?
그래서 그녀 얘기 다시 듣고 싶어 해?
그녀 눈도 실컷 보고? 내가 뭘 꿈꾸지? 180
오, 간교한 적이여, 성자를 잡기 위해
성자들을 미끼로 쓰다니! 유혹은 우리에게
정절을 사랑하는 가운데 죄짓기를 부추길 때
최고로 위험하다. 두 배의 정력과 재주와
본능을 다 가진 창녀조차 내 평정을 한 번도 185
흔들 수 없었는데 고결한 이 아가씬
날 완전히 정복했다. 남자들이 빠졌을 때
지금까지 난 웃었고 왜 저럴까 했었지. (퇴장)

2막 3장

수사로 가장한 공작과 교도소장 각자 등장.

공작 어서 와요, 교도소장. — 그렇다고 여기오만.

171행 쓰레기장 음욕을 쏟아 버리기에 적합한 곳인 사창가의 비유. (아든)
2막 3장 장소 감옥.

교도소장 제가 소장입니다. 웬일이죠, 수사님?

공작 자비심과 축복 받은 교단의 의무로
이 감옥 안에서 고통받는 영혼들을
만나러 왔답니다. 성직자 공통의 권리를 5
나에게 허락하여 그들을 보여 주고
죄상을 묻도록 해 주시오, 그에 따라
인도할 수 있도록.

교도소장 더한 것도 해 드리죠, 더 필요하시다면 —

줄리엣 등장.

이 죄인을 보십시오. 제가 맡은 규수인데 10
자신의 청춘이 일으킨 강풍에 넘어져
자신의 평판에 먹칠했답니다. 아기를 가졌고
배게 한 청년은 선고를 받았는데
그깟 일로 죽기보단 같은 죄를 또 한 번
짓는 게 더 맞겠죠. 15

공작 그는 언제 죽지요?

교도소장 제 생각에 내일이요.
(줄리엣에게) 필요한 걸 챙겨 놨소, 잠시만 기다리면
안내를 받을 거요.

공작 고운 이는 뱃속에 든 그 죄를 뉘우치오?

줄리엣 예, 그래서 그것을 가장 잘 참으며 견디어요. 20

공작 난 당신이 양심을 어떻게 점검하고
회개가 건전한지 공허한지 시험토록
가르쳐 주려는데.

줄리엣 기쁘게 배우겠습니다.

공작　당신에게 잘못한 그 남자를 사랑하오?

줄리엣　예, 그에게 잘못한 그 여자를 사랑하듯이요.　25

공작　그렇다면 당신들은 대단한 중죄를
합의하고 범한 것 같은데?

줄리엣　합의했죠.

공작　그럼 당신 죄질은 남자보다 무겁네요.

줄리엣　그 사실을 인정하고 뉘우쳐요, 신부님.

공작　적절하오, 딸이여. 하지만 그 죄로 인하여　30
이 치욕을 당했다고 뉘우치고 있다면
그 슬픔은 언제나 신이 아닌 우리를 향하므로
우리가 신을 염려하는 건 사랑이 아니라
두려움 때문임을 보여 주니 ─

줄리엣　그것이 악이기 때문에 정말로 뉘우치고　35
이 치욕을 기쁘게 맞이해요.

공작　쭉 그래요.
당신 짝은 내일이면 죽어야 한다던데
나는 그 사람에게 설교하러 갑니다.
은총이 함께하길. 주님의 축복을!　(퇴장)

줄리엣　내일은 죽어야 해! 오, 상처 주는 사랑아,　40
내 목숨을 늘이면서 해 준다는 위로가
여전히 죽음의 공포라니!

교도소장　그는 참 안됐소.　(함께 퇴장)

40행 사랑　추상적인 개념이 아니라 사랑의 결과물, 즉 형 집행을 연기시켜 준 배 속의 아기를 가리킨다. (리버사이드)

2막 4장

안젤로 등장.

안젤로 　난 기도와 생각을 하고픈데 기도와 생각의
주제가 다르니까 텅 빈 말만 하늘 닿고
내 상상은 내 말은 안 들은 채 이사벨에
닻을 내려 버린다. 내 입 안의 하느님은
내가 마치 그 이름을 씹기만 한 듯하고 5
악심은 가슴속에 일어나 강력하게
부풀어 오른다. 내가 배운 나랏일은
좋은 건데 자주 읽은 것처럼 맥 빠지고
지겹게 되었다. 그렇지, 나는 내 위엄에 —
듣는 사람 없겠지 — 자부심을 느끼지만 10
그것을 헛되이 나부끼는 한가로운 깃털과
덤을 얹어 바꿨으면. 오, 지위여, 격식이여,
넌 얼마나 여러 번 겉모습과 의복으로
바보들의 외경을 짜내고 거짓된 꾸밈으로
현자들을 붙잡느냐! 욕정은 욕정이다. 15
악마 뿔에 '선한 천사'라고 써 넣어 보자 —
악마의 본질은 그대로군. (노크)
웬일이냐! 누구냐?
하인 　이사벨이라는 수녀가 대면을 원합니다.
안젤로 　길을 일러 주어라. (하인 퇴장) 오, 하늘이여,
내 피가 왜 이렇게 심장으로 몰려들어 20

2막 4장 장소 　안젤로의 저택.
16행 선한 천사 　여기에서 천사는 안젤로라는 이름의 뜻(천사)을 이용한 말장난이다. (RSC)

그것을 무력하게 만드는 동시에
다른 모든 부분에 필요한 유용성을
앗아 가고 있을까?
어리석은 군중 또한 기절한 사람에게
도우려고 몰려들어 그를 다시 살려 낼 25
공기를 막는다. 꼭 마찬가지로 백성들도
잘되길 바라는 왕에 대한 각자의 역할을
내던져 버리고 어리석은 충성심에
어전으로 운집하나 그 무식한 사랑은
무례로 보일 수밖에 없다.

이사벨라 등장.

미녀가 웬일로? 30

이사벨라 당신의 마음을 알려고 왔습니다.

안젤로 (방백) 그걸 묻는 것보다는 알고자 하는 뜻이
내겐 훨씬 기쁘구나. — 오빠는 살 수 없다.

이사벨라 그렇군요. 신은 각하 지키소서.

안젤로 그러나 잠시 살 순 있겠지. 너나 나만큼이나 35
오래갈 수도 있고. 그러나 죽어야 해.

이사벨라 당신의 선고로요?

안젤로 그렇다.

이사벨라 간청컨대, 언제지요? 유예 기간 동안에
길든 짧든 준비 갖춰 그 영혼이 병들진 40
않도록 하려고요.

안젤로 하? 이 추잡한 악습들! 금지된 방법으로
하느님의 형상을 찍어 내는 자들의

음탕한 즐거움을 용서해 주는 것은
이미 빚은 인간의 생명을 훔친 자를 45
봐주는 것과 같다. 바르게 빚은 생명
그릇되게 뺏는 것과 그릇된 것 빚으려고
규제받는 몸 안에 씨앗을 뿌리는 건
꼭 같이 손쉽다.

이사벨라 하늘에선 그렇지만 땅 위에선 안 그래요. 50

안젤로 그렇게 주장해? 그럼 빨리 문제를 내 주지.
어느 쪽을 택하겠어? 지당한 법에 의해
오빠 목숨 지금 빼앗길 테야, 구명하기 위하여
오빠가 더럽힌 여자처럼 달콤한 불결함에
그 몸을 맡길 테야?

이사벨라 나리, 분명히 말하지요. 55
제 영혼보다는 차라리 몸을 내어 주겠어요.

안젤로 네 영혼 얘기가 아니다. 강요된 죄악은
숫자만 적은 뒤 심판은 않는단다.

이사벨라 뭐라고요?

안젤로 아니, 그것도 장담은 않겠다, 난 내 말을
뒤집을 수 있으니까. 대답해 보거라, 60
난 — 이제는 기록된 법률의 대변자로 —
네 오빠의 목숨에 사형을 언도한다.
이 오빠의 생명을 구해 주는 자비심이
죄 가운데 있잖을까?

46~49행 바르게…손쉽다
적자의 생명을 사리에 맞지 않게 빼앗는 것이나 불법적인 방법으로 사생아를 만들려는 자의 생명을 빼앗는 것이나 쉽기는 매한가지다.

58행 숫자만…않는단다
공식적으로 기록은 하지만 영혼과 관련된 처벌의 계산에는 포함되지 않는다. (아든)

이사벨라 그렇게만 해 주시면
제 영혼의 위험을 무릅쓰겠습니다, 65
그 일은 자비일 뿐 죄는 전혀 아니니까.

안젤로 네 영혼이 위험해도 그렇게 하겠다면
죄와 자비, 그 둘을 같이 본단 말이지.

이사벨라 오빠 생명 애걸한단 사실이 죄라면
하늘 걸고 감당하죠. 제 청 들어주시는 게 70
만약에 죄라면 아침 기도 올릴 때
당신의 책임 아닌 저 자신의 결함에
그걸 덧붙이지요.

안젤로 하지만 들어 봐라.
내 말뜻을 모르는군. 무식한 게 아니라면
그런 척하면서 교활해. 근데 그건 좋지 않아. 75

이사벨라 제가 별것 아님을 은총 통해 아는 것,
그 밖에는 무식하고 쓸모없으라지요.

안젤로 지혜로운 사람은 그렇게 자신을 고발해서
최고로 빛나고 싶겠지, 이 검은 가면들이
가려진 미모를 노출된 미모보다 80
열 배나 더 크게 공포해 주듯이. 하지만
쉽게 알아듣도록 더 분명히 말하겠다.
오빠는 죽기로 돼 있다.

이사벨라 그래서요.

안젤로 죄상이 그렇기에, 그렇게 보이니까, 85
법에 따라 그런 벌을 받게 된 셈이다.

79행 가면들 관중들 가운데 귀부인들이 쓴 가면을 직접 암시한다는 설명과 유행하는 무언가를 가리킨다는 추측이 있다. 여기에서 가면은 아마도 베일인 것 같다. (아든)

이사벨라 맞아요.

안젤로 그 생명을 구해 낼 다른 방도 찾지 마라. —
문제가 사라지지 않는 한 그 어떤 것에도
동의하지 않을 테니 — 다만 이 판관의 90
신망을 받거나 아니면 자신의 큰 직권으로
네 오빠를 예외 없는 법의 족쇄로부터
빼낼 수 있는 이가 너를 욕망한다는 걸
누이인 네가 알고, 또 속세의 그 어떤 수단도
그를 못 구하고 오로지 네 보물인 그 몸을 95
이 가상의 인물에게 내놓든지 아니면
오빠가 벌을 받게 두든지 해야만 한다면
넌 어떡할 테냐?

이사벨라 불쌍한 오빠만큼 저 자신을 위하여
즉, 그 사형 선고를 제가 받았더라도 100
날카로운 채찍 자국 루비처럼 간직하고
오랫동안 애타게 그리웠던 죽음 향해
침실 가듯 옷 벗고 가겠어요, 제 몸을
치욕에 내주기 전에요.

안젤로 그럼 오빤 죽어야 해.

이사벨라 그럼 그게 더 나은 거래겠죠. 105
누이가 오빠를 구출해 주면서
영원히 죽는 것보다는 그가 한 번
죽는 게 더 낫지요.

안젤로 그렇다면 넌 그토록 비난했던 판결만큼
잔인하지 않느냐? 110

107행 영원히…것 육신이 아닌 영혼의 죽음.

이사벨라　몸값 속의 불명예와 자유로운 사면은
족보가 다르며 합법적인 자비는
더러운 구출과는 먼 친척도 아닙니다.

안젤로　넌 최근 국법을 폭군으로 만들었고
오빠의 실수가 악덕이 아니라 오락임을 115
어느 정도 입증한 것 같은데.

이사벨라　오, 각하, 용서해 주세요. 얻고픈 걸 얻으려고
우린 종종 뜻하지 않은 말을 하지요.
지극히 사랑하는 그에게 이롭도록
제가 미워하는 걸 좀 변명했습니다. 120

안젤로　우린 다 나약해.

이사벨라　안 그럼 오빠를 죽게 해요,
만약 그가 당신의 나약함을 공유 않고
혼자만 물려받았다면요.

안젤로　아니, 여자들도 나약해.

이사벨라　예, 그들이 쳐다보는 거울처럼 나약한데
그것은 모습을 쉬 비춰 주는 만큼 쉬 깨지죠. 125
여자들요? — 맙소사! 남자들은 여자들을
이용하며 망치지요. 예, 우리가 열 배나 더
나약하다 하세요, 우리의 외모처럼 무르고
거짓 꾐에 잘 넘어가니까.

안젤로　타당하다 생각하고
너 자신의 성에 대한 이 증언에 따라서 — 130
우리는 결함에도 흔들리지 않을 만큼
강한 존잰 아닌 것 같으니까 — 난 용감해지겠다.
네 말을 그대로 믿는다. 넌 그대로 있으라,
즉, 한 여자로. 더 바라면 넌 여자가 아니다.

그 가운데 하나라면 — 모든 바깥 물증으로 135
잘 드러나듯이 — 이제는 그 사실을
숙명적인 네 제복을 걸치면서 보여라.

이사벨라 제 혀는 하나뿐이옵니다, 귀하신 각하시여,
앞에서 쓰시던 언어로 말씀해 주십시오.

안젤로 분명히 이해해라, 난 너를 사랑한다. 140

이사벨라 오빠는 줄리엣을 정말 사랑했는데
그 때문에 죽는다고 제게 말씀하셨죠.

안젤로 이사벨, 네 사랑을 내게 주면 그는 안 죽는다.

이사벨라 당신의 미덕엔 재량권이 있음을 아는데
그것으로 남을 시험할 때는 실제보다 145
더러운 것 같군요.

안젤로 정말로, 명예에 맹세코
내 말은 내 의도를 나타낸다.

이사벨라 하? 큰 믿음을 얻기엔 명예롭지 못하고
너무나 사악한 의도예요! 가짜다, 가짜다!
당신을 폭로할 거예요, 안젤로, 기대해요. 150
오빠의 사면에 당장 서명 않는다면
목을 길게 뽑은 뒤 온 천하에 큰 소리로
그 본색을 알릴 테요.

안젤로 누가 믿지, 이사벨?
무구한 내 이름과 근엄한 나의 삶
너에 대한 내 반증과 나라 안의 내 위치로 155
나는 너의 고발을 여지없이 꽉 눌러

137행 숙명적인…제복 여성들이 태어나서 받아들이게 되어 있는 역할. (리버사이드) 여성들의 태어난 숙명인 연약함. (아든)

발표하는 도중에 넌 숨이 막힐 테고
비방의 냄새를 풍길 거다. 난 시작했으니
이제 내 호색하는 본성을 마음껏 펼칠 테다.
날카로운 내 욕망에 네 동의를 꿰맞추고 160
수줍음과 지겨운 홍조는 다 버려라,
그 효과는 사라질 테니까. 내 욕정에
네 몸을 다 바쳐 오빠를 구출해라,
안 그러면 사형을 당해야 할 뿐만 아니라
네 불친절 때문에 죽음이 길어져 165
고통이 연장될 것이다. 내일 답을 안 주면
지금 나의 가장 큰 안내자인 격정 따라
그에게 폭군이 되겠다. 네가 할 수 있는 말
어디 해 봐, 내 거짓이 너의 진실 누를 테니. (퇴장)

이사벨라 누구에게 불평하지? 이 사실을 말한대도 170
누가 날 믿어 주지? 오, 위험한 입 가진 자들,
둘도 아닌 하나의 혓바닥을 가지고
비난이나 승인을 한 다음 법으로 하여금
그들 뜻에 무릎 꿇고 절하라 명하면서
옳고 그른 양쪽을 욕망에 얽어매어 175
끄는 대로 따르게 하다니! 오빠에게 가야지.
그가 비록 피 끓는 충동으로 타락은 했으나
명예를 생각하는 마음이 있어서
자기 목이 스무 개나 된다고 할지라도
누이가 그녀 몸을 너무나도 끔찍한 오염에 180
내맡기기 이전에 그것들을 스무 개의
피투성이 단두대에 다 내놓을 것이다.
그럼, 이사벨은 순결하게 살아라, 오빤 죽고.

우리의 순결은 우리의 오빠보다 귀하다.
그래도 안젤로의 요구는 얘기해 줘야지, 185
영혼의 안식 위해 그 마음도 죽음에 맞춰 주고. (퇴장)

3막 1장

변장한 공작과 교도소장 및 클라우디오 등장.

공작 그러면 안젤로 나리의 용서를 기대하나?
클라우디오 불운한 자에겐 다른 약이 없답니다,
오로지 희망밖엔.
살기를 희망하나 죽을 준빈 됐습니다.
공작 죽음을 확신하게, 그러면 죽음이든 삶이든 5
더 달콤할 테니까. 삶을 이리 타이르게.
내 너를 잃는다면 바보들만 지키려는
물건 하나 잃는다. 넌 숨 한 번 쉬는 건데
네가 계속 머무르는 장소인 이 거처를
매시간 괴롭히는 하늘의 온 영향을 10
노예처럼 받는다. 넌 온전히 죽음의 광대로
그를 피해 도망치려 애쓰나 언제나
그를 향해 달려간다. 넌 고귀한 게 아니다,
네가 지닌 편리한 것들은 다 천한 재료로
지어졌으니까. 넌 절대 용감하지 못하다, 15
볼품없는 구더기의 연약한 주둥이를
두려워하니까. 너의 최고 휴식은 잠으로

3막 1장 장소 감옥.

넌 그걸 자주 재촉하지만 잠일 뿐인 죽음은
엄청나게 겁낸다. 너는 네가 아니다,
먼지로 만들어진 수천의 알갱이로 20
존재하고 있으니까. 넌 행복지 못하다.
못 가진 걸 가지려고 언제나 노력하고
가진 건 잊으니까. 넌 분명치 못하다,
네 기질은 달을 따라 이상한 모습으로
변화하기 때문에. 넌 부자이지만 가난하다, 25
금괴를 등에 지고 축 늘어진 나귀처럼
무거운 부귀를 나르지만 여정이 끝나면
죽음이 네 짐을 내리니까. 친구가 네겐 없다.
널 아비라 부르는 너 자신의 혈육들,
단지 네 허리의 유출물에 불과한 것들이 30
통풍, 백선, 고름에게 더 일찍 널 끝내지
않는다고 욕하니까. 청춘도 노년도 네겐 없다,
그런데도 식후에 잠이 든 것처럼
양쪽 다 꿈꾼다, 축복받은 네 청춘은
다 늙어 버리고 마비된 노인에게 35
동냥을 청하니까. 또, 늙어서 부자 되도
너의 부를 즐겁게 만들어 줄 욕망, 열정,
몸과 미는 없어진다. 근데 이 어디에 삶이란
이름이 붙었지? 근데 이 삶 속엔 수천의
죽음이 숨어 있다. 근데 우린 이러한 차이를 40
다 없애는 죽음을 겁낸다.

클라우디오 　　　　　겸허히 감사하오.
난 살려고 죽음 찾고 죽음을 찾음으로
살게 됨을 알았소. 그까짓 것 오라지요.

이사벨라 (안에서) 여보세요! 이곳에 평화를, 은총과 좋은 벗을!
교도소장 누구요? 들어와요. 그 소망은 환영받을 만하오. 45
공작 이보시게, 머지않아 다시 찾아오겠네.
클라우디오 성스러운 신부님, 고맙습니다.

이사벨라 등장.

이사벨라 클라우디오와 한두 마디 나누고 싶은데요.
교도소장 그거 아주 환영이오. 이봐요, 누이가 왔어요.
공작 교도소장, 한마디만. 50
교도소장 얼마든지 하십시오.
공작 숨어서 그들 얘기 들을 데로 데려가 주시오.
(공작과 교도소장은 물러난다.)
클라우디오 자, 누이야, 무슨 위안거리라도?
이사벨라 그럼요,
위안이 다 그렇듯 참 좋아요, 정말 참 좋아요. 55
안젤로 나리께서 하늘에 볼일이 있어서
오빠를 발 빠른 대사로 보내실 작정인데
거기 가면 영원한 주재관이 될 거예요.
그러니 서둘러 최선의 채비를 하세요.
내일 아침 떠납니다.
클라우디오 구제책은 없느냐? 60
이사벨라 네, 머리를 구하려고 심장을 반쪽 내는
구제책 말고는.
클라우디오 그래도 있기는 해?
이사벨라 네 오빠, 살 수는 있어요.
이 판관에게는 악마 같은 자비심이 있는데

오빠가 그것을 간청하면 생명은 풀려나나 65
죽기까지 묶여요.

클라우디오 무기한 감금이냐?

이사벨라 네, 정확히 무기한 감금이요, 구속인데
오빠가 세상 모든 광대함을 지녔어도
일정 범위 안에다 가두죠.

클라우디오 하지만 어떻게?

이사벨라 거기에 동의하면 오빠의 몸통에서 70
명예의 껍질을 벗겨 내고 알몸을 만드는
그런 식이랍니다.

클라우디오 요점을 말해 봐라.

이사벨라 오, 클라우디오, 난 오빠가 두려워. 열에 들뜬
한 목숨을 지키면서 영원한 명예보다
예닐곱 겨울을 더 존중할까 봐 75
내 몸이 막 떨려. 용감하게 죽을 거지?
죽음은 예상할 때 그 느낌이 가장 강해.
또 우리가 짓밟는 불쌍한 풍뎅이도
육체적 고통의 크기는 거인이 죽을 때와
꼭 마찬가지야.

클라우디오 왜 이런 치욕을 내게 줘? 80
넌 내가 미사여구에서 결단을 끌어낼 수
있다고 생각해? 꼭 죽어야 한다면
난 어둠을 신부처럼 맞이할 것이고
두 팔로 껴안을 것이다.

이사벨라 오빠다운 말이네. 아버지의 무덤이 85
한 말씀 하셨어. 음, 오빠는 죽어야 해.
저급하게 굴복하여 생명을 보전키엔

너무나 고귀해. 이 겉만 성자인 대리인은
침착한 안색과 사려 깊은 말씀으로
청년의 머릴 쪼고 매가 들새 물로 몰듯 90
음욕을 내몰지만 그럼에도 악마야.
그 몸 안의 오물을 다 퍼내면 지옥처럼
깊은 연못 같을걸.

클라우디오 그 엄격한 안젤로가!

이사벨라 오, 그건 바로 지옥이 준 교활한 제복인데
엄격한 장식으로 가장 혐오스러운 그 몸을 95
덮으면서 감싸 줘! 클라우디오, 내가 만약
그에게 처녀성을 내주면 오빠가 풀려날 수
있다고 생각해?

클라우디오 오 맙소사, 그건 안 돼!

이사벨라 응, 자유를 주겠대, 그 역겨운 죗값으로
계속 죄를 지으라고. 말하기도 질색인 100
그 일을 해야만 하는 때는 이 밤이야.
안 그럼 오빠는 내일 죽어.

클라우디오 시키지 않겠다.

이사벨라 오, 내 목숨만이라면
오빠를 석방하기 위하여 돌처럼 기꺼이
내던져 버리겠어.

클라우디오 고맙다, 이사벨 누이야. 105

90행 머릴 쪼고
매사냥에서 가져온 비유. 머리를 쪼는 것은 맹금류가 새를 죽일 때 흔히 쓰는 방법이다. (아든)
94행 그건…제복인데
여기에서 '그건' 클라우디오의 앞선 대사를 가리키며 특히 안젤로(천사라는 뜻)를 강조한다. 당시 귀족 가문에서는 가신이나 종들에게 제복을 한 벌씩 내주었다.

이사벨라 클라우디오, 내일 있을 죽음을 준비해.

클라우디오 그러지. — 그에게도 감정이 있어서
집행하고 싶었던 법의 코를 이토록
납작하게 만들었나? — 이건 분명 죄가 아냐,
아니면 일곱 큰 죄 가운데 가장 작아. 110

이사벨라 뭐가 가장 작다고?

클라우디오 이것이 지옥 갈 일이라면 그는 왜
그토록 현명한데 한순간의 장난으로
영벌을 받으려 하는 거지? — 오, 이사벨!

이사벨라 왜 오빠?

클라우디오 죽음은 무서운 거란다. 115

이사벨라 욕된 삶은 미운 거고.

클라우디오 암, 하지만 죽어서 모르는 곳으로 가는 것,
차갑게 굳은 채로 누워서 썩는 것,
느낌 있고 따뜻한 이 몸이 한 덩이
흙 반죽이 되는 것, 기쁨에 찬 영혼이 120
불의 강에 목욕을 하거나 살을 에는
두꺼운 얼음장 속에서 머무는 것,
안 보이는 바람 속에 갇혀서 쉴 새 없이
매달린 지구 위를 난폭하게 이리저리
떠밀려 다니거나, 제멋대로 수상쩍게 125
울부짖고 있다고 상상한 최악의 인간보다
더 나빠지는 것 — 그건 너무 소름 끼쳐.
죽음의 공포에 비하면 노년과 아픔과

110행 일곱…죄
그 일곱 가지 죄는 음욕, 탐식, 탐심, 나태, 분노, 시기, 교만이다. 이 가운데 음욕을 클라우디오는 가장 작다고 여긴다.

124행 매달린 지구
허공에 떠 있는 지구.

궁핍과 감금에 따르는 최고로 지겹고
가장 혐오스러운 이승의 삶조차도 130
천당과 같단다.

이사벨라 아 이런, 아 이런!

클라우디오 친절한 누이야, 살게 해 줘.
오빠 생명 구하려고 범하는 그 죄는
자연의 여신조차 그 행위를 철저히 사면하여
미덕이 될 정도란다.

이사벨라 오, 이런 짐승 같으니! 135
오, 못 믿을 비겁자! 오, 비루한 철면피!
나의 범법 행위로 산 인간이 되겠다고?
누이의 치욕을 통하여 생명을 얻는 건
일종의 근친상간이잖아? 어찌 생각해야지?
어머니가 아버질 배신한 적 없지는 않았기를. 140
그 혈통에 이렇게 뒤틀린 야생종은 절대로
나온 적 없으니까. 난 오빠를 거부해,
죽어, 사라져! 내가 몸을 숙이는 것만으로
그 운명을 떨칠 수 있대도 그대로 가야 해.
오빠가 죽기를 천 번도 더 기도할 거야, 145
구해 달란 말은 없이.

클라우디오 들어 봐, 이사벨.

이사벨라 오, 퉤, 퉤, 퉤!
오빠가 지은 죄는 우연 아닌 습관이야.
오빠에게 자비는 스스로 뚜쟁이가 될 거야.
재빨리 죽는 게 최고야. (나간다.)

클라우디오 오, 들어 봐, 이사벨라. 150

공작 (나서면서) 한마디 할까요, 자매여, 한마디만.

이사벨라 왜 그러시는데요?

공작 내게 짬을 좀 내줄 수 있으면 자매와 곧 얘기하고 싶네. 내가 요청하고자 하는 보상은 자네에게도 득이 될 테니까. 155

이사벨라 여분의 짬은 없어요. 제가 여기 머물려면 다른 일에서 시간을 빼 와야 한답니다. 하지만 당신을 잠시 기다리지요. (뒤에서 기다린다.)

공작 여보게, 자네와 누이 사이에 오간 대화를 귓결에 듣게 됐네. 안젤로에게 누이를 타락시킬 의도는 결코 없었어. 그녀의 미덕을 시험해 본 것뿐이야, 인간의 성품에 대한 자신의 판단력을 시험해 보려고 말이지. 그녀는 순결한 정직성이 있었기에 정중하게 거절했고 그는 아주 기쁘게 그걸 받아들였다네. 난 안젤로의 고해 신부일세, 그래서 이게 사실이란 걸 알아. 그러니 죽을 채비를 하게. 깨지기 쉬운 희망 때문에 자네의 결심을 누그러뜨리지는 말고. 자네는 내일 죽어야만 하니까 무릎 꿇고 준비하게. 160 165

클라우디오 누이의 용서를 구하게 해 주시오. 전 삶이 너무 싫어 그걸 없애 달라고 청하렵니다. 170

공작 그 마음 지키기를! 잘 있게. —

(클라우디오는 물러난다.)

교도소장, 얘기 좀 할까요.

교도소장 (나오면서) 신부님, 뭘 원하시는지?

공작 이제 당신이 왔으니 가 달라는 것이오. 이 아가씨와 잠시 함께 있게 해 주시오. 내 마음과 이 복장을 걸고 약속건대 나와 같이 있어서 그녀가 손해 보는 일은 없을 것이오. 175

교도소장 아주 좋습니다.

(클라우디오와 함께 퇴장. 이사벨라 앞으로 나온다.)

공작 자네를 곱게 만든 그분 손이 자네를 친절하게 만드셨군. 미녀는 친절을 값싸게 얻으니까 미녀의 친절은 짧지만 은총은 자네 성품의 핵심이니 그게 담긴 그 몸을 늘 곱게 지켜 줄 것이네. 안젤로 경이 자네를 공격한 일이 운 좋게도 내게 전해졌어. 그리고 나약한 자가 그처럼 타락한 전례가 없었더라면 난 안젤로에게 놀라워했을 테지. 자네는 이 대리를 만족시키고 오빠를 구하기 위해 어떻게 할 텐가? 180 185

이사벨라 지금 확답을 주러 갑니다. 전 제 아들을 불법으로 태어나게 하느니 차라리 오빠를 법대로 죽게 하겠어요. 하지만, 오, 공작님께선 얼마나 속고 계시는지! 언젠가 그분이 돌아오시고 제가 그분에게 말을 할 수 있다면 입 열고 헛수고를 하든지 아니면 그의 행실을 폭로할 거예요. 190

공작 크게 빗나가는 일은 아니겠지. 하지만 현 상황으로 봐서 그는 자네의 고발을 피해 갈 텐데 — 자네를 시험했을 뿐이니까. 그러니 내 충고에, 착한 일 하기 좋아하는 마음에 귀를 바싹 대 주게. 구제책이 절로 나타났어. 확신컨대 자네는 박해받은 한 불쌍한 처녀에게 당연한 혜택을 가장 올바르게 줄 수 있고, 성난 법으로부터 오빠를 구해 내며 자신의 은총 입은 몸에는 아무 오점도 안 남기고, 부재하는 공작을, 만약 그가 이 일을 심리하러 혹시라도 돌아온다면 매우 기쁘게 해 줄 수 있다네. 195 200

이사벨라 얘기를 더 듣게 해 주세요. 진실된 제 마음에 비추어

추해 보이지 않는 일이라면 무엇이든 할 용기는 있습니다. 205

공작 미덕은 용감하고 친절은 두려움이 없는 법. 마리아나 얘기 들어 본 적 없는가, 바다에서 사라진 유명한 군인 프레더릭의 누이 말인데?

이사벨라 그 아가씨 얘기는 들어 봤고 그녀의 이름엔 좋은 말이 따라다녔어요. 210

공작 그녀가 이 안젤로와 결혼했어야 하는데, 혼약을 맺었고 날도 잡혔었지. 그 계약과 혼례 만기일 사이에 오빠 프레더릭이 바다에서 파선했고 사라진 배 안에 누이의 지참금이 있었다네. 하지만 그 때문에 이 불쌍한 규수에게 얼마나 엄중한 일이 생겼는지 잘 보게. 이 일로 215 그녀는 고귀하고 명망 높은 오빠, 누이 사랑이 언제나 참으로 친절하고 자상했던 그를 잃었고, 그와 함께 그녀의 유산이며 주된 재산이었던 결혼 지참금을 그리고 그 둘과 함께 그녀의 서약한 남편, 이 겉만 번지르르한 안젤로을 잃었다네. 220

이사벨라 그럴 수가 있어요? 안젤로가 그녀를 그렇게 버렸어요?

공작 눈물 머금은 그녀를 버렸고 어느 한 방울도 위로하며 닦아 주지 않았다네. 그녀의 부정행위를 발견했다는 구실로 자신의 맹세를 통째로 삼켜 버렸지. 짧게 말하면 비탄하는 그녀에게 비탄을 또 얹어 줬는데, 그녀는 225 아직도 그것을 그를 위해 지니고 있다네. 그리고 대리석 같은 그는 그녀의 눈물에 씻기었으나 마음이 풀리진 않았어.

이사벨라 이 불쌍한 아가씨를 저승으로 데려가면 죽음은 얼마나 큰 공을 세울까! 이승의 부패가 얼마나 심하기에 이 230

남자를 살려 두나! 하지만 그녀가 이 상태에서 무슨 득을 볼 수 있죠?

공작　이 상처는 자네가 쉽게 고쳐 줄 수 있다네. 또 그걸 치유하면 오빠를 구할 뿐만 아니라 그 일을 직접 하는 불명예도 피할 테고. 235

이사벨라　어떻게 하는지 알려 줘요, 신부님.

공작　앞서 말한 이 처녀는 아직도 자신의 첫사랑을 지속하고 있다네. 그의 불성실한 불친절 때문에 그 사랑은 어떤 논리로 봐도 식어야 마땅한데 마치 장애물에 부딪친 강물처럼 더 격렬하고 거칠어졌지. 자네는 안젤로 240 에게 가서 그의 요청에 순순히 따르겠노라고 그럴듯한 대답을 한 다음 그의 요구 사항에 전적으로 동의하되 오직 다음의 이점만 챙기게. 첫째, 자네는 그와 오래 머물지 않을지도 모른다. 장소는 완전히 그늘지고 조용할지도 모른다. 그리고 때는 편리에 따른다. 이를 245 순서대로 허락받으면 모든 일이 풀린다네. 우린 이 학대받은 아가씨에게 자네의 약속을 지키라고, 자네 대신 가라고 일러 줄 것이네. 만약 이 만남이 나중에 절로 알려지면 그는 그녀에게 강제로 보상을 해야 할 수도 있어. 그리고 잘 듣게, 이 일로 자네 오빠는 구원받 250 고 자네는 순결을 더럽히지 않으며 가련한 마리아나는 득을 보고 이 타락한 대리는 심판을 받게 되네. 난 이 처녀를 준비시켜 그의 공격에 대비토록 하지. 자네가 이 일을 적절하다고 생각해서 능력껏 해낸다면 이 속임수는 그 혜택이 두 배라는 점에서 비난을 면할 것 255 이네. 어떻게 생각하는가?

이사벨라　제게는 그 발상이 이미 만족스러우며 전 이 일이 가장 완벽한 성공에 이를 거라고 믿어요.

공작 그건 거의 자네의 뒷심에 달렸네. 급히 서둘러 안젤로에게 가게. 오늘 밤에 그가 만약 자기 침대로 가자고 애원하면 만족을 약속하게. 난 곧장 성 누가 교회로 가겠네. 거기 해자 두른 농가에 낙심한 마리아나가 살고 있어. 그곳으로 날 찾아오게. 그리고 안젤로 일을 서둘러 처리하게, 빨리 벌어질 수 있도록. 260

이사벨라 이런 위안을 주셔서 고맙습니다. 안녕히 계세요, 신부님. (퇴장) 265

3막 2장

팔꿈치 순경과 다른 순경들, 폼페이와 함께 등장.

팔꿈치 아니, 그에 대한 대책도 없이 남자와 여자를 짐승처럼 사고팔아야 한다면 이 세상은 갈색 흰색의 잡종 천지가 될 거야.

공작 맙소사, 이게 무슨 소리야!

폼페이 두 가지 새끼치기 가운데 더 즐거운 건 억누르고 더 나쁜 건 국법으로 허락해 준 뒤로 즐거운 세상은 다 갔어요. 고리대금업자가 따뜻한 털외투에, 게다가 양가죽에 여우 털까지 붙였다는 건 꾀쟁이가 순진한 자보다 돈이 많아 겉치장을 한단 뜻이지요. 5

팔꿈치 어서 오십시오. — 축복받으십쇼, 수사 신부님. 10

3막 2장 장소 감옥.
5행 두…새끼치기 사채업과 호색 행위.

공작 당신도 축복을, 어른 아우님. 이 남자가 무슨 죄를 지었나요?

팔꿈치 아, 신부님, 그는 법을 어겼답니다. 그리고 신부님, 우린 그가 도둑놈도 된다고 생각합니다. 그의 몸에서, 신부님, 우리가 대리님께 보냈던 이상한 자물통 핀을 찾아냈으니까요. 15

공작 에이 이 뚜쟁이 놈, 사악한 뚜쟁이 놈.
네놈이 주선하여 벌어지는 악한 짓이
너의 생계 수단이야. 그 더러운 악덕으로
아가리를 채우거나 등에 옷을 걸치는 게 20
어떤 건지 생각해 봐. 자신에게 얘기해,
난 그들의 짐승 같은 비인간적 접촉으로
마시고 먹고 입고 살아가고 있다고.
네 생활이 그렇게 썩은 내를 풍기는데
삶이라고 할 수 있어? 썩 고쳐, 고치라고. 25

폼페이 사실 그게 썩은 내가 좀 나지요, 신부님. 그렇지만 신부님, 전 앞으로 —

공작 아니, 넌 악마가 죄를 덮을 증거를 대 준다면
그놈 편이 될 거야. 감옥에 데려가게, 순경.
이 무례한 짐승이 이득을 보기 전에 30
교정과 교화의 효과가 있어야 해.

팔꿈치 놈은 대리님 앞에 서야 합니다, 그분은 놈에게 경고하셨어요. 대리님은 창녀쟁이를 못 참으십니다. 놈이 만약 창녀꾼인데 그분 앞에 간다면 천리만리 달아나는 게 좋겠죠. 35

15행 자물통 핀 여기에서는 정조대를 여는 도구를 가리킨다. (RSC)

공작 우리 모두 과오에서, 과오는 위선에서
누구처럼 자유로운 척만 말고 자유롭길!

팔꿈치 놈의 모가지는, 신부님, 당신 허리처럼 될 겁니다. —
끈으로요.

루시오 등장.

폼페이 위안거리 찾았어요, 보석금이요! 신사 한 분, 제 친구 40
가 왔습니다.

루시오 웬일인가, 귀하신 폼페이가! 뭐야, 시저의 전차를 따라
가나? 개선식에서 끌려가나? 뭐야, 이제 피그말리온의
조각상 같은 초짜 계집은 하나도 살 수 없단 말이야, 주
머니에 손을 넣고 돈을 쥔 채 꺼냈는데도? 대답이 뭐 45
야, 하? 이런 곡조, 내용과 방법에 대해선 뭐라고 할 거
야? 이젠 한물간 거 아냐? 하? 뭐라고 할 거냐고, 뚜쟁
이 할멈아? 이봐, 세상은 그대로야? 어느 쪽이야? 슬
퍼, 그래서 말이 없어? 아니면 어때? 어떻게 굴러가나?

공작 늘 이렇게, 또 이렇게. 늘 더 나쁘게! 50

루시오 너의 마나님, 맛있는 우리 언니는 어떻게 지내나? 늘
조달하고 있나, 하?

폼페이 참말로, 자기네 애들은 다 거덜 내고 자신은 찜질 치료
를 받고 있답니다.

43~44행 피그말리온…계집
피그말리온은 대리석상 아가씨를 조각하여 그녀를 살아 있는 여자로 만들어 달라고 이시스 여신에게 빌었고 그 소원은 이루어졌다. 그러나 엘리자베스 시대 동상들이 채색되어 있었기 때문에 피그말리온의 조각상은 '초짜 계집', 즉 새로운 창녀라는 생각을 떠올리게 한다. (아든)
47~48행 뚜쟁이 할멈
폼페이를 비하하여 놀리면서 하는 말.

루시오 그래, 잘됐군. 제대로 된 거야. 그래야지. 언제나 싱싱한 창녀, 또 분 바른 뚜쟁이였으니까 피치 못할 결과지. 그래야지. 감옥으로 가고 있어, 폼페이? 55

폼페이 예, 정말로요.

루시오 그야 잘못된 게 아니지, 폼페이. 잘 가. 가서 내가 널 거기로 보냈다고 해. — 빚 때문이야, 폼페이, 아님 왜? 60

폼페이 뚜쟁이, 뚜쟁이니까요.

루시오 글쎄, 그럼 그를 감금하게. 감금당하는 게 뚜쟁이의 몫이라면 글쎄, 권리이기도 하지. 그는 뚜쟁이가 틀림없고 오래되기도 했다네. 잘 가라, 폼페이. 감옥에게 내 안부 전해 줘, 폼페이. 넌 이제 훌륭한 남편이 될 거야, 그 집을 지킬 테니까. 65

폼페이 바라건대 나리께서 제 보석금 내 주실 거죠?

루시오 아니, 난 정말 안 낼 거야, 폼페이. 그건 유행이 아냐. 폼페이, 난 자네의 구속을 늘여 달라고 기도할 거야. 그걸 참고 받아들이지 않는다면 글쎄, 족쇄가 더 무겁겠지! 안녕, 믿음직한 폼페이. — 축복받으십시오, 수사님. 70

공작 당신도.

루시오 브리짓은 아직도 화장하나, 폼페이? 하?

팔꿈치 (폼페이이게) 자, 어서 가, 가자고. 75

폼페이 그럼 절 보석해 주지 않으실 겁니까, 나리?

루시오 그때나 지금이나 폼페이, 안 해. — 떠도는 소식 있어요, 수사님? 무슨 소식이라도?

팔꿈치 (폼페이이게) 자, 어서 가, 가자고.

루시오 개집으로 가, 폼페이, 가. 80

(팔꿈치와 순경들, 폼페이를 데리고 함께 퇴장)

수사님, 공작에 대한 소식이라도?

공작 　없답니다. 당신은 말해 줄 게 있나요?

루시오 　어떤 이들은 그가 러시아 황제와 함께 있다고 하고 또 어떤 이들은 그가 로마에 있다고도 하죠. 그런데 당신은 어디 있다고 생각하시오? 85

공작 　어딘지는 모르나 어디에든 잘 있기 바랍니다.

루시오 　그가 이 나라를 몰래 빠져나가 타고나지도 않은 거지 행색을 강탈한 건 미친, 기괴한 술책이었어요. 안젤로 경은 그의 부재중에 공작 역을 잘하고 있답니다, 온 나라에 범죄 딱지를 붙이니까. 90

공작 　그건 잘하는 일이요.

루시오 　호색에 대해선 좀 더 관대해도 그에게 해롭진 않겠지요. 그쪽으로 좀 지나치게 가혹해요, 수사님.

공작 　그 악덕이 너무 널리 퍼져 엄하게 치료해야만 합니다.

루시오 　예, 참말이지 그 악덕은 친족도 아주 많고 결연도 잘돼 95 있답니다. 하지만 완전히 뿌리 뽑기는 수사님, 먹고 마시는 일을 금하기 전엔 불가능하죠. — 소문으론 이 안젤로가 남녀에 의해 직접적인 제조 방식으로 만들어지진 않았다고 하는데 사실이라고 생각하십니까?

공작 　그럼 어떻게 만들어졌다고 하나요? 100

루시오 　누구는 인어가 그를 낳았다고 하죠. 누구는 그가 마른 대구 두 마리 사이에서 생겼다고도 하고요. 하지만 그가 소변을 볼 때면 그 오줌이 얼음인 건 분명합니다. 그건 내가 아는 사실이죠. 또 그는 생식 불능의 인형이랍니다. 그건 틀림없어요. 105

공작 　당신은 익살맞고 말을 마구잡이로 하십니다.

루시오 　아니, 아랫도리가 반란을 일으켰다고 한 남자의 생명

을 빼앗다니 이 얼마나 가혹한 처삽니까! 부재중인 공
작이 이렇게 했겠어요? 그이라면 백 명의 사생아를 낳
은 죄로 한 남자를 목매달기 전에 천 명의 양육비를 내 110
놨을 겁니다. 그이는 이 장난에 경험이 좀 있었어요.
이 업종을 알았단 말이죠. 그래서 자비를 베푸는 훈련
을 받았죠.

공작 부재중인 공작이 여자를 찾다가 자주 발각됐단 얘기
는 전혀 못 들었소, 그쪽엔 마음이 없었어요. 115

루시오 오, 수사님, 속으셨어요.

공작 그건 불가능하오.

루시오 누가, 공작이 안 그렇다고요? 예, 쉰 살짜리 여자 거지
가 있었죠. 그의 습관은 그녀의 동냥 접시에 금화 한
닢을 넣어 주는 거였어요. 공작은 엉뚱한 데가 있었답 120
니다. 술에 취하기도 했고요, 그것도 알려 드리죠.

공작 당신은 분명 그를 음해하고 있소이다.

루시오 수사님, 난 그의 측근이었답니다. 소심한 녀석이었어
요, 공작은. 그리고 난 그가 자취를 감춘 이유를 안다
고 믿어요. 125

공작 부디 말해 봐요, 그 이유가 뭘까요?

루시오 아뇨, 죄송합니다. 그건 이빨과 입술 사이에 가둬 둬야
만 할 비밀이라서. 하지만 이건 얘기해 줄 수 있는데,
백성들 대다수는 공작이 현명하다고 여겼어요.

공작 현명하다고요? 아니, 의심할 바 없이 그랬어요. 130

루시오 아주 피상적이고 무식하며 분별없는 녀석인데 ―

119~120행 그의…거였어요
공작의 비밀스러운 자선 행위는 루시오가 험담하는 계기가 되었다. (아든)

공작 그건 당신의 악심이거나 어리석음 또는 오해랍니다. 그의 삶의 바로 그 흐름과 그가 키를 잡았던 사업으로 볼 때 그는 보증이 필요한 경우라도 더 나은 평가를 받아야만 합니다. 그 자신이 이뤄 놓은 것으로만 증거를 135
들어 봅시다, 그러면 그는 시기하는 자들에게도 학자요 정치가요 군인임이 드러날 겁니다. 그러므로 당신은 미숙하게 말하거나 아니면 지식은 더 많은데 악의 때문에 그게 심히 흐려졌군요.

루시오 수사님, 난 그를 알고 사랑합니다. 140

공작 사랑은 더 나은 지식으로, 지식은 더 극진한 사랑으로 말하지요.

루시오 보세요, 수사님, 내 말이 다 맞아요.

공작 난 그 말을 도저히 못 믿겠소, 당신은 자신이 뭔 말을 하는지 모르니까. 하지만 만약 공작이 언젠가 돌아온 145
다면 — 우리의 기도에 따라 올지도 모르는데 — 그 사람 앞에서 당신이 자신을 해명하기 바랍니다. 당신 말이 맞는다면 그걸 고수할 용기가 있겠지요. 난 당신을 부르게 되어 있으니 이름 좀 알려 주시오.

루시오 예, 내 이름은 루시오로 공작에겐 잘 알려져 있죠. 150

공작 내가 생전에 그에게 당신 얘길 해 준다면 그는 당신을 더 잘 파악할 거요.

루시오 당신은 겁나지 않습니다.

공작 오, 당신은 공작이 더 이상 돌아오지 않기를 바라거나 내가 너무나 힘없는 적수라고 상상하는군요. 하지만 155
사실 난 작은 위해는 줄 수 있답니다. 언젠가는 이걸 부인할 거지요?

루시오 내가 먼저 목을 매달리지. 자넨 날 잘못 알고 있네, 수

사. 하지만 그건 관두고. — 클라우디오가 내일 죽을
지 안 죽을지 말해 줄 수 있는가? 160

공작 그가 왜 죽어야죠?

루시오 왜냐고? 병에 깔때기를 꽂았으니까. 우리가 얘기하는
공작이 돌아왔으면 좋겠네. 씨도 못 뿌리는 이 대리가
이 지역 사람 씨를 금욕으로 말릴 걸세. 그의 집 처마
에 참새들이 집을 지으면 안 되지, 고것들은 음탕하니 165
까. — 하지만 공작이었더라면 은밀한 행위엔 은밀하
게 대처했을 걸세, 절대로 드러내지 않았을 거라고. 그
가 돌아왔으면 좋겠네! 원 참, 이 클라우디오는 바지를
내렸다고 사형 선고를 받았어. — 잘 가게, 수사, 제발
날 위해 기도해 주게. 공작은 다시 말하지만 금요일에 170
양고기를 먹곤 했어. 지금은 한창때가 지났지, 그렇지
만 말해 두겠는데 그는 거지에게 입 맞추곤 했어, 그
여자가 호밀 빵과 마늘 냄새를 풍기더라도 말일세. 내
가 그리 말했다고 하게. 잘 가게. (퇴장)

공작 필멸하는 인간의 어떤 힘도 권력도 175
비난을 면할 수 없구나. 등을 치는 비방은
희디흰 미덕조차 때리는군. 어떤 왕이
독설 속의 앙심을 없앨 만큼 힘이 셀까?
근데 이게 누구야?

에스칼루스와 교도소장 및 순경들이
망가진 여사를 데리고 각각 등장.

170~171행 금요일…했어 금요일에 양고기를 먹는 일은 교회가 금지했다. 그리고 양고기는 창녀를 뜻하는 속어이다. (리버사이드)

에스칼루스 자, 이 여자를 감옥으로 데려가라. 180

망가진 여사 오, 나리, 좋게 봐 주세요. 나리께선 자비로운 사람으로 꼽힌답니다. 나리님.

에스칼루스 두 번 세 번 경고했는데도 여전히 같은 식으로 법을 위반해! 이건 자비심조차도 쌍욕 하는 폭군 역을 하게 만들 거야. 185

교도소장 십일 년 근속 뚜쟁이랍니다, 황공하게도 나리께 말씀드립니다만.

망가진 여사 나리, 이건 루시오란 사람이 저를 밀고한 건데, 공작님 시절에 케이트 죽인다 언니가 그의 애를 뱄고 그는 결혼을 약속했답니다. 그의 애는 오는 오월 초하루에 한 190 살하고도 석 달이 되지요. 전 그 비밀을 지켰어요, 그런데 그가 저를 욕하고 다니는 꼴 좀 보세요.

에스칼루스 그 친구는 방종이 심한 친구야. 짐 앞으로 불러오라. 이 여자를 감옥으로 데려가라. — 허 참, 말은 그만하고.

(순경들 망가진 여사와 함께 퇴장)

교도소장, 내 동료 안젤로 경은 마음을 안 바꿀 걸세. 195 클라우디오는 내일 죽어야 해. 사제들을 대기시키고 그가 자비롭게 죽음을 맞이할 준비를 다 해 주게. 이 동료가 나만큼 동정심을 가지고 처결했으면 그가 이리되진 않았을 거야.

교도소장 죄송합니다만 이 수사님이 그와 함께 있었고 그에게 200 죽음을 받아들이도록 조언해 줬답니다.

에스칼루스 좋은 저녁이오, 신부님.

공작 지복과 선량함이 당신께 내리기를!

에스칼루스 어디서 오셨소?

공작 이 나라 출신은 아니지만 기회가 생겨서 205

이제 잠시 머물게 되었소. 신성한 교단의
수사 중 하나로서 저는 최근 성하의
특별한 볼일로 교황청에서 왔소이다.

에스칼루스 세상에 떠도는 새 소식이라도?

공작 없습니다만 선량함이 너무 심한 열병에 걸려 선량함 자체의 소멸로 치유될 수밖에 없단 소식만 빼고요. 신기한 것만 요구되고 그래서 어떤 식으로든 나이가 든다는 건 어떤 일에서든 일관성이 미덕인 만큼이나 위험하답니다. 친구 사이를 담보할 만큼의 진실성은 남아 있지 않지만 동업을 저주받게 할 만큼의 담보는 있답니다. 이 세상 지혜는 대부분 이 수수께끼 속에 담겨 있지요. 이 소식은 아주 낡았지만 그래도 나날의 소식이랍니다. 부탁인데 공작의 성품은 어땠나요? 210 215

에스칼루스 다른 모든 목표 가운데서도 특별히 자신을 알고자 애썼던 분이지요. 220

공작 어떤 일에 쾌락을 느끼곤 했지요?

에스칼루스 그가 환희할 것이 분명한 그 어떤 것에도 유쾌해하지 않고 오히려 다른 사람이 유쾌한 것을 보고 환희하셨답니다. 전적으로 중용을 지키는 신사였죠. 하지만 그 분은 볼일 보게 — 성공적이기를 바란다는 기도와 함께 — 해 드리고, 난 클라우디오가 얼마나 준비됐는지 당신에게 알아보고 싶소. 내가 들은 바로는 당신이 그를 방문해 줬다지요. 225

공작 그는 자기 판관으로부터 어떤 부당한 대접도 받지 않았음을 천명하고 정의로운 결정에 아주 기꺼이 복종합니다. 그렇지만 그도 연약한 마음의 충동에 따라 삶에 대한 거짓 약속을 많이 품었었는데 제가 시간을 두 230

고 그런 것에 대한 신뢰를 깨뜨렸지요. 그랬더니 이젠 죽기로 작정했답니다.

에스칼루스 당신은 하늘에게는 당신의 직분 빚을, 또 그 죄수에게는 당신의 바로 그 소명 빚을 갚았군요. 난 그 불쌍한 신사를 위해 겸양을 최대한 버리면서까지 노력했으나 내 동료 판관은 너무나 가혹하여 내가 그를 정의 그 자체라고 부르지 않을 수 없도록 만들었소. 235

공작 만약 그 자신의 삶이 자기 행동의 엄격함에 부합한다면 그에게 잘 어울리겠지요. 만약 그렇지 못하다면 그는 자신에게 판결을 내렸군요. 240

에스칼루스 난 이 죄수를 만나러 가렵니다. 잘 가시오.

공작 평화가 당신과 함께하길.

(에스칼루스와 교도소장 함께 퇴장)

하늘 칼을 차고 있을 사람이면 245
가차 없는 만큼이나 경건해야
그 자신이 선례임을 잘 알면서
은총 딛고 미덕으로 나아간다.
자기 죄를 달아 보고 더도 덜도
남에게는 갚아 주지 말아야지. 250
그 자신도 좋아하는 죄 졌다고
잔인하게 죽이는 자 창피하다!
남의 악덕 솎아 내고 제 것 키운
안젤로는 거듭 세 배 창피하다!
오, 겉으로는 천사 모습 지녔지만 255
자기 속에 그 무엇을 숨겼을까!
계략으로 세상 사람 속이면서
죄짓고도 안 그런 척 잘도 하지!

악덕에는 나의 꾀를 써야겠다.
멸시받은 그 옛날의 약혼녀가 260
오늘 저녁 안젤로와 눕게 되면
변장술로 변장 여인 이용하여
거짓 갈취 거짓으로 갚아 주고
옛 혼약은 실행으로 옮겨지리. (퇴장)

4막 1장

마리아나와 노래 부르는 소년 등장.

노래

가져가요, 오, 너무나 감미롭게
약속 어긴 그 입술은 가져가요,
밝아 오는 하루를, 아침을
나쁜 길로 인도하는 그 눈도.
하지만 사랑을 봉인한
헛되이 봉인한 5
제 키스는 가져와요,
가져와.

변장한 공작 등장.

마리아나 노래를 중단하고 빨리 나가 보아라.

4막 1장 장소 외딴 농가.

위안 주는 분께서 오셨다. 이분의 충고로
터지는 내 불만을 자주 잠재웠단다. (소년 퇴장)
용서해 주세요, 이토록 조화로운 제 모습을 10
여기서 보진 않으셨기를 간곡히 바랍니다.
변명을 할 테니 제 말 믿어 주세요.
노래로 제 기쁨은 화났고 비탄은 기뻤어요.

공작 잘됐군, 음악은 가끔씩 나쁜 걸 좋게 하고 좋은 걸 자극하여 해치는 마력이 있네만. 말해 주게, 오늘 누가 15 여기에서 날 찾지 않던가? 바로 이 시각에 여기에서 만나기로 약속했는데.

마리아나 수사님 찾는 사람은 없었어요. 전 여기 하루 종일 앉아 있었거든요.

이사벨라 등장.

공작 자네 말을 확신하네. 바로 지금 그 시각이 되었어. 잠 20 깐만 물러나 있기를 간청하네. 아마도 난 자네에게 유익한 일로 곧 부를지도 몰라.

마리아나 언제나 감사하고 있습니다. (퇴장)

공작 (이사벨라에게) 잘 만났고 잘 왔네.
이 선량한 대리인의 소식은 무엇인가? 25

이사벨라 그에게는 벽돌담 정원이 있는데
그 서쪽엔 과수원이 등을 대고 있지요.
바로 그 과수원엔 판자로 된 문이 있고
이 커다란 열쇠로 열 수가 있답니다.
이 다른 열쇠는 그 과수원에서 30
정원으로 통하는 작은 문을 딸 수 있고

거기에서 칠흑 같은 한밤중에 제가 그를
만나겠노라고 약속했죠.

공작 하지만 자네의 지식으로 이 길을 찾겠는가?

이사벨라 충분히 주의 깊게 잘 살펴보았어요. 35
그이는 속삭이며 또한 매우 자책하며
동작 속에 모든 지시 담아서 그 길을
두 번이나 가르쳐 줬어요.

공작 그녀가 지켜야 할
둘 사이에 합의된 신호는 달리 없고?

이사벨라 없어요, 어둠 속을 걸어가는 일밖엔. 40
또 제가 최대한 머물러도 잠깐일 거라고
그에게 전했어요. 오빠 일로 제가 온 줄
믿고 있는 하인이 저와 함께 거기 와서
기다리고 있다는 사실을 그에게
알려 줬기 때문이죠.

공작 잘 처리하였네. 45
난 아직 마리아나에게 이 일에 대하여
한마디도 안 했어. — 게 있느냐! 나오너라.

마리아나 등장.

(마리아나에게) 이 처녀와 서로 알고 지내기 바라네,
이득 주려 왔으니까.

이사벨라 저도 주길 원합니다.

공작 자네는 내가 자넬 배려한단 사실을 믿는가? 50

마리아나 수사님, 그렇게 알고 또 그렇게 확인했죠.

공작 그렇다면 이 친구의 손을 잡게, 자네에게

곧바로 들려줄 얘기가 있다네.
자네를 기다리겠네만 서두르게,
습기 찬 밤 시간이 다가오고 있으니까. 55

마리아나 (이사벨라에게) 저쪽으로 가실까요?

(마리아나와 이사벨라는 물러난다.)

공작 오, 드높은 권좌여! 거짓된 눈 수백만이
네 몸에 박혀 있다. 그 거짓된 눈과 함께
대량의 소문이 날뛰면서 참으로 헷갈리게
네 행동을 발설한다. 수천의 재담꾼이 60
널 근거로 자기들의 한가로운 꿈을 꾸며
상상으로 널 찢고 있구나.

(마리아나와 이사벨라 돌아온다.)

어서 와, 합의는?

이사벨라 그녀가 이번 일을 시도하겠답니다,
신부님이 권고하면.

공작 동의할 뿐 아니라
간청도 하겠네.

이사벨라 그를 떠나올 때엔 65
긴 말은 필요 없고 조용하고 조그맣게
'오빠를 기억해요.' 그러세요.

마리아나 걱정 마요.

공작 양갓집 딸 자네도 아무런 걱정 말게.
앞서 했던 계약으로 그는 자네 남편일세.
두 사람을 이렇게 합치는 건 죄가 아냐, 70
그에 대한 자네의 정당한 권리가
이 계략을 장식해 주니까. — 자, 같이 가지.
씨 뿌려야 십일조 곡식을 수확하지. (함께 퇴장)

4막 2장

교도소장과 폼페이 등장.

교도소장 너, 이리 와 봐. 사람 머리 자를 수 있겠어?

폼페이 그 사람이 총각이면 할 수 있죠. 하지만 결혼한 남자라면 그는 자기 아내의 머리랍니다. 그래서 전 여자의 머리는 절대 못 자릅니다.

교도소장 야, 이봐, 그런 허튼소리 집어치우고 똑바로 대답해 봐. 내일 아침에 클라우디오와 바너딘이 죽게 돼 있어. 여기 우리 감옥에는 공용 망나니가 하나 있는데 일을 할 때 조수가 없어. 네가 만약 그를 거들어 주는 일을 맡겠다면 그걸로 족쇄에서 해방시켜 주지. 싫다면 넌 형기를 다 채울 거고 석방 때는 모진 채찍을 맞을 거야. 넌 악명 높은 뚜쟁이였으니까. 5 10

폼페이 나리, 전 헤아릴 수 없이 오랫동안 불법 뚜쟁이였지만 그래도 기꺼이 합법 망나니가 되겠습니다. 제 친구 동료로부터 약간의 지시를 기쁘게 받고 싶습니다.

교도소장 여봐라, 개차반! 거기 개차반 어딨어? 15

개차반 등장.

개차반 부르셨습니까?

교도소장 이봐, 내일 처형 때 이 녀석이 널 도와줄 거야. 네가 괜찮다고 생각하면 이 녀석과 일 년씩 계약을 맺고 너와 함께 여기 머물게 해 줘. 싫으면 이번만 써먹고 버려.

4막 2장 장소 감옥.

그는 너에게 평판을 내세울 수 없어, 뚜쟁이였으니까. 20

개차반 뚜쟁이라고요? 더러운 놈, 그는 우리의 비법에 먹칠할 겁니다.

교도소장 아서, 둘은 같은 무게야. 깃털 하나로 저울대가 기울 테니까. (퇴장)

폼페이 저, 부디 너그러이 봐주시면 — 분명코 당신은 너그러우시니까, 그 목매는 인상만 빼고요 — 당신은 자기 직업을 비법이라 부릅니까? 25

개차반 암, 비법이지.

폼페이 화장도 비법이라는 말을 들었어요. 그리고 이른바 창녀들은 제 직업에 몸담은 이들로서 화장을 하니까 제 직업이 비법임을 증명하는군요. 하지만 목매다는 일에 무슨 비법이 있지요? 제 목이 매달린대도 상상할 수 없군요. 30

개차반 그건 비법이야.

폼페이 증거는요? 35

개차반 정직한 이들의 옷은 이른바 도둑에겐 다 맞아. 이른바 도둑에겐 그게 아주 싸구려라도 이른바 정직한 이는 크게 손해 봤다고 생각하지. 이른바 도둑에겐 그게 아주 비싸도 이른바 도둑은 그게 영 싸구려라고 생각해. 그래서 정직한 이들의 옷은 이른바 도둑에겐 다 맞는 단 말씀이야. 40

교도소장 등장.

36행 도둑 옷감을 훔쳐 먹는 양복장이를 말한다. (아든)

교도소장 합의 봤어?

폼페이 나리, 제가 봉사하겠습니다. 이른바 망나니가 이른바 뚜쟁이보단 좀 더 참회하는 업종이란 걸 알았으니까요. 좀 더 자주 용서를 구한답니다. 45

교도소장 이봐, 넌 내일 아침 4시에 단두대와 도끼를 준비해.

개차반 이리 와, 뚜쟁이야, 내 업종을 가르쳐 줄게. 따라와.

폼페이 정말 배우고 싶어요. 그리고 바라건대 당신이 개인적으로 필요해서 저를 쓸 기회가 있으면 제가 날래다는 걸 알 겁니다. 정말로 전 당신의 친절에 크게 한 번 보 50 답해야 하니까요.

교도소장 바너딘과 클라우디오를 이리로 불러와라.

(개차반과 폼페이 퇴장)

하나는 동정하나 다른 쪽은 국물 없다,
내 동생이라도, 그는 살인자니까.

클라우디오 등장.

보시오, 그대의 죽음을 허락하는 영장이오. 55
지금은 한밤중이지만 내일 아침 8시면
그대는 불멸의 영혼이오. 바너딘 어딨느냐?

클라우디오 순수한 노동이 뼛속까지 스며든 노동자가
뻣뻣이 누웠을 때처럼 잠에 푹 취했다네.
안 일어난다네.

교도소장 누가 그를 바로잡지? 60
그럼 가서 준비하오. (안에서 노크)
근데 이게 뭔 소리야?
하늘이 당신 마음 위로해 주기를! (클라우디오 퇴장)

(노크) — 곧 갑니다. —
최고로 신사다운 클라우디오 씨를 위한
사면이나 유예이면 좋겠네.

변장한 공작 등장.

어서 와요, 신부님.
공작 최고로 건강한 최상의 밤기운이 65
소장님을 감싸 주길! 최근에 온 사람은?
교도소장 통금 종이 울린 뒤론 없었어요.
공작 이사벨도?
교도소장 예.
공작 그럼 올 것이오, 머지않아.
교도소장 클라우디오에게 줄 위안은?
공작 희망 속엔 좀 있소.
교도소장 가혹한 공작 대리이십니다. 70
공작 아뇨, 아뇨. 그의 삶은 그가 큰 정의를
휘두르는 노선과 정확히 일치하오.
성스러운 금욕으로 자신의 내면에서
자기 권력 부추기는 마음을 굴복시켜
남들에겐 부드럽소. 그가 징계하는 것과 75
그 자신이 뒤섞이면 폭군과 같겠지만
현 상태론 공정하오.
(안에서 노크. 교도소장이 문으로 간다.)
— 그들이 왔구나.
마음 좋은 소장이다, 철석같은 간수가
죄수들의 친구가 되는 일은 드문데. (노크)

이게 뭐야? 웬 소리지? 굳게 닫힌 뒷문을 80
깨지게 두드리는 저 사람은 다급하군.

(교도소장이 돌아온다.)

교도소장 그는 거기 있어야 한답니다, 관원이 일어나
안으로 넣어 줄 때까지. 관원을 깨웠어요.

공작 클라우디오의 사형 취소 명령은 아직 없고
내일은 죽어야 합니까?

교도소장 없습니다, 없어요. 85

공작 교도소장, 동틀 때쯤, 지금이 그때인데
아침 전에 소식이 있을 거요.

교도소장 아마도
당신은 아는지 모르지만 제 생각엔
취소 명령 안 옵니다. 전례가 없었어요.
게다가 안젤로 경께서는 다름 아닌 90
판관의 자리에서 대중에게 그 반대를
공언하셨답니다.

사자 등장.

이자는 그분 하인입니다.

공작 그러면 클라우디오의 사면이 왔군요.

사자 주인님께서 당신에게 이 문서를 보내며 저를 통해 이
명령을 더하셨습니다. 당신은 시간, 내용, 또는 다른 95
측면에서 거기 적힌 가장 사소한 조항이라도 벗어나

82행 그 문을 두드린 사람.
91행 그 반대 취소 명령과는 반대되는 사형 집행.

면 안 된다고요. 좋은 아침입니다, 제가 보기엔 거의 동틀 녘이니까요.

교도소장 그분에게 복종할 것이네. (사자 퇴장)

공작 (방백) 이게 그의 사면인데 사면한 사람이 100
스스로 저지른 죄 값으로 구입한 것이다.
그런 고로 높은 분이 범행을 잉태하면
그것은 활발하게, 급속히 자라난다.
악덕이 자비를 베풀 때 그 자비는
죄가 좋아 범인의 친구가 될 만큼 늘어난다. 105
자, 교도소장, 소식은?

교도소장 얘기했잖아요. 안젤로 경께선 아마도 제가 임무를 게을리할 거라고 생각하고 이렇게 전에 없던 닦달로 저를 일깨우십니다. 제 생각엔 이상하게요, 전에는 이렇게 하신 적이 없었으니까요. 110

공작 제발 들어 보세.

교도소장 (읽는다.) '그 어떤 반대말을 듣더라도 클라우디오를 4시까지 그리고 오후에는 바너딘을 처형토록 하라. 내가 확신토록 5시까지 클라우디오의 목을 보내도록 하고. 이를 정확하게 시행토록 하라, 짐이 곧 통지할 것보다 115 더 중요한 것이 이 일에 달렸다는 생각으로. 그러므로 임무를 그르치지 마라, 위험을 안고 책임지게 될 테니까.'
이제 뭐라고 하실 겁니까?

공작 오후에 처형될 그 바너딘은 어떤 인물이오? 120

교도소장 보헤미아에서 태어났으나 이곳에서 먹고 자랐는데 아홉 해 동안 죄수였던 자입니다.

공작 어쩐 일로 부재중인 공작은 이자에게 자유를 주거나

처형하지 않았단 말이오? 그렇게 하는 것이 늘 그의
방식이라는 얘기를 들었는데. 125

교도소장 그의 친구들이 계속 사면을 얻어 냈고, 실은 그의 범행
이 안젤로 경의 치하에서 여태까지는 의심할 여지없
이 입증되지 않았답니다.

공작 이젠 명백해졌소?

교도소장 아주 분명해졌고 본인도 부인하지 않습니다. 130

공작 감옥에서는 뉘우치는 자세를 보였소? 무슨 영향을 받
은 것처럼 보입니까?

교도소장 죽음을 그저 취해서 자는 것보다도 무섭지 않게 여기
는 인사지요. 과거, 현재 또는 앞일엔 관심도 조심도
두려움도 없답니다. 사망엔 무감각하니까 절망적으로 135
사망하겠지요.

공작 조언이 필요하군요.

교도소장 전혀 들으려 하지 않습니다. 그에겐 언제나 감옥이라
는 자유가 있었지요. 여기에서 도망쳐도 좋다고 해도
안 갈걸요. 며칠 동안 계속 취하진 않지만 하루에도 몇 140
번씩은 취하지요. 우린 아주 여러 번 그를 깨워 마치
형장으로 데려가는 것처럼 하면서 가짜 영장을 보여
줬지만 그는 전혀 흔들리지 않았답니다.

공작 그 사람 얘긴 잠시 뒤에. 소장님, 당신 얼굴엔 정직성
과 충실성이 쓰여 있소. 내가 그걸 잘못 읽었다면 내 145
기술이 낡아서 속은 것이겠지요. 하지만 난 용감하게
내 꾀를 믿고 위험을 무릅써 보겠소. 당신이 여기 처형
장을 받은 클라우디오는 그에게 판결을 내린 안젤로
보다 법에 의해 생명을 더 무겁게 몰수당할 사람이 아
니오. 명확한 예증으로 이 사실을 당신에게 알리기 위 150

해 단지 나흘의 유예를 간청하오만, 그러려면 당신은
내게 당장에 그리고 위험한 호의를 베풀어야 합니다.

교도소장 신부님, 그게 뭐죠?

공작 사형 연기랍니다.

교도소장 아, 제가 그걸 어떻게 하지요? 시간을 한정한 다음 처 155
벌을 전제로 그의 머리를 안젤로 경 앞으로 전달하라
는 특명이 있는데? 그걸 조금이라도 어겼다가는 저도
클라우디오와 같은 처지에 놓일지 모릅니다.

공작 우리 교단의 맹세에 걸고 내가 당신을 지키겠소, 내 지
시 사항을 따른다면 말이오. 이 바너딘이란 자를 오늘 160
아침에 처형하고 그의 머리를 안젤로에게 보내시오.

교도소장 안젤로 경은 두 사람을 다 보았고 얼굴을 식별하실 겁
니다.

공작 오, 죽음은 위장술의 대가랍니다. 또 당신이 뭘 덧붙일
수도 있죠. 머리를 삭발하고 수염을 묶은 다음 뉘우친 165
자가 죽기 전에 그렇게 밀어 주기를 원했다고 하시오.
그게 흔한 관습인 줄 알잖소. 이번 일로 당신에게 감사
와 행운 말고 딴 일이 생기면 내가 신봉하는 성자에 맹
세코, 목숨 걸고 반대 탄원을 하겠소.

교도소장 죄송하나 신부님, 이건 제 맹세에 반합니다. 170

공작 당신이 맹세한 사람은 공작이오, 아니면 이 대리요?

교도소장 그분과 그분의 대행자들이죠.

공작 만약 공작이 당신의 일처리가 정당함을 보장한다면
당신은 죄지었다고 생각하지 않을 테죠?

교도소장 하지만 그럴 가능성이 얼마나 있습니까? 175

공작 비슷하게 말고 확실하게 있답니다. 그렇지만 난 당신
이 두려움에 가득 차 내 외투나 정직성 또는 설득으로

도 쉽사리 회유될 수 없다는 걸 아니까 의도했던 것보
다 더 나아가 당신의 두려움을 송두리째 뽑아내 주겠
소. 이봐요 교도소장, 여기 공작의 필적과 직인이 있 180
소. 당신은 그 서체를 의심할 바 없이 알고 있고 인장
도 낯설지 않지요?

교도소장 둘 다 압니다.

공작 이 글의 내용은 공작의 귀환이오. 당신이 여유가 있을
때 곧 읽어 보겠지만 거기 보면 공작은 이틀 안에 여기 185
로 온다고 적혀 있소. 이건 알젤로 경이 모르는 사실이
오. 왜냐하면 그는 바로 오늘 이상한 취지의 — 아마
도 공작의 죽음이나 그가 어떤 수도원에 들어갔다는
따위의 — 편지를 받겠지만 우연히도 여기에 쓰인 건
전혀 받지 못할 거요. 봐요, 샛별이 목동을 깨워 양 우 190
리를 열라고 하네요. 이 일을 어쩌지 하면서 혼란에 빠
지진 마시오. 모든 어려움은 알고 나면 쉬울 뿐이라오.
망나니를 부르고 바너딘의 목을 떼 버려요. 난 놈의 죄
를 바로 사해 주고 더 나은 곳으로 가라고 조언해 주겠
소. 당신은 아직도 혼란스러워하는군요. 하지만 이것 195
으로 완벽하게 해명될 겁니다. 갑시다. 거의 밝은 새벽
이오. (함께 퇴장)

4막 3장

폼페이 등장.

4막 3장 장소 감옥.

폼페이 전 우리 업소에 있었을 때만큼 이곳 사정에 밝은데, 이곳을 망가진 여사 자신의 집이라고 생각해도 좋겠어요. 여기엔 그녀의 옛 고객들이 많으니까요. 우선 여기 성급해 아저씨가 있는데, 갈색 포장지와 상한 생강 백구십칠 파운드어치 때문에 들어왔죠. 그걸로 현금 삼 5 파운드를 챙겼는데, 그러다가 허 참, 생강 수요가 확 줄었지 뭡니까, 늙은 여자들이 다 죽어 버렸으니까요. 다음으로 여기 춤바람 아저씨가 있는데, 세 겹 원단 포목상 아저씨가 고소해서 — 가지색 새틴 양복 네 벌 때문에요 — 그래서 이젠 거지가 됐어요. 다음으로 여기 10 얼빠져 청년과 욕쟁이 아저씨와 구리 박차 아저씨, 칼싸움꾼 하인 굶겨 아저씨와 뚱보 상속인을 죽인 유산 챙겨 청년과, 창 찔러 앞으로가 아저씨, 그리고 대여행가인 멋진 구두끈 매듭 아저씨와 주전자 찔러 죽인 난폭한 반잔 씨와 또 사십 명이 더 있는 것 같은데, 모두 15 가 우리 업종에서 크게 놀던 분들이 이제는 '먹을 것 좀 줍쇼.'가 돼 버렸네요.

개차반 등장.

개차반 이봐, 바너딘을 이리 데려와.

폼페이 바너딘 아저씨! 일어나서 목매달려야 합니다, 바너딘 아저씨. 20

개차반 여봐라, 바너딘!

바너딘 (안에서) 그 모가지들은 염병에나 걸려라! 거기 소리 지르는 게 누구야? 넌 뭐냐?

폼페이 당신 친구들, 망나니랍니다. 당신은 아주 친절하게 일

어나서 죽어 줘야만 되겠습니다. 25

바너딘 (안에서) 저리 가, 이 나쁜 놈, 저리 가. 난 졸려.

개차반 일어나야 한다고 말해 줘, 그것도 빨리.

폼페이 바너딘 아저씨, 제발 처형될 때까지만 깨어 있고 그 후에 자요.

개차반 안으로 들어가서 끌어내. 30

폼페이 나오고 있어요, 나오고 있어요. 지푸라기 소리가 들려요.

바너딘 등장.

개차반 이봐, 도끼는 단두대 위에 있어?

폼페이 예, 준비 끝입니다.

바너딘 웬일이야, 개차반? 무슨 소식이라도 있나?

개차반 진짜로, 넌 잽싸게 기도나 시작했으면 좋겠어. 이거 보라고, 영장이 왔으니까. 35

바너딘 이 나쁜 놈, 난 밤새 술 마셨어. 지금은 내 상태가 맞지 않아.

폼페이 오, 더 좋답니다. 밤새 술 마시고 아침에 때맞춰 목 매달리는 사람은 그다음 날 하루 종일 더 깊이 잘 수 있으니까요. 40

변장한 공작 등장.

개차반 이봐, 여기 네 신부님이 왔어. 이래도 우리가 농담한다고 생각해?

공작 이보게, 난 자비심에 이끌려, 또 자네가 얼마나 서둘러 떠나야 하는지 얘기 듣고 조언하고 위로하고 함께 기 45

도하기 위해 왔네.

바너딘 수사님, 난 안 가요. 밤새도록 심하게 마셨고 그래서 준비할 시간이 더 필요한데, 안 된다면 그들이 장작으로 내 골통을 깨부숴야겠지요. 난 오늘 죽는 데 동의할 수 없어요, 분명히요. 50

공작 오, 동의해야 한다네. 그러니 간청컨대
가야 할 여정의 앞을 내다보게나.

바너딘 어느 누가 설득해도 맹세코 오늘은 죽지 않을 겁니다.

공작 하지만 이보게 ―

바너딘 말 마쇼. 당신이 내게 할 말이 있으면 감방으로 와요, 55
난 오늘 그곳을 나가지 않을 테니까. (퇴장)

교도소장 등장.

공작 살기 죽기, 다 안 맞네! 오, 돌 같은 심장이다.

교도소장 둘은 그를 따라가서 단두대로 데려와라!

(개차반과 폼페이 함께 퇴장)

그런데 이 죄수를 어찌 생각하십니까?

공작 준비 안 된 자로서 죽음에는 맞지 않소. 60
저런 마음 상태로 저자를 보내는 건
벌받을 일이오.

교도소장 신부님, 여기 이 감옥에서
대단히 악명 높은 해적인 라고진이
잔혹한 열병으로 오늘 아침 죽었는데
클라우디오와 비슷한 나이에 수염과 머리칼도 65
색깔이 꼭 같아요. 우리가 이 무뢰한을
마음이 쾌히 내킬 때까지 제쳐 놓고

클라우디오와 더 닮은 라고진의 머리로
대리님을 만족시켜 드리면 어떨까요?

공작 오, 이것은 하늘이 내려 준 기회군요. 70
바로 조처하시오. 안젤로가 정해 놓은
시간이 다가와요. 일 끝낸 걸 확인하고
명령대로 보내시오, 나는 그동안에
철면피를 설득하여 기꺼이 죽도록 하겠소.

교도소장 그렇게 하지요, 신부님, 곧바로요. 75
하지만 바너딘은 오후에 죽어야 합니다.
근데 우린 어떻게 클라우디오를 살려 둔 채
저 자신을 구하지요, 그 사실이 알려지면
위험이 닥칠 텐데?

공작 이렇게 하시오. 클라우디오와 바너딘 80
둘을 다 비밀 감방 안에다 넣어 둬요.
태양이 저 건너편 인류에게 인사하러
두 바퀴를 돌기 전에 당신의 안전은
명백해질 것이오.

교도소장 그 뜻에 기꺼이 따르지요.

공작 서둘러 그 머리를 안젤로에게 보내시오. 85

(교도소장 퇴장)

난 이제 안젤로 앞으로 편지 몇 통 쓸 텐데
전달은 이 소장이 할 것이고 그 내용은
이 몸이 고국에 가까이 왔음을 그리고
특명으로 공개 입성 하게 되어 있음을
알리는 것이다. 난 그를 도시에서 90
삼 마일쯤 아래 있는 성스러운 샘에서
만나고 싶다고 할 것이며, 거기서부터는

차갑게 단계별로, 균형 잡힌 격식 갖춰
안젤로 문제를 풀어 나갈 것이다.

교도소장 등장.

교도소장 이게 그 머립니다. 제가 직접 가져가죠. 95
공작 그러는 게 좋겠소. 속히 돌아오시오,
다른 이는 안 되고 당신과 둘이서만
의논할 게 있으니까.
교도소장 최대한 빨리 오죠. (퇴장)
이사벨라 (안에서) 이봐요, 이곳에 평화를!
공작 이사벨의 목소리다. 오빠의 사면장이 100
여기 도착했는지 알고 싶어 왔구나.
하지만 난 그녀에게 잘된 일을 감췄다가
그녀가 전혀 기대 못 했을 때 그 절망을
천상의 위안으로 바꿔야지.

이사벨라 등장.

이사벨라 아, 실례해요!
공작 좋은 아침 맞아라, 곱고도 우아한 딸. 105
이사벨라 너무나 성스러운 인사라서 더 좋아요.
대리인이 오빠의 사면장을 보냈나요?
공작 그 사람을 놔줬다, 이사벨, — 이 세상 떠나도록.
머리가 잘렸고 안젤로에게 가져갔어.
이사벨라 아니, 그렇지 않아요! 110
공작 그리됐어. 딸애야, 은밀히 인내하며

네 지혜를 보여 줘라.

이사벨라 오, 달려가서 그 눈을 뽑아 버리겠어요!

공작 보는 것조차도 허락되지 않을 거야.

이사벨라 불행한 클라우디오! 가엾은 이사벨! 115

나쁜 세상! 최악의 저주 받은 안젤로!

공작 이건 그를 못 해치고 네겐 아무 득도 없다.

그러니 그만둬라. 네 목표는 하늘에 맡기고

내 말 잘 들어 봐, 한마디 한마디가

믿을 만한 진실임을 알게 될 테니까. 120

공작은 내일로 귀국한다. — 자, 눈물 닦고. —

우리 수도원에서 그의 고해 받는 분이

이 정보를 알려 줬어. 그는 이미 통지서를

에스칼루스와 안젤로에게 보냈는데

그들은 성문에서 그를 만나 거기에서 125

권력 넘길 준비를 하고 있다. 네 지혜를

내 소망에 따라서 훌륭한 쪽으로 발휘하면

너는 이 잡놈에게 한을 풀고 공작의 은총과

마음에 흡족한 복수와 모두의 존경을

얻게 될 것이다.

이사벨라 지시에 따르겠습니다. 130

공작 그럼 이 편지를 피터 수사에게 전해라.

바로 그가 공작의 귀환을 알려 줬다.

이 증표로 저녁에 내가 그를 마리아나 집에서

보고 싶어 한다고 해. 그녀와 네 사연을

내가 다 알려 주면 그가 너희 두 사람을 135

공작 앞에 세울 거다. 안젤로를 마주 보고

호되게, 호되게 고발해라. 변변찮은 이 몸은

성스러운 맹세로 구속을 받고 있어
그 자리엔 없을 거다. 이 편지를 가져가라.
골을 파는 눈물에게 가벼운 마음으로 140
떠나라고 명령해라. 내가 너를 오도하면
내 교단을 믿지 마라. — 이 누구야?

루시오 등장.

루시오 좋은 오후.
수사, 교도소장 어디 있지?

공작 안에는 없답니다.

루시오 오, 예쁜 이사벨라, 네 눈이 그렇게 붉은 걸 보니 내 심장의 핏기가 사라지네. 참아야 해. — 난 물과 보리 빵 145 식사만 해야겠어. 모가지가 달아날까 봐 감히 배를 못 채워. 한 번만 실컷 먹어도 그 짓 하고 싶을 테니까. — 그런데 소문에 공작이 내일 여기로 온다네. 맹세코 이사벨, 난 네 오빠를 좋아했어. 만약 이 어두운 구석이 있는 변덕쟁이 늙은 공작이 국내에 있었더라면 150 그는 살았을 거야. (이사벨라 퇴장)

공작 이봐요, 공작은 당신 얘기를 눈곱만큼도 고마워하지 않소. 하지만 제일 좋은 점은 그 얘기 속엔 그가 없다는 사실이오.

루시오 수사는 내가 아는 만큼 공작을 잘 몰라. 그는 자네가 155 생각하는 것보다 더 나은 여자 사냥꾼이야.

공작 저런! 언젠가 이 말에 책임을 질 거요. 잘 있어요.
(나가려 한다.)

루시오 아니 멈춰, 난 자네와 함께 갈 거야. 공작에 대해 재미

있는 얘기를 해 줄 수 있어.

공작 이미 그런 얘기를 너무 많이 해 줬어요, 그게 사실이라면 말이죠. 사실이 아니라면 안 했어도 충분하죠. 160

루시오 한번은 내가 처녀에게 애를 배게 한 일로 그 사람 앞에 섰었지.

공작 그런 일을 정말로 했어요?

루시오 암, 그럼, 그랬지. 하지만 그걸 부인해야만 했어. 안 그러면 그들이 나를 그 썩은 계집과 결혼시켰을 테니까. 165

공작 저, 당신과 동행하면 정직보단 흥이 더 늘겠소. 잘 지내요. (나가려 한다.)

루시오 정말이지 난 자네와 샛길 끝까지 함께 갈 테야. 음담패설이 기분 나쁘면 그런 얘기 아주 조금만 하지 뭐. 아니, 수사, 난 거머리 같아서 안 떨어질 거야. (함께 퇴장) 170

4막 4장

안젤로와 에스칼루스 등장.

에스칼루스 그분이 쓴 편지는 모두가 서로 상충되오.

안젤로 대단히 들쭉날쭉 혼란스러운 방식으로 그렇소. 그분의 행동은 광기와 매우 흡사합니다. 지혜가 물들지 않았기를 하늘에 빕니다. 그리고 왜 성문에서 만나 우리의 권한을 거기에서 다시 건네줘야 하는지요? 5

에스칼루스 추측이 안 됩니다.

안젤로 그리고 왜 우리는 그분이 들어오기 한 시간 전에 누가

4막 4장 장소 비엔나.

만약 부정행위를 바로잡고 싶으면 길거리에서 탄원서
를 내보여야 한다고 공포해야만 하죠?

에스칼루스 그분이 이유를 밝히셨지요. 불평을 즉석에서 해결하 10
고 그 이후의 술책으로부터 우리를 보호하기 위해서
라고, 그러면 그걸로 우리와 맞설 힘을 잃을 테니까.

안젤로 그렇다면 간청컨대 내일 아침 때맞춰
그 사실을 공포하오. 난 당신 집으로 가겠소.
그분을 만나게 될 종자 딸린 고관들께 15
통지를 보내시오.

에스칼루스 그러지요. 잘 가시오.

안젤로 편안히 주무시오. (에스칼루스 퇴장)
이 행위로 나는 다 망가져 만사에 멍하고
무뎌지게 되었다. 한 처녀가 능욕을 당했다.
그 짓을 막는 법을 억지로 시행한 20
고위 공직자에게! 처녀성을 잃었다는 선언을
예민한 수치심 때문에 못 하지만 않는다면
그녀는 날 얼마나 욕할까? 그렇지만
이성이 있어서 감히 못 그런다, 왜냐하면
내 권위는 너무나 큰 신임을 지녔기에 25
그 어떤 추문도 고발인의 파멸 없인 절대로
못 건드릴 테니까. 그는 살았어야 했다,
단, 그토록 수치스러운 몸값을 치르고
그렇게 불명예스러운 생명을 받았기에
위험한 감정에다 들끓는 젊은 기운 때문에 30
앞으로 복수하지 않는다면. 그래도 살았으면.
아아, 우리가 은총을 일단 잊어버리면
제대로 되는 일 하나 없어 뭘 하려다 못 한다. (퇴장)

4막 5장

원래 복장의 공작과 피터 수사 등장.

공작 적당한 때 이 글들을 나 대신 전하게.
교도소장이 짐의 목적, 계책을 알고 있네.
일단 일이 벌어지면 지시를 잘 따르고
이유가 있을 경우 때론 정말 옆길로
새기도 하겠지만, 짐의 특별 방책을 5
언제나 지키게. 플라비우스의 집에 들러
내 소재를 알려 주고, 발렌시우스, 롤런드
크라수스에게도 같은 기별 한 다음
나팔수를 성문으로 데려오라 해 주게.
플라비우스 들라 하고.

피터 수사 속히 하겠습니다. (수사 퇴장) 10

바리우스 등장.

공작 고맙네, 바리우스, 잘 서둘러 주었어.
자, 같이 걷지. 다른 친구 하나가 우릴 곧
여기서 맞을 거야. 친절한 바리우스! (함께 퇴장)

4막 6장

이사벨라와 마리아나 등장.

4막 5장 장소 수사의 방.
4막 6장 장소 비엔나.

이사벨라 그렇게 에둘러 말하기는 싫어요.
난 진실을 말하고 그런 식의 고발은
당신의 몫인데 그분은 나더러 하라네요,
상세한 목적을 감추려고.

마리아나 권고를 따르세요.

이사벨라 게다가 그분은 혹시 그가 적대자 편에서 5
날 나쁘게 얘기해도 이상한 생각은
말라고 하시네요, 달콤한 결과 낳을
쓴 약이 될 테니까.

피터 수사 등장.

마리아나 난 피터 수사님이 —

이사벨라 잠깐만, 수사님이 오셨어요.

피터 수사 자 가요, 가장 좋은 위치를 찾았는데 10
거기에선 공작님을 잘 볼 수 있어서
놓치지 않을 거요. 두 번째 나팔이 울렸소.
최고의 귀족들과 존경받는 시민들이
성문을 차지하고 아주 좀만 더 있으면
공작님이 들어와요. 그러니 어서 가요. (함께 퇴장) 15

5막 1장

각각 다른 문으로 원래 복장의 공작, 바리우스,
귀족들과 수행원들, 안젤로, 에스칼루스, 루시오 및
시민들 등장.

공작 참으로 훌륭한 나의 친척, 잘 만났네.
짐의 오랜 충실한 친구여, 만나서 기쁘오.

안젤로·에스칼루스 귀환을 경하드리옵니다!

공작 둘에게 진심으로 거듭거듭 고맙소.
자네 소식 수소문해 보았는데 정의를 5
너무 잘 시행했다 들어서 짐은 정성스럽게
더욱 큰 보답에 앞서서 공개적인 감사를
할 수밖에 없다네.

안젤로 제 의무가 더욱 커지옵니다.

공작 오, 하지만 자네 공은 눈부시네. 그것을 10
은밀한 내 가슴 감방에 가둔다면 잘못이지,
시간의 이빨과 망각의 소멸에 대항하여
청동에 새긴 다음 요새 같은 집 안에
넣어 둘 만한 건데. 짐의 손을 잡은 다음
백성들이 보게 하라, 밖으로 예우 갖춰 15
안에 있는 총애를 기꺼이 밝히려는 마음을
그들이 알도록. 갑시다, 에스칼루스 경,
이쪽에서 짐과 함께 걸어야 할 것이오,
당신도 훌륭한 대들보요.

피터 수사와 이사벨라 등장.

피터 수사 때가 됐소. 소리치고 그분 앞에 꿇어요. 20

이사벨라 오, 공작님, 정의를! 이 억울한 사람을 —
기꺼이 처녀라 말하고 싶은데 — 굽어봐 주소서.

5막 1장 장소 성문 근처의 공공장소.

오, 군주님, 다른 어떤 곳에든 시선 던져
당신 눈을 모욕하진 제발 말아 주십시오,
진실된 제 불만을 들으시고 정의를 25
정의, 정의, 정의를 밝혀 주실 때까지!

공작 억울함을 말하라. 뭐가? 누가? 짧게 하라.
안젤로 경께서 정의를 밝혀 주실 것이다.
그에게 네 불만을 설명하라.

이사벨라 오, 공작님은
악마에게 구원을 찾으라 하십니다. 30
직접 들어 주십시오. 제가 해야 할 말은
믿기지 않을 땐 저 자신이 벌받거나
당신께서 바로잡아 주셔야만 하니까요.
들으소서! 오, 제 말을 들으소서!

안젤로 각하, 정신이 온전치 못한 여자 같습니다. 35
정의로운 절차 따라 일찍 잘린 오빠 위해
제게 청원했었지요.

이사벨라 정의로운 절차 따라!

안젤로 그래서 참 독하게, 이상하게 말할 것입니다.

이사벨라 참 이상하지만 참으로 진실을 말하지요.
안젤로가 위증했다, 이상하지 않나요? 40
안젤로는 살인자다, 이상하지 않나요?
안젤로는 간통에 정신 팔린 도둑이고
위선자, 처녀를 욕보인 인간이다,
이상하고 이상하지 않나요?

공작 그럼, 열 배로 이상하다! 45

이사벨라 이 모두가 이상한 만큼이나 진실임은
저 사람이 안젤로란 사실만큼 진실이죠.

예, 열 배나 진실이죠, 종말이 올 때까지
진실은 진실이니까요.

공작 쫓아내라. 불쌍한 것,
지각이 모자라서 이런 말을 하고 있다. 50

이사벨라 오, 군주시여, 이승 말고 또 다른 위안이
있다고 믿으실 터이니 각하께 호소컨대
저에게 광기가 있다는 판단으로 소녀를
내치진 마십시오. 그럴 것 같지 않단 것만으로
불가능 판정은 마십시오. 이 땅에서 55
최고로 사악한 비겁자가 안젤로만큼이나
신중하고 무겁고 바르고 흠 없어 보이는 건
불가능하지가 않습니다. 안젤로도 꼭 같이
관복, 표식, 직위와 겉모습 모두에서
대악당일 수 있어요. 믿으세요, 군주님, 60
그가 그 이하라면 헛것인데 그 이상입니다,
붙여 줄 악명이 제게 더 있다면요.

공작 솔직히
이 여자가 미쳤대도, 달리 믿진 못하지만,
그녀의 광기엔 아주 묘한 합리성이 있구먼,
사물과 사물을 저렇게 잘 연결시키는 65
광인 얘긴 들은 적이 없다네.

이사벨라 오, 공작님,
그건 그만 읊으시죠. 계급이 다르다고
이성을 내쫓지도 마시고 이성으로
감춰진 것처럼 보이는 진실은 드러내고
진실 같은 거짓은 좀 치워 주십시오.

공작 안 미쳐도 70

이성이 더 없는 자들도 분명 많다. 어떠냐?

이사벨라 소녀는 혼인 전에 정을 통한 행위로
사형을 언도받은 클라우디오란 사람의
여동생이옵니다. 안젤로가 언도했죠.
오빠가 — 수녀 심사 받고 있던 저에게 — 75
사람을 보냈어요. 루시오란 사람인데
그 당시엔 사자였죠.

루시오 황공하옵니다만 접니다.
클라우디오 부탁으로 불쌍한 오빠의 사면을
그녀가 안젤로 경에게 얻어 내는 행운을
시험해 보라고 갔었죠.

이사벨라 정말 저이입니다. 80

공작 (루시오에게) 말 하라는 지시는 없었다.

루시오 예, 각하,
입 다물란 요구도 없으셨죠.

공작 그럼 지금 하겠다.
그 점을 주목하기 바란다.
또, 자기 일이 있을 경우 정확히 답하도록
하늘에 기도하라.

루시오 각하께 장담하겠습니다. 85

공작 장담이 영장 된다. 그 점을 유의하라.

이사벨라 제 얘기를 이 신사가 조금 하셨습니다.

루시오 맞아요.

공작 맞을 수도 있으나 때 이르게 말한 건
잘못된 일이다. — 진행하라.

이사벨라 저는 이 90
악독한 불한당 대리인에게로 갔습니다.

공작 그건 좀 미친 듯이 한 말인데.

이사벨라 죄송하나

본건과 관계 있는 말입니다.

공작 다시 좋아졌구먼. 본건이다, 계속하라.

이사벨라 한마디로, 필요 없는 과정들은 재껴 두고 — 95

제가 어찌 설득했고 무릎 꿇고 빌었으며

그는 어찌 물리쳤고 전 어찌 답했는지

(그것은 꽤 길었으니까) — 더러운 결론을

슬픔과 치욕 안고 터놓기 시작하겠습니다.

그는 황음무도한 자신의 색욕에 100

순결한 이 몸을 바치지 않으면 오빠를

놔주지 않겠다고 했었고 전 많은 고민 끝에

누이의 동정으로 제 정절을 논박한 뒤

몸을 바쳤습니다. 하지만 다음 아침 때맞춰

자기 욕심 채운 그는 오빠 목을 매라는 105

영장을 보냈어요.

공작 이거 아주 그럴듯해!

이사벨라 오, 진실된 만큼만 그럴듯해 보였으면.

공작 참 어리석은 것, 넌 뭔 말을 하는지 모르거나

밉살스러운 계략으로 이분의 명예를 해치라는

사주를 받았어. 첫째, 이분의 고결함은 110

오점 없이 건재하다. 둘째, 이치에 안 맞아,

자신도 범했던 잘못을 그토록 맹렬히

벌주려고 하다니. 같은 죄를 지었다면

자신에 비추어 네 오빠를 달아 보고

안 잘랐을 것이다. 누가 널 부추겼어. 115

진실을 고백하고 누구의 권고로 여기에

불평하러 왔는지 말하라.

이사벨라 　　　　그럼 이게 다인가요?

그렇다면, 오, 축복받은 저 위의 천사들은

제가 참게 해 주시고 권위로 덮어 버린

여기 이 죄악은 때가 무르익으면 펼치소서! 120

하늘은 각하를 비탄 없게 지키소서,

박해받은 저는 이제 불신 얻고 떠납니다.

공작 가고 싶은 마음은 잘 안다. 순경!

감옥으로 데려가라! (이사벨라는 감시를 받는다.)

　　　　짐의 최측근에게

이렇게 독기 품은 험담을 내뱉도록 125

내버려 둬야 해? 계략임이 틀림없다.

네 의도와 여기 온 걸 아는 자가 누구냐?

이사벨라 저를 여기 오라 했던 로도윅 수사님요.

(감시받으며 나간다.)

공작 신부인 것 같은데. — 로도윅을 누가 알지?

루시오 각하, 제가 그를 압니다. 간섭하기 좋아하죠. 130

전 그가 싫답니다. 그가 만약 평신도였다면

각하의 은거 중에 각하를 반대하며

나쁜 말을 한 죄로 흠신 패 줬을 텐데.

공작 나에게 나쁜 말을! 좋은 수사 같구먼!

그런데도 여기 이 비열한 여자를 부추겨 135

짐의 대리인에게 맞서게 해! 수사를 찾으라.

루시오 어젯밤만 하더라도 그녀와 그 수사를

감옥에서 봤는데 뻔뻔한 수사로서

아주 천한 자였어요.

피터 수사 　　　　각하께 축복을 빕니다!

각하, 전 곁에 서 있다가 각하께서 들으신 140
거짓을 듣게 되었습니다. 우선 이 여자는
참으로 부당하게 당신의 대리인을 고발했고
그분은 그녀에게 어떤 자국, 얼룩도
안 생긴 아기가 그녀에게 못 남기듯
안 남기셨어요.

공작 짐도 그리 믿었다네. 145
그녀가 말하는 로도윅 수사를 아는가?

피터 수사 제가 알고 있기로는 성스러운 분으로
이 신사가 얘기했던 것처럼 천하고
세속 일에 끼어드는 사람은 아니며
제 믿음에 맹세코 이 신사의 주장처럼 150
각하를 헐뜯는 말 한 적도 없습니다.

루시오 각하, 정말로 치사하게 했답니다, 믿으십쇼.

피터 수사 글쎄, 때가 되면 자신을 해명하러 오시겠죠.
하지만 이 시각엔 병이 나셨답니다,
이상한 열병이요. 전 오직 그분의 요청으로 155
안젤로 경에 대한 불평이 있다는 걸
알게 됐기 때문에 여기로 왔습니다,
진실과 거짓에 대하여 그분이 아는 것을
또 그분이 맹세코 모든 증거 덧붙여
언제든 소환되면 완벽하게 해명할 것들을 160
그분의 입처럼 말하려고. 우선 이 여자 일은
이토록 공공연히 또한 몸소 고발당한
이 훌륭한 귀족의 혐의를 풀기 위해
그녀가 자백할 때가지 거침없는 반증을
들으실 것입니다.

공작 수사님, 어디 들어 봅시다. 165
안젤로 경, 정말로 쓴웃음이 나잖은가?
맙소사, 불쌍한 바보들의 우둔함이라니!
의자를 가져오라. — 자, 친척인 안젤로,
이 일에 난 관여 않을 테니 본인의 소송을
스스로 재판하게.

얼굴 가린 마리아나 등장.

수사, 이게 그 증인인가? 170
우선 그 얼굴을 보여 준 다음에 말하라.

마리아나 용서하십시오, 각하, 남편 명령 없이는
얼굴을 못 보여 드립니다.

공작 뭐, 결혼했어?

마리아나 아닙니다, 각하.

공작 처녀인가? 175

마리아나 아닙니다, 각하.

공작 그렇다면 과부인가?

마리아나 그것도 아닙니다, 각하.

공작 아니, 그럼 헛것이군. 처녀도 과부도 아내도 아니라면!

루시오 각하, 이 여자는 갈보일 수 있습니다. 그들 가운데 많 180
은 수가 처녀도 과부도 아내도 아니니까요.

공작 저 친구 침묵시켜! 자신을 위하여 나불거릴 계기가 좀
있으면 좋으련만.

루시오 글쎄요, 각하.

마리아나 각하, 소녀는 결혼한 적 없음을 고백하고 185
게다가 처녀가 아닌 것도 고백하옵니다.

남편과 잠을 자긴 했지만 제 남편은
저와 잔 적 있다는 걸 알지도 못합니다.

루시오 그러면 그는 취했어요, 각하. 더 적합한 건 있을 수 없어요. 190

공작 침묵하기 위해 자네도 그리됐으면 좋겠구먼.

루시오 글쎄요, 각하.

공작 이 사람은 안젤로 경을 위한 증인이 아니다.

마리아나 각하, 이제 말씀드리지요.
저이를 사통 죄로 고발하는 여자가 195
꼭 같은 건으로 제 남편을 고소하고
제가 그를 온갖 사랑 표현을 다 하면서
가슴에 안았다고 증언을 하려는 찰나에
그를 고발합니다.

안젤로 그녀가 나 말고 더 고발하나?

마리아나 아닌 줄 압니다. 200

공작 아니야? 네 남편이 있다면서.

마리아나 맞습니다, 각하, 그가 바로 안젤론데
제 몸은 절대로 안 가진 줄 안다고 여기나
이사벨 건 가진 줄로 안다고 여기지요.

안젤로 이상한 속임수야. 네 얼굴 좀 보자. 205

마리아나 (베일을 걷으며) 남편이 명했으니 이젠 얼굴 보일게요.
다름 아닌 이 얼굴을 잔인한 안젤로여,
당신이 한때는 쳐다볼 가치 있다 맹세했죠.
다름 아닌 이 손을 맹세했던 계약과 더불어
당신 손이 꼭 잡았죠. 다름 아닌 이 몸이 210
이사벨에게서 밀회 약속 가져온 다음에
상상 속의 그녀로서 정원 오두막에서

당신을 만족시켰답니다.

공작 이 여자를 아는가?

루시오 그녀 말은 몸으로.

공작 이봐, 그만 말해!

루시오 족합니다, 각하. 215

안젤로 각하, 이 여자를 안다고 고백해야겠습니다.
오 년 전 결혼 말이 저와 그녀 사이에
있었다는 사실도. 그것은 깨졌는데
일부는 그녀가 약속했던 지분이 합의금에
못 미쳤기 때문이나 그 주된 이유는 220
그녀의 경박함에 평판이 나빠졌기
때문이었지요. 그 오 년 전 이후로 그녀와는
신앙과 명예 걸고 한 번도 얘기를 하거나
본 적도 들은 적도 없습니다.

마리아나 군주시여,
하늘에서 빛이 오고 숨에서 말 나오듯 225
진실에 의미 있고 미덕에 진실 있듯
저는 이 남자와 말로써 맹세할 수 있는 한
단단하게 혼약을 맺었어요. 또한 각하,
저번 주 화요일 밤에도 정원 오두막에서
그는 저를 아내로 안았어요. 사실이니 230
무릎 꿇은 이 몸을 무사히 일으켜 세우거나
영원히 이 자리에 대리석 기념비로
박혀 있게 해 주세요.

안젤로 여태껏 난 웃기만 했다.
이젠 각하, 정의로운 권한을 주십시오.
인내에도 한계가 있습니다. 이 딱하고 235

정신 나간 여자들은 그들을 선동하는
막강한 어떤 자의 도구에 지나지 않음을
감지하였습니다. 각하, 제 맘대로 이 모략을
밝히게 해 주십시오.

공작 기꺼이 그러겠다.
그리고 그들을 최대한 마음껏 벌하라. 240
어리석은 수사야, 그리고 앞섰던 여인과
공모한 너 사악한 여인아, 네가 비록 맹세로
각각의 성자를 무색게 만들려고 했지만
그것이 증거 갖춰 승인받은 그의 가치, 신망의
반증이라 생각했어? 에스칼루스 경께서도 245
내 친척과 친절하게 함께 앉아 이 모욕의
출처를 밝히는 데 수고 좀 해 주시오.
이들을 선동한 수사가 또 하나 있으니
그를 이리 불러오라.

피터 수사 그가 여기 있었으면 좋겠어요. 사실은 250
그가 이 여자들을 부추겨 불평하게 만들었죠.
그 수사가 있는 곳을 교도소장이 아니까
데려올 수 있답니다.

공작 가서 즉각 그리하라.

(시종 하나 퇴장)

또 자네, 고귀하고 확실히 인정받은 내 친척은
이 사건을 끝까지 심문하게 되었으니 255
본인의 피해에는 그 어떤 응징이든
최선이라 여기면 내리라. 난 잠시 나가네.
근데 둘은 이 험담 문제를 잘 해결할 때까진
움직이면 안 되네.

에스칼루스 　　각하, 철저히 집행하겠습니다.

(공작 퇴장)

루시오, 자네가 로도윅 수사가 비열한 인간인 줄 알고 있었다고 하지 않았나? 260

루시오 　두건을 썼다고 다 신부는 아니지요. 그가 정직한 데라고는 옷뿐이며 공작님에 대해 아주 추악한 말을 한 자입니다.

에스칼루스 　그가 올 때까지 여기 남아 그 말을 그에게 세게 들이대 265 주기 바라네. 우린 이 수사가 악명 높은 녀석임을 알게 될 걸세.

루시오 　그럼요, 비엔나의 여느 악당처럼요!

에스칼루스 　이사벨 그 여자를 여기로 다시 한 번 불러라. 그녀와 얘기해 보겠다. (시종 하나 퇴장) 안젤로 경, 내가 심문하 270 도록 허락해 주시오, 그녀를 어떻게 다루는지 보실 것이오.

루시오 　그보다 더 잘하진 못하시겠죠, 그녀 스스로 말했듯이요.

에스칼루스 　뭐라고?

루시오 　암요, 그녀를 남들이 없는 데서 다루시면 더 빨리 자백 275 할 겁니다, 아마 공개적으로 하시면 부끄러워하겠지만.

각각 다른 문으로 가장하고 두건 쓴 공작,

교도소장 및 감시받는 이사벨라 등장.

에스칼루스 　내 작업은 은밀히 진행될 것이네.

루시오 　바로 그겁니다, 여자들은 한밤중에 가벼우니까요.

에스칼루스 　이보게, 처녀, 여기 이 아가씨가 자네가 했던 말을 다 부인했어. 280

루시오	나리, 제가 말했던 그 불한당이 여기 왔습니다. 여기 교도소장과 함께요.	
에스칼루스	때를 잘 맞췄군. 우리가 자네에게 요청할 때까진 그에 게 말 걸지 말게.	
루시오	쉿.	285
에스칼루스	이봐요, 당신이 이 두 여자를 선동하여 안젤로 경을 비 방하게 만들었소? 그들은 당신이 그랬다고 고백했소.	
공작	그건 거짓입니다.	
에스칼루스	뭐라고! 당신의 위치를 아는가?	
공작	당신의 고위직에 존경을. 그래서 악마도 때론 그 불타는 옥좌로 존경받으라지요. 공작은 어딨소? 내 말 들을 사람은 그이요.	290
에스칼루스	공작은 우리 안에 있으니 우리가 다 듣겠다. 조심해서 정직하게 말하라.	
공작	적어도 용감하게. 하지만, 오, 불쌍해라, 당신들이 여기 이 여우에게 양 찾으러 왔어요? 사태를 바로잡긴 글렀네! 공작은 가 버렸소? 그럼 이 소송도 날아갔소. 공작은 부당해, 당신들의 분명한 탄원을 이렇게 퇴짜 놓고 당신들이 여기 와서 고발을 하려는 바로 그 악당 입에 재판을 맡기다니.	295 300
루시오	이게 그 불한당입니다. 제가 말한 그자요.	
에스칼루스	아니 이 무례하고 상스러운 수사야! 이 여자들 사주하여 이 훌륭한 사람을 고발한 것으로도 모자라 그 더러운 입으로 본인이 듣고 있는 자리에서 악당이라 욕한단 말이냐? 그런 다음 공작님 쪽으로	 305

재빨리 말을 바꿔 그분의 부당함을 꾸짖어?
잡아가라! 형틀에 올려라! — 우리가 너희를
갈가리 찢더라도 그 목적을 알아낼 것이다. 310
뭐! 부당해!

공작 그리 흥분 마시오. 공작은
감히 이 손가락을 자기 것을 못 뭉개듯
못 잡아당기오. 난 그의 신하도
이 교구 소속도 아니오. 이 나라에 볼일로
여기 이 비엔나를 구경하게 되었는데 315
부패가 들끓으며 솟아올라 가마솥을
뒤덮는 걸 보았소. 모든 죄에 법령은 있으나
죄를 너무 용인하여 강력한 법규는
이발소 안 벌칙처럼 경고하는 만큼이나
우스개로 걸려 있소.

에스칼루스 이 나라를 비방해! 320
감옥으로 데려가라!

안젤로 루시오 씨, 그에게 불리한 주장을 할 수 있다는 게 뭐지요? 이게 당신이 말했던 그 사람이오?

루시오 맞습니다, 나리. — 이리 와요, 까까머리 아저씨, 날 알아보겠어요? 325

공작 그 목소리로 알아보겠습니다. 감옥에서 당신을 만났지요, 공작이 출타 중이었을 때.

루시오 오, 그랬어요? 그리고 당신이 공작에 대해 했던 말 기억해요?

319행 이발소…벌칙 이발사(지금의 외과 의사)들은 고객의 못된 행동에 등급별로 적용할 처벌을 우스꽝스러운 목록으로 만들어 걸어 두곤 했다. (아든)

공작 아주 똑똑히요. 330

루시오 그래요? 그리고 공작은 그때 당신이 일러바쳤던 것처럼 색골에다 바보에다 겁쟁이요?

공작 그 말을 내 것으로 만들려면 당신은 먼저 나와 몸을 바꿔야만 할 것이오. 사실은 당신이 그에 대해 그렇게 말했고, 그보다 훨씬 더 많은 걸 훨씬 더 나쁘게 말했지요. 335

루시오 오, 이 저주받을 녀석! 너의 발언 때문에 내가 그 코를 비틀지 않았어?

공작 단언컨대 난 공작을 나 자신처럼 사랑하오.

안젤로 이것 봐라, 이 악당이 대역죄로 다스릴 모욕을 한 뒤에 이젠 타협을 보려 하네! 340

에스칼루스 이런 녀석과는 더불어 얘기할 게 못 됩니다. 이자를 감옥으로 보내라! 교도소장 어딨느냐? 이자를 감옥으로 보내라! 쇠사슬을 충분히 채우고 말을 더 못 하게 해. 이 잡년들도 데려가라, 다른 공모자와 함께!

(교도소장이 공작 몸에 손을 댄다.)

공작 멈추시오, 잠깐만 멈춰요. 345

안젤로 뭐, 저항해? 그를 도와줘요, 루시오.

루시오 이봐! 이봐! 이보라니까! 원 참! 아니, 이 까까머리 거짓말쟁이 불한당아! — 두건을 꼭 써야만, 꼭 써야만 해? 그 천것 상판을 보여라, 이 염병할 놈아! 양을 무는 그 개 같은 얼굴을 보이고 한 시간 동안 목이나 매달려라! 안 벗겨져? 350

(신부의 두건을 잡아당기고 공작의 모습이 드러난다.)

공작 넌 공작을 만들어 낸 최초의 천것이다.
교도소장, 먼저 이 귀한 셋을 보석하네.
(루시오에게) 도망가지 말게나, 그 수사와 자네는 곧

얘기를 나눠야 할 테니까. — 잡아 둬라. 355

루시오 (방백) 교수형보다도 더 나쁠지 모르겠네.

공작 (에스칼루스에게) 당신이 한 말은 용서하오. 앉으시오,

짐은 그의 자리를 빌리겠소.

(안젤로에게) 자, 실례하네.

넌 아직도 자신을 도와줄 말이나

재주나 뻔뻔함이 있느냐? 그런 게 있다면 360

내 얘기 들을 때까지만 그런 것에 기대고

더 이상 버티진 말거라.

안젤로 지엄하신 각하,

각하께서 천사 같은 능력으로 제 행적을

쳐다보고 있는데 발각되지 않을 수 있다고

제가 생각했다면 그 죄가 지은 죄보다도 365

더욱 클 것입니다. 그렇다면 군주시여,

제 치욕을 놓고서 더 이상 개정하지 마시고

이 고백을 심리로 받아들여 주십시오.

그러면 즉각적 언도와 그에 따른 죽음이

제가 구할 은총의 전붑니다.

공작 이리 와, 마리아나 — 370

말하라. 이 여자와 약혼한 적 있느냐?

안젤로 있습니다, 각하.

공작 자, 그녀를 데려가서 곧바로 결혼하라.

수사가 거행하고 그 일을 완수하면

그를 이리 다시 보내. 교도소장, 같이 가게. 375

(안젤로, 마리아나, 피터 수사 및 교도소장 함께 퇴장)

354행 그 수사 로도윅, 즉 공작 자신.

에스칼루스 각하, 이 기이한 사태보다 제게 더 놀라운 건
그의 명예 실춥니다.

공작 이리 와라, 이사벨.
자네의 수사가 이젠 자네 군주이다.
그때처럼 온전히 자네 일에 신경 쓰며
옷에 따라 마음을 안 바꾸고 난 여전히 380
자네 변호인이다.

이사벨라 오, 용서해 주십시오.
당신 종인 이 몸이 절대권자 몰라보고
고생시켜 드렸어요.

공작 용서한다, 이사벨.
자 이제 소중한 아가씨여, 짐에게도 후해져라.
오빠의 죽음이 가슴에 맺힌 줄 알고 있다. 385
그래서 의아해할 것이다, 내가 그의 목숨을
구할 노력 하면서 그를 그리 잃기보단
감춰 뒀던 권력을 왜 차라리 성급하게
드러내지 않았냐고. 오, 참 친절한 아가씨여,
오빠의 죽음은 너무 속히 다가와 390
난 그게 더 느린 걸음으로 오리라 여겼는데,
내 목표를 박살냈다. 하지만 편안히 잠들길.
죽음이 두려운 삶보단 그 공포를 이긴 삶이
더 나은 것이니라. 거기서 위안을 받으라.
그러면 오빠는 행복하다.

이사벨라 네, 각하. 395

안젤로, 마리아나, 피터 수사, 교도소장 등장.

공작 새롭게 결혼하여 이리 오는 저 남자는
자네가 잘 지킨 순결을 자기가 해쳤다고
음란한 상상을 했으나 마리아나 때문에
자네가 용서해 줘야겠다. 하지만 네 오빠를
그가 판결했듯이 그 또한 네 오빠의 목숨 건 400
신성한 순결과 그에 따른 약속 위반,
이 둘을 모두 범한 죄인이기 때문에
자비로운 국법은 가장 잘 들리게
바로 그 자체의 목소리로 외치노라.
'클라우디오에는 안젤로를, 죽음엔 죽음을. 405
급하면 늘 급히 갚고 여유엔 여유로 답하고
같은 덴 같은 걸로, 잣대엔 늘 잣대로 대한다.'
그렇다면 안젤로, 네 죄가 명백해졌으니
그걸 부인하더라도 득 될 것은 없으리라.
짐은 네게 언도한다, 클라우디오가 목 잘린 410
바로 그 단두대로 못지않게 서둘러 가거라.
데려가라.

마리아나 오, 참으로 자비로우신 각하,
남편 갖고 저를 아니 놀리시기 바랍니다.

공작 바로 네 남편이 남편 갖고 널 놀렸다.
나는 네 명예를 확실히 지키는 데 동의하여 415
결혼이 적절하다 여겼다. 안 그러면
그가 너와 잤다는 누명으로 네 삶이 욕되고
다가올 행운을 망칠 수도 있으니까.
남편의 재산은 몰수되어 짐의 소유이지만
더 나은 남편을 사기 위한 과부 재산권으로 420
너에게 주겠노라.

마리아나 오, 존경하옵는 각하,

다른 이도, 나은 이도 저는 갈망 않습니다.

공작 절대 그를 갈망 마라. 짐의 뜻은 확고하다.

마리아나 공작 각하 —

공작 쓸데없는 노력은 하지 마라.

죽음으로 데려가라.

(루시오에게) 자 이제, 당신에게. 425

마리아나 (무릎을 꿇으면서)

오, 각하 — 친절한 이사벨, 내 편 좀 들어 줘요.

그 무릎 좀 빌려 주면 앞으로 일생 동안

당신을 돕는 데 내 일생을 빌려 줄 거예요.

공작 그녀에게 통 사리에 맞지 않게 조르는군.

이 범행에 자비를 청하면서 무릎을 꿇는다면 430

오빠의 영혼이 돌 덮인 침상을 깨고 나와

공포 속에 그녀를 데려갈 것이다.

마리아나 이사벨!

친절한 이사벨, 그래도 옆에서 꿇어 줘요.

말없이 두 손만 들어요, 내가 다 말할 테니.

최상의 인간들도 결점으로 빚어지고 435

대부분은 약간씩 나쁘기 때문에 훨씬 더

나은 사람 된다지요. 내 남편도 그러겠죠.

오, 이사벨! 무릎 좀 빌려 주지 않겠어요?

공작 클라우디오 죽인 죄로 죽는다.

이사벨라 (무릎을 꿇으면서) 선심의 지존께선

아무쪼록 선고받은 이 남자를 제 오빠가 440

산 것처럼 봐주세요. 그가 절 보기 전엔

행동을 통제하는 적절한 진지함이 있었다고

얼마간 생각하고 있습니다. 그러므로
죽지 않게 해 주세요. 오빠는 죽을 일을
했다는 점에서 과보를 받았을 뿐입니다. 445
안젤로에 관해서는
그이는 악의를 행동으로 옮기지 못했고
그래서 그것은 도중에 사라진 의도로
묻혀야만 합니다. 생각에는 실체 없고
의도는 생각일 뿐입니다.

마리아나 그뿐입니다, 각하. 450

공작 둘의 청은 소용없어. 일어나란 말이다.
또 다른 문제점을 생각해 보았는데
교도소장, 클라우디오가 어떻게 별난 때에
목 잘리게 되었나?

교도소장 그런 명을 받아서요.

공작 그렇게 하라는 특명을 받았는가? 455

교도소장 아뇨, 각하. 사적인 전갈이 있어서요.

공작 그 이유로 자네의 직위를 해제한다.
열쇠를 내놓아라.

교도소장 용서해 주십시오, 각하.
잘못이라 생각은 했지만 몰랐었고
더 숙고한 뒤에는 정말 뉘우쳤습니다. 460
그에 대한 증거로 사적인 명령에 의하여
죽었어야 했지만 제가 살린 사람이
감옥에 있습니다.

공작 누군데?

교도소장 바너딘입니다.

공작 클라우디오를 그렇게 했더라면 좋았을걸.

가서 그를 잡아오라, 그를 내게 보여 줘라. 465

(교도소장 퇴장)

에스칼루스 안젤로 경, 당신처럼 그리도 학식 많고
그리도 현명한 것처럼 늘 보이던 사람이
혈기와 그에 이은 침착한 판단 부족,
양쪽에서 이리 큰 실수를 하다니 딱하오.

안젤로 제가 그런 슬픔을 얻게 됐고 그것이 470
참회하는 제 마음에 너무 깊이 들러붙어
자비보단 죽음을 기꺼이 갈구하니 딱합니다.
전 죽어 마땅하고 그리되길 간청하오.

교도소장이 바너딘, 얼굴 가린 클라우디오,
줄리엣과 함께 등장.

공작 어느 쪽이 그 바너딘인가?

교도소장 이쪽이요, 각하.

공작 한 수사가 이 사람 얘기를 해 주었지. 475
이봐라, 넌 고집 센 마음을 가지고
이 세상밖에는 모르며 그에 따라
삶을 꾸려 간다고 들었다. 너는 선고받았다.
하지만 지상의 잘못은 내가 다 사면한다.
그리고 바라건대 이 자비를 받아들여 480
더 나은 미래에 대비하라. 수사가 조언하라,
자네 손에 맡기겠다. — 얼굴 가린 저 친구는?

교도소장 이것은 제가 살린 또 하나의 죄수로
클라우디오가 목 잘릴 때 죽었어야 했는데
클라우디오 자신인 것처럼 거의 꼭 같습니다. 485

(클라우디오의 가리개를 벗긴다.)

공작 (이사벨라에게) 이 남자가 오빠와 같다면 그를 위해
이 남자는 사면됐고 아름다운 당신 위해
그 손을 이리 주고 내 사람이 되겠다 말하라.
그는 내 처남도 되지만 그건 적당한 때에.
이걸로 안젤로 경은 자기가 안전함을 알았군. 490
그의 눈에 생기가 도는 것 같아 보여.
자, 안젤로, 악행 덕에 보답을 잘 받는군.
아내 사랑 신경 쓰게. 그녀 값, 자네 값이니까.
즉각 사면할 마음을 내 안에서 찾았다네.
그래도 용서치 못할 자, 여기 곁에 있구먼. 495
(루시오에게) 이봐, 너는 날 바보에다 겁쟁이, 순 호색가,
멍청한 놈에다 미친 사람인 줄로 알았다.
내 어디가 너에게 그런 대접받았기에
날 그렇게 격찬하나?

루시오 정말로 각하, 전 그 말을 습관적으로 했을 뿐입니다. 500
그 때문에 제 목을 매다신다면 좋습니다. 하지만 전 차
라리 채찍을 맞을 수 있다면 황공하겠습니다.

공작 채찍을 먼저 맞고 목은 뒤에 매달겠다.
교도소장은 이 도시 전체에 공포하여
이 음탕한 친구에게 해 입은 여자가 있다면 505
— 자기 애를 밴 여자가 있다는 본인의 맹세를
내가 들었으니까 — 나타나라고 하라,
그럼 그가 결혼할 테니까. 혼례가 끝나면
채찍을 내리고 교수형에 처하라.

루시오 각하께 간청컨대 저를 창녀와 결혼시키진 말아 주십 510
시오. 각하께서 방금 말씀하셨지요, 제가 당신을 공작

만들어 드렸다고. 각하, 저에게 오쟁이를 지우는 보상
은 하지 말아 주십시오.

공작 명예에 맹세코 그녀와 결혼을 시키겠다.
네 비방은 용서하고 거기에 덧붙여 515
다른 벌도 면제한다. — 감옥으로 데려가서
내 뜻을 실행에 옮기도록 조치하라.

루시오 각하, 갈보와의 결혼은 압사와 채찍질,
교수형과 같답니다.

공작 군주를 욕하면 그래도 싸.
클라우디오, 해 입힌 그녀를 원상 복귀시켜라. 520
마리아나, 기뻐하라! 그녀를 사랑하라, 안젤로.
난 고해를 통하여 그녀의 미덕을 안다네.
좋은 친구, 에스칼루스, 큰 선행에 고맙소.
더 많은 만족이 더 많이 있을 거요.
교도소장, 자네의 조심과 비밀에 고맙네. 525
더 높은 위치에 자네를 쓸 것이야.
안젤로, 클라우디오 머리 대신 라고진 머리를
자네 집에 가져간 소장을 용서하게.
그 죄는 저절로 사면됐네. 사랑하는 이사벨,
당신에게 아주 크게 이로운 제안이 있는데 530
거기에 기꺼이 귀를 기울인다면
내 것은 당신 거고 당신 것은 내 것이오.
그러니 짐과 함께 궁정 가면 거기에서
모두가 알아야 할 앞일을 밝히겠소. (모두 함께 퇴장)

작가 연보

1564년	아버지 존 셰익스피어와 어머니 메리 아든의 장남으로 스트랫퍼드어폰에이번에서 태어남. 4월 26일 세례 받음.
1582년	11월 여덟 살 연상의 앤 해서웨이와 결혼.
1583년	딸 수재너 태어남. 5월 26일 세례 받음.
1585년	아들 햄닛과 딸 주디스(쌍둥이) 태어남. 2월 2일 세례 받음.
1588-1589년	런던에서 최초의 극작품들이 공연됨.
1588-1590년	식구들을 두고 런던으로 감.
1590-1591년	3부작 『헨리 6세(Henry VI)』.
1592-1594년	시집 『비너스와 아도니스(Venus and Adonis)』, 『루크리스의 강간(The Rape of Lucrece)』 출간. 두 시집 모두 사우샘프턴 백작에게 헌정. 로드 체임벌린스 멘 극단의 주주가 됨. 『리처드 3세(Richard III)』, 『실수 희극(The Comedy of Errors)』, 『티투스 안드로니쿠스(Titus Andronicus)』, 『말괄량이 길들이기(The Taming of the Shrew)』, 『베로나의 두 신사(The Two Gentlemen of Verona)』.

1595-1597년 『사랑의 헛수고(Love's Labour's Lost)』,
『존 왕(King John)』, 『리처드 2세(Richard II)』,
『로미오와 줄리엣(Romeo and Juliet)』,
『한여름 밤의 꿈(A Midsummer Night's Dream)』,
『베니스의 상인(The Merchant of Venice)』,
『헨리 4세 1부(Henry IV, Part 1)』,
『윈저의 즐거운 아낙네들(The Merry Wives of Windsor)』.

1596년 아들 햄닛 사망.
부친의 문장을 사용하는 것을 허가받음.

1597년 스트랫퍼드에서 뉴 플레이스 저택 구입.

1598-1599년 『헨리 4세 2부(Henry IV, Part 2)』,
『대단한 헛소동(Much Ado About Nothing)』,
『헨리 5세(Henry V)』, 『줄리어스 시저(Julius Caesar)』,
『좋으실 대로(As You Like It)』.
셰익스피어의 극단이 새로운 글로브 극장으로 옮겨 감.

1600년 『햄릿(Hamlet)』.

1601-1602년 시집 『불사조와 산비둘기(The Phoenix and the Turtle)』 출간.
『십이야(Twelfth Night, or What You Will)』,
『트로일로스와 크레시다(Troilus and Cressida)』,
『끝이 좋으면 다 좋다(All's Well That Ends Well)』.

1601년 부친 사망. 9월 8일 장례.

1603년 엘리자베스 여왕 사망. 스코틀랜드의 제임스 6세가 영국의 제임스 1세가 됨.
셰익스피어의 극단이 킹스 멘이 됨.

1604년 『잣대엔 잣대로(Measure for Measure)』, 『오셀로(Othello)』.

1605년 『리어 왕(King Lear)』.

1606년 『맥베스(Macbeth)』,
『안토니와 클레오파트라(Antony and Cleopatra)』.

1607년 6월 5일 딸 수재너 결혼.

1607-1608년 『코리올레이너스(Coriolanus)』,
『아테네의 티몬(Timon of Athens)』,
『페리클레스(Pericles)』.

1608년 모친 사망. 9월 9일 장례.

1609-1610년 『심벌린(Cymbeline)』, 『겨울 이야기(The Winter's Tale)』.
『소네트(Sonnets)』 출간.
셰익스피어의 극단이 블랙프라이어스 극장을 매입.

1611년 『태풍(The Tempest)』.
스트랫퍼드로 은퇴.

1612-1613년 『헨리 8세(Henry VIII)』, 『카르데니오(Cardenio)』,
『두 귀족 친척(The Two Noble Kinsman)』.

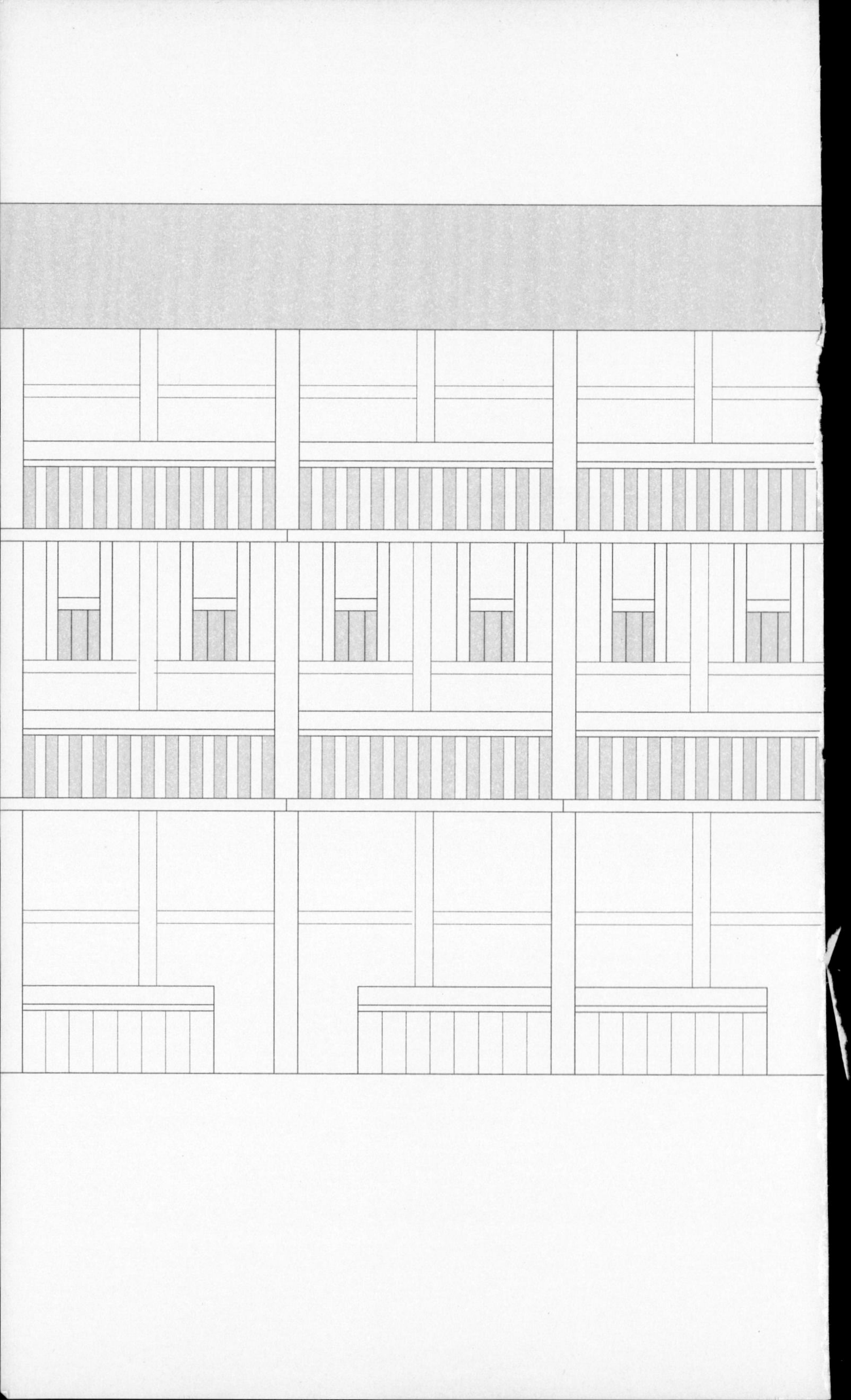